ROBIN COOK

Schock

Buch

Deborah und Joanna, zwei junge Harvard-Absolventinnen, entdecken eine Anzeige der nahe Boston gelegenen Wingate-Klinik, die nach Eizellenspenderinnen sucht und eine lukrative Prämie verspricht. Sie stellen sich zur Verfügung. Doch Joanna wird von Gedanken an die Verwendung ihrer Eizellen geplagt, und nach anderthalb Jahren beschließen die beiden jungen Frauen, der Sache auf den Grund zu gehen, und besorgen sich Jobs in dem Krankenhaus. Mit der Hilfe von Joannas Ex-Freund Carlton Williams gelingt es ihnen, geheime Computerdaten zu knacken und der fürchterlichen Wahrheit auf die Spur zu kommen. Die leitenden Gynäkologen der Klinik, Dr. Paul Saunders und Dr. Sheila Donaldson, betreiben skrupellose Embryonenforschung und schrecken nicht davor zurück, Menschen zu klonen. Nach und nach enthüllt sich ein unfassbares Horrorszenario der Gentechnologie. Einige in der Klinik beschäftigte Nicaraguanerinnen sind schwanger mit Klonen von Dr. Saunders. Doch bevor Deborah und Joanna ihre Erkenntnisse weitergeben können, erfährt der Sicherheitsdienst von ihren Recherchen, und schon bald geht es für die beiden um Leben und Tod. Es kommt zu einer dramatischen Verfolgungsjagd in den düsteren Kellergewölben. In ihrer Verzweiflung schlagen sie sich zu Spencer Wingate durch, dem auf dem Gelände wohnenden Gründer der Klinik …

Autor

Robin Cook hat lange Jahre in der medizinischen Forschung und als HNO-Arzt gearbeitet. Inzwischen widmet er sich ganz dem Schreiben seiner Bestseller, von denen mehrere für das Fernsehen verfilmt wurden. Er lebt heute als freier Schriftsteller mit seiner Frau in Florida.

Von Robin Cook bereits erschienen:

Toxin (35157) · Das Experiment (35509) · Der Experte (35324) · Chromosom 6 (35220) · Tauchstation (35681) · Grünes Gift (35559) · Todesengel (35885) · Die Operation (36079) · Das Experiment/Das Labor (36094) · Toxin/Schock (36400)

Robin Cook

Schock

Roman

Ins Deutsche übertragen
von Bärbel Arnold

blanvalet

Die Originalausgabe erschien 2001 unter dem Titel »Shock«
bei G. P. Putnam's Sons/Penguin Putnam, Inc., New York.

Umwelthinweis:
Alle bedruckten Materialien dieses Taschenbuches
sind chlorfrei und umweltschonend.

Einmalige Sonderausgabe Juni 2006 bei Blanvalet,
einem Unternehmen der Verlagsgruppe Random House GmbH,
München.

Umschlaggestaltung: Design Team München
Umschlagfoto: Mauritius Images/Hans Peter Merten
ES · Herstellung: LW
Druck und Einband: GGP Media GmbH, Pößneck
Printed in Germany
ISBN-10: 3-442-36549-X
ISBN-13: 978-3-442-36549-4

www.blanvalet-verlag.de

*Für Jean und Cameron,
meine auseinander gerissene Kleinfamilie,
in Liebe und Dankbarkeit*

Zur Erinnerung an meinen Freund
BRUNO D'AGOSTINO
Wir vermissen dich.

Die menschliche Eizelle, auch Ovum genannt, wurde leicht angesogen und bewegte sich auf das stumpfe Ende der Pipette zu. Das Ovum sah genauso aus wie die anderen etwa sechzig Eizellen, doch es war der Pipettenöffnung am nächsten und kam somit als Erste ins Blickfeld des technischen Assistenten. Die Ova befanden sich unter dem Objektiv eines leistungsstarken Präpariermikroskops und waren in einem Tropfen Kulturflüssigkeit suspendiert, der mit einer dünnen Schutzschicht Mineralöl überzogen war. Die Ölschicht sollte verhindern, dass die Kulturflüssigkeit verdunstete. Es war unbedingt erforderlich, das Milieu, in dem sich die lebenden Zellen befanden, konstant in einem für die Ova geeigneten Zustand zu halten.

Wie die anderen Eizellen sah diejenige, die jetzt an der Pipette haftete, vollkommen in Ordnung aus. Die körnige Beschaffenheit ihres Zytoplasmas war so, wie es sein musste, und ihr Chromatin, oder auch DNA genannt, fluoreszierte unter dem ultravioletten Licht und sah aus wie ein Schwarm winziger Glühwürmchen, die in einer Erbsensuppe herumzappelten. Der einzige Hinweis auf das vorangegangene unsanfte Absaugen von seinem Nährfollikel waren die gezackten Überreste der Corona radiata ihrer Granulosazellen, die mit der verhältnismäßig dichten Hülle verklebt waren, die Zona pellucida genannt wird. Alle Ova waren im unreifen Stadium vom Eierstock abgerupft worden und erst nachträglich in vitro zu Ende gereift. Sie waren genau im richtigen Stadium, um sich mit einem Spermium zu vereinigen.

Doch das sollte nicht geschehen, denn diese weiblichen Gameten waren nicht für eine Befruchtung vorgesehen.

Im Blickfeld des technischen Assistenten erschien eine zweite Pipette. Unter dem leistungsstarken Mikroskop sah sie ein wenig aus wie eine tödliche Waffe. In Wahrheit hatte sie nur einen Durchmesser von einem fünfundzwanzigtausendstel Millimeter, doch in der enormen Vergrößerung glich die Pipette einem Schwert mit einer nadelförmigen scharfen Spitze. Unaufhaltsam näherte sich die Nadelspitze dem ihr ausgelieferten unbeweglichen Gamet und bohrte sich in die Zona pellucida der Zelle. Mit einem geübten Antippen der Pipettensteuerung stieß der erfahrene technische Assistent die Nadelspitze ins Innere der Zelle. Dann schob er sie weiter vor bis zu der fluoreszierenden DNA und saugte sie mit einem leichten Unterdruck in der Pipette ab, sodass sie in dem Glasstäbchen verschwand.

Nachdem auch die anderen Gameten dieser Prozedur unterzogen worden waren und sichergestellt war, dass alle die Tortur der Entkernung unbeschadet überstanden hatten, wurde die Eizelle erneut fixiert. Eine andere Pipette mit abgeschrägter Spitze durchstieß die Zelle erneut, wobei sie diesmal nur bis in die Zona pellucida vordrang und die Membran verschonte. Diesmal wurde nichts abgesaugt, sondern stattdessen ein wenig Flüssigkeit in den so genannten perivitellinen Raum eingespritzt. In der Flüssigkeit befand sich eine einzelne, relativ kleine, spindelförmige adulte Zelle, die durch einen Abstrich der Mundhöhle eines erwachsenen Menschen entnommen worden war.

Als Nächstes wurden die Gameten zusammen mit ihren jeweiligen adulten epithelialen Zellen in vier Milliliter eines Fusionsmediums gegeben und zwischen den Elektroden einer Fusionskammer platziert. Dann vergewisserte sich der technische Assistent, dass sämtliche Gameten richtig ausgerichtet waren, und betätigte einen Schalter, woraufhin für eine fünfzehnmillionstel Sekunde ein elektrischer Strom von neunzig Volt durch das Medium geleitet wurde. Der Stromstoß bewirkte bei allen Gameten das Gleiche: Der kurzfristige Schock führte dazu, dass sich die Membranen zwischen den entkernten Gameten und ihren jeweiligen adulten Zellpartnern vorübergehend lösten, wodurch die beiden Zellen miteinander verschmolzen.

Nachdem die Verschmelzung abgeschlossen war, wurden die Zellen in ein Aktivierungsmedium gegeben. Durch chemische Stimulation wurden alle Gameten, die vor der Entnahme ihrer jeweiligen DNA befruchtungsbereit gewesen waren und nun nach der Verschmelzung über einen kompletten Chromosomensatz verfügten, auf magische Weise dazu gebracht, sich weiterzuentwickeln. Einem geheimnisvollen molekularen Programm folgend, fungierten die adulten Zellkerne nicht weiter in ihrer vorgesehenen Weise als epitheliale Zellen, sondern nahmen wieder die Funktion embryonaler Zellen an. Nach kurzer Zeit begannen sich die einzelnen Gameten zu teilen und sich jeweils zu individuellen Embryonen weiterzuentwickeln, die sehr bald für die Einsetzung in eine Gebärmutter bereit sein würden. Der Spender der adulten Zellen war geklont worden. Genau genommen war er sogar etwa sechzig Mal geklont worden …

Prolog

6. April 1999

Haben Sie es bequem?«, fragte Dr. Paul Saunders seine Patientin Kristin Overmeyer. Sie lag unter ihm auf dem betagten Operationstisch und war nur mit einem Flügelhemd bekleidet.

»Ich glaube schon«, erwiderte Kristin, obwohl sie sich ziemlich unbehaglich fühlte. Inmitten medizinischer Geräte war ihr immer ein wenig mulmig zu Mute; nicht, dass ihr dieses unwohle Gefühl wirklich zu schaffen machte, aber es war nun einmal da, und der Raum, in dem sie sich befand, war besonders unangenehm. Man hatte sie in einen altmodischen Operationssaal geführt, dessen Ausstattung absolut nichts von dem sterilen, zweckmäßigen OP einer modernen medizinischen Einrichtung hatte. Die Wände waren in schäbigem Grün gehalten, von den Bodenfliesen waren viele gesprungen und mit dunklen Flecken übersät, die vermutlich von Blut stammten, das in die Fugen getropft und dann angetrocknet war. Eigentlich erinnerte der Raum eher an eine Szenerie aus einem im neunzehnten Jahrhundert spielenden Gruselfilm als an einen OP, in dem tatsächlich Eingriffe vorgenommen wurden. Besonders eigenartig fand Kristin, dass der Raum über diverse Sitzreihen für Besucher verfügte, die sich jenseits der Reichweite der Beleuchtung befanden, die über dem OP-Tisch angebracht war, und die sich dem Blick des Patienten entzogen. Zum Glück waren die Plätze allesamt unbesetzt.

»›Ich glaube schon‹ klingt ja nicht gerade überzeugend«, stellte Dr. Sheila Donaldson fest. Sie stand Dr. Saunders gegenüber auf der anderen Seite des Operationstischs und lächelte zu Kristin hinab, die jedoch nur ein paar Lachfältchen um die Augen erkennen konnte; ansonsten war Dr. Donaldsons Gesicht hinter einem Mundschutz und unter einer OP-Haube verborgen.

»Ich wünschte, ich hätte es schon hinter mir«, brachte Kristin hervor. In diesem Augenblick wünschte sie sich nur eins: dass sie sich nicht freiwillig für die Spende gemeldet hätte. Natürlich würde ihr das Geld ein Maß an finanzieller Unabhängigkeit gewähren, von dem die meisten ihrer Kommilitonen von der Harvard University nur träumen konnten, doch im Augenblick schien ihr das nicht mehr so wichtig. Sie tröstete sich damit, dass sie bald schlafen und von dem kleinen Eingriff, der ihr bevorstand, nichts mitbekommen würde. Als man sie vor die Wahl gestellt hatte, den Eingriff unter Vollnarkose oder bei örtlicher Betäubung durchzuführen, hatte sie sich, ohne auch nur einen Augenblick zu zögern, für die erste Variante entschieden. Bewusst mitzuerleben, wie man ihr eine dreißig Zentimeter lange Punktionsnadel in den Bauch schob, war wirklich das Letzte, was sie wollte.

»Ob wir wohl irgendwann mal anfangen können?«, wandte sich Dr. Saunders mit sarkastischem Unterton an den Anästhesisten Dr. Carl Smith. Dr. Saunders hatte an diesem Tag ein volles Programm, und er hatte für den bevorstehenden Eingriff lediglich vierzig Minuten eingeplant. Angesichts seiner langjährigen Erfahrung mit dieser Art von Eingriffen und seinem geschickten Umgang mit den Instrumenten hielt er vierzig Minuten für durchaus großzügig bemessen, doch immer wieder war es Dr. Smith, der alles verzögerte. Der Eingriff konnte erst beginnen, wenn die Patientin eingeschlafen war, und die kostbaren Minuten verstrichen erbarmungslos.

Dr. Smith antwortete nicht. Er kannte diese Sprüche. Seiner Meinung nach war Dr. Saunders permanent in Eile. Statt ihn zu beachten, konzentrierte Dr. Smith sich darauf, das Präkordial-Stethoskop ordnungsgemäß auf Kristins Brust zu befestigen. Die Infusion lief bereits, die Blutdruckmanschette und die EKG-Ableitungen waren angelegt und das Pulsoximeter an Ort und Stelle. Als er mit den abgehörten Körpergeräuschen seiner Patientin zufrieden war, griff er nach dem Beatmungsgerät und zog es näher an Kristins Kopf heran. Es konnte losgehen.

»Okay, Kristin«, wandte er sich an die Patientin. »Wie ich Ihnen vorhin bereits erklärt habe, verabreiche ich Ihnen jetzt ein bisschen von meiner ›Amnesiemilch‹. Sind Sie bereit?«

»Ja«, antwortete Kristin matt. Wenn es nach ihr ging, wollte sie lieber früher als später wegdämmern und nichts mehr mitbekommen.

»Dann schlafen Sie gut«, sagte Dr. Smith. »Wenn wir das nächste Mal miteinander reden, sind Sie bereits im Aufwachraum.«

Mit diesen Worten pflegte sich Dr. Smith immer von seinen Patienten zu verabschieden, bevor er ihnen das Narkosemittel verabreichte, und normalerweise war so auch der Lauf der Dinge. Doch dieses Mal sollte es anders kommen. Ohne sich auch nur im Geringsten des drohenden Desasters bewusst zu sein, griff Dr. Smith nach dem Infusionsständer mit dem bereithängenden Narkosegemisch. Mit geübtem Griff stellte er die Zufuhr auf eine für die Patientin vorher exakt bestimmte und ihrem Gewicht genau angepasste Dosis ein, wobei er sich wie immer am unteren Grenzbereich der empfohlenen Verabreichungsmenge orientierte. Die Wingate Infertility Clinic verfuhr nach dem Grundsatz, ambulante Narkose-Patienten stets der geringst möglichen Narkosemitteldosis auszusetzen. Dadurch sollte sichergestellt werden, dass die Patienten noch am gleichen Tag entlassen werden konnten, denn für eine stationäre Aufnahme war die Klinik nur sehr begrenzt ausgestattet.

Während das Propofol in Kristins Körper einsickerte, überwachte Dr. Smith aufmerksam seine Monitoring-Geräte und Instrumente. Es schien alles in Ordnung zu sein.

Dr. Donaldson lachte unter ihrer Maske. »Amnesiemilch« war Dr. Smith' humorvolle Bezeichnung für das Anästhesiemittel Propofol, eine weiße Flüssigkeit, die tatsächlich aussah wie Milch. Seine Wortwahl brachte sie immer wieder zum Schmunzeln.

»Können wir anfangen?«, fragte Dr. Saunders und verlagerte nervös sein Gewicht von einem Fuß auf den anderen. Er wusste sehr wohl, dass es noch nicht losgehen konnte, doch er wollte seinen Kollegen unbedingt wissen lassen, wie ungeduldig und ungehalten er war. Am besten hätte man ihn gar nicht erst herbeigerufen, bevor alles so weit war. Seine Zeit war zu wertvoll, als dass er untätig herumstehen und dem Anästhesisten dabei zusehen konnte, wie dieser an seinen zahllosen Instrumenten und Geräten herumhantierte.

Dr. Smith ignorierte die gereizte Stimmung seines Kollegen und konzentrierte sich auf Kristins Bewusstseinszustand. Als er zufrieden war, injizierte er ihr das Muskelrelaxans Mivacurium, das er aufgrund seiner exakten Dosierbarkeit und seiner sofort nachlassenden Wirkung gegenüber etlichen anderen Mitteln bevorzugte. Er wartete einen Augenblick, bis das Mivacurium wirkte, und schob seiner Patientin dann mit geübtem Griff einen Endotrachealtubus in die Luftröhre. Auf diese Weise stellte er sicher, dass er ihre Atmung unter Kontrolle hatte. Danach setzte er sich hin, schloss das Beatmungsgerät an und bedeutete seinem Kollegen Dr. Saunders, dass die Patientin für den Eingriff bereit war.

»Das wurde auch Zeit«, grummelte Dr. Saunders und begann umgehend, die Patientin für die bevorstehende Laparoskopie abzudecken, wobei er von seiner Kollegin Dr. Donaldson tatkräftig unterstützt wurde. Ihr Ziel war der rechte Eierstock.

Dr. Smith widmete sich dem Anästhesieprotokoll. Er nahm die entsprechenden Eintragungen vor und lehnte sich zurück. Seine Rolle beschränkte sich jetzt darauf, die Monitore zu überwachen, permanent den Bewusstseinszustand der Patientin im Auge zu behalten und die Narkose mittels einer kontinuierlichen und jederzeit auf den Zustand der Patientin abgestimmten Infusion von Propofol aufrechtzuerhalten.

Dr. Saunders kam schnell zur Sache. Dr. Donaldson beobachtete ihn und wusste bereits im Voraus, was seine jeweils nächste Handbewegung sein würde. Gemeinsam mit Constance Bartolo, der OP-Schwester, und Marjorie Hickam, der Springerin, waren sie ein schnell und äußerst effizient arbeitendes Team. Jede Unterhaltung war zu diesem Zeitpunkt tabu.

Als Erstes traf Dr. Saunders Vorbereitungen, um den Trokar des Insufflationsgeräts einzuführen und die Bauchhöhle der Patientin mit Gas zu füllen. Die Schaffung eines gasgefüllten Raums machte einen laparoskopischen Eingriff überhaupt erst möglich. Dr. Donaldson unterstützte ihn, indem sie neben Kristins Bauchnabel zwei Klammern ansetzte und die entspannte Bauchdecke ein wenig hochzog. Währenddessen machte Dr. Saunders unmittelbar neben dem Nabel einen kleinen Schnitt, durch den er sofort die beinahe dreißig Zentimeter lange Veress-Nadel für die Insufflation des Gases einführte. Mit seinen geübten Händen spürte er deutlich, wie die Nadel in die Bauchhöhle eindrang. Er hielt die Spezialkanüle an ihrem gezackten Rand fest und aktivierte das Insufflationsgerät. Im gleichen Moment strömte mit einer Geschwindigkeit von einem Liter pro Minute Kohlendioxyd in Kristins Bauchhöhle.

Während sie darauf warteten, dass sich der Bauchraum mit der erforderlichen Menge Gas füllte, nahm die Katastrophe ihren Lauf. Dr. Smith hatte seinen Blick auf die Monitore zur Überwachung der Atmung und der kardiovaskulären Funktionen seiner Patientin gerichtet, um sofort zu registrieren, wenn der intraabdominale Druck zu hoch wurde. Deshalb übersah er zwei scheinbar harmlose Anzeichen: nämlich dass Kristin ihr linkes Bein leicht beugte und dass ihre Augenlider flatterten. Hätte Dr. Smith oder ein anderer Kollege des Teams diese Bewegungen wahrgenommen, wäre ihm sofort klar gewesen, dass Kristins Narkose nachließ. Sie war zwar immer noch bewusstlos, aber sie war kurz davor aufzuwachen, und der ansteigende Druck in ihrem Bauch und das damit einhergehende unangenehme Gefühl beschleunigten den Aufwachprozess noch.

Plötzlich stöhnte Kristin und richtete sich auf. Sie schaffte es zwar nicht ganz bis in Sitzposition, denn Dr. Smith griff intuitiv nach ihren sich erhebenden Schultern und drückte sie wieder hinunter, doch es war trotzdem zu spät. Durch ihr Aufrichten bohrte sich die Veress-Nadel, deren eines Ende sich in Dr. Saunders' Hand befand, tief in ihren Bauch, wo sie eine große intraabdominale Vene durchstieß. Bevor Dr. Saunders das Insufflationsgerät stoppen konnte, gelangte eine beträchtliche Menge Gas in Kristins Gefäßsystem.

»Oh, mein Gott!«, schrie Dr. Smith entsetzt. Durch sein Stethoskop hörte er deutlich jenes gefürchtete Knirschen, das sich anhörte wie zwei aneinander reibende Mühlsteine und das sich im nächsten Moment, als das Gas das Herz erreichte, zu dem ohrenbetäubenden Gerüttel einer Waschmaschinenschleuder steigerte. »Wir haben eine Luftembolie!«, schrie er. »Legen Sie sie sofort auf die linke Seite!«

Dr. Saunders riss die blutige Nadel aus Kristins Bauch und warf sie zur Seite, im nächsten Augenblick landete die Nadel klirrend auf dem gefliesten Boden. Dann half er seinem Kollegen, Kristin auf die Seite zu rollen. Mit diesem verzweifelten Versuch wollten sie erreichen, dass das Gas in der rechten Herzhälfte blieb. Dr. Saunders stemmte sich mit aller Kraft gegen Kristins Körper, um ihn in dieser Lage zu halten. Obwohl sie immer noch nicht bei Bewusstsein war, wehrte sie sich.

Dr. Smith versuchte in höchster Eile, seiner Patientin so aseptisch wie möglich einen Katheter in die Vena jugularis zu schieben. Kristin sträubte sich und kämpfte heftig gegen das auf ihr lastende Gewicht, wodurch es so gut wie unmöglich war, den Katheter einzuführen. Es war, als zielte man mit einem Gewehr auf ein bewegliches Ziel. Dr. Smith überlegte, ob er die Propofoldosis erhöhen oder ihr mehr Mivacurium geben sollte, entschied sich dann aber dagegen, weil ihm die Zeit davonlief. Schließlich gelang ihm die Gefäßpunktion, doch als er den Kolben der Spritze zurückzog, befand sich in dem Röhrchen nichts als blutiger Schaum. Ein erneuter Versuch brachte das gleiche Ergebnis. Er schüttelte bestürzt den Kopf, doch bevor er etwas sagen konnte, wurde Kristin plötzlich steif. Im nächsten Augenblick wurde sie von heftigen Krämpfen und Zuckungen geschüttelt. Es bestand kein Zweifel – sie litt unter einem heftigen generalisierten Krampfanfall.

Hektisch nahm Dr. Smith das neu aufgetretene Problem in Angriff, wobei er mit aller Kraft gegen sein flaues Gefühl im Magen ankämpfte. Er wusste nur zu gut, dass der Beruf des Anästhesisten in erster Linie durch lähmende, sich wiederholende Routinetätigkeiten gekennzeichnet war, die jedoch gelegentlich von absoluten Horrorepisoden unterbrochen wurden, und dies war ein solcher dramatischer Zwischenfall: Es gab eine schwere Komplikation bei einer jungen, gesunden Patientin, die sich freiwillig einem Eingriff unterzogen hatte.

Dr. Saunders und Dr. Donaldson traten einen Schritt zurück, die behandschuhten Hände vor ihren OP-Kitteln gefaltet. Gemeinsam mit den beiden Krankenschwestern verfolgten sie, wie Dr. Smith sich bemühte, Kristins Anfall unter Kontrolle zu bringen. Als er schließlich vorüber war, lag Kristin erneut regungslos auf dem Rücken. Niemand sagte ein Wort. Außer dem gedämpften Gedudel eines Radios, das durch die geschlossene Tür aus dem Sterilisationsraum in den OP drang, war lediglich das Schnaufen des Beatmungsgeräts zu hören, das für die Patientin das Atmen übernahm.

»Wie lautet Ihr Urteil?«, fragte Dr. Saunders schließlich. Seine vollkommen gefühllose Stimme hallte von den gekachelten Wänden zurück.

Dr. Smith atmete geräuschvoll aus; er klang wie ein Ballon, aus dem die Luft entweicht. Dann beugte er sich widerstrebend über Kristins Kopf und zog mit beiden Zeigefingern die Augenlider hoch. Ihre Pupillen waren deutlich erweitert und reagierten nicht auf das helle Licht der OP-Strahler. Er zog seine Pupillenlampe aus der Tasche und richtete den Strahl direkt in Kristins Augen. Wieder war die Reaktion gleich null.

»Es sieht nicht gut aus«, brachte er schließlich hervor. Seine Kehle war so trocken, dass er kaum sprechen konnte. Eine derartige Komplikation hatte er noch nie erlebt.

»Was heißt das?«, hakte Dr. Saunders nach.

Dr. Smith schluckte. »Ich würde sagen, der Anfall hat ihr den Rest gegeben. Vor einer Minute schien noch alles ein Kinderspiel, und jetzt geht nichts mehr. Sie atmet nicht einmal mehr selbstständig.«

Dr. Saunders nickte mehrmals und dachte angestrengt nach. Dann riss er sich die Handschuhe von den Händen, warf sie auf den Boden und löste seinen Mundschutz, der ihm auf die Brust hinabrutschte. »Worauf warten Sie noch?«, fuhr er seine Kollegin Dr. Donaldson an. »Führen Sie den Eingriff zu Ende! Dann bekommen Sie wenigstens ein bisschen Praxis. Und nehmen Sie sich beide Seiten vor!«

»Meinen Sie das im Ernst?«, hakte Dr. Donaldson nach.

»Wieso sollten wir die Gelegenheit ungenutzt verstreichen lassen?«, fragte Dr. Saunders zurück.

»Und was haben Sie vor?«, wollte Dr. Donaldson wissen.

»Ich rede mit Kurt Hermann«, erwiderte Dr. Saunders und öffnete seinen OP-Kittel. »Dieser Fall ist sehr unglücklich gelaufen, aber zum Glück haben wir so eine Katastrophe vorhergesehen und entsprechende Maßnahmen vorbereitet.«

»Informieren Sie auch Spencer Wingate?«, fragte Dr. Donaldson. Dr. Wingate war der Gründer und offizielle Leiter der Klinik.

»Das weiß ich noch nicht«, erwiderte Dr. Saunders. »Ich würde sagen, das hängt davon ab, wie sich die Dinge entwickeln. Fürs Erste sage ich ihm nichts. Wissen Sie, wie Kristin Overmeyer hergekommen ist?«

»Sie ist mit ihrem eigenen Wagen gekommen«, erwiderte Dr. Donaldson. »Er steht auf dem Parkplatz.«

»Ist sie allein gekommen?«

»Nein. Sie wurde von einer Freundin begleitet. Das empfehlen wir allen Patientinnen. Ihr Name ist Rebecca Corey. Sie hält sich im Wartebereich auf.«

Auf dem Weg zur Tür warf Dr. Saunders seinem Kollegen einen vorwurfsvollen Blick zu.

»Tut mir Leid«, brachte Dr. Smith hervor.

Dr. Saunders zögerte einen Augenblick. Er hatte nicht schlecht Lust, dem Anästhesisten zu sagen, was er von ihm hielt, doch dann verkniff er sich die Bemerkung. Er wollte einen kühlen Kopf bewahren, und eine Auseinandersetzung mit Dr. Smith zum jetzigen Zeitpunkt hätte ihn mit Sicherheit auf die Palme gebracht. Schließlich hatte es ihm schon gereicht, dass der Mann ihn so lange hatte warten lassen.

Ohne sich seiner OP-Kleidung zu entledigen, schnappte er sich in dem Raum, der für das OP-Personal als Aufenthaltsraum diente, einen langen weißen Arztkittel und streifte ihn im Gehen über. Er eilte die Metalltreppe hinunter ins

Erdgeschoss, verließ das Gebäude und stürmte hinaus auf den Rasen, der gerade die ersten Anzeichen des nahenden Frühlings erkennen ließ. Um sich vor dem stürmischen Wind des für den frühen April typischen Neuenglandwetters zu schützen, zog er den Kittel enger um sich herum und steuerte das massiv gebaute Pförtnerhaus der Klinik an.

Er fand den Sicherheitschef über seinen zerkratzten und abgenutzten Schreibtisch gebeugt, er studierte gerade den Dienstplan seiner Abteilung für den Monat Mai.

Falls Kurt Hermann über das plötzliche Auftauchen des Mannes, der die Wingate Clinic zurzeit de facto leitete, überrascht war, ließ er sich dies jedenfalls nicht im Geringsten anmerken. Außer dass er von seiner Arbeit aufsah, würdigte er Dr. Saunders' Anwesenheit lediglich durch ein angedeutetes fragendes Heben seiner rechten Augenbraue.

Dr. Saunders nahm sich einen der in dem spärlich möblierten Büro stehenden Stühle und ließ sich vor dem Schreibtisch des Sicherheitschefs nieder.

»Wir haben ein Problem«, begann Dr. Saunders.

»Ich höre«, entgegnete Kurt. Sein Stuhl quietschte vernehmlich, als er sich zurücklehnte.

»Wir hatten gerade eine schwere Narkosekomplikation. Eine Katastrophe, genauer gesagt.«

»Wo ist die Patientin?«

»Noch im OP, aber wir sind bald mit ihr fertig.«

»Name?«

»Kristin Overmeyer.«

»Ist sie allein gekommen?«, fragte Kurt und notierte sich den Namen.

»Nein. Sie wurde von einer Freundin namens Rebecca Corey begleitet. Dr. Donaldson zufolge hält sie sich im Wartebereich auf.«

»Was machen wir mit dem Wagen?«

»Keine Ahnung«, erwiderte Dr. Saunders.

»Das wird sich finden«, stellte Kurt fest und nahm den Arzt mit seinen stahlblauen Augen ins Visier.

»Für solche Fälle haben wir Sie und Ihre Leute eingestellt«, stellte Dr. Saunders lapidar fest. »Kümmern Sie sich um die Angelegenheit, und verschonen Sie mich mit irgendwelchen Details!«

»Kein Problem«, entgegnete Kurt und legte seinen Kugelschreiber so behutsam auf dem Schreibtisch ab, als könnte er zerbrechen.

Für einen Augenblick starrten die beiden Männer sich an. Dann stand Dr. Saunders auf, drehte sich um und ging wortlos hinaus, wo ihn erneut eine morgendliche Aprilbrise empfing.

1

8. Oktober 1999, 23.15 Uhr

Habe ich dich richtig verstanden?«, fragte Joanna Meissner ihren Freund Carlton Williams. Die beiden saßen in der dunklen Fahrerkabine von Carltons Jeep Cherokee, den sie auf der Craigie Street in unmittelbarer Nähe des Craigie-Arms-Apartmenthauses in Cambridge, Massachusetts, im Halteverbot geparkt hatten. »Du bist also zu dem Schluss gekommen, dass es das Beste für uns wäre, unsere Hochzeit zu verschieben, bis du in drei oder vier Jahren mit deiner Fachausbildung zum Chirurgen fertig bist.«

»Beschlossen habe ich gar nichts«, entgegnete Carlton. Er fühlte sich in die Ecke gedrängt. »Wir unterhalten uns doch nur.«

Joanna und Carlton hatten am Harvard Square in einem Restaurant gegessen und den Freitagabend in vollen Zügen genossen. Doch dann hatte Joanna ein heikles Thema angesprochen, nämlich wie es langfristig mit ihrer Beziehung weitergehen sollte. Wie immer, wenn sie darauf zu sprechen kam, war der Ton ihrer bis dahin angenehmen Unterhaltung abrupt umgeschlagen. Da sie seit einiger Zeit verlobt waren, kam das delikate Thema nicht zum ersten Mal zur Sprache. Sie waren schon seit einer Ewigkeit ein Paar; kennen gelernt hatten sie sich schon im Kindergarten, und seit der neunten Klasse gingen sie miteinander.

»Bitte, Joanna«, redete Carlton beruhigend auf sie ein. »Ich will doch nur das Beste für uns beide.«

»Komm mir bloß nicht mit diesem dummen Spruch!«, platzte Joanna heraus. Eigentlich hatte sie sich fest vorgenommen, diesmal ruhig zu bleiben, doch jetzt spürte sie eine unbändige Wut in sich aufsteigen.

»Ich meine es ernst«, fuhr Carlton unbeirrt fort. »Ich maloche wie ein Irrer. Du kennst doch meine Arbeitszeiten und weißt, wie oft ich Bereitschaftsdienst habe. Als Assistenzarzt im Massachusetts General Hospital zu arbeiten, ist wahrlich kein Zuckerschlecken. Ich hätte nie gedacht, dass der Job so aufreibend sein würde.«

»Und was tut das zur Sache?«, fuhr Joanna ihn an. Sie war inzwischen so aufgebracht, dass sie ihre Wut nicht mehr unter Kontrolle halten konnte. Sie fühlte sich betrogen und zurückgewiesen.

»Es tut jede Menge zur Sache«, stellte Carlton klar. »Ich bin überarbeitet, mit mir hast du nichts zu lachen. Ich fühle mich nicht einmal im Stande, eine normale Unterhaltung zu führen. In meinem Kopf dreht sich alles nur um das Krankenhaus. Es ist schon fast krankhaft. Ich kriege nicht einmal mehr mit, was um mich herum in Boston passiert, geschweige denn in der übrigen Welt.«

»Wenn wir uns gerade erst kennen gelernt und eine oberflächliche Beziehung hätten, würde das vielleicht eine klitzekleine Rolle spielen. Aber wir sind seit elf Jahren zusammen! Außerdem konntest du den heutigen Abend in vollen Zügen genießen, und es hat uns beiden Spaß gemacht – bis ich anzusprechen gewagt habe, dass wir endlich einen Termin für unsere Hochzeit festlegen sollten.«

»Ich bin ja auch gern mit dir zusammen ...«, wandte Carlton ein.

»Das ist ja sehr tröstlich«, unterbrach Joanna ihn sarkastisch. »Dabei ist das Verrückteste an unserer Situation, dass du mich gefragt hast, ob ich dich heiraten will – und nicht etwa umgekehrt. Und das war vor sieben Jahren! Ich würde sagen, seitdem ist deine Leidenschaft deutlich abgekühlt.«

»Das stimmt doch gar nicht«, widersprach Carlton. »Ich möchte dich immer noch heiraten.«

»Tut mir Leid, aber das kaufe ich dir nicht ab. Nicht nach dieser langen Zeit. Zuerst wolltest du deinen College-Abschluss machen. Das war ja in Ordnung. Damit hatte ich wirklich kein Problem. Danach wolltest du die ersten zwei Jahre deines Medizinstudiums hinter dich bringen. Auch das war vollkommen okay, immerhin konnte ich in der Zeit einen großen Teil meiner Promotion vorbereiten. Aber auch als die zwei Jahre um waren, wolltest du den Termin wieder verschieben, diesmal bis zum Abschluss deines Medizinstudiums. Spätestens hier ist ein gewisses Verhaltensmuster wohl nicht mehr zu übersehen. Oder willst du das abstreiten? Als Nächstes hieß es, du wolltest zunächst noch das erste Jahr deiner Assistenzarztzeit hinter dich bringen. Ich blöde Kuh habe auch das akzeptiert. Und jetzt willst du mich bis zur Beendigung deiner Facharztausbildung vertrösten. Was kommt als Nächstes? Das Forschungsstipendium, von dem du mir vor einem Monat erzählt hast? Danach willst du mir vermutlich weismachen, dass wir am besten warten, bis du deine eigene Praxis eröffnet hast.«

»Ich versuche nur, das Ganze rational anzugehen«, rechtfertigte sich Carlton. »Es ist nun mal eine schwierige Entscheidung, und deshalb sollten wir unbedingt die Vor- und Nachteile abwägen …«

Joanna hörte nicht mehr zu. Stattdessen wandte sie ihre smaragdgrünen Augen vom Gesicht ihres Verlobten ab, der sie, während er redete, nicht einmal ansah. Er hatte es während des gesamten Gesprächs vermieden, ihr in die Augen zu schauen –; lediglich während ihres Monologs hatte er sie kurz angesehen, und da stand ihm sein schlechtes Gewissen ins Gesicht geschrieben. Jetzt starrte sie einfach nur ins Leere. Auf einmal hatte sie das Gefühl, von einer unsichtbaren Hand geohrfeigt zu werden. Carltons Vorschlag, ihren Hochzeitstermin erneut zu verschieben, ließ sie die Dinge plötzlich in einem viel klareren Licht erkennen. Und dann wurde sie plötzlich von einem Lachanfall geschüttelt, aber nicht aus Freude, sondern aus Fassungslosigkeit.

Carlton, der gerade die Vor- und Nachteile einer baldigen oder nicht so baldigen Hochzeit aufzählte, stockte mitten im Satz.

»Worüber lachst du?«, fragte er entgeistert. Er wandte seinen Blick vom Zündschlüssel ab, mit dem er die ganze Zeit herumgespielt hatte, und sah Joanna an. Im Halbdunkel der Fahrerkabine zeichnete sich ihr Kopf als Silhouette vor dem dunklen Seitenfenster ab. Von einer fernen Straßenlampe fiel ein wenig Licht durch die Windschutzscheibe auf ihr Gesicht. Ihr hübsches Profil wurde von glänzendem, strohblondem Haar eingerahmt, das in dem Dämmerlicht zu leuchten schien. Ihre strahlend weißen Zähne glitzerten zwischen ihren leicht geöffneten, vollen Lippen wie Diamanten. Für Carlton war sie die schönste Frau der Welt, selbst dann, wenn sie diese nervtötende Diskussion mit ihm führte.

Joanna ignorierte seine Frage und lachte weiter leise und freudlos vor sich hin. Dabei nahm die Eingebung, die ihr gerade gekommen war, immer klarere Formen an. Plötzlich fiel es ihr wie Schuppen von den Augen, dass ihre Mitbewohnerin Deborah Cochrane und ihre anderen Freundinnen vollkommen Recht gehabt hatten, als sie ihr immer wieder eingeimpft hatten, dass es nicht ihr Lebensziel sein könne, zu heiraten. Sie hatten ja so richtig gelegen, als sie ihr vor Augen geführt hatten, dass ihre traditionelle Erziehung und ihr Aufwachsen in einem Vorort von Houston sie durch und durch geprägt hatten. Wieso war sie bloß so lange so dumm gewesen und hatte sich so hartnäckig dagegen gesträubt, ihr Wertesystem, das sie blind akzeptiert hatte, in Frage zu stellen. Zum Glück war sie nicht so blöd gewesen, einfach nur untätig auf Carlton zu warten, sondern hatte stattdessen auch an sich gedacht und den Grundstein für eine viel versprechende Karriere gelegt. Sie musste nur noch ihre Dissertation zu Ende bringen, dann hatte sie ihren Doktor der Harvard University in Wirtschaftswissenschaften in der Tasche; außerdem verfügte sie über umfangreiche Computerkenntnisse.

»Worüber lachst du?«, wollte Carlton wissen. »Komm, nun sag schon!«

»Ich lache über mich selbst«, erwiderte Joanna schließlich, drehte sich um und sah ihrem Verlobten in die Augen. Wie seine gerunzelten Augenbrauen erkennen ließen, war er vollkommen verwirrt.

»Ich verstehe gar nichts mehr«, stellte er fest.

»Komisch«, entgegnete Joanna. »Ich hingegen sehe alles so klar wie nie zuvor.«

Sie musterte ihren linken Ringfinger, an dem sie ihren Verlobungsring trug. Das hereinfallende Licht war zwar sehr schwach, doch der Diamantsolitär bündelte den Schein und leitete ihn mit überraschender Intensität an Joanna weiter. Der Stein war ein Erbstück von Carltons Großmutter, und Joanna hing vor allem wegen seines Erinnerungswertes an ihm. Doch jetzt erschien er ihr wie ein vulgäres, glitzerndes Mahnmal, das ihr ihre eigene Leichtgläubigkeit vor Augen führte.

Auf einmal hatte sie das Gefühl, es in dem engen Raum nicht länger auszuhalten. Sie riss unvermittelt die Tür auf, sprang aus dem Wagen und blieb auf dem Bürgersteig stehen.

»Joanna!«, rief Carlton. Er beugte sich über den Schaltknüppel und sah sie an. Sie schien einen unumstößlichen Entschluss gefasst zu haben. Ihre normalerweise weichen Lippen bildeten eine schmale, grimmige Linie.

Er setzte an, sie zu fragen, was denn bloß mit ihr los sei, obwohl er das im Grunde natürlich genau wusste. Doch bevor er ein Wort herausbrachte, knallte sie die Autotür zu. Er richtete sich auf und drückte den Knopf, mit dem sich das Beifahrerfenster öffnen ließ. Als die Scheibe unten war, beugte Joanna sich in den Wagen. Ihr Gesichtsausdruck hatte sich nicht verändert.

»Wage es nicht, mich zu fragen, was mit mir los ist!«, fuhr sie ihn an.

»Du benimmst dich nicht gerade wie eine erwachsene Frau«, stellte Carlton fest.

»Vielen Dank für deine objektive Einschätzung«, entgegnete sie. »Danke auch, dass du mir heute Abend die Augen geöffnet hast. Das hat es mir mit Sicherheit leichter gemacht, eine Entscheidung zu treffen.«

»Eine Entscheidung zu treffen?«, hakte Carlton nach. »Wie meinst du das?« Seine Stimme klang auf einmal nicht mehr so fest wie noch ein paar Minuten zuvor. Wenn man genau hinhörte, zitterte sie sogar. Er ahnte, was jetzt kommen würde, und ihm wurde mit einem Mal ganz anders.

»Eine Entscheidung im Hinblick auf meine Zukunft«, erwiderte Joanna. »Hier!« Sie streckte ihm ihre zusammengepresste Faust entgegen, um ihm etwas zu geben.

Carlton streckte zögernd seine Hand aus. Er spürte, wie

etwas Kaltes in seine Handfläche fiel. Als er hinsah, erblickte er den Diamantring seiner Großmutter.

»Was soll das?«, stammelte er.

»Das dürfte doch wohl klar sein, oder?«, entgegnete Joanna. »Betrachte dich als frei, und freu dich, dass du nun in Ruhe deine Assistenzarztzeit beenden kannst und was immer dein kleines Herz sonst noch begehren mag. Ich will dir auf keinen Fall länger im Weg stehen.«

»Das meinst du doch nicht im Ernst?«, fragte Carlton. Der plötzliche und jähe Stimmungsumschwung hatte ihn vollkommen durcheinander gebracht.

»Und wie ernst ich das meine!«, stellte Joanna klar. »Betrachte unsere Verlobung als offiziell aufgelöst. Gute Nacht, Carlton.«

Mit diesen Worten drehte sie sich um und schritt entschlossen die Craigie Street zurück in Richtung Concord Avenue, wo sich der Eingang zum Craigie-Arms-Apartmenthaus befand. Ihre Wohnung lag im zweiten Stock.

Nach einem kurzen Kampf mit dem Türöffner sprang Carlton aus dem Cherokee und rannte hinter Joanna her, die bereits die Straßenecke erreicht hatte. Hinter ihm wirbelten ein paar dunkelrote Ahornblätter durch die Luft, die frisch vom Baum gefallen waren. Kurz vor dem Eingang des Apartmenthauses hatte er seine Ex-Verlobte eingeholt. Er war außer Atem und hielt den Verlobungsring in seiner zusammengeballten Faust.

»Okay«, brachte er hervor, »du hast mir die Meinung gesagt. Jetzt nimm den Ring zurück.« Er streckte ihr die Hand entgegen.

Joanna schüttelte den Kopf. Die grimmige Entschlossenheit war aus ihrem Gesicht verschwunden. Stattdessen lächelte sie ihn an. »Ich habe dir den Ring weder zurückgegeben, um ein kleines Drama zu initiieren, noch bin ich richtig wütend auf dich. Aber offenbar ist Heiraten im Augenblick kein Thema für dich, und plötzlich will ich auch nicht mehr. Geben wir uns also eine Auszeit. Wir können ja Freunde bleiben.«

»Aber ich liebe dich doch!«, platzte Carlton heraus.

»Das schmeichelt mir«, entgegnete Joanna. »Ich denke, ich liebe dich auch noch. Aber irgendwie hat sich alles zu lange hingeschleppt. Lass uns lieber getrennte Wege gehen, zumindest erst einmal.«

»Aber …«

»Gute Nacht, Carlton«, verabschiedete sich Joanna. Sie stellte sich auf die Zehenspitzen und hauchte ihrem Ex ein Küsschen auf die Wange. Ein paar Sekunden später betrat sie den Fahrstuhl. Sie hatte sich nicht mehr umgedreht.

Als sie den Schlüssel ins Schloss ihrer Wohnungstür steckte, merkte sie, dass sie zitterte. Obwohl sie sich so lässig von Carlton verabschiedet hatte, spürte sie jetzt, wie es in ihr brodelte. Sie war vollkommen durcheinander.

»Was ist denn mit dir los?«, rief ihre Mitbewohnerin Deborah Cochrane und warf einen Blick auf die Uhrzeit, die am Rand ihres Computerbildschirms angegeben war. »Für einen Freitagabend bist du ziemlich früh. Bist du krank?« Deborah trug ein lässiges, übergroßes Sweatshirt mit Harvard-Aufdruck. Verglichen mit der zarten, zerbrechlich wirkenden femininen Art Joannas war sie mit ihrem kurzen, dunklen Haar, ihrer dunklen, mediterranen Hautfarbe und ihrem athletischen Körperbau eher ein unbändiger Wildfang. Ihre Gesichtszüge waren zwar untrüglich weiblich, doch sie waren kräftiger und runder als die von Joanna. Alles in allem ergänzten sich die beiden Freundinnen prima und unterstrichen jede auf ihre Art ihre natürliche Schönheit.

Joanna antwortete nicht und hängte ihren Mantel an der Garderobe im Flur auf. Deborah nahm ihre Freundin genau ins Visier, als diese den spärlich möblierten Wohnraum betrat, sich auf das Sofa plumpsen ließ und die Füße unter sich zog. Erst jetzt war sie bereit, sich Deborahs prüfendem Blick zu stellen. »Erzähl mir nicht, ihr habt euch gestritten«, begann Deborah.

»Gestritten haben wir uns eigentlich nicht«, entgegnete Joanna. »Wir haben uns nur getrennt.«

Deborah fiel die Kinnlade herunter. Sie kannte Joanna seit dem Orientierungsseminar in ihrem ersten Studienjahr, was inzwischen sechs Jahre her war, und seitdem hatte Carlton in Joannas Leben quasi zum Inventar gehört. Aus ihrer Sicht hatte absolut gar nichts darauf hingedeutet, dass in der Beziehung der beiden etwas nicht stimmte. »Was ist passiert?«, fragte sie verdattert.

»Ich hatte eine plötzliche Eingebung«, erwiderte Joanna. Ihre Stimme zitterte leicht, was Deborah keineswegs verborgen blieb. »Unsere Verlobung ist aufgelöst. Aber noch wichtiger ist vielleicht, dass ich nicht mehr darauf aus bin, zu heiraten. Fertig, aus. Falls es passiert, wunderbar, und falls nicht, ist es auch okay.«

»Habe ich das nicht schon immer gepredigt?«, platzte Deborah heraus. Sie konnte ihre Freude nur schwer unterdrücken. »Das klingt ja gar nicht nach dem Buttercremetorte glasierenden Mädel im Brautjungfernkleidchen, an das ich mich so gewöhnt habe. Wie kommt es zu dem plötzlichen Sinneswandel?« In Deborahs Augen glich Joannas zielstrebiges und unerschütterliches Ansteuern der Ehe beinahe religiösem Fanatismus.

»Carlton wollte unseren Hochzeitstermin wieder einmal verschieben«, erklärte Joanna. »Dieses Mal bis zum Ende seiner Facharztausbildung.« Sie fasste die letzte Viertelstunde ihres Gesprächs mit Carlton für ihre Freundin zusammen. Deborah hörte aufmerksam zu.

»Bist du einigermaßen okay?«, fragte sie, als Joanna fertig war. Sie beugte sich vor und sah ihr aus der Nähe in die Augen.

»Ja«, erwiderte Joanna. »Es geht mir besser, als ich es für möglich gehalten hätte. Ich fühle mich ein bisschen zittrig, aber im Großen und Ganzen bin ich okay.«

»Dann sollten wir feiern!«, rief Deborah. Sie stand auf und stürmte in die Küche. »Ich habe noch eine Flasche Champagner, die ich lange aufgespart habe. Jetzt ist genau der richtige Zeitpunkt, sie zu köpfen.«

»Vielleicht«, brachte Joanna hervor. Eigentlich war ihr nicht gerade nach feiern zumute, doch die Energie, die es kostete, sich Deborahs Begeisterung zu widersetzen, brachte sie auch nicht mehr auf.

»Es kann losgehen!«, rief Deborah, als sie mit der Flasche in der einen und zwei Champagnergläsern in der anderen Hand zurückkehrte. Sie kniete sich vor den Couchtisch und löste den Verschluss. Der Korken flog mit einem lauten Knall gegen die Decke. Deborah lachte, aber sie registrierte auch, dass Joanna keine Miene verzog.

»Bist du wirklich okay?«, fragte sie ihre Freundin.

»Ich muss mich wohl erst mal an die Veränderung in meinem Leben gewöhnen.«

»Mit Sicherheit«, stimmte Deborah ihr zu. »Wie ich dich kenne, kommt deine Entscheidung dem Sündenfall des Apostels Paulus auf dem Weg nach Damaskus gleich. Schließlich hat die altehrwürdige Houstoner Gesellschaft dich schon darauf gedrillt, nichts anderes als den heiligen Hafen der Ehe anzusteuern, als du noch nichts weiter warst als ein Funkeln in den Augen deiner Mutter.«

Jetzt musste sogar Joanna lachen.

Deborah schenkte den Champagner ein wenig zu schwungvoll ein. Die vor allem mit Schaum gefüllten Gläser quollen über, und ein Teil des guten Tropfens landete auf dem Tisch. Deborah kümmerte sich nicht darum; sie nahm die Gläser und reichte eins an Joanna weiter. Dann stieß sie mit ihrer Freundin an.

»Willkommen in der Gesellschaft des einundzwanzigsten Jahrhunderts!«, erklärte Deborah.

Sie erhoben ihre langstieligen Gläser und versuchten zu trinken, doch der Schaum brachte sie nur zum Husten, und sie bekamen einen Lachanfall. Um den ausgelassenen Augenblick nicht zu verderben, lief Deborah schnell mit den beiden Gläsern in die Küche, leerte sie und kehrte zurück. Beim zweiten Versuch schenkte sie vorsichtiger ein, indem sie die Gläser schräg hielt und den Champagner an den Seiten hinunterlaufen ließ. Diesmal konnten sie Flüssigkeit trinken statt Schaum.

»Nicht gerade ein besonders edler Tropfen«, stellte Deborah fest. »Aber das wundert mich nicht. Schließlich ist er von David, meinem Verflossenen, und der war ja ein Geizkragen ersten Ranges.« Deborah hatte ihre letzte Beziehung erst vor einer Woche beendet. Vier Monate hatte sie es mit David Curtis ausgehalten. Im Gegensatz zu Joanna war sie noch nie länger als zwei Jahre mit einem Freund zusammen gewesen, und auch das war nur einmal zu Highschool-Zeiten vorgekommen. Die beiden Freundinnen konnten kaum unterschiedlicher sein. Während Joanna in einem wohlhabenden Südstaatenvorort aufgewachsen war, wo es noch richtige, von Ölmultis gesponserte Debütantenbälle gab, zu denen sie immer gern gegangen war, hatte Deborah ihre Kindheit und Jugend mit ihrer allein erziehenden, unkonventionellen, in ihrer Akademikerkarriere aufgehenden Mutter in Manhattan verbracht. Ihren Vater hatte Deborah nie kennen gelernt, denn ihre bevorstehende Geburt war der Grund gewesen, weshalb ihre Eltern sich getrennt hatten. Ihre Mutter hatte erst geheiratet, als Deborah bereits aufs College gegangen war.

»Ich habe noch nie auf Champagner gestanden«, stellte Joanna fest. »Ich würde gar nicht merken, ob es ein guter oder ein schlechter Tropfen ist.« Sie drehte das Glas in der

Hand und sah fasziniert zu, wie immer wieder einzelne Perlen an die Oberfläche stiegen.

»Was ist denn mit deinem Ring passiert?«, fragte Deborah, der erst jetzt auffiel, dass das Lieblingsschmuckstück ihrer Freundin verschwunden war.

»Ich habe ihn zurückgegeben«, erwiderte Joanna beiläufig.

Deborah schüttelte den Kopf. Sie war baff. Joanna hatte den Diamantring und alles, wofür er stand, innig geliebt und ihn fast nie abgenommen.

»Ich meine es eben wirklich ernst«, stellte Joanna klar.

»Den Eindruck gewinne ich allmählich auch«, entgegnete Deborah. Sie war sprachlos.

Das Klingeln des Telefons schreckte sie beide hoch. Deborah erhob sich.

»Wahrscheinlich ist es Carlton«, vermutete Joanna. »Aber ich will nicht mit ihm sprechen.«

Deborah ging zu dem Tischchen, auf dem das Telefon stand, und warf einen Blick auf das Display. »Du hast Recht. Es ist Carlton.«

»Lass den Anrufbeantworter laufen«, bat Joanna.

Deborah kehrte zum Couchtisch zurück und setzte sich. Das Telefon klingelte weiter. Die beiden Freundinnen sahen sich an und warteten. Nach dem vierten Klingeln sprang der Anrufbeantworter an. Während die Ansage abgespult wurde, herrschte Ruhe. Dann hallte Carltons besorgte, von ein paar Störgeräuschen leicht verzerrte Stimme durch den asketisch ausgestatteten Raum.

»Du hast ja Recht, Joanna! Es war eine dumme Idee von mir, unsere Hochzeit erneut verschieben und warten zu wollen, bis ich mit meiner Facharztausbildung fertig bin.«

»Ich habe nie behauptet, es sei eine dumme Idee«, flüsterte Joanna, als ob Carlton sie hören könnte.

»Ich habe mir etwas überlegt«, fuhr Carlton fort. »Was

hältst du davon, wenn wir im Juni heiraten? Du hast dir doch immer gewünscht, im Juni zu heiraten. Also, mir würde der Juni gut passen. Ruf mich doch bitte an, sobald du meine Nachricht hörst, dann können mir noch mal über alles reden. Okay?«

Der Anrufbeantworter gab ein paar weitere mechanische Geräusche von sich, dann begann das kleine rote Lämpchen vorne auf dem Gerät zu blinken.

»Da sieht man mal wieder, dass er keine Ahnung hat«, stellte Joanna fest. »Meine Mutter könnte nie und nimmer in acht Monaten eine traditionelle Houstoner Hochzeit organisieren.«

»Ich finde, er klang ein bisschen verzweifelt«, sagte Deborah. »Wenn du ihn zurückrufen und ungestört sein möchtest, verschwinde ich.«

»Ich will nicht mit ihm reden«, entgegnete Joanna entschieden. »Jedenfalls nicht jetzt.«

Deborah legte ihren Kopf auf die Seite und musterte ihre Freundin. Sie wollte ihr wirklich gerne helfen, aber im Augenblick war sie mit ihrem Latein am Ende.

»Es ist nicht so, dass Carlton und ich über dieses Thema streiten würden«, erklärte Joanna. »Und genauso wenig handelt es sich um eine kleine Neckerei unter Liebenden. Ich will ihn zu nichts drängen, und ehrlich gesagt, wäre es auch mir auf einmal nicht mehr ganz geheuer, so bald zu heiraten.«

»Das sind ja ganz neue Töne.«

»Stimmt«, gestand Joanna. »Plötzlich will Carlton den Termin vorziehen und ich bin diejenige, die zögert. Ich glaube, ich brauche einfach ein bisschen Zeit und Freiraum für mich.«

»Das kann ich gut verstehen«, entgegnete Deborah. »Außerdem finde ich es sehr vernünftig von dir, dass du dich jetzt nicht auf eine alberne Debatte über den Hochzeitstermin einlässt. Das würde nur neue Probleme heraufbeschwören.«

»Das Problem ist nur, dass ich ihn immer noch liebe«, stellte Joanna mit einem trockenen Lächeln fest. »Wenn ich mich auf eine Diskussion einließe, würde ich vermutlich sofort klein beigeben.«

Deborah lachte. »Da hast du wohl Recht. Eine so frisch Bekehrte wie du, die gerade erst zu einer modernen, vernünftigen Einstellung in Sachen Ehe gefunden hat, ist bestimmt in höchstem Maße rückfallgefährdet. Du brauchst in der Tat unbedingt erst einmal Zeit für dich. Und weißt du, was das Beste ist? Ich glaube, ich habe die Antwort.«

»Die Antwort worauf?« fragte Joanna.

»Ich zeige dir etwas«, erwiderte Deborah. Sie richtete sich auf und nahm die neueste Ausgabe der *Harvard Crimson* von ihrem Schreibtisch. Die Zeitung war aufgeschlagen, und die Anzeigenseite lag oben. Sie reichte ihr die Zeitung.

Joanna überflog die Seite und las den mit Kugelschreiber umkringelten Text. Dann sah sie Deborah fragend an. »Meinst du die Anzeige von der Wingate Clinic?«

»Ja«, erwiderte Deborah aufgekratzt.

»Es ist eine Anzeige, in der nach Eizellenspenderinnen gesucht wird«, stellte Joanna fest.

»Genau«, bestätigte Deborah.

»Und wieso soll das die Antwort für mich sein?«, fragte Joanna.

Deborah umrundete den Couchtisch und ließ sich neben Joanna auf dem Sofa nieder. Dann zeigte sie mit dem Zeigefinger auf die angebotene Entschädigung. »Das Geld ist die Antwort. Fünfundvierzigtausend Dollar! Eine schöne Geldspritze, wenn du mich fragst.«

»Die gleiche Anzeige war im vergangenen Frühjahr schon mal im *Crimson* und hat für reichlich Aufregung gesorgt«, stellte Joanna fest. »Danach ist sie nie wieder erschienen. Glaubst du, das Angebot ist ernst gemeint? Vielleicht hatte auch nur jemand Lust, ein paar College-Studentinnen einen kleinen Streich zu spielen.«

»Ich glaube, es ist ernst gemeint«, erwiderte Deborah. »Die Wingate Clinic ist eine Klinik, die auf Kinderwunschbehandlungen spezialisiert ist. Sie hat ihren Sitz in Bookford, Massachusetts, das ist noch hinter Concord. Das habe ich auf der Website der Klinik gelesen.«

»Aber warum sind sie bereit, so viel Geld zu zahlen?«, fragte Joanna.

»Aus der Website geht hervor, dass die Klinik vor allem von reichen Patienten konsultiert wird, die bereit sind, für vermeintliche Qualität eine Menge zu bezahlen. Offenbar wollen diese Patienten Harvard- Absolventinnen als Spenderinnen. Klingt ein bisschen wie diese Samenbank in Kalifornien, wo die Spender alle Nobelpreisträger sind. Vom genetischen Standpunkt betrachtet ist das natürlich der reine Wahnsinn, aber vielleicht steht es uns auch nicht an, die Motive der Leute in Frage zu stellen.«

»Nobelpreisträgerinnen sind wir mit Sicherheit nicht«, stellte Joanna klar. »Wenn man es genau nimmt, sind wir noch nicht einmal Harvard-Absolventinnen. Wieso glaubst du, dass sie sich für uns interessieren sollten?«

»Wieso denn nicht?«, fragte Deborah zurück. »Als Studentinnen eines Graduierten-Studiengangs sollten wir doch wohl als Harvard-Absolventinnen durchgehen. Ich kann mir nicht vorstellen, dass sie ausschließlich nach Absolventinnen aus Kursen für Nichtgraduierte suchen. Wie aus der Website der Klinik hervorgeht, legen sie Wert darauf, dass die Frauen unter fünfundzwanzig sind. Die Voraussetzung erfüllen wir so gerade noch.«

«Aber in der Anzeige heißt es außerdem, dass Bewerberinnen emotional stabil, attraktiv, nicht übergewichtig und zudem sportlich sein sollten. Meinst du nicht, wir überspannen den Bogen ein wenig, wenn wir uns darauf melden?«

»Nein. Ich finde, das trifft perfekt auf uns zu.«

»Sportlich?«, fragte Joanna und grinste. »Du vielleicht, aber ich bestimmt nicht. Und emotional stabil? Das kann ich nicht gerade von mir behaupten, und schon gar nicht in meinem jetzigen Zustand.«

»Einen Versuch ist es allemal wert«, beharrte Deborah. »Vielleicht bist du nicht gerade die sportlichste Frau auf dem Campus, aber wir können ja sagen, dass wir uns nur gemeinsam als Spenderinnen zur Verfügung stellen. Entweder sie nehmen uns beide oder sie bekommen keine von uns.«

»Meinst du das wirklich im Ernst?«, wollte Joanna wissen und nahm ihre Mitbewohnerin ins Visier. Deborah nahm gern mal jemanden auf den Arm.

»Zuerst hatte ich auch Bedenken«, gestand Deborah. »Aber dann habe ich mir die Sache vorhin noch mal durch den Kopf gehen lassen und fand das Angebot ziemlich interessant. Das Geld reizt mich einfach. Stell dir bloß vor – fünfundvierzigtausend Riesen! Mit so einem Haufen Kohle wären wir schlagartig aller Sorgen ledig. Wir könnten in aller Ruhe unsere Dissertationen schreiben und uns alles leisten. Und seitdem du nicht mehr darauf aus bist, so schnell wie möglich unter die Haube zu kommen, sollte dich das Angebot erst recht interessieren. Ein wenig zusätzliche Sicherheit kann dir bestimmt nicht schaden – ich meine zusätzlich zu deiner Ausbildung –, sonst gerät dein Entschluss noch ins Wanken. Außerdem könntest du das Geld ja als ein hübsches Startkapital betrachten, um dein Leben als Single zu planen.«

Joanna warf die Campus-Zeitung auf den Couchtisch. »Manchmal weiß ich wirklich nicht, ob du mich auf den Arm nimmst oder ob du es ernst meinst.«

»Ich nehme dich nicht auf den Arm! Du hast doch selber gesagt, dass du Zeit für dich und ein bisschen Freiraum brauchst. Mit dem Geld von der Klinik kannst du dir genau das leisten und noch vieles mehr. Ich habe auch schon einen Plan. Wir stellen uns dieser Wingate Clinic zur Verfügung, spenden ein paar Eizellen und kassieren neunzigtausend Dollar. Davon investieren wir ungefähr fünfzigtausend in den Kauf einer Zweizimmerwohnung in Boston oder Cambridge. Die Wohnung vermieten wir und bezahlen damit unsere Hypothekenraten ab.«

»Wieso sollten wir denn eine Wohnung kaufen und sie dann vermieten?«, fragte Joanna.

»Lass mich doch erst mal ausreden«, entgegnete Deborah.

»Wäre es nicht sinnvoller, die fünfzigtausend Dollar anzulegen? Vergiss nicht, dass ich die Wirtschaftsexpertin bin und du die Biologin.«

»Du magst zwar bald eine promovierte Wirtschaftswissenschaftlerin sein, aber was das Leben eines weiblichen Singles im einundzwanzigsten Jahrhundert angeht, gleichst du eher einem Baby, das allein im Wald ausgesetzt wurde. Also hör lieber zu, was ich dir vorschlage. Wir kaufen eine kleine Wohnung und schaffen damit einen Grundstock für unsere Zukunft. In früheren Generationen haben Frauen deswegen geheiratet, heute müssen wir das selber in die Hand nehmen. Ein nettes kleines Apartment ist ein guter Start und eine kluge Investition.«

»Das aus deinem Munde!«, staunte Joanna. »In Sachen Zukunftsplanung hast du mir offenbar einiges voraus.«

»Darauf gebe ich dir Brief und Siegel«, stellte Deborah klar. »Aber ich bin noch nicht fertig. Das Beste kommt nämlich noch: Mit den verbleibenden vierzigtausend fliegen wir nach Venedig und schreiben dort unsere Doktorarbeiten.«

»Nach Venedig!«, rief Joanna. »Ich glaube, du spinnst!«

»Warum?«, fragte Deborah. »Denk doch mal darüber nach. Du hast doch selber gesagt, dass du Zeit für dich brauchst. Was könnte also besser sein? Wir mieten uns ein gemütliches Apartment in Venedig, und Carlton bleibt hier und bringt seine Facharztausbildung hinter sich. Wir schreiben unsere Dissertationen und machen uns ein schönes Leben, und all das, ohne dass du deinen lieben Doktor am Hals hast.«

Joanna starrte ins Leere. Vor ihren Augen ließ sie Bilder von Venedig Revue passieren. Sie war schon einmal dort gewesen, allerdings war das schon eine Weile her. Sie war noch zur Highschool gegangen und auch nur für ein paar Tage in Venedig gewesen, zudem auch noch in Begleitung ihrer Eltern und Geschwister. Obwohl die Reise so lange zurücklag, hatte sie noch sehr klare Erinnerungen an das Wasser des Canale Grande, das in der Sonne glitzerte und sich an den gotischen Fassaden spiegelte. Genauso deutlich sah sie vor sich den belebten Markusplatz und die gegeneinander anspielenden Quartette der beiden berühmten, einander gegenüberliegenden Cafés. Damals hatte sie sich geschworen, die romantische Stadt irgendwann noch einmal zu besuchen. Natürlich hatte sie sich vorgestellt, mit Carlton zurückzukehren. Damals war er nicht mit gewesen, auch wenn sie schon mit ihm zusammen gewesen war.

»Und da ist noch etwas«, fuhr Deborah fort und riss Joanna aus ihrer Tagträumerei. »Wenn wir ein paar Eizellen spenden – von denen wir übrigens ein paar hunderttausend haben, sodass wir sie bestimmt nicht vermissen werden –, tun wir zudem auch noch ein bisschen etwas zur Befriedigung unseres Zeugungstriebs.«

»Jetzt willst du mich wieder auf die Schippe nehmen«, stellte Joanna fest.

»Aber nein!«, stellte Deborah klar. »Dadurch, dass wir unsere Eizellen zur Verfügung stellen, verhelfen wir Paaren, die keine Kinder bekommen können, zu einer Schwangerschaft, und die Kinder, die daraus hervorgehen, tragen zur Hälfte unsere Gene. Also laufen demnächst ein paar halbe Joannas und Deborahs herum.«

»Da hast du wohl Recht«, stimmte Joanna ihr zu und sah vor sich ein kleines Mädchen, das ihr ziemlich ähnelte. Die Vorstellung erfüllte sie mit Wohlgefühl, das sich jedoch schlagartig änderte, als sie das kleine Mädchen an der Hand von zwei absolut fremden Menschen sah.

»Natürlich habe ich Recht«, stellte Deborah klar. »Und das Beste daran ist, dass wir weder Windeln wechseln noch uns die Nächte um die Ohren schlagen müssen. Was meinst du? Wollen wir es probieren?«

»Lass uns nichts überstürzen«, bat Joanna und hob die Hände, als müsste sie sich vor irgendetwas schützen. »Mir geht das alles viel zu schnell. Falls sie uns akzeptieren sollten – was ich mir bei all den Voraussetzungen, die wir laut der Anzeige erfüllen müssen, sowieso nicht vorstellen kann –, sind für mich noch jede Menge Fragen offen.«

»Welche denn?«

»Wie spendet man zum Beispiel Eizellen? Ich meine, was machen sie mit uns? Wie du weißt, mache ich um Ärzte und Krankenhäuser seit jeher einen großen Bogen.«

»Aus dem Mund einer Frau, die ein halbes Jahrhundert mit einem angehenden Arzt verbracht hat, klingt das wirklich super.«

»Du weißt schon, was ich meine«, entgegnete Joanna. »In medizinischer Hinsicht habe ich nur als Patientin Umgang mit Ärzten.«

»Der Anzeige zufolge ist für die Spende nur eine minimale Stimulation erforderlich«, erklärte Deborah.

»Ist das in Ordnung?«

»Auf jeden Fall«, erwiderte Deborah. »Normalerweise müssen die Eierstöcke extrem stimuliert werden, um mehrere Eizellen zu gewinnen, und die Überstimulation kann bei manchen Frauen zu starken Problemen führen. Die betroffenen Frauen empfinden dann so etwas wie extrem heftige PMS-Symptome. Die Stimulierung der Eierstöcke erfolgt mit starken Hormonen. Einige der Hormone stammen kurioserweise angeblich von italienischen Nonnen und wurden diesen nach der Menopause entnommen.«

»Jetzt mach aber mal einen Punkt!«, entgegnete Joanna. »Jeden Quatsch kaufe ich dir nun auch nicht ab.«

»Ich schwöre dir, dass das stimmt«, ereiferte sich Deborah. »Die Hirnanhangdrüsen dieser Nonnen produzieren im Klimakterium vermehrt humanes hypophysäres Gonadotropin, und genau das bewirkt die gewünschten Ergebnisse. Man gewinnt es aus Urin. Glaub mir!«

»Okay, du musst es ja wissen«, gab Joanna sich geschlagen und zog ein angewidertes Gesicht. »Aber noch mal zurück zur Wingate Clinic – wieso können sie dort auf eine solche Stimulation verzichten?«

»Ich vermute, sie setzen auf Qualität statt Quantität«, erwiderte Deborah. »Aber genau weiß ich es natürlich auch nicht. Diese Frage sollte man den Ärzten dort auf jeden Fall stellen.«

»Und wie gewinnen sie die Eizellen?«

»Auch da kann ich nur raten, aber ich nehme an, mit Hilfe einer Hohlnadel und unter Ultraschallkontrolle.«

»Wie furchtbar!«, rief Joanna. Ihr lief ein kalter Schauer über den Rücken. »Nadeln kann ich absolut nicht ausstehen, und die Nadel, mit der so etwas durchgeführt wird, ist wahrscheinlich extrem lang. Hast du eine Ahnung, von wo sie zustechen?«

»Ich schätze, man wählt den Zugang durch die Vagina«, vermutete Deborah.

Joanna musste sich erneut schütteln.

»Stell dich nicht so an!«, versuchte Deborah ihre Freundin zu beruhigen. »Wahrscheinlich ist es nicht gerade angenehm, aber so schlimm kann es auch nicht sein. Immerhin müssen das alle Frauen über sich ergehen lassen, die durch In-vitro-Befruchtung schwanger werden wollen. Und vergiss nicht – es geht um fünfundvierzigtausend Dollar. Dafür kann man sich wohl mal ein bisschen pieksen lassen.«

»Ob der Eingriff wohl unter Narkose durchgeführt wird?«

»Keine Ahnung«, erwiderte Deborah. »Die Frage müssen wir auch den Experten stellen.«

»Du scheinst es wirklich ernst zu meinen.«

»Im Grunde können wir ja auch nur gewinnen. Wir streichen einen fetten Batzen Geld ein und einigen Paaren wird ihr Kinderwunsch erfüllt. Es kommt mir so vor, als würde man für seine Großherzigkeit bezahlt.«

»Ich wünschte, wir könnten mit einer Frau reden, die diesen Eingriff schon mal über sich hat ergehen lassen«, sagte Joanna.

»Vielleicht ist das sogar möglich«, entgegnete Deborah. »Das Thema Eizellspende kam irgendwann in einer Laborgruppendiskussion im Biologieseminar 101 auf, das ich im vergangenen Semester geleitet habe. Damals hatte die Wingate Clinic gerade ihre erste Anzeige im Crimson geschaltet. Eine der Studentinnen aus dem ersten Studienjahr hat erzählt, man habe sie interviewt und akzeptiert. Sie war fest entschlossen, den Eingriff durchführen zu lassen.«

»Weißt du noch, wie sie hieß?«

»Nein, aber ich weiß, wie ich es herausfinden kann. Sie und ihre Mitbewohnerin haben sich einen Laborplatz geteilt, und sie waren beide hervorragende Studentinnen. Ich muss die Namen in meinen Seminaraufzeichnungen vermerkt haben. Warte mal kurz, dann hole ich sie.« Während Deborah in ihr Zimmer eilte, versuchte Joanna die vergangene halbe Stunde ihres Lebens zu verdauen. Sie war immer noch vollkommen durcheinander und fühlte sich ein wenig schwindelig. Die Ereignisse schienen sich förmlich zu überschlagen.

»Voilà!«, rief Deborah kurz darauf aus ihrem Zimmer. Im nächsten Moment stand sie mit dem aufgeklappten, in eine Schutzhülle eingeschlagenen Seminarbuch in der Tür und lief zum Schreibtisch. »Weißt du, wo das Campus-Telefonbuch ist?«

»In der zweiten Schublade rechts«, erwiderte Joanna. »Wie heißt sie denn?«

»Kristin Overmeyer«, antwortete Deborah. »Und ihre Mitbewohnerin heißt Jessica Detrick. Sie waren Laborpartnerinnen und haben von allen Seminarteilnehmern mit den besten Noten abgeschnitten.« Sie nahm das Telefonbuch aus der Schublade und schlug die entsprechende Seite auf. »Komisch. Sie steht nicht drin. Wie kann das sein?«

»Vielleicht hat sie Harvard verlassen«, mutmaßte Joanna.

»Das kann ich mir nicht vorstellen«, murmelte Deborah. »Sie war eine hervorragende Studentin.«

»Vielleicht war die Eizellspende zu viel für sie.«

»Das meinst du doch wohl nicht im Ernst, oder?«

»Nein«, erwiderte Joanna. »Aber komisch ist es schon.«

»Dann muss ich der Sache wohl auf den Grund gehen«, stellte Deborah fest, »sonst nimmst du das Abtauchen von Kristin Overmeyer noch als Vorwand, nicht in der Klinik vorzusprechen.« Während sie sprach, schlug sie eine andere Seite auf, entdeckte die Nummer, die sie suchte, und wählte.

»Wen rufst du denn jetzt an?«

»Jessica Detrick«, erwiderte Deborah. »Vielleicht kann sie uns sagen, wo wir Kristin erreichen können. Fragt sich nur, ob Jessica an einem Freitagabend in ihrem Zimmer hockt und lernt.«

Sie war in ihrem Zimmer, das erkannte Joanna an Deborahs hochgerecktem Daumen. Als sich Deborahs Miene plötzlich verdüsterte und sie Dinge sagte wie »Oje, das ist ja furchtbar« oder »Das tut mir Leid« und »Was für eine Tragödie«, hörte Joanna aufmerksam zu.

Nach einer ganzen Weile beendete Deborah das Gespräch und legte langsam den Hörer auf. Dann drehte sie sich zu Joanna um. Sie war tief in Gedanken versunken und kaute an der Innenseite ihrer Wange.

»Und?«, fragte Joanna. »Willst du mir nicht sagen, was los ist? Von was für einer Tragödie habt ihr gesprochen?«

»Kristin Overmeyer ist verschwunden«, erwiderte Deborah. »Sie und eine Kommilitonin namens Rebecca Corey wurden zuletzt von einem Angestellten der Wingate Clinic gesehen, als sie unmittelbar nach Verlassen der Klinik einen Anhalter in ihr Auto haben steigen lassen.«

»Dass im vergangenen Frühjahr zwei Studentinnen verschwunden sind, habe ich sogar gehört«, entgegnete Joanna. »Ihre Namen habe ich allerdings nie erfahren.«

»Wie konnten sie bloß einen Anhalter mitnehmen?«

»Vielleicht kannten sie ihn ja.«

»Mag sein«, entgegnete Deborah. Diesmal lief ihr ein kalter Schauer über den Rücken. »Solche Geschichten lassen mir das Blut in den Adern gefrieren.«

»Wurden die beiden denn nie gefunden? Was ist mit den Leichen?«

»Man hat nur das Auto entdeckt. Es gehörte Rebecca Corey. Es stand verlassen auf einer Lastwagen-Raststätte an der Schnellstraße nach New Jersey. Von den beiden Frauen hat man nie wieder etwas gehört oder gesehen, genauso wenig von ihren persönlichen Sachen wie Portemonnaies oder Kleidung.«

»Hat Kristin Eizellen gespendet?«

»Ja, ein halbes Dutzend. Ihre Familie hat auf Herausgabe der Eizellen geklagt, aber die Klinik hat sie dann freiwillig herausgerückt. Offenbar wollte die Familie ein Wörtchen mitreden, wer sie bekommen soll. Was für eine traurige Geschichte!«

»Dann können wir es wohl vergessen, eine Frau nach ihren persönlichen Erfahrungen mit dem Eingriff zu fragen«, stellte Joanna fest.

»Wir können ja in der Klinik anrufen und darum bitten, uns den Namen einer früheren Spenderin zu nennen«, schlug Deborah vor.

»Wenn wir in der Klinik anrufen, können wir auch direkt fragen, was wir wissen wollen«, wandte Joanna ein. »Sofern unsere Fragen zu unserer Zufriedenheit beantwortet werden, können wir ja um einen Termin bitten.«

»Dann bist du also einverstanden?«

»Sich zu informieren, kann ja nicht schaden«, erwiderte Joanna. »Aber ich verspreche gar nichts, außer dass ich mir vielleicht die Klinik mit dir ansehe.«

»Okay!«, rief Deborah und ging zu ihrer Freundin, um ihr Vorhaben mit einem Handschlag zu besiegeln. »Venedig, wir kommen!«

2

15. Oktober 1999, 7.05 Uhr

Es war ein herrlicher Herbstmorgen. Deborah und Joanna hatten Cambridge in nordwestlicher Richtung verlassen und waren auf der Route 2 unterwegs nach Bookford in Massachusetts. Zu beiden Seiten bot sich ihnen ein prachtvoller Blick auf die herbstlichen Bäume, die in allen möglichen Farben leuchteten. Die Sonne stand ihnen angenehmerweise im Rücken, doch hin und wieder wurden sie von den grellen Strahlen geblendet, die sich auf den Windschutzscheiben der entgegenkommenden Pendlerfahrzeuge spiegelten. Zum Schutz trugen Deborah und Joanna Sonnenbrillen; außerdem hatten sie ihre Baseballkappen aufgesetzt. Seitdem sie Fresh Pond umrundet hatten, war ihre Unterhaltung versiegt; sie waren beide in ihre eigenen Gedanken versunken.

Deborah staunte immer noch darüber, wie schnell sich alles ergeben hatte. Beinahe kam es ihr vor, als wäre es ihnen vorherbestimmt, sich der Wingate Clinic als Spenderinnen zur Verfügung zu stellen. Joanna war mehr mit sich selbst beschäftigt. Sie konnte es noch gar nicht fassen, wie sehr sich ihr Leben innerhalb einer einzigen Woche verändert hatte. Dennoch fühlte sie sich dabei unheimlich gut. Als sie sich am Sonntag endlich dazu durchgerungen hatte, mit Carlton zu reden und sich seinem plötzlichen Drängen auf eine Heirat im Juni zu stellen, war Carlton so sauer auf sie gewesen, dass er sich geweigert hatte, mit ihr zu sprechen. Sie hatte immer wieder bei ihm angerufen und ihm an mehreren aufeinander folgenden Tagen auf den Anrufbeantworter gesprochen, doch vergebens. Letztendlich hatten sie die ganze Woche kein Wort miteinander gewechselt, was Joanna noch mehr in ihrer Überzeugung bestärkt hatte, dass ihr plötzlicher Sinneswandel, was das Heiraten im Allgemeinen und Carlton im Besonderen anging, der richtige Schritt gewesen war. Nach den zahllosen Zurückweisungen, die sie im Laufe der Jahre hatte einstecken müssen, empfand sie Carltons Reaktion als vollkommen unangemessen. Ihrer Meinung nach war es keine Art, sich in den Schmollwinkel zurückzuziehen und ihr Gesprächsangebot einfach zu ignorieren. Vernünftig miteinander reden zu können, stand auf Joannas Werteskala ziemlich weit oben.

»Hast du daran gedacht, deine Fragenliste einzustecken?«, brach Deborah schließlich das Schweigen.

»Ja«, erwiderte Joanna. Die meisten Fragen, die sie stellen wollten, betrafen ihr voraussichtliches Befinden nach der Eizellentnahme. Vor allem wollten sie wissen, ob sie sich in irgendeiner Weise würden einschränken müssen, etwa beim Sport.

Deborah war überrascht gewesen, mit welchem Interesse man ihnen in der Wingate Clinic am Telefon begegnet war. Sie hatten gleich am Montagmorgen die im *Harvard Crimson* angegebene Nummer gewählt und waren, nachdem sie sich kurz vorgestellt und ihr Interesse als Eizellenspenderinnen bekundet hatten, mit einer gewissen Dr. Sheila Donaldson verbunden worden, die sofort angeboten hatte, persönlich bei ihnen vorbeizukommen, um alles in Ruhe zu besprechen. Keine Stunde später stand die Ärztin bereits vor der Tür ihres Apartments und hatte sie mit ihrer Professionalität beeindruckt. Sie hatte Deborah und Joanna in Kürze das gesamte Programm vorgestellt und ihnen sämtliche Fragen, die ihnen bis dahin eingefallen waren, ausführlich beantwortet.

»Wir sind der Meinung, dass wir unsere Patientinnen so gut wie gar nicht stimulieren sollten«, hatte Dr. Donaldson gleich zu Beginn ihres Gesprächs klargestellt. »Wir können sogar ganz darauf verzichten, dann verfahren wir sozusagen nach der ›natürlichen‹ Methode. Das Letzte, was wir wollen, ist, dass unsere Spenderinnen Probleme bekommen, und wenn wir sie mit synthetischen oder Mischhormonen behandeln, kann es immer unangenehme Begleiterscheinungen geben.«

»Aber woher wollen Sie wissen, dass Sie auch nur eine einzige Eizelle gewinnen können?«, fragte Deborah.

»Es kommt gelegentlich vor, dass wir leer ausgehen«, erwiderte Dr. Donaldson. »Das nehmen wir in Kauf.«

»Aber Sie zahlen den Spenderinnen trotzdem den vollen Preis, nicht wahr?«

»Auf jeden Fall«, versicherte Dr. Donaldson.

»Wie betäuben Sie Ihre Patientinnen während des Eingriffs?«, hatte Joanna wissen wollen. Diese Frage beschäftigte sie am meisten.

»Sie haben die Wahl zwischen örtlicher Betäubung und Vollnarkose«, hatte Dr. Donaldson erwidert. »Aber Dr. Paul Saunders, der Gynäkologe, der die Punktionen vornimmt, bevorzugt eine leichte Vollnarkose.«

Vor allem diese Antwort hatte Joanna überzeugt und sie veranlasst, Deborah den hochgereckten Daumen entgegenzustrecken.

Nur einen Tag nach dem Gespräch hatte Dr. Donaldson am frühen Morgen zurückgerufen und mitgeteilt, dass sowohl Deborah als auch Joanna als Spenderinnen akzeptiert seien und die Klinik die Eingriffe so schnell wie möglich vornehmen wolle, am besten noch in der gleichen Woche. Sie sollten sich noch am gleichen Tag entscheiden und die Klinik über ihren Entschluss informieren. In den folgenden Stunden hatten die beiden Freundinnen noch einmal intensiv die Vor- und Nachteile einer Spende diskutiert. Deborah war von Anfang an Feuer und Flamme und wollte die Sache unbedingt durchziehen, und am Ende konnte sie Joanna mit ihrer Begeisterung anstecken. Also riefen sie in der Klinik an und bekamen einen Termin für den kommenden Freitagvormittag.

»Ob wir es uns vielleicht doch lieber hätten anders überlegen sollen?«, fragte Joanna plötzlich, nachdem sie erneut eine Viertelstunde schweigend dahingefahren waren.

»Auf keinen Fall«, stellte Deborah klar, »und erst recht nicht, nachdem ich diese tolle Wohnung am Louisburg Square gesehen habe. Hoffentlich schnappt sie uns niemand weg, bevor wir das Geld in den Händen haben.«

»Wir können sie uns sowieso nur leisten, wenn der Verkäufer uns eine zweite Hypothek gewährt«, stellte Joanna fest. »Ansonsten ist sie viel zu teuer für uns.«

Sie hatten mehrere Wohnungsmakler in Cambridge und Boston kontaktiert und sich sogar schon ein paar zum Verkauf stehende Objekte angesehen. Die Wohnung am Louisburg Square in Beacon Hill hatte sie auf Anhieb begeistert. In ganz Boston gab es kaum eine bessere Adresse. Die Wohnung lag absolut zentral, und zur nächsten U-Bahn-Haltestelle der Red Line, mit der sie in null Komma nichts den Harvard Square erreichten, war es nur ein Katzensprung.

»Ehrlich gesagt, wundere ich mich, wie günstig die Wohnung ist.«

»Vermutlich liegt es daran, dass sie im dritten Stock liegt und keinen Aufzug hat«, stellte Joanna fest. »Außerdem ist sie ziemlich klein. Das zweite Zimmer ist ja wirklich winzig.«

»Stimmt. Aber dafür hat es den besseren Blick und im Gegensatz zu dem anderen Zimmer einen begehbaren Kleiderschrank.«

»Siehst du kein Problem darin, dass man nur durch die Küche ins Bad kommt?«

»Wenn ich dafür am Louisburg Square wohnen könnte, würde ich sogar durch die Wohnung eines Fremden gehen, um ins Bad zu kommen.«

»Und wie entscheiden wir, wer von uns welches Zimmer bekommt?«, fragte Joanna.

»Ich nehme gern das kleinere«, erwiderte Deborah. »Darüber brauchst du dir keine Sorgen zu machen.«

»Im Ernst?«

»Ja«, versicherte Deborah.

»Wir können ja auch mal tauschen«, schlug Joanna vor.

»Nicht nötig«, entgegnete Deborah. »Ich bin mit dem kleinen Zimmer vollauf glücklich und zufrieden. Glaub mir!« Joanna sah aus dem Seitenfenster. Je weiter sie nach Norden kamen, desto intensiver leuchteten die herbstlichen Farben der Blätter. Die Ahornbäume waren so rot, dass sie schon fast unwirklich aussahen, was durch den Kontrast zu den sich im Hintergrund erhebenden dunkelgrünen Pinien und Hemlocktannen noch verstärkt wurde.

»Hast du plötzlich Bedenken?«, fragte Deborah.

»Nein«, erwiderte Joanna. »Eigentlich nicht. Es geht nur alles so schnell, dass mir schwindelig wird. Stell dir nur vor – wenn alles nach Plan verläuft, sind wir nächste Woche um diese Zeit nicht nur stolze Eigentümer einer Wohnung, sondern zudem auch bereits in unserer Traumstadt Venedig. Das ist doch unglaublich!«

Deborah hatte im Internet günstige Flüge über Brüssel nach Mailand entdeckt. Von Mailand wollten sie mit dem Zug nach Venedig weiterfahren, wo sie am Nachmittag eintreffen würden. Außerdem hatte Deborah eine kleine Frühstückspension im *sestière* San Polo in der Nähe der Rialtobrücke ausfindig gemacht, in der sie sich einquartieren wollten, bis sie eine eigene Wohnung gefunden hatten.

»Ich kann es gar nicht erwarten!«, rief Deborah. »In einer Woche sind wir schon da! *Benvenuto a Italia, signorina!*« Bei diesen Worten löste sie kurz die rechte Hand vom Lenkrad und wuselte ihrer Freundin überschwänglich durchs Haar.

Joanna wich lachend aus und wehrte Deborahs Hand ab. *»Mille grazie, cara«*, entgegnete sie mit schelmischem Unterton und fuhr sich mit den Fingern durch ihr schulterlanges Haar, um es wieder einigermaßen in Ordnung zu bringen. »Ich kann es noch gar nicht fassen, wie schnell uns all dies dank der Wingate Clinic ermöglicht werden soll«, stellte sie fest und prüfte im Rückspiegel ihr Aussehen. Was ihr Haar anging, hatte Joanna einen kleinen Fimmel. Überhaupt achtete sie viel mehr auf ihr Äußeres als Deborah, womit diese sie immer wieder gerne aufzog.

»Wahrscheinlich geht es so schnell, weil die Patientinnen der Klinik Druck machen«, vermutete Deborah und stellte den Spiegel wieder richtig.

»Hat Dr. Donaldson etwas in der Richtung erwähnt?«, fragte Joanna.

»Nein«, erwiderte Deborah. »Aber ich könnte es mir gut vorstellen. Eins hat sie allerdings erwähnt, nämlich dass die Klinik im Moment nur zwei Spenderinnen sucht. Wir können uns also glücklich schätzen, dass wir rechtzeitig angerufen haben.«

»Dem Schild zufolge ist Bookford die nächste Ausfahrt«, stellte Joanna fest und zeigte nach vorn. Das Hinweisschild war ziemlich klein und wurde zum Teil von einer Gruppe Eichen verdeckt, deren Blätter in den schillerndsten Orangetönen leuchteten.

»Ich hab's gesehen«, entgegnete Deborah und setzte den Blinker.

Nach weiteren zwanzig Minuten Fahrt auf einer engen, von Apfelbäumen und Steinmauern gesäumten Straße, die sich idyllisch durch sanfte Hügel und rostfarbene Kornfelder schlängelte, erreichten sie ein typisches Neuengland-Städtchen. Am Stadtrand stand eine große Tafel mit der Aufschrift: WILLKOMMEN IN BOOKFORD, MASSACHUSETTS, HEIMAT DER BOOKFORD HIGHSCHOOL WILDCATS, DIVISION II STATE FOOTBALL CHAMPIONS 1993. Die vom Highway nach Bookford führende Landstraße ging in die Main Street über, die den Ort in einen nördlichen und südlichen Abschnitt teilte. Die Straße wurde von typischen, um die Jahrhundertwende erbauten Backsteingebäuden gesäumt, in denen sich überwiegend Geschäfte befanden. Als sie den Ort etwa zur Hälfte durchquert hatten, kamen sie an einer großen weißen Kirche mit Turm vorbei. Sie stand am Ende eines kleinen Parks direkt gegenüber dem Rathaus, einem hübschen Gebäude aus Granit. Eine lärmende Schar Kinder mit geschulterten Schulranzen zog einem Schwarm flügelloser Zugvögel gleich die Bürgersteige entlang in Richtung Norden.

»Ein hübsches Städtchen«, stellte Deborah fest. Sie drosselte das Tempo und beugte sich ein wenig nach vorn, um besser sehen zu können. »Es sieht alles so niedlich aus, fast so, als wäre es gar keine echte Stadt, sondern nur eine Attrappe aus einem Themenpark.«

»Ich habe noch gar kein Hinweisschild zur Wingate Clinic gesehen«, stellte Joanna fest.

»Weißt du, warum hundert Millionen Spermien erforderlich sind, um eine einzige Eizelle zu befruchten?«

»Nein«, erwiderte Joanna.

»Weil keine von ihnen bereit ist anzuhalten und nach dem Weg zu fragen.«

Joanna lachte. »Soll das heißen, dass wir vielleicht am besten irgendwo anhalten und fragen?«

»Genau«, stellte Deborah klar und bog vor dem Rite-Smart-Drugstore in eine Parklücke. Auf beiden Seiten der Main Street erstreckten sich rechtwinklig angelegte Parkplätze. »Kommst du mit rein oder willst du im Auto warten?«

»Ich komme mit«, erwiderte Joanna. »Schließlich will ich auch meinen Spaß haben.«

Auf dem Bürgersteig mussten sie rasch zur Seite springen, um Kindern Platz zu machen, die Fangen spielten. Ihr Gebrüll und Geschrei war so laut, dass es beinahe in den Ohren schmerzte. Umso erleichterter waren sie, als die Tür des Drugstores sich hinter ihnen schloss. Anders als draußen herrschte drinnen totale Stille, allerdings waren sie auch die einzigen Kunden. Nicht einmal eine Verkäuferin ließ sich blicken.

Als sie eine Weile vergeblich gewartet hatten, zuckten sie ratlos mit den Schultern und schlenderten den mittleren Gang entlang in den hinteren Bereich des Geschäfts, in dem die rezeptpflichtigen Arzneimittel ausgegeben wurden. Auf dem Tresen befand sich eine Klingel, die Deborah ohne zu zögern drückte und die in der Stille ohrenbetäubend schrillte. Ein paar Sekunden später öffnete sich eine Schwingtür, wie man sie von Saloons in Hollywood-Western kennt, und ein glatzköpfiger, übergewichtiger Mann betrat den Raum. Er trug einen oben offen stehenden Apothekerkittel, und obwohl es in dem Geschäft verhältnismäßig kühl war, standen ihm Schweißperlen auf der Stirn.

»Kann ich Ihnen helfen?«, wandte er sich freundlich an Deborah und Joanna.

»Wir suchen die Wingate Clinic«, erwiderte Deborah.

»Kein Problem«, entgegnete der Drugstorebesitzer. »Sie liegt ein wenig außerhalb von Bookford, im Gebäude des Cabot State Mental Hospital.«

»Wie bitte?«, hakte Deborah überrascht nach. »Sie befindet sich im Gebäude einer Nervenheilanstalt?«

»Ja«, bestätigte der Mann. »Der alte Doc Wingate hat das ganze Gelände gekauft oder vielleicht auch nur gepachtet, so genau weiß das hier niemand. Aber es spielt ja auch keine Rolle.«

»Verstehe ich Sie richtig, dass es sich um eine ehemalige Nervenheilanstalt handelt?«, fragte Deborah.

»Ja, genau«, erwiderte der Mann. »Die Anstalt existierte über hundert Jahre. Sie diente zudem als Sanatorium für Tuberkulosekranke. Offenbar gab es damals in Boston genug Leute, die sich ihrer geistig verwirrten oder an Tuberkulose leidenden Verwandten entledigten, indem sie sie in die Verbannung nach Bookford schickten. Nach dem Motto ›Aus den Augen, aus dem Sinn‹ haben sie sie einfach in dieser Festung eingesperrt. Vor hundert Jahren war Bookford noch finsterste Provinz. Seitdem hat sich hier eine Menge geändert. Inzwischen sind wir eine Art Schlafstadt für Berufstätige, die täglich nach Boston pendeln.«

»Die Kranken wurden dort einfach nur eingesperrt?«, fragte Joanna fassungslos. »Hat man sie denn nicht behandelt?«

»Vielleicht hat man einigen von ihnen auch versucht zu helfen«, gestand der Drugstorebesitzer. »Aber eine effektive Behandlungsmethode gab es ja damals noch nicht. Na ja, so ganz stimmt das vielleicht nicht. Sie haben schon eine Menge Operationen in der Klinik durchgeführt. Das heißt, sie haben herumexperimentiert, zum Beispiel die Lungen von Tb-Kranken zum Einfallen gebracht und bei Geisteskranken Leukotomien vorgenommen.«

»Das klingt ja furchtbar«, stellte Joanna fest. Ihr lief ein kalter Schauer über den Rücken.

»Das war es wohl auch«, stimmte der Mann ihr zu.

»Aber heute gibt es dort sicher keine Tuberkulose- und Geisteskranken mehr, nicht wahr?«, fragte Deborah.

»Nein«, stellte der Mann klar. »Natürlich nicht. Das Cabot – wie die Klinik hier in der Gegend heißt – wurde vor zwanzig oder dreißig Jahren geschlossen. Soweit ich weiß, wurden die letzten Patienten in den siebziger Jahren verlegt. Erinnern Sie sich nicht? Das war die Zeit, in der die Politiker angefangen haben, unser gesamtes Gesundheitssystem auf den Kopf zu stellen. Es war eine echte Tragödie. Sie haben die verbliebenen Patienten einfach nach Boston zurückgekarrt und sie im Boston Common vor sich hin vegetieren lassen.«

»Das war ein bisschen vor unserer Zeit«, stellte Deborah fest.

»Da haben Sie wohl Recht«, stimmte der Mann zu.

»Können Sie uns den Weg zum Cabot erklären?«, bat Deborah.

»Selbstverständlich«, erwiderte der Mann. »Ich nehme an, Sie kommen aus Richtung Süden.«

»Genau«, bestätigte Deborah.

»Gut«, sagte der Mann. »Dann fahren Sie bis zur nächsten Ampel weiter in nördlicher Richtung und biegen dort rechts in die Pierce Street ab. An der Ecke sehen Sie die öffentliche Bibliothek. Von der Kreuzung aus können Sie den Ziegelsteinturm des Cabot schon sehen. Sie müssen die Pierce Street dann nur noch etwa zwei Meilen in Richtung Osten hinunterfahren. Dann können Sie die Klinik gar nicht verfehlen.«

Die beiden Freundinnen bedankten sich bei dem Apotheker und gingen zurück zu ihrem Auto.

»Besonders einladend scheint der Bau ja nicht gerade zu sein, in dem die Kinderwunschklinik ihren Sitz hat«, stellte Joanna fest, während sie sich anschnallte.

»Wenigstens sind dort keine Geistes- oder Tuberkulosekranken mehr untergebracht«, entgegnete Deborah und bog rückwärts aus der Parklücke. »Einen Moment lang wäre ich am liebsten auf der Stelle umgekehrt und nach Cambridge zurückgefahren.«

»Wir können immer noch umdrehen«, schlug Joanna vor.

»Das meinst du doch nicht im Ernst, oder?«

»Nein«, gestand Joanna. »Eigentlich nicht. Aber ein Klinikgebäude mit so einer Vergangenheit ist mir irgendwie unheimlich. Was meinst du, was sich dort für Horrorszenarien abgespielt haben?«

»Ich will es mir lieber nicht vorstellen«, erwiderte Deborah.

Paul Saunders legte die Mitteilung von Sheila Donaldson zurück auf den Schreibtisch, stützte die Ellbogen auf und rieb sich die Augen. Er hatte an diesem Vormittag bereits einige Stunden im Labor zugebracht und sich seinen Embryokulturen gewidmet. Anschließend hatte er sich in sein Turmbüro im dritten Stock zurückgezogen. Die meisten Kulturen entwickelten sich einigermaßen gut, jedoch nicht optimal. Vermutlich waren das Alter und die nicht erstklassige Qualität der Eizellen schuld, ein Problem, das er in Kürze in den Griff zu bekommen hoffte.

Paul war ein Frühaufsteher. Normalerweise stand er um kurz vor fünf auf und war bereits vor sechs Uhr im Labor. So konnte er eine Menge Arbeit erledigen, bevor die ersten Patienten eintrafen, was in der Regel nicht vor neun Uhr passierte. An diesem Morgen würde er seinen Dienst in der Klinik schon ein wenig früher antreten, denn es waren zwei Punktionen geplant. Er legte die Termine für Eizellentnahmen gern in die frühen Morgenstunden, um sicherzustellen, dass die Spenderinnen sich ausreichend lange von der Narkose erholen und noch am gleichen Tag entlassen werden konnten. Stationäre Aufnahmen waren nur für Notfälle vorgesehen, und selbst die ließ Paul lieber in das nächste Krankenhaus mit Intensivstation verlegen.

Er nahm die Mitteilung seiner Kollegin noch einmal vom Tisch, erhob sich von seinem Stuhl und schlenderte zur Fensterfront. Die bis zum Boden reichenden Fenster waren deutlich höher als er selber mit seinen knappen ein Meter siebzig. Von hier oben konnte er die gesamte weite Rasenfläche überblicken, die sich vor der Klinik bis zu dem gusseisernen, mit Stacheldrahtaufsatz versehenen Zaun erstreckte, der das gesamte Areal umspannte. Ein wenig links von seinem Büro befand sich das steinerne Pförtnerhäuschen, von dem aus eine Schotterzufahrt auf das Gelände führte. Sie schlängelte sich etwa bis auf die Höhe seines Büros, machte dann einen Bogen und verschwand links aus seinem Blickfeld in Richtung Parkplatz, der sich an der Südseite des Gebäudes befand. In einiger Entfernung sah er inmitten der herbstlichen Farborgie die Turmspitze der presbyterianischen Kirche von Bookford sowie die Schornsteine einiger höherer Gebäude. Am Horizont konnte er als purpurrote Punkte gerade noch die Gebirgsausläufer der Berkshire Mountains ausmachen.

Er überflog noch einmal die Mitteilung, dachte einen Augenblick nach und ließ seinen Blick erneut in die Ferne schweifen. Er hatte allen Grund, zufrieden zu sein. In Wahrheit konnte es gar nicht besser laufen, und dieser Gedanke ließ ein Lächeln über sein aufgequollenes Gesicht huschen. Dann verfinsterte sich sein Blick wieder. Er musste daran denken, wie ihm vor sechs Jahren nichts anderes übrig geblieben war, als Illinois Hals über Kopf zu verlassen. Damals hatte man ihm seine Krankenhausberechtigung entzogen, und um ein Haar hätte er sogar seine Approbation verloren. Zum Glück hatte ihn sein Anwalt rechtzeitig informiert, dass es in seiner Angelegenheit nicht zum Besten stünde. Also hatte er Illinois verlassen und war nach Osten gezogen, und all das wegen eines idiotischen Aufstands um seine Abrechnungen. Natürlich hatte er es mit seinen Honorarforderungen auf die Spitze getrieben, aber so verfuhren schließlich alle Gynäkologen und Geburtshelfer in seinem Bekanntenkreis. Im Grunde hatte er einzig und allein die Methoden von Kollegen, die zum gleichen Ärztekomplex gehörten, kopiert und ein wenig verfeinert. Warum die staatlichen Prüfer ausgerechnet ihm auf die Schliche gekommen waren, war ihm noch immer ein Rätsel, und jedes Mal, wenn er darüber nachdachte, ärgerte er sich schwarz. Dabei hatte er das eigentlich gar nicht nötig, jedenfalls nicht mehr, seitdem das Blatt sich für ihn zum Guten gewendet hatte.

Bei seiner Ankunft in Massachusetts hatte er zunächst befürchtet, dass die Gesundheitsbehörde dieses Bundesstaates von seinen Problemen in Illinois Wind bekommen und ihm ebenfalls die Krankenhausberechtigung versagen würde. Deshalb hatte er beschlossen, sich erst einmal weiter zu spezialisieren, und zwar auf dem Gebiet der Unfruchtbarkeit. Wie sich bald herausstellte, hatte er damit die beste Entscheidung seines Lebens getroffen. Er umging nicht nur sämtliche Probleme, an eine Lizenz zu kommen; er wechselte zudem in einen Bereich, in dem es keinerlei nennenswerte Kontrollen gab, und zwar weder in geschäftlicher Hinsicht noch was die Professionalität der behandelnden Ärzte anging. Außerdem entpuppte sich das Geschäft mit der Behandlung von Unfruchtbarkeit als erstaunlich lukrativ.

Unterm Strich hatte er mit seiner Entscheidung, als Infertilitätsexperte Fuß zu fassen, einen großen Coup gelandet, denn zusätzlich zu den anderen günstigen Umständen stellte sich auch noch heraus, dass er zum richtigen Zeitpunkt am richtigen Ort gelandet war. Nur diesem Zufall verdankte er es, dass er mit Spencer Wingate in Kontakt kam, einem anerkannten Reproduktionsspezialisten, dem der Sinn danach stand, sich halb in den Ruhestand zurückzuziehen und sich auf seinen Lorbeeren auszuruhen, vielleicht noch mal gelegentlich ein paar Fördermittel aufzutreiben und ansonsten ein schönes Leben zu führen und sich der Lektüre interessanter Bücher zu widmen. Inzwischen war Paul derjenige, der den Laden in Bookford schmiss, und zwar sowohl die Klinik als auch den Forschungsbereich.

Dabei musste man es schon als eine Ironie des Schicksals betrachten, dass ausgerechnet aus Paul ein Forscher geworden war. Jedes Mal, wenn er darüber nachdachte, musste er grinsen, denn damit hätte er selbst nicht im Traum gerechnet. Schließlich hatte er auf der medizinischen Hochschule als Schlechtester abgeschnitten und um alles, was auch nur entfernt mit Forschung zu tun hatte, immer einen großen Bogen gemacht. Er hatte sich durch sein Studium gemogelt, ohne auch nur ein einziges Seminar in Statistik zu belegen. Aber das machte nichts. Seine unfruchtbaren Patienten waren so verzweifelt, dass sie bereit waren, alles zu versuchen. Viele bestanden sogar explizit darauf, neue Möglichkeiten auszuprobieren. Was Paul an Erfahrung auf dem Gebiet medizinischer Forschung fehlte, glaubte er durch Phantasie wettzumachen. Immerhin waren seine Fortschritte an diversen Fronten durchaus beachtlich, und er war absolut sicher, damit eines Tages reich und berühmt zu werden.

Schließlich wandte er den Blick von dem weitläufigen Klinikgelände ab, das er mittlerweile als seine Domäne betrachtete, und warf einen flüchtigen Blick in den verschnörkelten, zwischen den beiden riesigen Fenstern angebrachten Spiegel. Er zögerte, sah dann etwas genauer hin und fuhr sich nachdenklich mit der Hand über die Wangen. Er war überrascht und besorgt, wie käsig und bleich sich seine Haut von seinem beinahe schwarzen Haar abhob, doch dann wurde ihm bewusst, dass für diesen Eindruck vor allem das grelle Neonlicht verantwortlich war, das von den Röhren auf ihn hinabschien, die unter der Decke angebracht waren. Wie dumm von ihm, sich gleich solche Sorgen zu machen; er lachte einmal kurz auf. Mit seiner bleichen Gesichtsfarbe musste er nun mal leben; schließlich erlaubte sein prall gefüllter Terminkalender ihm nur selten einen Spaziergang bei Tageslicht, geschweige denn in der Sonne, aber er war überzeugt, dass er in Wahrheit nicht so schlecht aussah, wie sein Spiegelbild vermuten ließ. In dem grellen Neonlicht wirkte seine Haut so weiß wie seine markante weiße Haarsträhne über der Stirn.

Er kehrte an seinen Schreibtisch zurück und schwor sich, irgendwann im Winter einen Trip nach Florida zu machen. Vielleicht konnte er sogar irgendwo in der Sonne an einem Gynäkologenkongress teilnehmen und die Fortschritte seiner Arbeit präsentieren. Außerdem nahm er sich vor, gelegentlich mal wieder ein wenig Sport zu treiben, denn er hatte zugenommen, was sich vor allem durch eine neue Speckrolle an seinem Nacken bemerkbar machte. Wenn er es recht bedachte, hatte er sich schon seit Jahren nicht mehr sportlich betätigt. Er war freilich noch nie eine Sportskanone gewesen, was ihm auf seiner Highschool in der South Side von Chicago ziemlich zu schaffen gemacht hatte, da sportliche Typen dort ein wesentlich höheres Ansehen genossen als Typen wie er. Er hatte sich zwar immer mal wieder bemüht, in einem der zahllosen Teams mitzuspielen, aber er war und blieb in sportlicher Hinsicht ein Versager und hatte sich letztendlich nur zum Gespött seiner Mitschüler gemacht.

»Schade, dass sie mich jetzt nicht sehen können«, murmelte Paul vor sich hin, während er an seine bösartigen Schulkameraden dachte. »Wahrscheinlich fristen sie ihr

Dasein an irgendeiner Supermarktkasse mit dem Einpacken von Lebensmitteln.« Im Juni stand das zwanzigjährige Jubiläum seines Highschool-Examens an, und er überlegte, ob er sich nicht den Spaß gönnen und hinfahren sollte, um den Widerlingen, die ihm das Leben so schwer gemacht hatten, zu zeigen, was aus ihm geworden war.

Schließlich nahm er den Telefonhörer ab und wählte die Nummer des Labors. Als abgenommen wurde, verlangte er, mit Dr. Donaldson verbunden zu werden. Während er wartete, überflog er noch einmal ihre Mitteilung.

»Was gibt's, Paul?«, meldete sich Sheila ohne ein Wort der Begrüßung.

»Ich lese gerade Ihre Mitteilung«, entgegnete Paul. »Was wissen Sie über diese beiden Frauen, die heute Morgen kommen? Sind sie gute Kandidatinnen?«

»Perfekte sogar«, erwiderte Sheila. »Sie sind beide gesund, führen ein normales Leben und haben keinerlei gynäkologische Probleme. Außerdem sind sie nicht schwanger, befinden sich beide etwa in der Mitte ihres jeweiligen Zyklus und nehmen keinerlei Drogen oder Medikamente.«

»Und sie sind tatsächlich beide Hochschulabsolventinnen?«

»Ja.«

»Dann sind sie also nicht auf den Kopf gefallen.«

»Ganz sicher nicht.«

»Aber was soll ich davon halten, dass die eine nur örtlich betäubt werden will?«, hakte Paul nach.

»Sie ist Biologin«, erklärte Sheila. »Daher weiß sie einiges über die verschiedenen Betäubungsmöglichkeiten. Ich habe ihr vorgeschlagen, lieber einer leichten Vollnarkose zuzustimmen, aber sie wollte partout nichts davon wissen. Vielleicht kann Carl sie ja noch umstimmen.«

»Und Sie haben sie wirklich zu überzeugen versucht?«, hakte Paul noch einmal nach.

»Natürlich«, erwiderte Sheila gereizt.

»Okay, dann soll Carl noch mal mit ihr reden«, brummte Paul in den Hörer und legte auf, ohne sich zu verabschieden. Dass Sheila sich so offenkundig nicht damit abfinden konnte, dass er der Boss war und nicht sie, konnte ihn manchmal auf die Palme bringen.

»Das muss der Turm sein, von dem der Apotheker gesprochen hat«, sagte Deborah und zeigte nach vorne durch die Windschutzscheibe. Sie waren gerade von der Main Street abgebogen und in die Pierce Street eingebogen. Der schmale, aus Ziegeln gemauerte Turm überragte sämtliche Gebäude und Bäume der Umgebung und war nicht zu übersehen.

»Wenn der Turm wirklich nur zwei oder drei Meilen entfernt ist, muss er ganz schön hoch sein.«

»Von hier erinnert mich die Silhouette ein bisschen an den Turm der Uffizien in Florenz«, stellte Deborah fest. »Das passt ja irgendwie wie die Faust aufs Auge.«

Als sie den Ort hinter sich gelassen hatten, wurde ihnen der Blick auf den Turm und den Cabot-Komplex von den Bäumen genommen, die die Straße säumten. Sie passierten eine heruntergekommene rote Scheune, und hinter der nächsten Kurve sahen sie auf der linken Seite erstmals ein Hinweisschild zur Wingate Clinic. Der Pfeil wies sie in eine Schotterstraße, in die sie einbogen und auf ein inmitten von Bäumen gelegenes, zweistöckiges, aus grauem Granit konstruiertes Pförtnerhäuschen zufuhren. Das Gebäude hatte ein dunkelgraues Schieferdach und wirkte ziemlich klotzig, die jeweiligen Enden der Firstbalken waren aufwändig verziert, die Läden der kleinen Fenster verschlossen. Die Zierleisten waren schwarz gestrichen. An den Ecken des Gebäudes ragten steinerne Wasserspeier hervor.

Während sie sich dem Gebäude näherten, fiel ihnen auf, dass die Straße unter dem Haus in einen Tunnel fiihrte, wo ankommende Besucher ein massives Maschendrahttor passieren mussten. Hinter dem Tor war der Rasen frisch gemäht – der einzige Anhaltspunkt, dass das Gelände tatsächlich genutzt wurde. Vor und hinter dem Pförtnerhäuschen war das gesamte Gelände durch einen imposanten, gusseisernen Zaun mit Stacheldrahtaufsatz gesichert, der hinter den Bäumen verschwand.

Deborah fuhr langsamer und hielt an. »Das ist ja wirklich unglaublich! Wie es scheint, hat der Apotheker nicht die Bohne übertrieben, als er uns erzählt hat, die Insassen der Anstalt seien hier eingesperrt worden wie in einer Festungsanlage. Das sieht ja aus wie ein Gefängnis.«

»Besonders einladend wirkt es nicht gerade«, bestätigte Joanna. »Hast du eine Ahnung, wie wir auf das Gelände kommen? Ich meine, siehst du irgendwo einen Summer, oder müssen wir etwa per Handy in der Klinik anrufen?«

»Wahrscheinlich wird das Tor mit Videokameras überwacht«, vermutete Deborah. »Ich fahre mal ein Stück weiter vor.«

Sie startete erneut, steuerte den Wagen langsam in den Tunnel und hielt wieder an. Im gleichen Augenblick öffnete sich eine schwere, fensterlose Holztür, und ein uniformierter Mann mit einem Klemmbrett in der Hand trat hinaus. Er kam auf die Fahrertür zu. Deborah kurbelte die Fensterscheibe herunter.

»Kann ich Ihnen helfen?«, fragte der Wachposten freundlich, aber bestimmt. Er trug eine schwarz glänzende Schirmmütze, die der eines Polizisten zum Verwechseln ähnlich sah.

»Wir haben einen Termin bei Dr. Donaldson«, stellte Deborah klar.

»Ihre Namen, bitte!«, verlangte der Mann.

»Deborah Cochrane und Joanna Meissner«, entgegnete Deborah.

Der Mann warf einen Blick auf sein Klemmbrett, hakte die beiden Namen ab und deutete mit seinem Kugelschreiber nach vorn. »Folgen Sie der Schotterstraße nach rechts, dann kommen Sie auf den Parkplatz. Dort werden Sie abgeholt.«

»Danke«, sagte Deborah.

Statt zu antworten, berührte der Mann kurz die Krempe seiner Mütze. Im nächsten Moment ging das schwere Maschendrahttor langsam auf.

»Hast du gesehen?«, flüsterte Deborah, nachdem sie die Scheibe hochgekurbelt hatte. »Er ist bewaffnet!« Der Wachposten stand immer noch links neben der Fahrspur.

»Wie sollte ich das übersehen?«, entgegnete Joanna.

»In innerstädtischen Krankenhäusern habe ich gelegentlich schon mal einen bewaffneten Polizisten am Eingang Wache stehen sehen«, stellte Deborah fest. »Aber in einer Klinik auf dem Land noch nie. Wozu, um Himmels willen, brauchen sie hier draußen derartige Sicherheitsvorkehrungen – und dann auch noch in einer Kinderwunschklinik?«

»Da drängt sich die Frage auf, was ihnen wohl wichtiger ist – die Leute draußen zu halten oder drinnen?«

»Ich finde das keineswegs witzig«, stellte Deborah klar und passierte das geöffnete Tor. »Vielleicht werden hier auch Abtreibungen vorgenommen. Dass Abtreibungskliniken mit Wachposten gesichert sind, habe ich in Massachusetts schon öfter gesehen.«

»Kann ich mir eigentlich nicht vorstellen. Das wäre doch wohl ziemlich geschmacklos für eine Klinik, in der unfruchtbare Paare behandelt werden.«

»Da hast du auch wieder Recht«, stimmte Deborah ihrer Freundin zu.

Nachdem sie den Tunnel und ein kleines Nadelbaumwäldchen hinter sich gelassen hatten, hatten sie einen ungehinderten Blick auf den riesigen Cabot-Komplex. Das aus roten Ziegelsteinen konstruierte Gebäude hatte vier Stockwerke und verfügte über zahllose kleine Gitterfenster. Hinter dem mit Zinnen versehenen Gesims erhob sich ein spitzes Schieferdach. Der hohe, in der Mitte gelegene Turm hatte große Panoramafenster, die im Gegensatz zu den anderen nicht vergittert waren.

Deborah fuhr langsamer. »Irgendwie wirkt dieser riesige Klotz inmitten dieser gottverlassenen Gegend ziemlich beunruhigend. Außerdem sieht der Kasten seltsam aus. Aus der Nähe würde ich darauf wetten, dass man versucht hat, die Uffizien zu kopieren. Die Architektur ist so ähnlich, das kann einfach kein Zufall sein. Falls ich mich recht entsinne, gibt es am Original in Florenz eine Uhr in der gleichen Ausführung, nur dass sie dort auch funktioniert.«

»In Massachusetts gibt es mehrere dieser viktorianischen Gebäude«, stellte Joanna fest. »Eins steht in Worcester; es ist zwar nicht aus Ziegelsteinen, aber fast genauso groß. Allerdings steht es leer, wohingegen der Komplex hier immerhin noch genutzt wird.«

»Die Wingate Clinic muss ziemlich florieren. Sonst bräuchten sie doch niemals so viel Platz.«

Joanna nickte.

Deborah folgte der an der rechten Seite des Gebäudes entlangführenden Schotterstraße und bog auf den Parkplatz, auf dem überraschend viele Autos standen. Den beiden Freundinnen fiel sofort auf, dass es sich bei der Mehrzahl der geparkten Wagen nicht um die üblichen Honda Civics oder Chevy Caprices handelte, sondern eher um Nobelmarken wie Mercedes, Porsche und Lexus. Ein Wagen stach besonders hervor: ein burgunderfarbenes Bentley-Cabrio.

»Mein Gott!«, rief Joanna. »Hast du den Bentley gesehen?«

»Der ist kaum zu übersehen. Wie die Pistole des Wachmanns.« Die Metallicfarbe glitzerte in der frühen Morgensonne.

»Weißt du, was so ein Bentley kostet?«, fragte Joanna.

»Nein, keine Ahnung.«

»Mehr als dreihunderttausend Dollar!«

»Ich glaube, ich spinne! Das ist ja pervers, erst recht, wenn so eine Limousine vor dem Krankenhaus parkt.«

Deborah fuhr auf einen Parkplatz, der ausdrücklich für Besucher vorgesehen war. Als sie ausstiegen, öffnete sich eine Tür, die dem Parkplatz zugewandt und von Säulen gerahmt war. Eine große, mit einem weißen Kittel bekleidete Frau mit kastanienbraunem Haar trat hinaus und winkte ihnen freundlich zu.

»Ein ziemlich krasser Unterschied zu unserer Begrüßung am Pförtnerhäuschen«, stellte Deborah fest und winkte zurück. Joanna tat es ihr gleich. Dann gingen sie auf die etwa fünfzig Meter entfernte Tür zu.

»Die Frau könnte Dr. Donaldson sein.«

»Ja«, stimmte Deborah zu. »Ich glaube, du hast Recht.«

»Hoffentlich bereuen wir diesen Ausflug hinterher nicht«, platzte Joanna plötzlich heraus. Sie ließ den Kopf hängen und starrte auf ihre Füße. »Irgendwie habe ich das ungute Gefühl, als ob wir einen großen Fehler begehen.«

Deborah packte ihre Freundin am Unterarm und hielt sie fest. »Ich glaube, ich höre nicht richtig! Wenn du Bedenken hast, die Sache durchzuziehen, sollten wir auf der Stelle umkehren und nach Boston zurückfahren. Hab bloß nicht das Gefühl, dass ich Druck auf dich ausübe, denn das will und tue ich nicht!«

Joanna blinzelte in die frühmorgendlichen Sonnenstrahlen und musterte die schlanke Ärztin, die im Eingang auf sie wartete. Es war tatsächlich Dr. Donaldson, das war jetzt eindeutig zu erkennen. Sie schien sich über ihre Ankunft zu freuen. Jedenfalls strahlte sie sie zur Begrüßung an.

»Jetzt sag endlich etwas!«, drängte Deborah ihre Freundin und umklammerte ihren Arm noch ein wenig fester.

Joanna drehte sich zu Deborah um und sah sie an. »Kannst du mir in die Augen sehen und mir versichern, dass du ein gutes Gefühl hast und überzeugt bist, dass alles gut gehen wird?«

»Natürlich«, erwiderte Deborah entschlossen. »Ich habe es dir doch schon zigmal gesagt – wir können bei dieser Sache nur gewinnen.«

»Ich denke an den Eingriff, der uns bevorsteht«, sagte Joanna.

»Oh, mein Gott! Ein paar Eizellen zu punktieren, ist ein Klacks. Frauen, die sich einer Kinderwunschbehandlung unterziehen, müssen das oft viele Male über sich ergehen lassen und zusätzlich auch noch tonnenweise Hormone schlucken. Was uns bevorsteht, ist ein Kinderspiel.«

Joanna zögerte. Sie versuchte, ihre zimperliche Angst niederzukämpfen, die sie bei jedem Arztbesuch überkam, und ließ ihren Blick zwischen Deborah und Dr. Donaldson hin- und herschweifen. Normalerweise geriet sie schon in Panik, wenn nur eine lächerliche Grippeimpfung anstand. Schließlich seufzte sie, räusperte sich und brachte ein Lächeln zustande. »Okay, ziehen wir es durch.«

»Bist du sicher? Ich will nicht, dass du dich von mir bedrängt fühlst.«

Joanna schüttelte den Kopf. »Ist schon okay. Bringen wir es hinter uns.«

Sie setzten sich wieder in Bewegung.

»Du hast mir gerade einen ganz schönen Schrecken eingejagt«, stellte Deborah fest.

»Manchmal erschrecke ich mich vor mir selbst«, entgegnete Joanna.

3

15. Oktober 1999, 7.45 Uhr

Ich hoffe, Sie haben ohne Probleme zu uns gefunden?«, begrüßte Dr. Donaldson die beiden Frauen und schloss die Tür hinter ihren Patientinnen.

»Ja«, erwiderte Deborah und sah sich in dem großen, leeren Wartezimmer um. »Es war relativ einfach.« Die modernen skandinavischen Designermöbel standen in starkem Kontrast zu den architektonischen Details der viktorianischen Zeit. Mitten im Raum stand ein großer U-förmiger Empfangstresen, der jedoch nicht besetzt war. Vor den Wänden waren ledergepolsterte Sessel und Sofas platziert, auf den diversen Couch- und Beistelltischen lagen aktuelle Zeitschriften aus.

»Leider ist mir erst heute Morgen eingefallen, dass ich Ihnen bei meinem Besuch gar keine Wegbeschreibung gegeben habe«, sagte Dr. Donaldson. »Entschuldigen Sie bitte meine Schusseligkeit.«

»Kein Problem«, entgegnete Deborah. »Wir hätten ja fragen können. Aber es war wirklich ganz einfach. Wir haben kurz bei der Drogerie angehalten und uns den Weg erklären lassen.«

»Eine gute Idee«, sagte Dr. Donaldson und klatschte aufmunternd in die Hände. »Dann wollen wir mal! Ich hoffe, Sie haben beide seit Mitternacht nichts mehr gegessen.«

Deborah und Joanna nickten.

»Sehr gut«, stellte Dr. Donaldson fest. »Wollen Sie vielleicht schon mal Ihre Mäntel ablegen und es sich gemütlich machen? Ich sage schnell unserem Anästhesisten Dr. Smith Bescheid, dass Sie da sind. Er möchte noch kurz mit Ihnen sprechen, und dann kann es auch schon losgehen.«

Während Dr. Donaldson vom Empfangsbereich aus telefonierte, hängten Deborah und Joanna ihre Mäntel an der Garderobe auf.

»Alles okay mit dir?«, flüsterte Deborah ihrer Freundin zu. Im Hintergrund hörten sie Dr. Donaldson telefonieren.

»Ja«, erwiderte Joanna. »Warum fragst du?«

»Du bist so still. Du machst doch jetzt keinen Rückzieher mehr, oder?«

»Nein«, antwortete Joanna. »Aber diese Umgebung raubt mir den letzten Nerv. Und dann diese unangenehmen Überraschungen wie der bewaffnete Wachposten an der Pforte. Und die Möbel im Wartezimmer irritieren mich auch.«

»Geht mir genauso«, pflichtete Deborah ihr bei. »Sie sehen aus, als hätten sie ein wahres Vermögen gekostet, aber irgendwie passen sie absolut nicht in das Wartezimmer einer Klinik.«

»Komisch, normalerweise lassen mich solche Dinge vollkommen kalt. Tut mir Leid, dass ich so ein Nervenbündel bin.«

»Versuch dich zu entspannen und daran zu denken, dass wir in einer Woche auf dem Markusplatz sitzen und Cappuccino schlürfen.«

Dr. Donaldson hatte ihr Telefonat beendet und führte sie zu einem Sofa. Als sie alle Platz genommen hatten, informierte die Ärztin sie, dass Dr. Smith auf dem Weg sei. Dann erkundigte sie sich, ob Deborah und Joanna noch irgendwelche Fragen hätten.

»Wie lange dauert der Eingriff ungefähr?«, wollte Joanna wissen.

»Die Punktion dauert etwa vierzig Minuten«, erwiderte Dr. Donaldson. »Danach müssen Sie sich ein paar Stunden ausruhen. So stellen wir sicher, dass die Wirkung der Anästhesie vollkommen abgeklungen ist. Ehe Sie sich versehen, sind Sie schon wieder auf dem Nachhauseweg.«

»Werden die Eingriffe bei meiner Freundin und mir gleichzeitig vorgenommen?«, fragte Joanna.

»Nein«, erwiderte Dr. Donaldson. »Sie, Miss Meissner, sind als Erste dran, weil Sie sich für eine leichte Vollnarkose entschieden haben. Falls Miss Cochrane sich noch umbesinnen sollte und sich ebenfalls für eine Vollnarkose entscheidet, können Sie sich aussuchen, wer zuerst drankommen soll.«

»Ich bleibe bei meiner Entscheidung«, stellte Deborah klar. »Eine örtliche Betäubung ist vollkommen in Ordnung.«

»Wie Sie wollen«, entgegnete Dr. Donaldson und ließ ihren Blick zwischen den beiden Freundinnen hin- und herschweifen. »Haben Sie noch weitere Fragen?«

»Erstreckt sich die Wingate Clinic über den gesamten Gebäudekomplex?«, fragte Deborah.

»Um Himmels willen – nein! Das Gebäude ist riesig. Früher hat es eine der größten psychiatrischen Kliniken der Umgebung und ein Sanatorium für Tuberkulosekranke beherbergt.«

»Das wissen wir bereits«, entgegnete Deborah. »Der Apotheker hat es uns erzählt.«

»Die Fertilitätsklinik nimmt lediglich zwei Stockwerke dieses einen Flügels in Anspruch«, erklärte Dr. Donaldson. »Außerdem haben wir noch ein paar Büros im Turm. Der Rest des Gebäudes ist bis auf die alten Betten und jede Menge alter Geräte leer. Man könnte es fast als Museum bezeichnen.«

»Wie viele Leute arbeiten in der Klinik?«, fragte Joanna.

»Zurzeit sind wir etwa vierzig Angestellte, aber es werden ständig mehr. Wenn Sie es genau wissen wollen, müsste ich unsere Personalleiterin Helen Masterson fragen.«

»Vierzig ist eine ganze Menge«, stellte Joanna fest. »Für eine kleine ländliche Gemeinde wie Bookford muss es ein

Geschenk des Himmels sein, dass sich die Klinik hier niedergelassen hat.«

»Das sollte man meinen«, entgegnete Dr. Donaldson. »In Wahrheit sieht es leider so aus, dass wir unter chronischem Arbeitskräftemangel leiden. Wir inserieren ständig in sämtlichen Bostoner Zeitungen. Am dringendsten suchen wir Labortechniker und erfahrene Bürokräfte. Haben Sie Interesse?« Sie lächelte ihre beiden jungen Patientinnen freundlich an.

»Ich glaube nicht«, erwiderte Deborah und lächelte zurück.

»Die einzige Abteilung, die bei uns ausreichend besetzt ist, ist die Farm«, fuhr Dr. Donaldson fort. »Für den Bereich war es von Anfang an kein Problem, Arbeitskräfte zu finden.«

»Die Farm?«, hakte Joanna nach. »Wie soll man das denn verstehen?«

»Die Wingate Clinic verfügt über eine große Tierfarm«, erklärte Dr. Donaldson. »Sie ist für unsere Forschungsbemühungen außerordentlich wichtig. Wir erforschen nicht nur die Fortpflanzung des Homo sapiens, sondern interessieren uns auch für die Reproduktion anderer Gattungen.«

»Tatsächlich?«, staunte Joanna. »Welche Tiere erforschen Sie denn?«

»Sämtliche Spezies, die wirtschaftlich von Bedeutung sind«, erwiderte Dr. Donaldson. »Also Rinder, Schweine, Geflügel und Pferde. Außerdem befassen wir uns ziemlich intensiv mit der Fortpflanzung von Haustieren wie Hunden und Katzen.«

»Wo ist denn die Farm?«, wollte Joanna wissen.

»Direkt auf dem Klinikgelände«, erwiderte Dr. Donaldson. »Sie befindet sich hinter einem Kiefernwäldchen auf der Rückseite des Hauptgebäudes, das wir übrigens liebevoll ›das Ungetüm‹ nennen. Ein idyllisches Örtchen. Es gibt dort einen Teich, einen Staudamm und sogar eine alte

Mühle – und darüber hinaus natürlich Viehställe, Kornfelder, Felder, auf denen wir Heu machen, und Pferdekoppeln. Das Gelände, auf dem das alte Cabot errichtet wurde, umfasst mehr als achthundert Hektar; es gab Häuser und Wohnungen für Mitarbeiter und eine eigene Farm zur Sicherstellung einer autarken Versorgung mit Lebensmitteln. Als es darum ging, wo sich unsere Klinik ansiedeln sollte, haben wir uns unter anderem wegen der vorhandenen Farm für dieses Anwesen entschieden. Die Nähe der Farm zu unserem Labor erleichtert unsere Forschung ungemein. Von den verfügbaren Wohnungen profitieren wir natürlich auch.«

»Sie haben hier ein eigenes Labor?«, hakte Deborah nach.

»Aber ja«, antwortete Dr. Donaldson. »Ein ziemlich beeindruckendes sogar. Es ist mein großer Stolz. Ich war nämlich dafür verantwortlich, es aufzubauen.«

»Könnten wir uns das Labor vielleicht einmal ansehen?«, bat Deborah.

»Ich denke, das müsste sich einrichten lassen«, erwiderte Dr. Donaldson. »Ah, da kommt ja Dr. Smith.«

Deborah und Joanna drehten sich um und sahen einen großen, stämmigen Mann den Raum betreten. Er trug OP-Kleidung und hatte ein Klemmbrett in der Hand. Im gleichen Moment ging die Haupttür auf, und eine angeregt miteinander plaudernde Gruppe von Klinikangestellten kam hereingeschneit. Eine Frau steuerte den Empfangsbereich an, die übrigen Angestellten verteilten sich in dem Flur, über den Dr. Smith gerade gekommen war.

Joanna spürte, wie sich alles in ihr verkrampfte. Der Anblick des Anästhesisten in OP-Kleidung rief ihr schlagartig in Erinnerung, dass der Eingriff, vor dem sie sich so fürchtete, unmittelbar bevorstand.

Der Anästhesist stellte sich den beiden vor und schüttelte ihnen zur Begrüßung die Hand. Dann setzte er sich, schlug die Beine übereinander und legte sich das Klemmbrett auf dem Schoß zurecht. »Dann wollen wir mal anfangen«, begann er und fischte einen seiner zahlreichen Stifte aus der Brusttasche seines Kittels. »Wie ich meinen Unterlagen entnehme, wünschen Sie, Miss Cochrane, lediglich eine lokale Betäubung.«

»Das ist richtig«, bestätigte Deborah

»Darf ich fragen, warum?«, fragte Dr. Smith.

»Es ist mir einfach lieber«, stellte Deborah klar.

»Ich gehe davon aus, man hat Sie darüber informiert, dass wir bei Punktionen von Eizellen eine leichte Vollnarkose bevorzugen.«

»Ja«, entgegnete Deborah. »Das hat Dr. Donaldson erwähnt. Sie sagte aber auch, ich könne frei entscheiden.«

»Das stimmt«, räumte Dr. Smith ein. »Ich möchte Ihnen aber gern erklären, warum wir es vorziehen, Ihr Bewusstsein für die Dauer des Eingriffs auszuschalten. Bei einer leichten Vollnarkose entnehmen wir die Eizellen unter direkter Inspektion Ihrer Bauchhöhle mit einem Laparoskop. Bei einer lokalen, parazervikalen Betäubung hingegen wird die Entnahme der Eizellen mit einer per Ultraschall gesteuerten Nadel durchgeführt. Bei letzterer Methode arbeiten wir gewissermaßen im Dunkeln.« Er hielt kurz inne und lächelte. »Irgendwelche Fragen zu meinen bisherigen Ausführungen?«

»Nein«, erwiderte Deborah kurz angebunden.

»Aber es gibt noch einen weiteren Grund, der für eine Vollnarkose spricht«, fuhr Dr. Smith fort. »Bei einer lediglich lokal betäubten Patientin haben wir etwaige durch intraabdominale Manipulation hervorgerufene Schmerzen nicht unter Kontrolle. Mit anderen Worten könnte der Fall eintreten, dass Sie unangenehme Beschwerden empfinden, vor allem wenn wir Schwierigkeiten haben, einen der Eierstöcke zu treffen und eine Weile herumlavieren müssen.«

»Das Risiko nehme ich in Kauf«, stellte Deborah klar.

»Auch die Schmerzen?«

»Ich kann einiges ertragen«, erwiderte Deborah. »Es ist mir wirklich lieber, wach und bei vollem Bewusstsein zu sein.«

Dr. Smith warf Dr. Donaldson einen kurzen Blick zu. Sie zuckte flüchtig mit den Schultern. Danach erkundigte sich der Narkosearzt nach der Krankengeschichte seiner beiden Patientinnen. Als er damit fertig war, erhob er sich. »Das ist für den Augenblick alles. Sie können sich jetzt umziehen. Wir sehen uns oben wieder.«

»Bekomme ich ein Beruhigungsmittel?«, fragte Joanna.

»Selbstverständlich«, erwiderte Dr. Smith. »Sobald wir Sie an den Tropf angeschlossen haben. Haben Sie noch irgendwelche Fragen?«

Deborah und Joanna schwiegen, woraufhin Dr. Smith ihnen noch einmal zulächelte und verschwand. Kurz darauf führte Dr. Donaldson Deborah und Joanna über den Hauptflur in einen separaten, deutlich kleineren Warteraum. Auf der einen Seite des Raums befanden sich diverse Umkleidekabinen mit Lamellentüren und auf der anderen mehrere Gepäck- und Garderobenschließfächer. Neben der Schließfachreihe stand ein Regal, in dem Flügelhemdchen, Papierschuhe und Bademäntel bereitlagen. Eine zierliche, freundlich lächelnde Krankenschwester war gerade dabei, die Vorräte an Patientenkleidung aufzustocken. Neben der Doppelpendeltür standen etliche Rollbahren bereit, und in der Mitte des Raums gab es eine Sitzgruppe aus Sesseln und einem Sofa sowie einen Couchtisch, auf dem diverse Zeitschriften lagen.

Dr. Donaldson machte ihre beiden Patientinnen mit Cynthia Carson, der Krankenschwester, bekannt, die den beiden sogleich Krankenhauskleidung aushändigte, ihnen jeweils einen Schließfachschlüssel überreichte und ihnen zwei nebeneinander liegende Unkleidekabinen zuwies. Sie empfahl ihnen, die Schlüssel an ihren jeweiligen Krankenhaushemdchen festzuklemmen. Dr. Donaldson verabschiedete sich, und kurz darauf verschwand auch Cynthia, um neue Infusionsflaschen zu holen. Sie versprach aber, sofort wieder zurück zu sein.

»Der Anästhesist war ganz schön penetrant!«, rief Joanna Deborah aus ihrer Kabine zu. »Er wollte dich ja auf Teufel komm raus dazu bringen, einer Vollnarkose zuzustimmen!«

»Das kannst du wohl sagen«, stimmte Deborah ihr zu. Einen Augenblick später traten sie, ihre Straßenkleidung in der einen Hand und den dünnen Bademantel mit der anderen zuhaltend, aus ihren jeweiligen Kabinen. Als sie sich sahen, brachen sie in schallendes Gelächter aus.

»Oje«, prustete Joanna, »hoffentlich sehe ich nicht so krank aus wie du.«

»Tut mir Leid, dass ich dich enttäuschen muss«, entgegnete Deborah, »aber du siehst noch schlimmer aus.«

Als Nächstes verstauten sie ihre Utensilien in den Schließfächern.

»Warum hast du dich denn partout nicht überzeugen lassen?«, wollte Joanna wissen.

»Fängst du jetzt etwa auch noch an?«, fragte Deborah zurück.

»Was der Anästhesist gesagt hat, macht in meinen Ohren durchaus Sinn«, stellte Joanna fest. »Vor allem seine Ausführungen über die eventuell auftretenden intraabdominalen Schmerzen, die sie ohne Vollnarkose nicht unter Kontrolle haben. Also, mir sind da sofort die Knie weich geworden. Willst du es dir nicht lieber doch noch einmal überlegen?«

»Hör jetzt endlich auf damit!«, wies Deborah ihre Freundin zurecht. Sie knallte die Schließfachtür zu, zog den Schlüssel ab und sah Joanna an. Ihre Wangen waren vor Aufregung gerötet. »Wir haben doch lang und breit darüber geredet! Ich habe nun mal Angst davor, in künstlichen Tiefschlaf gelegt zu werden. Nenn es von mir aus eine Phobie. Du magst keine Nadeln, und ich habe etwas gegen Vollnarkosen. So ist das nun mal.«

»Ist ja schon gut«, versuchte Joanna sie zu beruhigen. »Wenn von uns beiden hier jemand die Fassung verliert, dann doch wohl eher ich.«

Deborah seufzte. Dann schloss sie die Augen und schüttelte den Kopf. »Tut mir Leid. Ich wollte dich nicht so anfahren. Wie es scheint, bin ich auch ein bisschen nervös.«

»Du musst dich nicht entschuldigen«, stellte Joanna klar.

In diesem Moment kam Cynthia mit einem Arm voll Utensilien zurück, die sie auf einer der Rollbahren ablegte. In der anderen Hand hatte sie eine Flasche mit Infusionslösung, die sie an dem an der Rollbahre vorgesehenen Gestänge aufhängte. »Wer von Ihnen ist Miss Meissner?«, rief sie an die beiden Frauen gewandt.

Joanna hob die Hand.

Cynthia klopfte mit der Hand auf die gepolsterte und mit einem frischen Laken bezogene Bahre. »Was halten Sie davon, es sich auf dieser Pritsche ein bisschen bequem zu machen? Dann kann ich die Injektionskanüle setzen und Ihnen einen Cocktail verabreichen, der Sie auf der Stelle in Silvesterstimmung versetzen wird.«

Deborah legte ihrer Freundin die Hand auf den Arm und sah sie aufmunternd an, woraufhin Joanna der Aufforderung folgte. Deborah stellte sich auf die andere Seite der Bahre und leistete ihr Beistand.

Mit ein paar schnellen, geübten Handgriffen traf Cynthia die für eine intravenöse Infusion notwendigen Vorbereitungen. Dabei plauderte sie fröhlich über das Wetter, und bevor Joanna überhaupt dazu kam, in Panik zu geraten, hatte

Cynthia ihr bereits den Stauschlauch um den linken Unterarm gelegt.

Als die Nadel ihre Haut durchdrang, sah Joanna schnell weg und zog eine Grimasse. Bevor sie sich versah, hatte Cynthia ihr den Stauschlauch schon wieder abgenommen und die Kanüle mit Klebeband festgeklebt.

»So, das hätten wir also schon mal«, stellte Cynthia fest.

Joanna drehte sich um und sah die Schwester erstaunt an. »Ist die Kanüle schon drin?«

»Aber ja«, erwiderte Cynthia gut gelaunt, während sie mit zwei Spritzen ein Medikament aufzog. »Jetzt kommt das Vergnügen. Und damit wir auf keinen Fall etwas falsch machen, frage ich lieber noch einmal nach: Sie haben keine Allergien und reagieren nicht überempfindlich auf irgendwelche Medikamente? Ist das richtig?«

»Ja«, erwiderte Joanna.

Cynthia beugte sich über die Öffnung der Infusionskanüle und entfernte die Schutzkappe von der ersten Spritze.

»Was verabreichen Sie mir da eigentlich?«, fragte Joanna.

»Wollen Sie das wirklich wissen?«, fragte Cynthia zurück, während sie die erste Spritze hineindrückte und gleich danach mit der zweiten begann.

»Ja, unbedingt!«

»Diazepam und Fentanyl.«

»Und was heißt das im Klartext?«

»Valium und ein synthetisches opioides Analgetikum.«

»Valium ist mir bekannt. Und was ist das andere?«

»Opioide sind Pharmaka beziehungsweise Substanzen mit morphinartiger Wirkung«, erklärte Cynthia und entsorgte mit ein paar schnellen Handgriffen die Verpackungen und anderen Abfall in einer Sondermülltonne. Während sie unter dem Polster der Bahre ein Klemmbrett hervorzog und einen Vermerk machte, öffnete sich die Tür, und eine weitere Patientin betrat den Raum. Sie lächelte den Frauen zu, steuerte das Regal mit der Krankenhauskleidung an und verschwand in einer der Umkleidekabinen.

»Ob die Frau auch hier ist, um Eizellen zu spenden?«, fragte Joanna.

»Keine Ahnung«, erwiderte Deborah.

»Das ist Dorothy Stevensy«, flüsterte Cynthia, während sie an das Kopfende der Rollbahre ging und die Radblockierung löste. »Sie ist seit Jahren Patientin der Wingate Clinic und hat heute einen weiteren Transfer. Die Arme hat schon viele Enttäuschungen hinter sich.«

»Bringen Sie mich etwa schon in den OP?«, fragte Joanna, als sich die Bahre in Bewegung setzte.

»Allerdings«, erwiderte Cynthia. »Als ich eben die Infusionsflasche geholt habe, hat man mir gesagt, dass Sie dringend erwartet werden.«

»Kann ich meine Freundin begleiten?«, bat Deborah, die die ganze Zeit Joannas Hand gehalten hatte.

»Das geht leider nicht«, erwiderte Cynthia. »Machen Sie es sich bequem, und entspannen Sie sich! In null Komma nichts sind Sie selber an der Reihe.«

»Mach dir keine Sorgen um mich«, sagte Joanna und lächelte Deborah an. »Das morphinartige Zeug beginnt schon zu wirken, und es ist gar nicht so schlecht.«

Deborah drückte ein letztes Mal Joannas Hand. Bevor die Schwingtür hinter der Bahre zufiel, sah Deborah, wie ihre Freundin ihr noch einmal fröhlich über die Schulter zuwinkte.

Deborah kehrte in den eigentlichen Warteraum zurück, steuerte das Sofa an und ließ sich niederplumpsen. Da sie das letzte Mal vor dem Zubettgehen etwas zu sich genommen hatte, hatte sie einen Riesenhunger. Sie nahm sich eine Zeitschrift, stellte aber schnell fest, dass sie sich mit knurrendem Magen nicht konzentrieren konnte. Statt zu lesen, versuchte sie sich deshalb vorzustellen, in welchen Winkel des monströsen Komplexes Joanna wohl gebracht worden war. Sie warf die Zeitschrift zurück auf den Tisch und sah sich um. Genau wie im Hauptwartebereich störte sie auch in diesem Raum das unharmonische Zusammenspiel von Architektur und Inneneinrichtung: Die aufwändig verzierte Decke passte in keiner Weise zu den funktionalen Möbeln. Joanna hatte Recht gehabt. In der Wingate Clinic stolperte man an jeder Ecke über beunruhigende Kontraste. Inzwischen wünschte sich auch Deborah nichts sehnlicher, als den Eingriff so schnell wie möglich hinter sich zu bringen und das Klinikgelände zu verlassen.

In diesem Moment kam Dorothy Stevensy, ihr Kleid unter den Arm geklemmt, aus einer der Umkleidekabinen. Sie lächelte Deborah an, ging zu einem Schließfach und legte sorgfältig ihre Sachen hinein. Deborah beobachtete sie und fragte sich, wie man es wohl ertrug, immer wieder neue Kinderwunschbehandlungen über sich ergehen zu lassen und ständig mit Enttäuschungen fertig werden zu müssen.

Dorothy verriegelte das Schließfach und steuerte auf die Sitzecke zu. Im Gehen klemmte sie den Schlüssel an ihrem Flügelhemd fest. Dann nahm sie sich eine Zeitschrift, setzte sich hin und begann zu blättern. Doch irgendwie schien sie Deborahs neugierigen Blick zu spüren; jedenfalls sah sie plötzlich auf und musterte sie mit ihren strahlend blauen Augen. Deborah lächelte und stellte sich vor, woraufhin auch Dorothy sich vorstellte. Sie plauderten eine Weile, und nach einer kurzen Pause fragte Deborah Dorothy, ob sie schon lange Patientin der Wingate Clinic sei.

»Leider ja«, erwiderte Dorothy.

»Und?«, fragte Deborah. »Haben Sie angenehme Erfahrungen mit der Klinik gemacht?«

»Als angenehm kann man meine Aufenthalte hier vielleicht nicht gerade bezeichnen«, antwortete Dorothy. »Es ist ganz schön anstrengend, was man alles über sich ergehen lassen muss. Allerdings muss ich den Ärzten hier zugute halten, dass sie mich gewarnt haben. Aber mein Mann und ich sind trotz der Qualen fest entschlossen, noch nicht aufzugeben. Wir machen mindestens noch so lange weiter, bis unser Kreditrahmen ausgeschöpft ist.«

»Sind Sie heute zum Embryotransfer hier?«, erkundigte sich Deborah. Es war ihr peinlich zuzugeben, dass sie bereits Bescheid wusste.

»Ja«, erwiderte Dorothy und seufzte, die gedrückten Daumen hochhaltend. »Es ist mein neunter.«

»Na dann viel Glück«, entgegnete Deborah mitfühlend.

»Das kann ich gebrauchen.«

Deborah hob ebenfalls die Hände und drückte die Daumen.

»Sind Sie heute zum ersten Mal in der Wingate Clinic?«, fragte Dorothy.

»Ja«, erwiderte Deborah. »Meine Freundin auch.«

»Sie werden bestimmt mit der Behandlung zufrieden sein«, stellte Dorothy fest. »Lassen Sie eine In-vitro- Fertilisation vornehmen?«

»Nein«, erwiderte Deborah. »Wir sind Eizellenspenderinnen. Wir haben uns auf eine Anzeige im *Harvard Crimson* gemeldet.«

»Das ist ja toll!«, rief Dorothy begeistert. »Vielleicht ist Ihnen das gar nicht so bewusst – aber durch Ihre großmütige Geste geben Sie verzweifelten Paaren jede Menge neue Hoffnung. Ich kann Ihre Großzügigkeit nur bewundern.«

Deborah fühlte sich plötzlich peinlich berührt; schließlich hatte sie nicht aus hehren Motiven gehandelt, sondern sich von der erklecklichen Entschädigung locken lassen. Sie hoffte, das Thema so schnell wie möglich wechseln zu können, um der Frau nicht preisgeben zu müssen, was sie in Wahrheit zu der Eizellenspende bewogen hatte. Zum Glück kehrte in diesem Augenblick Cynthia zurück. Sie stürmte ohne Vorwarnung durch die Schwingtür.

»Okay, Dorothy!«, rief sie enthusiastisch. »Sie sind dran! Gehen Sie bitte sofort in den Transferraum. Man erwartet Sie schon!«

Dorothy erhob sich, holte einmal tief Luft und verschwand durch die Tür.

»Sie ist wirklich tapfer«, stellte Cynthia fest, als die Tür zufiel. »Hoffentlich hat sie diesmal Glück. Wenn es jemand verdient hat, dann sie.«

»Was kostet eigentlich so eine Behandlung?«, fragte Deborah. Nachdem sie gerade daran erinnert worden war, dass sie sich nicht aus reiner Barmherzigkeit, sondern nur wegen des Geldes als Eizellenspenderin zur Verfügung stellte, interessierte sie sich auf einmal für den finanziellen Aspekt einer Infertilitätstherapie.

»Das ist individuell unterschiedlich«, erwiderte Cynthia. »Je nachdem, was für ein Verfahren angewandt wird. Aber im Durchschnitt zahlt ein Paar pro Behandlungszyklus zwischen achttausend und zehntausend Dollar.«

»Ach du meine Güte!«, staunte Deborah. »Das heißt ja, dass Dorothy und ihr Mann schon fast neunzigtausend Dollar in ihre Behandlung investiert haben.«

»Wahrscheinlich sogar noch mehr«, entgegnete Cynthia. »Darin sind nämlich noch nicht die Kosten für die anfänglichen Untersuchungen und Diagnosen oder Zusatzbehandlungen enthalten, die eventuell erforderlich sind. Kinderwunschbehandlungen kosten die betroffenen Paare jede Menge Geld, denn die Krankenkassen übernehmen die Kosten in der Regel nicht. Die meisten müssen das Geld irgendwie selber aufbringen.«

Kurz darauf betraten zwei weitere Patientinnen den Raum. Cynthia kümmerte sich sofort um sie. Sie nahm ihre Papiere entgegen, studierte sie kurz, holte Flügelhemdchen und Bademäntel und führte die Frauen zu den Umkleidekabinen. Deborah war überrascht, wie alt eine der beiden Frauen wirkte. Sie war sich zwar nicht sicher, aber wenn sie sich nicht täuschte, musste sie Mitte bis Ende fünfzig sein.

Deborah hielt es nicht mehr aus, noch länger still herumzusitzen. Sie stand auf und ging zu Cynthia, die sich gerade in die Patientenunterlagen vertieft hatte. »Entschuldigen Sie, Dr. Donaldson meinte, ich könnte mir vielleicht einmal das Labor ansehen. Wen müsste ich da ansprechen?«

»Den Wunsch hat bisher noch niemand geäußert«, erwiderte Cynthia und dachte kurz nach. »Vielleicht sollten Sie Claire Harlow bitten. Sie ist bei uns für Öffentlichkeitsarbeit zuständig und führt unter anderem zukünftige Patienten durch die Klinik; ob bei diesen Rundgängen auch das Labor besichtigt wird, weiß ich allerdings nicht. Wenn es Ihnen nichts ausmacht, im Bademantel durch die Gänge zu laufen, können Sie ja kurz zur Rezeption im Hauptwartebereich gehen und Miss Harlow ausrufen lassen. Gehen Sie aber nicht zu weit weg, Sie sind als Nächste dran. Es wird höchstens noch eine Viertelstunde dauern.«

Auch wenn sie nicht viel Zeit hatte, Deborah musste irgendetwas tun. Also folgte sie dem Vorschlag der Schwester und ging zur Rezeption. Dort ließ sie die für Öffentlichkeitsarbeit zuständige Mitarbeiterin ausrufen. Während sie wartete, fiel ihr auf, dass der Wartebereich sich deutlich gefüllt hatte, seitdem sie mit Joanna in den hinteren Teil der Klinik geführt worden war. Die meisten der wartenden Frauen waren in Zeitschriften vertieft, manche starrten geistesabwesend vor sich hin; es wurde kaum ein Wort gesprochen.

Claire Harlow war eine leise sprechende, freundliche und entgegenkommende Frau, die Deborah gern ihren Wunsch erfüllte. Sie führte sie in die erste Etage und zeigte ihr das Labor. Dr. Donaldson hatte nicht übertrieben – das Labor war wirklich riesig. Es erstreckte sich entlang der Rückseite des Gebäudes und nahm fast den gesamten von der Wingate Clinic genutzten Flügel in Anspruch.

Deborah war beeindruckt. Da sie schon so manche Stunde in Biologie-Labors verbracht hatte, wusste sie bei den meisten Geräten und Apparaten, wozu sie dienten. Die Ausrüstung war qualitativ erstklassig und auf dem neuesten Stand der Technik. Unter den Geräten befanden sich auch so außergewöhnliche Apparate wie etwa ein automatischer DNA-Sequenzierer. Zu Deborahs Überraschung arbeiteten in dem riesigen Labor kaum Menschen.

»Wo sind denn die ganzen Labormitarbeiter?«, fragte sie deshalb.

»Die Ärzte sind um diese Zeit in der Klinik«, erklärte Claire.

Deborah schlenderte an den Arbeitsflächen entlang, auf denen mehr Präpariermikroskope standen, als sie je in irgendeinem Labor gesehen hatte. Zudem schienen sie deutlich leistungsfähiger zu sein als die Mikroskope, mit denen sie selber zu arbeiten gewohnt war.

»Hier können ja irrsinnig viele Leute arbeiten«, stellte sie schließlich staunend fest.

»Das kann man wohl sagen«, entgegnete Claire. »Wir sind ständig auf der Suche nach qualifizierten Mitarbeitern.«

Deborah erreichte das Ende der Arbeitsbank und sah aus dem Fenster. Der Blick war beeindruckend. Da die Klinik auf einem Hügel stand, hatte man einen herrlichen, weiten Blick über die sich in alle Richtungen erstreckenden Grünflächen. In nördlicher Richtung waren zwischen den orange leuchtenden Eichen und den rot glühenden Ahornbäumen ein paar gemauerte Gebäude zu erkennen, die, von einem weißen Putz abgesehen, ähnlich konstruiert waren wie das Pförtnerhäuschen.

»Sind das da hinten die Gebäude der Wingate Farm?«, erkundigte sich Deborah.

»Nein«, erwiderte Claire. »Das sind Wohnhäuser.« Sie wies in Richtung Südosten, wo das Gelände im Vergleich zur sonstigen Umgebung noch dramatischer abfiel, und lenkte Deborahs Aufmerksamkeit auf ein glitzerndes Licht, das durch die alten, hoch gewachsenen Kiefern gerade noch auszumachen war. »Sehen Sie das Funkeln? Es sind Sonnenstrahlen, die sich auf der Oberfläche des Mühlenteiches spiegeln. Die Gebäude der Farm gruppieren sich um den Teich herum.«

»Und was ist mit dem Ziegelsteinschornstein dahinten?«, fragte Deborah und zeigte auf eine Rauchwolke, die noch weiter rechts über den Baumkronen gen Himmel stieg. »Gehört der auch noch zum Wingate-Komplex?« Der Rauch verließ den Schornstein als weiße Fahne und ging auf seinem Weg nach Osten in einen dunklen, rotgrauen Streifen über.

»Ja«, erwiderte Claire. »Er gehört zu dem alten Heizkraftwerk, mit dem unter anderem die Heißwasserversorgung sichergestellt wurde. Ein interessantes Gebäude. Als das alte Cabot hier noch untergebracht war, diente es zudem als Krematorium.«

»Als Krematorium?«, platzte Deborah heraus. »Wozu hatten sie denn hier draußen ein Krematorium?«

»Wahrscheinlich ging es nicht anders«, vermutete Claire. »Damals wurden die meisten Patienten der psychiatrischen Klinik und der Heilanstalt für Tuberkulosekranke einfach von ihren Familien abgeschoben und allein gelassen.« Deborah lief ein kalter Schauer den Rücken herunter. Was für eine furchtbare Vorstellung, dass eine derart isolierte Heilanstalt auch noch über ein eigenes Krematorium verfügte! Sie wollte gerade zu einer weiteren Frage ansetzen, als Claires Pager piepte. Sie warf einen Blick auf die LCD-Anzeige.

»Die Nachricht ist für Sie, Miss Cochrane. Man erwartet Sie im Operationssaal.«

Deborah seufzte erleichtert. Sie wollte den Eingriff endlich hinter sich bringen und mit Joanna nach Hause fahren.

4

15. Oktober 1999, 9.05 Uhr

Joanna machte kein Übergangsstadium durch. Gerade war sie noch im Tiefschlaf gewesen, jetzt war sie plötzlich hellwach und starrte an die hohe, verzierte Decke, die ihr völlig fremd vorkam.

»Sieh an, Dornröschen ist aufgewacht!«, hörte sie jemanden rufen.

Sie drehte den Kopf in die Richtung, aus der die Stimme gekommen war, und blickte in das Gesicht eines ihr unbekannten Mannes. In ihrer momentanen Verwirrung wollte sie gerade fragen, wo sie eigentlich sei, als es ihr wie Schuppen von den Augen fiel.

»Dann wollen wir mal Ihren Blutdruck messen«, sagte der Krankenpfleger und griff zu seinem Stethoskop. Er trug OP-Kleidung und war etwa im gleichen Alter wie Joanna. Seinem Namensschild zufolge hieß er Myron Hanna. Er pumpte die Manschette auf, die er ihr bereits um den linken Oberarm gelegt hatte.

Joanna musterte das Gesicht des jungen Pflegers. Während er mit der Hand den Schalltrichter des Stethoskops gegen ihre Armbeuge presste, konzentrierte er sich voll auf die Druckanzeige. Als die Luft aus der Manschette wich, spürte Joanna ihr Blut durch den Arm strömen. Der Mann lächelte sie an und befreite sie von dem Messgerät.

»Ihr Blutdruck ist absolut in Ordnung«, stellte er fest und griff nach ihrem Handgelenk, um den Puls zu messen. Joanna wartete, bis er fertig war. »Wann bin ich denn dran?«, fragte sie schließlich.

»Sie haben alles längst hinter sich«, erwiderte Myron und notierte die Messergebnisse auf einem Klemmbrett.

»Sie machen wohl Witze«, entgegnete Joanna. Sie hatte jegliches Zeitgefühl verloren.

»Aber nein«, beharrte Myron. »Sie haben den Eingriff wirklich schon hinter sich, und zwar erfolgreich. Zumindest nehme ich das an. Dr. Saunders dürfte zufrieden sein.«

»Das kann ich gar nicht glauben«, stellte Joanna fest. »Meine Freundin sagt doch, dass einem nach einer Narkose immer schlecht ist.«

»Das kommt heute nur noch ziemlich selten vor«, entgegnete Myron. »Und mit Propofol fast nie. Das Zeug ist wirklich super, nicht wahr?«

»Haben sie mir das verabreicht?«

»Ja.«

»Wie spät ist es?«

»Kurz nach neun.«

»Wissen Sie, ob meine Freundin, Deborah Cochrane, ihren Eingriff auch schon hinter sich hat?«

»Sie liegt gerade in diesem Augenblick auf dem OP-Tisch«, erwiderte Myron. »Wollen Sie mal versuchen, sich auf die Bettkante zu setzen?«

Joanna richtete sich vorsichtig auf. Die Infusionskanüle, die immer noch in ihrem rechten Arm steckte, schränkte ihre Beweglichkeit ein wenig ein.

»Wie fühlen Sie sich?«, fragte Myron. »Ist Ihnen schwindelig? Oder haben Sie sonst irgendwelche Beschwerden?«

»Nein, es geht mir gut«, versicherte Joanna. »Ich fühle mich absolut normal.« Sie konnte es kaum glauben, dass sie nicht einmal Schmerzen hatte.

»Am besten bleiben Sie erst mal ein paar Minuten so sitzen«, riet Myron. »Wenn dann immer noch alles okay ist, entferne ich die Kanüle, und Sie können nach unten gehen und sich umziehen.«

»Okay«, entgegnete Joanna. Während der Pfleger seine Eintragungen beendete, sah sie sich um. Außer ihrem standen in dem Raum noch drei weitere Betten, die jedoch alle unbelegt waren. Das Zimmer machte einen ziemlich antiquierten Eindruck; all die Verschönerungen und Modernisierungen, die in anderen Bereichen der Klinik vorgenommen worden waren, hatte man sich hier eindeutig gespart. Die Kacheln an den Wänden und die Bodenfliesen waren abgenutzt, die Fenster alt und verfallen, und die Waschbecken waren aus Speckstein.

Die Ausstattung des Aufwachraums erinnerte Joanna an den archaischen Operationssaal, in den sie für den Eingriff gerollt worden war. Allein der Gedanke an diesen Raum jagte ihr einen kalten Schauer über den Rücken. Der OP machte einen derart grausigen Eindruck, dass sie sich ohne weiteres vorstellen konnte, wie dort vor einigen Jahrzehnten gegen den Willen der schutzbedürftigen Patienten Leukotomien vorgenommen worden waren. Beim ersten Anblick des OPs hatte sie an ein schauerliches Gemälde aus einem früheren Jahrhundert denken müssen, das eine Vorlesungsstunde in Anatomie darstellte. Auf dem Gemälde waren die in der Dunkelheit verschwindenden, nach oben ansteigenden Sitzreihen von lüstern auf einen entblößten, geisterhaft bleichen Körper hinabschielenden Männern besetzt.

Plötzlich ging die Tür des Aufwachraums auf. Joanna drehte sich um und sah einen kleinen, dunkelhaarigen Mann auf sie zukommen. Seine fahle Gesichtsfarbe erinnerte sie ein weiteres Mal an das antike Gemälde. Der Mann blieb abrupt stehen. Im ersten Moment schien er überrascht, doch dann schlug die Überraschung offenbar in Wut um. Er trug grüne OP-Kleidung und darüber einen langen weißen Arztkittel.

»Hallo, Dr. Saunders!«, rief Myron ihm zu und sah von seiner Arbeit auf.

»Habe ich Sie eben falsch verstanden, Mr Hanna?«, fuhr der Arzt den Pfleger an, ohne den Blick von Joanna abzuwenden. »Haben Sie nicht behauptet, die Patientin schlafe noch?«

»Als wir telefoniert haben, schlief sie auch noch«, stellte Myron klar. »Sie ist gerade aufgewacht, und es ist alles in Ordnung.«

Joanna empfand den starren Blick des Mannes als äußerst unangenehm. Menschen, die ihre Macht offen zur Schau trugen, bereiteten ihr immer ein ungutes Gefühl in der Magengegend. Daran war vermutlich ihr Vater schuld, der Geschäftsführer einer Ölfirma war und stets auf Distanz und eiserne Disziplin Wert legte.

»Blutdruck und Puls sind vollkommen normal«, informierte Myron Dr. Saunders. Er erhob sich, um ihm seine Aufzeichnungen zu zeigen, doch der Arzt bedeutete ihm, sich keine Mühe zu machen.

Ohne eine Miene zu verziehen, machte Dr. Saunders einen weiteren Schritt auf Joanna zu. Seine breite Nase vermittelte fälschlicherweise den Eindruck, dass seine Augen zu eng beieinander lagen. Am auffälligsten war jedoch, dass seine Augen leicht unterschiedliche Farben hatten; ferner stach eine einzige weiße Haarsträhne ins Auge, die einen starken Kontrast zu seinem ansonsten dunklen Haar und seiner leicht wirren Frisur bildete.

»Wie geht es Ihnen, Miss Meissner?«, fragte er.

Sein Ton erschien Joanna genauso distanziert und gefühlskalt wie der ihres Vaters, wenn er sich danach erkundigt hatte, wie ihr Tag in der Grundschule gewesen war. »Ganz okay«, erwiderte sie, wobei sie nicht sicher war, ob der Mann sich tatsächlich auch nur die Bohne für ihr Befinden interessierte oder ob er womöglich gar keine Antwort erwartete. Trotz ihrer Vorbehalte gegenüber dem Arzt nahm sie sich zusammen und fragte: »Haben Sie die Punktion bei mir durchgeführt?« Der Anästhesist hatte ihr das Narkosemittel verabreicht, bevor der operierende Arzt den OP betreten hatte.

»Ja«, erwiderte Dr. Saunders in einem Ton, der jegliche weitere Nachfragen verbot. »Dürfte ich mir bitte kurz Ihren Bauch ansehen?«

»Selbstverständlich«, murmelte Joanna und warf dem jungen Pfleger einen verzweifelten Blick zu. Myron kam sofort an die andere Bettseite geeilt, bat sie, sich flach auf den Rücken zu legen, und deckte ihr behutsam die Beine und den Schambereich zu.

Dr. Saunders zog vorsichtig das Flügelhemd hoch, wobei er darauf achtete, Joannas Unterleib und ihre Beine mit dem Laken bedeckt zu lassen. Dann inspizierte er die entblößte Taille. Joanna hob den Kopf, um ebenfalls einen Blick auf ihre Wunde zu werfen. Sie sah drei kleine Pflaster, eins direkt unter ihrem Nabel und die anderen beiden schräg darunter; sie bildeten ein gleichseitiges Dreieck.

»Keine Anzeichen von Blutungen«, stellte Myron an Dr. Saunders gewandt fest. »Und das Gas ist vollkommen absorbiert.«

Dr. Saunders nickte, zog das Hemdchen wieder über Joannas Bauch und machte Anstalten zu gehen.

»Dr. Saunders!«, rief Joanna hinter ihm her.

Er blieb stehen und drehte sich um.

»Wie viele Eizellen haben Sie mir denn entnommen?«

»Weiß ich nicht mehr genau«, erwiderte er. »Fünf oder sechs.«

»Ist das gut?«

»Absolut im Rahmen«, antwortete Dr. Saunders. Für ein

paar Sekunden erhellte ein schwaches Lächeln seine grimmige Miene. Dann verließ er den Raum.

»Dr. Saunders scheint ja nicht gerade ein Freund vieler Worte zu sein«, stellte Joanna fest.

»Er hat sehr viel zu tun«, entgegnete Myron. Er schlug die Decke beiseite und legte Joannas Beine frei. »Versuchen Sie doch mal aufzustehen. Ich glaube, ich kann Sie jetzt von der Kanüle befreien.«

»Ist Dr. Saunders der einzige Arzt der Wingate Clinic, der Punktionen vornimmt?«, fragte Joanna, während sie sich aufrichtete und ihre Beine über die Bettkante schwang. Dann rutschte sie vorsichtig ein Stück vor und stellte sich hin, wobei sie ihr Krankenhaushemdchen mit der linken Hand hinter dem Rücken zusammenhielt.

»Er nimmt die Eingriffe zusammen mit Dr. Donaldson vor.«

»Dann müsste meine Freundin ja inzwischen auch schon alles hinter sich haben, oder? Sonst könnte Dr. Saunders doch nicht gerade hier gewesen sein.«

»Das ist anzunehmen«, stimmte Myron ihr zu. »Wie geht es Ihnen? Ist Ihnen schwindelig?«

Joanna schüttelte den Kopf.

»Dann entferne ich jetzt die Kanüle, und Sie können sich anziehen.«

Eine Viertelstunde später war Joanna in dem kleinen Warteraum und nahm ihre Kleidung, Schuhe und Tasche aus dem Schließfach. Auf dem Sofa und in den Sesseln hatten es sich vier weitere Patientinnen in Krankenhauskleidung bequem gemacht und blätterten gelangweilt Zeitschriften durch. Keine von ihnen beachtete Joanna. Deborahs Schließfach war noch verschlossen.

Joanna wollte gerade in die gleiche Umkleidekabine huschen, die sie schon vor dem Eingriff benutzt hatte, als Cynthia mit Deborah im Schlepptau den Raum betrat. Deborah strahlte, als sie ihre Freundin sah. Sie eilte sofort zu ihr, quetschte sich mit in die Kabine und schloss die Tür hinter sich.

»Wie ist es bei dir gelaufen?«, flüsterte sie.

»Nicht schlecht«, erwiderte Joanna. Sie hatte keine Ahnung, warum Deborah flüsterte. »Der Anästhesist hat mich gewarnt, dass ich von seiner ›Amnesiemilch‹ ein leichtes Brennen im Arm spüren könnte, aber ich habe nichts gemerkt. Ich kann mich nicht einmal daran erinnern, dass ich müde wurde und eingeschlafen bin.«

»›Amnesiemilch‹?«, hakte Deborah nach. »Was soll das denn sein?«

»So hat der Narkosearzt im Scherz meinen Medikamentencocktail genannt«, erklärte Joanna. »Es ging alles ganz schnell, als ob jemand für einen kurzen Augenblick das Licht ausgeschaltet hätte. Ich habe während des gesamten Eingriffs absolut nichts gespürt. Und zum Glück ist mir beim Aufwachen kein bisschen schlecht gewesen. Deine Prognose hat sich also nicht bewahrheitet.«

»Du hattest gar kein flaues Gefühl im Magen?«

»Nein, nichts dergleichen. Außerdem bin ich genauso abrupt aufgewacht, wie ich weggedämmert bin.« Zur Unterstreichung ihrer Worte schnipste sie mit den Fingern. »Ich bin wirklich positiv überrascht. Jetzt erzähl mal – wie war es bei dir?«

»Es war ein Klacks«, berichtete Deborah. »Nicht schlimmer als ein Pap-Abstrich bei der Vorsorgeuntersuchung.«

»Du hattest keine Schmerzen?«

»Die Spritze mit der örtlichen Betäubung hat ein bisschen wehgetan. Das einzig Schlimme war das erniedrigende Gefühl, entblößt dazuliegen und in sich hineinschauen lassen zu müssen.«

»Wie viele Eizellen haben sie dir entnommen?«

»Keine Ahnung«, erwiderte Deborah. »Eine, nehme ich

an. Wenn man nicht mit Hormonen stimuliert wird, produziert eine Frau pro Monat in der Regel nicht mehr als eine Eizelle.«

»Mir haben sie fünf oder sechs entnommen.«

»Na großartig«, entgegnete Deborah im Scherz. »Woher weißt du das?«

»Ich habe gefragt«, erwiderte Joanna. »Der Arzt hat im Aufwachraum kurz nach mir gesehen. Er heißt Dr. Saunders. Du musst ihn eigentlich kennen, denn wie ich gehört habe, nimmt er sämtliche Punktionen zusammen mit Dr. Donaldson vor.«

»Ist dieser Dr. Saunders ein eher kleiner Typ mit seltsamen Augen?«

»Ja. Ein komischer Kauz, wenn du mich fragst. Man muss ihm jedes Wort aus der Nase ziehen. Und als er gesehen hat, dass ich schon aufgewacht war, wäre er beinahe ausgerastet.«

»Du machst wohl Witze!«, stellte Deborah fest.

»Nein, im Ernst.«

»Das ist ja verrückt! An mir hat er nämlich auch seinen Ärger ausgelassen.«

»Das gibt's doch gar nicht!«, wunderte sich Joanna. »Dann hat er wohl wirklich ein Problem. Und ich habe mich schon gefragt, ob ich mal wieder zu empfindlich bin. Du weißt ja, wie ich auf Leute reagiere, die ständig ihre Macht und Autorität zur Schau stellen.«

»Allerdings«, entgegnete Deborah. »Und du glaubst, er war wütend, weil du schon wach warst?«

»Ja«, bestätigte Joanna. »Er hat den Krankenpfleger vor meinen Augen angefahren, weil der ihm ein paar Minuten zuvor am Telefon mitgeteilt hatte, dass ich noch schlafen würde. Wahrscheinlich wollte er nur schnell einen Blick auf mich werfen und sofort wieder verschwinden. So musste er mir wohl oder übel Rede und Antwort stehen.«

»Das ist ja wirklich absurd«, stellte Deborah fest.

»Der Pfleger hat Dr. Saunders' Verhalten damit entschuldigt, dass er sehr beschäftigt sei.«

»Mir gegenüber war er auch ziemlich taktlos. Wie alle anderen fing er natürlich auch sofort damit an, wie viel besser es sei, den Eingriff unter Vollnarkose durchzuführen. Aber ich bin bei meinem Nein geblieben, und da ist er wütend geworden. Inzwischen ist mir klar, warum ich unbedingt nüchtern erscheinen sollte. Sie sind davon ausgegangen, dass sie mich umstimmen würden.«

»Aber du hast die Narkose standhaft abgelehnt?«

»Natürlich!«, erwiderte Deborah. »Ich habe damit gedroht, auf der Stelle aufzustehen und die Klinik zu verlassen, und es hat wirklich nicht viel gefehlt. Wenn Dr. Donaldson nicht gewesen wäre und die Gemüter ein wenig beruhigt hätte, wäre ich wahrscheinlich weg gewesen, aber am Ende ging dann alles seinen Gang.«

»Lass uns am besten so schnell wie möglich von hier verschwinden«, schlug Joanna vor.

»Nichts lieber als das«, stimmte Deborah zu. Sie öffnete die Lamellentür der Umkleidekabine, winkte Joanna noch einmal zu und verschwand.

Während Joanna sich ihrer Krankenhauskleidung entledigte und sie in einen bereitstehenden Wäschekorb warf, hörte sie, wie Deborah im Warteraum geräuschvoll ihr Schließfach öffnete. Für einen Augenblick betrachtete sie sich in dem lebensgroßen Spiegel. Wenn sie an die kleinen Einschnitte unter den Pflastern auf ihrem Bauch dachte, musste sie sich schütteln; sie erinnerten sie daran, dass vor einer guten Stunde jemand ihre Eingeweide von innen betrachtet hatte.

Die nebenan zuknallende Lamellentür riss sie jäh aus ihren Gedanken. Sie wollte Deborah, die fürs Anziehen immer nur ein paar Sekunden brauchte, auf keinen Fall warten lassen. Also beeilte sie sich. Zum Schluss bürstete sie ihr Haar, das sie für den Eingriff zu einem Pferdeschwanz zusammengebunden hatte und das vollkommen in Unordnung war. Noch während sie mit ihrer Frisur beschäftigt war, hörte sie Deborah ihre Kabine verlassen.

»Was machst du denn so lange da drinnen?«, rief Deborah ungeduldig aus dem Wartezimmer.

»Ich bin sofort fertig«, erwiderte Joanna. Ihr Haar, das sie seit der Highschool hatte wachsen lassen, war heute noch schlechter zu bändigen als sonst; manchmal hasste sie es regelrecht. Sie warf einen letzten Blick in den Spiegel und öffnete die Tür. Deborah empfing sie mit einem missmutigen Blick.

»Ich habe mich extra beeilt«, stellte Joanna klar.

»Davon habe ich nichts gemerkt«, entgegnete Deborah. »Vielleicht solltest du es mal mit einer Kurzhaarfrisur versuchen. Dann sparst du dir eine Menge Ärger.«

»Niemals«, versicherte Joanna und meinte es absolut ernst. Auch wenn ihre wallende Mähne ihr manchmal den letzten Nerv raubte, liebte sie ihr langes Haar.

Die beiden Freundinnen riefen Cynthia ein Dankeschön zu. Die Schwester winkte ihnen zum Abschied und widmete sich sofort wieder ihrer Arbeit. Die Frauen im Warteraum sahen kurz auf, und einige lächelten sogar, doch bevor Joanna und Deborah durch die Schwingtür verschwunden waren, hatten sie sich alle wieder in ihre jeweiligen Zeitschriften vertieft.

»Mir fällt gerade ein, dass wir etwas Wichtiges vergessen haben«, sagte Deborah, als sie den Hauptflur entlanggingen.

»Muss ich fragen was?«, entgegnete Joanna und seufzte, weil Deborah ihre Gedanken mal wieder nicht laut zu Ende dachte, »oder willst du mich freiwillig in Kenntnis setzen?« Manchmal machte es sie irre, dass ihre Freundin dazu neigte, Überlegungen in den Raum zu werfen, ohne sie weiter auszuführen.

»Wir haben vergessen zu fragen, wie und wann wir unser Geld bekommen.«

»In bar bekommen wir es bestimmt nicht«, sagte Joanna.

»Das ist mir auch klar«, grummelte Deborah.

»Entweder geben sie uns einen Scheck oder sie überweisen das Geld«, vermutete Joanna.

»Okay, aber die Frage ist – wann?«

»Laut den Verträgen, die wir unterzeichnet haben, steht uns das Geld zu, sobald wir unsere Dienste geleistet haben, und das ist jetzt. Also müssen sie uns jetzt auszahlen.«

»Du scheinst den Leuten hier mehr zu trauen als ich«, stellte Deborah fest. »Ich glaube, wir sollten das unbedingt klären, bevor wir nach Hause fahren.«

»Auf jeden Fall«, pflichtete Joanna ihr bei. »Am besten lassen wir Dr. Donaldson ausrufen, wenn wir sie im Hauptwartebereich nicht antreffen.«

Auf der Schwelle zum Hauptwarteraum blieben die Freundinnen stehen und sahen sich um. Inzwischen war fast jeder Sitzplatz besetzt. Hier und da war eine leise Unterhaltung im Gange, doch im Großen und Ganzen war es ziemlich still, wenn man bedachte, wie viele Menschen in dem riesigen Bereich warteten.

»Dr. Donaldson scheint nicht hier zu sein«, stellte Deborah fest, während sie ihren Blick noch einmal durch den Raum schweifen ließ.

»Dann lassen wir sie ausrufen«, schlug Joanna vor.

Sie steuerten den Empfangstresen an, hinter dem eine attraktive, rothaarige junge Frau saß. Mit ihrem prallen Schmollmund und ihrem voluminösen Busen sah sie aus wie das typische Model auf den Titelseiten der an Supermarktkassen ausliegenden Blättchen. Laut ihrem Namensschild hieß sie Rochelle Millard.

»Entschuldigen Sie bitte«, richtete Joanna das Wort an sie. Anstatt zu arbeiten, war die Empfangssekretärin in ein Taschenbuch vertieft, das auf ihrem Schoß lag.

Wie durch Magie verschwand das Buch. »Wie kann ich Ihnen helfen?«, fragte Rochelle.

Joanna bat darum, Dr. Donaldson auszurufen.

»Sind Sie Joanna Meissner?«, erkundigte sich Rochelle.

Joanna nickte.

»Dann sind Sie Miss Cochrane?«, fragte sie und sah Deborah an.

»Ja«, erwiderte Deborah.

»Ich habe hier etwas für Sie von unserer Controllerin Margaret Lambert«, sagte Rochelle. Sie öffnete eine Schublade zu ihrer Rechten, holte zwei nicht verschlossene Fensterumschläge hervor und händigte sie den überraschten Freundinnen aus.

Deborah und Joanna grinsten sich konspirativ an und lugten in ihre jeweiligen Umschläge. Im nächsten Augenblick strahlten sie wie Honigkuchenpferde.

»Bingo!«, rief Deborah und lachte. Dann fügte sie, an die junge Rezeptionistin gewandt, hinzu: *»Mille grazie, signorina. Partiamo a Italia.«*

»Das war Italienisch«, erklärte Joanna der verdutzten Rochelle, »und das Erste heißt tausend Dank. Beim zweiten Teil bin ich mir nicht so sicher. Ach – und Dr. Donaldson brauchen Sie nicht mehr auszurufen. Das hat sich erledigt.«

Die Freundinnen steuerten auf den Ausgang zu und ließen die perplexe Rezeptionistin zurück.

»Mit so einem dicken Scheck in der Hand fühle ich mich ein bisschen wie eine Diebin«, flüsterte Deborah, während sie sich ihren Weg durch den überfüllten Wartebereich bahnten. Wie Joanna hielt sie ihren Umschlag fest in der Hand und vermied es, einer der Patientinnen in die Augen zu sehen, die womöglich gezwungen war, eine Hypothek auf ihr Haus aufzunehmen, um ihre Kinderwunschbehandlungen bezahlen zu können.

»Die Wingate Clinic hat so viele Patienten, dass unsere Aufwandsentschädigung hier mit Sicherheit kein Loch in die Kasse reißt«, entgegnete Joanna. »Ich glaube eher, dass die Klinik mit der Behandlung ungewollt Kinderloser genau auf das richtige Pferd setzt und quasi eine Lizenz zum Gelddrucken hat. Außerdem kommen für unsere Vergütung wohl eher die Kinderwunsch-Patienten auf und nicht die Klinik.«

»Das ist es ja gerade«, entgegnete Deborah. »Andererseits kann man Patienten, die so elitär sind, dass sie ausschließlich Eizellen von Harvard-Absolventinnen akzeptieren, vielleicht ruhig ein bisschen bluten lassen.«

»Das sehe ich genauso«, stellte Joanna klar. »Halt dir lieber vor Augen, dass wir andere Menschen glücklich machen und sie uns zur Belohnung eine angemessene Entschädigung zukommen lassen.«

»Irgendwie fällt es mir schwer, mich mit einem Scheck über fünfundvierzigtausend Dollar in der Hand edelmütig und nicht egoistisch zu fühlen«, erklärte Deborah. »Vielleicht fühle ich mich auch eher wie eine Hure als wie eine Diebin. Aber nicht dass du mich falsch verstehst – ich will mich natürlich nicht beklagen.«

»Wenn die unfruchtbaren Paare in neun Monaten ihre Kinder bekommen, werden sie auf jeden Fall das Gefühl haben, dass es das Geld wert war.«

»Wahrscheinlich hast du Recht«, entgegnete Deborah. »Ich höre sofort auf, mir ein schlechtes Gewissen zu machen.«

Sie verließen das Gebäude und traten hinaus in die frische Morgenluft Neuenglands. Deborah wollte gerade die Treppe hinuntergehen, als sie merkte, dass Joanna zögerte. Ein Blick auf das verzerrte Gesicht ihrer Freundin ließ sie innehalten.

»Was ist los mit dir?«, fragte sie besorgt.

»Ich habe gerade einen stechenden Schmerz im Unterleib gespürt«, stöhnte Joanna und zeigte mit der linken Hand auf die Stelle, an der es ihr wehtat. »Und komischerweise habe ich auch in den Schultern ein heftiges Ziehen.«

»Spürst du es immer noch?«

»Ja, aber es wird schon besser.«

»Sollen wir zurückgehen und mit Dr. Donaldson sprechen?«

Joanna presste vorsichtig die Hand gegen ihren linken Beckenknochen. Wenn sie drückte, war der Schmerz zu ertragen, doch als sie wieder losließ, konnte sie es kaum aushalten. Sie wimmerte leise vor sich hin.

»Geht es jetzt wieder?«

Joanna nickte. Wie beim ersten Mal war der stechende Schmerz schnell wieder verschwunden. Zurück blieb ein leichtes, aber erträgliches Ziehen.

»Komm, wir gehen wieder rein und lassen Dr. Donaldson ausrufen!«, drängte Deborah. Sie nahm ihre Freundin beim Arm und wollte sie zurück ins Klinikgebäude führen, doch Joanna sträubte sich.

»Es wird schon besser«, brachte sie hervor. »Lass uns zum Auto gehen.«

»Bist du sicher?«

Joanna nickte, befreite sich aus Deborahs Umklammerung und nahm vorsichtig die ersten Stufen. Wenn sie sich leicht vornüberbeugte, fiel ihr das Gehen leichter, und nach einem halben Dutzend Stufen konnte sie sich schon wieder aufrichten und einigermaßen normal gehen.

»Wie geht es dir jetzt?«, fragte Deborah.

»Ganz gut«, erwiderte Joanna.

»Sollten wir nicht doch lieber noch einmal mit Dr. Donaldson reden? Dann sind wir auf der sicheren Seite.«

»Ich will nach Hause«, stellte Joanna klar. »Außerdem

hat Dr. Smith mich ausdrücklich darauf aufmerksam gemacht, dass ich mit genau dieser Art von Schmerzen rechnen muss. Sie sind also nicht weiter beunruhigend.«

»Er hat dich vor Schmerzen gewarnt?«, hakte Deborah überrascht nach.

Joanna nickte. »Er konnte nicht sagen, auf welcher Seite ich sie spüren würde, aber er hat mir Stiche oder einen stechenden Schmerz prophezeit. Aber bei der Summe, die wir gerade kassiert haben, ist das schon in Ordnung. Mich wundert eher, dass ich erst jetzt etwas merke.«

»Hat er dir auch gesagt, was du dagegen tun kannst?«

»Er hat Ibuprofen empfohlen, und falls das nicht reicht, soll ich einen Apotheker bitten, ihn in der Klinik anzurufen. Er sagte, er sei rund um die Uhr erreichbar.«

»Komisch, dass man dich vor Schmerzen gewarnt hat«, stellte Deborah fest. »Mir hat keiner etwas gesagt, und mir tut auch nichts weh. Vielleicht hättest du dich doch lieber für eine örtliche Betäubung entscheiden sollen.«

»Niemals!«, widersprach Joanna. »Ich bin froh, dass ich von dem Eingriff nichts mitbekommen habe. Dafür nehme ich gern ein paar Schmerzen in Kauf und lasse mir in einer Woche die Fäden ziehen.«

»Wo hast du die Stiche eigentlich?«

»Unter dem Bauchnabel.«

»Musst du zum Fädenziehen hierher zurückkommen?«, fragte Deborah.

»Nein«, erwiderte Joanna. »Das kann angeblich jeder Arzt machen. Falls Carlton in einer Woche wieder mit mir spricht, kann er es erledigen. Sonst gehe ich einfach in irgendeine Praxis.«

Als sie ihr Auto erreichten, öffnete Deborah ihrer Freundin die Beifahrertür und half ihr hinein. »Ich bin sicher, dass es dir besser ginge, wenn du es auch mit einer örtlichen Betäubung hättest machen lassen.«

»Davon wirst du mich nie überzeugen«, stellte Joanna klar und war sich absolut sicher.

5

7. Mai 2001, 13.50 Uhr

Eine Wirbelströmung erfasste das Flugzeug und schüttelte es leicht – ein deutliches Signal für den Beginn leichter Turbulenzen. Joanna sah von ihrem Taschenbuch auf, das sie gerade las, und vergewisserte sich, ob die anderen Passagiere ruhig blieben. Sie hasste Turbulenzen. Sie erinnerten sie daran, dass sie hoch über den Wolken schwebte, und da sie mit Technik nicht viel im Sinn hatte, war es ihr sowieso unbegreiflich, wie ein so schweres Objekt wie ein Flugzeug überhaupt abheben und fliegen konnte.

Beruhigt stellte sie fest, dass niemand den Rucken und Stößen Beachtung zu schenken schien, am wenigsten ihre Freundin Deborah, die neben ihr saß und beneidenswerterweise tief und fest schlief. Im Augenblick sah sie nicht gerade besonders vorteilhaft aus. Ihre fast schwarze Mähne, die sie in Italien bis auf Schulterlänge hatte wachsen lassen, war in wilder Unordnung, den Mund hatte sie leicht geöffnet. Joanna wusste, dass Deborah im Erdboden versinken würde, wenn sie sich so sehen könnte. Sie überlegte kurz, ob sie ihre Freundin wecken sollte, ließ sie dann aber schlafen. Während sie sie betrachtete, wurde ihr bewusst, wie sehr sich ihre jeweiligen Frisuren verändert hatten. Deborah trug ihr Haar jetzt lang, während sie selber sich im Verlauf der vergangenen sechs Monate an einen Kurzhaarschnitt gewöhnt hatte; ihr Haar war sogar noch kürzer als die Frisur, die Deborah früher getragen hatte.

Joanna wandte sich um und presste ihre Nase gegen das Fenster. Etliche Kilometer unter sich konnte sie schwach den Boden erkennen. Wie bei ihrem letzten Blick aus dem Fenster vor fünfzehn oder zwanzig Minuten überflogen sie immer noch eine Steppenlandschaft ohne besondere Merkmale, die gelegentlich von einzelnen Seen unterbrochen wurde. Da sie die Landkarte des Bordmagazins konsultiert hatte, wusste sie, dass sie gerade Labrador überflogen und bald zum Landeanflug auf den Bostoner Logan Airport ansetzen würden. Der Flug war ihr endlos lang vorgekommen; deshalb konnte sie es kaum erwarten, endlich wieder Boden unter den Füßen zu haben. Sie waren fast eineinhalb Jahre weg gewesen, und Joanna freute sich, die guten alten USA endlich wiederzusehen. Obwohl ihre Mutter ihr ständig in den Ohren gelegen hatte, doch wenigstens mal auf einen Besuch nach Houston zu kommen, hatte Joanna sich standhaft geweigert und sich nicht einmal zu einem Weihnachtstrip in die Heimat breitschlagen lassen. Die Weihnachtsfeiertage wurden im Hause der Meissners ziemlich festlich begangen, und wenn sie ehrlich war, hatte Joanna ihre Familie durchaus vermisst, zumal auch Deborah sie über die Feiertage verlassen hatte und zu ihrer Mutter und ihrem Stiefvater nach New York geflogen war. Doch bevor sie sich dem ständigen Genörgel ihrer Mutter aussetzte, die es immer noch als einen unverzeihlichen gesellschaftlichen Skandal empfand, dass ihre Tochter die Verlobung mit Carlton Williams gelöst hatte, hatte Joanna Weihnachten lieber allein verbracht.

Die beiden Freundinnen hatten ihre Pläne in die Tat umgesetzt und waren für eineinhalb Jahre nach Venedig gegangen. Durch ihren Auslandsaufenthalt wollten sie der Eintönigkeit ihres Doktorandinnen-Daseins für eine Weile entkommen und zudem der Gefahr vorbeugen, dass Joanna doch noch einen Rückfall erlitt und das Heiraten erneut zu ihrem eigentlichen Lebensziel machte. Nach ihrer Ankunft waren sie zunächst für ein paar Tage in der Nähe der Rialtobrücke im Stadtteil San Polo in jener Pension abgestiegen, die Deborah über das Internet ausfindig gemacht hatte. Danach waren sie auf Empfehlung zweier Studenten, die sie an ihrem zweiten Tag beim Kaffeetrinken auf der Piazza San Marco kennen gelernt hatten, in den Dorsoduro Sestière umgezogen. Mit viel Glück und viel Lauferei hatten sie schließlich ein kleines, erschwingliches Zweizimmerapartment gefunden; es lag in der obersten Etage eines bescheidenen Hauses aus dem vierzehnten Jahrhundert an einem Platz namens Campo Santa Margherita.

Da sie zielstrebige Studentinnen waren, hatten sie sich schnell einen strengen Tagesablauf angewöhnt. Egal wie spät es am Abend zuvor auch geworden war – sie standen eisern jeden Morgen um sieben Uhr auf. Nach einer kurzen Dusche machten sie sich dann auf den Weg zum Campus, suchten dort eine der traditionellen italienischen Bars auf und genehmigten sich einen frisch zubereiteten Cappuccino. Während der Sommermonate war dieses morgendliche Ritual besonders angenehm, denn dann konnte man auf dem kleinen Platz vor der Bar im Schatten alter Platanen sitzen. Zum zweiten Teil ihres Frühstücks ging es dann weiter zum Rio di San Barnaba, wo die Gemüsehändler, die so genannten *verduriere*, vom Wasser aus frische Früchte und Gemüse verkauften. Eine halbe Stunde später waren sie wieder in ihrem Apartment und begaben sich an ihre jeweiligen Arbeitsplätze.

Dort schrieben sie eisern bis ein Uhr mittags an ihren Arbeiten. Sie schalteten ihre Laptops nie früher aus. Wenn der Abwasch erledigt war, zogen sie sich um und gingen in ein Restaurant, das sie vorher ausgewählt hatten. Meistens gönnten sie sich schon zum Mittagessen ein oder zwei Gläser Weißwein aus Friaul, und danach vergaßen sie die Doktorandenpflichten für den Rest des Tages und verwandelten sich in Touristinnen. Also erkundeten sie, mit einem Stapel Stadtführern bewaffnet, sämtliche Sehenswürdigkeiten der Stadt. An drei Nachmittagen pro Woche besuchten sie einen Italienischkurs oder hörten Vorlesungen über venezianische Kunst.

Allerdings war es keinesfalls so, dass ihr Italienaufenthalt etwa nur aus Arbeit und Touristenprogramm bestanden hätte. Sie gingen sehr gern mit jungen italienischen Männern aus, am liebsten mit Männern, die auf irgendeine Weise mit der Universität zu tun hatten. Deborahs erster Liebhaber war ein junger Mann, der in Geschichte promovierte und während der Saison als Gondoliere arbeitete. Joanna freundete sich mit einem Lehrbeauftragten der gleichen Fakultät an. Doch die beiden Freundinnen achteten darauf, sich bloß nicht zu verlieben. Deborahs Devise lautete: bei jeder Liaison eine männliche Einstellung bewahren, sich also seinen Spaß gönnen, aber niemals sein Herz verlieren.

Joanna seufzte, als sie an all die wunderschönen Dinge dachte, die sie gesehen, und die Erfahrungen, die sie gemacht hatten. Die eineinhalb Jahre in Venedig waren in jeder Beziehung ein voller Erfolg gewesen, auch beruflich. In ihren im Gepäckfach über ihnen verstauten Bordcases lagen zwei fertige Doktorarbeiten. Dank der Möglichkeit, einzelne Kapitel zur Überprüfung per E-Mail vorab hin- und herzuschicken, waren beide Arbeiten bereits akzeptiert. Das Einzige, was sie jetzt noch vor sich hatten, waren ihre Rigorosa, und die würden sie mit links bestehen, da waren sie sich beide sicher. In einer Woche waren sie bereits zu ersten Vorstellungsgesprächen eingeladen: Joanna in der Harvard Business School und Deborah bei Genzyme.

Sogar Carlton hatte sie ein paar Mal in Venedig besucht. Das erste Mal war er völlig unerwartet aufgetaucht und hatte Joanna total aus der Fassung gebracht. Vor ihrer Abreise nach Europa hatte sie etliche Male versucht, ihn zu erreichen, doch er war ihr zielstrebig aus dem Weg gegangen und hatte sich standhaft geweigert, auf ihre Nachrichten auf dem Anrufbeantworter zu reagieren. Als sie ihre Wohnung in Venedig gefunden hatten, hatte Joanna ihm einen Brief geschrieben und ihm ihre Adresse mitgeteilt, damit er Kontakt zu ihr aufnehmen konnte, falls er dazu Lust verspüren sollte. Doch anstatt ihr zu schreiben, war er an einem verregneten, nebeligen Wintertag plötzlich aufgetaucht.

Hätte er nicht einen so weiten Weg auf sich genommen, hätte Joanna sich geweigert, ihn während dieses Besuchs zu empfangen, doch ihr schlechtes Gewissen stimmte sie schließlich gnädig. Bevor sie ihn anrief, ließ sie ihn allerdings erst einmal ein paar Tage in seinem Zimmer im Gritti Palace schmoren. Auf Carltons Wunsch trafen sie sich zum Mittagessen in Harry's Bar. Zuerst kamen sie nur äußerst schleppend ins Gespräch, doch dann rauften sie sich zusammen, und schließlich schafften sie es sogar, sich in den folgenden Wochen und Monaten regelmäßig zu schreiben und ihre gescheiterte Beziehung aufzuarbeiten. Der Briefwechsel führte dazu, dass Carlton noch zwei weitere Male nach La Serenissima kam, wie die alten Venezianer ihre bezaubernde Stadt nannten. Bei jedem seiner Besuche hatten sie sich besser verstanden, auch wenn zumindest bei Joanna stets ein etwas ungutes Gefühl zurückgeblieben war. Ihr Auslandsaufenthalt ließ sie die Welt mit anderen Augen sehen; ihrer Meinung nach setzte Carlton sich durch seine unbedingte Hingabe an seinen Beruf immer engere Grenzen und machte sich das Leben unnötig schwer. Immerhin hatten sie bei ihrem letzten Treffen eine Art Waffenstillstand geschlossen; sie hatten sich gegenseitig eingestanden, dass sie sich immer noch mochten, ihren derzeitigen »unverlobten« Status jedoch für angemessen hielten, damit jeder ungezwungen seinen eigenen Interessen nachgehen konnte.

Eine weitere Welle von Rucken und Stößen riss Joanna aus ihren Gedanken. Sie sah sich nervös in der Kabine um und wunderte sich, dass außer ihr niemand Angst zu haben schien. Plötzlich endeten die Turbulenzen genauso abrupt, wie sie begonnen hatten. Joanna sah aus dem Fenster, doch es hatte sich nichts verändert. Sie fragte sich, wie es überhaupt möglich sein konnte, dass ein Flugzeug am wolkenfreien Himmel durchgeschüttelt wurde wie ein Auto, das durch Schlaglöcher fuhr.

Als es wieder ruhiger war, grübelte Joanna über ihr Leben nach. Irgendwie wurde sie von dem Gefühl gequält, dass ihr etwas fehlte, und darüber konnten ihr weder ihre Reisen noch die intellektuellen Herausforderungen oder die fröhlichen Zusammenkünfte mit Freunden hinweghelfen.

Deborah war überzeugt, dass Joannas Rastlosigkeit daher rührte, dass sie so abrupt mit bestimmten traditionell weiblichen Zielvorstellungen abgeschlossen hatte; Kinder, Küche und Ehe standen nun mal nicht mehr an erster Stelle. Joanna hingegen glaubte noch einen anderen Grund für ihre latente Unzufriedenheit zu kennen: Seitdem sie gesehen hatte, wie verrückt die Italiener nach Kindern waren, musste sie immer wieder daran denken, was wohl aus ihren gespendeten Eizellen geworden war.

Während ihr Drang immer größer wurde, dem Ergebnis ihrer Eizellspende nachzugehen, hatte Deborah ihre Neugier lange Zeit unterdrückt, doch kurz vor ihrer Abreise hatte sie Joanna überrascht.

»Wäre es nicht interessant herauszufinden, was für Kinder aus unseren Eizellen entstanden sind?«, hatte sie plötzlich während ihres letzten Abendessens in Venedig gefragt.

Joanna hatte ihr Glas Wein abgestellt und ihre Freundin entgeistert angesehen. Als sie selber einen Monat zuvor die gleiche Frage gestellt hatte, war Deborah wütend geworden und hatte sie beschuldigt, von Zwangsvorstellungen befallen zu sein.

»Ob wir wohl eine Chance haben, irgendetwas herauszubekommen?«, fragte Deborah, die Joannas überraschte Reaktion gar nicht wahrzunehmen schien.

»Das dürfte schwierig werden«, erwiderte Joanna. »Immerhin haben wir Verträge unterschrieben.«

»Stimmt«, entgegnete Deborah. »Aber die sollten doch wohl in erster Linie unsere Anonymität sicherstellen, oder? Sonst käme womöglich irgendjemand daher und würde Unterhaltsgeld oder Ähnliches von uns verlangen.«

»Ich denke eher, die Anonymitätsgarantie gilt für beide Seiten«, erklärte Joanna. »Oder glaubst du vielleicht, die Wingate Clinic fände es gut, wenn wir plötzlich anfingen, in der Klinik gezeugte Kinder aufzuspüren und unsere Mütterrechte durchzusetzen?«

»Wahrscheinlich hast du Recht«, gestand Deborah. »Schade eigentlich. Wäre doch wirklich interessant zu erfahren, was aus den Eizellen geworden ist – und wenn es uns nur Gewissheit gäbe, dass wir überhaupt Kinder bekommen können. Schließlich kann man nie wissen, ob man nicht unfruchtbar ist. Davon können die zahllosen Frauen, die wir in der Wingate Clinic gesehen haben, sicher ein Lied singen.«

»Allerdings«, stimmte Joanna zu. Sie kam immer noch nicht über Deborahs plötzliche Kehrtwendung hinweg. »Ich würde auch gern Klarheit haben. Was hältst du davon, wenn wir nach unserer Rückkehr einfach in der Wingate Clinic anrufen und unser Glück versuchen? Fragen kostet schließlich nichts.«

»Eine gute Idee«, stimmte Deborah zu.

Seit dem Gespräch waren vierundzwanzig Stunden vergangen, und sie hatten den Atlantik überquert. Das Knistern der Sprechanlage riss Joanna erneut aus ihren Gedanken.

Die Stimme des Kapitäns verkündete, dass sie in Kürze zu ihrem Landeanflug auf den Flughafen von Boston ansetzen würden und dass er jetzt die Anschnallzeichen einschalten werde und alle Fluggäste bitte, die Gurte anzulegen.

Joanna warf einen Blick auf ihren Schoß und vergewisserte sich, dass sie bereits angeschnallt war. Sie flog immer angeschnallt, egal ob das Zeichen aufleuchtete oder nicht. Mit einem kurzen Blick zur Seite stellte sie fest, dass Deborah ebenfalls angegurtet war. Sie schaute erneut aus dem Fenster und sah, dass die Landschaft sich verändert hatte: Anstelle der ausgedehnten Steppe überflogen sie jetzt dichte Wälder, die gelegentlich von einer großen Farm unterbrochen wurden. Vermutlich befanden sie sich über Maine, und wenn sie Recht hatte, war das ein gutes Zeichen, denn dann war es bis Massachusetts nicht mehr weit.

»Da kommt meine letzte Tasche!«, rief Deborah und eilte zurück zum Gepäckband, auf dem sie unter Hunderten von Koffern ihr letztes Gepäckstück erspäht hatte. Sie zog die aus allen Nähten platzende Tasche vom Band und warf sie auf den Haufen mit den übrigen Taschen und Koffern, die Joanna und ihr gehörten. Dann packten sie zwei Karren voll und stellten sich in der Schlange vor der Zollabfertigung an.

»Da sind wir also wieder in Beantown«, stellte Deborah fest und fuhr sich mit der Hand durch ihr volles, langes Haar. »Was für ein angenehmer Flug! Er kam mir unheimlich kurz vor.«

»Mir nicht«, entgegnete Joanna. »Ich wünschte, ich hätte wenigstens halb so viel geschlafen wie du.«

»Fliegen macht mich immer total müde«, erklärte Deborah.

»Das habe ich gemerkt!«, entgegnete Joanna neidisch.

Eine Stunde später betraten die beiden Freundinnen ihr

Zweizimmerapartment in Beacon Hill, das sie für die Dauer ihres Italienaufenthalts vermietet hatten.

»Sollen wir eine Münze werfen, wer welches Zimmer bekommt?«, schlug Joanna vor.

»Auf keinen Fall«, erwiderte Deborah. »Ich habe gesagt, dass ich das kleinere Zimmer nehme, und dazu stehe ich.«

»Bist du sicher?«

»Absolut. Mir sind der große begehbare Kleiderschrank und der Blick wichtiger als ein großer Raum.«

»Mir geht es eher um den Zugang zum Bad«, überlegte Joanna laut. Das Bad hatte zwei Zugänge: einen vom Flur und einen von dem größeren Zimmer. In Joannas Augen war das größere Zimmer vor allem deshalb das bessere.

»Das kleine ist vollkommen okay für mich, glaub mir.«

»Okay«, entgegnete Joanna. »Umso besser für mich.« Eine Stunde später hatten sie die Möbel nach ihrem Geschmack umgestellt, einen Teil ihres Gepäcks ausgepackt und sogar schon ihre Betten bezogen. Plötzlich stellte Deborah fest, dass sie allmählich mit ihren Kräften am Ende war. Immerhin war es in Italien bereits später Abend. Erschöpft ließen sie sich auf das Sofa im Wohnzimmer plumpsen. Die hellen Strahlen der Nachmittagssonne, die durch die vorderen Fenster in die Wohnung fielen, vermittelten ihnen das trügerische Gefühl, dass sie eigentlich gar nicht müde sein und unter Jetlag leiden konnten.

»Hast du eine Idee, was wir heute Abend essen sollen?«, fragte Deborah mit monotoner Stimme.

»Bevor ich ans Essen denken kann, will ich erst noch etwas anderes erledigen«, stellte Joanna klar. Sie stand auf und streckte sich.

»Willst du ein Nickerchen halten?«, fragte Deborah.

»Nein«, erwiderte Joanna. »Ich möchte einen Anruf machen.« Sie ging durch den Raum und steuerte auf das Telefon zu, das auf dem Boden stand. Ein Telefontischchen besaßen sie nicht, und den Schreibtisch hatten sie auf die andere Zimmerseite gerückt, um den Computerbildschirm vor dem einfallenden Sonnenlicht zu schützen.

»Sag nicht, dass du als Erstes Carlton anrufen willst! Dann wird mir übel.«

Joanna sah ihre Mitbewohnerin an, als wäre sie nicht ganz bei Trost. »Wie kommst du darauf, dass ich Carlton anrufen will?« Sie hob das Telefon auf und brachte es mit zum Sofa, was mit der acht Meter langen Schnur kein Problem war.

»Ich mache mir Sorgen, dass du rückfällig wirst«, erklärte Deborah. »Mir ist nämlich nicht entgangen, wie viele Briefe dein langweiliger Arzt in der Ausbildung dir in letzter Zeit geschrieben hat, und da wir nun zurück in Boston sind und somit nur einen Katzensprung von seinem Krankenhaus entfernt, sehe ich dich in großer Gefahr.«

Joanna lachte. »Glaubst du eigentlich, ich habe kein bisschen Rückgrat?«

»Ich glaube, dass du nach fünfundzwanzig Jahren Indoktrination durch deine Mutter für bestimmte Aspekte des Lebens nicht ausreichend gewappnet bist.«

Joanna grinste. »Du kannst dich beruhigen. Ich habe seit unserer Rückkehr noch keine Sekunde an Carlton gedacht. Ich will in der Wingate Clinic anrufen. Hast du die Nummer?«

»Wir sind doch gerade erst gelandet! Hat das nicht noch ein bisschen Zeit?«

»Warum?«, entgegnete Joanna. »Ich mache mir seit Monaten Gedanken, was aus meinen Eizellen geworden ist, und offenbar geht es dir doch genauso.«

»Wirf mir mal meinen Taschenkalender rüber«, bat Deborah, ohne sich von der Stelle zu bewegen. »Er liegt auf dem Schreibtisch.«

Joanna holte ihn und ließ sich erneut auf dem Sofa nieder. Deborah schlug die Nummer nach, deutete mit dem

Finger auf die Ziffern und hielt Joanna den Kalender hin. Joanna drückte den Lautsprecherknopf, hörte das Freizeichen und wählte.

Am anderen Ende der Leitung nahm sofort jemand ab. Joanna nannte ihren Namen und erklärte, dass sie eine ehemalige Eizellspenderin sei und gern mit jemandem verbunden werden würde, der sich mit dem Programm auskenne. Es folgten ein paar Sekunden Funkstille.

»Sind Sie noch dran?«, hakte Joanna nach.

»Ja«, erwiderte die Telefonistin. »Ich dachte, Sie wollten noch etwas hinzufügen. Ansonsten verstehe ich nicht ganz, warum Sie anrufen. Möchten Sie noch einmal Eizellen spenden?«

»Eventuell«, erwiderte Joanna. Sie zuckte mit den Schultern und sah Deborah an. »Aber als Erstes möchte ich mit jemandem sprechen, der über meine bereits erfolgte Spende Bescheid weiß. Ist vielleicht gerade jemand frei?«

»Ich hoffe doch, es ist alles okay mit Ihnen?«, erkundigte sich die Telefonistin. »Oder haben Sie irgendwelche Probleme?«

»Nein«, versicherte Joanna. »Eigentlich nicht. Ich habe nur ein paar Fragen, die ich gerne beantwortet hätte.«

»Dann sollte ich vielleicht Dr. Donaldson ausrufen lassen.«

Joanna bat die Telefonistin, einen Augenblick zu warten, drückte den Knopf für die Stummschaltung und sah Deborah an. »Was meinst du? Ich dachte, sie würde mich mit irgendeiner Sekretärin verbinden – und nicht gleich mit der zuständigen Ärztin.«

»Die Sekretärin müsste vermutlich sowieso mit Dr. Donaldson Rücksprache halten, also können wir auch gleich direkt mit ihr sprechen. Damit sparen wir uns einen Schritt.«

»Wahrscheinlich hast du Recht«, entgegnete Joanna und konzentrierte sich wieder auf das Telefonat.

»Warte mal!«, rief Deborah. »Überlegst du im Ernst, noch einmal Eizellen zu spenden?«

»Auf keinen Fall«, stellte Joanna klar. »Ich dachte nur, es sei besser, erst mal so zu tun, als ob. Vielleicht hilft uns das weiter.«

Deborah nickte. Joanna drückte erneut den Stummschaltungsknopf und bat die Telefonistin, Dr. Donaldson auszurufen.

»Wollen Sie am Apparat bleiben, oder soll die Ärztin Sie zurückrufen?«

»Ich warte«, erwiderte Joanna und wurde im nächsten Moment mit seichter Fahrstuhlmusik eingelullt.

»Vielleicht sollten wir uns tatsächlich noch einmal als Spenderinnen zur Verfügung stellen«, überlegte Deborah laut und fuhr grinsend fort: »Ich hätte jedenfalls nichts dagegen, den Lebensstandard beizubehalten, an den ich mich in Italien gewöhnt habe.«

»Du machst wohl Witze«, empörte sich Joanna.

»Überhaupt nicht!«, entgegnete Deborah. »Warum?«

»Ich würde es auf keinen Fall noch einmal machen«, stellte Joanna klar. »Ich weiß zwar sehr wohl zu schätzen, was wir uns mit dem Geld alles leisten konnten, aber der Eingriff ist auch nicht gerade spurlos an mir vorübergegangen. Für mich käme eine Eizellenspende allenfalls noch einmal in Frage, wenn ich selber Kinder geboren habe – falls das überhaupt jemals passiert. Aber dann wäre ich wahrscheinlich sowieso zu alt.«

Bevor Deborah etwas erwidern konnte, verstummte die Warteschleifenmusik und Dr. Donaldson meldete sich. Sie klang ernst und fragte Joanna, wie sie ihr helfen könne.

»Ich bin eine ehemalige Eizellenspenderin«, begann Joanna. »Der Eingriff liegt schon eine Weile zurück, aber ich möchte Sie etwas fragen …«

»Was für ein Problem haben Sie?«, fiel Dr. Donaldson ihr

ungeduldig ins Wort. »Die Telefonistin sagte mir, Sie hätten irgendein Problem.«

»Aber ich habe ihr ausdrücklich versichert, dass ich kein Problem habe.«

»Wann haben Sie sich zur Eizellenspende zur Verfügung gestellt?«

»Vor ungefähr eineinhalb Jahren.«

»Und wie lautet Ihr Name?«, fragte Dr. Donaldson mit deutlich ruhigerer Stimme.

»Joanna Meissner. Ich bin zusammen mit meiner Mitbewohnerin bei Ihnen in der Klinik gewesen.«

»Ich erinnere mich an Sie«, entgegnete Dr. Donaldson. »Ich habe Sie damals in Ihrer Wohnung in Cambridge besucht. Wenn ich mich nicht irre, haben Sie langes blondes Haar und ihre Freundin kurzes dunkles, fast schwarzes. Sie sind beide Doktorandinnen der Harvard University.«

»Sie haben wirklich ein gutes Gedächtnis«, staunte Joanna. »Dabei sehen Sie bestimmt tagein, tagaus jede Menge neue Gesichter.«

»Was haben Sie auf dem Herzen?«

Joanna räusperte sich und nahm all ihren Mut zusammen. »Wir wüssten gern, was aus unseren Eizellen geworden ist. Zum Beispiel, wie viele Kinder daraus entstanden sind und, wenn es möglich ist, welches Geschlecht sie haben.«

»Tut mir Leid, aber diese Informationen sind streng vertraulich.«

»Wir wollen ja keine Namen wissen, falls Sie das meinen«, entgegnete Joanna.

»Tut mir Leid. Aber sämtliche Informationen und Daten unterliegen der Geheimhaltungspflicht, und zwar ohne jede Ausnahme.«

»Können Sie uns denn wenigstens sagen, ob überhaupt irgendwelche Kinder aus unseren Eizellen entstanden sind?«, bohrte Joanna weiter. »Wir wüssten wirklich gern, ob unsere Eizellen gesund und befruchtungsfähig waren.«

»Auch das kann ich Ihnen nicht sagen. Wir haben strenge Regeln, die es uns strikt verbieten, jedwede Information im Zusammenhang mit Eizellenspenden herauszugeben. Deutlicher kann ich mich wohl nicht ausdrücken.«

Joanna verzog resigniert das Gesicht.

»Hallo, Dr. Donaldson«, schaltete sich Deborah in das Gespräch ein. Sie beugte sich vor und sprach direkt in das Mikrophon des Telefons. »Hier ist Deborah Cochrane, und ich sitze gerade neben meiner Freundin. Was ist denn zum Beispiel, wenn ein durch eine Eizellenspende gezeugtes Kind aus irgendeinem Grund Informationen von der genetischen Mutter benötigt – oder wenn es auf eine Transplantation, etwa von Knochenmark oder einer Niere, angewiesen ist?«

Joanna lief bei dem Gedanken ein kalter Schauer über den Rücken.

»Wir haben die Daten in unserem Computer gespeichert«, erklärte Dr. Donaldson. »In dem unwahrscheinlichen Fall, dass etwas Derartiges passieren sollte, würden wir uns mit Ihnen in Verbindung setzen. Aber das ist die einzige Ausnahme, die wir machen, und dieser Fall tritt so gut wie nie ein. Und falls doch, haben die beteiligten Parteien immer noch die Möglichkeit, ihre Anonymität zu wahren. Ohne deren Zustimmung würden wir keine Informationen weitergeben.«

Deborah hob verzweifelt die Hände.

»Anders ist die Situation natürlich, wenn unsere Patientinnen sich selber Spenderinnen suchen«, fuhr Dr. Donaldson fort. »Aber das ist ein vollkommen anderer Fall. Wir nennen das *bekannte Spende*.«

»Vielen Dank, Dr. Donaldson«, beendete Joanna das Gespräch.

»Tut mir Leid, dass ich Ihnen nicht weiterhelfen konnte.«

Joanna legte den Telefonhörer auf.

»Das können wir wohl vergessen«, stellte Deborah fest und seufzte.

»So schnell gebe ich nicht auf«, stellte Joanna klar. »Dafür habe ich mir in den vergangenen Monaten zu viele Gedanken darüber gemacht, dass da draußen irgendwo Nachkommen von mir herumlaufen.« Sie zog den Telefonstecker heraus, stellte das Telefon auf den Boden und setzte sich an den Computer.

»Was hast du vor?«

Joanna kramte das Modemkabel hinter dem Computer hervor und steckte es in die vorgesehene Buchse. »Du hast mir doch damals erzählt, dass die Wingate Clinic eine eigene Website mit nützlichen Informationen hat. Was hältst du davon, wenn wir mal nachsehen, wie gut ihre Firewall ist? Hast du die Adresse noch?«

»Ja«, erwiderte Deborah. »Ich habe sie unter den Favoriten gespeichert.« Sie stand auf und sah Joanna neugierig über die Schulter. Mit Computern und allem, was damit zusammenhing, kannte Joanna sich wesentlich besser aus als sie. »Was ist denn eine Firewall?«

»Eine Software, mit der man nicht berechtigten Personen den Zugang zu seinen Daten verweigert«, erklärte Joanna, die bereits online war und die Adresse der Wingate Clinic eingab. Einen Augenblick später war sie auf der Website. Sie zog sich einen Stuhl heran und versuchte, in die internen Ordner der Klinik zu gelangen.

»Klappt nicht, oder?«, fragte Deborah, nachdem sie ihrer Freundin eine halbe Stunde über die Schulter gesehen hatte.

»Wie es aussieht, nicht«, erwiderte Joanna. »Aber ich weiß ja auch nicht einmal mit Sicherheit, ob sie ihre Website auf ihrem eigenen Server haben.«

»Ich frage lieber gar nicht erst, was das nun wieder heißen soll«, sagte Deborah und steuerte gähnend das Sofa an. Sie ließ sich niederplumpsen und streckte sich lang aus.

Nach einer Weile beendete Joanna abrupt die Verbindung zum Internet, zog das Modemkabel heraus und stöpselte die Telefonschnur wieder ein. Sie hockte sich mit dem Telefon auf den Boden, rief die Auskunft an und erfragte die Nummer eines gewissen David Washburn.

»Wer ist das denn?«, wollte Deborah wissen.

»Ein ehemaliger Kommilitone«, erwiderte Joanna. »Ich habe ein paar Computerkurse zusammen mit ihm belegt. Ein sehr netter Typ übrigens. Er hat schon ein paar Mal versucht, mit mir auszugehen.«

»Und warum willst du ihn ausgerechnet jetzt anrufen?«

»Er ist ein Computer-Genie«, erklärte Joanna. »Zu Studienzeiten war er ein begnadeter Hacker.«

»Du willst also einen echten Profi hinzuziehen«, stellte Deborah mit einem breiten Grinsen fest.

»So könnte man es nennen«, bestätigte Joanna und ging zum Schreibtisch, um sich Stift und Zettel zu holen. Dann wählte sie erneut die Nummer der Auskunft.

Deborah verschränkte die Hände hinter dem Kopf und musterte Joanna. »Woher nimmst du nur all die Energie? Ich bin total schachmatt.«

»Wenn ich mir so lange den Kopf über etwas zerbreche, brauche ich irgendwann eine Lösung«, stellte Joanna klar.

6

7. Mai 2001, 20.55 Uhr

Wie spät ist es?«, fragte Deborah und gähnte.

»Kurz vor neun«, erwiderte Joanna mit einem Blick auf die Uhr. »Wo bleibt er denn bloß?«

Das Telefonat mit David Washburn war gut gelaufen.

Nachdem Joanna ihm erklärt hatte, was sie herausfinden wollten, hatte er sich sofort bereit erklärt zu helfen. Allerdings hatte er darauf bestanden, zu ihnen zu kommen und ihren Computer zu benutzen. »Ich kann es mir nicht erlauben, eine elektronische Spur zu meiner Workstation zu hinterlassen«, hatte er erklärt. »Dummerweise ist nämlich herausgekommen, dass ich derjenige war, der dem Verteidigungsministerium ein paar Nacktbilder mit dem Untertitel *Make love not war* auf die Website gespielt hat. Die Leute vom FBI haben leider keinen Spaß verstanden, aber zum Glück ist meine Strafe zur Bewährung ausgesetzt.«

Deborah gähnte ausgiebig. »Hast du dich vielleicht verhört und er kommt erst morgen?«

»Nein, er kommt gleich«, entgegnete Joanna. »Ich habe ihm gesagt, dass wir noch kurz etwas essen gehen und dann zu Hause sind. Er meinte, das komme ihm gelegen, weil er dann noch eine Arbeit zu Ende bringen könne.

»Bevor er hier aufkreuzt, bin ich bestimmt eingeschlafen«, stellte Deborah fest. »Weißt du eigentlich, dass es in Italien schon drei Uhr morgens ist und unsere Körper noch an die europäische Zeit gewöhnt sind?«

»Leg dich doch ins Bett«, schlug Joanna vor. »Wir müssen ja nicht beide aufbleiben.«

»Bist du denn nicht müde?«

»Ich bin erschöpft«, gestand Joanna. »Aber ich kann mich noch ganz gut wach halten.«

Deborah schwang ihre Beine über die Sofakante, setzte sich aufrecht hin und wollte gerade aufstehen, als die Klingel ertönte und sie beide zusammenfahren ließ. Sie hörten ihre Haustürklingel zum ersten Mal, und sie war deutlich lauter, als sie erwartet hatten.

»Dass wir diese Klingel jemals überhören, ist jedenfalls ausgeschlossen«, stellte Deborah fest und ließ sich zurück aufs Sofa plumpsen.

Joanna stand auf und ging zur Tür. »Was mache ich denn jetzt?«, fragte sie aufgeregt. Neben dem Türrahmen befanden sich mehrere Knöpfe und eine runde, perforierte Fläche aus Metall.

»Keine Ahnung.«

Joanna drückte den ersten Knopf und hörte ein Knacken. »Hallo, hallo!« rief sie, den Mund dicht an die perforierte Fläche gepresst.

»Ich bin's, David«, meldete sich aus der Ferne eine Stimme.

»Okay«, entgegnete Joanna und drückte den zweiten Knopf, ohne den ersten loszulassen. Sie hörte ein fernes Summen und das schwache Geräusch der sich öffnenden und schließenden Haustür.

»Na, das war ja einfach«, stellte sie fest und öffnete die Wohnungstür. Dann trat sie hinaus, beugte sich über das Geländer und sah hinunter. Die Wendeltreppe, die zum Erdgeschoss hinunterführte, erinnerte an das Gehäuse eines Nautilus.

David kam mit einem breiten Grinsen die Stufen hinaufgespurtet. Er war ein großer, sportlicher Afroamerikaner. Er zögerte kurz, dann gab er sich einen Ruck und schloss Joanna zur Begrüßung herzlich in die Arme. »Wie geht es dir, altes Haus?«

»Gut«, antwortete Joanna und erwiderte Davids Umarmung. Sie hatte ihn zwar schon seit mehr als zwei Jahren nicht gesehen, aber er schien sich nicht im Geringsten verändert zu haben. Wie damals gab er sich betont cool und trug einen kurzen, etwas ungepflegten Bart und die gleichen übergroßen Klamotten.

»Was für eine Überraschung, von dir zu hören. Du siehst gut aus, richtig klasse sogar.«

»Du auch«, entgegnete Joanna. »Du hast dich überhaupt nicht verändert.«

»Bin nur ein bisschen älter und ein bisschen weiser geworden«, stellte David lachend fest. »Und auf dem Basketballplatz den Ball im Korb zu versenken, gelingt mir auch noch ganz gut. Aber du hast dich verändert. Du siehst irgendwie jünger aus. Wie kann das sein?«

»Du willst mir nur schmeicheln«, stellte Joanna grinsend fest.

»Nein, im Ernst«, protestierte David und nahm sie von rechts und links und aus unterschiedlichen Winkeln ins Visier.

»Jetzt ist aber Schluss!«, stellte Joanna klar. »Du bringst mich in Verlegenheit.«

»Warum?«, entgegnete David. »Du siehst absolut spitze aus, und jetzt weiß ich auch, woran es liegt. Du trägst dein Haar kürzer. Auf der Straße hätte ich dich glatt nicht erkannt. Du könntest für sechzehn durchgehen.«

»Du Spinner!«, rief Joanna. »Komm rein, ich stelle dir meine Mitbewohnerin vor.«

Joanna nahm David beim Arm, führte ihn in die Wohnung und machte ihn mit Deborah bekannt, die es mit äußerster Anstrengung schaffte, sich vom Sofa aufzuraffen. Joanna entschuldigte sich bei ihrem Besucher, dass sie ihm nichts zu trinken anbieten könne.

»Kein Problem«, entgegnete David. »Das holen wir ein anderes Mal nach. Ich schätze, nach eurem langen Rückflug von Italien seid ihr ziemlich müde. Am besten kommen wir gleich zur Sache.« Er zog sich seine Jacke aus schwarzem Fallschirmstoff aus, kramte aus seiner Tasche eine Hand voll Disketten hervor und hielt sie hoch. »Ich habe ein paar Hilfsprogramme mitgebracht, unter anderem mein spezielles Programm zum Knacken von Passwörtern. Wo steht euer Computer?«

Ein paar Minuten später hatte er den Computer gestartet und die Website der Wingate Clinic auf dem Bildschirm.

Er klickte sich so schnell durch die Seiten, dass Deborah fast schwindelig vor Augen wurde. Seine Finger wirbelten über die Tastatur wie die eines Konzertpianisten. »So weit, so gut«, murmelte er vor sich hin.

»Kannst du uns erklären, was du da machst?«, bat Deborah.

Bisher noch gar nichts«, erwiderte David, während er weiter über die Tasten wirbelte. »Ich checke nur ein paar Sachen ab, unter anderem, ob die Firewall dieser Website erkennbare Löcher aufweist.«

»Und? Hast du schon welche entdeckt?«

»Noch nicht, aber es gibt bestimmt welche.«

»Woher willst du das wissen?«

»Eine Website ist dazu da, der Welt Zugang zum Datennetz einer Firma oder Organisation zu verschaffen. Die Wingate Clinic hat ihre Seite so aufgebaut, dass potenzielle Patienten ihre persönlichen medizinischen Daten eingeben können und individuelle Informationen zurückerhalten. Immer wenn Daten ausgetauscht werden, besteht die Möglichkeit, dass unberechtigte Personen sich Zugang verschaffen. Man kann sogar sagen, je interaktiver eine Website ist, desto einfacher ist es für Hacker, sich unberechtigten Zugang zu verschaffen. Mit anderen Worten – je mehr Austausch, desto mehr Löcher.«

Deborah nickte, obwohl sie nicht ganz sicher war, ob sie alles richtig verstanden hatte. Ihre Verwendung von Computern beschränkte sich auf gelegentliche Recherchen für ihre biologische Forschung; sie nutzte das Internet, schrieb E-Mails, und das war auch schon alles.

»Und was ist mit den Kennwörtern?«, fragte Deborah. Wenn sie im Labor einen Computer benutzte, musste sie ein Kennwort eingeben, das nur sie kannte. »Damit müsste man Unberechtigten doch den Zugriff verwehren können.«

»Ja und nein«, entgegnete David. »So sollte es eigentlich

sein, aber leider funktioniert es nicht immer. Die meisten Netzwerk-Administratoren sind faul und ändern nie die von den Herstellern vorgegebenen Passwörter. Das grenzt die Anzahl der Möglichkeiten, die man ausprobieren muss, schon mal ein. Außerdem hat man bei einem Webserver unbegrenzt viele Versuche. Wir können also erst einmal ein Spezialprogramm zum Knacken von Passwörtern einsetzen, wie das, das ich mitgebracht habe.«

Deborah verdrehte die Augen und sah Joanna an.

»Es macht sogar Spaß«, versuchte David sie zu überzeugen, als er merkte, dass Deborah ihre Zweifel hatte. »Es ist wie ein Schachspiel gegen den Computer, nur eine noch größere Herausforderung.«

»Die Leute, deren Daten geknackt werden, finden das Spiel wahrscheinlich nicht so witzig«, stellte Joanna fest.

»Normalerweise ist das alles harmlos«, entgegnete David. »Die meisten Hacker, die ich kenne, haben nichts Böses im Sinn. Es ist eher ein fortwährender Wettkampf zwischen ihnen und den Leuten, die in Unternehmen für die Sicherung der Daten und Programme zuständig sind. Oder sie tun irgendjemandem einen Gefallen, wie ich euch. Ihr habt doch auch keine bösen Absichten, sondern wollt lediglich an Informationen herankommen, auf die ihr meiner Meinung nach einen Anspruch habt.«

»Wenn die Klinik das auch so sehen würde, hätten wir es erheblich leichter«, stellte Joanna fest.

Plötzlich hielt David inne und strich sich nachdenklich über den Bart. »Die Leute haben ganze Arbeit geleistet, das muss man ihnen lassen. Die Website scheint ziemlich dicht zu sein. Jedenfalls gibt es keine erkennbaren Löcher. Ich habe sogar das Gefühl, dass sie ziemlich anspruchsvoll gemacht ist. Sie haben einen speziellen Server, bei dem man sich erst einmal identifizieren muss, um Zugang zu dem Netzwerk zu bekommen. Könnte es sein, dass die Klinik über eine Menge

Kohle verfügt, mit der sie hemmungslos um sich schmeißen kann?«

»Da liegst du vermutlich nicht falsch«, entgegnete Joanna.

»Ich glaube, wir haben es mit einer verdammt gut gesicherten Seite zu tun«, erklärte David. »Das heißt, wir müssen unser Köpfchen ganz besonders anstrengen.«

»Was hast du denn vor?«, fragte Deborah. »Ich meine – was willst du erreichen?«

»Ich möchte, dass der Webserver uns als berechtigte Person erkennt«, erwiderte David. »Dann hätten wir ungehinderten Zugang zu den internen Ordnern der Klinik. Ich werde jetzt das Formular für Neupatienten ausfüllen und versuchen, in den Raum hinter dem Puffer zu gelangen und dort ein paar Assembly-level-Befehle einzuschieben, um so die Kennwortprüfung zu umgehen. Ihr müsst euch das in etwa so vorstellen, als würden wir auf dem unteren Rand des Patientenformulars durch das Common Gateway Interface – das ist die allgemeine Vermittlungsrechner-Schnittstelle – hineinrutschen.«

»Kannst du das vielleicht mal so ausdrücken, dass es auch ein Normalsterblicher versteht?«, bat Deborah.

David wandte sich zu Deborah um, die ihm über die linke Schulter sah. »Noch einfacher lässt es sich kaum ausdrücken. Die komplizierten Details habe ich gar nicht erwähnt.«

»Na wunderbar!«, entgegnete Deborah verzweifelt. »Wenn das so ist, mache ich es mir lieber auf dem Sofa gemütlich. Ihr beiden Computerfreaks kommt ja bestimmt prima ohne mich zurecht.«

David drehte den Kopf zur anderen Seite, wo ihm Joanna über die Schulter sah. »Über eins müsst ihr euch allerdings im Klaren sein: Wenn ich es so versuche, wie ich es euch gerade erklärt habe, und es tatsächlich funktioniert, lässt sich über euren Internetprovider die Spur zu eurem Computer zurückverfolgen. Falls in der Klinik also jemandem auffallen sollte, dass sich ein Hacker über die geschützten Daten hergemacht hat, könnte man euch auf die Schliche kommen. Könnt ihr damit leben?«

Joanna überlegte eine Weile. Streng genommen brachen sie durch ihr Vorgehen natürlich das Gesetz. Andererseits wollte sie die Information unbedingt haben. Angesichts ihrer veränderten Lebenssituation erschien sie ihr sogar vonnöten, damit sie ihren Seelenfrieden zurückgewann. Außerdem war es höchst unwahrscheinlich, dass sie erwischt werden würden. Schließlich wollten sie nur die Spur ihrer eigenen Eizellen verfolgen. Sie kam zu dem Schluss, dass das Risiko so gering war, dass sie es eingehen konnten.

»Was meinst du, Deborah?«, fragte sie ihre Freundin.

»Das überlasse ich dir«, erwiderte sie. »Ich bin zwar neugierig, aber längst nicht so wie du.«

»Dann machen wir es«, entschied Joanna.

»Okay, Baby!«, rief David und rieb sich erwartungsvoll die Hände. Er liebte Herausforderungen dieser Art. Bevor er sich über die Tastatur beugte und loslegte, ließ er einmal kräftig seine Fingerknöchel knacken. Dann wirbelten seine Finger erneut über die Tasten. Anstelle von einzelnen Anschlägen wurde das Zimmer von einem kontinuierlichen Geklapper erfüllt. In rasanter Geschwindigkeit huschten irgendwelche Datenreihen und Bilder über den Monitor.

Nach mehr als dreißig Minuten konzentrierter Arbeit hielt David inne. Er seufzte frustriert auf, streckte seine Arme und dehnte die Finger.

»Funktioniert es nicht?«, fragte Joanna.

»Bisher nicht«, erwiderte David. »Da habt ihr mir eine ganz schön harte Nuss aufgetischt.«

»Was schlägst du vor?«

David sah auf seine Uhr. »Es könnte noch eine ganze Weile dauern. Die Homepage dieser Klinik ist besser gesichert, als ich je gedacht hätte. Bisher ist es mir nicht gelungen, auch nur einen einzigen Befehl einzuschleusen. Ich dachte, wir hätten es mit einer Windows – NT-Plattform zu tun, aber offenbar habe ich mich getäuscht. Es sieht mir eher nach Windows 2000 mit Kerberos-Identifizierung aus.«

»Ist Kerberos die Identifikations-Methode, die am Massachusetts Institute of Technology entwickelt wurde?«, fragte Joanna.

»So ist es«, erwiderte David.

»Was ist also deiner Meinung nach zu tun?«

David lachte. »Entweder muss ich euren Schreibtisch noch eine Woche in Beschlag nehmen und es mit Hilfsprogrammen wie Lopht-Crack versuchen, oder ihr versucht jemanden ausfindig zu machen, der in der Wingate Clinic arbeitet, Zugang zu den Daten hat und bereit ist, euch zu helfen.«

»Das sind die einzigen beiden Möglichkeiten?«

»Nein, es gibt noch eine weitere Möglichkeit. Ihr könntet versuchen, in den Server-Raum zu gelangen oder – noch besser – mir Zutritt zu verschaffen.« Er lachte erneut auf. »Das wäre auf jeden Fall die effizienteste und sicherste Methode. Wahrscheinlich bräuchte man höchstens zehn Minuten, um sich einen eigenen Zugang einzurichten. Danach wäre es ein Kinderspiel, von einer Workstation innerhalb des Netzes oder sogar von außerhalb an die Daten zu gelangen – jedenfalls wenn man es richtig macht.«

Joanna nickte und ließ sich die verschiedenen Möglichkeiten durch den Kopf gehen. Sie hatte immer mehr das Gefühl, dass sie sich unbedingt Klarheit verschaffen musste. Je mehr Hindernisse sich vor ihr auftaten, desto unbändiger war ihr Wille herauszufinden, was aus ihren Eizellen geworden war. Manchmal stellte sie sich ein kleines Mädchen vor, das irgendwo in ihrer Nähe aufwuchs und genauso aussah wie sie selber auf den Fotos aus ihrer Kindheit.

David warf noch einmal einen Blick auf seine Uhr und sah

Joanna fragend an. »Es ist jetzt kurz nach zehn. Soll ich es weiter versuchen? Für mich kein Problem. Wenn du willst, dass ich weitermache, mache ich weiter. Allerdings kann ich dir nicht sagen, wie lange ich brauche, um diese verdammte Homepage zu knacken. Aber irgendwann schaffe ich es – da bin ich sicher.«

»Du hast dich schon genug für uns ins Zeug gelegt«, entgegnete Joanna und starrte tief in Gedanken versunken ins Leere. »Vielen herzlichen Dank.«

David sah in Joannas schöne grüne Augen und registrierte ihren geistesabwesenden Blick. Er wartete ein paar Sekunden. Als sie immer noch starr ins Leere blickte, fuchtelte er ihr ein paarmal mit der Hand vor dem Gesicht herum. »He, was ist los mit dir?«

Joanna schüttelte den Kopf, als ob sie gerade aus einer Trance erwachte, und lachte. »Tut mir Leid. Ich musste gerade daran denken, was du gesagt hast: dass man in den Server-Raum gelangen müsste. Meinst du, das ist schwierig, wenn man einmal in dem Klinikgebäude ist?«

»Schwer zu sagen«, erwiderte David. »Da die Klinik offenbar Wert auf ein gut funktionierendes Sicherheitssystem legt, kann man vermutlich nicht einfach in den Raum hineinspazieren.«

»Aber du meinst tatsächlich einen richtigen Raum, nicht wahr?«, fragte Joanna. »Es ist nicht etwa nur Computerjargon, wenn du von dem Server-Raum sprichst, und etwas, das in Wahrheit nur im Cyberspace existiert?«

»Nein, ich rede von einem richtigen Raum«, versicherte David. »Einem Raum, in dem es richtige Hardware gibt, also unter anderem eine Tastatur und einen Monitor, mit deren Hilfe man sich Zugang zum Zentralrechner verschaffen kann.«

»Hast du eine Ahnung, wie dieser Raum gesichert sein könnte?«

»Durch eine verschlossene Tür«, erwiderte David. »Die Server-Räume, die ich bisher gesehen habe, hatten alle einen Schlitz neben dem Eingang, durch den man eine Zugangsberechtigungskarte schieben musste. Ähnlich wie Kreditkarten an Bankautomaten.«

»Interessant«, murmelte Joanna. »Mal angenommen, ich würde tatsächlich in diesen Raum kommen – was müsste ich dann genau tun?«

»Ganz einfach«, erwiderte David. »Hast du mal einen Zettel?«

Joanna zog eine Schreibtischschublade auf, holte einen gelben Block heraus und reichte ihn David, der sofort begann, sämtliche erforderlichen Schritte aufzuschreiben. Joanna passte genau auf. Wenn sie etwas nicht verstand, hakte sie sofort nach, und David gab ihr bereitwillig Auskunft.

»Das war's«, stellte er schließlich fest. Er riss die Seite ab und reichte sie Joanna, die die Notizen noch einmal überflog. Als sie sicher war, dass sie keine weiteren Fragen hatte, faltete sie den Zettel zusammen und steckte ihn in die Hosentasche.

»Vielen Dank nochmals, dass du sofort zu uns rübergekommen bist«, sagte Joanna.

»Nichts zu danken«, entgegnete David und stand auf. »Habe ich doch gern gemacht. So einen kleinen Gefallen ist man einer netten Ex-Kommilitonin ja wohl schuldig.«

»Apropos – was macht eigentlich deine Doktorarbeit?«, fragte Joanna.

»Jetzt klingst du wie meine Mutter«, erwiderte David und grinste, während er seine Disketten zusammensuchte und aufstapelte. »Leider hat mich beim zweiten Kapitel eine kleine Schreibblockade heimgesucht, und wie sieht es bei dir aus?«

»Gut«, antwortete Joanna. »Ich bin fertig.«

»Fertig!«, staunte David und stieß einen leisen Pfiff aus.

Dann sackte er sichtbar in sich zusammen. »Ich kann es gar nicht fassen. Das haut mich wirklich aus den Latschen.«

»Tut mir Leid.«

»Den Fehler muss ich wohl eher bei mir suchen.«

»Vielleicht solltest du auch mal die Umgebung wechseln«, schlug Joanna vor. »Deborah und mir ist das jedenfalls gut bekommen. Sie hat ihre Arbeit auch fertig.«

»Vielleicht komme ich nicht so recht in die Gänge, weil sich meine Begeisterung für die stochastischen Prozesse auf den Warenmärkten der Dritten Welt ziemlich in Grenzen hält. Aber wen wundert das schon? Apropos – darf ich fragen, wie es um dich und deinen Verlobten steht? Oder bin ich wieder mal zu indiskret?«

»Ich bin nicht mehr verlobt«, erwiderte Joanna.

David richtete sich wieder auf. »Wirklich? Seit wann?«

»Seit eineinhalb Jahren.«

»Und? Wie kommst du damit klar?«

»Gut. Schließlich war ich ja diejenige, die Schluss gemacht hat.«

»Cool. Hast du Lust, mal mit mir essen zu gehen?«

»Gern«, erwiderte Joanna.

»Okay, ich rufe dich an«, versprach David. Er zog sich seine Jacke an und stopfte die Disketten in die Taschen. Auf dem Weg zur Tür sah er sich noch kurz nach Deborah um, die immer noch lang ausgestreckt auf dem Sofa lag. »Sag deiner Mitbewohnerin tschüss von mir.«

»Ich schlafe nicht«, meldete sich Deborah zu Wort. Sie richtete sich auf und blinzelte gegen das Licht.

Sie wechselten noch ein paar belanglose Worte, bis David sich schließlich endgültig verabschiedete. Deborah blieb auf dem Sofa hocken und sah Joanna nach, die zum Schreibtisch ging und den Computer ausschaltete.

»War wohl nichts – habe ich Recht?«, fragte Deborah und gähnte.

»Leider«, entgegnete Joanna. Der Bildschirm wurde schwarz, und der Computerventilator verstummte.

»Will David sein Glück noch einmal versuchen?«

»Nein«, erwiderte Joanna, während sie an Deborah vorbeihuschte und im Bad verschwand. »Ich werde die Sache selber in die Hand nehmen.«

»Das verstehe ich nicht!«, rief Deborah. »Ich dachte, du hast David angerufen, weil du selber nicht mehr weitergekommen bist! Hat er dir den ultimativen Hackertipp gegeben?«

»Nein!«, rief Joanna zurück. Sie musste beinahe schreien, um sich über den laufenden Wasserhahn hinweg verständlich zu machen. »Wir disponieren um und konzentrieren uns auf Plan B!«

Deborah stand auf und verharrte einen Augenblick auf der Stelle, bis der kurze Schwindelanfall vorüber war. Sie konnte sich vor Müdigkeit kaum noch auf den Beinen halten, schleppte sich aber dennoch zur offenen Badezimmertür und lehnte sich gegen den Türrahmen. Joanna putzte sich gerade die Zähne.

»Darf ich fragen, was um Himmels willen Plan B ist?«

»Ich werde mir vorübergehend einen Job in der Wingate Clinic besorgen«, nuschelte Joanna durch den Zahnpastaschaum.

»Du willst mich wohl auf den Arm nehmen!«, entgegnete Deborah.

Joanna spuckte aus und hob den Kopf. Im Spiegel sah sie das Gesicht ihrer Freundin. »Nein. Ich meine es ernst. Es gibt nur einen sicheren und sinnvollen Weg, sich zu den internen Daten der Wingate Clinic Zugang zu verschaffen, und der besteht darin, in den Server-Raum der Klinik einzudringen. Das behauptet zumindest David.«

»Ich glaube, du spinnst«, stellte Deborah fest. Ihre Müdigkeit war plötzlich wie weggeblasen. »Glaubst du vielleicht,

David ist unfehlbar? Es gibt bestimmt auch noch andere Quellen, die man zu Rate ziehen kann! Als er heute Abend kam, hat er noch behauptet, es sei kein Problem für ihn, den Wingate-Rechner zu knacken. Aber da hat er sich wohl getäuscht.«

»Ich glaube schon, dass er es schaffen würde, aber es könnte verdammt lange dauern. David weiß, wovon er redet. Er hat mir in allen Einzelheiten erklärt, was ich tun muss, sobald ich mich in den Server-Raum der Wingate Clinic eingeschlichen habe.« Sie beugte sich wieder hinunter und putzte ihre Zähne weiter.

Deborah gestikulierte wild mit den Händen und stemmte sie schließlich in die Hüften. Dann beobachtete sie ihre Mitbewohnerin für ein paar Minuten bei der Abendtoilette. »Ist dieser Server-Raum denn nicht abgeschlossen?«

»Doch«, erwiderte Joanna. »Damit muss ich rechnen.« Sie spülte sich den Mund aus und stellte ihre Zahnbürste mit den Borsten nach oben in ein Wasserglas. »Ich muss mir irgendetwas einfallen lassen. David meint, dass man eine Berechtigungskarte benötigt, die man durch einen Schlitz neben der Tür schieben muss. Also muss ich zusehen, dass ich an eine solche Karte komme.« Sie begann, ihr Gesicht zu reinigen.

»Weißt du eigentlich, wie verrückt das klingt?«, fragte Deborah.

»Ich finde die Idee ganz und gar nicht verrückt«, sagte Joanna entschieden. »Ich will wissen, ob aus meinen Eizellen Kinder entstanden sind oder nicht, und solange ich das nicht weiß, gebe ich keine Ruhe. Ich dachte, du wolltest auch Klarheit haben.«

»Natürlich. Aber darum geht es nicht.«

»Natürlich geht es darum.«

»Jetzt sei doch mal realistisch!«, wies Deborah ihre Freundin zurecht und fragte dann mit ruhigerer Stimme: »Wie willst du denn überhaupt an einen Job in der Wingate Clinic kommen?«

»Das dürfte nicht schwer sein«, erwiderte Joanna. »Erinnerst du dich nicht, was man uns damals gesagt hat? Angeblich sind sie ständig auf der Suche nach qualifiziertem Personal, weil es in der ländlichen Gegend so schwierig ist, gute Leute zu finden. Ich bin sicher, dass sie eine passende Aufgabe für mich haben. In Textverarbeitung macht mir so schnell keiner was vor.«

»Aber sie werden dich doch wiedererkennen!«, platzte Deborah heraus. Joannas Naivität machte sie allmählich rasend.

»Jetzt reg dich doch nicht so auf!«, wies Joanna sie zurecht. Sie starrte Deborah entgeistert an, die vor Aufregung knallrot geworden war.

»Verstehst du denn nicht?«, wiederholte Deborah. »Sie erkennen dich auf jeden Fall wieder. Wahrscheinlich arbeiten fast alle, mit denen wir damals zu tun hatten, immer noch in der Klinik. Und zwar von der Empfangssekretärin bis hin zu den Ärzten.«

»Ich bin mir gar nicht so sicher, ob mich wirklich jemand wiedererkennen würde«, widersprach Joanna. »Immerhin waren wir nur einen einzigen Vormittag dort, und das liegt eineinhalb Jahre zurück. David hat mir eben erst gesagt, dass er mich mit meinen kurzen Haaren nicht erkannt hätte, wenn wir uns auf der Straße begegnet wären, und David hat mich über mehrere Jahre hinweg mindestens dreimal die Woche gesehen. Außerdem würde ich natürlich einen falschen Namen angeben.«

»Ohne deine Sozialversicherungskarte bekommst du niemals einen Job«, stellte Deborah fest. »Und die Nummer auf der Karte muss mit deinem Namen übereinstimmen. Das funktioniert doch nie.«

Joanna trocknete sich das Gesicht ab und starrte in den

Spiegel. Deborah hatte Recht; an dieses Problem hatte sie noch gar nicht gedacht. Sie musste sich nicht nur einen falschen Namen zulegen, sondern auch die dazugehörige Sozialversicherungsnummer haben. Sie überlegte kurz, ob sie nicht einfach eine ihrer Freundinnen bitten sollte, sich vorübergehend ihren Namen samt Versicherungsnummer ausleihen zu dürfen, doch diese Idee verwarf sie sofort wieder. Sie konnte unmöglich wissentlich eine Freundin in eine Geschichte hineinziehen, die streng genommen einen Gesetzesbruch bedeutete.

»Und?«, fragte Deborah.

»Ich besorge mir den Namen und die Sozialversicherungsnummer von einer jungen Frau, die kürzlich verstorben ist«, erwiderte Joanna. Sie erinnerte sich vage, etwas Ähnliches mal in einem Roman gelesen zu haben. Je mehr sie darüber nachdachte, desto sicherer war sie, dass es funktionieren könnte.

Deborah fiel vor Staunen die Kinnlade herunter. Sie hatte Mühe, sich zusammenzureißen. »Ich kann es einfach nicht fassen. Du bist ja regelrecht besessen.«

»Ich würde eher sagen engagiert«, entgegnete Joanna und ging an Deborah vorbei in ihr Schlafzimmer. Deborah folgte ihr.

»Ich glaube, du kannst dich demnächst im Walpole-Gefängnis engagieren«, stellte sie trocken fest. »Oder in einer psychiatrischen Anstalt. Leute, die sich derart exzessiv ›engagieren‹, pflegen nämlich ganz schnell dort zu landen.«

»Ich will doch keine Bank überfallen«, protestierte Joanna, während sie ihren Gürtel öffnete und aus ihrer Jeans schlüpfte. »Ich will lediglich Auskunft, was aus meinen Eizellen geworden ist, und sonst gar nichts.«

»Ich habe keine Ahnung, welche Konsequenzen es hat, sich als Tote auszugeben«, stellte Deborah fest. »Was ich aber sehr wohl weiß, ist, dass es ein schweres Vergehen ist, sich unberechtigt Zugang zu Computerdaten fremder Personen zu verschaffen.«

»Das ist mir klar«, gestand Joanna. »Aber ich wage es trotzdem.«

Joanna zog sich unbeirrt weiter aus. Als sie nichts mehr am Leib hatte, schlüpfte sie in ihr Nachthemd und zog es glatt. Dann hängte sie ihre Sachen auf und sah ihre Freundin an, die immer noch in der Tür stand. Deborah schien es die Sprache verschlagen zu haben; sie starrte sie aufgebracht und fassungslos an.

»Was ist los?«, brach Joanna schließlich das Schweigen. »Willst du in meinem Türrahmen Wurzeln schlagen, oder hast du noch etwas zu sagen? Wenn ja, schieß los! Ansonsten gehe ich jetzt ins Bett. Morgen ist ein anstrengender Tag.«

»Okay«, grummelte Deborah wütend und entschlossen vor sich hin. Dann hob sie die rechte Hand und zeigte mit dem Finger auf ihre Freundin. »Wenn du deinen verrückten, absolut idiotischen Plan unbedingt durchziehen willst, bin ich auch dabei.«

»Wie bitte?«, fragte Joanna entgeistert.

»Ich lasse dich nicht allein in diese Klinik, wo du dich mit Sicherheit in tausend Schwierigkeiten bringen wirst. Schließlich war es damals meine Idee, Eizellen zu spenden. Du bist weiß Gott nicht die Einzige, die so etwas wie Schuldgefühle kennt. Wenn du mit deiner Schnüffelei auffliegst und dir irgendetwas zustößt, das ich hätte verhindern können, würde ich mir mein Leben lang Vorwürfe machen.«

»Ich brauche keine Beschützerin!«, ereiferte sich Joanna. Allmählich stieg auch ihr die Zornesröte ins Gesicht.

Deborah schloss die Augen und streckte mit nach unten gerichteten Handflächen ihre Arme aus. »Es steht gar nicht zur Debatte, ob ich mitmache oder nicht. Ich bin fest entschlossen. Du willst die Sache offenbar um jeden Preis durchziehen, und mir geht es genauso, basta.« Nach diesen Worten öffnete sie die Augen und klimperte mit den Wimpern.

Joanna ging einen Schritt auf ihre Mitbewohnerin zu und nahm sie aus nächster Nähe ins Visier. »Meinst du das wirklich ernst?«

»Natürlich«, bestätigte Deborah und nickte. »Ich besorge mir auch einen Job. Die Wingate Clinic verfügt über ein riesiges Labor. Da werden sie mindestens genauso dringend nach Laborkräften suchen wie nach Bürofachleuten.«

»Okay, dann ziehen wir die Sache also gemeinsam durch«, stellte Joanna fest. Sie hob ihre ausgestreckte Hand, und Deborah schlug ein. Ihr Beschluss war besiegelt.

7

8. Mai 2001, 6.10 Uhr

Da ihre innere Uhr immer noch auf europäische Zeit eingestellt war, wachten Joanna und Deborah trotz Übermüdung und Jetlag früh auf. Deborah stand als Erste auf. Um ihre Freundin nicht zu wecken, schlich sie so leise wie möglich durch die Küche ins Bad, doch kaum hatte sie die Toilettenspülung betätigt, ging auch schon die Tür zu Joannas Schlafzimmer auf.

»Du siehst aus wie eine wandelnde Leiche«, begrüßte Deborah ihre Mitbewohnerin.

»Du hast auch schon mal besser ausgesehen«, entgegnete Joanna. »Wie spät ist es?«

»Viertel nach sechs, aber irgendwie scheint meine Hirnanhangdrüse zu meinen, es sei bereits Mittag.«

»Erspar mir die Details«, stöhnte Joanna. »Ich weiß nur,

dass ich endlich mal richtig ausschlafen wollte und stattdessen seit mindestens einer Stunde wach liege.«

»Ging mir genauso«, entgegnete Deborah. »Wollen wir irgendwo auf der Charles Street frühstücken? Ich brauche dringend einen Kaffee.«

»Es bleibt uns wohl kaum etwas anderes übrig. In unseren Schränken herrscht schließlich gähnende Leere.«

Eine Dreiviertelstunde später hatten sie sich frisch gemacht, gingen hinunter auf den Platz und schlenderten durch die Mt. Vernon Street zur Charles Street. Es war ein herrlicher Frühlingsmorgen; in den zahlreichen Blumenkästen blühten bunte Blumen aller Art. Bis zur Charles Street waren nur ein paar vereinzelte Fußgänger unterwegs, dafür zwitscherten Unmengen von Vögeln in den unterschiedlichsten Tönen. Am Ende der Charles Street, gegenüber dem Boston Common, entdeckten sie ein Starbucks-Café, das schon geöffnet hatte. Sie gingen hinein, bestellten sich einen Cappuccino und ein Croissant und ließen sich mit ihrem Frühstück an einem kleinen Mamortischchen neben dem Fenster nieder. Zunächst aßen und tranken sie schweigend.

»Der Kaffee tut gut«, brach Joanna schließlich das Schweigen. »Aber auf dem Campo Santa Margherita schmeckte er irgendwie besser.«

»Allerdings«, stimmte Deborah ihr zu. »Wenigstens scheint er mich ein bisschen frisch zu machen.«

»Bleibt es dabei, dass wir uns beide Jobs in der Wingate Clinic besorgen?«, fragte Joanna.

»Klar«, erwiderte Deborah. »Ich kann es kaum erwarten. Aber vielleicht sollten wir als Erstes ein kleines Brainstorming machen. Wie kommen wir zum Beispiel an Namen und Sozialversicherungsnummern verstorbener Frauen?«

»Gute Frage«, gestand Joanna. »Darüber habe ich mir heute Morgen, als ich wach im Bett lag, auch schon den Kopf zerbrochen. Ich habe so etwas mal in einem Roman gelesen.«

»Und wie hat er oder sie es in deinem Roman angestellt?«

»Die Romanfigur hat jemanden mit Insiderwissen hinzugezogen. Eine Frau, die in einem Krankenhaus arbeitete und den Krankenakten entnehmen konnte, wer wann gestorben war.«

»Und was hat die Protagonistin in dem Roman dann mit den Namen der Verstorbenen gemacht?«

»Medicare hereingelegt, und zwar nach Strich und Faden.«

»Ist ja Wahnsinn!«, platzte Deborah heraus. »Aber uns hilft es leider nicht weiter. Es sei denn, du ziehst in Erwägung, Carlton mit einzuspannen.«

»Ich glaube, wir sollten Carlton lieber aus dieser Sache heraushalten«, entgegnete Joanna. »Womöglich würde er uns sogar an das FBI verpfeifen, wenn er Wind von unserem Vorhaben bekäme.«

Deborah nippte nachdenklich an ihrem Kaffee. »Ich glaube, wir sollten das Problem in mehreren Schritten angehen. Als Erstes besorgen wir uns die Namen. Und wenn wir die Namen haben, kümmern wir uns um die dazugehörigen Sozialversicherungsnummern und alles, was wir sonst noch brauchen, zum Beispiel die Geburtsdaten und vielleicht sogar die Mädchennamen der Verstorbenen.«

»Die Namen dürften kein Problem sein«, stellte Joanna fest. »Zu dem Schluss bin ich zumindest gekommen, als ich grübelnd im Bett lag. Wir gehen einfach in die Bibliothek und studieren die Todesanzeigen und Nachrufe im *Boston Globe*.«

»Eine super Idee!«, rief Deborah aufgeregt und beugte sich vor. »Warum ist mir das nicht eingefallen? Das ist sogar perfekt. In Todesanzeigen werden normalerweise auch Alter und Geburtsdaten der Verstorbenen genannt, und das erleichtert uns die Arbeit erheblich. Schließlich brauchen wir die Namen von Frauen, die zum Todeszeitpunkt in etwa in unserem Alter waren, so bizarr das auch klingen mag.«

»Ja«, stimmte Joanna zu, »es ist wirklich bizarr. Und irgendwie unheimlich. Außerdem sollten sie erst vor relativ kurzer Zeit gestorben sein.«

»An die Sozialversicherungsnummern heranzukommen, dürfte schon etwas schwieriger sein«, grübelte Deborah. »Vielleicht müssen wir Carlton doch um Hilfe bitten«, überlegte Joanna laut. »Eine Frau, die in unserem Alter gestorben ist, dürfte ja wohl vorher als Patientin in einem Krankenhaus der Umgebung gelegen haben. Und wenn sie im Massachusetts General Hospital gestorben ist, müssten wir uns nur einen plausiblen Grund einfallen lassen, warum wir die Sozialversicherungsnummer der Frau brauchen. Wenn Carlton das Ganze nicht komisch vorkommt und er nicht misstrauisch wird, kann er uns bestimmt helfen.«

»Klingt mir nach ein bisschen viel wenn und aber«, stellte Deborah fest.

»Da hast du wohl Recht«, räumte Joanna ein.

»Ich hab's!«, rief Deborah und schlug mit der Handfläche auf den Tisch. »Vor ein paar Jahren, als mein Großvater gestorben ist, brauchte meine Großmutter eine Sterbeurkunde, um das Haus auf sie umschreiben zu lassen.«

»Und inwiefern soll uns das weiterhelfen?«

»Eine Sterbeurkunde ist ein öffentliches Dokument«, erklärte Deborah und musste lachen. »Wieso bin ich nicht früher darauf gekommen? Auf der Sterbeurkunde ist natürlich auch die Sozialversicherungsnummer vermerkt.«

»Super. Dann wissen wir ja, was wir zu tun haben.«

»Genau«, entgegnete Deborah. »Als Erstes gehen wir in die Bibliothek und dann zur Registerbehörde.«

»Aber die Sache hat noch einen Haken«, stellte Joanna fest und beugte sich verschwörerisch nach vorn. »Wie können wir sicher sein, dass die Sozialversicherungsnummern noch nicht annulliert wurden? So langsam, wie die Mühlen unserer Bürokratie mahlen, vermute ich zwar, dass es eine

Weile dauert, bis eine Nummer aus dem Verkehr gezogen wird – aber wie können wir auf Nummer sicher gehen?«

»Du hast Recht«, räumte Deborah ein. »Wenn irgendwelche Bürokraten der Wingate Clinic unsere Daten checken sollten und dabei herauskäme, dass wir eigentlich unter der Erde liegen müssten, wäre unsere Tarnung voll aufgeflogen.« Bei der Vorstellung musste sie halbherzig lachen.

»Ich habe eine Idee«, entgegnete Joanna. »Wenn wir die Urkunden in den Händen haben, machen wir noch einen Abstecher zur Fleet Bank und eröffnen zwei Sparkonten auf unsere neuen Namen. Da wir amerikanische Bürger sind, werden sie für die Kontoeröffnung unsere Sozialversicherungsnummern verlangen, und die werden sie natürlich umgehend überprüfen, sodass wir im Handumdrehen Bescheid wissen, ob die Nummern okay sind.«

»Klingt gut«, stellte Deborah fest. »Weißt du, wann die Bibliothek öffnet?«

»Ich schätze um neun oder zehn Uhr«, erwiderte Joanna. »Aber es gibt noch etwas, das wir in Erwägung ziehen sollten. Was hältst du davon, wenn wir unser Aussehen noch ein bisschen stärker verändern? Wahrscheinlich reichen unsere neuen Frisuren schon völlig aus, aber was spricht dagegen, noch eins draufzusetzen? Dann wären wir auf jeden Fall auf der sicheren Seite.«

»Meinst du, wir sollten uns die Haare färben?«

»Zum Beispiel. Aber wir könnten darüber hinaus auch unseren Stil und unser Aussehen im Allgemeinen verändern. Wir kleiden uns beide wie Studentinnen. Vielleicht sollten wir versuchen, unseren ganzen Typ zu verändern.«

»Kein Problem«, entgegnete Deborah. »Ich will mir schon seit einer Ewigkeit die Haare blond färben. Angeblich hat man ja als Blondine sowieso erheblich mehr Spaß.«

»Ich meine es ernst«, ermahnte Joanna ihre Freundin.

»Okay, okay«, entgegnete Deborah. »Was hast du also vor? Willst du dir das Gesicht piercen und dir ein paar wilde Tattoos machen lassen?«

Jetzt musste auch Joanna lachen. »Lass uns versuchen, einen Augenblick ernst zu bleiben. Also, ich denke eher an unser Outfit und an Make-up. Damit kann man schon eine Menge machen.«

»Stimmt«, pflichtete Deborah ihr bei. »Ich habe schon des Öfteren den Drang verspürt, mich als Hure herauszuputzen. Wahrscheinlich habe ich eine exhibitionistische Ader, die endlich mal befriedigt werden will. Jetzt könnte meine Chance gekommen sein.«

»Willst du mich schon wieder auf den Arm nehmen, oder meinst du das ernst?«

»Ich meine es ernst«, sagte Deborah. »Warum sollen wir uns bei der Sache nicht ein bisschen Spaß gönnen?«

»Ich hatte eher an eine Verwandlung in die entgegengesetzte Richtung gedacht«, erklärte Joanna. »Was hältst du davon, wenn ich mich in den Typ prüde Bibliothekarin verwandle?«

»Das ist zumindest einfach«, entgegnete Deborah und fügte scherzend hinzu: »Da musst du dich nämlich kaum verändern.«

»Sehr witzig«, grummelte Joanna.

Deborah wischte sich mit der Serviette den Mund ab und legte sie auf ihren Teller. »Bist du fertig?«

»Ja«, erwiderte Joanna.

»Dann sollten wir in die Gänge kommen«, drängte Deborah. »Auf dem Weg hierher sind wir an einem Lebensmittelladen vorbeigekommen. Am besten kaufen wir ein paar Sachen ein, dann müssen wir nicht dauernd nach unten laufen. Und wenn wir das erledigt haben, müsste die Bibliothek eigentlich geöffnet haben.«

»Klingt gut«, stimmte Joanna zu.

Als die Bibliothekarin der Boston Library die Tür aufschloss, warteten Joanna und Deborah bereits seit einigen Minuten auf der Eingangstreppe und betrachteten die Trinity Church, die dem Bibliotheksgebäude auf der anderen Seite des belebten Copley Square gegenüberlag. Es war genau neun Uhr. Da sie beide noch nie in der Boston Library gewesen waren, waren sie von dem Anblick der großartigen Architektur und der realistisch wirkenden Wandgemälde von John Singer Sargent schier überwältigt.

»Ich kann es gar nicht glauben, dass ich seit sechs Jahren in der Nähe von Boston lebe und noch nie in dieser Bibliothek gewesen bin«, stellte Deborah fest, während sie durch die hallenden Marmorsäle schritten. Sie blickte sich ständig zu beiden Seiten um, um bloß kein Detail zu übersehen.

»Da kann ich dir nur zustimmen«, pflichtete Joanna ihr bei.

Sie erkundigten sich, wo sie alte Zeitungen, insbesondere den *Boston Globe*, einsehen konnten, und wurden in den Mikrofilm-Raum verwiesen. Dort erfuhren sie jedoch, dass die Zeitungen in der Regel erst nach etwa einem Jahr auf Mikrofilmen zur Verfügung standen. Also suchten sie den Zeitungsraum auf, wo sie eigenhändig in den alten Ausgaben blättern konnten.

»Wie weit sollen wir zurückgehen?«, fragte Deborah.

»Einen Monat, würde ich sagen«, erwiderte Joanna. »Und wenn das nicht reicht, arbeiten wir uns eben weiter nach hinten vor.«

Sie nahmen sich jeweils einen Stapel Zeitungen, schleppten sie zu einem leeren Lesetisch und fingen an, ihre jeweiligen Haufen durchzuarbeiten.

»Es ist doch nicht so einfach, wie ich dachte«, stellte Deborah nach einer Weile fest. »Offenbar habe ich mich geirrt – Alter und Geburtsdaten der Verstorbenen sind längst nicht immer genannt.«

»Dann sollten wir uns vor allem auf die Nachrufe konzentrieren«, schlug Joanna vor. »Dort scheint das Alter der Verstorbenen meistens erwähnt zu sein.«

Sie arbeiteten den ersten Stapel ergebnislos durch und machten sich sofort an den nächsten.

»Wie es scheint, sind in letzter Zeit nicht gerade viele junge Frauen gestorben«, stellte Joanna fest.

»Junge Männer auch nicht«, fügte Deborah hinzu. »Aber in unserem Alter stirbt man ja normalerweise auch nicht. Und wenn doch mal jemand jung stirbt, ist er in den seltensten Fällen bekannt genug, als dass jemand einen Nachruf über ihn verfassen würde. Außerdem wollen wir ja auch keine Namen von bekannten Personen. Das wäre für unsere Zwecke völlig ungeeignet. Aber noch ist es zu früh aufzugeben.«

Nachdem sie drei weitere Zeitungsstapel durchgeackert hatten, wurden sie fündig.

»Ich habe eine gefunden!«, flüsterte Deborah. »Eine gewisse Georgina Marks.«

Joanna sah ihrer Freundin über die Schulter. »Wie alt ist sie geworden?«

»Siebenundzwanzig«, erwiderte Deborah. »Sie wurde am 28. Januar 1973 geboren.«

»Passt ja ziemlich gut«, stellte Joanna fest. »Steht in dem Artikel, woran sie gestorben ist?«

»Ja«, erwiderte Deborah und schwieg ein paar Sekunden, bis sie den Artikel zu Ende gelesen hatte. »Sie wurde auf dem Parkplatz eines Einkaufszentrums versehentlich erschossen. Offenbar war sie zum falschen Zeitpunkt am falschen Ort. Ein paar Mitglieder rivalisierender Gangs haben sich einen Kampf geliefert, in dessen Verlauf Georgina Marks von einer verirrten Kugel getroffen wurde. Kannst du dir vorstellen, angerufen und informiert zu werden, dass deine Frau soeben während ihres Einkaufs im benachbarten

Einkaufszentrum erschossen wurde?«, fragte Deborah und schüttelte den Kopf. »Aber es kommt noch schlimmer. Hier steht, dass sie Mutter von vier kleinen Kindern war. Das jüngste war erst sechs Monate alt.«

»Ich glaube, wir sollten uns die traurigen Details lieber nicht zu sehr zu Herzen nehmen«, riet Joanna. »Am besten eignen wir uns einfach vorübergehend die Namen an und lassen die dahinter stehenden Persönlichkeiten außer Acht.«

»Da dürftest du wohl Recht haben«, stimmte Deborah zu. »Jedenfalls scheint diese Georgina Marks nicht bekannt gewesen zu sein – wenn man davon absieht, dass ihr tragischer Tod kurzfristig Wellen geschlagen haben dürfte. Für unsere Zwecke müsste der Name also ideal sein. Ich glaube, ich nenne mich Georgina Marks.« Sie notierte den Namen und das Geburtsdatum auf einem Notizblock, den sie mitgebracht hatten. »Jetzt müssen wir nur noch für dich einen Namen finden.«

Sie machten sich erneut über die alten Ausgaben des *Boston Globe* her und mussten sechs weitere Wochen durchforsten, bis Deborah endlich auf eine weitere Namenskandidatin stieß.

»Prudence Heatherly«, las sie laut vor. »Gestorben im Alter von vierundzwanzig Jahren. Ich finde, der Name klingt super für dich. Er ist dir geradezu perfekt auf den Leib geschnitten. So kann nur eine brave Bibliothekarin heißen. Der Name würde hervorragend zu deiner Verkleidung passen.«

»Ich finde das überhaupt nicht witzig«, protestierte Joanna. »Zeig mir mal den Nachruf?« Sie griff nach der Zeitung, doch Deborah riss sie ihr weg.

»War es nicht dein Vorschlag, die traurigen Einzelheiten zu ignorieren?«, stichelte sie.

»Ich will mich ja auch nicht in ihr Schicksal hineinsteigern«, entgegnete Joanna. »Ich will mich nur vergewissern, dass die Frau in Bookford keine lokale Berühmtheit war. Außerdem sollte ich wenigstens ein bisschen über die Frau wissen, deren Namen ich mir immerhin für eine Weile ausleihe.«

»Hast du nicht eben gesagt, dass wir uns die Namen eiskalt aneignen und die Persönlichkeiten komplett außer Acht lassen sollen?«

»Bitte, Deborah!«, mahnte Joanna ihre Freundin in einem Ton, als ob sie jeden Moment die Geduld zu verlieren drohte.

Deborah rückte die Zeitung heraus und beobachtete Joanna beim Lesen des Nachrufs. Je länger sie sich in den Artikel vertiefte, desto bekümmerter wirkte sie.

»Klingt es schlimm?«, fragte Deborah, als Joanna den Artikel durchgelesen hatte.

»Ich würde sagen, sie hat ein ähnlich furchtbares Schicksal erlitten wie Georgina«, entgegnete Joanna. »Sie hat am Northeastern studiert.«

»Mein Gott, dann kommt sie ja aus unserem unmittelbaren Umfeld«, stellte Deborah fest. »Woran ist sie gestorben? Oder sollte ich das lieber nicht fragen?«

»Sie wurde an der U-Bahn-Station Washington Street vor einen Wagen der Red Line gestoßen.« Joanna lief ein kalter Schauer über den Rücken. »Der Täter war ein Obdachloser, der kein erkennbares Motiv hatte. Stell dir bloß vor, was die Eltern empfunden haben müssen, als das Telefon klingelte und man ihnen mitgeteilt hat, dass ihre Tochter von einem Stadtstreicher vor den Zug gestoßen wurde!«

»Am besten vergisst du die Geschichte sofort wieder!«, riet Deborah. »Zumindest haben wir unsere zwei Namen gefunden.« Sie riss Joanna die Zeitung aus der Hand, legte sie zusammen und notierte neben Georgina Marks den Namen Prudence Heatherly. Dann ging sie daran, die Zeitungen wieder ordentlich aufeinander zu legen. Joanna saß ein paar Sekunden regungslos da, bis sie sich so weit erholt hatte, dass sie ihrer Freundin helfen konnte. Als sie fertig waren, brachten sie alle Zeitungen zurück an Ort und Stelle.

Eine Viertelstunde später verließen sie die Bibliothek durch die gleiche Tür, durch die sie gekommen waren. Obwohl sie beide in Gedanken versunken waren, freuten sie sich über ihren Erfolg. Sie hatten keine zwei Stunden gebraucht, zwei geeignete Namen zu finden.

»Sollen wir zu Fuß gehen oder mit der U-Bahn fahren?«, fragte Deborah.

»Nehmen wir die U-Bahn«, erwiderte Joanna.

Vom Haupteingang der Bibliothek war es nur ein Katzensprung bis zur Haltestelle Boylston Street, von wo sie mit der Green Line direkten Anschluss zum Government Center hatten. Die Rolltreppe, die sie wieder ans Tageslicht beförderte, brachte sie praktischerweise direkt vor den Eingang der modernen, drohend aufragenden Boston City Hall, die in der Kopfsteinpflasterallee absolut deplatziert wirkte.

»Können Sie mir sagen, wo man Sterbeurkunden bekommt?«, fragte Joanna die Empfangssekretärin am Informationstresen der mehrstöckigen Eingangshalle. Joanna musste mehrere Minuten warten, um ihre Frage loszuwerden. Die Frau am Empfang hatte sie einfach ignoriert und sich angeregt mit ihrer Kollegin unterhalten, anstatt sich um sie zu kümmern. »Unten in der Registerbehörde«, erwiderte sie, ohne auch nur aufzublicken. Eigentlich unterbrach sie ihr Geplapper mit ihrer Kollegin gar nicht.

Joanna sah Deborah an und verdrehte die Augen. Dann steuerten sie die breite Treppe an, die nach unten führte. Im Untergeschoss angekommen, fanden sie die Registerbehörde sofort. Allerdings war der Platz hinter der Trennscheibe offenbar nicht besetzt.

»Hallo!«, rief Deborah. »Ist da jemand?«

Nach einer Weile erschien hinter einer Reihe von Aktenschränken ein Frauenkopf. »Kann ich Ihnen behilflich sein?«, rief die Angestellte.

»Wir brauchen zwei Sterbeurkunden«, erwiderte Deborah.

Die Frau umrundete schwerfällig die Aktenschränke. Sie trug ein schwarzes Kleid, das ihre üppigen Körpermassen bis auf ein paar horizontale Ausbuchtungen einigermaßen bändigte. Um den Hals trug sie eine Kette, an der eine Lesebrille baumelte, die auf ihrem prallen, fast waagerecht stehenden Busen ruhte. Sie kam an den Tresen und stützte sich auf. »Ich brauche die Namen und das jeweilige Todesjahr«, erklärte sie gelangweilt.

»Georgina Marks und Prudence Heatherly«, sagte Joanna. »Sie sind beide in diesem Jahr verstorben, also 2001.«

»Es dauert sieben bis zehn Tage, bis die Urkunden hier vorliegen«, verkündete die Frau.

»So lange müssen wir warten, bis wir die Urkunden ausgehändigt bekommen?«, fragte Joanna entsetzt.

»Nein. So lange dauert es, bis die Urkunden nach Eintritt des Todes hier in der Registerbehörde eintreffen. Ich erwähne das nur, falls die Personen, um die es geht, erst kürzlich verstorben sein sollten. Dann könnte es sein, dass die Urkunden noch nicht vorliegen.«

»Sie sind beide seit über einem Monat tot«, sagte Joanna.

»Dann dürfte es kein Problem sein«, entgegnete die Frau. »Das macht dann sechs Dollar pro Urkunde.«

»Aber wir wollen nur einen Blick auf die Urkunden werfen«, wandte Joanna ein. »Eigentlich müssen wir sie gar nicht mitnehmen.«

»Sechs Dollar pro Urkunde ist in Ordnung«, schaltete Deborah sich ein und verpasste Joanna einen Stoß in die Rippen, um sie zum Schweigen zu bringen.

Die Angestellte notierte die Namen, warf Joanna einen

skeptischen Blick zu und verschwand gemächlichen Schrittes hinter ihren Aktenschränken.

»Was soll das?«, beschwerte sich Joanna.

»Ich wollte nicht, dass du alles verpatzt, um zwölf Dollar zu sparen«, flüsterte Deborah. »Was ist, wenn die Frau dahinter kommt, dass wir nur auf die Sozialversicherungsnummern scharf sind? Ich wäre an ihrer Stelle längst misstrauisch geworden. Da zahlen wir doch lieber die Gebühr, stecken die Urkunden ein und verschwinden von hier.«

»Wahrscheinlich hast du Recht«, gestand Joanna.

»Natürlich habe ich Recht«, gab Deborah zurück.

Eine Viertelstunde später kehrte die Frau mit den Dokumenten zurück. Deborah und Joanna gaben ihr das Geld und erhielten die Papiere. Weitere fünf Minuten später verließen sie das Gebäude und schrieben sich sorgfältig die jeweiligen Sozialversicherungsnummern auf ein Blatt Papier. Die Sterbeurkunden verstauten sie in ihren Taschen.

»Am besten versuchen wir uns die Nummern auf dem Weg zur Bank schon mal einzuprägen«, schlug Joanna vor. »Wenn wir sie nicht auswendig kennen, fallen wir womöglich auf.«

»Stimmt«, entgegnete Deborah. »Erst recht, wenn wir am Bankschalter mal kurz einen Blick auf unsere Sterbeurkunden werfen müssen.«

Joanna lachte. »Vielleicht sollten wir auch anfangen, uns gegenseitig mit unseren neuen Namen anzureden. Sonst verbrennen wir uns demnächst noch vor anderen Leuten den Mund.«

»Eine gute Idee, Prudence«, entgegnete Deborah und grinste. Vom Rathaus bis zum Charles River Plaza, wo sich eine Niederlassung der Fleet Bank befand, konnten sie zu Fuß gehen. Die meiste Zeit schwiegen sie und prägten sich ihre jeweiligen Sozialversicherungsnummern ein. Als sie den

Charles River Plaza nach zehn Minuten erreichten, fasste Joanna ihre Freundin am Arm.

»Bevor wir reingehen, sollten wir kurz besprechen, wie wir vorgehen«, schlug sie vor. »Meiner Meinung nach sollten wir nur einen minimalen Betrag auf unsere neuen Konten einzahlen. Schließlich werden wir das Geld nie wiedersehen.«

»Wie viel schwebt dir vor?«

»Etwa zwanzig Dollar«, erwiderte Joanna.

»Okay«, stimmte Deborah zu. »Auf dem Weg zum Schalter können wir ja noch kurz am Geldautomat anhalten.«

»Gute Idee.«

Bevor sie die Schalterhalle betraten, zogen sie sich jeweils ein paar hundert Dollar und steuerten dann den Beratungsbereich an. Da gerade die Mittagszeit begonnen hatte, kamen aus dem Massachusetts General Hospital jede Menge Krankenhausangestellte in die Bank geströmt, sodass die beiden Freundinnen beinahe zwanzig Minuten warten mussten, bis sie endlich bedient wurden. Dafür war Mary, die Angestellte, die sich um sie kümmerte, äußerst effizient und hatte die Formalitäten in null Komma nichts erledigt. Das einzige kleinere Problem war, dass sie sich nicht ausweisen konnten, doch laut Mary konnten sie ihre Ausweise auch nachträglich vorlegen. Um ein Uhr waren alle erforderlichen Formulare ausgefüllt, und Mary ließ sie für einen Augenblick allein, um die Konten zu aktivieren und die entsprechenden Quittungen auszustellen. Joanna und Deborah hatten vor Marys Schreibtisch Platz genommen und warteten.

»Was machen wir bloß, wenn sie zurückkommt und uns damit konfrontiert, dass wir eigentlich tot sein müssten?«, flüsterte Deborah nervös.

»Dann wissen wir, dass wir mit unserer neuen Identität nichts anfangen können«, erwiderte Joanna. »Um das festzustellen, sind wir doch hier.«

»Aber was sagen wir? Wir müssen uns irgendeine plausible Antwort zurechtlegen.«

»Wir sagen einfach, dass wir uns bei den Nummern geirrt haben müssen und schlagen vor, noch einmal nachzusehen und dann wiederzukommen.«

»Vor einer halben Stunde fand ich unsere Aktion ja noch ziemlich witzig«, jammerte Deborah. »Aber jetzt gehen mir allmählich die Nerven durch. So eine hanebüchene Geschichte nimmt uns doch keiner ab.«

»Sie kommt zurück!«, zischte Joanna ihr zu.

Mary hielt die Einzahlungsquittungen in der Hand und ließ sich wieder hinter ihrem Schreibtisch nieder. »So, das war's schon. Ihre Konten sind eröffnet.« Sie überreichte Joanna und Deborah je eine Quittung sowie ein bisschen Informationsmaterial über diverse Anlagemöglichkeiten, das sie zusammengesucht hatte. »Von unserer Seite ist damit alles erledigt. Haben Sie einen Parkschein gezogen?«

»Nein«, erwiderte Joanna. »Wir sind zu Fuß gekommen.«

Als Adresse hatten sie Hawthorne Place Nummer sieben angegeben. Das Gebäude gehörte zum Apartmentkomplex Charles River Park, der direkt hinter dem Krankenhaus lag.

Ein paar Minuten später standen sie wieder draußen in der Frühlingssonne. »Wir haben es geschafft!«, rief Deborah euphorisch, während sie sich schnellen Schrittes von dem Bankgebäude entfernten. Für ein paar Minuten habe ich es wirklich mit der Angst zu tun gekriegt, aber offenbar haben wir mit unseren neuen Namen und Sozialversicherungsnummern einen Treffer gelandet.«

»Zumindest sind die Nummern im Augenblick noch nicht gelöscht«, stellte Joanna fest. »Das dürfte sich allerdings in absehbarer Zeit ändern. Am besten gehen wir schnell nach Hause und rufen in der Wingate Clinic an. Sobald wir beide einen Job haben, sind wir einen entscheidenden Schritt weiter.«

»Wollen wir nicht erst mal einen Happen zu Mittag essen?«, fragte Deborah. »Ich habe einen Riesenhunger. Schließlich haben wir schon um kurz nach sieben gefrühstückt, und nicht gerade üppig.«

»Ich könnte auch eine Kleinigkeit vertragen«, stimmte Joanna zu. »Aber wir sollten uns ein bisschen beeilen.«

»Wingate Clinic«, meldete sich eine freundliche Stimme. Joanna und Deborah waren in ihrem Apartment und hatten den Telefonlautsprecher eingeschaltet. Das Telefon stand zwischen ihnen auf dem Sofa. Es war halb drei, und durch die vorderen Fenster fielen die ersten Strahlen der Nachmittagssonne auf den Holzfußboden.

»Ich interessiere mich für eine Stelle in Ihrer Klinik«, begann Joanna. »Können Sie mir bitte sagen, an wen ich mich wenden muss?« Sie hatten eine Münze geworfen, und dabei war herausgekommen, dass Joanna es als Erste versuchen sollte.

»Für Neueinstellungen ist bei uns Mrs. Helen Masterson zuständig«, erklärte die Telefonistin. »Sie ist unsere Personalleiterin. Soll ich Sie verbinden?«

»Das wäre nett«, entgegnete Joanna.

Im nächsten Moment ertönte aus dem Lautsprecher die ihnen bereits bekannte Fahrstuhlmusik, doch schon nach ein paar Sekunden meldete sich eine tiefe, resolute Frauenstimme. Deborah und Joanna schraken zusammen.

»Hier spricht Helen Masterson. Wie ich gehört habe, sind Sie auf der Suche nach einer neuen Stelle.«

»Das stimmt«, entgegnete Joanna, als sie sich von dem Schreck erholt hatte. »Nicht nur ich, sondern meine Freundin auch.«

»Was haben Sie und Ihre Freundin denn gelernt beziehungsweise auf welchen Gebieten haben Sie Berufserfahrungen gesammelt?«, fragte die Personalleiterin.

»Ich kenne mich gut mit Textverarbeitung aus«, erklärte Joanna.

»Und woher haben Sie Ihre Kenntnisse? Lediglich aus der Universität – oder verfügen Sie auch über praktische Berufserfahrung?«

»Beides«, erwiderte Joanna. Sie hatte während ihres Studiums in den Sommerferien häufig in einer großen Houstoner Anwaltskanzlei gearbeitet, mit der ihr Vater seine Geschäfte abwickelte.

»Heißt das, Sie sind beide Universitätsabsolventinnen?«

»Ja«, bestätigte Joanna. »Ich habe Wirtschaftswissenschaften studiert und meine Mitbewohnerin Georgina Marks Biologie.« Sie warf Deboroah einen Blick zu, die ihr den hochgereckten Daumen entgegenstreckte.

»Verfügt Ihre Freundin über Laborerfahrung?«

Deborah nickte energisch.

»Ja«, erwiderte Joanna.

»Das klingt ja viel versprechend«, stellte Helen Masterson fest. »Wie mir scheint, können wir Sie beide gut gebrauchen. Darf ich fragen, wie Sie auf unsere Klinik aufmerksam geworden sind?«

»Entschuldigen Sie, ich habe Sie akustisch nicht verstanden«, erwiderte Joanna und sah Deborah entsetzt an. Mit dieser Frage hatte sie nicht gerechnet. Deborah griff hastig nach dem auf dem Boden liegenden Block und nach dem Stift. Während die Personalleiterin ihre Frage wiederholte, kritzelte sie schnell aufs Papier: Eine Freundin hat eine Anzeige gesehen.

»Durch Mundpropaganda«, erklärte Joanna. »Eine Freundin von uns hat in den Medien von Ihrer Klinik gehört.«

»In der Zeitung oder im Radio?«

Joanna zögerte. Deborah zuckte mit den Schultern.

»Das weiß ich leider nicht«, gestand Joanna.

»Ist auch nicht so wichtig«, entgegnete Helen Masterson.

»Es hätte mich lediglich interessiert, wo unsere Werbung am meisten wirkt. Leben Sie hier in Bookford?«

»Nein«, erwiderte Joanna. »Wir wohnen in Boston.«

»Und Sie wären bereit, täglich zu pendeln?«

»Ja. Zumindest vorerst. Wir würden gemeinsam fahren.«

»Da haben Sie aber einen weiten Anfahrtsweg«, stellte Helen Masterson fest. »Wieso wollen Sie hier draußen in Bookford arbeiten?«

»Wir brauchen beide schnell einen Job«, erwiderte Joanna. »Und wie wir gehört haben, suchen Sie händeringend nach qualifiziertem Personal. Meine Freundin und ich sind gerade von einem längeren Europaaufenthalt zurückgekehrt. Ehrlich gesagt, brauchen wir Geld.«

»Das klingt so, als könnten wir unter Umständen zu beiderseitigem Vorteil übereinkommen«, stellte Helen Masterson fest. »Ich würde Ihnen gern Fragebögen zuschicken und Sie bitten, diese ausgefüllt an mich zurückzusenden. Soll ich Ihnen die Bögen per Fax oder lieber per E-Mail zukommen lassen?«

»Per E-Mail wäre am einfachsten«, erwiderte Joanna und nannte der Personalleiterin ihre E-Mail-Adresse. Zum Glück kam darin weder ihr Vor- noch ihr Nachname vor.

»Ich schicke Ihnen die Formulare umgehend«, versprach Helen Masterson. »Aber vielleicht sollten wir schon mal Termine für Ihre Vorstellungsgespräche vereinbaren. Wann hätten Sie und Ihre Freundin denn Zeit? Sie können sich einen Tag aussuchen – am besten kommen Sie noch in dieser Woche, oder wenn das nicht geht, gleich in der nächsten.«

»Wir würden gern so bald wie möglich kommen«, entgegnete Joanna. Deborah nickte. »Morgen wäre okay für uns, sofern Sie dann Zeit haben.«

»Selbstverständlich. Ich freue mich über Ihren Elan. Können Sie um zehn Uhr bei uns sein?«

»Ja«, erwiderte Joanna. »Zehn Uhr passt uns gut.«

»Brauchen Sie eine Wegbeschreibung?«, fragte Helen Masterson.

»Danke, aber das ist nicht nötig«, entgegnete Joanna. »Wir finden schon zu Ihnen.«

»Dann freue ich mich, Sie morgen kennen zu lernen«, sagte die Personalleiterin, bevor sie das Gespräch beendete.

Joanna legte den Hörer auf.

»Das lief doch wunderbar«, stellte Deborah fest. »Ich glaube, wir haben die Jobs.«

»Das denke ich auch«, stimmte Joanna ihr zu. Sie zog den Telefonstecker aus der Buchse, stöpselte das Modemkabel ein und ging zum Computer. »Mal sehen, ob sie die Mail wirklich sofort abschickt.«

Die Personalleiterin hielt Wort. Joanna hatte sich gerade eingeloggt, als die erwartete Mail bereits auf dem Bildschirm erschien. Eine Viertelstunde später hatten sie die Fragebögen direkt am Computer ausgefüllt und an die Wingate Clinic zurückgesandt.

»Kaum zu glauben, wie glatt das alles läuft«, stellte Deborah fest und schaltete den Computer aus.

»Warten wir's erst mal ab«, riet Joanna. »Solange ich es nicht geschafft habe, mich in den Server-Raum zu schleichen, kann immer noch jede Menge schief gehen.«

»Du meinst, dass eine von unseren Sozialversicherungsnummern plötzlich aus dem Verkehr gezogen wird? Oder noch schlimmer – gleich beide?«

»Zum Beispiel das – oder dass Dr. Donaldson oder jemand anders uns morgen früh wiedererkennt.«

»Vielleicht sollten wir tatsächlich auf deine Idee zurückkommen und unseren Typ verändern«, schlug Deborah vor.

»Ja«, erwiderte Joanna. »Je mehr ich darüber nachdenke, desto besser finde ich die Idee. Wir haben den ganzen Nachmittag Zeit. Was hältst du von einem kleinen Einkaufsbummel durch die Galleria Mall in Cambridge? Vielleicht finden wir ein paar nette neue Outfits, die nicht allzu viel kosten.«

»Von mir aus gern«, entgegnete Deborah. »Ich style mich als sexy Vamp zurecht. Vielleicht kaufe ich mir einen kleinen bauchfreien Fummel, den ich mit einem Wonder-bra kombinieren kann. Auf dem Rückweg können wir dann noch bei CVS reinschauen und uns mit Haarfärbemittel und Make-up eindecken. Erinnerst du dich noch an die Empfangssekretärin, mit der wir nach unserer Eizellenspende in der Wingate Clinic gesprochen haben?«

»Natürlich«, erwiderte Joanna.

»Mal sehen, ob ich mit ihr mithalten kann«, sagte Deborah.

»Ich glaube, wir sollten es nicht übertreiben«, versuchte Joanna ihre Freundin zu bremsen. »Schließlich wollen wir auch nicht unnötig Aufmerksamkeit erregen.«

»Du vielleicht nicht!«, entgegnete Deborah. »Ich jedenfalls werde dafür sorgen, dass mich garantiert niemand wiedererkennt und dafür trage ich gern ein bisschen dick auf.«

»Treib es aber nicht so weit, dass sie dich wegen deines Äußeren gar nicht erst einstellen«, mahnte Joanna.

»Keine Sorge«, versprach Deborah. »So weit gehe ich nicht.«

8

9. Mai 2001, 8.45 Uhr

Spencer Wingate legte die Zeitschrift beiseite, in der er während des Flugs geblättert hatte, und betrachtete die unter ihm vorbeiziehende Landschaft. Langsam, aber sicher war der Frühling auch in Neuengland eingezogen. Der bunt gescheckte Teppich aus Feldern und Wiesen hatte sich in eine saftige Fläche mit vielen verschiedenen Grüntönen verwandelt. Nur in einigen tiefer gelegenen Gebieten und Schluchten waren noch vereinzelte Schnee- und Eisreste zu sehen. Die meisten Bäume waren noch kahl, doch wenn man genau hinsah, konnte man viele zarte, gelbgrüne Blattknospen erkennen, die kurz davor waren aufzugehen. Sie ließen die sanften Hügel so weich erscheinen, als ob sie in durchscheinendes, grünes Vlies gehüllt wären.

»Wie lange dauert es noch bis zur Landung in Hanscom Field?«, rief Spencer dem Piloten zu. Er musste ziemlich laut schreien, um die dröhnenden Motoren zu übertönen. Spencer saß in einem Lear 45; ein Viertel eines solchen Flugzeugs gehörte ihm, allerdings war er nicht direkt an dem beteiligt, in dem er gerade saß. Vor zwei Jahren war er als Miteigentümer in eine Firma eingestiegen, die mehrere Flugzeuge besaß, und das Recht, gelegentlich eines dieser Flugzeuge nutzen zu können, reichte für seine Bedürfnisse völlig aus.

»Keine zwanzig Minuten mehr, Sir!«, rief der Pilot über die Schulter nach hinten. »Der Luftraum ist frei, das heißt, wir müssen keine zusätzlichen Runden drehen!«

Spencer nickte und streckte sich. Er freute sich, nach Massachusetts zurückzukehren, und der Anblick der idyllischen, für den Süden Neuenglands so typischen Farmlandschaft steigerte seine Vorfreude noch. Die vergangenen zwei Winter hatte er in Naples in Florida verbracht, doch in den letzten Monaten hatte er sich nur noch gelangweilt. Er konnte es gar nicht erwarten, endlich wieder in Bookford zu sein, und das nicht nur, weil sich die Gewinnsituation der Wingate Infertility Clinic drastisch verschlechtert hatte.

Drei Jahre zuvor, als die Geschäfte noch brummten und die Klinik mehr Geld einbrachte, als er je für möglich gehalten hätte, hatte er davon geträumt, sich nur noch dem Golfspielen zu widmen, einen Roman zu schreiben, der natürlich verfilmt werden würde, und mit schönen Frauen anzubändeln – kurzum: nur noch das Leben zu genießen. Dieses Ziel vor Augen, hatte er begonnen, sich nach einem jüngeren Kollegen umzusehen, der sich um die Alltagsgeschäfte seiner boomenden Klinik kümmern sollte. Bei seiner Suche hatte er mehr Glück als Verstand gehabt, als er in einer Klinik, in der er selber Fortbildungskurse für angehende Reproduktionsspezialisten anbot, einen eifrigen Arzt entdeckte, der die Aufgabe gern übernehmen wollte. Der Mann war ihm wie ein Geschenk des Himmels erschienen.

Als er die Führung der Geschäfte ordnungsgemäß übergeben hatte, hatte Spencer überlegt, wo er sich nun niederlassen sollte. Auf Empfehlung eines Patientenpaares, das über reichhaltige Erfahrungen mit Grundstücksmaklern in Florida verfügte, hatte er sich für ein Apartment an der Westküste Floridas entschieden. Als der Kaufvertrag abgeschlossen war, war er endgültig in den Süden übergesiedelt.

Leider musste er nach einer Weile feststellen, dass die Wirklichkeit nicht seinen Erwartungen entsprach. Er verbrachte zwar unendlich viele Stunden auf dem Golfplatz, doch als viel beschäftigter und an Herausforderungen gewöhnter Mann fühlte er sich auf Dauer nicht ausgefüllt, und dieses Gefühl verstärkte sich noch dadurch, dass er ärgerlicherweise auch nach endlosem Training kein wirklich guter Spieler wurde. Spencer hatte sich immer für einen Siegertypen gehalten und fand es unerträglich, plötzlich auf der Verliererseite zu stehen. Am Ende war er zu dem Schluss gekommen, dass der Sport einfach nichts taugte.

Die Idee, ein Buch zu schreiben, entpuppte sich als noch größere Pleite. Entgegen seinen Erwartungen fiel es ihm nämlich alles andere als leicht, seine Gedanken zu Papier zu bringen; außerdem erforderte das Schreiben jede Menge

Disziplin, die er nicht aufzubringen vermochte. Noch mehr machte ihm jedoch das Fehlen eines sofortigen positiven Feed-backs zu schaffen, das er von seinen dankbaren Patienten kannte. Also gab er den Plan, einen Roman und ein Drehbuch zu schreiben, ebenfalls auf; aktiv und ungeduldig wie er war, war das einfach nichts für ihn.

Die dickste Kröte, die er schlucken musste, war jedoch sein eher schlechtes gesellschaftliches Standing. Die meiste Zeit seines Lebens hatte Spencer das Gefühl gehabt, Opfer bringen zu müssen und nicht den Lebensstil führen zu können, den er sich bei seinem Aussehen und bei seiner Begabung hätte leisten können. Um nicht so einsam zu sein, hatte er schon während seines Medizinstudiums geheiratet, doch leider hatte er im Laufe der Zeit feststellen müssen, dass seine Frau ihm in gesellschaftlicher und intellektueller Hinsicht nicht das Wasser reichen konnte. Als seine Kinder, die er früh bekommen hatte, aus dem Haus waren und das College besuchten, hatte er sich sofort scheiden lassen. Zum Glück war das zu einem Zeitpunkt gewesen, als die Wingate Infertility Clinic noch keine horrenden Gewinne abgeworfen hatte. Seine Frau hatte das Haus bekommen, das nicht gerade ein Palast war, und eine einmalige Zahlung.

»Dr. Wingate!«, rief der Pilot nach hinten. »Soll ich Ihnen per Funk Ihren Wagen bestellen?«

»Ja!«, rief Spencer zurück. »Sie sollen ihn aufs Rollfeld bringen!«

»Aye, aye, Sir!«, entgegnete der Pilot.

Spencer versank erneut in Gedanken. An schönen Frauen hatte es in Naples natürlich keinen Mangel gegeben, er hatte nur Probleme gehabt, sie kennen zu lernen, und die, die sich mit ihm eingelassen hatten, hatte er nicht besonders beeindrucken können. Spencer hielt sich zwar für einen reichen Mann, aber in Naples gab es genug Konkurrenten, die ihn in jeder Hinsicht ausbooten konnten, weil sie nicht nur noch reicher waren, sondern auch sonst mehr zu bieten hatten.

So war das Einzige, was ihm von seinem ursprünglichen Traum eines Lebens als reicher Frührentner geblieben war, die Möglichkeit, ausgiebig zu relaxen. Doch auch das hatte bereits nach einem Winter seinen Reiz verloren und füllte ihn nicht mehr aus. Im Januar erreichten ihn dann die ersten Nachrichten, dass die Gewinne der Klinik in den Keller gingen. Zuerst hatte er geglaubt, dass es sich bestimmt um einen Irrtum oder um einen Buchungstrick handeln musste – dass vielleicht ein größerer Posten in einem einzigen Monat abgeschrieben worden war –, doch leider wurden die Zahlen nicht besser. Natürlich versuchte er, dem Gewinneinbruch aus der Ferne auf den Grund zu gehen, und wie er feststellte, war es nicht etwa so, dass die Einnahmen zurückgegangen wären. Ganz im Gegenteil sogar! Der Grund für die zurückgehenden Gewinne waren drastisch in die Höhe geschossene Forschungskosten. Spencer hatte das Gefühl, dass seine Anwesenheit vor Ort dringend erforderlich war. Als er Paul Saunders die Leitung der Klinik anvertraut hatte, hatte er ihm klar gesagt, dass er Forschungsvorhaben unterstütze, doch offenbar war ihm die Situation entglitten.

»Wie ich gerade erfahren habe, steht Ihr Wagen schon vor dem Jet-Smart-Aviation-Gebäude bereit!«, rief der Pilot Spencer zu. »Würden Sie sich jetzt bitte anschnallen? Wir setzen zur Landung an!«

Spencer streckte dem Piloten seinen hochgereckten Daumen entgegen. Er hatte den Gurt bereits angelegt. Kurz vor dem Aufsetzen sah er noch einmal aus dem Fenster und entdeckte sein weinrotes, in der Morgensonne glitzerndes Bentley Cabrio. Er liebte sein Auto. Manchmal fragte er sich, ob er den Bentley nicht mit nach Naples hätte nehmen sollen. Vielleicht hätte er dann mehr Glück bei den Frauen gehabt.

Joanna hatte den Frühling mit all seiner Blumenpracht und der Aussicht auf warme, milde Sommerabende immer geliebt. In Houston hatte der Frühling stets besonders früh Einzug gehalten und die langweilige, flache Landschaft manchmal über Nacht in eine bunte Märchenwelt aus Azaleen, Tulpen und Hornsträuchern verwandelt. Während sie Boston auf dem Weg nach Bookford in nordwestlicher Richtung verließ, versuchte sie, an diesen herrlichen Frühlingszauber zu denken und an die euphorischen Gefühle, die er immer in ihr geweckt hatte, allerdings fiel ihr das nicht gerade leicht.

Zum einen konnte sie weit und breit keine blühende Blume entdecken und somit auch keine bunten Farben, wenn man mal von den grünen Wiesen und den knospenden Bäumen absah. Zum anderen hatte sie sich ziemlich über Deborah geärgert, die neben ihr auf dem Beifahrersitz saß und fröhlich die aus dem Radio dudelnden Soft-Rock-Melodien mitträllerte. Obwohl sie ihr versprochen hatte, es mit der Verkleidung beziehungsweise Typänderung nicht zu übertreiben, hatte sie die Grenze für Joannas Geschmack weit überschritten. Sie hatte sich das Haar rotblond gefärbt und knallroten Lippenstift und knallroten Nagellack auf die zudem auch noch künstlich verlängerten Nägel aufgetragen. Dazu trug sie ein tief ausgeschnittenes Minikleid, einen ihren Busen vergrößernden Wonder-bra und hochhackige Stöckelschuhe. Und als ob das noch nicht ausreichte, baumelten an ihren Ohren lange Ohrringe. Ihren Hals zierte eine mit Rheinkieseln besetzte Kette. Im starken Kontrast zu Deborah trug Joanna einen dunkelblauen, wadenlangen Rock, eine bis oben zugeknöpfte weiße Bluse mit Kragen und eine hellrosafarbene Strickjacke, die sie ebenfalls hoch zugeknöpft hatte. Dazu hatte sie sich für eine Brille mit unsichtbarem Plastikrand und unscheinbares braunes Haar entschieden.

»Ich kann mir beim besten Willen nicht vorstellen, dass sie dir eine Stelle anbieten«, brach Joanna plötzlich das lange Schweigen. »Vielleicht bekomme nicht mal ich einen Job, weil sie mich automatisch mit dir in Verbindung bringen.«

Deborah, die bisher gelangweilt aus dem Fenster gesehen hatte, drehte sich zu ihr um. Anstatt etwas zu erwidern, beugte sie sich nach vorn und schaltete das Radio aus.

Joanna bedachte ihre Freundin mit einem flüchtigen Blick und konzentrierte sich wieder auf die Straße.

»Bist du deshalb so schweigsam?«, fragte Deborah. »Du hast keinen Ton gesagt, seitdem wir heute Morgen losgefahren sind.«

»Du hattest mir versprochen, die Sache ernst zu nehmen«, klagte Joanna.

Deborah starrte ein paar Sekunden auf ihre in einer Seidenstrumpfhose steckenden Knie. »Aber ich nehme die Sache doch ernst. Was spricht denn dagegen, nebenbei auch ein bisschen Spaß zu haben?«

»Ich weiß wirklich nicht, was ich an deiner Aufmachung spaßig finden soll. In meinen Augen ist sie nichts weiter als eine Demonstration schlechten Geschmacks.«

»Das siehst du vielleicht so«, entgegnete Deborah. »Und ich selber ja paradoxerweise auch. Aber es gibt mit Sicherheit Leute, die da völlig anderer Meinung sind, vor allem natürlich Männer.«

»Du kannst doch wohl nicht im Ernst glauben, dass Männer dein Outfit sexy finden, oder?«

»Doch«, erwiderte Deborah. »Davon gehe ich aus. Natürlich nicht alle, aber viele. Was meinst du, wie oft ich schon Männer beobachtet habe, die beim Anblick aufreizend gekleideter Frauen völlig aus dem Häuschen geraten sind? Irgendeine Reaktion zeigen sie immer. Wieso und warum, ist mir ziemlich egal, aber ich möchte endlich mal erleben, was es für ein Gefühl ist, offen begehrt zu werden.«

»Das ist doch ein Ammenmärchen«, entgegnete Joanna. »Ich halte es eher für eine typisch weibliche Wahrnehmungsstörung, ähnlich wie Männer immer meinen, dass sie uns ausgerechnet mit dicken Muskelpaketen antörnen können.«

»Aber nein!«, protestierte Deborah und machte eine abwehrende Handbewegung. »Das ist doch etwas völlig anderes. Da merkt man wieder, welch tiefe Spuren deine traditionelle weibliche Erziehung hinterlassen hat. Darf ich dich vielleicht daran erinnern, dass Mann und Frau heutzutage miteinander ausgehen, ohne gleich ans Heiraten zu denken? Männer gaffen Frauen an und flirten mit ihnen, weil sie Spaß daran haben. Anmache ist eine Art Freizeitvergnügen, und das darf auch die moderne Frau des einundzwanzigsten Jahrhunderts so sehen.«

»Darum geht es gar nicht«, stellte Joanna klar. »Und darüber will ich auch nicht mit dir streiten. Der Punkt ist, dass wir einen Vorstellungstermin bei einer Frau haben und ich kaum glaube, dass sie dein Outfit besonders ansprechend findet. Ich mache mir Sorgen, dass du den Job nicht bekommst, das ist alles.«

»Ich glaube, du täuschst dich«, entgegnete Deborah. »Auch wenn die Personalleiterin eine Frau ist, muss sie bei Einstellungsangelegenheiten auf dem Teppich bleiben. Ich bewerbe mich auf eine Stelle als Laborkraft, das heißt, ich habe keinen Patientenkontakt. Außerdem wurde die rothaarige Empfangssekretärin ja auch eingestellt, und die war ja wohl kaum züchtiger angezogen als ich.«

»Aber warum ein Risiko eingehen?«, bohrte Joanna weiter.

»Ich dachte, wir wollten sichergehen, dass sie uns nicht wiedererkennen«, erwiderte Deborah. »Das war doch vorallem dein Wunsch. So werden sie sich jedenfalls bestimmt nicht an uns erinnern, und gleichzeitig haben wir bei der

Sache auch noch unseren Spaß. Vergiss nicht – ich bin angetreten, dich endlich von deinen verklemmten Ansichten zu befreien, und einen Rückfall in deine alten Denkmuster lasse ich schon gar nicht zu.«

»Ich glaube, ich höre nicht richtig!«, empörte sich Joanna. »Jetzt willst du mir also auch noch einreden, dass du dich meinetwegen wie eine Hure herausgeputzt hast!«

»Okay, ich tue es vorwiegend für mich und weil es mir Spaß macht, aber ein bisschen tue ich es auch für dich.«

Als sie Bookford erreichten und das Zentrum passierten, hatte Joanna sich bereits mit Deborahs provokativem Äußeren abgefunden. Im schlimmsten Fall würde Deborah eben eine Absage erhalten, und das musste noch lange nicht bedeuten, ihr ebenfalls die Stelle zu verweigern. Außerdem wäre es ja keine Katastrophe, wenn nur sie ein Jobangebot bekäme. Schließlich war es ihre Idee gewesen, sich als Mitarbeiterin in die Wingate Clinic einzuschleusen. Deborah wollte ihr lediglich Beistand leisten.

»Weißt du noch, wo wir abbiegen müssen?«, fragte Joanna. Als sie das letzte Mal in Bookford gewesen waren, war Deborah gefahren, und immer wenn sie auf dem Beifahrersitz saß, hatte sie Schwierigkeiten, sich den Weg zu merken.

»Hinter der nächsten Kurve musst du links abbiegen«, erwiderte Deborah. »Ich erinnere mich noch an diese Scheune da vorne rechts.«

»Stimmt«, bestätigte Joanna, als sie die Kurve genommen hatten. »Da ist ja auch das Schild.« Sie fuhr langsamer und bog in die Schotterstraße ein. Vor ihnen lag das steinerne Pförtnerhaus. Vor dem Tunnel, der unter dem Haus hindurchführte, stauten sich mehrere Lastwagen und versperrten ihnen den Weg. Der uniformierte Wachposten hielt ein Klemmbrett in der Hand und sprach offensichtlich mit dem Fahrer des ersten Lastwagens.

»Sieht so aus, als ob gerade Lieferungen für die Farm ankämen«, stellte Deborah fest. Auf der Rückseite des letzten Lastwagens prangte die Aufschrift WEBSTER TIERFUTTER.

»Wie spät ist es?«, fragte Joanna. Sie hatte Angst, den Termin zu versäumen. Zu ihrem Ärger waren sie schon mit zwanzig Minuten Verspätung von zu Hause aufgebrochen, weil sie ewig warten mussten, bis Deborahs Nagellack getrocknet war.

»Fünf vor zehn«, erwiderte Deborah.

»Oh, nein!«, stöhnte Joanna. »Ich hasse es, zu spät zu Verabredungen zu kommen, und zu Vorstellungsgesprächen erst recht.«

»Wir können nur warten«, stellte Deborah fest. »Die Geduld zu verlieren, bringt gar nichts.«

Joanna nickte. Auf wohlmeinende Ratschläge wie diesen konnte sie gut verzichten, und das wusste Deborah auch genau. Natürlich erwartete sie jetzt, dass Joanna an die Decke ging, doch sie biss sich auf die Zunge und trommelte stattdessen ungeduldig mit den Fingern auf dem Lenkrad.

Die Minuten vergingen. Joanna trommelte immer schneller. Schließlich seufzte sie und warf einen Blick in den Rückspiegel, um zu prüfen, ob ihre Frisur die Fahrt unbeschadet überstanden hatte. Bevor sie den Spiegel verstellte, sah sie ein Auto von der Pierce Street in die Schotterstraße einbiegen. Der Wagen fuhr auf sie zu, drosselte das Tempo und hielt hinter ihnen an.

»Erinnerst du dich noch an das Bentley Cabrio, das wir damals auf dem Parkplatz der Klinik bestaunt haben?«, fragte Joanna.

»Vage«, erwiderte Deborah. Sie hatte sich noch nie für Autos interessiert. Für sie dienten Autos lediglich dazu, von A nach B zu gelangen, und sie konnte weder einen Chevy von einem Ford noch einen BMW von einem Mercedes unterscheiden.

»Er steht direkt hinter uns.«

»Aha«, entgegnete Deborah und drehte sich um. »Stimmt. Ich erinnere mich.«

»Ob diese Luxuskutsche wohl einem der Ärzte gehört?«, fragte Joanna, während sie den weinrot glänzenden Wagen weiter im Rückspiegel betrachtete. Da sich die Morgensonne in der Windschutzscheibe spiegelte, konnte sie nicht erkennen, wer hinter dem Lenkrad saß.

Deborah warf einen Blick auf die Uhr. »So ein Mist, es ist schon nach zehn. Allmählich frage ich mich, was das soll. Dieser bekloppte Wachposten redet immer noch mit dem LKW-Fahrer. Worüber quatschen die denn so lange?«

»Wahrscheinlich wird hier nicht jeder aufs Gelände gelassen.«

»Das mag ja sein«, entgegnete Deborah. »Aber wir haben einen Termin!« Sie öffnete die Tür und stieg aus.

»Wo gehst du hin?«, rief Joanna ihr hinterher.

»Ich sehe nach, was da los ist!«, rief Deborah zurück und knallte die Tür zu. »Das ist doch wohl unglaublich!« Sie umrundete den Wagen und tippelte, um in dem Schotter nicht ihre Pfennigabsätze zu ruinieren, auf Zehenspitzen in Richtung Pförtnerhaus.

Obwohl sie sich gerade noch über ihre Freundin und Mitbewohnerin geärgert hatte, musste Joanna jetzt lachen – bis sie zu ihrem Entsetzen sah, dass Deborahs Minirock hochgerutscht war, offenbar hatte sich das Material durch die Berührung mit der Nylonstrumpfhose elektrisch aufgeladen.

»He! Marilyn Monroe! Dein Hintern hängt raus!«

Spencer rieb sich die Augen, um sicherzugehen, dass er nicht unter Halluzinationen litt. Er hatte hinter einem unauffälligen Chevy Malibu angehalten und ärgerte sich, dass er jetzt, wo er endlich sein Ziel erreicht hatte, von einem kleinen Verkehrsstau aufgehalten wurde. In dem Wagen vor sich hatte er zwei Köpfe registriert und sich nichts dabei gedacht, bis eben gerade eine junge Frau aus dem Auto gestiegen war.

Spencer glaubte, eine Fata Morgana zu sehen. Die Frau schien ganz nach seinem Geschmack; sie war sozusagen genau das weibliche Wesen, nach dem er in Naples die ganze Zeit vergeblich Ausschau gehalten hatte. Mit ihrem schlanken sportlichen Körper war sie nicht nur attraktiv, sondern obendrein auch noch äußerst verführerisch gekleidet. So einen Typ Frau hatte er in Florida lediglich während seiner seltenen Ausflüge an den South Beach von Miami gesehen. Zur Krönung dieses unerwarteten Lichtblicks war auch noch der Rock der jungen Frau nach oben gerutscht und offenbarte einen beinahe nackten, lediglich von einer Seidenstrumpfhose bedeckten Po.

In Naples hätte er erst einmal gezögert, doch hier auf dem Klinikgelände in Bookford war er sozusagen in seinem Revier und fühlte sich mutig und stark. Er öffnete seine Tür und stieg aus. Leider hatte die Fahrerin des Wagens ihre Freundin auf ihren hochgerutschten Rock aufmerksam gemacht, der jetzt wieder dort saß, wo er hingehörte, doch er war ohnehin extrem kurz und aus synthetischem Material, das am Körper haftete und ihren Po und ihre Oberschenkel auf sehr erotische Weise umschmeichelte. Sie stakste ein wenig unbeholfen über die Schotterzufahrt.

Spencer spurtete hinter dem Opfer seiner Begierde her, das zielstrebig das Pförtnerhäuschen ansteuerte. Als er den Malibu passierte, warf er einen flüchtigen Blick auf die Fahrerin und registrierte, dass sie ein gänzlich anderer Typ Frau war. An dem ersten Lastwagen angelangt, verlangsamte er seinen Schritt und näherte sich der sexy aussehenden Biene. Sie kehrte ihm den Rücken zu und redete, die Arme in die Seiten gestemmt, auf den Wachposten ein.

»Sorgen Sie jetzt endlich dafür, dass diese Lastwagen uns den Weg frei machen!«, fuhr Deborah den Wachposten an.

»Wir haben einen Termin mit Mrs Masterson, der Leiterin der Personalabteilung, und wir sind schon ein paar Minuten zu spät dran.«

Der Wachposten mit dem Klemmbrett ließ sich nicht aus der Ruhe bringen. Er glotzte Deborah mit hochgezogenen Augenbrauen selbstgefällig grinsend durch seine Fliegersonnenbrille an und wollte gerade zu einer Antwort ansetzen, als Spencer ihm zuvorkam.

»Was gibt es hier für ein Problem?«, fragte er und bemühte sich, so autoritär wie möglich zu klingen. Dabei stemmte er die Hände in die Hüften und nahm unbewusst die gleiche Haltung ein wie Deborah.

Der Wachposten bedachte Spencer mit einem kurzen Blick und teilte ihm unmissverständlich mit, dass ihn das einen feuchten Kehricht angehe und dass er sich gefälligst wieder in sein Auto setzen solle. Das Wörtchen *bitte* schien in seinem Wortschatz nicht vorzukommen.

»Diese Lastwagen mit Tierfutter stehen nicht auf seiner Liste«, erklärte Deborah mit verächtlicher Miene. »Es ist wirklich nicht zu fassen, wie man hier behandelt wird. In Fort Knox kann es nicht schlimmer sein.«

»Vielleicht könnten Sie ja mal die Farm anrufen und die Sache klären«, schlug Spencer vor.

»Jetzt hören Sie mir mal gut zu, Sir!«, schnaubte der Wachposten, wobei er das Wort Sir wie ein Schimpfwort aussprach. Dabei zeigte er mit dem Klemmbrett auf Spencers Bentley und legte die andere Hand auf seine im Halfter steckende Pistole. »Sie gehen jetzt sofort zurück zu Ihrem Wagen!«

»Wagen Sie es nicht, mir zu drohen!«, fuhr Spencer den Mann an. »Sie wissen wohl nicht, wen Sie vor sich haben. Ich bin Dr. Spencer Wingate.«

Der Wachposten schien völlig perplex. Während er Spencer anstarrte, entspannte sich seine bedrohliche Miene allmählich. Er schien mit sich zu ringen, wie er fortfahren sollte. Deborah sah zwischen dem Wachposten und Spencer, dem Mann mit der überraschenden Enthüllung, hin und her und musste feststellen, dass Letzterer aussah wie das Paradebeispiel eines Arztes aus einer Seifenoper: ein großer, schlanker Mann mit einem etwas kantigen Gesicht, sonnengebräunter Haut und silbergrauem Haar.

Bevor irgendjemand noch etwas sagen konnte, öffnete sich die schwere, fensterlose, schwarze Tür des Pförtnerhäuschens, und ein muskulöser Mann mit kurzem, dunkelblondem Haar trat hinaus. Er trug ein schwarzes Strickhemd, eine schwarze Hose und schwarze Schnürstiefel. Während er die Tür wieder zumachte, bewegte er sich wie in Zeitlupe. »Guten Morgen, Dr. Wingate«, sagte er mit ruhiger Stimme. »Sie hätten uns informieren sollen, dass Sie zurück sind.«

»Wieso verstopfen diese Lastwagen die Zufahrt, Kurt?«, fragte Spencer an den Mann gewandt.

»Wir warten auf das Okay von Dr. Saunders«, erklärte Kurt. »Die Wagen stehen nicht auf unserer Liste, und Dr. Saunders besteht darauf, über jede Unregelmäßigkeit informiert zu werden.«

»Aber es sind doch nur Futterlieferungen, zum Teufel!«, ereiferte sich Spencer. »Ich erlaube Ihnen hiermit, die Wagen durchzulassen. Schicken Sie sie zur Farm, damit es hier endlich vorangeht!«

»Wie Sie wünschen«, entgegnete Kurt. Er zog eine Plastikkarte aus seiner Hosentasche und schob sie durch einen Kartenschlitz, der sich neben der Fahrerkabine des ersten Lastwagens in einem Pfosten befand. Das schwere Tor begann sich quietschend zu öffnen.

Der Fahrer, der die Blechschlange anführte, ließ den Dieselmotor seines Lastwagens an und fuhr los. Von einer Sekunde auf die andere wurden sowohl der Lärmpegel als auch der Geruch nach Abgasen in dem engen Tunnel unterhalb des Pförtnerhäuschens fast unerträglich. Deborah und Spencer beeilten sich, an die frische Luft zu kommen.

»Danke für Ihre Hilfe«, wandte sich Deborah an Spencer. Dabei entging ihr nicht, dass der Arzt, dessen Augen fast genauso tiefblau waren wie die des schwarz gekleideten Sicherheitsmanns, sie interessiert von Kopf bis Fuß musterte.

»Keine Ursache«, entgegnete Spencer. Bei dem Versuch, sich seine Aufregung nicht anmerken zu lassen, schnappte bedauerlicherweise seine Stimme über. Direkt mit der attraktiven jungen Frau zu reden, brachte sein Blut ziemlich in Wallung. Aus der Nähe erkannte er, dass ihr dunkler Teint weder von Besuchen im Sonnenstudio noch von reichlich aufgetragenem Make-up herrührte, wie er zunächst angenommen hatte, sondern dass es sich um ihre natürliche Hautfarbe handelte. Außerdem fielen ihm ihre dunklen Augenbrauen und dunklen Augen auf. In Verbindung mit dem blonden Haar wirkte Deborah auf ihn wie eine wilde sinnliche Verführerin.

»Na dann vielleicht bis demnächst, Doktor«, verabschiedete sich Deborah mit einem Lächeln und setzte sich in Bewegung.

»Einen Augenblick noch!«, rief Spencer hinter ihr her.

Deborah blieb stehen und drehte sich um.

»Darf ich fragen, wie Sie heißen?«

»Georgina Marks«, erwiderte Deborah. Sie spürte, wie ihr Herz zu jagen begann. Es war das erste Mal, dass sie ihren falschen Namen benutzte.

»Haben Sie wirklich einen Termin mit Helen Masterson?«

»Ja«, erwiderte Deborah. »Um zehn Uhr. Leider kommen wir dank dieses Sicherheitstypen eine halbe Stunde zu spät.«

»Ich rufe sie gleich an und sage ihr, dass es nicht Ihre Schuld ist.«

»Vielen Dank. Das ist sehr nett von Ihnen.«

»Darf ich daraus schließen, dass Sie gern bei uns in der Klinik anfangen würden?«

»Ja«, bestätigte Deborah. »Meine Mitbewohnerin und ich sind beide auf Stellensuche. Wir wollen gemeinsam von Boston aus pendeln.«

»Interessant«, stellte Spencer fest. »Was möchten Sie denn bei uns machen?«

»Ich habe Molekularbiologie studiert«, erklärte Deborah. Über ihren konkreten Abschluss ließ sie den Leiter der Klinik bewusst im Unklaren. »Ich würde gern im Labor arbeiten.«

»Molekularbiologie!«, staunte Spencer. »Ich muss sagen, ich bin beeindruckt. Darf ich fragen, von welcher Uni Sie kommen?«

»Harvard«, erwiderte Deborah. Sie hatte beim Ausfüllen der Bewerbungsformulare, die sie per E-Mail bekommen und abgeschickt hatten, lang und breit mit Joanna darüber diskutiert, ob sie andere Universitäten angeben sollten, um ihre Anonymität zu wahren. Doch dann waren sie zu dem Schluss gekommen, besser bei der Wahrheit zu bleiben, so konnten sie spezifische Fragen zu ihrer Ausbildung beantworten, ohne sich den Mund zu verbrennen.

»Von der Harvard University!«, rief Spencer. Jetzt war er wirklich baff. Dass die attraktive junge Frau vor ihm Molekularbiologin war, hatte ihn schon ziemlich überrascht, aber dass sie auch noch von der Harvard University kam, ließ darauf schließen, dass sie vermutlich doch nicht so leicht zu beeindrucken und zu verführen war, wie er zunächst geglaubt hatte. »Und Ihre Freundin?«, fragte er, um das Thema zu wechseln. »Will sie auch im Labor anfangen?«

»Nein«, erwiderte Deborah. »Prudence – Prudence Heatherly ist ihr voller Name – würde gern im Büro arbeiten. Sie kennt sich bestens mit Textverarbeitungsprogrammen und Computern im Allgemeinen aus.«

»Ich bin mir ziemlich sicher, dass wir Sie beide gebrauchen können«, stellte Spencer fest. »Darf ich Ihnen einen Vorschlag machen? Schauen Sie doch nach Ihrem Gespräch mit Helen Masterson noch kurz in meinem Büro vorbei!«

Deborah neigte den Kopf ein wenig zur Seite und versuchte die Beweggründe des freundlichen Klinikleiters zu entschlüsseln.

»Vielleicht können wir einen Kaffee zusammen trinken«, fügte Spencer hinzu.

»Und wo finde ich Sie?«, fragte Deborah.

»Fragen Sie einfach Helen«, schlug Spencer vor. »Ich rufe sie ja sowieso gleich an. Dann bitte ich sie, Sie nach Ihrem Vorstellungsgespräch in mein Büro zu führen.«

»In Ordnung«, entgegnete Deborah lächelnd. Dann drehte sie sich um und ging zurück zum Auto.

Spencer sah ihr hinterher. Ihre Pobacken, die sich aufreizend unter dem geschmeidigen Stoff des Minirocks abzeichneten, brachten ihn schier um den Verstand. Obwohl es sich bei dem Rock eindeutig um einen billigen Fummel handelte, fand er ihn äußerst erregend. »Harvard«, murmelte er verdutzt vor sich hin. Er hätte eher auf seine eigene altehrwürdige Ausbildungsstätte, die Sommerville High, getippt, und in diesem Fall hätte er sich eindeutig bessere Chancen ausgerechnet.

»Ich frage mich, wie andere Frauen den ganzen Tag in solchen Schuhen herumlaufen können«, stöhnte Deborah, während sie einstieg.

»Schade, dass du dich nicht sehen kannst«, entgegnete Joanna. »deine Gehversuche sind zum Totlachen.«

»Achte auf deine Worte«, riet Deborah. »Oder willst du mein Selbstwertgefühl untergraben?«

Als der Lastwagen vor ihnen sich in Bewegung setzte, ließ Joanna den Motor an. »Wie ich gesehen habe, hast du dich angeregt mit dem Gentleman aus dem schicken Bentley unterhalten.«

»Du wirst nie darauf kommen, wer er ist«, entgegnete Deborah, die wie immer um den heißen Brei herumredete. Joanna legte den ersten Gang ein und fuhr langsam an. Zu ihrem Ärger ließ Deborah sie wieder einmal zappeln. Ein paar Sekunden hielt sie schweigend durch, doch dann konnte sie ihre Neugier nicht mehr im Zaum halten. »Okay, wer ist der Mann?«

»Dr. Wingate persönlich! Und entgegen deinen Befürchtungen hat ihn mein Outfit sichtlich angetörnt.«

»Hoffentlich liegst du da nicht falsch. Vielleicht fand er dein Äußeres auch abstoßend und hat es nur nicht gezeigt.«

»Das ist völlig ausgeschlossen«, antwortete Deborah. »Er hat uns nämlich zum Kaffee eingeladen. Sobald wir unser Gespräch hinter uns haben, sollen wir ihn in seinem Büro besuchen.«

»Soll das ein Witz sein?«

»Nein!«, erwiderte Deborah stolz.

Joanna lenkte den Wagen in den Tunnel. Spencer stand immer noch zwischen dem Mann in Schwarz und dem uniformierten Wachposten. Da Joanna einen relativ großen Abstand zu dem vor ihr fahrenden Lastwagen gehalten hatte, ging das gerade noch geöffnete Tor vor ihrer Nase wieder zu. Spencer bedeutete ihr anzuhalten. Sie folgte der Aufforderung und ließ die Scheibe herunter.

»Ich würde mich freuen, wenn Sie später noch kurz bei mir vorbeischauen würden«, sagte er. »Viel Glück bei Ihren Gesprächen!« Er nahm eine blaue Plastikkarte aus seiner Brieftasche, die so aussah wie die, die der Mann in Schwarz zuvor benutzt hatte, und führte sie durch den Kartenschlitz. Das Tor stoppte, machte einen Ruck und begann sich erneut zu öffnen. Spencer bedeutete ihnen mit einer freundlichen Geste, das Tor zu passieren.

»Er sieht gut aus«, stellte Joanna fest, während sie den Tunnel am anderen Ende verließen.

»Das kann man wohl sagen«, stimmte Deborah ihr zu.

»Komischerweise erinnert er mich an meinen Vater.«

»Wie kommst du denn darauf«, fragte Deborah und sah ihre Freundin an. »Ich finde, er sieht vollkommen anders aus als dein Vater. Für mich ist er genau der Typ eines Seifenopernarztes.«

»Mich erinnert er trotzdem an meinen Vater«, beharrte Joanna. »Er hat die gleiche Figur, die gleiche sonnengebräunte Haut und die gleiche kühle Reserviertheit.«

»Der Mann soll reserviert sein?«, hakte Deborah nach. »Davon habe ich beim besten Willen nichts gespürt. Du hättest mal sehen sollen, was er für Augen gemacht hat, als er einen kurzen Blick in meinen tiefen Ausschnitt erhaschen konnte, der dank meines Push-up-BHs ziemlich viel versprechend ist!«

»Du findest wirklich nicht, dass er meinem Vater ähnelt?«

»Kein bisschen.«

Joanna zuckte mit den Schultern. »Komisch. Dann ist es wohl irgendetwas Unterschwelliges, das mich an ihn erinnert.«

Als sie das Nadelbaumwäldchen hinter dem Pförtnerhäuschen passiert hatten, hatten sie zum ersten Mal freie Sicht auf das alte Cabot-Gebäude.

»Es sieht noch gruseliger aus, als ich es in Erinnerung hatte«, stellte Deborah fest und beugte sich ein Stück vor, um besser durch die Windschutzscheibe sehen zu können. »Diese seltsamen steinernen Wasserspeier an den Regenrinnen sind mir beim letzten Mal gar nicht aufgefallen.«

»An diesem alten Gemäuer gibt es so viele viktorianische Verzierungen, dass man sie gar nicht alle erfassen kann«, entgegnete Joanna. »Kein Wunder, dass die Angestellten das Gebäude als Ungetüm bezeichnen.«

Die kurvige Schotterstraße führte zu dem Parkplatz auf der Südseite des Gebäudes. Als sie den Höhepunkt eines kleinen Hügels erreichten, sahen sie im Osten einen Schornstein in den Himmel ragen. Wie bei ihrem Besuch der Klinik vor eineinhalb Jahren spuckte er eine dicke Rauchfahne aus.

»Dieser Schornstein erinnert mich daran, dass ich ganz vergessen habe, dir ein weiteres gruseliges Detail über dieses ehemalige Sanatorium zu erzählen«, sagte Deborah.

Joanna entdeckte eine freie Lücke, parkte den Wagen und stellte den Motor ab. Dann zählte sie leise bis zehn und hoffte, dass sie diesmal nicht nachbohren musste und Deborah sie freiwillig einweihte. »Ich gebe auf«, seufzte sie schließlich. »Was hast du vergessen, mir zu erzählen?«

»Das Cabot verfügte nicht nur über ein eigenes Kraftwerk, sondern auch über ein eigenes Krematorium. Als ich das gehört habe, ist mir irgendwie ganz mulmig geworden. Ich musste sofort daran denken, ob sie die sterblichen Überreste der Patienten damals wohl zum Beheizen der Heilanstalt verwendet haben.«

»Was für eine entsetzliche Vorstellung!«, rief Joanna schockiert. »Wie kommst du bloß auf so abstruse Ideen?«

»Keine Ahnung«, erwiderte Deborah. »Einfach so. Das Krematorium, das mit Stacheldraht gesicherte Gelände, die Farmarbeiter – irgendwie musste ich bei all dem an ein Konzentrationslager der Nazis denken.«

»Lass uns reingehen«, schlug Joanna vor. Auf dieses Hirngespinst wollte sie nicht näher eingehen. Sie öffnete die Autotür und stieg aus. Deborah tat es ihr gleich.

»In einem Krematorium konnte man sicher prima jeden Kunstfehler und jedes Missgeschick vertuschen«, fuhr Deborah unbeirrt fort.

»Komm endlich!«, drängte Joanna. »Wir sind schon spät genug dran. Wir besorgen uns jetzt unsere Jobs, und dann sehen wir weiter.«

9

9. Mai 2001, 10.25 Uhr

Es roch warm, feucht und nach Tier. Paul Saunders trug eine OP-Maske vor dem Gesicht, allerdings nicht, um sich vor einer Infektion mit Keimen zu schützen, sondern weil er den Gestank im Schweine-Geburtsstall einfach unerträglich fand. Neben ihm standen Sheila Donaldson und der Veterinär Greg Lynch, ein kräftig gebauter Mann, den Paul mit einem stattlichen Gehalt und der Aussicht auf lukrative Aktien von der Tufts University abgeworben hatte. Paul und Sheila hatten sich OP-Kittel über ihre normale Kleidung gestreift und Gummistiefel angezogen. Greg trug eine dicke Gummischürze und Gummihandschuhe.

»Hatten Sie nicht gesagt, die Geburt stünde unmittelbar bevor?«, beschwerte sich Paul. Seine Hände steckten in OP-Handschuhen, die Arme hatte er demonstrativ vor der Brust verschränkt.

»Es sieht nach wie vor alles danach aus, als ob es gleich losginge«, entgegnete Greg. »Außerdem ist die Sau seit zweihundertneunundachtzig Tagen trächtig. Damit ist sie lange über dem Termin.« Er tätschelte dem Schwein liebevoll den Kopf, woraufhin es einen gellenden, langen Schrei ausstieß.

»Können Sie die Geburt denn nicht einleiten?«, fragte Paul. Das durchdringende, hohe Gequieke der Sau raubte ihm den letzten Nerv. Er warf einen Blick über das Gatter des Stalls und sah Carl Smith an, als wollte er ihn fragen, ob er denn kein Oxytocin oder irgendein anderes Gebärmutterstimulans mitgebracht hatte. Carl stand neben dem Beatmungsgerät, das speziell für die Farm angeschafft worden war. Für den Fall, dass eine Notsituation eintreten sollte, konnte der Anästhesist umgehend eingreifen.

»Es ist besser, der Natur ihren Lauf zu lassen«, befand Greg. »Lange kann es nicht mehr dauern. Vertrauen Sie mir.«

Kaum hatte er zu Ende gesprochen, da ergoss sich ein gewaltiger Schwall Fruchtwasser aus der trächtigen Sau und tränkte den mit Stroh bedeckten Boden. Die Sau stieß einen weiteren ohrenbetäubenden Schrei aus. Paul und Sheila mussten schnell zur Seite springen, um nicht von der warmen Flüssigkeit voll gespritzt zu werden.

Paul verdrehte die Augen. »Unglaublich, was man im Namen der Wissenschaft alles auf sich nimmt!«

»Jetzt geht es ganz schnell«, versprach Greg. Er stellte sich hinter das gebärende Tier und versuchte vergeblich, den Fäkalien auszuweichen. Die Sau lag auf der Seite.

»Für meinen Geschmack kann es gar nicht schnell genug gehen«, sagte Paul und sah Sheila an. »Wann war der letzte Ultraschall?«

»Gestern«, erwiderte Sheila. »Wie Sie sich vielleicht erinnern, war ich mit der Größe der Nabelschnurgefäße nicht zufrieden.«

»Ja«, murmelte Paul niedergeschlagen. »Ich erinnere mich. Die Niederlagen, die wir ständig hinnehmen müssen, können einen manchmal ganz schön fertig machen, und dieser Teil unserer Forschung scheint mir besonders vertrackt. Wenn dieser Wurf wieder nur aus Totgeburten besteht, bin ich mit meinem Latein am Ende. Keine Ahnung, was wir dann noch versuchen sollen.«

»Erst mal sollten wir einfach das Beste hoffen«, versuchte Sheila ihren Vorgesetzten aufzumuntern.

Irgendwo im Hintergrund klingelte ein Telefon. Einer der Tierpfleger, der das Geschehen ebenfalls beobachtet hatte, ging hin und nahm ab.

Die Sau begann erneut zu schreien. »Es geht los!«, rief Greg und schob seine behandschuhte Hand in die Sau. »Der Muttermund ist geöffnet! Machen Sie mir Platz!«

Paul und Sheila verzogen sich bereitwillig in die hinterste Ecke des Geburtsstalls.

»Dr. Saunders!«, rief der Tierpfleger, der vom Telefon zurückkam und rechts neben Paul stehen blieb. »Ich habe eine Mitteilung für Sie.«

Paul bedeutete dem Mann zu verschwinden und ihn nicht zu stören. Die Geburt stand unmittelbar bevor. Die Sau schrie noch einmal aus Leibeskräften, und im nächsten Augenblick war das erste Exemplar des Wurfs draußen. Es sah nicht gerade gut aus; es war dunkelblau angelaufen und machte kaum Anstalten zu atmen. Die Gefäße der Nabelschnur waren mehr als doppelt so groß wie normal. Greg trennte die Schnur durch und bereitete sich auf die Ankunft des nächsten Jungen vor.

Nachdem die Geburt endlich eingesetzt hatte, ging es Schlag auf Schlag. Innerhalb weniger Minuten lag der gesamte Wurf auf dem mit Stroh bedeckten Boden. Keines der blutigen Neugeborenen bewegte sich. Carl machte Anstalten, das Erstgeborene aufzuheben und wiederzubeleben, doch Paul winkte ab; es hatte zu viele Missbildungen. Sheila, Paul, der Tierarzt und der Helfer standen ein paar Minuten schweigend da und betrachteten den jämmerlichen Wurf. Die Sau ignorierte ihre Nachkommen instinktiv.

»Offenbar funktioniert es nicht mit menschlichen Mitochondrien«, brach Paul schließlich das Schweigen. »Wirklich schade. Dabei fand ich meine Idee brillant, und eigentlich ergibt sie auch Sinn. Doch allein der Anblick dieser Kreaturen lässt keinen Zweifel, dass sie alle unter den gleichen Herz-Lungen-Problemen leiden wie der letzte Wurf.«

»Zumindest schaffen wir es inzwischen, die Trächtigkeit bis zum Ende aufrechtzuerhalten«, stellte Greg fest. »Als wir anfingen, hatten wir jedes Mal schon im ersten Trimester Fehlgeburten.«

Paul seufzte. »Aber ich will normale, gesunde Neugeborene sehen, keine Totgeburten. Dass die Sau ihren Wurf bis zum errechneten Termin hält, ist für mich schon lange kein Grund mehr für Optimismus.«

»Sollen wir eine Autopsie vornehmen?« fragte Sheila.

»Der Vollständigkeit halber, ja«, erwiderte Paul wenig begeistert. »Selbst wenn wir wissen, dass das Problem das gleiche ist wie beim letzten Mal, sollten wir es wenigstens für unsere Nachwelt dokumentieren. Allerdings sollten wir mit Nachdruck darangehen herauszufinden, wie wir das Problem lösen können. Das heißt mit anderen Worten, wir müssen noch einmal ganz von vorn anfangen.«

»Was machen wir mit den Ovarien?«, fragte Sheila.

»Die entnehmen wir natürlich«, sagte Paul. »Und zwar sofort. Sie müssen noch durchblutet sein. Die Autopsien können warten. Falls nötig, können Sie die kümmerlichen Kreaturen nach der Eierstockentfernung auch erst einmal einfrieren und die Autopsien vornehmen, sobald Sie Zeit dazu haben. Aber vergessen Sie nicht, die Kadaver anschließend zu verbrennen!«

»Und was soll mit der Plazenta geschehen?«, fragte Sheila.

»Fotografieren Sie sie zusammen mit der Sau!«, ordnete Paul an und trat mit seinem Gummistiefel gegen die blutige wabbelnde Masse. »Außerdem sollte die Plazenta ebenfalls untersucht werden. Sie sieht alles andere als normal aus.«

»Dr. Saunders«, meldete sich der Tierpfleger erneut zu Wort. »Der Anruf eben war …«

»Der Anruf interessiert mich nicht!«, brüllte Paul ihn an. »Wenn es schon wieder um diese verdammten Tierfutterlieferungen geht, sollen die Fahrer von mir aus noch vierundzwanzig Stunden an der Pforte schmoren. Die Lieferungen sollten gestern hier eintreffen, nicht heute!«

»Es geht gar nicht um die Lastwagen«, entgegnete der Tierpfleger. »Sie sind längst hier und werden bereits entladen.«

»Wie bitte?«, schrie Paul. »Habe ich nicht ausdrücklich angeordnet, dass sie erst aufs Gelände dürfen, wenn ich mein Okay gegeben habe?«

»Das Okay kam von Dr. Wingate«, entgegnete der Tierpfleger. »Ich soll Ihnen ausrichten, dass Dr. Wingate in der Klinik eingetroffen ist und Sie sofort drüben im Ungetüm zu sehen wünscht.«

Für einen Augenblick sagte niemand ein Wort. Die einzigen Geräusche in dem riesigen Stall kamen von gelegentlich muhenden Kühen, quiekenden Schweinen und bellenden Hunden. Paul und Sheila sahen sich verdattert an.

»Wussten Sie, dass er vorhatte zurückzukommen?«, fragte Paul schließlich.

»Nein«, erwiderte Sheila. »Absolut nicht.«

Paul sah Carl an.

»Mich müssen Sie gar nicht erst fragen«, erwiderte dieser schnell. »Ich werde am allerwenigsten eingeweiht.«

Paul zuckte mit den Schultern. »Eine Herausforderung mehr, würde ich sagen.«

»So, das war's dann fürs Erste, Miss Heatherly und Miss Marks«, sagte Helen Masterson, als sie ihren Monolog beendet hatte, den sie immer vor potenziellen neuen Mitarbeitern abzuspulen pflegte. Sie lehnte sich in ihrem Schreibtischstuhl zurück und faltete die Hände vor ihrem Bauch, als wollte sie beten. Sie war eine stämmige Frau mit einem rundlichen, fülligen Gesicht, Grübchen am Kinn und einem nüchternen Kurzhaarschnitt. Wenn sie lächelte, verengten sich ihre Augen zu schmalen Schlitzen. Joanna und Deborah saßen ihr gegenüber auf der anderen Seite des überquellenden Schreibtischs. »Wenn Sie mit den Bedingungen und Vorschriften, die ich Ihnen soeben dargelegt habe, leben können und unser Gehaltsangebot Ihren Vorstellungen entspricht, ist die Wingate Clinic gern bereit, Sie einzustellen.«

Joanna und Deborah sahen sich kurz an und nickten.

»In meinen Ohren klingt das alles ziemlich gut«, stellte Deborah fest.

»Ich schließe mich der Meinung meiner Freundin an«, fügte Joanna hinzu.

»Wunderbar«, entgegnete Helen mit einem breiten Grinsen, das ihre Augen für einen Moment vollständig verschwinden ließ. »Haben Sie noch irgendwelche Fragen?«

»Ja«, erwiderte Joanna. »Wir würden gern so bald wie möglich bei Ihnen anfangen. Eigentlich hatten wir gehofft, dass schon morgen unser erster Tag sein würde. Ist das möglich?«

»Das dürfte schwierig werden«, stellte Helen fest. »So schnell können wir Ihre Bewerbungen unmöglich bearbeiten.« Sie zögerte einen Augenblick. »Andererseits sollten wir uns von der Bürokratie auch nicht zu sehr die Hände binden lassen. Immerhin sind wir seit einiger Zeit auf Expansionskurs und können Ihre Hilfe gut gebrauchen. Falls Dr. Saunders heute noch einen Termin freihat – er besteht nämlich darauf, alle Bewerber vor ihrer Einstellung persönlich kennen zu lernen – und auch der Sicherheitscheck noch heute vonstatten gehen kann, spricht im Grunde nichts dagegen, dass sie schon morgen bei uns anfangen.«

»Darf ich fragen, was sich hinter diesem Sicherheitscheck verbirgt?«, fragte Joanna und warf Deborah einen verstohlenen Blick zu.

»Im Grunde geht es nur darum, Ihnen Ihre jeweiligen Zugangskarten auszustellen«, erklärte Helen. »Mit den Karten können Sie das Tor am Eingang öffnen und sich an Ihren jeweiligen Arbeitsplätzen in unser Computersystem einloggen. Einige Karten sind natürlich mit weiteren Befugnissen ausgestattet; das hängt von den Aufgaben des jeweiligen Mitarbeiters ab, dementsprechend werden die Karten programmiert.«

Als die Personalleiterin das Wort Computer erwähnte, runzelte Joanna die Stirn, was jedoch nur Deborah bemerkte.

»Auf Ihr Computersystem bin ich ziemlich gespannt«, stellte Joanna fest. »Da ich viel am Rechner arbeiten werde, lerne ich sicher eine Menge dazu. Darf ich fragen, ob Ihr System über abgestufte Zugangsberechtigungen verfügt?«

»Ich bin leider keine Computer-Expertin«, entgegnete Helen und lachte nervös auf. »Da müssen Sie Randy Porter fragen, unseren Netzwerk-Administrator. Wenn ich Ihre Frage richtig verstanden habe, lautet die Antwort auf jeden Fall: ja. Unser Kliniknetzwerk ist so aufgebaut, dass der Computer verschiedene Gruppen von Nutzern erkennt, die jeweils über unterschiedliche Zugangsberechtigungen verfügen. Aber machen Sie sich keine Sorgen – Sie erhalten natürlich beide die Kompetenzen, die Sie für Ihre Arbeit benötigen.«

Joanna nickte. »Offenbar arbeiten Sie mit einem ausgeklügelten, hochmodernen System. Meinen Sie, ich kann mir die Hardware einmal ansehen? Dann hätte ich wahrscheinlich eine konkretere Vorstellung davon, was mich erwartet.«

»Ich wüsste nicht, was dagegen spräche«, erwiderte Helen Masterson. »Haben Sie sonst noch Fragen?«

»Ja«, meldete sich Deborah zu Wort. »Am Eingangstor haben wir Dr. Wingate kennen gelernt. Er wollte sich mit Ihnen in Verbindung setzen. Hat er Sie schon angerufen?«

»Ja«, erwiderte Helen. »Ich war ziemlich überrascht. Sobald wir hier fertig sind, soll ich Sie in sein Büro bringen. Noch weitere Fragen?«

Joanna und Deborah sahen sich an und schüttelten beide den Kopf.

»Dann möchte ich jetzt noch ein paar weitere Dinge ansprechen«, sagte die Personalleiterin. »Wie ich gehört habe, wollen Sie täglich zwischen Boston und Bookford hin- und herpendeln. Vielleicht interessiert es Sie, dass wir unseren Mitarbeitern auf dem Gelände der Klinik sehr schöne Wohnungen zur Verfügung stellen. Wir sehen es gern, wenn unser Personal hier lebt. Wären Sie bereit, sich die Wohnungen einmal anzusehen? Es dauert nur ein paar Minuten. Wir können schnell mit dem Golfcart rüberfahren.«

Joanna wollte sofort ablehnen, doch Deborah kam ihr zuvor und sagte, sie würde sich gern eine solche Wohnung ansehen, wenn sie genug Zeit hätten.

»Und nun zu dem letzten Punkt, den ich ansprechen möchte«, fuhr Helen fort und nahm Deborah ins Visier. »Ich weiß nicht recht, wie ich mich ausdrücken soll, Miss Marks, aber kleiden Sie sich immer so … extravagant?«

Joanna musste ein Kichern unterdrücken, als ihre sonst so kesse Freundin sichtlich verlegen wurde.

»Vielleicht können Sie sich ja ein kleines bisschen dezenter anziehen«, schlug die Personalleiterin diplomatisch vor. »Immerhin arbeiten wir hier in einer seriösen Einrichtung des Gesundheitswesens.« Ohne eine Antwort von Deborah abzuwarten, nahm sie den Hörer ab und wählte. Das darauf folgende Gespräch war kurz und bündig. Sie vergewisserte sich lediglich, ob »Napoleon« da sei; dann hörte sie ein paar Sekunden zu, nickte und teilte ihrem Gesprächspartner mit, dass sie jetzt gleich mit zwei Bewerberinnen vorbeikomme.

Die Personalleiterin erhob sich, und Deborah und Joanna taten es ihr gleich. Im Stehen konnten sie über die Trennwände hinwegsehen, die die riesige ehemalige Krankenstation mit ihrer hohen Decke in einzelne Arbeitsbereiche unterteilten. Sie befanden sich im Verwaltungsbereich im ersten Stock, wo Joanna arbeiten würde. Die Fenster der kleinen Büronischen lagen an der Vorderseite des Gebäudes und boten einen schönen Weitblick nach Westen. In dem Labyrinth aus unzähligen Arbeitsnischen arbeiteten erstaunlich wenige Menschen. Es schien, als ob gerade alle eine Kaffeepause machten.

»Würden Sie mir bitte folgen?«, bat Helen Masterson und verließ ihr winziges Büro. Im Gehen setzte sie über ihre breite Schulter hinweg ihre Konversation mit Joanna und Deborah fort. »Ich stelle Sie jetzt Dr. Saunders vor. Es ist eine reine Formalität, aber eine unserer Vorschriften lautet, dass die Zustimmung unseres Klinikleiters einzuholen ist, bevor wir mit den weiteren Einstellungsformalitäten fortfahren.«

»Erinnerst du dich noch an ihn?«, flüsterte Joanna Deborah zu, während sie der Personalleiterin mit ein paar Schritten Abstand folgten. Helen führte sie auf den Flur, der den Verwaltungstrakt von dem weitläufigen, im Ostflügel untergebrachten Labor trennte.

»Natürlich erinnere ich mich an ihn«, erwiderte Deborah. »Das wird die erste Probe, die wir zu bestehen haben.«

»Was ihn angeht, mache ich mir weniger Sorgen«, entgegnete Joanna. »Wenn überhaupt, könnte uns noch am ehesten Dr. Donaldson wiedererkennen. Dr. Saunders hat mir kaum eine Sekunde in die Augen gesehen, jedenfalls nicht, während ich wach war.«

»Mich hat er mit Sicherheit lange genug gesehen«, entgegnete Deborah. »Und eins kann ich dir sagen – ein angenehmer Zeitgenosse ist er nicht.«

An einer Tür mit der Aufschrift ZUTRITT VERBOTEN blieb Helen abrupt stehen. »Ach, warum nicht!«, murmelte sie nach kurzem Überlegen ohne weitere Erklärung. Sie öffnete die unverschlossene Tür und betrat einen etwa sieben Meter langen Flur, der vor einer weiteren unbeschrifteten Tür endete. Joanna und Deborah folgten ihr. Helen versuchte die Tür zu öffnen, doch sie war verschlossen. Sie kramte eine blaue Karte aus ihrem Portemonnaie hervor, die genauso aussah wie die, mit der Spencer Wingate das Tor unten an der Pforte geöffnet hatte, achtete sorgfältig darauf, den Magnetstreifen richtig einzuführen, und zog die Karte mit einer flinken Handbewegung durch den in der

Wand neben der Tür angebrachten Schlitz. Es klickte einmal, und als sie erneut an der Tür zog, ging sie auf.

Sie schob die Tür weit auf, trat ein und sah Joanna an. »Dies ist unser Server-Raum. Da vorne steht der Hauptrechner. Viel mehr kann ich Ihnen dazu leider nicht sagen.«

Joanna ließ ihren Blick durch den fensterlosen Raum schweifen, dessen Boden um etwa zwanzig Zentimeter erhöht worden war, um die zahlreichen Kabel und Drähte in der Versenkung verschwinden zu lassen. Es gab vier vertikal aufgestellte Rechner und einen kleinen Bücherschrank mit Bedienungshandbüchern. Besonders interessiert nahm Joanna zur Kenntnis, dass es, wie von David Washburn angekündigt, tatsächlich ein Bedienungspult samt Tastatur und eine Maus gab; auf dem dazugehörenden Monitor war zurzeit nur das Display eines Bildschirmschoners zu sehen – golden schimmernde Stachelrochen und blaugraue Haie, die endlos hin und her schwammen. Vor dem Pult stand ein einzelner, unbesetzter, ergonomisch geformter Schreibtischstuhl.

»Sehr beeindruckend«, stellte Joanna fest.

»Ich verstehe nicht genug von Computern, um mir ein Urteil zu erlauben«, gestand Helen. »Haben Sie genug gesehen?«

Joanna nickte. »Werde ich mit meiner Karte Zugang zu diesem Raum haben?«

Helen sah sie an, als hätte sie eine extrem dumme Frage gestellt. »Selbstverständlich nicht! Das Betreten dieses Raumes ist ausschließlich Abteilungsleitern vorbehalten. Aber was sollten Sie hier auch wollen?«

Joanna zuckte mit den Schultern. »Was ist, wenn ein Problem auftritt, das ich von meiner Workstation aus nicht beheben kann?«

»In solchen Fällen müssen Sie sich an Randy Porter wenden, wobei es manchmal recht schwierig ist, ihn aufzuspüren. Aber manchmal hat man auch Glück, und er sitzt in seiner Arbeitsnische.« Helen zog die Tür zu, bis es klickte und die Verriegelung einschnappte.

»So, nun bringe ich Sie zu unserem furchtlosen Führer«, sagte sie und ging den gleichen Weg, den sie gekommen waren, zurück zum Hauptflur. Offenbar hatte sie das Gefühl, dass der kleine Umweg zwecks Besichtigung des Server-Raums sie zeitlich in die Bredouille gebracht hatte. Jedenfalls legte sie ein solches Tempo vor, dass Joanna und Deborah Mühe hatten, Schritt zu halten. Deborahs spitze Absätze klackerten über den Fußboden wie Maschinengewehrsalven.

Die gewölbte Decke verstärkte das laute Getrappel noch und erzeugte ein mehrfaches Echo.

»Was meinst du?«, keuchte Deborah ihrer Freundin im Gehen zu.

»Wenn wir Pech haben und uns der Zugang zu unseren Akten verwehrt ist, muss ich irgendwie für zehn oder fünfzehn Minuten in diesen Raum gelangen.«

»Mit anderen Worten brauchen wir so eine blaue Karte, mit der sich die Tür öffnen lässt. Unsere können wir ja offenbar vergessen. Aber wie willst du an so eine Karte kommen?«

»Wir müssen uns etwas einfallen lassen«, erwiderte Joanna.

»Tut mir Leid, dass ich Sie so zur Eile antreibe!«, rief die Personalleiterin ihnen zu. Sie hielt eine schwere Feuertür auf, die vom Südflügel des Gebäudes in den zentral gelegenen Turm führte. »Dr. Saunders ist nicht gerade leicht zu erwischen. Wenn er sein Büro verlässt, bevor wir eintreffen, hat er heute unter Umständen gar keine Zeit mehr für uns, und bevor Sie nicht mit ihm geredet haben, können Sie nicht bei uns anfangen.«

Joanna und Deborah passierten die Feuertür. Helen ließ sie hinter ihnen zufallen. Auf einmal befanden sie sich in einer völlig anderen Umgebung. Der Boden war nicht mehr mit nüchternen Fliesen, sondern mit Eichenparkett ausgelegt, und statt Kacheln, blankem Putz oder Backstein dominierten mit edlem Mahagoniholz getäfelte Wände. Der lange Flur war sogar mit einem etwas zerschlissenen, aber durchaus ansehnlichen Orientläufer ausgelegt.

»Kommen Sie!«, drängte Helen und führte die beiden Bewerberinnen ein paar Meter über den Korridor und dann durch eine Tür in ein Vorzimmer. Hinter dem Schreibtisch der Sekretärin befanden sich zwei weitere Türen: Die eine war geschlossen, die andere angelehnt. Außerdem gab es in dem Raum mehrere kleine Sofas und Beistelltische.

»Sagen Sie bitte nicht, dass wir Dr. Saunders verpasst haben!«, wandte sich Helen an die Sekretärin.

»Nein«, erwiderte die Sekretärin und deutete über ihre Schulter auf die geschlossene Tür. »Er ist noch da. Im Augenblick ist er allerdings beschäftigt.«

Helen machte ein verständnisvolles Gesicht. Schließlich wusste sie, wessen Büro sich hinter der geschlossenen Tür befand. »Ich war vollkommen geschockt, als ich erfahren habe, dass Dr. Wingate zurück ist«, flüsterte sie mit konspirativer Stimme.

»Nicht nur Sie«, flüsterte die Sekretärin und nickte. »Damit hat keiner gerechnet. Er ist heute Morgen wie aus heiterem Himmel hier aufgekreuzt. Seitdem fliegen hier die Fetzen, wie Sie sich sicher vorstellen können.«

Dieses Mal war es Helen, die nickte. Dann zuckte sie mit den Achseln. »Ich bin ja mal gespannt, was demnächst so alles passieren wird.«

»Ja«, entgegnete die Sekretärin. »Es dürfte spannend werden. Apropos – Dr. Saunders dürfte jeden Augenblick rauskommen. Machen Sie und Ihre Bewerberinnen es sich doch solange bequem!« Dabei lächelte sie Joanna und Deborah liebenswürdig an.

Sie wollten gerade Platz nehmen, als die geschlossene Tür aufging und gegen den Stopper knallte. Im Türrahmen erschien Paul Saunders' gedrungene Figur, der seine Aufmerksamkeit jedoch immer noch voll auf seinen Gesprächspartner in dem Büro richtete. Sein Gesicht war gerötet, die Hände hatte er zu Fäusten geballt.

»Ich kann nicht den ganzen Tag hier herumsitzen und mit Ihnen streiten!«, ereiferte er sich. »Im Gegensatz zu Ihnen warten auf mich nämlich jede Menge Patienten und Berge von Arbeit.«

In diesem Moment erschien Spencer hinter ihm in der Tür und drängte ihn einen Schritt zurück in den Vorraum. Spencer war beinahe dreißig Zentimeter größer, und seine sonnengebräunte Haut ließ Paul noch bleicher erscheinen, als er sowieso schon war. Seine Augen glühten genauso wie die seines Untergebenen. »Diese Unverschämtheit lasse ich Ihnen heute ausnahmsweise einmal durchgehen, aber nur, weil ich davon ausgehe, dass sie Ihnen im Eifer des Gefechts herausgerutscht ist.«

»Wie großzügig von Ihnen!«

»Ich habe gegenüber dieser Klinik und ihren Aktionären eine treuhänderische Verantwortung«, fuhr Spencer den Mann an, dem er die Klinikleitung anvertraut hatte. »Und dieser Verpflichtung komme ich in jedem Falle nach! Ich hoffe, das haben nach diesem Gespräch auch Sie endlich begriffen! Die Wingate Clinic ist in erster Linie eine Spezialklinik – das war vom ersten Tag an so und wird auch so bleiben! Unsere Forschungsbemühungen dienen dem Zweck, unsere klinische Arbeit zu unterstützen, und keineswegs umgekehrt!«

»Das ist das unsinnigste und destruktivste Argument, das ich je gehört habe«, entgegnete Paul aufgebracht. »Forschung ist eine Investition in die Zukunft. Man nimmt kurzfristig ein paar Opfer in Kauf, um langfristig auf der sicheren Seite zu sein. Wir stehen kurz vor einem entscheidenden Durchbruch in der Stammzellenforschung, und die hat bekanntlich das Potenzial, die Grundlage unserer Medizin des einundzwanzigsten Jahrhunderts zu werden. Wer in diesem enorm wichtigen Bereich an vorderster Front mitspielen will, muss bereit sein, kurzfristig ein paar Risiken einzugehen und auch mal Gewinne aufs Spiel zu setzen.«

»Ich schlage vor, wir setzen unsere Diskussion fort, wenn Sie mehr Zeit haben«, beendete Spencer kategorisch das Gespräch. »Kommen Sie wieder, wenn Sie Ihre letzte Patientin verarztet haben!« Er trat einen Schritt zurück in sein Büro, griff nach der Tür und knallte sie mit voller Wucht zu.

Aus Angst, die Tür ins Gesicht zu bekommen, machte Paul Saunders einen weiteren Schritt in Richtung Vorzimmerschreibtisch. Er kochte vor Wut; schließlich hatte er das Gespräch selber beenden und den Raum freiwillig verlassen wollen, und nun war er abgekanzelt worden wie ein Schuljunge. Er drehte sich um und wollte gerade in sein Büro stürmen, als er aus dem Augenwinkel die unerwarteten Besucherinnen entdeckte. Einem Geschützturm auf einem Kriegsschiff gleich, machte sein Kopf eine ruckartige Drehung. Gleichzeitig fixierte er die jungen Frauen. Als er Deborah sah, entspannte er sichtlich.

»Miss Masterson möchte Ihnen zwei Bewerberinnen vorstellen«, erklärte die Sekretärin.

»Das sehe ich«, murmelte Paul, und seine geballten Fäuste entkrampften sich allmählich. Er deutete auf die offen stehende Tür seines Büros und nahm begierig Deborahs Minikleid mit dem tiefen Ausschnitt und ihre hochhackigen Schuhe in Augenschein. »Kommen Sie rein!«, forderte er sie auf. »Gladys – haben Sie meinen Gästen schon etwas zu trinken angeboten?«

»Dazu war ich noch nicht gekommen«, erwiderte die Sekretärin mit einem Stirnrunzeln.

»Dann werde ich mich darum kümmern«, sagte Paul. »Möchten Sie vielleicht einen Kaffee oder etwas anderes zu trinken?«

»Nein, danke, ich nicht«, erwiderte Deborah und machte Anstalten, sich einigermaßen ladylike zu erheben, was bei dem niedrigen Sofa und ihren hohen Pfennigabsätzen durchaus kein leichtes Unterfangen war. Paul stürzte sofort auf sie zu, um ihr hochzuhelfen, doch Deborah schaffte es allein. Endlich auf den Beinen, zog sie schnell ihr hochgerutschtes Kleid nach unten, was jedoch zur Folge hatte, dass ihr tiefes Dekolleté noch tiefere Einblicke bot.

Paul sah Joanna fragend an.

»Ich möchte auch nichts, danke«, sagte Joanna. Sie kam sich vor wie das fünfte Rad am Wagen, denn der amtierende Klinikleiter widmete seine Aufmerksamkeit sofort wieder Deborah und komplimentierte sie in sein Büro. Helen Masterson und Joanna folgten den beiden.

Paul stellte einen dritten Stuhl zu den beiden, die bereits vor seinem Schreibtisch standen, und bedeutete den drei Frauen, sich zu setzen. Dann ging er hinter seinen Schreibtisch und nahm selber Platz. Helen Masterson stellte ihm Joanna und Deborah unter ihren falschen Namen vor, erwähnte ihre jeweiligen Harvard- Abschlüsse und berichtete, in welchen Abteilungen der Wingate Clinic sie gern anfangen würden.

»Das ist ja hervorragend!«, entgegnete Paul mit einem breiten Grinsen, wobei er seine kleinen quadratischen, weit auseinander stehenden Schneidezähne zur Schau stellte, die gut zu seiner breiten, gedrungenen Nase passten. »›Bloody excellent‹, wie man im guten alten England sagt.« Er lachte und fügte, ohne den Blick von Deborah abzuwenden, hinzu: »Wie mir scheint, Miss Masterson, haben Sie da wieder einmal zwei ausgezeichnete Mitarbeiterinnen für unsere Klinik aufgespürt. Herzlichen Glückwunsch!«

»Heißt das, wir sollen mit den Einstellungsformalitäten fortfahren?«, fragte Helen.

»Aber selbstverständlich.«

»Miss Marks und Miss Heatherly haben den Wunsch geäußert, schon morgen bei uns anzufangen«, teilte Helen dem Klinikleiter mit.

»Umso besser«, entgegnete Paul. »Wir wären ja dumm, wenn wir ihren Eifer nicht honorieren würden, erst recht, da wir insbesondere im Labor jede helfende Hand gebrauchen können. Sie sind sehr willkommen, Miss Marks!«

»Vielen Dank«, brachte Deborah hervor. Die Aufmerksamkeit, die sie auf Kosten ihrer Freundin genoss, war ihr allmählich unangenehm. »Ich freue mich schon darauf, mit Ihren ausgezeichneten Geräten arbeiten zu dürfen.« Kaum war ihr die Bemerkung herausgerutscht, begann ihr Puls zu rasen und ihr Gesicht rot anzulaufen. Leider war ihr zu spät eingefallen, dass sie das Labor ja offiziell noch gar nicht besichtigt hatte. Zum Glück registrierte nur Joanna den Schnitzer. Paul stellte, ohne mit der Wimper zu zucken, die nächste Frage.

»Es würde mich noch interessieren, über welche Art von Laborerfahrung Sie verfügen, Miss Marks. Haben Sie schon mal einen Zellkern-Transfer vorgenommen?«

»Nein«, gestand Deborah. »Aber ich bin sehr lernfähig.«

»Wir arbeiten viel mit Zellkern-Transfers«, erklärte Paul. »Sie sind ein unerlässlicher Bestandteil unserer Forschungsbemühungen. Da ich selber viel Zeit im Labor verbringe, zeige ich Ihnen die Technik gern persönlich.«

»Ich werde eine gelehrige Schülerin sein und Sie bestimmt nicht enttäuschen«, versprach Deborah, die sich inzwischen wieder gefasst hatte. Aus dem Augenwinkel sah sie, wie Joanna die Augen verdrehte.

»Dann können wir uns wohl auf den Weg machen«, stellte Helen fest, als sich ein kurzes, zähes Schweigen breit macht und erhob sich. »Es gibt noch einiges zu tun, damit Miss Heatherly und Miss Marks morgen bei uns anfangen können.«

Die anderen erhoben sich ebenfalls.

»Tut mir Leid, dass Sie eben unbeabsichtigt Zeuginnen einer kleinen Auseinandersetzung geworden sind«, entschuldigte sich Paul zum Abschied. »Der Gründer der Klinik und ich sind uns nicht immer einig. Allerdings geht es meistens um nichts Wesentliches, sondern eher um irgendwelche Kinkerlitzchen. Ich hoffe, der kleine Zwischenfall hat Ihnen keinen schlechten Eindruck von unserer Klinik vermittelt.«

Fünf Minuten später führte die Personalleiterin Joanna und Deborah durch die Feuertür zurück in den Südflügel des Gebäudes.

»Offenbar kommt Dr. Wingate nicht besonders oft in die Klinik«, wandte sich Joanna an Helen.

»In den vergangenen eineinhalb Jahren hat er sich gar nicht blicken lassen«, entgegnete Helen. »Wir waren alle davon ausgegangen, dass er sich endgültig zur Ruhe gesetzt hat und in Florida bleiben würde.«

»Kommen Dr. Saunders und er nicht gut miteinander zurecht?«, hakte Deborah nach.

»Darüber weiß ich nichts«, erwiderte Helen vage. Wie auf dem Hinweg legte sie auf dem Flur, der durch den etwa fußballfeldlangen Südflügel führte, einen solchen Schritt vor, dass Deborah und Joanna kaum hinterherkamen, was natürlich vor allem an Deborahs hochhackigen Schuhen lag.

»So ein seltsames Vorstellungsgespräch habe ich noch nie erlebt«, flüsterte Joanna. »Dieser Dr. Saunders ist wirklich ein komischer Kauz, aber das wussten wir ja bereits.«

»Wenigstens hat er uns nicht wiedererkannt«, stellte Deborah fest.

»Stimmt. Aber glaub nicht, dass du eine Glanzleistung vollbracht hast.«

»Was soll das denn heißen?«, hakte Deborah nach, während sie keuchend nach Luft schnappte.

»Du solltest die Männer nicht so offensiv anmachen!«

»Ich glaube, ich höre nicht richtig! Ich mache überhaupt niemanden an! Wenn, dann machen die Männer mich an – und nicht umgekehrt!«

»Jedenfalls bringt uns deine Kokettiererei nicht weiter. Ich dachte, wir wollen eine schnelle, heimliche Operation durchziehen. Im Augenblick habe ich eher das Gefühl, als wolltest du eine Clownnummer hinlegen.«

»Du bist nur eifersüchtig.«

»Das ist doch wohl zum Totlachen! Wenn ich auf eins mit Sicherheit verzichten kann, dann darauf, derart lüstern von Männern angestarrt zu werden.«

»Soll ich dir sagen, was meine Typveränderung auf jeden Fall beweist?«, fragte Deborah, ohne ihren Gedanken fortzuspinnen.

»Was denn?«, fragte Joanna nach kurzem Schweigen genervt.

»Dass man als Blondine einfach mehr Spaß hat!«

Joanna holte aus und wollte ihre Freundin zum Spaß in die Seite knuffen, doch Deborah wich ihr aus und sprang einen Schritt zur Seite. Sie mussten beide lachen. Die Personalleiterin wartete ein paar Meter vor ihnen in der Tür und sah sich ungeduldig um.

»Was hältst du von dem kleinen verbalen Schlagabtausch zwischen den beiden Bossen der Klinik?«, fragte Deborah, solange sie sich noch außerhalb Helens Hörweite befanden.

»Wie es aussieht, hat das Management der Klinik gerade schwierige Konflikte zu bewältigen«, stellte Joanna fest. »Außerdem sprechen die Worte der Personalleiterin Bände. Als sie mit der Sekretärin telefonierte, hat sie Dr. Saunders als ›Napoleon‹ bezeichnet, und uns gegenüber hat sie von unserem furchtlosen Führer‹ gesprochen. Meiner Meinung nach zeugt das nicht gerade von Respekt.«

»Stimmt«, entgegnete Deborah. »Und dass sie von den Problemen zwischen den beiden Chefs angeblich nichts weiß, nehme ich ihr auch nicht ab.«

»Aber darüber sollten wir uns keine grauen Haare wachsen lassen.«

»Da hast du Recht«, stimmte Deborah zu.

Als Nächstes stand ein Besuch beim Sicherheitsdienst der Klinik an. Joannas Bedenken erwiesen sich als grundlos. Das Büro des Sicherheitsdienstes befand sich in einer der Nischen im Verwaltungstrakt und war von einem Wachposten besetzt, der die gleiche Uniform trug wie der Mann mit dem Klemmbrett am Tor. Er machte Polaroidfotos von Joanna und Deborah, stellte zwei Plastik-Identifizierungskarten mit dem Logo der Wingate Clinic her und wies die beiden darauf hin, dass sie verpflichtet seien, die Karten während ihres Aufenthalts auf dem Klinikgelände immer sichtbar am Körper zu tragen.

Der zweite Teil der Sicherheitsprozedur umfasste die Ausstellung der blauen Zutrittskarten. Der Wachposten holte sich ein Formular auf den Bildschirm seines Computers und gab die zuvor festgelegten Zutrittsberechtigungen für Joanna und Deborah ein, die er den Unterlagen der Personalleiterin entnahm. Da er lediglich mit zwei Fingern tippte, dauerte der Vorgang eine Weile. Als das Formular fertig ausgefüllt war, wurden die Karten automatisch ausgedruckt. Er übergab Joanna und Deborah je eine Karte und ermahnte sie, sorgfältig damit umzugehen.

Als Nächstes sollten sie ihre Zugangsberechtigung zum Computersystem der Klinik erhalten. Dafür mussten sie in eine andere Nische wechseln, wo man sie mit Randy Porter bekannt machte. Laut Helen hatten sie großes Glück, ihn ausnahmsweise an seinem Arbeitsplatz anzutreffen. Randy war ein rotblonder, schmächtiger junger Mann, der noch als Teenager hätte durchgehen können. Er erklärte Joanna und Deborah, dass sie beim Anschalten ihrer Computer ihre jeweiligen blauen Karten durch den Schlitz an der oberen Seite ihrer Tastaturen führen müssten und dass sie beim ersten Mal automatisch aufgefordert würden, ein Passwort einzugeben. Dann müssten sie, erklärte er weiter, NEU anklicken und ein Geheimwort eingeben, das nur sie kannten und das sie nicht vergessen sollten.

»Muss das Passwort eine bestimmte Anzahl von Buchstaben oder Zahlen enthalten?«, fragte Joanna.

»Nein«, erwiderte Randy. »Das bleibt vollkommen Ihnen überlassen. Allerdings verwenden Sie am besten sechs oder mehr alphanumerische Zeichen. Und achten Sie darauf, sich Ihre Zahlen- oder Buchstabenkombination gründlich einzuprägen. Wenn Sie sie vergessen, muss ich mich um das Problem kümmern, und das kann eine Weile dauern.«

Helen lachte kurz auf, als wollte sie Randys letzten Satz unterstreichen.

»Noch irgendwelche Fragen?«, fragte Randy.

»Mit was für einem System arbeiten Sie?«, erkundigte sich Joanna.

»Als Betriebssystem verwenden wir den Windows 2000 Data Center Server.«

»Und welche Hardware?«

»Wir haben einen IBM Server x-Series 430 mit einer Shiva-Firewall«, erklärte Randy. »Habe ich Ihre Frage zufrieden stellend beantwortet?«

»Ja, danke«, entgegnete Joanna.

»Ich habe kein Wort verstanden«, gestand Helen. »Sind wir dann so weit?«

»Von meiner Seite war das alles«, erwiderte Randy. »Es sei denn, unsere beiden neuen Mitarbeiterinnen haben noch Fragen.«

Sie verließen die Arbeitsnische des Netzwerkadministrators. Helen warf einen Blick auf die Uhr. Es war bereits kurz vor eins. Auf dem Flur blieb sie stehen.

»Eigentlich würde ich Sie jetzt gern mit den Abteilungsleitern bekannt machen«, sagte sie. »Aber es ist Mittagszeit. Darf ich Sie vielleicht in unsere Kantine einladen? Wie ich Dr. Saunders' Äußerungen entnommen habe, wäre es sicher böse, wenn ich Sie hungrig nach Hause schicken würde.«

Joanna wollte die Einladung gerade ausschlagen, doch Deborah kam ihr zuvor und stellte fest: »Das klingt verlockend. Mein Magen könnte durchaus eine Kleinigkeit vertragen.«

»Prima«, entgegnete Helen. »Ich für meinen Teil habe einen Bärenhunger.«

Die Kantine befand sich in der ersten Etage eines zweistöckigen geschwungenen Pavillons, der an den hinteren Teil des mittleren Gebäudetrakts angebaut worden war. Sie nahmen zunächst den gleichen Weg, der sie zu den Büros der Klinikleiter geführt hatte, bogen jedoch hinter der Feuertür nach rechts ab anstatt nach links.

»Spinnst du?«, zischte Joanna Deborah leise zu, als sie sicher war, dass Helen sie nicht hören konnte. »Warum willst du denn hier essen?«

»Weil ich Hunger habe«, erwiderte Deborah kurz angebunden.

»Ist dir denn nicht klar, was für ein Risiko wir eingehen? Je mehr wir hier herumlaufen und je länger wir uns in dem Gebäude aufhalten, umso höher ist die Wahrscheinlichkeit, dass unsere Tarnung auffliegt!«

»Ich glaube, die Gefahr ist relativ gering«, versuchte Deborah ihre Freundin zu beruhigen. »Außerdem haben wir morgen, wenn es ernst wird, bessere Chancen, unser Vorhaben erfolgreich in die Tat umzusetzen, wenn wir die Umgebung schon mal ein wenig ausgekundschaftet haben.«

»Ich wünschte, du würdest das Ganze ein bisschen ernster nehmen.«

»Ich nehme es doch ernst!«, protestierte Deborah.

Helen wartete bereits, und Joanna bedeutete Deborah zu schweigen.

Die Kantine war halbkreisförmig angelegt und verfügte an der Rückseite des Gebäudes über eine durchgehende Fensterfront. Da das Gelände an dieser Stelle abschüssig war, bot sich den Speisenden ein herrlicher Weitblick in Richtung Osten. Deborah freute sich, dass sie vom Labor einen ähnlichen Blick haben würde, auch wenn er wegen der kleineren Fenster nicht ganz so beeindruckend war. In der Ferne erhoben sich zwischen den gerade ergrünenden Bäumen die Dächer und Schornsteine einiger Mitarbeiterwohnungen sowie der alles überragende Schornstein des Kraftwerks. Zwischen dem Kraftwerk und den Mitarbeiterunterkünften war das rote Dach eines Silos zu erkennen.

Helen blieb in der Tür stehen und ließ ihren Blick durch den Raum schweifen. Offenbar suchte sie nach irgendjemandem. Die Kantine war riesig und war wie das sonstige alte Gebäude mit zahlreichen viktorianischen Verzierungen und Accessoires ausgestattet, unter anderem mit einem prunkvollen Kronleuchter, der in der Mitte des Raums hing. Die etwa dreißig bis vierzig Mitarbeiter, die an den weit auseinander stehenden Tischen ihr Mittagessen zu sich nahmen, verloren sich beinahe in dem riesigen Saal. Ihre Stimmen waren gedämpft und lediglich als leises Gemurmel wahrzunehmen.

Plötzlich entdeckte Joanna Dr. Donaldson, die zusammen mit fünf anderen Kollegen, die wie Ärzte aussahen, an einem Tisch saß. Joanna zuckte zusammen und drehte der Ärztin umgehend den Rücken zu. Dann packte sie Deborah am Oberarm und deutete mit dem Kopf in die Richtung, in der die Gefahr lauerte. Deborah verstand sofort.

»Entspann dich!«, riet Deborah. »Wieso regst du dich denn so auf?« Joannas Panik ging ihr allmählich auf die Nerven.

»Ist irgendetwas?«, fragte Helen.

»Nein«, erwiderte Joanna und setzte eine Unschuldsmiene auf. »Es ist alles in Ordnung.« Unauffällig bedachte sie Deborah mit einem finsteren Blick.

»Da sind sie ja«, stellte Helen fest und zeigte nach rechts. »Die beiden Frauen da vorne sind Megan Finnigan, die Laborleiterin, und Christine Parham, die Leiterin unserer Verwaltung. Zufällig sitzen sie am gleichen Tisch. Kommen Sie, ich mache Sie miteinander bekannt.«

Joanna folgte Deborah und Helen in leicht geduckter Haltung und achtete darauf, Dr. Donaldson weiter den Rücken zuzukehren. Helen führte sie zu einem Tisch in Fensternähe. Zu Joannas Entsetzen verursachten Deborahs Absätze auf dem alten Parkettboden ziemlichen Lärm. Außerdem rief ihr geschmackloses, provokantes Äußeres so viel Aufsehen hervor, dass sich schlagartig alle, einschließlich Dr. Donaldson, nach ihnen umsahen.

Deborah schien das nicht im Geringsten zu interessieren. Sie war gerade völlig von einem mit spanischsprachigen Frauen besetzten Tisch in der Nähe des Eingangs in den Bann gezogen. Ihrem Aussehen nach zu urteilen stammten die Frauen, die alle jung, klein und dunkelhäutig waren, aus Süd- oder Mittelamerika. Was Deborah aber am meisten stutzig machte, war die Tatsache, dass sie alle schwanger waren. Und nicht nur das – ihre Schwangerschaften waren alle etwa gleich weit fortgeschritten.

Nachdem Helen sie mit den beiden Abteilungsleiterinnen bekannt gemacht hatte, die gerade mit dem Essen fertig waren und gehen wollten, ließen sich die drei an einem anderen Tisch nieder, wo sie von einer Frau bedient wurden, die den jungen Lateinamerikanerinnen am Eingang der Kantine verblüffend ähnlich sah; auf jeden Fall schien auch sie aus Süd- oder Mittelamerika zu stammen. Sie war erstaunlicherweise ebenfalls schwanger und genauso weit wie die anderen lateinamerikanischen Frauen.

Als das Essen vor ihnen stand, konnte Deborah ihre Neugier nicht mehr unterdrücken und fragte Helen nach den Frauen.

»Sie kommen aus Mittelamerika«, bestätigte Helen Deborahs Vermutung. »Genauer gesagt aus Nicaragua. Dr. Saunders hat ein Arrangement mit einem dortigen Kollegen getroffen. Sie kommen für ein paar Monate mit einem befristeten Arbeitsvisum zu uns und kehren dann nach Nicaragua zurück. Die Frauen sind uns eine Riesenhilfe. Ohne sie wüssten wir gar nicht, wie wir all die Arbeit in der Küche und in der Kantine oder die Reinigung der Klinik bewältigen sollten. In dieser Gegend gibt es einfach nicht genügend Arbeitskräfte.«

»Kommen sie mit ihren Familien her?«

»Nein. Es kommen nur die Frauen. Sie nutzen die Chance, ein ordentliches Sümmchen Geld zu verdienen, das sie regelmäßig nach Hause schicken.«

»Aber sie sehen alle schwanger aus«, stellte Deborah fest. »Ist das Zufall?«

»Nein«, erwiderte Helen. »Keineswegs. Mit ihrer Schwangerschaft verdienen sie sich noch ein ordentliches Zubrot. Aber wollen Sie nicht erst mal in Ruhe zu Ende essen? Ich würde Ihnen gern noch die Mitarbeiterunterkünfte zeigen. Vielleicht können wir Sie ja doch noch überzeugen, nach Bookford überzusiedeln. Die Mieten sind im Vergleich zu Boston extrem niedrig. Sie werden mit Sicherheit positiv überrascht sein!«

Deborah warf Joanna einen verstohlenen Blick zu, um zu sehen, ob sie zugehört hatte. Während des Essens war Joanna die meiste Zeit auf Dr. Donaldson fixiert gewesen und hatte peinlich darauf geachtet, der Ärztin bloß den Rücken zuzukehren. Doch inzwischen hatte Dr. Donaldson die Kantine verlassen, und Joannas entsetzter und ungläubiger Gesichtsausdruck verriet, dass sie mitbekommen hatte, was Helen über die Arbeiterinnen aus Nicaragua gesagt hatte.

10

9. Mai 2001, 14.10 Uhr

Nach dem Essen überredete Helen Masterson ihre beiden Bewerberinnen noch zu einem kleinen Ausflug, für den sie ein Golfcart bestiegen. Joanna hätte sich die Tour am liebsten geschenkt, doch wider Erwarten war ihre Begeisterung schnell entfacht. Das Gebäude des ehemaligen Sanatoriums war riesig und größtenteils von einem dichten alten Baumbestand überwuchert. Den leitenden Angestellten wie Dr. Wingate, Dr. Saunders oder Dr. Donaldson und noch ein paar anderen wurden von der Klinik frei stehende Häuser zur Verfügung gestellt, die in etwa so aussahen wie das Pförtnerhäuschen, nur dass sie anders als dieses nicht mit schwarzen, sondern mit weißen Verzierungen versehen waren und daher viel freundlicher wirkten.

Auch die Gebäude, in denen die ganz normalen Mitarbeiter lebten, hatten durchaus ihren Reiz. Es waren zweistöckige Reihenhäuser, die im Stil eines alten englischen Dorfes angeordnet waren. Helen zeigte Joanna und Deborah eine gemütliche Wohnung mit zwei Schlafzimmern. Aus den vorderen Fenstern sah man auf einen kleinen, mit Kopfsteinpflaster ausgelegten Platz, die großen, hinteren Fenster waren nach Süden ausgerichtet und boten einen herrlichen Blick über den alten Mühlteich. Über die Miete ließ sich ebenfalls nicht meckern: Sie betrug lediglich achthundert Dollar im Monat.

Bevor sie sich nach der Wohnungsbesichtigung auf den Rückweg zum Hauptgebäude machten, ließ Helen sich von Deborah breitschlagen, ihnen auch noch die Farm und das Kraftwerk zu zeigen. Das Einzige, was Joanna und Deborah an dem aufschlussreichen Ausflug störte, war, dass Helen die ganze Zeit in Hörweite blieb und eine ungestörte Unterhaltung unter vier Augen somit nicht möglich war. Erst als die Personalleiterin sie erneut im Vorzimmer von Dr. Wingate und Dr. Saunders ablieferte, wo sie warten sollten, bis der Gründer der Klinik Zeit für sie hatte, konnten die Freundinnen ungestört ein paar Worte miteinander wechseln.

»Was sagst du zu den schwangeren Latinofrauen, die wir in der Kantine gesehen haben?«, fragte Deborah. Sie achtete darauf, so leise zu sprechen, dass Gladys, die Sekretärin, auf keinen Fall etwas mitbekam.

»Ich bin fassungslos«, erwiderte Joanna. »Ich kann es wirklich nicht glauben, dass sie offenbar eine ganze Gruppe von Gastarbeiterinnen dafür bezahlen, schwanger zu werden.«

»Ob sie wohl irgendwelche Experimente mit ihnen machen?«

»Keine Ahnung«, erwiderte Joanna. Ihr lief ein kalter Schauer über den Rücken.

»Was sie wohl mit den Babys machen?«

»Ich kann nur hoffen, dass sie mit ihren Müttern nach Nicaragua zurückgehen«, erwiderte Joanna. »Etwas anderes stelle ich mir lieber gar nicht erst vor.«

»Mir ist als Erstes durch den Kopf gegangen, dass sie die Kinder vielleicht verkaufen«, vertraute Deborah Joanna an, »Leihmütter sind sie ja wohl eher nicht, sonst könnten sie sich nicht alle in etwa im gleichen Schwangerschaftsstadium befinden. Stell dir nur vor, was für ein lukratives Geschäft es wäre, die Babys zu verkaufen! An der entsprechenden Kundschaft dürfte in einer Klinik für Kinderwunschbehandlungen ja kein Mangel herrschen. Weißt du noch, wie überrascht wir damals waren, dass diese Klinik offenbar einer Gelddruckmaschine gleicht?«

»Ich habe lediglich gestaunt, dass man mit Kinderwunschbehandlung so viel Geld verdienen kann«, antwortete Joanna. »Aber da die Wingate Clinic offensichtlich nicht unter Patientenmangel leidet, dürfte sie es kaum nötig haben, auch noch Geschäfte mit Babys zu machen. Das ergibt keinen Sinn! Wer Babys verkauft, verstößt gegen das Gesetz, da gibt es nichts zu beschönigen. Wenn die Klinik in irgendwelche derartigen illegalen Geschäfte verwickelt wäre, hätte Helen Masterson bestimmt nicht so offen und ehrlich auf deine Frage geantwortet.«

»Wahrscheinlich hast du Recht«, räumte Deborah ein. »Aber irgendeine plausible Erklärung muss es geben! Vielleicht leiden die Frauen auch selber unter Sterilität, und die Klinik hat einen Deal mit ihnen vereinbart – nach dem Motto, wir sorgen dafür, dass ihr schwanger werdet, und ihr arbeitet dafür ein paar Monate für uns.«

Joanna sah Deborah ungläubig an. »Das halte ich für mindestens genauso unwahrscheinlich wie eine Leihmutterschaft.«

»Mir fällt keine andere Erklärung ein.«

»Mir auch nicht«, gab Joanna zu. »Sobald ich herausgefunden habe, was aus meinen Eizellen geworden ist, will ich mit dieser Klinik nichts mehr zu tun haben. Ich hatte schon bei unserem damaligen Besuch ein ungutes Gefühl, als wir zur Spende hierher gekommen sind, und heute hat sich dieser Eindruck noch einmal deutlich bestätigt.«

Plötzlich öffnete sich die Tür zum Büro des Klinikgründers, und Dr. Wingate trat heraus. Er trug eine schmale Lesebrille, die ihm vorn auf der Nasenspitze saß. In der

Hand hielt er Bilanzaufstellungen, die er aufmerksam studierte und dann seiner Sekretärin auf den Tisch legte. Er schien alles andere als einverstanden zu sein.

»Rufen Sie bitte in der Buchhaltung an«, wies er Gladys an, »und teilen Sie den Damen und Herren mit, dass ich sämtliche Aufstellungen der vergangenen vier Quartale sehen will!«

»Jawohl, Sir«, entgegnete Gladys.

Als ob er immer noch über den beunruhigenden Inhalt der Bilanzen nachdachte, versetzte er den Papieren einen letzten Stoß und richtete erst dann seinen Blick auf die beiden jungen Frauen, die auf ihn warteten. Er holte einmal tief Luft und steuerte das Sofa an. Während er das Zimmer durchquerte, entspannte sich seine Miene, und auf seinem Gesicht erschien sogar der Hauch eines Lächelns.

»Schön, Sie zu sehen, Miss Marks«, begrüßte er Deborah. Er umklammerte ihre Hand ein paar Sekunden länger als notwendig und sah ihr tief in die Augen. Dann wandte er sich an Joanna. »Tut mir Leid, Ihren Namen habe ich vergessen. Georgina erwähnte ihn zwar, aber dummerweise ist er mir entfallen.«

»Prudence Heatherly«, stellte Joanna sich vor. Sie schüttelte dem Klinikgründer die Hand und nahm ihn ins Visier. Deborah hatte Recht: Der Mann sah ihrem Vater in der Tat nicht ähnlich. Doch er hatte irgendetwas an sich, das ihn auf den ersten, oberflächlichen Blick anziehend erscheinen ließ.

»Tut mir Leid, dass ich Sie habe warten lassen«, entschuldigte sich Spencer, jetzt wieder an Deborah gewandt. »Kein Problem«, entgegnete Deborah. »So hatten wir Gelegenheit, uns ein bisschen zu erholen. Miss Masterson hat uns ganz schön durch die Gegend gescheucht.« Während sie redete, entging ihr nicht, dass Spencer wie gebannt ihre übergeschlagenen Beine angaffte.

»Ich hoffe, die Formalitäten sind damit erledigt.«

»Ja«, erwiderte Deborah. »Wir fangen morgen bei Ihnen an.«

»Hervorragend!«, freute sich Spencer. »Das ist wirklich eine sehr erfreuliche Nachricht.« Er rieb sich aufgeregt die Hände und ließ seinen Blick immer wieder zwischen Joanna und Deborah hin- und herschweifen. Offenbar grübelte er über etwas nach und konnte sich nicht recht entscheiden. Schließlich zog er sich einen Stuhl heran und nahm ihnen gegenüber Platz. »Was darf ich Ihnen anbieten – Kaffee, Tee oder ein Erfrischungsgetränk?«

»Für mich bitte ein Glas Mineralwasser«, entgegnete Deborah.

»Ich nehme das Gleiche«, fügte Joanna widerwillig hinzu. Sie fühlte sich schon wieder wie das fünfte Rad am Wagen. Sie hatte sich nicht darum gerissen, Wingate in seinem Büro aufzusuchen, und nun sah sie all ihre Befürchtungen bestätigt. Der Mann fuhr eindeutig auf Deborah ab. Für Joannas Geschmack stierte er ihre Freundin derart lüstern an, dass es geradezu ekelhaft war.

Spencer bat die Sekretärin, die gewünschten Getränke zu servieren. Während sie aufstand und zum Kühlschrank ging, erzählte er ein bisschen von der Klinik. Schließlich kehrte Gladys mit zwei kleinen Flaschen San Pellegrino zurück.

»Trinken Sie nichts?«, fragte Deborah.

»Nein, danke«, erwiderte Spencer. Er wirkte alles andere als entspannt. Während Joanna und Deborah sich einschenkten, schlug er mehrmals erst sein linkes über sein rechtes Bein und dann umgekehrt. Irgendetwas schien ihm auf der Seele zu liegen.

»Kommt Ihnen unser Besuch im Augenblick womöglich nicht gelegen?«, hakte Joanna nach. »Vielleicht gehen wir besser und überlassen Sie Ihrer Arbeit.«

»Nein«, antwortete Spencer. »Auf keinen Fall! Ich habe

genug Zeit. Aber ich habe eine Bitte: Dürfte ich mich vielleicht kurz mit Miss Marks unter vier Augen unterhalten?«

Deborah nahm das Glas vom Mund und starrte Spencer an. Die Frage war so unerwartet gekommen, dass sie nicht wusste, ob sie richtig gehört hatte.

Spencer deutete auf sein Büro. »Wenn es für Sie okay ist, könnten wir uns einen Moment zurückziehen.«

Deborah sah Joanna fragend an, die mit den Schultern zuckte und so tat, als ob sie das alles nichts anginge, doch Deborah kannte ihre Freundin gut genug, um zu wissen, dass sie die Situation als vollkommen absurd empfand.

»Okay«, willigte Deborah ein und wandte sich wieder Spencer zu. Sie stellte ihr Glas auf dem Couchtisch ab, erhob sich mit einem leisen Seufzer und ließ sich in das Büro des Klinikgründers führen. Spencer schloss die Tür.

»Ich will mich nicht mit großen Vorreden aufhalten, Miss Marks«, begann Spencer, der es zum ersten Mal vermied, Deborah anzustarren. Stattdessen sah er aus dem großen Panoramafenster. »In unserer Klinik gilt ein unausgesprochenes, von mir selbst unterstütztes Gesetz, nach dem Beziehungen zwischen dem Management und untergebenen Angestellten zu vermeiden sind. Da Sie jedoch erst ab morgen Angestellte der Wingate Clinic sind, möchte ich Sie fragen, ob Sie eventuell Lust haben, heute Abend mit mir essen zu gehen.« Kaum waren seine Worte raus, drehte er sich um und sah Deborah erwartungsvoll an.

Deborah verschlug die überraschende Einladung für einen Augenblick die Sprache. Bisher hatte sie es genossen, die sexy Verführerin zu spielen, allerdings war sie davon ausgegangen, höchstens mit gierigen Blicken bedacht zu werden. Von dem Gründer und Direktor der Klinik zum Dinner gebeten zu werden, der vermutlich verheiratet und mindestens doppelt so alt war wie sie, hatte eine ganz andere Tragweite.

»Etwas außerhalb von Bookford gibt es ein sehr idyllisch

gelegenes Restaurant«, fuhr Spencer fort, als er sah, dass Deborah zögerte. »Vielleicht waren Sie schon mal dort. Es heißt *The Barn.*«

»Bestimmt ist es schön«, stammelte Deborah, als sie ihre Stimme wiederfand. »Und ich finde es auch wahnsinnig nett von Ihnen, mich einzuladen, aber leider gibt es ein paar logistische Probleme. Meine Mitbewohnerin und ich leben nämlich nicht hier, sondern in Boston.«

»Das wusste ich nicht«, entgegnete Spencer. »Aber vielleicht kann ich Sie zu einem frühen Dinner überreden. Ich glaube, das Restaurant öffnet bereits um halb sechs. Das ist schon bald, und Sie könnten problemlos um sieben oder acht auf dem Rückweg nach Boston sein.«

Deborah warf einen Blick auf die Uhr. Es war kurz vor vier.

»Unsere kleine Unterhaltung heute Morgen hat mir wirklich Spaß gemacht«, fuhr Spencer schmeichelnd fort. »Ich würde gern mehr über Sie erfahren, zum Beispiel, welcher Bereich der Molekularbiologie Ihnen am meisten gefällt. Offenbar haben wir ja ähnliche Interessen.«

»Ähnliche Interessen«, parodierte Deborah leise seine Worte, während sie in seine blauen Augen sah. Sie glaubte einen Hauch von Verzweiflung darin zu erkennen, auch wenn der Arzt auf den ersten Blick so erfolgreich wirkte und durchaus nicht unattraktiv war. Sie beschloss, ihm ein bisschen auf den Zahn zu fühlen. »Aber was würde Ihre Frau dazu sagen, wenn wir zusammen essen gingen?«

»Es gibt keine Mrs Wingate«, erwiderte Spencer. »Meine Frau hat sich vor ein paar Jahren von mir scheiden lassen. Ihr Entschluss traf mich damals ziemlich unerwartet. Im Nachhinein nehme ich an, dass ich mich zu viel um meine Arbeit gekümmert und meine Ehe vernachlässigt habe.«

»Das tut mir Leid«, brachte Deborah hervor.

»Ist schon in Ordnung«, entgegnete Spencer und sah auf

den Boden. »Es hat eben jeder sein Kreuz zu tragen. Das Gute ist, dass ich mich mit meiner neuen Situation abgefunden habe und bereit bin, auszugehen und neue Menschen kennen zu lernen.«

»Wie nett, dass Sie dabei an mich gedacht haben. Aber ich bin nun mal mit meiner Freundin und Mitbewohnerin hier, und wir sind nur mit einem Auto gekommen.«

»Meinen Sie nicht, Ihre Freundin könnte sich ein paar Stunden allein vergnügen?«

Deborah glaubte ihren Ohren nicht zu trauen. Glaubte dieser Mann allen Ernstes, dass sie ihre beste Freundin bitten würde, zwei Stunden Däumchen zu drehen, damit sie selber bei Kerzenschein mit ihm dinieren konnte? Der Vorschlag war so absurd und egoistisch, dass ihr keine spontane Antwort einfiel.

»Bookford hat durchaus einiges zu bieten«, fuhr Spencer unbeirrt fort. »Wir haben eine kleine Kneipe und eine überraschend gute Pizzeria. Und die Buchhandlung ist ebenfalls ein beliebter Treff, sie verfügt im hinteren Bereich über eine gemütliche Espresso-Bar.«

Deborah wollte dem dreisten Doktor gerade raten, zur Abkühlung in den Mühlteich zu springen, doch plötzlich hatte sie eine Idee, wie sie die unerwartete Situation ausnutzen und zu ihren und Joannas Gunsten wenden konnte. Sie sah Spencer an, klimperte mit den Augen und sagte, anstatt ihn kalt abblitzen zu lassen: »Ein Dinner in Ihrem Lieblingsrestaurant klingt wirklich verlockend.«

Spencer strahlte über das ganze Gesicht. »Wie schön! Ich bin sicher, dass Penelope – so hieß Ihre Freundin doch, nicht wahr? – sich gerne ein bisschen in unserem Städtchen umsieht. Und *The Barn* ist wirklich ein hervorragendes Restaurant. Ich bin sicher, dass Ihnen die ländliche, aber geschmackvolle Küche gefallen wird. Der Wein ist auch nicht schlecht.«

»Meine Freundin heißt Prudence«, antwortete Deborah.

»Und Sie müssen entweder mit uns beiden vorlieb nehmen oder ich kann Sie auch nicht begleiten.«

Spencers Gesicht verfinsterte sich. Er wollte gerade protestieren, doch Deborah kam ihm zuvor.

»Sie ist wirklich sehr nett«, erklärte Deborah. »Sie dürfen nicht vorschnell über sie urteilen, weil sie so bieder aussieht. Auch wenn sie die Unschuld vom Lande zu sein scheint – glauben Sie mir, sobald sie ein paar Drinks intus hat, entpuppt sie sich als echte Stimmungskanone.«

»Ich bezweifle nicht im Geringsten, dass sie eine liebenswürdige junge Frau ist«, entgegnete Spencer. »Aber ich würde den Abend trotzdem lieber mit Ihnen allein verbringen.«

»Vielleicht können Sie kaum glauben, was ich Ihnen jetzt sage«, flüsterte Deborah mit verschwörerischer Stimme. »Aber wir gehen des Öfteren gemeinsam mit dem gleichen Typen aus, vorausgesetzt natürlich, er ist locker und ungezwungen.« Um ihre schlüpfrigen Worte zu unterstreichen, berührte sie mit der Zungenspitze lasziv ihre Oberlippe.

»Ist das wahr?«, staunte Spencer und ließ seiner Phantasie freien Lauf. Er hatte noch nie mit zwei Frauen gleichzeitig ein Abenteuer gehabt; allerdings hatte er solche Szenen in Pornofilmen immer als sehr erotisch empfunden.

»Ja, ich schwöre es Ihnen!«, entgegnete Deborah und versuchte ein bisschen heiser und erotisch zu klingen.

Spencer sinnierte noch ein paar Sekunden vor sich hin, die Hände aufgerichtet und die Finger gegeneinander gespreizt. »Soll ich Ihnen etwas verraten? Ich bin total locker und ungezwungen! Daran sollte es also nicht scheitern. Wir gehen zu dritt essen!«

»Wunderbar«, freute sich Deborah. »Dann treffen wir uns also um halb sechs vor dem Restaurant. Tun Sie mir noch einen Gefallen?«

»Selbstverständlich«, erwiderte Spencer. »Welchen denn?«

»Arbeiten Sie heute Nachmittag nicht mehr zu hart. Es ist besser, wenn Sie nicht zu müde und ausgelaugt sind.«

»Ich verspreche es«, entgegnete Spencer und hob kapitulierend die Hände.

Joanna knallte die Autotür zu und steckte den Schlüssel ins Zündschloss, doch statt den Wagen anzulassen, stützte sie ihre Stirn aufs Lenkrad und wartete, bis Deborah ebenfalls eingestiegen war.

»Ich kann es einfach nicht fassen!«, fuhr sie ihre Freundin an. »Wie konntest du von diesem Ekel erregenden Lüstling eine Einladung zum Abendessen annehmen? Wohl wissend, dass der Kerl nichts als sexuelle Phantasien im Kopf hat? Bitte sag mir, dass ich das nur träume!«

»Nein, du träumst nicht«, entgegnete Deborah. »Aber ich staune, wie du über den guten Doktor sprichst. Heute Morgen hast du ihn noch für einen ansehnlichen Gentleman gehalten.«

»Ich habe mich einzig und allein auf sein Äußeres bezogen, nicht auf sein Benehmen. Außerdem war das heute Morgen, und jetzt ist heute Nachmittag.«

»Dass Dr. Wingate so tief in deiner Gunst gesunken ist, hättest du mir besser gesagt, bevor ich mit ihm in seinem Büro verschwunden bin!«, provozierte Deborah ihre Freundin.

Im Grunde war es gemein, Joanna nach dem anstrengenden Vormittag in der Klinik auch noch aufzuziehen, doch sie hatte Deborah bisher keine Chance gelassen, die Situation zu erklären. Als sie Wingates Büro verlassen und ihr von der Essenseinladung erzählt hatte, war Joanna sofort an die Decke gegangen und ohne Deborah auch nur zu Wort kommen zu lassen aus der Klinik gestürmt.

»Eins schwöre ich dir«, stellte Joanna fest. »Dieses Auto fährt auf dem schnellsten Wege zurück nach Boston. Wenn du hier bleiben und mit diesem Wüstling anbändeln willst, ist das deine Sache. Ich allerdings halte diese Idee für völlig verrückt.«

»Jetzt reg dich doch nicht so auf!«, versuchte Deborah sie zu beruhigen.

»Ich rege mich überhaupt nicht auf!«, ereiferte sich Joanna. »Entscheide dich! Willst du aussteigen oder mit mir zurückfahren?«

»Jetzt halt mal einen Augenblick den Mund und hör mir zu!«, wies Deborah sie zurecht. »Als Dr. Wingate damit anfing, mich zum Dinner überreden zu wollen, habe ich zuerst genauso reagiert wie du. Aber dann ist mir plötzlich ein Licht aufgegangen. Er hat nämlich etwas, das wir brauchen, und zwar dringend!«

Joanna holte tief Luft und gab sich alle Mühe, Deborah nicht erneut anzufahren. Wie immer zwang ihre Freundin sie nachzuhaken, was sie mit ihrer Andeutung meinte. »Okay«, brachte sie schließlich hervor, »was hat er, das wir dringend brauchen?«

»Eine blaue Zugangskarte!«, rief Deborah triumphierend. »Er ist nicht nur Abteilungsleiter, er ist der Gründer der Klinik! Mit seiner blauen Karte kann man sich mit Sicherheit Zutritt zum Server-Raum verschaffen. Wahrscheinlich hat er sogar Zugang zu sämtlichen verschlossenen Räumen der Klinik.«

Joanna hob den Kopf, den sie immer noch aufs Lenkrad gestützt hatte. Deborah hatte zweifellos Recht, aber was nützte es ihnen, dass Wingate über eine Karte mit weit reichenden Kompetenzen verfügte? Sie sah Deborah verständnislos an. »Du glaubst doch wohl nicht, dass er uns aus lauter Dankbarkeit, dass wir mit ihm essen gehen, seine Karte überlässt?«

»Natürlich nicht«, entgegnete Deborah. »Wir nehmen sie ihm weg! Wir müssen ihn nur betrunken machen. Dann lenkt ihn eine von uns ab, und die andere stibitzt ihm die Karte.«

Im ersten Moment dachte Joanna, dass Deborah sich wieder einmal einen ihrer makabren Späße erlaubte und gleich losprusten und sagen würde, dass sie es natürlich nur im Scherz gemeint habe. Doch sie blieb ernst und erwiderte selbstzufrieden Joannas Blick.

»Ich weiß nicht«, sagte Joanna schließlich zögernd. »Es klingt so einfach, aber in Wirklichkeit ist dein Plan wahrscheinlich ziemlich schwierig in die Tat umzusetzen.«

»Du hast doch selber gesagt, dass wir uns vermutlich einiges einfallen lassen müssen, um in den Server-Raum zu gelangen. Das wäre doch ein guter Anfang.«

»Es gibt so viele Unbekannte«, grübelte Joanna. »Woher willst du zum Beispiel wissen, dass er überhaupt Alkohol trinkt? Vielleicht ist er Abstinenzler.«

»Darüber müssen wir uns, glaube ich, keine Sorgen machen«, entgegnete Deborah. »Er hat erwähnt, dass es in dem Restaurant, in dem wir uns treffen wollen, eine gute Weinkarte gibt. Der Typ hat nur Wein und Weiber im Kopf, daran besteht kein Zweifel.«

»Ich weiß ja nicht«, zögerte Joanna.

»Jetzt gib dir einen Ruck!«, drängte Deborah. »Die Idee ist super! Oder hast du einen besseren Vorschlag, wie wir in den Raum kommen sollen?«

»Nein, aber …«

»Kein Aber«, fiel Deborah ihr ins Wort. »Was haben wir denn schon zu verlieren?«

»Unsere Würde.«

»Oje! Das darf nicht wahr sein!«

Genau in diesem Augenblick verließen Dr. Donaldson und Cynthia Carson die Klinik. Joanna rutschte in Sekundenschnelle dreißig Zentimeter tiefer und befahl Deborah panisch, sich ebenfalls zu ducken.

»Und jetzt?«, fragte Deborah, als sie dem Wunsch Joannas nachgekommen und unter das Fenster verschwunden war.

»Dr. Donaldson und Cynthia Carson haben gerade das Gebäude verlassen«, flüsterte Joanna. Ein paar Minuten später hörten sie zuknallende Autotüren, dann knirschten die Reifen eines davonfahrenden Autos über den Schotterbelag. Jetzt erst wagten sie es, sich wieder aufzurichten.

»Ich muss sofort weg von hier«, sagte Joanna. Sie ließ den Motor an, legte den Rückwärtsgang ein und bog aus der Parklücke.

»Bist du nun dabei oder nicht?« fragte Deborah.

Joanna seufzte. »Okay. Lassen wir es auf einen Versuch ankommen. Ich halte es allerdings für ziemlich ausgeschlossen, dass wir ihm schon während des Dinners seine blaue Karte abnehmen können. Wir müssen danach noch mit ihm nach Hause fahren.«

»Wahrscheinlich hast du Recht«, räumte Deborah ein. »Aber da haben wir dann gute Chancen.«

»Was unsere Arbeitsteilung angeht, habe ich noch eine Bedingung: Du bist für das Ablenken und Becircen zuständig, und ich kümmere mich um seine Karte.«

»Ich glaube eher, wir müssen je nach Situation improvisieren. Wie ich dir bereits sagte, erwartet er eine Art flotten Dreier.«

»Um Himmels willen!«, rief Joanna entsetzt, während sie den Wagen vor das Tor lenkte, um darauf zu warten, dass es aufging. »Meine alten Freundinnen in Houston würden nie und nimmer glauben, in was für aberwitzige Situationen ich hier gerate!«

Sie fuhren ins Stadtzentrum und hielten wie bei ihrem ersten Besuch vor eineinhalb Jahren beim Rite-Smart-Drugstore, um nach dem Weg zu fragen. Der Apotheker hatte ein paar Pfund zugenommen, war aber ansonsten genauso freundlich und fröhlich wie damals.

»Das Restaurant liegt etwa zwei Meilen nördlich der Stadt«, erklärte er und zeigte die Main Street in die Richtung hinauf, aus der sie gekommen waren. »Ein gutes Restaurant. Ich empfehle Ihnen den Schmorbraten mit überbackenen Kartoffeln und als Dessert Käsekuchen mit Schokoladensauce.«

»Klingt nach einem lecker-leichten, kalorienarmen Menü«, stellte Joanna beim Rausgehen scherzend fest.

Da es noch zu früh war, machten sie einen halbstündigen Schaufensterbummel durch Bookford. Schließlich stiegen sie erneut ins Auto und fuhren zu dem Restaurant, das tatsächlich sehr idyllisch lag und früher einmal ein Stall gewesen war. Auf dem Gelände waren zahlreiche antike Ackergeräte ausgestellt, einige waren zur Zierde sogar an den Außenwänden befestigt. Innen waren die ehemaligen Ställe zu mehreren Essbereichen umgebaut worden. Da sich die einzigen Fenster an der Vorderseite befanden, war das Restaurant ziemlich dunkel und strahlte eine gemütliche Atmosphäre aus.

»Miss Marks und Miss Heatherly?«, fragte die Begrüßungskellnerin, bevor Joanna und Deborah irgendetwas sagen konnten. Als sie die Frage bejahten, bedeutete die Kellnerin ihnen, ihr zu folgen. Im Gehen nahm sie zwei Menükarten von einem Stapel und führte sie zu der hintersten Nische, wo Dr. Spencer Wingate sie bereits im heimeligen Kerzenschein erwartete. Er trug ein Jackett, ein elegantes Halstuch und ein dazu passendes Tüchlein in der Brusttasche. Als er Joanna und Deborah erblickte, kam er eilig hinter dem Tisch hervor, küsste ihnen nacheinander die Hand und bedeutete ihnen mit einer einladenden Geste, Platz zu nehmen. Die Kellnerin verteilte lächelnd die Karten und verschwand.

»Ich hoffe, es stört Sie nicht, dass ich mir die Freiheit genommen habe, schon mal den Wein zu bestellen«, sagte

Spencer und zeigte auf die beiden Flaschen, die auf dem Tisch standen. »Ein trockener Weißwein und ein vollmundiger Rotwein. Ich mag nur vollmundige Rotweine, müssen Sie wissen.« Er lachte kurz auf.

Deborah zwinkerte Joanna zu. Das ging ja gut los.

»Möchten Sie vielleicht einen Cocktail als Aperitif?«, fragte Spencer.

»Danke«, lehnte Deborah ab. »Wir stehen nicht auf harte Drinks. Aber lassen Sie sich bitte nicht abhalten.«

»Dann gönne ich mir einen Martini«, entgegnete er. »Sind Sie sicher, dass Sie mir keine Gesellschaft leisten wollen?«

Joanna und Deborah schüttelten die Köpfe.

Der Abend ließ sich gut an. Die Unterhaltung geriet kein einziges Mal ins Stocken, da Spencer bereitwillig über sich selbst erzählte. Als sie beim Nachtisch angelangt waren, kannten Joanna und Deborah bis ins kleinste Detail die Entstehungs- und Erfolgsgeschichte der Wingate Clinic. Je mehr Spencer redete, desto schneller trank er. Das einzige kleinere Problem war, dass der Alkohol ihm bisher nichts anzuhaben schien.

»Ich habe noch eine Frage zu Ihrer Klinik«, sagte Deborah, als Spencer seinen Monolog für einen Augenblick unterbrach, um sich über seinen in Schokoladensauce getunkten Käsekuchen herzumachen. »Können Sie uns erklären, was es mit den schwangeren Nicaraguanerinnen auf sich hat?«

»Ach – sind einige der Damen aus Nicaragua schwanger?«, fragte Spencer zurück.

»Sie sind alle schwanger«, sagte Deborah. »Und außerdem sind sie alle in etwa in der gleichen Schwangerschaftswoche – fast so, als ob sie durch eine durch die Luft übertragene Infektion schwanger geworden wären.«

Spencer musste lachen. »Schwanger durch eine Infektion! Kein schlechter Witz! Dabei kommt er der Wahrheit recht nahe. Schließlich entsteht eine Schwangerschaft durch die Invasion vieler Millionen Mikroorganismen.« Dann lachte er wieder, doch irgendwie wirkte seine Fröhlichkeit aufgesetzt.

»Wollen Sie damit sagen, dass Sie von diesen Schwangerschaften nichts wissen?«, bohrte Deborah weiter.

»Nein«, versicherte Spencer. »Außerdem geht es mich nichts an, was die Damen in ihrer Freizeit treiben.«

»Ich frage deshalb«, wagte Deborah sich noch weiter vor, »weil man uns gesagt hat, die Frauen würden sich mit ihren Schwangerschaften ein kleines Extrageld verdienen.«

»Tatsächlich?«, entgegnete Spencer. »Wer hat Ihnen das erzählt?«

»Miss Masterson«, erwiderte Deborah- »Wir haben sie heute Mittag in der Kantine darauf angesprochen.«

»Ich werde sie morgen fragen, was es mit den Damen auf sich hat«, versprach Spencer und bemühte sich erneut zu lächeln. »Ich habe mich in den vergangenen Jahren nicht in dem Maße um die Klinik gekümmert, wie ich es hätte tun sollen. Deshalb sind mir nicht alle Einzelheiten bekannt. Dass ein paar Damen aus Nicaragua bei uns arbeiten, wusste ich natürlich. Dr. Saunders hat mit einem Kollegen in Nicaragua ein Arrangement getroffen, um auf diese Weise unserem chronischen Arbeitskräftemangel Herr zu werden.«

»Mit welchen Forschungsprojekten beschäftigt sich Dr. Saunders eigentlich?«, fragte Deborah.

»Er forscht ein bisschen hier und ein bisschen da«, erwiderte Spencer vage. »Er ist ein sehr kreativer Mann. Die Behandlung der Unfruchtbarkeit ist ein Spezialgebiet, auf dem rasante Fortschritte erzielt werden, die einen großen Einfluss auf die Medizin im Allgemeinen haben dürften. Aber sollen wir uns heute Abend wirklich über so ernste Dinge unterhalten?« Er lachte wieder, und plötzlich schien er zum ersten Mal ein wenig betrunken, doch er fing sich sofort wieder. »Lassen Sie uns fröhlich sein und den Abend genießen! Ich schlage vor, wir fahren jetzt zu mir nach Hause und plündern meinen Weinkeller. Was halten Sie davon?«

»Super!«, rief Deborah und stupste Joanna in die Seite, die ihrer Meinung nach viel zu still und ernst war. »Von mir aus können wir sofort aufbrechen.«

»Noch ein Gläschen bei Ihnen zu Hause hört sich gut an«, fügte Joanna hinzu.

Als die Rechnung kam, achteten Joanna und Deborah genau darauf, wo Spencer seine Brieftasche aufbewahrte. Sie hofften inständig, dass er sie aus seiner Jacketttasche holen möge, doch sie hatten Pech. Er zog sie aus seiner Gesäßtasche hervor und ließ sie dort auch wieder verschwinden, nachdem er seine Kreditkarte zurückbekommen hatte.

Auf dem Weg nach draußen entschuldigte er sich und verschwand noch einmal kurz zur Toilette.

»Ich bin gespannt, was du dir einfallen lässt, damit er seine Hose runterlässt«, flüsterte Joanna Deborah zu. Sie standen in der Nähe eines kleinen Podestes, auf dem die Begrüßungskellner ihre Gäste erwarteten. Das bei ihrer Ankunft noch fast leere Restaurant hatte sich mittlerweile gut gefüllt.

»Ihn von seiner Hose zu befreien, dürfte keine Schwierigkeit sein«, flüsterte Deborah zurück. »Erst mal müssen wir allerdings unsere Phantasie anstrengen, damit wir seinen Erwartungen gerecht werden. Kaum zu fassen, wie viel er verträgt, ohne angeschlagen zu wirken. Er hat zwei Martinis und zwei Flaschen Wein intus – abzüglich der paar Tropfen, die wir beide getrunken haben.«

»Beim Nachtisch hat er ein bisschen gelallt«, stellte Joanna fest.

»Und geschwankt«, fügte Deborah hinzu. »Aber für die Menge Alkohol hält er sich noch verdammt gut. Also muss er es gewohnt sein, regelmäßig tiefer ins Glas zu schauen. Wenn ich so viel getrunken hätte, läge ich die nächsten drei Tage im Koma.«

In diesem Moment öffnete sich die Toilettentür. Spencer grinste, als er seine beiden Begleiterinnen sah, und torkelte auf sie zu. Dabei kollidierte er mit dem Podium und umklammerte es, um nicht hinzufallen. Die pikierte Kellnerin eilte ihm zu Hilfe.

»Bingo!«, flüsterte Deborah Joanna triumphierend zu. »Das ist ja beruhigend. Offenbar reagiert er mit einiger Verzögerung.«

»Meinen Sie, er ist soweit okay?«, fragte die Kellnerin, als Joanna und Deborah ihr zu Hilfe kamen. »Selbstverständlich«, versicherte Deborah. »Er muss sich nur ein bisschen entspannen.«

»Wisst ihr hübschen jungen Damen, wo ich wohne?«, lallte Spencer.

»Ja«, erwiderte Deborah. »Miss Masterson war so nett, uns bei unserer Besichtigungstour im Vorbeifahren Ihr Haus zu zeigen.«

»Dann wollen wir mal sehen, wer zuerst da ist«, verkündete Spencer.

Bevor Deborah ihm die Idee ausreden konnte, hatte Spencer sich losgerissen und verließ mit für seinen Zustand erstaunlich schnellen Schritten das Restaurant.

Deborah und Joanna sahen sich erschrocken an und eilten hinter ihm her. Doch als sie ihn in der Abenddämmerung auf dem Parkplatz entdeckten, stieg er bereits fröhlich lachend in seinen Bentley.

»Warten Sie!«, rief Deborah und rannte mit Joanna zu seinem Wagen. Spencer ließ mehrmals den Motor aufheulen. Deborah versuchte die Beifahrertür zu öffnen, doch sie war verriegelt. Schließlich klopfte sie gegen die Scheibe und gab ihm durch Gesten zu verstehen, dass sie fahren würde, doch Spencer lachte sich halb tot und zeigte auf seine Ohren, um anzudeuten, dass er nichts verstand. Dann gab er Vollgas und schoss aus der Parklücke.

»Ach du meine Güte!«, stöhnte Deborah. Sie stand wie angewurzelt neben Joanna und sah den roten Rücklichtern nach, die allmählich in der Dunkelheit verschwanden.

»Er darf auf keinen Fall mehr fahren«, stellte Joanna fest.

»Natürlich nicht«, stimmte Deborah ihr zu. »Aber er wollte uns ja nicht hinter sein Steuer lassen. Er wird es schon schaffen. Und falls nicht, sollten wir wenigstens die Ersten am Unfallort sein. Aber nicht dass du etwa denkst, ich hätte es von Anfang an darauf angelegt, auf diese Weise an diese verdammte Karte heranzukommen.«

Sie liefen zu ihrem Chevy Malibu. Joanna ließ den Motor an und bog mit quietschenden Reifen in die Landstraße ein. Hinter jeder Kurve rechneten sie damit, den Bentley irgendwo in einem Kornfeld zu entdecken. Als sie an der Kreuzung Pierce Street und Main Street vor einer roten Ampel halten mussten, entspannten sie sich ein wenig. Wenn er es bis hierhin geschafft hatte, würde er es wohl auch bis nach Hause schaffen.

»Was hältst du von seiner Reaktion auf meine Frage bezüglich der Nicaraguanerinnen?«, fragte Deborah, während sie in die Pierce Street einbogen und in Richtung Osten weiterfuhren.

»Ich glaube, er war wirklich überrascht, dass sie alle schwanger sind«, erwiderte Joanna.

»Den Eindruck hatte ich auch«, stimmte Deborah zu. »Offenbar passieren in der Wingate Clinic Dinge, von denen der Gründer keine Ahnung zu haben scheint.«

»Da könntest du wohl Recht haben«, pflichtete Joanna ihr bei. »Er hat ja selber eingeräumt, dass er sich in den vergangenen Jahren zu wenig um die Klinik gekümmert hat.«

Sie verließen die Hauptstraße und bogen in den Schotterweg ein. Das Pförtnerhäuschen war bis auf ein kaum wahrnehmbares Licht hinter einem der kleinen Fensterläden völlig dunkel. Sie fuhren in den Tunnel und hielten vor dem massiven Tor, das genauso wie der Pfeiler mit dem Kartenschlitz von den Autoscheinwerfern angestrahlt wurde.

»Ob der Wachposten wohl rauskommt?«, fragte Joanna.

Deborah zuckte mit den Schultern. »Ich glaube nicht. Schließlich herrscht um diese Zeit kein Publikumsverkehr mehr. Lass uns einfach eine unserer neuen Karten ausprobieren!«

Sie kramte die Karte aus ihrer Handtasche hervor und reichte sie Joanna, die das Fenster herunterkurbelte und sie durch den Schlitz zog. Im nächsten Augenblick glitt das Tor auf.

»Voilà«, rief Deborah erfreut. Sie nahm ihre Karte entgegen und steckte sie wieder weg.

Sie verließen den Tunnel und passierten das kleine Nadelbaumwäldchen; dann kam das Hauptgebäude in Sicht. Lediglich in den ersten beiden Stockwerken des Südflügels brannten ein paar vereinzelte Lichter. Der Rest des Gebäudes glich einem schwarzen Koloss, der sich machtvoll vor dem Abendrot abzeichnete.

»Nachts sieht der Komplex noch unheimlicher aus als tagsüber«, stellte Joanna fest.

»Finde ich auch«, pflichtete Deborah ihr bei. »Graf Dracula würde sich hier bestimmt zu Hause fühlen.«

Sie passierten den Parkplatz und fuhren in das dahinter liegende Wäldchen. Ein paar Sekunden später schimmerten die ersten Lichter durch die Bäume. Sie kamen aus den Häusern der leitenden Wingate-Mitarbeiter. Joanna steuerte den Wagen in eine Zufahrt, von der sie annahm, dass sie zu Spencers Haus führte. Sie hatte sich nicht getäuscht: Das Heck des Bentley lugte schief aus der Garage. Sie stellte den Motor ab.

»Hast du eine Ahnung, wie es jetzt weitergehen soll?«, fragte sie.

»Nicht so konkret«, gestand Deborah. »Auf jeden Fall sollten wir ihn zum Weitertrinken animieren. Außerdem sollten wir ihm vorsichtshalber die Autoschlüssel abnehmen.«

»Eine sehr gute Idee!«, stimmte Joanna ihr zu und stieg aus.

Auf dem dunklen Weg zur Haustür hörten sie laute Rockmusik. Je näher sie kamen, desto lauter dröhnten die Bässe. Immerhin hörte Spencer trotz der Lautstärke die Klingel. Er riss die Tür weit auf und bedeutete ihnen mit einer übertriebenen Geste einzutreten. Wenn er sich nicht im letzten Moment am Türgriff hätte festklammern können, wäre er vermutlich auf dem Boden gelandet. Seine Wangen und seine Augen waren gerötet. Offenbar hatte ihm sein Jackett nicht länger gefallen; jedenfalls trug er jetzt eine aufwändig verzierte, dunkelgrüne Samtjacke.

»Können wir die Musik vielleicht ein kleines bisschen leiser machen?«, schrie Deborah.

Spencer schwankte zum Hi-Fi-Turm. Joanna und Deborah nutzen die Gelegenheit für eine schnelle Inspektion der Wohnung. Sie war eingerichtet wie ein englisches Herrenhaus: Klotzige, dunkelbraune Ledermöbel dominierten das Bild, auf dem Boden lagen rote Orientteppiche. An den Wänden, die in Dunkelgrün gehalten waren, hingen jeweils einzeln beleuchtete und in Szene gesetzte Ölgemälde von Pferden und Fuchsjagden. Die sonstigen Accessoires waren überwiegend irgendwelche Reitartikel.

»Meine Damen!«, rief Spencer, als er die Musik ein bisschen heruntergedreht hatte, »was darf ich Ihnen zu trinken anbieten, bevor wir zur Sache kommen?«

Joanna sah Deborah an und verdrehte die Augen.

»Am besten sehen wir mal nach, was für kostbare Fläschchen Sie in Ihrem Weinkeller haben«, schlug Deborah vor. »Eine gute Idee«, freute sich Spencer, dem der Buchstabe t auf einmal nicht mehr über die Lippen gehen wollte.

Der Keller sah aus, als ob er seit der Mitte des neunzehnten Jahrhunderts nicht mehr verändert worden wäre. An den kahlen Wänden hingen ein paar nackte schwache Glühbirnen, die Granitblöcke, die das Fundament des Hauses bildeten, hatten dunklen Schimmel angesetzt. Die Räume wurden durch Wände aus grob bearbeiteten Eichenbohlen unterteilt, die mit großen, einfachen Eisennägeln zusammengehalten wurden. Der Boden war unbefestigt und die Luft aufgrund der zahlreichen feuchten Stellen klamm und muffig.

»Ich warte lieber auf der Treppe«, sagte Joanna, als sie das düstere Verlies sah. Deborah hingegen stakste trotz ihrer hohen Absätze unerschrocken weiter.

Sie fürchtete, dass Spencer es in seinem mittlerweile ziemlich volltrunkenen Zustand womöglich gar nicht mehr bis zum Weinkeller schaffte. Sie musste ihn mehrmals stützen, um ihn vor einem Sturz zu bewahren.

Der so genannte Weinkeller entpuppte sich als eine der unscheinbaren abgetrennten Nischen, deren unbearbeitete Türen mit riesigen alten Vorhängeschlössern verschlossen waren. Spencer holte einen daumengroßen Schlüssel aus seiner Jackentasche und öffnete das Schloss. In dem Raum befanden sich ein halbes Dutzend, behelfsmäßig in Regalen aufgestapelte Kisten Wein. Spencer öffnete zielstrebig die erste Kiste und zog drei Flaschen heraus. »Dies ist ein guder Dropfen«, stellte er lallend fest und taumelte, die Flaschen unter den Arm geklemmt, zurück zur Treppe. Die Tür ließ er offen stehen.

»Ich habe mir gerade meine guten Fayva-Schuhe ruiniert«, klagte Deborah im Scherz, während sie die Treppe hinaufstiegen.

In der Küche kramte Spencer aus einer Schublade einen Korkenzieher hervor und öffnete die drei Flaschen, allesamt kalifornische Cabernet Sauvignons. Dann holte er drei bauchige Weingläser aus dem Schrank. Deborah bot an, sie ins Wohnzimmer zu bringen. Spencer ging voraus, ließ sich in der Mitte des Sofas nieder und bedeutete Deborah und Joanna, rechts und links von ihm Platz zu nehmen. Dann schenkte er ein und verteilte die Gläser.

»Nicht schlecht«, stellte er lachend fest, nachdem er einen Schluck verkostet hatte. »Ganz und gar nicht schlecht. So – und wie geht es jetzt weiter mit uns? Ihr müsst mir ein bisschen auf die Sprünge helfen! Mit einem flotten Dreier habe ich nämlich keine Erfahrung.«

»Am besten trinken wir erst mal noch gemütlich ein bisschen Wein«, schlug Deborah vor. »Der Abend ist schließlich noch jung.«

»Darauf trinke ich«, sagte Joanna und hob ihr Glas. Deborah und Spencer taten es ihr gleich.

Auch diesmal gelang es den Freundinnen problemlos, Spencer zum Reden zu bringen. Auf die simple Frage nach seiner Kindheit begann er einen endlosen Monolog, und während er ohne Unterbrechung schwafelte, schenkte er sich mehrmals nach. Wie im Restaurant schien er gar nicht zu merken, dass seine Gäste so gut wie gar nichts tranken.

Als eineinhalb Flaschen Wein geleert waren und Spencer bei seiner College-Zeit angelangt war, unterbrach Deborah seinen Monolog und wandte sich mit dem Wunsch an Joanna, kurz unter vier Augen mit ihr zu sprechen. Sie traten ein wenig zur Seite, aufmerksam begleitet von Spencers Blick, der ihnen mit seinen tiefblauen Augen lüstern und voller Vorfreude hinterhersah.

»Hast du eine Idee, wie wir weitermachen sollen?«, flüsterte Deborah. Die Rockmusik im Hintergrund war laut genug, dass Spencer sie nicht verstehen konnte. »Dieser Kerl saugt den Alkohol auf wie ein Schwamm. Aber abgesehen von seinen roten Augen und seinen roten Wangen zeigt der Wein wenig Wirkung bei ihm.«

»Ich weiß auch nicht, außer vielleicht …«

»Vielleicht was?«, hakte Deborah ungeduldig nach. Es war

bereits kurz vor neun, und sie wollte unbedingt bald nach Hause aufbrechen und sich schlafen legen. Sie war schon jetzt ziemlich erschöpft, und der nächste Tag versprach anstrengend zu werden.

»Vielleicht können wir ihn bitten, sich einen bequemen Seidenpyjama – oder was auch immer – anzuziehen. Das klingt zwar ziemlich platt, aber falls er anbeißt, läge seine Hose samt Brieftasche dann im Schlafzimmer, wo ich sie problemlos durchsuchen könnte.«

»Und ich soll mich also mit ihm beschäftigen, wenn er keine Hose mehr anhat?«, stöhnte Deborah.

»Darf ich dich vielleicht daran erinnern, dass das alles deine Idee war?«, platzte Joanna heraus.

»Ist ja schon gut«, versuchte Deborah sie zu beruhigen. »Kein Grund zur Aufregung. Aber wenn ich schreie, musst du sofort runterkommen!«

Sie kehrten zum Sofa zurück. Spencer sah sie erwartungsvoll an, woraufhin Deborah ihm Joannas Vorschlag unterbreitete. Er grinste schief, nickte und bemühte sich, auf die Beine zu kommen. Joanna und Deborah eilten ihm zu Hilfe.

»Es geht schon«, wehrte er dankend ab und stand allein auf. Er schwankte kurz, holte einmal tief Luft und setzte sich, mit starrem Blick die Treppe anpeilend, in Bewegung. Joanna und Deborah sahen ihm nach, wie er durchs Wohnzimmer torkelte; offenbar hatte er kein Gefühl mehr dafür, wo sich welche Körperteile bei ihm befanden und wozu sie gut waren.

»Ich nehme zurück, was ich gerade gesagt habe«, stellte Deborah fest. »Der Alkohol zeigt doch Wirkung.«

Joanna und Deborah zuckten zusammen; ihr Gastgeber war mit einem Beistelltischchen kollidiert und hatte eine Gruppe Zinnsoldaten auf den Boden gefegt. Immerhin haute ihn der Zusammenstoß nicht von den Beinen. Als er den unteren Treppenabsatz erreichte, umklammerte er mit beiden

Händen das Geländer. Erstaunlicherweise machten ihm die Stufen weniger zu schaffen, als auf ebener Fläche geradeaus zu gehen. Schließlich verschwand er in der oberen Etage.

»Was machen wir, wenn er wieder runterkommt?«, fragte Deborah aufgeregt. »Je nachdem, was er gleich am Leib hat – oder auch nicht –, hat er vielleicht keine Lust mehr, über seine Lieblingsthemen zu reden.«

»Sobald er unten ist, erzähle ich ihm, dass ich mal kurz ins Bad verschwinden muss«, schlug Joanna vor. »In der Zeit beschäftigst du ihn irgendwie.«

»Von der Küche führt noch eine andere Treppe nach oben«, berichtete Deborah. »Sie führt bestimmt ins Schlafzimmer.«

»Habe ich gesehen«, entgegnete Joanna. »Ich mache, so schnell ich kann.«

»Das will ich auch hoffen«, erklärte Deborah und zog instinktiv ihr Minikleid nach unten, um ihre Beine etwas mehr zu bedecken. Allerdings bewirkte sie damit lediglich, dass sie noch tiefere Einblicke in ihren ohnehin schon tiefen Ausschnitt bot. »Wie du dir vielleicht vorstellen kannst, fühle ich mich in diesem Outfit im Moment ein bisschen schutzlos.

»Glaub bloß nicht, dass ich dich jetzt bedauere.«

»Vielen Dank«, entgegnete Deborah. »Setzen wir uns wieder? Mir tun die Füße wahnsinnig weh.«

Sie ließen sich auf dem Sofa nieder und gingen Spencers Lebensgeschichte noch einmal durch. Als sie damit fertig waren, besprachen sie, wie sie den folgenden Tag angehen wollten, falls es ihnen gelingen sollte, sich die blaue Zugangskarte des Klinikgründers zu verschaffen.

»Ich muss so schnell wie möglich in den Server-Raum eindringen und uns Zugang zu den geheimen Dateien verschaffen«, stellte Joanna fest. »Laut David brauche ich dafür höchstens eine Viertelstunde, und sobald ich die entsprechenden Einstellungen vorgenommen habe, können wir die

Informationen, was aus unseren Eizellen geworden ist, von unseren jeweiligen Arbeitsplätzen in der Klinik oder sogar von unserem Computer zu Hause abrufen.«

»Am besten nehmen wir unsere Handys mit«, schlug Deborah vor. »Dann kann ich Schmiere stehen, während du im Server-Raum bist, und dich informieren, wenn Gefahr im Verzug ist.«

»Eine gute Idee«, stimmte Joanna zu.

Deborah sah auf die Uhr. »Findest du nicht, dass unser Casanova schon ziemlich lange da oben ist? Er wollte sich doch nur kurz umziehen.«

Joanna zuckte mit den Schultern. »Fünf oder zehn Minuten ist er bestimmt schon weg.«

»Ich wünschte, er würde sich ein bisschen beeilen«, stöhnte Deborah. »Ich bin so müde, dass ich innerhalb von zwei Sekunden auf diesem Sofa einschlafen könnte.«

»Mir geht es genauso«, entgegnete Joanna. »Wir leiden immer noch unter Jetlag. Unsere Körper sind noch auf italienische Uhrzeit eingestellt.«

»Außerdem sind wir heute Morgen um sechs Uhr aufgestanden.«

»Stimmt«, pflichte Joanna ihr bei. »Hast du eigentlich morgen im Labor irgendetwas Bestimmtes vor, während ich versuche, mich in den Server-Raum zu schleichen?«

»Auf jeden Fall«, erwiderte Deborah. »Ich will unbedingt herausfinden, was sie mit all den Hightechgeräten machen. Außerdem will ich dahinter kommen, welche Art von Forschung die Klinikgurus hier eigentlich konkret betreiben und was es mit den schwangeren Nicaraguanerinnen auf sich hat.«

»Versprich mir, dass du vorsichtig bist!«, mahnte Joanna. »Was auch immer du unternimmst – unsere verdeckte Aktion darf auf keinen Fall auffliegen, bevor wir die Informationen haben, wegen denen wir hier sind.«

»Ich bin vorsichtig«, versprach Deborah und warf erneut einen Blick auf die Uhr. »Was macht er bloß so lange da oben? Ob er sich ein Superman-Kostüm anzieht?«

»Mir kommt es allmählich auch seltsam vor«, bemerkte Joanna.

»Was schlägst du vor?«

Joanna zuckte erneut mit den Schultern. »Ob wir vielleicht mal nachsehen sollten? Stell dir vor, er liegt splitternackt auf dem Bett und wartet auf uns?«

»Du hast ja wirklich eine wilde Phantasie!«, entgegnete Deborah. »Aber vor so einem Trunkenbold müssen wir uns wohl nicht in die Hose machen. Was soll er schon machen? Aufspringen und *buh* rufen? Vergiss nicht, wie der gute Doc hier gerade herausgetorkelt ist. Er hatte Beine wie eingeweichte Spaghetti.«

»Vielleicht ist er auch umgekippt und schläft seinen Rausch aus«, mutmaßte Joanna.

»Dann wären wir fein raus. Und die Chancen stehen vielleicht gar nicht mal so schlecht. Immerhin hat er innerhalb von drei Stunden zwei Martinis und fast dreieinhalb Flaschen Wein gebechert.«

»Okay, dann gehen wir jetzt hoch und sehen nach. Aber du gehst vor!«

»Vielen Dank, immer ich.«

Sie gingen zunächst bis zum Treppenabsatz. Doch die Musik war immer noch so laut, dass sie von oben nichts hören konnten. Also stiegen sie, einander dicht auf den Fersen, die Treppe hinauf. Oben angelangt, zögerten sie. Es gab mehrere Türen, doch nur die am Ende des Flurs war angelehnt. Aus dem Zimmer dahinter fiel schwaches Licht auf den Teppich. Außer der von unten heraufdringenden Musik war es absolut still.

Deborah bedeutete Joanna, ihr zu folgen. Während sie sich langsam der offenen Tür näherten, fühlten sie sich wie

Eindringlinge. An der Türschwelle kam ein unberührtes Ehebett in Sicht. Hinter dem Schlafzimmer befand sich ein Bad, durch dessen offen stehende Tür Licht in den Raum fiel. Spencer war nirgends zu sehen.

»Wo ist er denn bloß?«, flüsterte Deborah genervt. »Ob er uns an der Nase herumführt?« Auf einmal kamen ihr Joannas Bedenken wieder in den Sinn.

»Sollen wir mal in den anderen Zimmern nachsehen?«, fragte Joanna.

»Nehmen wir uns lieber erst mal das Bad vor«, schlug Deborah vor.

Sie hatten sich kaum drei Schritte ins Schlafzimmer vorgewagt, als Joanna plötzlich nach Deborahs Arm griff und ihn fest umklammerte.

»Erschrick mich doch nicht so!«, fuhr Deborah sie an.

Joanna zeigte in Richtung Bett. Auf der anderen Seite des Bettes waren soeben Spencers Füße zu erkennen, die beim Ausziehen in seiner Hose stecken geblieben waren. Sie umrundeten ängstlich das Bett und sahen nach, was mit ihrem Gastgeber geschehen war. Spencer lag mit dem Bauch nach unten auf dem Boden. Sein Hemd hing ihm halb ausgezogen am Leib, die Hose als Bündel um die Fußknöchel. Er atmete schwer und schien im Tiefschlaf zu liegen.

»Sieht so aus, als ob er gefallen wäre«, stellte Joanna fest.

Deborah nickte. »Wahrscheinlich ist er in der Eile über seine Hose gestolpert, und als er erst mal in der Horizontale war, war er augenblicklich k.o.«

»Ob er sich verletzt hat?«

»Glaube ich nicht«, erwiderte Deborah. »Ich sehe nichts, woran er sich hätte den Kopf stoßen können. Außerdem ist der Bettvorleger fünf Zentimeter dick.«

»Wollen wir es wagen?«

»Natürlich wagen wir es«, erwiderte Deborah. »Was für eine Frage! Der wacht doch nie und nimmer auf.« Sie bückte sich, tastete und zerrte kurz an der Hose herum und zog die Brieftasche hervor. Spencer rührte sich nicht vom Fleck.

Die Brieftasche war extrem dick. Deborah öffnete und durchsuchte sie. Zuerst konnte sie die blaue Zugangskarte nicht entdecken, doch schließlich fand sie sie in einem der Fächer hinter den Kreditkarten. »Nicht schlecht, dass er sie so weit hinten stecken hat«, murmelte sie und reichte Joanna die Karte. Dann beugte sie sich noch einmal über Spencers Füße und steckte die Brieftasche zurück in die Hose.

»Ist es nicht völlig egal, wo er die Karte aufbewahrt?«, fragte Joanna.

»Nein«, erwiderte Deborah. »Dass sie so weit hinten steckte, heißt, dass er sie nur selten benutzt. Und wir wollen doch nicht, dass er sie vermisst, bevor wir Gelegenheit hatten, sie einzusetzen. Komm! Wir suchen noch schnell seine Autoschlüssel, verstecken sie, und dann verschwinden wir von hier!«

»Von hier zu verschwinden, ist das Beste, was ich heute von dir gehört habe«, stellte Joanna fest. »Um seine Autoschlüssel müssen wir uns, glaube ich, nicht mehr scheren. Er wacht sowieso frühestens in zwölf Stunden auf, und wenn er die Augen aufmacht, wird ihm bestimmt nicht nach Autofahren zumute sein.«

Kurt Hermann starrte auf das Polaroidfoto von Georgina Marks, einer der neuen Mitarbeiterinnen. Er umklammerte es mit seiner kräftigen Hand und hielt es unter das grün getönte Glas seiner Schreibtischlampe. Während er ihr Gesicht betrachtete, ließ er ihre gesamte Erscheinung noch einmal vor seinem inneren Auge Revue passieren. Für ihn bot die Frau mit ihren beinahe aus dem Ausschnitt hervorquellenden Brüsten und dem kaum bedeckten Po einen abscheulichen Anblick; er empfand sie als einen Affront gegen seine strikten Moralvorstellungen.

Schließlich legte er das Foto langsam und bedächtig, wie er alle Arbeiten zu verrichten pflegte, neben das Foto von Prudence Heatherly, der anderen neuen Mitarbeiterin. Sie schien das genaue Gegenteil von Georgina Marks zu sein: eine gottesfürchtige, anständige junge Frau.

Kurt saß wie an vielen Abenden in seinem Büro in dem verlassenen Pförtnerhäuschen. Neben dem Büro befand sich ein provisorischer Trainingsraum, in dem er seine Muskeln stählte und seine Figur geschmeidig hielt. Als überzeugter Einzelgänger vermied er jede Art von gesellschaftlichen Kontakten, und da er ohnehin auf dem Klinikgelände lebte, wurde ihm sein Außenseiterdasein leicht gemacht; zudem hatte der kleine Ort, zu dem die Klinik gehörte, nichts zu bieten, was Kurt auch nur im Geringsten interessierte.

Er arbeitete jetzt seit mehr als drei Jahren in der Wingate Clinic. Sein Job war perfekt auf ihn zugeschnitten. Die Aufgaben waren interessant genug, dass sie ihn reizten und herausforderten, ohne dass er sich überanstrengen musste. Schwer schuften musste er wahrlich nicht. Aufgrund seiner Erfahrungen beim Militär war er hervorragend für den Sicherheitsdienst geeignet. Er war direkt nach der Highschool zur U.S. Army gegangen und hatte es im Laufe der Jahre sogar geschafft, in die Special Forces aufgenommen zu werden, wo man ihn für verdeckte Operationen trainiert hatte. Er hatte gelernt, wie man Feinde mit bloßen Händen tötete oder wie man sie mit den unterschiedlichsten Waffen zur Strecke brachte, und das Töten von Menschen hatte ihm nie auch nur das geringste Problem bereitet.

Sein Vater war ebenfalls Berufssoldat gewesen, und so hatte Kurt schon früh mit dem Militär zu tun gehabt; im Grunde hatte er nie einen anderen Lebensstil kennen gelernt. Als Elitesoldat der Special Forces hatte sein Vater von seiner Frau und seinem Sohn stets äußerste Disziplin und Perfektion erwartet. Bis auf ein paar hässliche Szenen hatte es in Kurts früher Jugend keine großen Probleme gegeben. Er hatte sich schnell an Zucht und Ordnung gewöhnt. Dann war sein Vater in den letzten Tagen des Vietnam-Krieges während einer bis heute unter Verschluss gehaltenen geheimen Operation in Kambodscha gefallen. Zu Kurts Entsetzen hatte sich seine Mutter nach dem Tod des Vaters in eine Reihe von Liebesabenteuern gestürzt und schließlich einen tuntigen Versicherungsvertreter geheiratet.

In der Army hatte man Kurt immer gut behandelt. Seine Fähigkeiten und seine Einstellung hatten sich allgemeiner Wertschätzung erfreut, und wenn sein aggressives Verhalten ihn gelegentlich mit dem Gesetz in Konflikt gebracht hatte, hatte man seine Ausrutscher stets glatt gebügelt. Es gab ein paar Dinge, die Kurt absolut nicht dulden konnte. Dazu gehörten auf jeden Fall Prostitution und Homosexualität, und er war ein Mann, der, wenn es darauf ankam, nicht davor zurückschreckte, nach seinen Prinzipien zu handeln.

Alles in allem war sein Leben in glatten Bahnen verlaufen. Doch dann war er auf Okinawa stationiert worden, und auf dieser zerklüfteten, zu Japan gehörenden Insel waren ihm die Dinge entglitten, wie er selber gestehen musste.

Er beugte sich noch einmal über das Foto in seiner Hand und musterte Georginas Augen. Auf Okinawa hatte er viele Frauen wie sie kennen gelernt. So viele sogar, dass er sich moralisch verpflichtet gefühlt hatte, ihre Anzahl zu reduzieren. Es war ihm vorgekommen, als hätte Gott selbst zu ihm gesprochen. Sich dieser verkommenen Frauen zu entledigen, war nie ein Problem gewesen. Er hatte sich mit ihnen an einen abgelegenen Ort zurückgezogen, Sex mit ihnen gehabt, und wenn sie es dann gewagt hatten, Geld zu verlangen, hatte er sie zur Strafe für ihre moralische Verderbtheit kurzerhand umgebracht.

Man hatte ihn nie auf frischer Tat ertappt oder gar bestraft, doch auf Grund zwingender Indizienbeweise wurden die Morde schließlich doch mit ihm in Verbindung gebracht. Auch diesmal löste die Army das Problem still und leise und entließ ihn im Zuge von Präsident Clintons Programm zur Verringerung der Anzahl der Staatsangestellten, dem ohnehin vorwiegend Militärangehörige und so gut wie gar keine Angestellten der Verwaltung zum Opfer fielen. Ein paar Monate später hatte Kurt sich auf eine Anzeige der Wingate Clinic beworben und war sofort eingestellt worden.

Er hörte, wie sich das Tor quietschend öffnete und ein Auto anfuhr und durch den Tunnel brauste. Er stand auf und öffnete den Fensterladen. In der Ferne konnte er soeben noch die Rücklichter eines alten Chevrolets erkennen. Er sah auf die Uhr.

Dann schloss er den Fensterladen wieder, ging zurück an seinen Schreibtisch und musterte noch einmal das ihm inzwischen vertraute Gesicht der jungen Frau. Der alte Chevrolet hatte das Tor nur wenige Minuten nach Wingates Bentley passiert und war bis zum Haus des Klinikgründers gefahren. Was da jetzt abging, war nicht schwer zu erraten. Kurt kamen sofort die entsprechenden Passagen aus der Bibel in den Sinn, und während er sie in Gedanken aufsagte, ballten sich seine Hände zu Fäusten. Gott sprach erneut zu ihm.

11

10. Mai 2001, 7.10 Uhr

Als die beiden Freundinnen Boston an diesem Frühlingsmorgen erneut in nordwestlicher Richtung verließen und nach Bookford zurückfuhren, von wo sie nur neun Stunden zuvor aufgebrochen waren, schien wieder herrlich die Sonne. Sie waren beide müde und erschöpft. Anders als am

Morgen zuvor waren sie diesmal nicht von allein aufgewacht, sondern hatten sich von ihrem Wecker aus dem Schlaf reißen lassen.

Als sie am Abend nach Hause gekommen waren, waren sie trotz ihrer Übermüdung nicht gleich ins Bett gegangen. Deborah hatte den zwingenden Drang verspürt, noch ihre Schuhe zu putzen, die in Spencer Wingates Keller schmutzig geworden waren. Außerdem hatte sie noch einige Zeit damit zugebracht, ihr Outfit für den nächsten Tag zusammenzustellen. Leider war ihr erst ein wenig spät klar geworden, dass sie ihr sexy Minikleid wohl oder übel noch einmal würde tragen müssen. All ihre sonstigen Kleidungsstücke waren vom Stil vollkommen anders geartet und hätten womöglich offenbart, dass sie in Wirklichkeit nicht die war, die sie vorzutäuschen versuchte.

Joanna hatte derweil mit David Washburn telefoniert und war mit ihm noch einmal genau durchgegangen, was sie konkret tun musste, sobald sie in den Server-Raum der Wingate Clinic eingedrungen war. Auf sein dringendes Anraten war sie schließlich sogar noch bei ihm vorbeigefahren und hatte sich mit spezieller Hacker-Software eingedeckt. Er hatte ihr eröffnet, dass er, je mehr er über die Sache nachdenke, davon überzeugt sei, dass sogar das Steuerpult im Server-Raum mit einem Passwort gesichert sei, ohne dessen Kenntnis sich nicht einmal die Tastatur bedienen lasse. Geduldig hatte er ihr gezeigt, wie man die Software anwandte, und sie mehrere eigenständige Versuche machen lassen, damit im entscheidenden Moment alles glatt ging. Sie war erst weit nach Mitternacht wieder zu Hause gewesen. Deborah hatte da schon längst geschlafen.

Müde wie sie waren, saßen sie schweigend nebeneinander und ließen sich gedankenlos von dem morgendlichen Gedudel aus dem Autoradio einlullen. Diesmal fuhr Deborah. Am Eingang der Wingate Clinic holte sie ihre Karte hervor und führte sie durch den Schlitz. Das Tor öffnete sich reibungslos, und sie passierten die Zufahrt. Da sie ziemlich früh dran waren, gab es noch jede Menge Parkplätze. Deborah entschied sich für einen in der Nähe des Haupteingangs.

»Ob wir wohl gleich Spencer in die Arme laufen?«, fragte Joanna besorgt.

»Das glaube ich eigentlich nicht. Er wird erst mal seinen Kater auskurieren müssen. Ich kann mir kaum vorstellen, dass er sich heute für längere Zeit blicken lässt.«

»Wahrscheinlich hast du Recht. Außerdem dürfte er sich sowieso nicht an alles erinnern.«

»Viel Glück, Partnerin«, wünschte Deborah.

»Ebenso«, entgegnete Joanna.

»Hast du an dein Handy gedacht?«

»Natürlich. Und du?«

»Ja. Ich habe es sogar noch aufgeladen. Na, dann wollen wir mal!«

Entschlossen, aber auch mit einem leicht mulmigen Gefühl stiegen sie aus und betraten das Klinikgebäude. Wie besprochen gingen sie zuerst in der Büronische der Personalleiterin, Helen Masterson, vorbei, um den verbliebenen Papierkram zu erledigen. Zu ihrer großen Erleichterung hatten sich auch über Nacht keinerlei Probleme mit ihren Sozialversicherungsnummern aufgetan.

Als sie den Papierkram erledigt hatten, trennten sich ihre Wege. Während Deborah den Hauptflur überquerte, um ihre Vorgesetzte Megan Finnigan aufzusuchen, steuerte Joanna die Nische von Christine Parham an, die sich nur drei Nischen hinter der von Helen Masterson befand.

Joanna war unsicher, wie sie ihre neue Chefin auf sich aufmerksam machen sollte. Sie saß an ihrem Schreibtisch und wandte ihr den Rücken zu. Da die Nische türlos war, klopfte Joanna an die Trennwand, doch sie war aus einem geräuschabweisenden Material, sodass die Büroleiterin nicht reagierte. Schließlich rief Joanna sie bei ihrem Namen.

Christine erinnerte sich, dass Joanna ihr am Tag zuvor in der Kantine vorgestellt worden war. Außerdem lag auf ihrem Schreibtisch eine Kopie von Joannas Bewerbungsbogen.

»Kommen Sie rein, Prudence, und nehmen Sie Platz!«, forderte Christine sie auf und nahm einen Stapel Aktenordner von dem Stuhl, der neben ihrem Schreibtisch stand. »Willkommen in der Wingate Clinic!«

Joanna setzte sich und nahm ihre Vorgesetzte ins Visier. Sie war aus demselben Holz geschnitzt wie Helen Masterson: Sie war genauso stabil gebaut und hatte die gleichen breiten, schaufelförmigen Hände, die die Vermutung nahe legten, dass ihre direkten Vorfahren Farmer gewesen waren. Ihr freundliches Gesicht war mit ausgeprägten Flecken gesprenkelt, die auf ihren breiten Wangen aussahen wie aufgetragene Rougetupfer.

Christine setzte Joanna nüchtern und sachlich auseinander, was von ihr erwartet wurde und was fürs Erste ihre Aufgaben sein würden. Wie Joanna erwartet hatte, würde sie Daten für die Rechnungsstellung eingeben, die vor allem den klinischen Bereich des Wingate- Unternehmens betrafen, Christine stellte ihr aber in Aussicht, dass ihre Pflichten und Verantwortlichkeiten sehr bald erweitert werden würden, wenn sie ihre Arbeit eine Zeit lang zur beiderseitigen Zufriedenheit erledigt habe.

»Haben Sie noch irgendwelche Fragen?«, wollte die Büroleiterin wissen.

»Wie halten Sie es mit kleinen Kaffeepausen?«, erkundigte sich Joanna und lächelte. »Bitte verstehen Sie mich nicht falsch! Aber ich finde, man sollte lieber fragen, bevor man sich in die Nesseln setzt.«

»Ihre Frage ist absolut berechtigt«, versicherte Christine. »Wir nehmen es nicht so genau, ob und wann Sie Pausen machen. Wir haben nichts dagegen, wenn unsere Mitarbeiter ihre Arbeit nach Bedarf unterbrechen. Hauptsache, sie schaffen ihre Arbeit. Die meisten machen morgens und nachmittags eine halbe Stunde Pause – ob in einem Stück oder auf kleine Pausen verteilt, bleibt jedem selbst überlassen. Die Mittagspause beträgt ebenfalls eine halbe Stunde, aber auch da stehen wir nicht mit der Stoppuhr daneben.«

Joanna nickte. Die Möglichkeit, flexible Pausen einlegen zu können, kam ihr sehr gelegen, erst recht, wenn sie diese auch noch mit Deborah koordinieren konnte. Sie wollte gleich am Vormittag einen ersten Versuch starten, in den Server-Raum einzudringen, und falls sie Probleme haben sollte, würde sie es in der Mittagspause noch einmal probieren.

»Eins habe ich noch vergessen«, fuhr Christine fort. »Das Rauchen ist in der gesamten Klinik verboten. Falls Sie Raucherin sind, müssen Sie zum Qualmen in Ihr Auto gehen.«

»Ich rauche nicht«, entgegnete Joanna. »Das betrifft mich also zum Glück nicht.«

»Wie ich Ihren Bewerbungsunterlagen entnommen habe, haben Sie bereits viel mit Computern gearbeitet«, stellte Christine fest. »Deshalb kann ich es mir vermutlich schenken, Ihnen lang und breit unser System zu erklären. Es ist absolut einfach zu handhaben, und außerdem haben Sie ja auch bereits mit Randy Porter gesprochen.«

»Ich denke, ich werde mich ohne Probleme zurechtfinden«, versicherte Joanna.

»Na, dann können Sie ja gleich loslegen«, schlug Christine vor. »Am besten zeige ich Ihnen jetzt Ihren Arbeitsplatz. Es wartet bereits ein voller Eingangskorb auf Sie.«

Sie führte Joanna zu der am weitesten vom nächsten Fenster entfernten Nische. Der kleine Arbeitsbereich grenzte direkt an den Hauptflur und war rein funktional eingerichtet: es gab einen Standard-Schreibtisch aus Metall, einen Aktenschrank, einen Schreibtischstuhl, einen weiteren Stuhl und einen Papierkorb. Auf dem Schreibtisch befanden sich ein überquellender Eingangskorb, ein Ausgangskorb, eine Tastatur mit dazugehöriger Maus und angeschlossenem Bildschirm sowie ein Telefon. Die Trennwände waren vollkommen nackt.

»Besonders gemütlich sieht Ihr Arbeitsplatz noch nicht aus«, räumte Christine ein. »Aber Sie dürfen sich Ihr neues Reich gern mit persönlichen Gegenständen verschönern.«

»Keine Sorge«, entgegnete Joanna. »Mir gefällt es.« Sie legte ihre Handtasche auf dem Schreibtisch ab und lächelte ihre Vorgesetzte an.

Als Nächstes machte Christine sie mit ihren neuen Kolleginnen und Kollegen aus den benachbarten Nischen bekannt. Sie machten einen freundlichen Eindruck und schüttelten Joanna zur Begrüßung über die brusthohen Trennwände hinweg die Hand.

»Ich denke, dann können Sie loslegen«, stellte Christine fest. »Falls Sie irgendein Problem haben, können Sie mich jederzeit fragen. Dafür bin ich da.«

Joanna versicherte, das zu tun, und winkte kurz, als ihre Vorgesetzte sie schließlich allein ließ. Dann drehte sie sich zu ihrem Schreibtisch um, holte ihr Handy aus der Handtasche und wählte Deborahs Nummer, doch offenbar wurde sie noch in ihre neuen Aufgaben eingewiesen; jedenfalls sprang die Mailbox an. Joanna bat um Rückruf, sobald sie einen Augenblick Zeit habe.

Schließlich ließ sie sich vor ihrer Tastatur nieder und zog ihre blaue Karte durch den Schlitz. Auf dem Monitor öffnete sich ein Fenster, und sie wurde aufgefordert, ein neues Passwort einzugeben. Sie entschied sich für das Wort Anago; das war der Name ihres Lieblingsrestaurants in Boston. Sie loggte sich in das Kliniknetz ein und checkte in der nächsten Viertelstunde, auf welche Dateien sie mit ihrer Zugangsberechtigung Zugriff hatte. Wie sie erwartet hatte, waren ihre Befugnisse äußerst beschränkt, und zu den Spenderdateien, denen ihr eigentliches Interesse galt, hatte sie natürlich keinen Zugang.

Als Nächstes widmete sie sich dem bereitstehenden, überquellenden Eingangskorb. Sie wollte möglichst schnell möglichst viel abarbeiten, damit niemand auf die Idee kam, wegen irgendwelcher liegen gebliebenen Arbeit nach ihr zu suchen, wenn sich eine günstige Gelegenheit ergab und sie zu ihrer Exkursion in den Server-Raum aufbrach.

Binnen kürzester Zeit hatte sie sich einen ersten Überblick verschafft und staunte, wie viel Geld die Klinik einnahm. Dabei hatte sie erst einen kleinen Teil der Geldeingänge eines einzigen Vormittags bearbeitet. Sie wusste zwar noch nicht, welche Kosten den Eingängen gegenüberstanden, doch sie vermutete, dass mit dem Leid unfruchtbarer Paare äußerst lukrative Geschäfte gemacht wurden.

Deborah nickte alle paar Sekunden, um wenigstens den Anschein zu erwecken, als würde sie aufmerksam zuhören. Sie saß in dem sardinenbüchsenengen Büro der Laborleiterin, das sich direkt neben dem großen Labor befand. An allen vier Wänden des winzigen Raums standen Regale, die mit Handbüchern, wissenschaftlichen Nachschlagewerken und losen Papierstapeln voll gestopft waren. Die Laborleiterin war eine kleine Frau mit mausgrauem, von tiefgrauen Strähnen durchsetztem Haar, das ihr permanent in die Augen fiel. Beinahe exakt alle eineinhalb Minuten warf sie den Kopf in den Nacken, um die widerspenstigen Strähnen aus ihrem Gesicht zu schleudern. Die nervösen Zuckungen der Frau machten Deborah wahnsinnig, und sie konnte nur mühsam dem Drang widerstehen, sie weiter anzusehen, ohne sie bei den Schultern zu packen und sie aufzufordern, endlich mit diesem Gezucke aufzuhören.

Während Megan Finnigan ihr einen Kurzvortrag über die verschiedenen, in der Wingate Clinic angewandten Labortechniken hielt, drifteten Deborahs Gedanken immer wieder ab. Sie fragte sich, wie es wohl Joanna erging.

»Haben Sie noch irgendwelche Fragen?«, beendete Megan plötzlich unvermittelt ihren Vortrag.

»Ich glaube, nein«, erwiderte Deborah schnell und richtete sich kerzengerade auf, als ob sie gerade bei einem Nickerchen erwischt worden wäre.

»Gut«, stellte Megan fest. »Falls irgendwelche Unklarheiten auftreten sollten, wissen Sie ja, wo Sie mich finden. Ich gebe Sie zunächst in die Obhut einer erfahrenen Labortechnikerin. Ihr Name ist Maureen Jefferson. Sie wird Sie in die Technik des Zellkerntransfers einweisen.«

»Klingt gut«, entgegnete Deborah.

»Zum Schluss möchte ich Ihnen noch einen Rat geben«, fuhr Megan fort. »Sie sollten bequemere Schuhe tragen.«

»Ach ja?«, fragte Deborah mit Unschuldsmiene und warf einen Blick auf ihre hochhackigen Pumps, die die Widrigkeiten des Vortags gut überstanden hatten. »Mögen Sie meine Schuhe nicht?«

»Sagen wir lieber so«, erwiderte Megan. »Sie sind für Ihre Arbeit ungeeignet, und ich möchte nicht, dass Sie ausrutschen und sich ein Bein brechen.«

»Darauf lege ich auch keinen Wert«, versicherte Deborah.

»Dann haben wir uns ja verstanden«, stellte Megan fest und bedachte Deborahs Minikleid, das ihre Oberschenkel eher entblößte als bedeckte, mit einem missbilligenden Blick. Doch anstatt etwas zu sagen, erhob sie sich. Deborah tat es ihr gleich.

Maureen Jefferson war eine zweiundzwanzigjährige Afroamerikanerin, deren Hautfarbe an Cappuccino mit einer Menge aufgeschäumter Milch erinnerte. Ihre Nase war von ein paar frechen Sommersprossen übersät. Sie trug einen kurzen Bob-Schnitt, der ihre imposante Ohr-Piercing-Kollektion optimal zur Geltung brachte. Ihre Augenbrauen waren auffällig gebogen und verliehen ihrem Gesicht einen permanent verblüfften Ausdruck.

Nachdem Megan die beiden jungen Frauen miteinander bekannt gemacht hatte, ließ sie sie allein. Zuerst sagte Maureen kein Wort. Stattdessen sah sie der Laborleiterin nach, die über den Hauptflur davonging, und schüttelte den Kopf. Erst als Megan in ihrem Büro verschwunden war, wandte Maureen sich Deborah zu und sagte: »Die Frau ist eine harte Nuss, findest du nicht auch?«

»Sie wirkt ein bisschen steif«, entgegnete Deborah.

»Wahrscheinlich hat sie dir gerade eine Standpauke darüber gehalten, wie wichtig im Labor die penible Einhaltung der Reinlichkeitsvorschriften ist, habe ich Recht?«

»Ich bin mir nicht sicher«, gestand Deborah. »Ich habe nämlich gar nicht richtig zugehört.«

Maureen musste lachen. »Ich glaube, wir müssten miteinander klarkommen. Wie heißt du noch? Georgina?«

»Ja, Georgina«, erwiderte Deborah. Wenn sie ihren falschen Namen nannte, bekam sie jedes Mal Herzrasen.

Meine Freunde nennen mich Mare«, sagte Maureen. »Wie ein weibliches Pferd.«

»Dann nenne ich dich auch Mare«, sagte Deborah.

»Dann kommen wir wohl am besten mal zur Sache. Ich habe hier ein binokulares Präpariermikroskop, durch das wir beide das gleiche Blickfeld haben. Einen Augenblick – ich hole uns ein paar Eizellen aus dem Inkubator.«

Als sie außer Sichtweite war, holte Deborah ihr Handy aus der Tasche und schaltete es ein. Anstatt die eingegangene Nachricht abzuhören, wählte sie direkt Joannas Nummer. Joanna war sofort am Apparat.

»Hast du mich angerufen?«, fragte Deborah.

»Ja. Ich hatte dich nur gebeten, mich zurückzurufen.«

»Wie läuft es?«

»Mein Job ist stinklangweilig, aber erträglich«, erwiderte Joanna. »Ich habe natürlich als Erstes versucht, in die Spenderdateien hineinzukommen. Aber sie sind gesperrt.«

»Wundert mich nicht.«

»Ich habe vor, um elf Uhr eine halbe Stunde Pause zu machen. Kannst du dich dann mit mir treffen?«

»Wo?«

»An dem Wasserspender im Hauptflur, in der Nähe der Tür zum Server-Raum.«

»Okay, ich bin da«, versprach Deborah. Sie unterbrach die Verbindung und verstaute das Handy erneut in ihrer Umhängetasche. Während des Telefonats hatte sie sich im Labor umgesehen. Außer ihr arbeiteten zurzeit nur fünf weitere Mitarbeiter in dem riesigen Bereich, dabei gab es gut und gerne Laborplätze für mindestens fünfzig Biologen und technische Assistenten. Die Leitung der Wingate Clinic schien davon auszugehen, in nächster Zeit enorm zu expandieren.

Mare kehrte mit einer abgedeckten Petrischale zurück, die ein wenig Flüssigkeit enthielt. Für das bloße Auge war die Flüssigkeit klar und einheitlich, doch in Wirklichkeit bestand sie aus zwei Schichten. Oben lag ein Film aus Mineralöl und darunter eine etwa sechzig Eizellen enthaltende Kulturflüssigkeit.

Mare setzte sich auf die eine Seite des Binokular-Mikroskops und bedeutete Deborah, ihr gegenüber Platz zu nehmen. Dann stellte sie das Einbaulicht und das Ultraviolettlicht an, und die beiden Frauen beugten sich über die Okulare.

Während der folgenden Stunde erhielt Deborah eine praktische Einführung über den Eizellkerntransfer mit Mikropipetten. Zuerst musste der Zellkern aus den Eizellen entfernt werden. Dann wurden kleinere, adulte Zellen unter die äußere Eihülle gebracht. Der Vorgang erforderte ein gewisses Maß an Geschicklichkeit, doch Deborah verstand schnell, worauf es ankam. Nach einer Stunde war sie schon fast so gut wie Mare.

»Damit haben wir diese Partie fertig«, stellte Mare schließlich fest. Sie sah vom Mikroskop auf, lehnte sich zurück und machte ein paar Streckübungen für ihre Schultermuskeln. »Hut ab. Du hast es schneller kapiert, als ich gedacht hätte.«

»Dank deiner erstklassigen Anleitung«, entgegnete Deborah und streckte sich ebenfalls. Die Handhabung der Mikropipetten erforderte eine derartige Konzentration, dass nach einer gewissen Zeit in gebückter Haltung über dem Mikroskop sämtliche Muskeln verspannt waren.

»Dann bringe ich die Eizellen jetzt zu den Kollegen, die sich um die Verschmelzung kümmern«, fuhr Mare fort. »Wenn ich wiederkomme, bringe ich dir eine präparierte Petrischale mit. Ich wüsste nicht, warum du nicht eigenständig arbeiten solltest. Normalerweise brauchen Neulinge mindestens ein oder zwei Tage, aber du arbeitest ja jetzt schon wie ein Profi.«

»Nun übertreibst du aber wirklich«, entgegnete Deborah. »Aber eins möchte ich doch noch wissen: An was für Eizellen arbeiten wir hier eigentlich? Stammen sie von Rindern oder von Schweinen?« Sie hatte schon weibliche Gameten verschiedener Spezies gesehen, und zwar nicht nur auf vergrößerten Fotos, sondern auch schon in echt im Universitätslabor. Daher wusste sie, dass sich die Eizellen verschiedener Spezies frappierend ähnlich sahen. Sie variierten nur, was ihre Größe betraf, die Unterschiede konnten allerdings beträchtlich sein. Von der Größe her vermutete Deborah, dass sie es mit Eizellen von Schweinen zu tun hatten; Rindereizellen hatte sie deutlich größer in Erinnerung – aber es war nicht mehr als eine bloße Vermutung.

»Weder noch«, erwiderte Mare. »Es sind alles menschliche Eizellen.«

Auch wenn Mare auf eine sachliche Frage sachlich geantwortet hatte, traf die Antwort Deborah wie ein Schlag mit dem Holzhammer. Während der Stunde, die sie konzentriert an den Eizellen gearbeitet hatte, wäre es ihr im Traum nicht in den Sinn gekommen, dass sie da menschliche Eizellen unter dem Mikroskop hatte. Bei dem Gedanken erzitterte sie innerlich, erst recht, wenn sie daran dachte, dass man ihr für eine einzige Eizelle fünfundvierzigtausend Dollar bezahlt hatte.

»Bist du sicher, dass es menschliche Eizellen sind?«, brachte sie schließlich hervor.

»Ziemlich sicher«, erwiderte Mare. »Jedenfalls wüsste ich nicht, was es sonst für Eizellen sein sollten.«

»Aber was … was machen wir dann hier?«, stammelte Deborah. »Und von wem stammen diese Eizellen?«

»Das geht uns nichts an«, stellte Mare fest. »Wir arbeiten hier in einer extrem erfolgreichen und ausgelasteten Klinik zur Behandlung von Unfruchtbarkeit. Wir helfen unseren Patientinnen, schwanger zu werden.« Bei diesen Worten zuckte sie mit den Schultern. »Es sind halt Eizellen von irgendwelchen Patientinnen.«

»Aber ein Transfer von Zellkernen ist doch nichts anderes als klonen!«, wandte Deborah aufgebracht ein. »Und wenn das hier tatsächlich menschliche Eizellen sind, klonen wir irgendwelche Menschen!«

»Was das technische Verfahren angeht, magst du vielleicht Recht haben«, räumte Mare ein. »Aber das gehört nun mal zu unserer Arbeit mit embryonalen Stammzellen. Privaten Kliniken wie der Wingate Clinic ist es erlaubt, überschüssige Eizellen, die nicht für eine Befruchtung verwendet werden und die sonst im Mülleimer landen würden, für die Stammzellenforschung zu nutzen. Wir bekommen keinerlei öffentliche Gelder, also muss auch kein Gegner dieser Art von Forschung befürchten, unsere Arbeit etwa durch seine Steuern zu unterstützen. Außerdem arbeiten wir hier, wie gesagt, nur mit überschüssigen Gameten. Die Patientinnen, denen sie entnommen wurden, haben ausdrücklich zugestimmt, dass die überschüssigen Eizellen zu Forschungszwecken verwendet werden dürfen. Natürlich ist es verboten, dass die verschmolzenen Zellen sich zu Embryonen weiterentwickeln. Wir gewinnen die Stammzellen im Blastozystenstadium – also bevor die embryonale Differenzierung der Zellen einsetzt.«

»Ich verstehe«, sagte Deborah und nickte, doch in Wahrheit wusste sie nicht, ob sie tatsächlich irgendetwas verstand. Auf so etwas war sie absolut nicht vorbereitet, und sie war völlig durcheinander.

»He Georgina, nun beruhige dich doch!«, redete Mare auf sie ein. »Das ist wirklich keine große Sache. Wir machen das schon seit Jahren. Es ist in Ordnung! Wirklich – du kannst mir glauben.«

Deborah nickte erneut, doch sie hatte keine Ahnung, was sie von all dem halten sollte.

»Du bist doch nicht etwa eine von diesen religiösen Spinnerinnen, oder?«, fragte Mare. Sie beugte sich ein wenig vor und sah Deborah direkt in die Augen.

Deborah schüttelte den Kopf. Natürlich war sie keine religiöse Spinnerin – das wenigstens wusste sie.

»Gott sei Dank«, stellte Mare fest. »Die Stammzellenforschung ist schließlich die Zukunft der Medizin. Aber das muss ich dir sicher nicht erzählen.« Sie rutschte von ihrem Laborhocker und fuhr fort: »Ich hole uns mal gerade eine neue Partie Eizellen. Wenn du willst, können wir uns gerne später weiter über das Thema unterhalten.«

»Okay«, entgegnete Deborah. Sie war froh, für einen Moment allein zu sein und in Ruhe nachdenken zu können. Ihr

Haupt auf die Ellbogen gestützt, schloss sie die Augen und wiegte den Kopf hin und her. Wie, zum Teufel, konnte die Wingate Clinic bloß so viele überschüssige Eizellen produzieren? Sie schätzte, dass sie und Mare bestimmt sechzig oder siebzig Eizellen bearbeitet hatten, und der Arbeitstag hatte gerade erst begonnen. Nach allem, was sie über die Hyperstimulation der weiblichen Eierstöcke wusste, war es völlig ausgeschlossen, einen derartigen Überschuss an Eizellen für die Forschung zu gewinnen. Normalerweise reiften während eines stimulierten Zyklus um die zehn Eizellen, und von denen wurden die meisten für eine In-vitro-Fertilisation verwendet.

»Hallo, Miss Marks«, wurde sie plötzlich von einer Männerstimme aus ihren Gedanken gerissen. Im gleichen Moment tippte ihr jemand auf die Schulter. Sie sah auf, und obwohl sie auf dem Laborhocker saß, sah sie direkt in die Augen von Dr. Saunders. »Wie schön, Sie zu sehen. Sie sehen ja genau so bezaubernd aus wie gestern.«

Deborah rang sich ein Lächeln ab.

»Wie gefällt Ihnen die Arbeit im Labor?«

»Gut«, erwiderte Deborah.

»Wie ich gehört habe, hat Miss Jefferson Sie in unsere Arbeit eingewiesen«, fuhr Dr. Saunders fort. »Da haben Sie es gut getroffen, denn Miss Jefferson ist eine unserer besten technischen Assistentinnen. Bei ihr sind Sie mindestens in so guten Händen, wie Sie es bei mir gewesen wären, wenn ich es geschafft hätte, gleich heute früh ins Labor rüberzukommen, wie ich es eigentlich vorgehabt hatte.«

Deborah nickte.

Diese anmaßende Selbsteinschätzung erinnerte sie stark an Spencer, und sie fragte sich, ob sich wohl alle Spezialisten auf dem Gebiet der Unfruchtbarkeit durch diesen unangenehmen Charakterzug auszeichneten.

»Ich nehme an«, fuhr Dr. Saunders unbeirrt fort, »dass

ich Ihnen nicht groß erklären muss, wie wichtig diese Arbeit für unsere Patientinnen und für die Zukunft der gesamten Medizin ist.«

»Miss Jefferson hat mir erzählt, dass die Eizellen, an denen wir den Kerntransfer vorgenommen haben, von Menschen stammen«, erwiderte Deborah. »Sie können sich vielleicht vorstellen, dass ich ziemlich geschockt war – schließlich weiß ich, wie schwer es ist, an menschliche Eizellen heranzukommen.«

»Das hat sie gesagt?«, fragte Dr. Saunders entsetzt. Ihm schoss das Blut in sein blasses Gesicht. »Und war sie sich da ganz sicher?«

»Ich glaube, ihre Worte waren, ›ziemlich sicher‹«, erwiderte Deborah.

»Es waren Eizellen von Schweinen!«, erklärte Paul entschieden. Dabei fuhr er sich geistesabwesend mit den Fingern durchs Haar. »Wir arbeiten in letzter Zeit viel mit Schweinen. Wissen Sie, was zurzeit die Hauptstoßrichtung unserer Forschung ist?«

»Miss Jefferson sagte etwas von Stammzellen«, erwiderte Deborah.

»Das gehört auch dazu«, erklärte Dr. Saunders. »Die Arbeit mit Stammzellen ist sogar ein sehr wichtiger Teil unserer Forschung, aber nicht unbedingt der wichtigste. Im Moment interessiert mich vor allem die Frage, wie das Zytoplasma eines Ovum imstande ist, einen adulten Zellkern zu reproduzieren. Im Kern geht es dabei um die zurzeit geläufige Technik des Klonens von Tieren. Sie kennen doch sicher das Klonschaf Dolly.«

»Dolly ist mir sehr wohl ein Begriff«, sagte Deborah und lehnte sich zurück. Je länger Dr. Saunders über seine Forschung sprach, desto mehr Leidenschaft schwang in seiner Stimme mit. Gleichzeitig hatten sich seine sonst so blassen Wangen zusehends gerötet, und er war mit seinem Gesicht immer näher an sie herangekommen, bis sie schließlich bei jedem harten Konsonanten seinen Atem spürte.

»Wir stehen an einem einzigartigen Scheideweg, der die gesamte biologische Wissenschaft verändern wird«, fuhr Dr. Saunders mit gesenkter Stimme fort, als ob er ihr ein wichtiges Betriebsgeheimnis anvertraute. »Sie können sich wirklich glücklich schätzen, Miss Marks! Sie sind in einer einzigartigen, ja revolutionären Zeit zu uns gestoßen. Wir stehen kurz vor einem gewaltigen Durchbruch – und zwar gleich auf mehreren Gebieten! Sagen Sie mir: Hat Helen Masterson Ihnen unser Aktienoptions-Programm erklärt?«

»Nicht dass ich wüsste«, erwiderte Deborah. Sie hatte sich inzwischen so weit zurückgelehnt, wie es irgend ging, ohne die Balance zu verlieren und vom Laborhocker zu fallen.

»Das Management der Klinik will, dass alle Angestellten von der Goldmine profitieren, als die sich unsere Forschung demnächst erweisen wird«, erklärte Dr. Saunders. »Deshalb bieten wir allen unseren hoch geschätzten Mitarbeitern Aktienoptionen an, wobei die Labormitarbeiter besonders bevorzugt werden. Sobald wir den ersten Durchbruch feiern können und unsere Forschungsergebnisse der Öffentlichkeit vorstellen – wahrscheinlich durch einen Artikel in *Nature* –, gehen wir an die Börse. Ab dann wird die Wingate Clinic nicht mehr ein kleines Privatunternehmen in der Hand weniger Eigentümer sein, sondern eine richtige Aktiengesellschaft, die an der Börse gehandelt wird. Sie können sich ja sicher vorstellen, was das für den Wert der Aktienoptionen bedeutet.«

»Die Aktien werden vermutlich steigen«, erwiderte Deborah. Dr. Saunders war ihr inzwischen so nahe gekommen, dass sie direkt in das Schwarze seiner Pupillen blickte. Jetzt erkannte sie auch, warum seine Augen irgendwie eigenartig wirkten. Die Iris waren leicht unterschiedlich gefärbt, und die inneren Lidwinkel waren etwas zugewachsen und bedeckten die weiße Sklera in einer Art, dass es aussah, als würde er leicht schielen.

»Durch die Decke werden sie gehen!«, fuhr Dr. Saunders fort, wobei er jedes einzelne Wort betonte. »Was im Klartext heißt, dass alle Millionäre werden – jedenfalls alle Besitzer der Aktienoptionen. Und deshalb ist es ungeheuer wichtig, dass nichts von dem, was wir hier tun, nach draußen dringt.« Um seine Worte zu unterstreichen, legte er sich den Zeigefinger auf die Lippen. »Geheimhaltung ist von allergrößter Bedeutung. Vor allem deshalb legen wir so viel Wert darauf, dass unsere Angestellten – und im Besonderen die Mitarbeiter des Labors – auf dem Klinikgelände wohnen; und aus genau diesem Grund mögen wir es überhaupt nicht, wenn irgendeiner unserer Mitarbeiter mit klinikfremden Leuten über unser Tun hier spricht. Wir vergleichen unsere Anstrengungen gerne mit dem Manhattan-Projekt – der Geheimoperation, bei der die Atombombe entwickelt wurde. Habe ich mich klar genug ausgedrückt?«

Deborah nickte. Dr. Saunders war wieder ein wenig zurückgewichen, doch er nahm sie nach wie vor unerbittlich und mit starren Augen ins Visier. Wenigstens konnte sie sich wieder vorbeugen und auf ihrem Laborhocker eine etwas bequemere Sitzposition einnehmen.

»Wir verlassen uns darauf, dass Sie mit niemandem über unsere Arbeit hier sprechen«, fuhr Dr. Saunders fort. »Es ist zu Ihrem eigenen Vorteil.« Nach diesen Worten hielt er inne. »Ich bin ein sehr vertrauenswürdiger Mensch«, erwiderte Deborah schließlich, offenbar war sein Schweigen so zu verstehen, dass er auf eine Antwort wartete.

»Wir wollen auf keinen Fall, dass uns irgendjemand zuvorkommt«, nahm Dr. Saunders den Faden wieder auf. »Nicht nach den vielen Mühen und Anstrengungen. Allein in der Gegend rund um Boston arbeiten genug Institute an dem gleichen Projekt wie wir.«

Deborah nickte erneut. Was die örtliche Biotech-Industrie anging, kannte sie sich ein bisschen aus; sie bereitete sich schließlich gerade auf ein Vorstellungsgespräch bei Genzyme vor.

»Darf ich Sie mal etwas fragen?«

»Selbstverständlich«, ermunterte Dr. Saunders sie. »Nur zu.« Er stemmte die Hände in die Hüften, richtete sich gerade auf und wippte ein wenig auf den Absätzen. Mit seinem dunklen Haarschopf erinnerte diese Pose Deborah an den Spitznamen, den Helen Masterson verwendet hatte: Napoleon.

»Meine Frage betrifft Ihre Hilfskräfte aus Nicaragua. Die Frauen scheinen alle schwanger zu sein, und es sieht so aus, als wären sie alle exakt im gleichen Schwangerschaftsstadium. Was hat es mit diesen Frauen auf sich?«

»Lassen Sie uns fürs Erste einfach feststellen, dass sie uns helfen«, erwiderte Dr. Saunders. »Es ist wirklich keine große Sache, und ich werde es Ihnen bei anderer Gelegenheit gerne etwas detaillierter erklären.«

Mit diesen Worten löste er endlich seinen unerbittlichen starren Blick von ihr, mit dem er während des ganzen Gesprächs ihre Augen fixiert hatte, und sah sich kurz im Labor um. Als er sich vergewissert hatte, dass ihnen keiner der anwesenden Mitarbeiter irgendwelche Beachtung schenkte, wandte er sich wieder Deborah zu, wobei er sie diesmal von unten nach oben musterte und seinen Blick erst über ihre langen, in Nylonstrümpfen steckenden Beine und ihren tiefen Ausschnitt gleiten ließ und ihr dann wieder in die Augen sah. Es war eine flüchtige visuelle Inquisition, die Deborah keineswegs verborgen blieb.

»Ich bin sehr erfreut, dass wir die Gelegenheit zu diesem kleinen Schwätzchen hatten«, sagte er und senkte seine Stimme. »Es ist mir immer wieder ein Vergnügen, mit jemandem zu reden, der den gleichen Geisteshorizont hat wie ich und mit dem mich bedeutsame gemeinsame Interessen verbinden.«

Deborah musste sich zusammenreißen, um nicht in einen höhnischen Lachanfall auszubrechen. Zu klar erinnerte sie sich an das gleiche schwachsinnige Gefasel von den »gemeinsamen Interessen« aus dem Mund von Spencer, und intuitiv ahnte sie, dass dieses Gespräch den gleichen Verlauf nehmen würde. Sie wurde nicht enttäuscht, denn im nächsten Atemzug fuhr Dr. Saunders fort: »Ich würde Ihnen zu gerne Näheres über meine aufregenden Forschungsprojekte erzählen, an denen ich gerade arbeite, und Ihnen dabei auch gerne erläutern, welchen Beitrag die nicaraguanischen Frauen zu unserer Arbeit leisten, allerdings nicht hier im Labor, sondern in etwas privaterer Atmosphäre. Was halten Sie davon, wenn wir heute Abend zusammen essen gehen. Die Wingate Clinic liegt zwar leider Gottes im hintersten Winkel der Provinz, aber ganz in der Nähe gibt es ein wirklich gutes Restaurant, das Ihnen bestimmt gefallen wird.«

»Sie meinen nicht zufällig *The Barn*?«, fragte Deborah scheinheilig.

Wenn Paul überrascht war, dass sie den Namen des Restaurants kannte, ließ er sich das nicht anmerken. Stattdessen erging er sich darin, die dort gereichten Speisen in den höchsten Tönen zu loben, ihr in leuchtenden Farben die romantische Ausstattung zu beschreiben und ihr ein ums andere Mal zu versichern, wie gerne er all dies mit ihr zusammen genießen würde. Nach dem Essen, fuhr er fort, könnten sie dann noch zu ihm nach Hause fahren, wo er ihr die Aufzeichnungen einiger seiner bahnbrechenden Experimente zeigen würde, an denen er in letzter Zeit in der Wingate Clinic gearbeitet hatte.

Deborah musste sich erneut zwingen, nicht laut loszulachen. Von jemandem nach Hause gebeten zu werden, um sich dort Forschungsprotokolle anzusehen, war ja noch besser als die sonst übliche Masche mit der Briefmarkensammlung. Sie hatte nicht die geringste Lust, mit diesem Aufdringling den Abend zu verbringen; einzig und allein ihre lebhafte Neugier auf die Forschungsprojekte der Wingate Clinic machte ihn für sie interessant. Sie lehnte die Einladung dankend ab und schob genau wie am Vortag bei Spencer ihre Freundin als Entschuldigung vor. Zu ihrer Überraschung reagierte Dr. Saunders genauso wie Spencer, indem er vorschlug, ihre Freundin könne sich doch ein bisschen alleine in Bookford amüsieren, während sie im Restaurant zu Abend aßen. Deborah fragte sich, ob Größenwahn wohl eine Voraussetzung war, um Reproduktionsspezialist werden zu können, oder ob es andersherum war und erst der Beruf diese Form der Selbstüberschätzung hervorbrachte. Mit Nachdruck lehnte sie ein weiteres Mal ab.

»Und wie wär's an einem anderen Tag?«, versuchte Dr. Saunders es hartnäckig weiter. »Die Woche hat ja noch ein paar Tage – von mir aus können wir uns auch gerne am Wochenende treffen. Ich würde auch nach Boston kommen, wenn Ihnen das besser passt.«

Zum Glück kam in diesem Moment Mare zurück und bewahrte Deborah vor weiteren, immer verzweifelteren Überredungsversuchen. Sie hatte eine Petrischale in der Hand, ging damit zur Laborbank und justierte sie auf dem Objekttisch des Mikroskops. Dann erst begrüßte sie ehrerbietig Dr. Saunders.

»Und wie macht sich unsere neue Kollegin?«, wandte sich dieser an Mare. Seine eben noch zur Schau gestellte, fast unterwürfige Liebenswürdigkeit war schlagartig seiner gewohnten herablassenden Arroganz gewichen.

»Unglaublich gut«, erwiderte Mare. »Sie ist sozusagen ein absolutes Naturtalent. Wenn es nach mir geht, kann sie sofort eigenständig arbeiten.«

»Das höre ich gerne«, stellte Dr. Saunders fest. Dann bat

er Mare zu einem kurzen Gespräch unter vier Augen. Mare hatte nichts dagegen, und sie gingen ein paar Laborbänke weiter, bis sie aus Deborahs Hörweite waren.

Deborah tat so, als widmete sie sich aufmerksam der neuen Petrischale, doch aus dem Augenwinkel beobachtete sie die beiden. Der Einzige, der redete, war Dr. Saunders, und seiner nachdrücklichen Gestikulierung war zu entnehmen, dass er offenbar ziemlich aufgebracht war.

Nach einer Minute war sein Monolog beendet, und sie kamen zurück.

»Ich unterhalte mich dann später mit Ihnen, Miss Marks«, verabschiedete Dr. Saunders sich steif von Deborah. »Bis dahin machen Sie einfach weiter wie bisher.«

»Am Anfang helfe ich dir noch mal bei der neuen Partie«, bot Mare an und setzte sich Deborah gegenüber an das Mikroskop.

Deborah beugte sich über das Okular, und in den nächsten Minuten präparierten die beiden Frauen die Ova so, dass Deborah anschließend nur noch die DNA extrahieren musste. Wie bei der ersten Partie brachten sie dazu erst einmal sämtliche Eizellen auf eine Seite. Deborah hatte bereits gelernt, dass es dabei darauf ankam, kein einziges Ovum zu übersehen. Als sie mit diesem ersten Arbeitsschritt fertig waren, lehnte Mare sich zurück.

»So, jetzt kannst du allein weitermachen«, sagte sie kurz angebunden. Es waren ihre ersten Worte, seitdem Dr. Saunders gegangen war. »Gutes Gelingen! Wenn du irgendwelche Fragen hast – ich bin an der Laborbank nebenan und kümmere mich um eine weitere Partie.«

Deborah registrierte, dass Mare sie deutlich reservierter behandelte als vor ihrem kurzen Intermezzo mit Dr. Saunders. Als sie aufstand und weggehen wollte, räusperte sich Deborah und sagte: »Ich weiß nicht, wie ich am besten anfangen soll …«

»Dann solltest du es vielleicht lieber lassen«, schnitt Mare ihr das Wort ab. »Ich habe ohnehin zu tun.« Mit diesen Worten drehte sie sich um und ging zur benachbarten Laborbank.

»Habe ich dich irgendwie in die Bredouille gebracht?«, rief Deborah ihr hinterher. »Wenn ja, tut es mir wirklich Leid!« Mare drehte sich zu ihr um. Ihre Gesichtszüge entspannten sich etwas. »Es ist nicht deine Schuld. Ich habe mich nur geirrt.«

»Wobei?«

»Was die Eizellen angeht«, erwiderte Mare. »Es sind doch keine menschlichen. Es sind Ova von Schweinen.«

»Ach so, ja«, entgegnete Deborah. »Das hat Dr. Saunders mir bereits gesagt.«

»Dann ist ja alles klar«, stellte Mare fest. »Jetzt muss ich aber wirklich an die Arbeit.« Bei diesen Worten zeigte sie auf das Mikroskop, das sie zuvor bereits eingerichtet hatte. Sie rang sich ein Lächeln ab und ging ans Werk.

Deborah traf die entsprechenden Vorbereitungen, um ebenfalls an die Arbeit zu gehen; dabei beobachtete sie Mare eine Weile. Schließlich beugte sie sich ebenfalls über das Okular ihres Mikroskops und starrte angestrengt hindurch. Vor sich sah sie auf der linken Seite jede Menge winzige, leicht körnige Ringe, von denen jeder einen Strang fluoreszierender DNA enthielt. Im ersten Moment war sie unfähig, sich auf ihre Aufgabe zu konzentrieren. Stattdessen musste sie immer wieder über die Herkunft der Eizellen nachdenken. Auch wenn Dr. Saunders und Mare ihr weismachen wollten, dass sie von Schweinen stammten, war sie überzeugt, eine Riesenansammlung menschlicher Eizellen vor sich zu haben.

Eine halbe Stunde später hatte sie bereits mehr als die Hälfte der unter ihrem Objektiv befindlichen Eizellen ausgeschält. Da die filigrane Arbeit äußerste Konzentration erforderte, brauchte sie eine Pause. Sie lehnte sich zurück und rieb sich kräftig die Augen. Als sie sie wieder öffnete, zuckte sie zusammen. Während ihrer konzentrierten Arbeit hatte sie überhaupt nicht bemerkt, dass jemand an ihre Laborbank gekommen war; umso überraschter war sie, in das zerknirschte Gesicht von Spencer Wingate zu blicken. Aus dem Augenwinkel sah sie, dass Mare ebenfalls von ihrem Mikroskop aufsah. Das plötzliche Erscheinen des Klinikgründers schien sie ebenfalls zu überraschen.

»Guten Morgen, Miss Marks«, begrüßte Spencer sie. Seine Stimme klang deutlich rauer als am Vortag. Er trug einen langen weißen Arztkittel und darunter ein frisch gebügeltes weißes Hemd und eine schlichte Seidenkrawatte. Der einzige Hinweis auf sein Besäufnis vom Vorabend waren seine roten, von Äderchen durchzogenen Augen.

»Könnte ich Sie einen Moment sprechen?«, bat er.

»Natürlich«, erwiderte Deborah. Ihr war ein wenig unbehaglich zu Mute, denn im ersten Moment dachte sie, dass er gekommen war, um nach seiner blauen Karte zu fragen. Doch dann verwarf sie diese Befürchtung schnell wieder. Dass er den Verlust so schnell bemerkte, war doch sehr unwahrscheinlich. Sie rutschte von ihrem Laborhocker, da sie seine Bitte so verstanden hatte, dass er unter vier Augen mit ihr reden wollte. Ein Blick in Mares Richtung verriet ihr, dass ihre Kollegin sie neugierig beobachtete.

Spencer deutete auf eines der Fenster. Deborah ging hin, er folgte ihr.

»Ich möchte mich für gestern Abend entschuldigen«, begann er. »Ich hoffe, ich habe Sie nicht zu Tode gelangweilt. Leider kann ich mich ab der Ankunft bei mir zu Hause nicht mehr an allzu viel erinnern.«

»Aber nein«, entgegnete Deborah und zwang sich zu lachen. »Im Gegenteil: Sie haben uns köstlich unterhalten.« Sie wollte seine Ausfälle möglichst herunterspielen.

»Ich bin mir nicht ganz sicher, ob ich das als Kompliment auffassen soll«, erwiderte Spencer. »Was mich betrifft, ärgert mich natürlich am meisten die verpasste Gelegenheit.«

»Ich kann Ihnen, glaube ich, nicht ganz folgen.«

»Na, Sie wissen schon«, erklärte Spencer und senkte seine Stimme ein wenig. »Sie und Ihre Mitbewohnerin Penelope.« Bei diesen Worten zwinkerte er ihr vieldeutig zu.

»Ach so, jetzt verstehe ich«, entgegnete Deborah. Er bezog sich natürlich auf seine lächerliche Vorstellung von einem flotten Dreier. Auf einmal fühlte sie sich von ihm genauso angewidert wie kurz zuvor von dem aufdringlichen Dr. Saunders, doch sie hielt ihre Zunge im Zaum und sagte nur: »Sie heißt Prudence.«

»Natürlich«, sagte Spencer und schlug sich mit der Hand vor die Stirn. »Ich weiß auch nicht, warum ich mir ihren Namen so schlecht einprägen kann.«

»Ich auch nicht«, erwiderte Deborah. »Dann noch mal besten Dank für die Entschuldigung, obwohl sie, wie gesagt, gar nicht nötig gewesen wäre. Ich mache mich dann wieder an die Arbeit.« Sie ging in Richtung ihrer Laborbank, doch Spencer versperrte ihr den Weg.

»Ich dachte, wir könnten es heute Abend noch einmal versuchen. Ich verspreche auch, mich mit dem Wein etwas zurückzuhalten. Was halten Sie davon?«

Deborah sah zu ihm auf, blickte in seine blauen Augen und suchte nach einer angemessenen Antwort. Da sie inzwischen jeglichen Respekt vor ihm verloren hatte, war sie nicht ungeneigt, ihm einen richtigen Korb zu geben. In Anbetracht des Streits zwischen ihm und Dr. Saunders, dessen Zeugin sie am Vortag geworden war, erwog sie, ihm einfach zu sagen, dass sie leider bereits von seinem Rivalen für den Abend zum Essen eingeladen sei. Unter den gegebenen Umständen war das so ziemlich die härteste Abfuhr, die sie ihm erteilen konnte, und zugleich würde sie die Zwietracht zwischen den beiden noch ein bisschen anfachen. Doch sie biss sich auf die Zunge und verkniff sich das Vergnügen. Angesichts ihres eigentlichen Vorhabens würde es nicht besonders klug sein, sich ausgerechnet den Klinikgründer zum Feind zu machen.

»Wir müssen auch nicht wieder in getrennten Autos fahren«, fuhr Spencer fort, als Deborah nicht antwortete. »Wir können uns zum Beispiel alle drei um viertel nach fünf auf dem Parkplatz treffen.«

»Nicht heute Abend«, erwiderte Deborah schließlich mit der süßesten Stimme, die sie herausbringen konnte.

»Dann vielleicht morgen Abend?«, schlug Spencer vor.

»Lassen Sie es uns so machen, dass ich in dieser Angelegenheit auf Sie zukomme«, entgegnete Deborah. »Joanna … ich meine Prudence und ich müssen unbedingt ein bisschen Schlaf nachholen.« Ihr wurde von Kopf bis Fuß heiß, und sie wusste, dass ihr die Röte ins Gesicht schoss. Sie hatte sich zum ersten Mal mit dem Namen verplappert, und das ausgerechnet vor dem Gründer der Klinik.

»Dann vielleicht am Wochenende«, versuchte Spencer es hartnäckig weiter. Offenbar hatte er ihren Versprecher überhört.

»Was halten Sie davon?«

»Das könnte ich mir durchaus vorstellen«, erwiderte Deborah schnell. Er sollte sich ruhig Hoffnung machen. »Für uns ist es viel besser zu feiern, wenn wir am nächsten Morgen nicht so früh aus den Federn müssen.«

»Ganz meine Meinung«, stellte Spencer klar. »Dann können wir alle in Ruhe ausschlafen.«

»Lange schlafen – das ist Musik in meinen Ohren«, verkündete Deborah.

»Meine Durchwahlnummer ist dreimal die Acht«, sagte Spencer und zwinkerte ihr ein weiteres Mal vielsagend zu. »Ich warte auf Ihren Anruf.«

»Ich melde mich«, versprach Deborah, obwohl sie nicht

im Geringsten die Absicht hatte, ihn tatsächlich anzurufen.

Nach dieser Zusage verließ Spencer endlich das Labor. Deborah sah ihm nach, bis er weg war, und blickte dann in Mares Richtung, die sie immer noch neugierig beobachtete. Deborah zuckte mit den Schultern, als wollte sie sagen, dass sie auch keine Erklärung für das merkwürdige Benehmen des Klinikgründers habe. Dann ging sie zurück zu ihrem Mikroskop, setzte sich auf den Hocker und warf einen Blick auf ihre Uhr. Zum Glück war es nicht mehr lange bis zu ihrem vereinbarten Treffen mit Joanna, und sie konnten sich endlich ihrem eigentlichen Vorhaben widmen.

12

10. Mai 2001, 10.55 Uhr

Allmählich ging es auf elf Uhr zu, und in den paar Stunden hatte Joanna ihr Bild von Büroangestellten bereits gründlich revidiert. Auch wenn sie sich zugegebenermaßen besonders ins Zeug gelegt hatte, um möglichst schnell möglichst viel abzuarbeiten, war das Eingeben von Daten doch ermüdender, als sie gedacht hatte. Keinen Fehler zu machen, erforderte äußerste Konzentration, und sie konnte sich kaum vorstellen, wie man eine solche Arbeit dreihundertundfünfundsechzig Tage im Jahr durchhalten konnte. Ihr Respekt für Büroangestellte war an diesem Morgen jedenfalls deutlich gestiegen.

Um genau fünf vor elf stand sie auf und streckte sich. Sie lächelte ihrer benachbarten Kollegin zu, die in der Nische direkt neben ihr arbeitete und ebenfalls aufgestanden war, als sie das Zurückrücken von Joannas Stuhl gehört hatte. Die Frau hatte sich als ziemlich neugierig erwiesen und während des ganzen Morgens in regelmäßigen Abständen aus ihrer Nische zu Joanna herübergeschaut. Sie hieß Gale Overlook und schien ihrem Namen alle Ehre zu machen.

Joanna hatte gründlich über ihren Plan nachgedacht, und sie wusste genau, was sie als Erstes zu tun hatte. Wenn sie rechtzeitig zu ihrem vereinbarten Treffpunkt kommen wollte, war es höchste Zeit aufzubrechen. Sie nahm ihre Handtasche, die unter anderem Davids Diskette mit der speziellen Hacker-Software sowie ihr Handy und die blaue Karte von Spencer Wingate enthielt, verließ ihre Nische und steuerte den Arbeitsplatz des Netzwerk-Administrators an. Sie hoffte ihn dort anzutreffen, und zwar aus einem einzigen Grund: Wenn er in seiner Nische hockte, wusste sie, dass die Luft im Server-Raum rein war.

Irgendwann im Laufe des Morgens war sie von einer kleinen Panikattacke heimgesucht worden. Sie hatte sich vorgestellt, im Server-Raum auf frischer Tat ertappt zu werden, doch dann hatte sie sich damit beruhigt, dass außer Randy Porter wahrscheinlich niemand jemals den Server-Raum betrat. Also hatte sie nichts zu befürchten, solange er in seiner Nische hockte.

Mit großer Erleichterung nahm sie zur Kenntnis, dass er tatsächlich an seinem Platz saß und wie immer auf seiner Tastatur herumhackte. Beruhigt bog sie nach links ab und ging in Richtung Hauptflur. Deborah erwartete sie bereits am vereinbarten Treffpunkt. Bis zur Tür mit der Aufschrift ZUTRITT VERBOTEN, hinter der sich der Flur zum Server-Raum befand, waren es keine sieben Meter.

»Ich hoffe, dein Morgen war so interessant wie meiner«, begrüßte Deborah sie und bediente sich am Wasserspender. »Mein Morgen war in etwa so interessant, wie einer frisch gestrichenen Wand beim Trocknen zuzusehen«, erwiderte Joanna. Sie inspizierte den Flur in beide Richtungen und vergewisserte sich, dass ihnen niemand Beachtung schenkte. »Es ist nicht das Geringste passiert. Na gut, andererseits wollte ich ja auch gar nicht, dass irgendetwas passiert.«

»Wir haben zwei weitere Esseneinladungen ins *Barn*«, verkündete Deborah stolz.

»Wer hat dich denn jetzt schon wieder angebaggert?«

»Zum einen Spencer Wingate. Und er hat dich ausdrücklich mit eingeladen.«

»Hast du ihn etwa heute schon gesehen?«

»Aber ja. Er ist extra ins Labor gekommen, um sich für seinen Ausfall gestern Abend zu entschuldigen. Und weißt du, was er vorgeschlagen hat: das entgangene Lustspiel gleich heute Abend nachzuholen. Ich habe ihm gesagt, dass ich leider keine Zeit habe, aber du seine Einladung sicher gerne annimmst.«

»Sehr witzig«, entgegnete Joanna. »Und wie sah er aus?«

»Gar nicht so schlecht, wenn man bedenkt, was er alles in sich hineingeschüttet hat«, erwiderte Deborah. »Ich glaube übrigens nicht, dass er sich an besonders viel erinnert.«

»Da hast du wohl Recht«, meinte Joanna. »Die blaue Karte ist doch nicht etwa zur Sprache gekommen, oder?«

»Mit keinem Wort.«

»Und wer hatte es noch auf dich abgesehen?«

»Die zweite Einladung kam von Dr. Paul Saunders! Kannst du dir vorstellen, mit dem Typen einen Abend zu verbringen?«

»Höchstens in einem Anfall von Selbstkasteiung«, erwiderte Joanna. »Aber nachdem ich gestern gesehen habe, wie er dich in seinem Büro angegafft hat, kannst du mir nicht erzählen, dass auch er mich in seine Einladung mit einbezogen hat.«

Deborah widersprach nicht. Stattdessen checkte sie ebenfalls den Flur in beide Richtungen, vergewisserte sich, dass die Luft rein war, und sagte mit gesenkter Stimme: »Kommen wir also zur Sache. Hast du schon einen speziellen Schlachtplan für unseren Angriff auf den Server-Raum?«

»Allerdings«, sagte Joanna, senkte ebenfalls die Stimme und setzte ihrer Freundin ihre Überlegungen bezüglich Randy Porter auseinander.

»Wirklich clever«, lobte Deborah Joannas Gedankengang. »Um ehrlich zu sein, habe ich mir auch schon den Kopf darüber zerbrochen, wie ich überhaupt Schmiere stehen soll. Schließlich verfügt der Server-Raum nur über einen einzigen Zugang, sodass du, selbst wenn ich dich warnen würde, dass jemand kommt, nicht unbemerkt herauskommen könntest.«

»Eben«, erwiderte Joanna. »Wenn ich jedoch mit meiner Vermutung richtig liege, brauchst du mich nur zu alarmieren, wenn Randy Porter seinen Arbeitsplatz verlässt. Am besten gibst du meine Nummer in dein Handy ein, und sobald er aus seiner Nische kommt, drückst du auf WÄHLEN. Dann mache ich mich beim ersten Klingeln aus dem Staub – das müsste reichen.«

»Klingt nach einem guten Plan«, stellte Deborah fest. »Sollen wir loslegen?«

»Ich denke, es spricht nichts dagegen«, erwiderte Joanna. »Wenn es aus irgendwelchen Gründen nicht klappt, können wir es ja während der Mittagspause noch einmal versuchen. Und wenn es dann wieder nicht hinhaut, bleibt uns immer noch der Nachmittag. Schlimmstenfalls müssen wir halt morgen wiederkommen.«

»Lass uns am besten positiv denken«, sagte Deborah und tippte Joannas Nummer in ihr Handy ein. »Eins kann ich dir jedenfalls versprechen: Ich steige morgen bestimmt nicht zum dritten Mal hintereinander in diese Klamotten.«

»Auf dem Weg hierher bin ich an Porters Nische vorbeigegangen. Eben saß er noch vor seinem Monitor, und wie es aussah, war er im Internet. Das dürfte ihn hoffentlich eine Weile beschäftigen.«

»Hast du alles, was du brauchst?«

Joanna tippte auf ihre Handtasche. »Hier drin habe ich die Hacker-Software, Davids Anweisungen und die blaue Karte von Spencer Wingate. Hoffen wir, dass sie funktioniert – sonst müssen wir wieder ganz von vorne anfangen.«

»Sie wird es schon tun«, versuchte Deborah ihr Mut zu machen. »Ich gehe jetzt auf meinen Posten. Du drückst dich am besten noch ein bisschen hier herum. Wenn Randy Porter immer noch in seiner Nische auf seinem Hintern hockt, rufe ich dich an und lasse es genau zweimal klingeln. Das heißt für dich grünes Licht, und dann kommt dein Part.«

Die beiden Frauen fassten sich kurz bei den Händen, dann setzte Deborah sich in Bewegung und ging entschiedenen Schrittes los. An der Tür zum Verwaltungstrakt hielt sie inne und drehte sich noch einmal um. Joanna stand nach wie vor bei dem Wasserspender. Sie hatte die Arme vor der Brust verschränkt und lehnte an der Wand. Als sie sah, dass ihre Freundin sich umdrehte, winkte sie ihr zu. Deborah erwiderte die Geste.

Leider konnte Deborah sich beim besten Willen nicht erinnern, wo genau sich die Nische von Randy Porter befand. In dem schachbrettartigen Labyrinth, das die gesamte Station des einstigen Krankenhauses durchzog, konnte man leicht den Überblick verlieren. Zuerst steuerte sie den Bereich an, in dem sie Randys Nische vermutete, doch da war sie nicht. Also ging sie die Gänge systematisch der Reihe nach ab, und schließlich hatte sie Glück. Zu ihrer Freude hockte der Netzwerk-Administrator immer noch vor seinem Monitor. Sie riskierte zwar nur einen flüchtigen Blick, doch wenn sie sich nicht irrte, war er in ein Videospiel vertieft.

Beruhigt griff sie in ihre Handtasche, holte ihr Handy hervor und drückte die Wähltaste; Joannas Nummer hatte sie ja bereits eingegeben. Sie hielt sich das Telefon ans Ohr, wartete genau zwei Wählzeichen ab und drückte die Wahlunterbrechung. Dann verstaute sie das Handy wieder in ihrer Handtasche.

Sie behielt Randys Arbeitsnische aus dem Augenwinkel im Blick und schlenderte zurück in Richtung Hauptflur. Da es keinen geeigneten Platz gab, von dem aus sie unbemerkt sein Büro beobachten konnte, blieb ihr nichts anderes übrig, als ständig in Bewegung zu bleiben.

In dem Augenblick, in dem Joanna das Klingelzeichen hörte, schaltete sie schnell auf Vibrieren um. Auch wenn sie mit dem Klingeln gerechnet hatte, zuckte sie am ganzen Leib zusammen. Ihre Nerven waren zum Zerreißen gespannt.

Sie vergewisserte sich ein letztes Mal mit einem verstohlenen Blick, dass die Luft auf dem Flur rein war, passierte in Windeseile die Tür mit der Aufschrift ZUTRITT VERBOTEN und huschte auf den kurzen Gang, der zum Server-Raum führte. Als die Tür hinter ihr zufiel, atmete sie so schwer, als hätte sie gerade einen Hundert-Meter-Spurt hinter sich. Ihr Puls raste, und ihr war ein wenig schwindelig. Erst jetzt wurde ihr mit aller Klarheit bewusst, dass sie eine Einbrecherin war, und sie fühlte sich plötzlich wie gelähmt. Wie sie leider erst jetzt merkte, war sie nicht dafür geschaffen, in Computer-Server-Räume einzudringen. Die Planung einer solchen Aktion erforderte nicht annähernd so viele Nerven, wie den Plan in die Tat umzusetzen.

Den Rücken gegen die Tür gepresst, holte sie ein paarmal tief Luft. Sie machte mehrere bewusste Atemzüge und sprach sich selbst mit ein paar aufmunternden Worten Mut zu, bis sie sich schließlich so weit beruhigt hatte, dass sie sich wieder bewegen konnte. Sie wagte sich zunächst nur zögernd und Schritt für Schritt vor, doch als ihr Schwindelgefühl endlich nachließ, fasste sie neuen Mut. An der Tür zum Server-Raum warf sie einen letzten Blick zurück zu der Tür, durch die sie gerade gekommen war. Dann griff sie in ihre Handtasche, holte die blaue Zugangskarte von Spencer Wingate heraus und zog sie mit einer schnellen Handbewegung durch den Schlitz. Erleichtert registrierte sie ein mechanisches Klicken. Damit hatte sie schon mal eine Sorge weniger: Die Karte funktionierte. Sie öffnete die Tür, und im nächsten Moment stand sie im Server-Raum und eilte zum Schaltpult.

Randy Porter war ein wahrer Computerfreak, doch von allem, was mit Computern zu tun hatte, hatten es ihm am meisten die Spiele angetan. Er konnte von morgens bis abends vor einem Spiel hocken, und wenn er nach Hause kam, hatte er immer noch nicht genug. Es war eine regelrechte Sucht. Manchmal spielte er bis drei oder vier Uhr morgens, denn das Internet hatte die Tageszeiten abgeschafft, und irgendwo im World Wide Web fand sich immer jemand, der gerade wach war und Lust auf ein Spiel hatte. Wenn es nach ihm gegangen wäre, hätte er auch die ganze Nacht durchspielen können; er schaltete den Computer nur irgendwann aus, weil er am nächsten Tag nicht als absoluter Zombie bei der Arbeit erscheinen wollte.

Das Gute an seinem Job in der Wingate Clinic war, dass er während der Arbeitszeit nach Herzenslust seinem Spieltrieb frönen konnte. Das war freilich nicht immer so gewesen. Die Klinik hatte ihn gleich nach seinem Abschluss direkt von der Massachusetts-Universität geholt, damit er das firmeninterne Netz auf Vordermann brachte. Allein das hatte ihn ziemlich ausgelastet, doch gleichzeitig sollte er auch noch sämtliche Daten mit den höchsten verfügbaren Sicherheitsvorkehrungen vor unbefugtem Zugriff schützen. In dieser Zeit hatte er unzählige Überstunden gemacht und immer wieder Außentermine wahrnehmen müssen. Als Nächstes musste er sich dann auch noch um den Online-Auftritt der Klinik kümmern, und bis die Website endlich so aussah, dass alle, die etwas zu sagen hatten, zufrieden und glücklich waren, hatte es noch einmal mehrere Monate harter und ausdauernder Arbeit gebraucht. Doch inzwischen funktionierte alles wie am Schnürchen, und das hieß, dass er im Grunde nicht mehr viel zu tun hatte. Eigentlich musste er nur in Reichweite sein, falls es irgendwo kleinere Probleme mit der Hardware oder Software gab, und auch die traten meistens nur auf, weil irgendein Schwachkopf wieder einmal einen dummen Bedienungsfehler gemacht hatte. Randy hütete sich natürlich, die Verursacher auf ihre Dummheit hinzuweisen. Stattdessen war er immer höflich und hilfsbereit und schob alle Probleme auf die Computer.

Sein Arbeitstag sah in etwa immer gleich aus: Wenn er morgens kam, hockte er sich in seiner Arbeitsnische vor den Monitor und checkte mit Hilfe von *Windows 2000 Active Directory*, ob alle Programme und Systeme ordnungsgemäß liefen und alle Terminals angeschlossen waren. Das kostete ihn etwa fünfzehn Minuten.

Anschließend stärkte er sich mit einer kurzen Kaffeepause für sein morgendliches Computerspiel. Damit er nicht von Christine Parham, der Abteilungsleiterin, erwischt wurde, zog er regelmäßig durch die Büronischen und suchte sich eine Workstation, an der gerade niemand arbeitete, um sein Spiel dort fortzusetzen. Es war deshalb gar nicht leicht, ihn zu finden, wenn man ihn brauchte, aber bisher hatte sich nie jemand darüber beschwert, weil natürlich jeder davon ausging, dass er gerade irgendeinen Computer reparierte, wenn er nicht in seiner Nische anzutreffen war.

Am 10. Mai um 11.11 Uhr war er gerade in einen tödlichen Kampf verwickelt. Sein Gegner war ein äußerst talentierter, aber zwielichtiger Kämpfer namens SCREAMER. Zurzeit war das Computerspiel *Unreal Tournament* sein Lieblingsspiel, und im Moment stand er mitten in der nervenzehrenden Entscheidungsschlacht, in deren Verlauf er oder SCREAMER getötet würden. Seine Hände waren vor Aufregung ganz feucht, doch er kämpfte wild entschlossen. Am Ende, da war er sicher, würde er dank seiner langen Kampferfahrung den Sieg davontragen.

Plötzlich ertönte ein leiser Piepton. Randy zuckte zusammen und sprang fast aus seinem ergonomischen Stuhl auf. Ganz unten rechts auf seinem Bildschirm hatte sich ein kleines Fenster geöffnet, in dem fortwährend die Botschaft aufblinkte: EINDRINGLING IM SERVER-RAUM. Bevor er das Fenster wieder schließen konnte, ertönte ein schrilles, verhängnisvolles Getöse. Sein Blick schoss zurück auf das Hauptfenster, und zu seinem großen Verdruss erschien dort das Gesicht seines Gegners und grinste ihn hämisch an. Randys Hirn erfasste schneller als der Pentium-4-Prozessor, dass er soeben getötet worden war.

»Verdammter Mist!«, fluchte er. Es war seine erste Niederlage seit über einer Woche und nach so langer Zeit ununterbrochener Siege eine herbe Enttäuschung. Wütend starrte er erneut die aufblinkende Warnung an, die ihn in der entscheidenden Phase des Kampfes abgelenkt hatte. Irgendjemand hatte die Tür zum Server-Raum geöffnet. Randy mochte es überhaupt nicht, wenn jemand den Server-Raum betrat und dort alles durcheinander brachte. Der Server-Raum war einzig und allein seine Domäne. Außer ihm hatte dort niemand etwas zu suchen – höchstens das Wartungsteam von IBM, und selbst das betrat den Raum nur in seiner Begleitung.

Er beendete *Unreal Tournament* und ließ seinen Joystick hinter dem Monitor verschwinden. Dann stand er auf und machte sich auf den Weg zum Server-Raum. Er war gespannt, wer zum Teufel da in seine Domäne eingedrungen war. Wer immer es war, er war dafür verantwortlich, dass er gerade getötet worden war.

Joanna rutschte das Herz in die Hose. Soeben hatte ihr Handy vibriert. Seitdem sie die äußere Tür zum Server-Raum passiert hatte, hatte sie entsetzliche Angst. Noch nie im Leben hatte sie sich vor einer Computertastatur so unbeholfen angestellt. Für die Eingabe der simpelsten Befehle brauchte sie eine Ewigkeit, und das verschlimmerte ihren Angstzustand noch, wodurch ihr wiederum das Eintippen noch schwerer fiel – es war ein Teufelskreis.

Der Anruf musste das verabredete Warnsignal von Deborah gewesen sein, also musste sie so schnell wie möglich verschwinden. Es konnte sich nur um Sekunden handeln, bis Randy Porter im Server-Raum auftauchte. Panisch beeilte sie sich, sämtliche Fenster zu schließen, die sie auf dem Monitor geöffnet hatte, doch mit ihren zwei linken Händen bewegte sie die Maus so ruckartig, dass sie für jeden Befehl eine Ewigkeit brauchte. Irgendwie schaffte sie es schließlich doch, das letzte Fenster zu schließen. Der Bildschirm wurde schwarz, und sie stopfte hastig die Hacker-Software in ihre Handtasche. Nun musste sie nur noch die ursprüngliche CD zurück in das Laufwerk schieben. Als ihr Handy vibriert hatte, hatte sie sich gerade erst an dem Computertisch niedergelassen. Leider hatten die paar Minuten nur für die allerersten Schritte gereicht, die für die Einrichtung eines eigenen Zugangs erforderlich waren.

Außer sich vor Angst schnappte sie sich ihre Handtasche vom Computertisch und stürmte zur Tür, doch als sie sie gerade öffnete, hörte sie im gleichen Moment, wie die Tür am Ende des kurzen Ganges aufgeschoben wurde. Panisch ließ sie die Klinke los und trat wieder zurück in den Server-Raum. Sie war der Verzweiflung nahe, denn jetzt saß sie in der Falle. Da sie nicht wusste, was sie sonst tun sollte, hastete sie hinter die Reihe mit den diversen elektronischen Modulen, von denen jedes in etwa die Maße eines schmalen Aktenschrankes mit vier Schubladen hatte. Hinter dem letzten ging sie in die Hocke, krümmte sich zusammen und versuchte sich so klein wie nur irgend möglich zu machen. Es war ein ziemlich schlechtes Versteck, aber sie hatte keine andere Wahl.

Ihr Herz schlug so laut, dass, wer immer auch gleich den Raum betrat, es unweigerlich hören musste. Es pochte ihr buchstäblich in den Ohren. Sie merkte, wie sich in ihren zusammengepressten Fäusten, die sie mit aller Kraft gegen ihre Wangen drückte, der Schweiß sammelte. Innerlich bereitete sie sich darauf vor, gleich entdeckt zu werden, und überlegte, was sie dann sagen sollte. Das Problem war nur: Ihr fiel beim besten Willen keine vernünftige Ausrede ein.

Von dem Augenblick an, in dem Randy seine Arbeitsnische verlassen hatte, hatte er sich langsam in seine Wut hineingesteigert. Irgendjemand hatte es gewagt, ihn bei seinem Computerspiel zu unterbrechen, woraufhin er von seinem Gegner getötet worden war, und das ärgerte ihn viel mehr als die Tatsache, dass offenbar jemand in seinen Server- Raum eingedrungen war. Als er schließlich zur Stelle war, dachte er mehr daran, so schnell wie möglich eine neue Runde *Unreal Tournament* zu spielen und seinen Kontrahenten SCREAMER zur Revanche aufzufordern, als dem Unbekannten, der da in seine Domäne eingedrungen war, eine Lektion zu erteilen.

»Was zum Teufel soll das?«, rief er, als er die offene Tür des Server-Raums sah. Er sah sich um, nahm die zum Gang führende Außentür ins Visier, die er angelehnt gelassen hatte, und fragte sich, wie der unbefugte Eindringling ungesehen herausgekommen sein mochte. Dann betrat er den Raum und inspizierte ihn. Es war alles in Ordnung. Das Schaltpult sah genauso aus, wie er es hinterlassen hatte. Auf dem Monitor lief der Bildschirmschoner. Er griff nach der Tür und schwang sie ein paarmal auf und zu. Vielleicht, ging ihm plötzlich durch den Kopf, hatte er sie bei seinem letzten Besuch nicht richtig einschnappen lassen, sodass sie von allein wieder aufgegangen war.

Er zuckte mit den Schultern und zog die Tür hinter sich zu. Ein leises Klicken verhieß, dass sie fest geschlossen war. Er versuchte sie erneut aufzuschieben, doch sie war definitiv geschlossen. Mit einem letzten Achselzucken drehte er sich um, eilte zurück über den Gang und hatte nur noch eins im Sinn: zurück an seinen Schreibtisch zu kommen und es SCREAMER zu zeigen.

»Es ist alles okay!«, redete Deborah mit sanfter Stimme auf ihre Freundin ein. Sie hielt Joanna bei den Schultern und versuchte, sie zu beruhigen. Joanna zitterte am ganzen Leib und schluchzte alle paar Sekunden laut auf. Sie waren im Labor und standen in der Nähe des Fensters, an dem Deborah früher am Vormittag mit Spencer Wingate gesprochen hatte. Mare hatte sie hereinkommen sehen und sie in Ruhe gelassen; offenbar hatte sie erkannt, dass es Joanna nicht gut ging.

Als Deborah plötzlich Randys Kopf über der Trennwand hatte auftauchen sehen und der Computer-Experte der Wingate Clinic eilig aus seiner Nische gestürmt war, hatte sie Joanna sofort auf ihrem Handy angerufen. Da Randy quasi im Laufschritt davoneilte, musste Deborah im Laufen telefonieren. Zu ihrem blanken Entsetzen stürmte der Netzwerk-Administrator schnurstracks über den Hauptflur in Richtung Server- Raum. Da sie Joanna nirgends entdecken konnte, sagte ihr ihre Intuition, dass sie es nicht geschafft hatte, den Raum rechtzeitig zu verlassen.

Als Randy dann auch noch zielstrebig die zum Server-Raum führende Außentür angesteuert hatte, hatte Deborah jede Hoffnung aufgegeben, dass er vielleicht doch woandershin wollte; sein Ziel war definitiv der Server-Raum. Sie selber war ratlos vor der Tür stehen geblieben. Sie hatte keine Ahnung, was sie tun sollte.

Die folgenden Minuten hatten sie reichlich Nerven gekostet. Sie hatte hin und her überlegt, ob sie hineingehen und versuchen sollte, die Situation – wie auch immer sie eskaliert sein mochte – zu entschärfen. Sie hatte sogar ins Auge gefasst hineinzuplatzen, sich Joanna zu schnappen und mit ihr zum Auto zu rennen und einfach abzuhauen. Doch dann war Randy zu ihrer großen Überraschung wieder herausgekommen, und zwar allein, und er wirkte viel ruhiger als ein paar Minuten zuvor beim Betreten seiner Domäne.

Deborah hatte sich schnell über den Wasserspender gebeugt und so getan, als wollte sie einen Schluck nehmen; schließlich wollte sie nicht durch verdächtiges Herumlungern auf dem Flur auffallen. Randy war an ihr vorbeigegangen, doch sie hatte registriert, dass er seinen Schritt deutlich verlangsamt hatte. Wenigstens war er nicht stehen geblieben. Als sie sich schließlich wieder aufgerichtet hatte, war er bereits einige Meter entfernt gewesen. Er hatte den gleichen Weg eingeschlagen, den er gekommen war, doch anstatt nach vorn zu sehen, hatte er Kopf und Oberkörper nach hinten gedreht, um Deborah nicht aus den Augen zu verlieren. Als ihre Blicke sich trafen, hatte er ihr den aufgerichteten Daumen entgegengestreckt. Deborah war knallrot geworden, denn plötzlich war ihr klar geworden, dass sie ihm beim Bücken über den Wasserspender einen beträchtlichen Teil ihres Hinterns präsentiert hatte.

»Ich bin für so etwas nicht geschaffen!«, raunzte Joanna.

Deborahs Beruhigungsversuche brachten sie auf die Palme, obwohl sie selber nicht recht wusste, auf wen oder was sie eigentlich wütend war. Sie presste ihre Lippen zusammen, doch sie zitterten unaufhörlich weiter, als ob sie jeden Moment erneut in Tränen ausbrechen würde. »Ich meine es ernst!«

Deborah redete weiter beruhigend auf sie ein.

»Ich bin für so etwas wirklich nicht geschaffen!«, wiederholte Joanna leise. »Ich wäre beinahe gestorben. Es war einfach furchtbar.«

»Du hast dich doch wacker geschlagen«, widersprach Deborah. »Dein Rückzug hat bestens funktioniert, und er hat dich nicht gesehen! Geh doch nicht so hart mit dir ins Gericht!«

»Meinst du das im Ernst?«, fragte Joanna und japste ein paar Mal nach Luft.

»Ja«, versicherte Deborah. »Jeder – und mit Sicherheit auch ich – hätte es vermasselt. Aber du hast es irgendwie geschafft, dich unsichtbar zu machen. Und dadurch haben wir einen zweiten Versuch frei.«

»Ich gehe auf keinen Fall noch einmal in den Raum«, behauptete Joanna. »Das kannst du vergessen.«

»Willst du wirklich aufgeben, nachdem wir schon so weit gekommen sind?«

»Jetzt bist du dran«, verlangte Joanna. »Du gehst in den Server-Raum, und ich stehe Schmiere.«

»Wenn ich könnte, würde ich es sogar tun«, entgegnete Deborah. »Das Problem ist nur, dass ich viel zu wenig von Computern verstehe. Und du kannst es mir erklären, bis ich schwarz werde – ich werde mit Sicherheit alles verpatzen.«

Joanna starrte Deborah an, als ob sie jeden Moment vor Wut zu platzen drohte.

»Tut mir Leid«, sagte Deborah. »Ich bin nun mal kein Computer-Freak. Aber ich glaube wirklich, dass wir nicht so schnell aufgeben sollten. Schließlich wollen wir beide herausfinden, was aus unseren Eizellen geworden ist, und inzwischen ist mein Interesse noch größer geworden.«

»Muss ich dich wieder erst ausdrücklich bitten, mich einzuweihen?«, fragte Joanna entnervt.

Deborah sah verstohlen zu Mare und vergewisserte sich,

dass sie sie nicht belauschte. Dann senkte sie die Stimme und berichtete Joanna von ihrem morgendlichen Gespräch mit ihrer Kollegin, bei dem sie erfahren hatte, dass im Labor offenbar nicht an Ova von Schweinen gearbeitet wurde, sondern an menschlichen Eizellen. Joanna war so perplex, dass sie ihr Horrorerlebnis sofort vergaß.

»Wie seltsam!«, staunte sie.

Deborah verzog das Gesicht. *Seltsam* war ihrer Meinung nach nicht annähernd das passende Wort für diese Ungeheuerlichkeit. »Ich finde es unglaublich!«, korrigierte sie ihre Freundin.

»Überleg doch mal! Die Klinik hat uns neunzigtausend Dollar für ein halbes Dutzend Eizellen gezahlt, und heute haben sie mir ein paar hundert hingestellt, damit ich mich daran versuche! Was den Transfer von Zellkernen angeht, bin ich doch eine absolute Amateurin. Also, wenn das nicht mehr als seltsam ist!«

»Du hast Recht«, stimmte Joanna ihr zu. »Es ist unglaublich.«

»Also müssen wir uns noch dringender irgendwie Zugang zu den Daten verschaffen«, sagte Deborah. »Ich will unbedingt herausfinden, welche Art von Forschung hier eigentlich betrieben wird und wie sie an all diese Eizellen kommen.«

Joanna schüttelte den Kopf. »Das mag ja ein dringender Beweggrund sein, aber ich meine es wirklich ernst: Ich glaube nicht, dass ich mich noch einmal überwinden kann, diesen Server-Raum zu betreten.«

»Aber beim nächsten Versuch sind wir doch viel besser dran«, versuchte Deborah sie umzustimmen.

»Ich wüsste nicht warum«, entgegnete Joanna.

»Wenn ich mich nicht irre, ist dieser Randy Porter genau in dem Augenblick von seinem Stuhl aufgesprungen, als du die Tür zum Server-Raum geöffnet hast. Also muss die Tür über irgendeine Vorrichtung verfügen, die ihm sofort ein

Alarmsignal auf den Monitor sendet, wenn jemand sie öffnet. Das macht doch Sinn, findest du nicht? Ihm kann einfach nicht zufällig genau in dem Moment, in dem du den Raum betreten hast, in den Sinn gekommen sein, einen Kontrollgang zu machen.«

»Da könntest du wohl Recht haben«, räumte Joanna ein. »Aber inwiefern soll uns das weiterhelfen?«

»Das heißt, es reicht nicht aus, ihn in seiner Nische zu beobachten«, erklärte Deborah. »Wir müssen ihn von seinem Arbeitsplatz weglocken und ihn ablenken.«

Joanna dachte über Deborahs Worte nach und nickte. »Und hast du auch schon eine Idee, wie wir das anstellen könnten?«

»Selbstverständlich«, erwiderte Deborah und lächelte verschmitzt. »Als er vorhin nach seinem Kontrollgang an mir vorbeigegangen ist, habe ich mich über den Wasserspender gebeugt, und ich kann dir sagen, er hat mich angestarrt wie ein brünftiger Bock. Bei der Reaktion würde es mich doch sehr wundern, wenn ich es nicht schaffen sollte, ihn in der Kantine anzumachen und in ein Gespräch zu verwickeln. Ich wette, dass ich ihn problemlos ein Weilchen bei der Stange halten kann. Währenddessen versuchst du noch einmal dein Glück im Server-Raum, und wenn du fertig bist, rufst du mich auf dem Handy an und erlöst mich.«

Joanna nickte, obwohl sie immer noch nicht ganz überzeugt war.

»Pass auf!«, redete Deborah weiter auf sie ein. »Ich erkläre dir haarklein, wie wir es machen. Du gehst jetzt zurück in den Verwaltungsbereich und siehst nach, ob Randy Porter wieder in seiner Nische sitzt. Dann gehst du an deinen eigenen Arbeitsplatz. Was du da machst, ist vollkommen egal. Entscheidend ist nur, dass du aufpasst, wann unser Computerexperte Mittag essen geht. Sobald er seinen Platz verlässt, rufst du mich an. Am besten fange ich ihn schon auf dem Weg in die Kantine ab, das ist sicher einfacher, als ihn am Esstisch anzuquatschen. Sobald ich ihn in ein Gespräch verwickelt und das Gefühl habe, dass es gut läuft, rufe ich dich an, und erst dann gehst du noch einmal in den Server-Raum und verschaffst uns Zugang zu den Klinikdaten. Je mehr ich darüber nachdenke, desto sicherer bin ich, dass wir die Aktion auf die Mittagspause verschieben sollten. Dann gehen wir das geringste Risiko ein. Sobald du fertig bist, kommst du einfach in die Kantine und erlöst mich von dem Lüstling. Dann kannst du auch gleich selber Mittag essen.«

»Du tust so, als wäre das alles ein Kinderspiel«, stellte Joanna fest.

»Das ist es auch«, entgegnete Deborah. »Davon bin ich fest überzeugt. Also – was sagst du zu meinem Plan?«

»Er klingt nicht schlecht. Aber was ist, wenn er von der Unterhaltung mit dir genug hat? Gibst du mir dann Bescheid?«

»Natürlich«, versicherte Deborah. »Dann rufe ich dich sofort an. Und das Gute ist, dass du selbst dann nicht in Panik ausbrechen müsstest. Die Kantine ist so weit weg, dass du alle Zeit der Welt hättest, unbemerkt aus dem Server-Raum zu verschwinden. Wenn er hingegen in seiner Nische hockt, sieht die Sache etwas anders aus.«

Joanna nickte ein paarmal nachdenklich.

»Und? Willst du es noch einmal versuchen?«

»Ja«, erwiderte Joanna. »Ich glaube, es ist einen Versuch wert.«

»Super!«, rief Deborah. »Dann sollten wir den Stein ins Rollen bringen. Falls er nicht an seinem Arbeitsplatz sein sollte, musst du mich anrufen. Dann müssen wir unseren Plan gegebenenfalls kurzfristig ändern.«

»Okay«, entgegnete Joanna euphorischer, als ihr zumute war. »Wir werden das Ding schon schaukeln.« Um sich gegenseitig Mut zu machen, besiegelten sie ihren Beschluss per Handschlag. Dann drehte Joanna sich um und verließ das Labor.

Deborah sah ihr hinterher. Sie kannte ihre Mitbewohnerin gut genug, um zu wissen, dass sie gerade vollkommen aufgelöst gewesen war, aber sie wusste auch, dass Joanna nicht unterzukriegen war. Wenn es darauf ankam, konnte man sich darauf verlassen, dass sie ihr Ziel erreichte.

Deborah ging zurück zu ihrem Mikroskop und versuchte zu arbeiten. Doch sie war viel zu aufgedreht, als dass sie sich auf eine so gewissenhaft auszuführende Tätigkeit wie das Entkernen von Ova hätte konzentrieren können. Außerdem befürchtete sie jeden Moment, dass Joanna anrief und mitteilte, dass Randy Porter nicht in seiner Nische saß. Nachdem fünf Minuten verstrichen waren, ohne dass das Telefon geklingelt hatte, stand sie auf und steuerte den Arbeitsplatz ihrer Kollegin an. Als Mare Deborah neben sich registrierte, sah sie von ihrem Mikroskop auf.

»Ich habe noch eine Frage«, sagte Deborah. »Wo hast du die Eizellen, mit denen wir arbeiten, eigentlich vorhin hergeholt?«

Mare deutete mit dem Daumen über ihre Schulter. »Aus dem Inkubator dahinten am Ende des Labors.«

»Und wie kommen die Eizellen in den Inkubator?«

Mare bedachte Deborah mit einem Blick, der zwar nicht finstere Missbilligung ausdrückte, aber alles andere als freundlich war. »Du stellst eine Menge Fragen.«

»Das haben angehende Forscherinnen so an sich«, entgegnete Deborah. »Wissenschaftler, die keine Fragen stellen, sollten sich zur Ruhe setzen oder sich einen anderen Job suchen.«

»Die Eizellen kommen im Inkubator mit einem Speisenaufzug zu uns nach oben«, erklärte Mare. »Das ist alles, was ich weiß. Man hat mich weder ermutigt, weitere Fragen zu stellen, noch habe ich mich dazu bemüßigt gefühlt.«

»Und wer kann meine Frage beantworten?«
»Ich denke, Miss Finnigan.«

Randy stemmte beide Hände auf die Lehnen seines Schreibtischstuhls und hievte sich vorsichtig hoch. Er wollte unbemerkt prüfen, ob Christine, seine Abteilungsleiterin, an ihrem Platz war. Wäre er aufgestanden, hätte sie ihn womöglich ertappt, doch indem er sich zentimeterweise von seinem Stuhl hochhievte, konnte er innehalten, sobald er ihren riesigen Lockenkopf erblickte. Bingo! Sie saß an ihrem Schreibtisch. Langsam ließ er sich wieder auf seinen Stuhl hinab.

Da er nun wusste, dass seine Vorgesetzte in der Nähe war, stellte er den Ton seiner Computerlautsprecher leise. Zu Hause drehte er gern voll auf, um sich von den Sound-Effekten animieren zu lassen, doch im Büro sah er sicherheitshalber davon ab, erst recht, wenn Christine in Hörweite war.

Als Nächstes holte er den Joystick hinter dem Monitor hervor und positionierte ihn exakt auf dem Schreibtisch. Dann brachte er sein Hinterteil in die für ihn angenehmste Stellung. Wenn er beim Spielen sein Bestes geben wollte, musste er bequem sitzen. Als alles zu seiner Zufriedenheit war, griff er nach der Maus, um sich ins Internet einzuklicken. Doch dann hielt er plötzlich inne. Obwohl er schon voll und ganz auf sein nächstes Spiel eingestellt war, ging ihm seltsamerweise plötzlich etwas anderes durch den Kopf.

Er hatte die Tür des Server-Raums nicht nur so programmiert, dass er bei jedem Öffnen umgehend alarmiert wurde, sondern er hatte zusätzlich dafür gesorgt, dass die Identität jedes Kartenbesitzers gespeichert wurde, der seine Zugangskarte durch den Schlitz der Server- Raum-Tür zog und sich Zutritt verschaffte.

Mit ein paar schnellen Mausklicks öffnete er das entsprechende Fenster. Er ging fest davon aus, seinen eigenen

Namen als letzten auf der Liste vorzufinden; schließlich hatte er kurz nach dem Rechten gesehen, nachdem Helen Masterson im Server-Raum gewesen war. Damit wäre seine Vermutung bestätigt, dass er die Tür nicht fest genug zugezogen hatte und sie von allein aufgegangen war. Doch zu seiner Überraschung stand nicht sein Name als letzter in der Reihe, sondern der von Dr. Spencer Wingate, dem geschätzten Gründer der Klinik. Er hatte den Raum um 11.10 Uhr an diesem Vormittag betreten.

Randy starrte verwirrt und ungläubig auf den Eintrag. Wie konnte das möglich sein? Als echter Computerspiel- Freak führte er über seine Siege und seine seltenen Niederlagen exakt Buch. Er verkleinerte das Fenster, das über den Server-Raum Auskunft gab, und rief seine Spielstände für *Unreal Tournament* auf. Da stand es schwarz auf weiß: Er war um 11.11 Uhr abgeschossen worden.

Er holte einmal tief Luft, ließ sich in seinen Stuhl zurückfallen und starrte auf den Bildschirm. Gleichzeitig ließ er vor seinem inneren Auge noch einmal seinen Spurt zum Server-Raum Revue passieren. Von seiner Nische bis zum Server-Raum brauchte man eine, höchstens zwei Minuten. Also musste er ihn um 11.12 Uhr oder spätestens um 11.13 Uhr erreicht haben. Aber wo, zum Teufel, war dann Dr. Wingate gewesen, der den Raum laut Zugangskartenspeicherung um 11.10 Uhr betreten hatte? Und als ob das allein nicht schon rätselhaft genug war, hatte der Arzt und Gründer der Klinik auch noch die Tür offen gelassen.

Hier passiert irgendetwas höchst Seltsames, dachte Randy. Eigentlich hatte es immer geheißen, dass Dr. Wingate sich quasi im Ruhestand befinde. Doch seit kurzem wurde gemunkelt, er sei wieder aufgetaucht. Randy kratzte sich am Kopf und fragte sich, ob er die Sache einfach auf sich beruhen lassen oder ob er sie melden sollte. Normalerweise hatte er jegliche Verletzung der Sicherheitsvorschriften umgehend

Dr. Saunders anzuzeigen, doch er war gar nicht sicher, ob es sich in diesem Fall überhaupt um eine Vorschriftsverletzung handelte. Immerhin war Dr. Wingate das höchste Tier der ganzen Klinik. Wie konnte er also gegen irgendeine Vorschrift verstoßen?

Plötzlich hatte er eine Idee. Vielleicht sollte er mit Kurt Hermann sprechen, dem Sicherheitschef der Klinik. Allerdings war er ein ziemlich seltsamer Vogel. Er hatte Randy gebeten, seinen Computer so zu programmieren, dass er jegliches Öffnen sämtlicher Kartenschlitztüren aufzeichnete. Also musste Kurt bereits wissen, dass Dr. Wingate im Server-Raum gewesen war. Was der Sicherheitschef jedoch nicht wusste, war, dass der Klinikgründer sich nur zwei Minuten in dem Raum aufgehalten und nach seinem Verlassen die Tür offen gelassen hatte.

»So ein Mist!«, fluchte Randy laut. Sich über derartigen Unsinn den Kopf zu zerbrechen, war mindestens so anstrengend, wie richtig zu arbeiten. Dabei hatte er eigentlich nur eins im Sinn: SCREAMER zu besiegen. Er setzte sich gerade hin und griff nach der Maus.

»Entschuldigen Sie bitte, Miss Finnigan!«, rief Deborah. Sie stand auf der Schwelle zum Büro der Laborleiterin. Ihr zaghaftes Klopfen an den Türrahmen hatte nichts genutzt. Megan Finnigan war so in ihre Arbeit vertieft, dass sie nichts mitbekam, doch Deborahs Stimme riss sie aus ihren Gedanken. Sie sah erschrocken auf und klickte eilig ihren Bildschirm frei.

»Es wäre schön, wenn Sie beim nächsten Mal anklopfen könnten«, sagte sie.

»Ich habe angeklopft«, sagte Deborah.

Die Laborleiterin warf ihren Kopf zurück, um ein paar lästige Haarsträhnen aus ihrem Gesicht zu entfernen. »Tut mir Leid. Ich habe sehr viel zu tun. Kann ich Ihnen helfen?«

»Sie haben mich bei unserem ersten Gespräch ermutigt,

zu Ihnen zu kommen, wenn ich Fragen habe«, entgegnete Deborah. »Ich habe eine Frage.«

»Was möchten Sie wissen?«

»Ich wüsste gern, woher all die Eizellen stammen, mit denen ich arbeite. Maureen habe ich bereits gefragt, aber sie behauptet, es nicht zu wissen. Ich finde, es sind unheimlich viele. Mir war gar nicht klar, dass Eizellen in so großer Anzahl zur Verfügung stehen.«

»Der ständige Mangel an Eizellen hat unseren Forschungsbemühungen in der Tat vom ersten Tag an Grenzen gesetzt«, erklärte Megan. »Deshalb haben wir äußerste Anstrengungen darauf verwendet, genau dieses Problem zu lösen. Dr. Saunders und Dr. Donaldson haben auf diesem Gebiet maßgebliche Erfolge zu verzeichnen. Allerdings wurden die Ergebnisse ihrer Arbeit bisher noch nicht veröffentlicht, und solange sie nicht publiziert sind, gelten sie als Betriebsgeheimnis.« Bei diesen Worten grinste sie gönnerhaft und warf erneut den Kopf zurück – eine Marotte, die Deborah ganz kribbelig machte. »Wenn Sie eine Weile für uns gearbeitet haben und immer noch interessiert sind, können wir Sie sicher in das Geheimnis unseres Erfolges einweihen.«

»Das würde mich freuen«, entgegnete Deborah. »Dann habe ich noch eine Frage: Von welcher Spezies stammen die Eizellen, mit denen ich arbeite?«

Statt zu antworten, fixierte Megan Deborah unverwandt, als beabsichtigte sie, Deborahs Beweggründe für diese Frage aus ihren Augen abzulesen. Jedenfalls währte die Funkstille so lange, dass Deborah sich unwohl zu fühlen begann.

»Warum wollen Sie das wissen?«, fragte Megan schließlich.

»Ich bin einfach nur neugierig«, erwiderte Deborah. Die Antworten ihrer Vorgesetzten auf die simpelsten Fragen sprachen allein schon Bände. Inzwischen war ihr klar, dass sie sowieso keine ehrliche Antwort zu erwarten hatte. Am liebsten hätte sie den Raum sofort verlassen, denn wenn sie weitere Fragen stellte, machte sie sich vermutlich nur verdächtig, und das wollte sie auf keinen Fall.

»Ich bin nicht sicher, an welchem Projekt Maureen gerade arbeitet«, sagte Megan. »Ich könnte nachsehen, aber dafür habe ich im Moment leider keine Zeit.«

»Kein Problem«, entgegnete Deborah. »Danke, dass Sie sich ein paar Minuten für mich genommen haben.«

»Keine Ursache«, beendete Megan das Gespräch und lächelte gekünstelt.

Deborah war erleichtert, zu ihrem Mikroskop zurückkehren zu können. Es war keine besonders gute Idee gewesen, das Büro ihrer Vorgesetzten aufzusuchen, und weitergebracht hatte es sie auch nicht. Sie machte sich erneut an die Arbeit, doch als sie die erste Eizelle entkernt hatte, konnte sie ihre Neugier nicht mehr bändigen, die durch ihr kurzes Gespräch mit Megan nur noch größer geworden war. Die Unmenge von Eizellen, auf die sie hinabblickte, schrie geradezu nach einer Antwort auf die Frage, woher sie stammten. Und wenn sich ihr Verdacht bestätigte und es sich tatsächlich um menschliche Eizellen handelte, verlangte die Frage nach ihrer Herkunft erst recht nach Klärung.

Deborah lehnte sich zurück und checkte, was ihre Kollegin gerade machte. Zum Glück war sie in ihre Arbeit vertieft. Seit der verbalen Auseinandersetzung mit Dr. Saunders bezüglich der Herkunft der Eizellen hatte Mare sie weitgehend ignoriert. Mit einem Rundblick vergewisserte sich Deborah, dass auch die übrigen Labormitarbeiter ihr keinerlei Beachtung schenkten.

Als ob sie beabsichtigte, die Toilette aufzusuchen, stand sie auf, nahm ihre Handtasche und steuerte den Hauptflur an. Sie ging davon aus, nur diesen einen Tag in der Wingate Clinic zu arbeiten, und spürte einen unwiderstehlichen Drang, dem Geheimnis um die Herkunft der Eizellen auf die Spur zu kommen. Natürlich würde sie das Rätsel in der kurzen Zeit vermutlich nicht lösen können, doch solange sie Gelegenheit hatte, wollte sie so viel wie möglich in Erfahrung bringen.

Sie ging den Flur entlang in Richtung des zentralen Turms, bis sie die letzte der drei Türen erreichte, die vom Flur ins Labor führten. Sie öffnete sie und sah Mare in einiger Entfernung nach wie vor konzentriert über ihr Mikroskop gebeugt. Der begehbare Inkubator, aus dem ihre Kollegin die Petrischalen mit den Eizellen geholt hatte, befand sich direkt zu ihrer Rechten. Deborah huschte zu der Glastür des Inkubators, öffnete sie und betrat den engen Raum.

Die Luft in dem Inkubator war warm und feucht. Ein großes Wandthermometer zeigte an, dass die Temperatur exakt siebenunddreißig Grad betrug, und ein Befeuchter hielt die Luftfeuchtigkeit konstant bei einhundert Prozent. An beiden Seiten des engen Raums standen Regale mit Petrischalen. Der Speisenaufzug befand sich an der hinteren Seite des Raums. Ursprünglich hatte er einmal dazu gedient, das Essen aus der Krankenhausküche im Keller auf die jeweiligen Stationen hochzubefördern, doch der Ursprungszustand des Aufzugs war nur noch entfernt zu erahnen. Statt aus gewöhnlichem Holz war er aus rostfreiem Stahl und verfügte über eine gläserne Tür. Die Abstellflächen waren ebenfalls aus Glas. Für einen Speisenaufzug war er ziemlich groß, er hatte in etwa die Maße einer hohen Kommode. Darüber hinaus verfügte er über einen zusätzlichen Temperatur- und Befeuchtungsregler, mit dessen Hilfe auch im Inneren des Aufzugs stets die erforderlichen Bedingungen gewährleistet werden konnten.

Deborah versuchte den Aufzug ein wenig nach hinten zu drücken, um einen Blick in den Fahrstuhlschacht zu werfen, doch er ließ sich nicht einen Millimeter bewegen. Er war haargenau in die massiven Wände eingearbeitet; bei der Konstruktion des Aufzugs war ganze Arbeit geleistet worden. Sie trat einen Schritt zurück und musterte den Lift. Wahrscheinlich war die Rückwand des Schachts zugleich die Wand des Hauptflurs.

Sie verließ den Inkubator und ging zurück auf den Hauptflur. Dort schätzte sie ab, wo sich der Schacht befand, und zählte die Schritte bis zum nächsten Treppenaufgang, der ganz in der Nähe der Feuertür lag, die zum zentralen Turm führte. Sie ging ins Treppenhaus und stieg die alte Metalltreppe hinauf in den zweiten Stock. Als sie das Treppenhaus dort wieder verließ, war sie überrascht.

Sie erinnerte sich zwar noch vage daran, dass Dr. Donaldson ihnen erzählt hatte, der riesige alte Komplex gleiche, von dem kleinen, von der Wingate Clinic genutzten Teil abgesehen, weitgehend einem Museum, doch was sich da vor ihren Augen auftat, hatte sie nicht erwartet. Es war, als ob sämtliche Ärzte, Pfleger und Patienten irgendwann in den zwanziger Jahren des vergangenen Jahrhunderts das Stockwerk verlassen und alles so zurückgelassen hatten, wie es war. Die Tische in dem weitläufigen dunklen Flur waren uralt, die Rollbahren aus Holz, und quer verstreut standen jede Menge altertümliche Rollstühle herum. Von den viktorianischen Leuchtern baumelten girlandenartig dichte Spinnengewebe herab, an den Wänden hingen gerahmte Drucke von Currier & Ives, die allesamt verrutscht waren. Der Boden war mit einer dicken Staubschicht bedeckt, von der leicht gewölbten Decke war an mehreren Stellen der Putz heruntergefallen.

Während Deborah die Entfernung vom Treppenhausausgang bis zum Schacht schätzte, hielt sie sich instinktiv die Hand vor den Mund und atmete so flach wie möglich. Sie wusste zwar, dass die Tuberkulosebakterien und all die anderen Krankheitserreger, die den Flur dereinst bevölkert hatten, längst verschwunden waren, doch sie fühlte sich trotzdem unbehaglich und verletzlich.

Sie schritt in etwa die Entfernung bis zum Speisenaufzug ab und öffnete die nächste Tür. Wie erwartet führte sie in eine ehemalige Speisekammer. Es war ein fensterloser Raum mit Schränken voller Besteck und Geschirr. Es gab sogar ein paar alte Backöfen, die mit ihren offen stehenden Türen im Halbdunkel aussahen wie riesige tote Tiere mit weit geöffneten Mäulern.

Die Tür zum Speisenaufzug war wie erwartet an der hinteren Seite. Wie bei einem Frachtaufzug war sie so konstruiert, dass sie sich in vertikaler Richtung öffnete, doch als Deborah an dem ausgefransten Seil für den Öffnungsmechanismus zog, tat sich nichts. Offenbar war die Tür mit einer Sperre gesichert, die verhinderte, dass man die Tür öffnen konnte, wenn der Aufzug noch nicht da war.

Deborah klopfte sich den Staub von den Händen, ging zurück zum Treppenhaus und stieg nacheinander hinauf in den dritten und vierten, obersten Stock. Sie vergewisserte sich, dass es in beiden Stockwerken ähnlich aussah wie im zweiten Stock, und stieg dann hinab ins Erdgeschoss.

Als sie aus dem Treppenhaus auf den Flur trat, wusste sie sofort, dass die Eizellen auf keinen Fall von dort nach oben befördert wurden. Das Erdgeschoss war noch aufwändiger renoviert worden als der erste Stock und beherbergte den gesamten klinischen Bereich des Wingate-Unternehmens. Um diese Zeit am späten Vormittag herrschte dort reger Betrieb. Ständig huschten Ärzte, Krankenschwestern und Patienten hin und her, und Deborah musste zur Seite treten, um einem Pfleger Platz zu machen, der eine Rollbahre mit einer Patientin vor sich herschob.

Deborah wich dem beständigen Strom des Klinikpersonals aus und schritt die Entfernung bis zu der Stelle ab, an der sie hinter der Flurwand den Aufzugschacht vermutete. Sie verließ den Flur und gelangte in den Bereich mit den Warte- und Behandlungszimmern für die Patienten. Genau da, wo eigentlich die Tür des Aufzugs hätte sein sollen, stand ein niedriger Wäscheschrank. Ohne jeden Zweifel gab es im Erdgeschoss keine Aufzugtür.

Damit stand nach dem Ausschlussprinzip fest, dass der Aufzug nur im Keller mit den Eizellen beladen werden konnte. Deborah ging zurück zum Treppenhaus und stieg hinab, doch anders als bei den oberen Stockwerken lagen diesmal nicht zwei, sondern drei Absätze zwischen den einzelnen Etagen, weshalb sie vermutete, dass das Kellergeschoss über besonders hohe Decken verfügte. Aber sie hatte sich geirrt. Zwischen Erdgeschoss und Keller gab es nämlich noch eine Art Zwischengeschoss, das einem Labyrinth aus Rohren und Leitungen glich.

Der Keller sah aus wie ein riesiges Verlies. Von der bogenförmig gewölbten Decke hingen ein paar vereinzelte nackte Glühbirnen herab, die Wände waren aus unverputztem Backstein, und der Boden war mit großen Granitplatten ausgelegt. Das mulmige Gefühl, das Deborah bereits in den oberen Stockwerken beschlichen hatte, schwoll in dem düsteren Kellerverlies zu regelrechter Furcht an. Hier unten wimmelte es ebenso von Überresten aus der Zeit der Nervenheilanstalt und der Tuberkuloseklinik, doch in diesem feuchten, muffigen und düsteren Gewölbe wirkten sie noch unheimlicher. Und wenn irgendwo in dem riesigen Komplex irgendwelche Krankheitserreger aus der finsteren Vergangenheit des Gebäudes überlebt haben sollten, dann – da war Deborah sicher – hier unten im Keller.

Sie versuchte, die in ihr aufkeimenden Horrorvorstellungen an die finstere Vergangenheit dieses Ortes niederzukämpfen, und zwang sich, die Entfernung von der Treppenhaustür bis zum vermuteten Aufzugschacht abzuschreiten. Anders als in den sonstigen Etagen gab es im Keller keinen zentralen Flur, weshalb die Abschätzung der Entfernung hier deutlich schwieriger war. Der Keller war eher labyrinthartig angelegt, und sie musste sich im Zickzackkurs voranbewegen, da ihr ständig massive Stützpfeiler im Weg standen.

Sie ging unter einem Bogen hindurch, umrundete eine große Küche mit riesigen Arbeitsflächen aus Metall, enormen Backöfen und Waschbecken aus Speckstein und landete plötzlich vor einer Tür, die sich ganz und gar von dem übrigen düsteren Ambiente abhob: Sie war aus blankem, glänzendem Metall, wirkte hochmodern und verfügte weder über einen Griff noch über eine Aufhängung. Sie hatte nicht einmal ein Schloss.

Vorsichtig streckte Deborah im Halbdunkel den Arm aus und berührte die glänzende Oberfläche der Tür. Sie vermutete, dass sie aus rostfreiem Stahl war. Merkwürdigerweise fühlte sie sich gar nicht kalt an, sondern war angenehm warm. Deborah sah sich um und nahm im Dämmerlicht noch einmal die altertümliche Küchenausstattung ins Visier. Dann starrte sie erneut die glänzende Tür an. Es war verblüffend, wie wenig sie hierher passte. Sie drückte ihr Ohr an die Tür und hörte das Summen von Maschinen. Für ein paar Minuten verharrte sie so, um festzustellen, ob sie Stimmen hörte, doch der Raum hinter der Stahltür schien menschenleer. Als sie ihr Ohr von der Tür löste, fiel ihr ein Kartenschlitz ins Auge, der genauso aussah wie der neben der Tür zum Server-Raum. Hätte sie doch bloß die Karte von Spencer Wingate dabei!

Nach kurzem Zögern und innerem Ringen mit sich selbst streckte sie erneut den Arm aus und klopfte mit dem Knöchel ihres Zeigefingers gegen die Tür. Sie klang ziemlich massiv. Deborah war keineswegs sicher, ob sie wirklich wünschte, dass auf ihr Klopfen jemand antwortete, aber es reagierte ohnehin niemand. Das ermutigte sie, sich mit aller Kraft gegen die Tür zu stemmen, doch sie ließ sich keinen Millimeter bewegen. Als Nächstes klopfte sie mit der Faust die gesamte Umgebung der Tür ab, um herauszufinden, wo genau sich die Verriegelung befand – doch Fehlanzeige.

Angesichts dieser unüberwindlichen Barriere zuckte sie mit den Schultern, drehte sich um und ging zurück zum Treppenausgang. Es war fast Mittag und höchste Zeit, zurück ins Labor zu gehen und auf Joannas Anruf zu warten. Besonders viel hatte sie bei ihrer kleinen Erkundungstour nicht in Erfahrung gebracht, aber wenigstens hatte sie es versucht. Wenn alles gut ging, konnte sie ja am Nachmittag noch einmal mit Wingates Karte zurückkehren. Die mysteriöse Tür aus rostfreiem Stahl hatte ihre Neugier geweckt. Sie wollte unbedingt herausfinden, was sich hinter dieser Tür verbarg.

13

10. Mai 2001, 12.24 Uhr

Nachdem Joannas Respekt für Büroangestellte, die tagein, tagaus Daten eingaben, bereits am Vormittag deutlich gestiegen war, hatte sie inzwischen auch vor Dieben und Einbrechern große Achtung. Sie konnte sich beim besten Willen nicht vorstellen, wie man sich mit dem, was sie gerade tat, durchs Leben schlagen konnte. Wären Deborahs Argumente nicht so hieb- und stichfest gewesen und ihr Plan äußerst vielversprechend, hätte Joanna sich nie und nimmer überreden lassen, noch einmal in den Server-Raum einzudringen. Jetzt war sie seit fast zweiundzwanzig Minuten dort, und bisher hatte sie niemand gestört. Ihr größter Feind war sie selbst.

Wie bei ihrem ersten Besuch war sie beim Passieren der Außentür, die zum Server-Raum führte, von einer derart lähmenden Panik befallen worden, dass sie beinahe handlungsunfähig gewesen war. Am nervenaufreibendsten war das Warten, während die spezielle Hacker-Software nach dem korrekten Passwort zur Entriegelung der Tastatur suchte. Während das Programm lief, war Joanna ein einziges klägliches, zitterndes Nervenbündel gewesen und von einer Angstattacke nach der anderen heimgesucht worden. Sie hatte ständig irgendwelche Geräusche gehört, die sich jedoch entweder als völlig harmlos entpuppt hatten oder ihrer Einbildung entsprungen waren. Wie konnte sie sich selbst nur so falsch eingeschätzt haben? Sie war fest davon ausgegangen, auch unter dieser Art von Stress einen kühlen Kopf zu bewahren.

Zu ihrer großen Erleichterung hatte sie bereits nach einigen Minuten Zugang zum System gehabt, und ab da hatte ihre Panik wenigstens etwas nachgelassen. Endlich konnte sie etwas tun und war nicht mehr dazu verdammt, tatenlos auf den Monitor zu starren. Doch nun machte ihr ein anderes Problem zu schaffen: Sie zitterte wie Espenlaub und hatte Schwierigkeiten, die Maus und die Tastatur zu bedienen.

Je weiter sie vorankam, desto inständiger bedankte sie sich bei Randy Porter. Zum Glück hatte er die Ordner, nach denen sie suchte, nicht allzu tief in irgendwelchen Unterordnern versteckt, was ihr die Arbeit erheblich erleichterte. Gleich das erste Fenster, das sie geöffnet hatte, war ein Treffer gewesen. Sie hatte ein Netzwerk-Laufwerk mit dem vielversprechenden Namen *Data D* entdeckt. Beim Öffnen dieses Laufwerks waren ihr gleich eine ganze Reihe von Ordnern mit aussagekräftigen Titeln ins Auge gefallen. Einer trug die Bezeichnung *Spenderinnen*. Sie klickte mit der rechten Maustaste auf *Eigenschaften* und sah, dass der Zugriff auf diesen Ordner auf einen äußerst reduzierten Kreis begrenzt war. Neben Randy Porter als Netzwerk-Administrator waren nur Paul Saunders und Sheila Donaldson zugriffsberechtigt.

Joanna war ziemlich sicher, den richtigen Ordner gefunden zu haben. Also brauchte sie sich nur noch selbst als zugriffsberechtigte Person hinzuzufügen. Dafür musste sie lediglich ihren Zugangsnamen sowie ihren Arbeitsbereich eingeben. Sie wollte gerade auf *Hinzufügen* klicken, als sie hörte, wie irgendwo in der Ferne eine Tür geöffnet wurde. Ihr Herz begann wie wild zu rasen, und auf ihrer Stirn bildeten sich erneut kleine Schweißperlen.

Für ein paar Sekunden konnte sie sich weder bewegen noch atmen. Sie rechnete jeden Augenblick damit, auf dem Flur zum Server-Raum die verräterischen Schritte zu hören. Doch es blieb still. Trotzdem hatte sie das Gefühl, jeden Moment ertappt zu werden. Sie nahm all ihren Mut zusammen, drehte sich langsam um und machte drei Kreuze, als sie sah, dass wirklich niemand in der Tür stand. Den Schrecken noch in den Gliedern, erhob sie sich, ging zur Tür und sah nach, ob die Luft auch auf dem Flur rein war. Die Außentür war geschlossen, und es schien alles in Ordnung.

»Ich muss so schnell wie möglich hier raus«, murmelte sie zu sich selbst. Sie eilte zurück zur Tastatur, griff mit zitternder Hand nach der Maus und setzte mit einem Klick ihren Namen auf die Liste der für den Spenderordner zugangsberechtigten Personen.

Als Nächstes schloss sie nacheinander sämtliche Fenster, die sie geöffnet hatte, und stellte die Ursprungseinstellung auf dem Server-Monitor wieder her, mit der der nächste User aufgefordert wurde, das Passwort einzugeben. Dann schnappte sie sich ihre Handtasche und stürmte los. Doch plötzlich fiel ihr ein, dass sie ihre Hacker-Software im CD-ROM-Laufwerk vergessen hatte. Jetzt, wo sie es fast geschafft hatte, zitterte sie schlimmer denn je, doch sie riss sich zusammen, eilte zurück, nahm die CD aus dem Laufwerk und stopfte sie hastig in ihre Tasche. Endlich war ihr Auftrag erledigt.

Sie schloss die Tür des Server-Raums und eilte zur Außentür. Leider war es unmöglich vorauszusehen, ob die Luft rein war und sie ungesehen auf den Hauptflur huschen konnte. Wenn sie Pech hatte, lief sie direkt jemandem in die Arme, doch das Risiko musste sie eingehen. Sie öffnete mit einer raschen Handbewegung die Tür, trat zügig hinaus und zog die Tür hinter sich zu. Da sie auf keinen Fall in Panik ausbrechen wollte, vermied sie es, den Flur zu inspizieren, und steuerte stattdessen schnellen Schrittes den Wasserspender an. Ihr Mund war wirklich trocken, doch Durst hatte sie nicht. Sie wollte nur nicht wie eine Einbrecherin auf der Flucht aussehen.

Sie trank ein paar Schlucke und hörte zu ihrer Freude keine Stimmen. Schließlich wagte sie es, sich aufzurichten. Wie es aussah, hatte sie einen günstigen Moment erwischt. Auf dem ansonsten eher belebten Flur war anders als sonst weit und breit keine Menschenseele zu sehen.

Jetzt interessierte sie nur noch eins: Sie wollte wissen, ob sie im Server-Raum alles richtig gemacht hatte, und so schnell wie möglich einen Blick in den Ordner werfen. Deborah war zwar nicht dabei, aber das war ihr im Moment egal. Sie eilte zurück zu ihrer Nische im Verwaltungsbereich. Zum Glück war gerade Mittagszeit und der gesamte Bürotrakt wie ausgestorben. Sie warf ihre Handtasche auf den Schreibtisch, setzte sich an den Computer und gab ihr Passwort ein. Verglichen mit der harten Nuss, die sie gerade im Server-Raum zu knacken gehabt hatte, war das Aufrufen des Netzwerklaufwerks ein Kinderspiel. Sie holte sich den brisanten Spenderordner auf den Bildschirm, klickte auf *Öffnen* und hielt die Luft an.

»Bingo!«, zischte sie durch die zusammengebissenen Zähne. Sie befand sich im Inhaltsverzeichnis. Am liebsten hätte sie laut gejubelt, doch sie hielt sich zurück, und das war auch gut so.

»Was ist los?«, ertönte plötzlich eine Stimme, halb fragend, halb im Befehlston.

Joanna fuhr zusammen und sah nach rechts. Die panische Angst vor Entdeckung, die sie im Server-Raum beinahe um den Verstand gebracht hatte, kehrte schlagartig zurück, wenn auch in etwas abgeschwächter Form. Und wie sie sah, durchaus zu Recht: Die Stimme gehörte Gale Overlook, deren verkniffenes Gesicht schräg auf sie hinabsah.

»Hast du etwa im Lotto gewonnen?«, fragte Gale. Alles, was sie von sich gab, klang irgendwie abfällig.

Joanna musste schlucken. Was ihre Selbsteinschätzung anging, wurde sie ein weiteres Mal auf den Boden der Tatsachen geholt. Sie hatte sich immer für einigermaßen clever und genauso schlagfertig gehalten wie ihre Freunde, doch im Moment waren ihre Angst und ihre Schuldgefühle so groß, dass sie überhaupt nicht mehr klar denken konnte. An Stelle von Worten brachte sie nur ein konfuses Gestammel heraus.

»Was hast du denn da auf dem Bildschirm?«, fragte Gale, deren Neugier durch Joannas sichtliche Nervosität erst recht entfacht wurde. Sie bewegte den Kopf hin und her und versuchte einen Blick zu erhaschen, was jedoch bei dem reflektierenden Licht nicht ganz einfach war.

Auch wenn das überraschende Auftauchen ihrer neugierigen Kollegin ihr vorübergehend die Sprache verschlagen hatte, war Joanna geistesgegenwärtig genug, das geöffnete Fenster mit einem schnellen Mausklick zu schließen. Im Bruchteil einer Sekunde zeigte der Bildschirm sein Ursprungsbild.

»Warst du im Internet?«, fragte Gale mit anklagendem Unterton.

»Ja«, sagte Joanna schnell. Zum Glück hatte sie endlich ihre Stimme wiedergefinden. »Ich habe nachgesehen, wie meine Aktien stehen.«

»Freu dich, dass ich dich ertappt habe und nicht Christine«, sagte Gale. »Sie mag es nämlich gar nicht, wenn ihre Mitarbeiter während der Arbeitszeit privat im Internet surfen.«

»Danke für den Hinweis«, entgegnete Joanna mit einem gekünstelten Lächeln. Dann erhob sie sich, nahm ihre Handtasche und verließ ihren Arbeitsplatz.

Wütend auf sich selbst, stürmte sie davon. Wie konnte sie sich bloß von so einer neugierigen Zicke, die nichts Besseres zu tun hatte, als sich in die Angelegenheiten anderer Leute einzumischen, derart einschüchtern lassen? Wenigstens bewirkte der Zwischenfall, dass sie ihre fünf Sinne wieder klar beisammen hatte. Der stramme Marsch durch die langen Gänge tat ihr gut. Als sie die Feuertür erreichte, die zum zentralen Turm führte, hatte sie sich schon wieder so weit beruhigt, dass sie ein leichtes Hungergefühl verspürte.

Am Eingang zur Kantine blieb sie stehen und hielt nach Deborah Ausschau. Anders als am Vortag während ihres gemeinsamen Mittagessens mit Helen Masterson herrschte deutlich mehr Betrieb. Plötzlich entdeckte sie Spencer Wingate. Der hatte ihr gerade noch gefehlt! Damit ihre Blicke sich nicht trafen, sah sie schnell weg und entdeckte im nächsten Augenblick Paul Saunders und Sheila Donaldson. Sie saßen an einem anderen Tisch. Auch mit den beiden wollte sie lieber keinen Augenkontakt haben. Schließlich fand sie Deborah. Sie hatte es sich mit Randy Porter an einem Zweiertisch gemütlich gemacht. Wie es aussah, unterhielten sie sich angeregt.

Joanna steuerte auf Deborah zu und achtete im Gehen tunlichst darauf, ihr Gesicht bloß nicht Sheila Donaldson zuzuwenden. Deborah registrierte ihre Anwesenheit erst, als sie unmittelbar neben ihr stand.

»Hallo, Prudence!«, rief Deborah erfreut. »Du erinnerst dich doch sicher noch an Randy Porter?«

Randy lächelte schüchtern und reichte Joanna zur Begrüßung die Hand. Allerdings machte er sich nicht die Mühe aufzustehen, was Joanna ganz und gar nicht verwunderte. Sie hatte sich längst daran gewöhnt, dass die meisten Männer, die jenseits der Mason and Dixon Line aufgewachsen waren, kein Benehmen gelernt und dementsprechend schlechte Umgangsformen hatten.

»Randy hat mir gerade interessante Dinge erzählt«, fuhr Deborah fort. »Ich hatte bisher nicht die geringste Ahnung, wie faszinierend es sein muss, in die Welt bestimmter Computerspiele abzutauchen. Offenbar ist da einiges an uns vorbeigegangen. Stimmt's, Randy?«

»Auf jeden Fall«, bestätigte Randy und lehnte sich mit einem selbstzufriedenen Grinsen zurück.

»Wissen Sie was, Randy?«, fuhr Deborah fort. »Ich komme später an Ihrer Workstation vorbei, und dann zeigen Sie mir *Unreal Tournament*. Was halten Sie davon?«

»Klingt gut«, erwiderte Randy, der unaufhörlich auf seinem Stuhl vor- und zurückschaukelte, als ob er sich ständig selber beipflichten würde.

»Es war nett, sich mit Ihnen zu unterhalten, Randy«, fügte Deborah hinzu. »Hat mir wirklich Spaß gemacht.« Sie nickte ihm lächelnd zu und hoffte, dass er den Wink verstand. Doch sie lag falsch.

»Ich habe noch zwei Joysticks in meinem Auto«, verkündete Randy stolz. »Sie werden sich wundern, wie schnell auch Sie vom Spielfieber gepackt werden.«

»Die probieren wir gern aus«, entgegnete Deborah. Allmählich verlor sie die Geduld. »Jetzt würde ich mich allerdings gern noch kurz mit meiner Freundin unterhalten.«

»He, das ist doch kein Problem für mich«, befand Randy, ohne sich jedoch vom Fleck zu rühren.

»Wir würden uns gern unter vier Augen unterhalten«, fügte Deborah hinzu.

»Ach so!« staunte Randy und ließ seinen Blick verwirrt

zwischen Deborah und Joanna hin- und herschweifen. Immerhin hatte er offenbar endlich kapiert, dass er besser gehen sollte. Er fummelte noch kurz mit seiner Serviette herum und erhob sich schließlich. »Na dann bis später.«

»Ja«, entgegnete Deborah. »Bis später.«

Randy verschwand, und Joanna nahm seinen Platz ein.

»Ein Kavalier ist dieser Randy Porter ja nicht gerade«, stellte Joanna fest.

Deborah lachte kurz auf. »Glaub nicht, dass du den schlechteren Part übernommen hast. Ich wünschte, ich hätte mit dir tauschen können.«

»War es so schlimm mit ihm?«

»Er ist ein totaler Computer-Freak«, klagte Deborah. »Man kann sich über nichts anderes mit ihm unterhalten, absolut gar nichts! Aber was soll's! Das ist ja jetzt Schnee von gestern.« Sie räusperte sich, beugte sich ein Stück vor und flüsterte aufgeregt. »Erzähl schon! Wie ist es dir ergangen? Hast du es etwa geschafft?«

Joanna beugte sich ebenfalls nach vorn, sodass ihre Gesichter nur noch ein paar Zentimeter voneinander entfernt waren. »Ja. Ich hab's gemacht.«

»Super! Ich gratuliere! Und was hast du herausgefunden?«

»Bisher noch nichts«, erwiderte Joanna. »Ich habe lediglich an meinem Computer getestet, ob die Manipulation, die ich im Server-Raum vorgenommen habe, funktioniert. Und wie es aussieht, hat alles bestens geklappt. Ich habe den Ordner mit dem Spenderinnenverzeichnis sogar schon geöffnet, und deinen Namen habe ich auch schon entdeckt.«

»Und warum hast du noch nichts in Erfahrung gebracht?«

»Weil meine neugierige Nachbarin mich unterbrochen hat«, erwiderte Joanna. »Immer wenn ich irgendetwas Außergewöhnliches sage oder tue, steht sie plötzlich hinter mir. Als ich zurückkam, dachte ich, sie wäre in der Kantine, aber ich hatte mich leider geirrt.«

Eine der nicaraguanischen Kellnerinnen kam an den Tisch, und Joanna bestellte sich auf Deborahs Empfehlung einen Salat und eine Suppe, weil das am schnellsten gehe.

»Ich kann es gar nicht abwarten«, sagte Deborah, als die Kellnerin außer Hörweite war. »Am liebsten würde ich sofort deinen Computer anwerfen. Ich bin total aufgeregt. Und außer der Antwort auf die Frage, was aus unseren Eizellen geworden ist, interessiert mich inzwischen genauso brennend, was für Forschungsprojekte hier eigentlich laufen.«

»Das herauszufinden, dürfte nicht einfach sein«, stellte Joanna fest. »Wir sollten uns unbedingt vor meiner neugierigen Kollegin in Acht nehmen. Am besten öffnen wir den Ordner mit dem Spenderinnenverzeichnis erst, wenn sie irgendwann mal ihre Nische verlässt.«

»Dann lass uns lieber ins Labor gehen«, schlug Deborah vor. »Da gibt es jede Menge freie Computer, die so stehen, dass wir nicht ständig Angst haben müssen, von hinten beobachtet zu werden.«

»Das geht nicht«, erwiderte Joanna. »Unsere Zugangsberechtigung funktioniert ausschließlich im Verwaltungsbereich der Klinik. Das habe ich selber so eingegeben.«

»Ach herrje!«, stöhnte Deborah. »Warum ist immer alles so kompliziert? Aber sei's drum! Dann nehmen wir eben deinen Computer. Allerdings sollten wir uns um deine Nachbarin keinen Kopf machen. Ich versperre ihr einfach die Sicht auf deinen Bildschirm. Lass uns aufbrechen und das Geheimnis lüften, sobald du zu Ende gegessen hast!«

»Da ist noch etwas, was ich dir sagen muss«, fuhr Joanna fort. »Ich habe uns lediglich Zugang zu dem Ordner mit dem Spenderinnenverzeichnis verschafft. Dabei habe ich auf dem gleichen Laufwerk auch zwei Ordner mit den Bezeichnungen *Forschungsprotokolle* und *Forschungsergebnisse* entdeckt. Nur habe ich mir leider zu diesen Ordnern keine Zugangsberechtigung eingerichtet.«

»Warum denn nicht?«, fragte Deborah mit hochgezogenen Augenbrauen.

»Weil ich keine Sekunde länger in dem Raum verbringen wollte«, sagte Joanna.

»So ein Mist!«, fluchte Deborah. »Ich kann es nicht fassen! Da sind dir diese brisanten Ordner quasi ins Gesicht gesprungen, und du hast dir die Chance entgehen lassen?« Sie schüttelte genervt den Kopf.

»Du kannst dir offenbar nicht vorstellen, wie nervös ich war«, entgegnete Joanna. »Ich bin froh, dass ich in dem Raum überhaupt irgendetwas bewerkstelligt habe.«

»Wie viel länger hättest du gebraucht, uns auch zu den beiden anderen Ordnern Zugang zu verschaffen?«, wollte Deborah wissen.

»Nicht der Rede wert«, gestand Joanna. »Aber ich war total durch den Wind. Was ich heute erlebt habe, war mir eine Lehre. Als Verbrecherin bin ich eine absolute Niete. Dir ist doch hoffentlich klar, dass wir uns durch unser Tun hier strafbar machen, nicht wahr?«

»Ja, mag sein«, entgegnete Deborah beiläufig. Sie war sichtlich enttäuscht.

»Wenn es hart auf hart kommt und wir gefasst werden, können wir zumindest beweisen, dass wir uns lediglich Informationen über unsere eigenen Eizellen beschaffen wollten«, gab Joanna zu bedenken. »Das dürfte uns, wenn wir Glück haben, mildernde Umstände einbringen. Damit könnten wir aber mit Sicherheit nicht rechnen, wenn wir beim unberechtigten Eindringen in das Computersystem der Wingate Clinic zwecks Einsicht in die Forschungsprotokolle erwischt würden – was für Gründe auch immer wir anführen würden.«

»Okay«, räumte Deborah ein. »Vielleicht hast du ja Recht. Ich habe sowieso etwas anderes vor. Gib mir mal bitte die blaue Karte von Spencer Wingate!«

»Warum?«, fragte Joanna und sah ihre Freundin erstaunt an. Sie wusste aus Erfahrung, wie impulsiv Deborah sein konnte.

Bevor Deborah antworten konnte, kam Joannas Essen. Die Kellnerin servierte das Gedeck und verschwand wieder. Deborah beugte sich erneut vor und berichtete Joanna von ihren Nachforschungen nach der Herkunft der Eizellen und ihrer Erkundung des Speisenaufzugsschachts. Außerdem berichtete sie von der polierten Hochglanztür aus rostfreiem Stahl, die in der antiquierten, verfallenen Kellergeschoss-Küche so vollkommen fehl am Platze wirkte. Als sie fertig war, sagte sie unverblümt: »Ich will nachsehen, was sich hinter dieser Tür verbirgt.«

Joanna kaute den Salat zu Ende, den sie gerade im Mund hatte, und schluckte. Dann funkelte sie Deborah wütend an. »Dafür gebe ich dir die Karte von Dr. Wingate auf keinen Fall!«

»Wie bitte?«, platzte Deborah heraus.

Joanna presste den Zeigefinger vor den Mund und sah sich erschrocken um. Zum Glück hatte Deborahs kleiner Ausbruch noch kein Aufsehen erregt.

»Ich gebe dir die Karte nicht«, wiederholte sie im Flüsterton. »Wir sind hier, um herauszufinden, was mit unseren Eizellen geschehen ist. Das war von Anfang an unser Ziel, und wir können es uns nicht leisten, unser eigentliches Vorhaben aufs Spiel zu setzen, wie sehr es dich auch reizen mag herauszufinden, was in dieser Klinik vor sich geht. Wenn die Tür unten im Keller mit einem ähnlichen Kartenschlitz gekoppelt ist wie die Tür zum Server-Raum und du dir mit der Karte von Spencer Wingate Zutritt verschaffst, ist die Wahrscheinlichkeit ziemlich groß, dass, genau wie beim Server-Raum, irgendwo ein Alarmsignal losgeht. Und dann säßen wir ziemlich tief im Schlamassel – das sagt mir zumindest meine Intuition.«

Deborah erwiderte wütend Joannas Blick, doch schon nach ein paar Sekunden verrauchte ihre Empörung und sie zog wieder ein freundlicheres Gesicht. Sie wollte zwar nicht hören, was Joanna gesagt hatte, doch dass sie nicht ganz Unrecht hatte, konnte sie nicht leugnen. Dennoch war sie enttäuscht. Vor ein paar Minuten noch hatte sie geglaubt, dass ihr zwei gleichermaßen viel versprechende Wege zur Verfügung standen, das große Rätsel um die Klinik zu lösen. Ihre Intuition sagte ihr, dass in der Wingate Clinic bestenfalls ethisch fragwürdige Forschung betrieben, womöglich aber sogar krass gegen die bestehenden Gesetze verstoßen wurde.

Als Biologin war sie über die zahlreichen aktuellen Aspekte der modernen Biomedizin bestens im Bilde und wusste, dass Kliniken wie die Wingate Clinic, in denen Kinderwunschbehandlungen durchgeführt wurden, in einem medizinischen Umfeld ohne großartige Aufsicht arbeiteten. Oftmals baten unfruchtbare Paare die Klinikärzte sogar ausdrücklich, an ihnen noch nicht getestete Verfahren auszuprobieren. In diesem Umfeld hatten die Patienten generell nichts dagegen, sich als Versuchskaninchen zur Verfügung zu stellen; über negative Folgen für sich selbst oder gar für die ganze Gesellschaft setzten sie sich bedenkenlos hinweg, solange auch nur die geringste Hoffnung bestand, ein Kind hervorzubringen. Diese Patienten neigten auch dazu, ihre Ärzte auf ein Podest zu heben, wodurch diese, eingebildet, wie sie zu sein pflegten, wiederum glaubten, dass für sie weder ethische Grundsätze noch irgendwelche Gesetze galten.

»Tut mir Leid, dass ich uns zu den anderen Ordnern keinen Zugang verschafft habe«, sagte Joanna schließlich. »Ich wollte dich wirklich nicht enttäuschen. Ich wünschte, ich wäre im Server-Raum nicht so ein Nervenbündel gewesen. Aber unter den gegebenen Umständen habe ich mein Bestes gegeben.«

»Natürlich hast du das«, lobte Deborah sie. Sie hatte

plötzlich ein schlechtes Gewissen, weil sie Joanna solche Vorwürfe gemacht hatte; dabei hatte sie wirklich gute Arbeit geleistet. Im Grunde war sie nicht einmal sicher, ob sie selber überhaupt imstande gewesen wäre, den Part ihrer Freundin zu übernehmen, Computerkenntnisse hin oder her. Randy zu unterhalten, war zwar nervtötend gewesen, aber bestimmt keine stressige Herausforderung.

»Wir sollten uns überlegen, wo es für uns am günstigsten ist, den Ordner mit den Spenderinnen einzusehen«, sagte Joanna und widmete sich erneut ihrem Salat.

»Wie meinst du das?«, fragte Deborah.

»Ich glaube, ich habe ein besseres Gefühl, die Sache heute Abend von zu Hause aus per Modem anzugehen«, erklärte Joanna. »Das ist einerseits sicherer, andererseits aber auch nicht ganz unproblematisch.«

»Inwiefern?«

»Falls irgendjemand dahinter kommt, dass wir eine gesicherte Datei heruntergeladen haben, könnte man über unseren Internet-Provider die Spur zu unserem Computer zurückverfolgen.«

»Das klingt nicht gut«, stellte Deborah fest.

»Außerdem besteht die Gefahr, dass irgendjemandem die Änderung der zugangsberechtigten Personen auffällt und mir meine Berechtigung entzogen wird, bevor wir den Ordner eingesehen haben.«

»Ach herrje!«, stöhnte Deborah. »Das war mir noch gar nicht bewusst. Wie groß ist das Risiko deiner Meinung nach?«

»Wahrscheinlich nicht besonders groß«, erwiderte Joanna. »Schließlich müsste Randy einen konkreten Grund haben, die Zugangsberechtigungen zu überprüfen.«

»Dann sollten wir wohl lieber doch von einem der hiesigen Computer einen Blick in den Ordner werfen«, schlug Deborah vor.

»Okay«, stimmte Joanna zu. »Irgendwann später am Nachmittag. Danach sollten wir aber sofort von hier abhauen. Falls Randy den Download entdeckt und darauf kommt, dass jemand innerhalb des Netzwerks dahinter steckt, findet er auch den Pfad. Und dann ist es nur noch eine Frage von Minuten, bis er die Spur zum Computer von Prudence Heatherly zurückverfolgt hat.«

»Bevor das passiert, müssen wir also längst über alle Berge sein«, schloss Deborah. »Allmählich verstehe ich. Bist du fertig?«

Joanna sah auf ihre halb gegessene Suppe und ihren Salatrest hinab. »Hast du es eilig?«

»Eigentlich nicht«, erwiderte Deborah. »Aber ich fühle mich irgendwie unwohl. Seitdem ich mich eine halbe Stunde vor deinem Eintreffen mit meinem neuen Freund Randy hier niedergelassen habe, starrt mich unentwegt der Sicherheitschef an.«

Joanna machte Anstalten, sich umzudrehen, doch Deborah griff schnell nach ihrem Handgelenk. »Sieh auf keinen Fall hin!«

»Warum denn nicht?«

»Ich weiß nicht«, gestand Deborah. »Aber wenn ich den Typen sehe, läuft es mir kalt den Rücken herunter. Ich will ihm nicht zu erkennen geben, dass ich sein Glotzen bemerkt habe. Wahrscheinlich ist wieder einmal mein aufreizendes Outfit schuld. Es ist wirklich ärgerlich: Da erlaube ich mir einmal einen kleinen Spaß, und schon wird er mir zum Verhängnis.«

»Woher weißt du, dass er der Sicherheitschef ist?«

»Ich bin mir nicht sicher«, entgegnete Deborah. »Aber ich denke, er muss es sein. Erinnerst du dich, als wir gestern am Eingangstor standen und die Lastwagen den Weg blockiert haben? Das Problem war erst gelöst, als der Kerl, der mich ständig anstarrt, dem Uniformierten die Erlaubnis erteilte, die Lastwagen durchzulassen. Als wir das Tor passiert haben, stand er neben Spencer Wingate. Weißt du jetzt, wen ich meine?«

»Nicht so richtig«, gestand Joanna. »Zu dem Zeitpunkt war ich vollkommen auf Dr. Wingate fixiert. Kurioserweise hat er mich ja anfangs so an meinen Vater erinnert.«

Deborah musste lachen. »Das ist in der Tat kurios. Aber wir kommen vom Thema ab. Isst du noch, oder bist du fertig? Du hast seit fünf Minuten keinen Happen mehr angerührt.«

Joanna legte ihre Serviette auf den Tisch und stand auf. »Ich bin fertig. Gehen wir!«

Kurt Hermann ließ sich nur selten in der eigentlichen Wingate Clinic blicken. Abgesehen von seinem täglichen Gang in die Kantine trieb er sich lieber irgendwo auf dem weitläufigen Klinikgelände herum, oder er blieb in seinem Pförtnerhäuschen oder in seinem Apartment, das sich in der dorfähnlich angelegten Mitarbeitersiedlung auf dem Klinikgelände befand. In der Klinik gingen Dinge vor sich, die er nicht gutheißen konnte, doch dank seiner militärischen Ausbildung konnte er die Gedanken daran gut verdrängen. Nach dem Motto »Aus den Augen, aus dem Sinn« vermied er es einfach, die Klinik zu betreten.

Ab und zu gab es allerdings Anlässe, die ihn zwangen, den Haupttrakt des Klinikgebäudes zu betreten, und seine derzeitige Sorge, die Georgina Marks betraf, war ein solcher Anlass. Zum Glück verfügte er über gute Beziehungen, die er, falls notwendig, in Anspruch nehmen konnte. So hatte er die wenigen Fakten, die er den Bewerbungsunterlagen von Georgina Marks hatte entnehmen können, sowie ihr Autokennzeichen genutzt, um weitere Informationen über die neue Mitarbeiterin einzuholen. Was bisher zurückgekommen war, war ziemlich verwirrend und hatte sein Interesse geweckt. Eigentlich hatte er die junge Frau in der Kantine beim Essen ansprechen wollen, doch dann hatte er es sich anders überlegt. Sie hatte es offenbar auf den halbwüchsigen Computer-Freak abgesehen, in dessen Begleitung sie die Kantine betreten hatte, und Kurt wollte es auf keinen Fall riskieren, sich vor den Augen anderer von einer Person, für die er Georgina hielt, eine Abfuhr erteilen zu lassen.

Doch dann hatte sich die Situation geändert. Plötzlich war Georginas Freundin aufgetaucht, und aus der Ferne hatte Kurt den Eindruck gehabt, als ob die beiden Frauen dem Computer-Freak gemeinschaftlich einen Korb gegeben hätten.

»Er ist nicht an seinem Arbeitsplatz?«, fragte Christine Parham, die Büroleiterin.

Kurt musste für ein paar Sekunden den Blick von der Frau abwenden, sonst wäre er ihr angesichts ihrer geistlosen Frage unflätig über den Mund gefahren. Schließlich hatte er ihr gerade erst mitgeteilt, dass Randy Porter nicht an seinem Schreibtisch saß. Wütend sah er sie wieder an. Eine Antwort auf ihre Frage erübrigte sich.

»Soll ich ihn ausrufen?«, fragte Christine.

Kurt nickte nur. Je weniger er sagte, desto besser, das wusste er aus Erfahrung. Wenn er wütend war, neigte er zu kontraproduktiven Ausbrüchen und warf den Leuten an den Kopf, was er von ihnen hielt, und Georgina Marks hatte ihn in der Tat wütend gemacht.

Christine betätigte die Sprechanlage. Während sie auf eine Antwort wartete, fragte sie Kurt, ob der Sicherheitsdienst Computerprobleme habe. Kurt schüttelte den Kopf und sah auf die Uhr. Fünf Minuten würde er noch warten. Wenn Randy Porter bis dahin nicht aufgetaucht war, würde er dem seltsamen Kauz die Nachricht hinterlassen, umgehend bei ihm im Pförtnerhäuschen vorzusprechen. Kurt wollte so schnell wie möglich zurück in sein Büro. Er erwartete jeden Moment Antworten auf seine Anfragen bezüglich Georgina Marks, und da er so intensiv seine Fühler ausgestreckt hatte, wollte er die Anrufe gern persönlich entgegennehmen.

»Schönes Wetter heute, nicht wahr?«, sagte Christine. Kurt reagierte nicht. Zu ihrer Rettung klingelte im nächsten Augenblick das Telefon und ersparte ihr weitere Smalltalkversuche. Es war Randy; er teilte mit, dass er gerade mit einem Computer in der Buchhaltung beschäftigt sei, dass er jedoch, falls nötig, sofort vorbeikommen könne. Christine informierte ihn, dass der Sicherheitschef ihn zu sprechen wünsche und dass er am besten sofort alles stehen und liegen lassen solle.

»Ich rede an seinem Arbeitsplatz mit ihm«, sagte Kurt, bevor Christine auflegte. Sie richtete es Randy aus.

Kurt bahnte sich seinen Weg zum Arbeitsplatz des Netzwerk-Administrators, ließ sich auf dem zweiten Stuhl nieder und musterte mit verächtlichem Blick die Sciencefiction-Poster, die die Wände des kleinen Kabuffs zierten. Er registrierte auch den Joystick, den Randy törichterweise hinter seinem Bildschirm abgelegt hatte, als ob er ihn dort verstecken wollte. Nach Kurts Meinung gehörte der junge Schnösel für ein paar Monate in ein Trainingslager der Navy oder der Marines. Das hielt er im Übrigen für alle jungen Leute für das Beste, die keine militärische Ausbildung genossen hatten.

»Hallo, Mr Hermann!«, rief Randy außer Atem, während er in den Raum platzte. Durch sein unbekümmertes Verhalten gegenüber Leuten wie Kurt versuchte er zu kaschieren, dass er in Wahrheit auf der Hut war wie ein Hund in der Nähe seines unberechenbaren grausamen Herrn. »Ist in Ihrer Abteilung irgendetwas mit den Computern nicht in Ordnung?« Er warf sich so schwungvoll auf seinen Stuhl, als ob es sich um ein Skateboard handelte, und musste sich an der Schreibtischkante festhalten, um nicht gegen die Wand zu rollen.

»Die Computer funktionieren alle«, antwortete Kurt. »Ich bin hier, um mit Ihnen über Ihr Lunch-Date zu reden.«

»Über Georgina Marks?«

Kurt wandte für einen Augenblick seinen Blick ab, genau wie ein paar Minuten zuvor bei Christine. Warum, fragte er sich wütend, käute jeder seine Frage wieder, anstatt ihm klipp und klar zu antworten? Es war zum Verrücktwerden.

»Was wollen Sie über sie wissen?«, fragte Randy und strahlte.

»Hat sie Sie offensiv angemacht?«

Randy wippte mit dem Kopf. »Teils, teils. Am Anfang ja. Immerhin hat sie mich angesprochen.«

»Hat sie Ihnen ein eindeutiges Angebot gemacht?«

»Wie meinen Sie das?«

Kurt wandte erneut seinen Blick ab. Mit den Mitarbeitern der Klinik zu reden, war fast immer anstrengend, doch dieser Randy Porter, der aussah und sich benahm wie ein Highschool-Schüler, war ein besonders schwieriger Fall. »Wenn ich Sie frage, ob sie Ihnen ein eindeutiges Angebot gemacht hat, meine ich, ob sie Ihnen Sex gegen Geld oder andere Leistungen angeboten hat?«

Randy hatte schon immer gewusst, dass der Sicherheitschef ein komischer Kauz war, doch mit dieser Frage schoss er den Vogel ab. Was sollte er darauf erwidern? Der Mann war sichtlich erregt und kurz davor, die Nerven zu verlieren.

»Würden Sie bitte auf meine Frage antworten?«, fuhr Kurt ihn an.

»Warum sollte mir Georgina Marks Sex anbieten?«, brachte Randy hervor.

Kurt sah erneut weg. Jetzt erwiderte dieser Bengel seine Frage doch glatt schon wieder mit einer Gegenfrage! Diesmal fühlte Kurt sich zu allem Übel auch noch an die Zwangssitzungen mit einem Psychiater erinnert, die man ihm verordnet hatte, bevor er aus der Armee ausgeschieden war. Er holte einmal tief Luft und wiederholte seine Frage, diesmal jedoch besonders langsam und mit drohendem Unterton.

»Nein!«, erwiderte Randy entschieden und fügte leiser hinzu: »Wir haben mit keinem Wort über Sex gesprochen. Wir haben uns über Computerspiele unterhalten. Wieso sollte sie mit mir über Sex reden?«

»Weil eine Frau wie sie nichts anderes als Sex im Sinn hat.«

»Sie ist Biologin«, warf Randy ein.

»Zieht sich so vielleicht eine Biologin an?«, spottete Kurt. »Von den anderen Biologinnen, die bei uns arbeiten, habe ich jedenfalls noch keine so herumlaufen sehen!« Da er noch auf die Ergebnisse seiner Nachforschungen wartete, wusste er weder, ob Georgina wirklich Biologin war, noch, ob sie wirklich so hieß, doch er behielt seine Bedenken wohlweislich für sich. Bis er endgültig Klarheit hatte, wollte er unbedingt vermeiden, dass die junge Frau von seinen Ermittlungen Wind bekam. Auf jeden Fall ging er fest davon aus, dass sie nicht wirklich für die Wingate Clinic arbeiten wollte, sondern irgendwelche verborgenen Absichten hatte, und so provokativ, wie sie sich kleidete, war er zu neunundneunzig Prozent sicher, dass sie eine Hure war. So hatte er sie schon auf den ersten Blick eingeschätzt, und Spencer Wingate hatte sie ja offenbar bereits am Tag ihres ersten Zusammentreffens an der Pforte ins Bett gekriegt.

»Mir gefällt ihr Outfit gut«, sagte Randy.

»Das glaube ich Ihnen gern«, entgegnete Kurt verächtlich.

»Und warum sind Sie heute Mittag in der Kantine so abrupt aufgebrochen? Waren Sie vielleicht plötzlich aus irgendeinem Grund angewidert? Zum Beispiel, als sie Sie gefragt hat, ob Sie eine Nummer mit ihr schieben wollen?«

»Nein!«, protestierte Randy. »Ich sagte es Ihnen doch bereits, wir haben nicht über Sex gesprochen. Wir haben uns eine Weile nett unterhalten, aber dann wollte sie, dass ich gehe. Das war, als ihre Freundin hinzukam. Die beiden wollten sich unter vier Augen unterhalten.«

Kurt nahm den schlaksigen Computer-Freak ins Visier. Seine Menschenkenntnis und seine Verhör-Erfahrung verrieten ihm, dass er die Wahrheit sagte. Das Problem war nur, dass Randys Behauptungen nicht mit seiner Meinung über die neue Angestellte übereinstimmten. Anstatt klarer zu sehen, erschien ihm die Frau immer rätselhafter.

»Es gibt da noch etwas anderes, was ich Ihnen mitteilen wollte«, sagte Randy, um endlich von Georgina Marks wegzukommen. Er berichtete dem Sicherheitschef von dem seltsamen Vorfall im Server-Raum, in den Spencer Wingate verwickelt war.

Kurt nickte und versuchte die Information zu verarbeiten. Er hatte nicht den geringsten Schimmer, was er davon zu halten hatte oder was er in der Angelegenheit veranlassen sollte. Während der vergangenen Jahre war er Paul Saunders unterstellt gewesen und nicht Spencer Wingate. Als Mann mit militärischem Hintergrund hasste er unklare Hierarchieverhältnisse.

»Informieren Sie mich, sobald das noch einmal passiert!«, wies er Randy schließlich an. »Und geben Sie mir ebenfalls Bescheid, wenn Sie weiteren Kontakt mit Georgina Marks oder ihrer Freundin haben. Es versteht sich ja wohl von selbst, dass dieses Gespräch unter uns bleibt. Habe ich mich klar genug ausgedrückt?«

Randy nickte schnell.

Kurt erhob sich ohne ein weiteres Wort und verließ Randys Arbeitsnische.

Deborah gab auf. Sie war innerlich so aufgewühlt, dass sie sich unmöglich auf ihre Arbeit konzentrieren konnte. Also konnte sie es auch gleich bleiben lassen, und da Joanna und sie der Klinik bald auf Nimmerwiedersehen den Rücken kehren würden, war das Ganze sowieso eine Farce. Sie wartete jetzt seit mehr als einer Stunde auf Joannas erlösenden Anruf und die Mitteilung, dass ihre neugierige Kollegin nach Hause gegangen war und ihnen nichts mehr im Weg stand, endlich den Ordner mit den Daten über die Spenderinnen einzusehen. Doch das Telefon wollte einfach nicht klingeln. Offenbar hatte Joannas Nischennachbarin eine Menge Sitzfleisch.

Deborah trommelte mit den Fingern auf der Arbeitsfläche. Sie war noch nie ein besonders geduldiger Mensch gewesen, und die nervenaufreibende Warterei brachte sie zusehends auf die Palme.

»Was soll das Theater!«, murmelte sie schließlich vor sich hin. Sie erhob sich von ihrem Platz vor dem Mikroskop, nahm ihre Handtasche und steuerte die Tür an. Irgendwann war einmal Schluss. Sie hatte lange genug auf Joannas Befürchtungen und ihre Paranoia Rücksicht genommen. Was sollte diese neugierige Kollegin ihnen schon anhaben? Sobald sie die gewünschten Informationen hatten, waren sie sowieso auf und davon. Außerdem konnte sie sich doch – wie sie bereits vorgeschlagen hatte – einfach in den Weg stellen und der lästigen Frau die Sicht auf den Bildschirm versperren.

Sie vermied jeden Blickkontakt mit den wenigen Labormitarbeitern, die sie bisher kennen gelernt hatte, und tat auch diesmal so, als ob sie zur Toilette gehen wollte. Ein paar Minuten später huschte sie in Joannas Arbeitsnische. Ihre Freundin war pflichtbewusst in ihre Arbeit vertieft.

Deborah tippte sie an und formte lautlos die Frage: »Wo sitzt Gale Overlook?«

Joanna zeigte nach rechts.

Deborah ging zu der Trennwand und warf einen Blick in die benachbarte Nische. Sie sah exakt so aus wie die von Joanna, und interessanterweise war sie nicht besetzt.

»Sie ist gar nicht da!«, stellte Deborah fest.

Joanna sah sie überrascht an und gesellte sich zu ihr. »Tatsächlich!«, staunte sie. »Das gibt's doch gar nicht. Vor zwei Minuten war sie noch da.«

»Das trifft sich ja bestens«, freute sich Deborah und rieb sich erwartungsvoll die Hände. »Am besten zauberst du uns sofort die geheime Datei auf den Bildschirm. Wir sehen schnell nach, was aus unseren Eizellen geworden ist, und machen uns dann aus dem Staub.«

Joanna ging zum Eingang ihrer Nische und inspizierte in beiden Richtungen den Gang. Die Luft war rein. Sie ging zurück an ihren Schreibtisch, setzte sich vor ihre Tastatur und sah Deborah fragend an.

»Ich passe auf«, versprach Deborah. »Hoffentlich haben sich unsere Mühen gelohnt.«

Mit ein paar schnellen Eingaben und Mausklicks holte Joanna den Ordner mit den Daten über die Spenderinnen auf den Bildschirm und öffnete das Inhaltsverzeichnis. Die Namen der Spenderinnen waren alphabetisch geordnet; Deborah Cochrane stand ziemlich weit vorne.

»Sehen wir zuerst bei dir nach«, schlug Joanna vor.

»Von mir aus gern«, stimmte Deborah zu.

Joanna klickte Deborahs Namen an, woraufhin ihre Daten auf dem Monitor erschienen. Sie überflogen die Eintragungen, die im Wesentlichen die grundlegenden medizinischen Informationen über Deborah und ihre Krankheitsgeschichte enthielten. Unten auf der Seite befand sich dick unterstrichen und in Großbuchstaben der Hinweis, dass die Patientin für den Eingriff hartnäckig auf einer lokalen Betäubung bestanden habe.

»Die Art der Narkose scheint ihnen ja wirklich ungeheuer wichtig zu sein«, stellte Deborah fest.

»Bist du fertig mit der Seite?«, fragte Joanna.

»Ja. Lass uns zu den spannenden Daten kommen.« Joanna rief die nächste Seite auf, die sich zugleich als die letzte erwies. Als erste Angabe stand oben auf der Seite ANZAHL DER ENTNOMMENEN EIZELLEN. Dahinter war eine Null eingetragen.

»Was zum Teufel soll das denn heißen?«, fragte Deborah irritiert. »Soll das etwa bedeuten, dass sie mir keine einzige Eizelle entnommen haben?«

»Aber sie haben dir doch gesagt, dass sie welche punktiert haben.«

»Aber ja«, bestätigte Deborah.

»Ist ja merkwürdig«, murmelte Joanna. »Am besten sehen wir mal bei mir nach.« Sie ging zurück ins Inhaltsverzeichnis und blätterte es durch, bis sie bei M anlangte. Dann klickte sie auf ihren Namen. In den nächsten dreißig Sekunden überflogen sie die Eintragungen, die sich kaum von denen auf Deborahs erster Seite unterschieden. Doch als sie die nächste Seite aufriefen, war die Überraschung noch größer als bei der Null in Deborahs Formular. In der Spalte für die Anzahl der entnommenen Eizellen stand 378.

»Was soll ich denn davon halten?«, fragte Joanna erstaunt. »Sie haben von fünf oder sechs Eizellen gesprochen – aber doch nicht von Hunderten.«

»Was ist denn da hinter jeder Eizelle eingetragen?«, fragte Deborah. Die Schrift war winzig und kaum zu entziffern. Mit einem Mausklick vergrößerte Joanna die Schrift. Hinter jeder Eizelle stand der Name einer Patientin sowie das Datum des Embryotransfers. Dahinter folgte der Name Paul Saunders sowie eine kurze Erfolgsbeschreibung der jeweiligen Behandlung.

»Diesen Aufzeichnungen zufolge ist jede einzelne Eizelle einer anderen Patientin eingesetzt worden«, stellte Deborah fest. »Das ist ebenfalls äußerst merkwürdig. Ich dachte, sofern genügend Eizellen vorhanden sind, werden jeder Patientin gleich mehrere eingesetzt, um die Chancen einer Einnistung zu erhöhen.«

»Das dachte ich eigentlich auch«, pflichtete Joanna ihr bei. »Und wenn ich mir die Liste hier genauer ansehe, verstehe ich erst recht nicht, was das alles soll. Es sind nicht nur unglaublich viele Eizellen – keine einzige hat zu einer erfolgreichen Schwangerschaft geführt.« Sie fuhr mit dem Finger die Liste entlang. Hinter jeder Eizelle stand entweder die Anmerkung *Einnistung fehlgeschlagen* oder *Fehlgeburt*.

»Halt!«, rief Deborah. »Hier ist eine, mit der es geklappt hat.« Sie zeigte auf Eizelle Nummer siebenunddreißig. Dahinter stand das Geburtsdatum 14. September 2000, gefolgt von dem Namen der Mutter, einer Adresse und einer Telefonnummer. Dem Eintrag zufolge handelte es sich bei dem Kind um einen gesunden Jungen.

»Dann hat es also wenigstens mit einer funktioniert«, seufzte Joanna erleichtert.

»Hier ist noch eine«, stellte Deborah fest. »Eizelle Nummer achtundvierzig. Das Geburtsdatum war der erste Oktober 2000, und es war ebenfalls ein gesunder Junge.«

»Also gut, dann eben zwei«, entgegnete Joanna. Sie gingen gespannt die gesamte Liste durch. Von den insgesamt 378 Eizellen gab es nur noch zwei weitere positive Ergebnisse, nämlich Eizelle Nummer 220 und Eizelle Nummer 241. Sie waren beide erst vor vier Monaten eingesetzt worden, und den Anmerkungen am Rande zufolge verliefen beide Schwangerschaften normal.

»Wie kann es angehen, dass sie sie erst vor so kurzer Zeit eingesetzt haben?«, fragte Joanna.

»Vermutlich haben sie gefrorene Embryonen verwendet«, erklärte Deborah.

Joanna lehnte sich zurück und sah zu Deborah auf. »Wenn ich ehrlich bin, bin ich ziemlich überrascht.«

»Das kannst du wohl laut sagen«, entgegnete Deborah.

»Wenn diese Eintragungen stimmen, liegt die Erfolgsquote

etwa bei einem Prozent«, stellte Joanna fest. »Das spricht nicht gerade für meine Eizellen.«

»Es ist absolut ausgeschlossen, dass sie dir wirklich fast vierhundert Eizellen entnommen haben«, erklärte Deborah kategorisch. »Diese Zahl kann nie und nimmer stimmen. Wahrscheinlich ist sie erfunden, um aus irgendwelchen Gründen die Forschungsergebnisse aufzubauschen. Fast vierhundert Eizellen – das sind so viele, wie du während deines gesamten Lebens produzierst!«

»Du meinst, die Zahlen haben nichts mit echten Eizellen zu tun?«, hakte Joanna nach.

»Das würde ich zumindest vermuten«, antwortete Deborah. »Wie wir beide wissen, geschehen hier höchst merkwürdige Dinge. Vor diesem Hintergrund würde ich mich über ein paar gefälschte Daten nicht im Geringsten wundern. Das Aufbauschen von Forschungsdaten ist in den angesehensten Instituten gang und gäbe und kommt keinesfalls nur in so entlegenen Einrichtungen wie der Wingate Clinic vor. Aber eins kann ich dir sagen: Angesichts dieser undurchsichtigen Aufzeichnungen ärgert es mich umso mehr, dass wir nicht doch mal einen Blick in ihre Forschungsprotokolle werfen können.«

Joanna drehte sich um und tippte etwas in die Tastatur ein.

»Was machst du da?«, fragte Deborah.

»Ich drucke die Datei aus«, erwiderte Joanna. »Und danach verschwinden wir sofort von hier. Diese Ergebnisse hauen mich wirklich um.«

»Was soll ich denn sagen?«, entgegnete Deborah. »Bei mir haben sie nicht mal eine einzige verdammte Eizelle gefunden. Bei dir hat es immerhin für ein paar lebendige Kinder gereicht.«

Joanna sah Deborah an. Wie Joanna es nicht anders erwartet hatte, grinste sie breit. Eins musste Joanna ihr lassen:

Deborah hatte wirklich Humor und konnte selbst der vertracktesten Situation noch etwas Heiteres abgewinnen. Sie selbst hingegen war alles andere als erheitert.

»Mir ist noch etwas aufgefallen«, stellte Deborah fest. »In dem Bericht über deine Eizellen ist in keinem einzigen Fall vermerkt, mit wessen Sperma sie befruchtet wurden.«

»Das wird ja wohl vom jeweiligen Ehemann der Empfängerin gewesen sein«, vermutete Joanna und erteilte den Befehl zum Drucken. »Bei der umfangreichen Datei wird das bestimmt ein paar Minuten dauern. Wenn du noch irgendetwas zu tun hast, mach es jetzt. Denn sobald ich den Ausdruck in den Händen halte, will ich von hier verschwinden.«

»Meinetwegen können wir jederzeit los«, gab Deborah zurück.

»Was für ein Tag!«, stöhnte Randy Porter. Er war froh, dass er den Sicherheitschef endlich losgeworden war, aber dass er überhaupt so eine schräge Unterredung mit Kurt Hermann hatte führen müssen, hatte ihm ziemlich die Laune verdorben. Mit seinen zeitlupenartigen Bewegungen und seiner ganzen lauernden Art ähnelte der Mann einem Tiger in einem Käfig. Und dann redete er auch noch so langsam! Bei dem bloßen Gedanken an das Gespräch musste Randy sich schütteln, als würde ihm plötzlich übel.

Er war auf dem Rückweg von der Buchhaltung, wo er seine angefangene Arbeit an dem Computer zu Ende gebracht hatte, die er für die beknackte Unterredung mit dem Sicherheitschef hatte unterbrechen müssen. Es ging auf zwei Uhr nachmittags zu, und es drängte ihn zurück an seinen Arbeitsplatz. Die Unterredung mit Kurt Hermann war nicht das schlimmste Erlebnis des Tages gewesen. Die Niederlage gegen SCREAMER war ihm weit mehr auf den Magen geschlagen, und er brannte auf eine Revanche.

Zurück in seiner Nische, vergewisserte er sich in der gewohnten Weise, ob seine Vorgesetzte an ihrem Arbeitsplatz war. Zu seiner Freude war ihr Schreibtisch leer. Zu dieser Zeit hockte sie meistens in irgendwelchen Abteilungsleitersitzungen. Also konnte er den Sound ein bisschen mehr aufdrehen. Er machte es sich auf seinem Stuhl gemütlich, holte den Joystick hinter dem Monitor hervor und entriegelte mit seinem Passwort die Tastatur. Im gleichen Moment blinkte in der rechten unteren Ecke seines Bildschirms der gleiche lästige Hinweis auf, der schon am Morgen SCREAMER den Sieg beschert hatte. Es war schon wieder jemand in den Server-Raum eingedrungen!

Er hämmerte wütend in die Tasten und öffnete das entsprechende Fenster. Es gab keinen Zweifel: Die Tür war tatsächlich um 12.02 Uhr und dann noch einmal um 12.28 Uhr geöffnet worden. Also hatte sich der ungebetene Besucher – wer auch immer es gewesen sein mochte – ganze sechsundzwanzig Minuten im Server-Raum aufgehalten! Das war schon etwas ganz anderes, als nur mal kurz einen Blick in den Raum zu werfen, und bereitete ihm einiges Kopfzerbrechen. In sechsundzwanzig Minuten konnte man im Server-Raum ziemlich viel Unheil anrichten.

Er holte sich den entsprechenden Ordner auf den Bildschirm, um zu sehen, wer den Raum diesmal betreten hatte. Als die Namensliste vor ihm erschien, glaubte er seinen Augen nicht zu trauen: Es war schon wieder Spencer Wingate gewesen! Randy lehnte sich zurück, starrte angestrengt den Namen des Klinikgründers an und überlegte, was er jetzt tun sollte. Er hatte dem Sicherheitschef von dem ersten Zwischenfall berichtet, doch Kurt Hermann hatte nicht gerade den Eindruck gemacht, als ob ihn das besonders interessiert hätte. Allerdings hatte er darum gebeten, umgehend informiert zu werden, falls erneut jemand den Server-Raum betreten sollte.

Nach einigem Nachdenken beugte Randy sich wieder

vor. Er hatte eine Entscheidung getroffen: Er würde Kurt Hermann anrufen, aber nur, wenn er herausfand, dass sich jemand an dem System zu schaffen gemacht hatte. Als Erstes ging er daran, die Zugangsberechtigungen zu überprüfen: eine eventuelle Manipulation daran schien ihm am nahe liegendsten. Mit ein paar schnellen Eingaben und Mausklicks holte er sich das entsprechende Verzeichnis mit den Zugangsberechtigungen auf den Bildschirm und hatte bereits nach einigen Minuten die Antwort: Dr. Wingate hatte in der Liste der Zugangsberechtigten für den Ordner mit den Daten über die Eizellenspenderinnen den Namen Prudence Heatherly hinzugefügt.

Ratlos lehnte Randy sich erneut zurück. Warum um alles in der Welt verschaffte der Klinikgründer einer neuen Mitarbeiterin Einblick in einen Ordner, der strengsten Zugangsbeschränkungen unterlag und auf den Dr. Wingate nicht einmal selber zugreifen konnte? Das ergab einfach keinen Sinn – es sei denn, er hatte Prudence Heatherly beauftragt, aus irgendeinem Grund für ihn in den Dateien herumzuschnüffeln.

»Das passt irgendwie nicht zusammen«, sagte er schließlich laut zu sich selbst. In gewisser Hinsicht bereitete ihm das Rätsel sogar Vergnügen. Es hatte etwas von einem Computerspiel, denn es ging darum, die Strategie seines Gegners zu durchschauen. Natürlich war es nicht so spannend wie *Unreal Tournament*, aber andererseits war es auch kein Kinderspiel. Er verharrte für ein paar Minuten regungslos auf seinem Stuhl und dachte angestrengt nach.

Ohne dass ihm eine plausible Erklärung eingefallen wäre, griff er schließlich zum Telefon. Er hatte nicht die geringste Lust, schon wieder mit Kurt Hermann zu sprechen, zum Glück konnte er die Sache telefonisch erledigen und musste ihm nicht erneut persönlich gegenübertreten. Außerdem würde er ihm lediglich die nackten Fakten berichten und seine Vermutungen für sich behalten. Während er wählte, warf er einen Blick auf die Uhr. Es war Punkt zwei Uhr.

14

10. Mai 2001, 14.00 Uhr

Obwohl sie das untrügerische Gefühl hatte, beobachtet zu werden, versuchte Joanna sich so normal wie möglich zu verhalten. Sie verließ die Wingate Clinic, stieg die Treppen hinab und steuerte zielstrebig den Chevy Malibu an. Deborah saß bereits im Wagen, und wie Joanna der Silhouette ihres Kopfes entnahm, hatte sie auf dem Fahrersitz Platz genommen. Da der Arbeitstag noch lange nicht vorüber war, hatten sie beschlossen, lieber getrennt zum Auto zu gehen. Sie hofften auf diese Weise weniger Aufmerksamkeit zu erregen, und es schien zu funktionieren. Denn wie es aussah, war Deborah nichts dazwischengekommen, und auch sie hatte bisher niemand aufzuhalten versucht.

Ihre Handtasche hatte sie sich über die rechte Schulter gehängt, in der linken Hand hatte sie einen dicken Umschlag, der den mehrfach zusammengefalteten Ausdruck der Spenderdatei enthielt. Sie musste sich zwingen, nicht loszurennen, und fühlte sich ein weiteres Mal wie eine Einbrecherin auf der Flucht. Allerdings hatte sie diesmal tatsächlich gestohlenes Diebesgut bei sich.

Schließlich erreichte sie ohne Zwischenfall das Auto, ging schleunigst zur Beifahrertür und stieg so schnell sie konnte ein.

»Lass uns so schnell wie möglich von hier verschwinden!«, drängte sie.

»Wäre doch genau der passende Moment, dass die Karre

nicht anspringt«, entgegnete Deborah im Scherz und griff nach dem Zündschlüssel.

Joanna tat so, als wollte sie ihr eine runterhauen, und raunzte: »Ich bin jetzt nicht zum Scherzen aufgelegt! Setz die Karre gefälligst in Bewegung! Und zwar sofort!« Wenigstens konnte sie ihrer inneren Anspannung durch den Ausbruch ein wenig Luft verschaffen.

Deborah wich dem vorgetäuschten Schlag aus, startete und bog rückwärts aus der Parklücke.

»Wir haben es geschafft«, stellte Deborah fest, »wozu auch immer es gut sein mag.« Sie steuerte den Wagen die lange kurvige Abfahrt hinab. »Auch wenn das Ergebnis unserer Bemühungen eine ziemliche Enttäuschung war, können wir ganz schön stolz auf uns sein.«

»Wir haben es erst geschafft, wenn wir das Tor passiert haben«, bemerkte Joanna.

»Streng genommen hast du da natürlich Recht«, räumte Deborah ein. Sie fuhr unbeirrt weiter bis zum Tor und hielt an der weißen Haltelinie.

Joanna hielt den Atem an. Die Prozedur kam ihr vor wie eine Ewigkeit, doch schließlich ging das Tor langsam und gemächlich auf.

Deborah gab Gas, und sie schossen durch den Tunnel unter dem Pförtnerhäuschen hindurch.

Als sie wieder ans Tageslicht kamen, fiel Joanna sichtlich ein Stein vom Herzen.

»Du hattest wirklich Angst, nicht wahr?«, fragte Deborah.

»Und ob ich Angst hatte«, entgegnete Joanna. »Und zwar den ganzen Tag.« Sie öffnete den Umschlag und nahm den umfangreichen Ausdruck heraus.

Deborah bog rechts ab in die nach Bookford führende Pierce Street und sah Joanna fragend an. »Willst du dir auf dem Nachhauseweg eine nette Feierabendlektüre gönnen, oder was hast du vor?«

»Eigentlich hatte ich eine andere Idee«, entgegnete Joanna, »und zwar eine ziemlich gute, wie du gleich sehen wirst.« Sie fing an, den Papierstapel durchzublättern, und achtete darauf, die Reihenfolge nicht durcheinander zu bringen. Sie suchte zwei bestimmte Seiten und brauchte einige Minuten, bis sie sie gefunden hatte.

»Willst du mich vielleicht mal einweihen?«, fragte Deborah nach einer Weile. »Oder willst du deine großartige Idee für dich behalten?« Joannas hartnäckiges Schweigen ging ihr allmählich auf die Nerven.

Joanna lachte sich insgeheim ins Fäustchen. Indem sie ihre Gedanken vorerst für sich behalten hatte, hatte sie ihre Freundin unbewusst genauso auf die Folter gespannt, wie diese es immer genussvoll mit ihr zu tun pflegte. Endlich konnte sie es ihr einmal heimzahlen. Statt zu antworten, kostete sie ihre kleine Revanche noch ein bisschen aus, nahm in aller Seelenruhe die beiden gesuchten Seiten aus dem Stapel und legte den Rest auf den Rücksitz. »Voilà!«, sagte sie schließlich und hielt Deborah die beiden Seiten hin.

Deborah wandte sich kurz zu ihr um und nahm zur Kenntnis, dass es sich um die beiden Seiten handelte, auf denen die Details zu den beiden Kindern vermerkt waren, die offenbar aus Joannas Eizellen hervorgegangen waren. »Okay, ich sehe, welche Blätter du da herausgefischt hast. Und was ist nun deine großartige Idee?«

»Die beiden Kinder müssten jetzt etwa sieben bis acht Monate alt sein«, erwiderte Joanna. »Vorausgesetzt natürlich, dass sie überhaupt existieren.«

»Ja und?«

»Wir haben die Namen, die Adressen und die Telefonnummern der Eltern«, erklärte Joanna. »Ich schlage vor, wir rufen sie an, und wenn sie nichts dagegen haben, statten wir ihnen einen kleinen Besuch ab.«

Deborah warf ihr einen flüchtigen Blick zu. Die Fassungslosigkeit stand ihr ins Gesicht geschrieben. »Das meinst du doch nicht im Ernst, oder? Sag mir, dass du es nicht ernst meinst.«

»Doch«, erwiderte Joanna. »Ich meine es todernst. Es war doch deine Vermutung, dass die Liste wahrscheinlich von vorne bis hinten frisiert ist. Also prüfen wir die Daten doch einfach am besten. Eine der angegebenen Adressen ist sogar gleich hier in Bookford.«

Deborah fuhr an den Straßenrand. Sie befanden sich in Sichtweite der öffentlichen Bibliothek in der Nähe der Kreuzung Pierce Street und Main Street. Sie parkte und wandte sich Joanna zu. »Ich will dich ja nur ungern enttäuschen, aber ich halte es für keine besonders gute Idee, diesen Leuten einen Besuch abzustatten. Anrufen finde ich in Ordnung, aber einen Besuch – auf keinen Fall.«

»Zuerst rufen wir an«, entgegnete Joanna. »Aber wenn die Kinder wirklich existieren, will ich sie sehen.«

»Das gehörte zu keinem Zeitpunkt zu unserem Plan«, erwiderte Deborah. »Wir wollten lediglich herausfinden, ob aus unseren Eizellen Kinder entstanden sind. Es war nie die Rede davon, ihnen einen Besuch abzustatten. Ich halte eine Begegnung sogar für ziemlich unangemessen, und die Eltern sehen das mit Sicherheit ähnlich.«

»Ich binde ihnen doch nicht auf die Nase, dass ich die Spenderin war«, entgegnete Joanna. »Das ist es doch, worüber du dir Sorgen machst, nicht wahr?«

»Ich mache mir Sorgen um dich«, erklärte Deborah. »Zu wissen, dass ein Kind von dir existiert, ist eine Sache, aber es leibhaftig zu sehen, ist etwas ganz anderes. Ich glaube nicht, dass du dir das antun solltest. Damit machst du dir nur das Leben schwer.«

»Das glaube ich nicht«, widersprach Joanna. »Im Gegenteil: Es wird mich beruhigen, die Kinder zu sehen, und ich werde mich gut fühlen.«

»Genauso argumentieren Süchtige, bevor sie sich die erste Heroinspritze setzen«, wandte Deborah ein. »Falls es diese beiden Kinder tatsächlich gibt und du sie siehst, willst du sie mit Sicherheit immer wieder sehen, und das kann für keinen der Beteiligten gut sein.«

»Du kannst dir deine Worte sparen«, sagte Joanna. »Ich lasse mich nicht von meinem Vorhaben abbringen.« Sie holte ihr Handy aus der Tasche, wählte die Nummer von Familie Sard und sah Deborah an. Am anderen Ende der Leitung klingelte es, und das war schon mal ein gutes Zeichen. Die Telefonnummer gab es also wirklich.

»Hallo«, meldete sich Joanna, als jemand abnahm. »Spreche ich mit Mrs Sard?«

»Ja. Und wer sind Sie?«

»Mein Name ist Prudence Heatherly«, erwiderte Joanna. »Ich rufe aus der Wingate Clinic an und möchte mich erkundigen, wie Ihr Baby sich entwickelt.«

»Oh – unserem kleinen Jason geht es prima«, berichtete Mrs Sard. »Wir sind ganz aufgeregt. Seit neuestem krabbelt er nämlich.«

Joanna zog die Augenbrauen hoch und sah Deborah an. »Ach tatsächlich? Er fängt schon an zu krabbeln! Das ist ja wunderbar! Ich rufe übrigens noch aus einem anderen Grund an, Mrs Sard. Im Rahmen unserer Nachbetreuung würden wir uns Ihren kleinen Jason gern noch einmal ansehen. Wäre es Ihnen recht, wenn eine Kollegin aus der Wingate Clinic und ich kurz bei Ihnen vorbeikommen?«

»Selbstverständlich«, erwiderte Mrs Sard. »Wenn es Sie und all die hart arbeitenden Experten in Ihrer Klinik nicht gäbe, hätten wir dieses kleine, süße Freudenbündel schließlich gar nicht. Was für ein Segen, dass wir ihn bekommen haben! Wir haben uns so lange ein Kind gewünscht. Wann möchten Sie denn kommen?«

»Würde es Ihnen in der nächsten halben Stunde passen?«

»Das wäre sogar perfekt. Jason ist nämlich gerade aus seinem Mittagsschlaf erwacht. Er müsste also ausgeruht und gut gelaunt sein. Haben Sie unsere Adresse?«

»Ja«, erwiderte Joanna. »Aber Sie können mir gern den Weg erklären.«

Die Adresse war einfach zu finden. Sie mussten lediglich nach links in die Main Street einbiegen, ein Stück stadteinwärts fahren und hinter der Rite-Smart-Apotheke erneut links in die erste Straße einbiegen. Familie Sard lebte in einem im Sechzigerjahre-Stil erbauten Reihenhaus, das dringend einen neuen Anstrich benötigte und an dem die minderwertigen Ziegel sich bereits von der Fassade lösten. Auf dem Rasen stand eine nagelneue Kinderschaukel, die in der Nachmittagssonne glänzte und einen starken Kontrast zu dem ansonsten eher bescheidenen Haus bildete.

Deborah bog in die Einfahrt und hielt hinter einem alten Ford Pick-up. Jetzt sah auch sie die neue Schaukel. »Eine brandneue Schaukel für ein sechs Monate altes Kind! Na, wenn das nicht auf einen bemühten Dad schließen lässt!«

»Mrs Sard erwähnte vorhin, dass sie ziemlich lange auf ihr Kind gewartet haben.«

»Nach dem Haus zu urteilen, können sich die Sards die stolzen Preise der Wingate Clinic eigentlich nicht leisten.« Joanna nickte. »Wie sie das Geld wohl zusammengekratzt haben? Unfruchtbare Paare sind in ihrer Verzweiflung zu vielem bereit. Ich habe gehört, dass einige Hypotheken auf ihre Häuser aufnehmen oder sich das Geld anderweitig leihen, aber wenn man dieses Haus hier sieht, scheiden die beiden Möglichkeiten wohl eher aus.«

Deborah wandte sich zu Joanna um. »Wahrscheinlich haben sie sich finanziell so verausgabt, dass sie jetzt kaum noch für die Extrakosten aufkommen können, die ein Kind mit sich bringt. Willst du wirklich bei der Familie klingeln? Da drinnen sieht es womöglich ziemlich trostlos aus. Meiner Meinung nach sollten wir umkehren und die Sache auf sich beruhen lassen.«

»Ich will das Kind sehen!« Joanna blieb stur. »Ich komme schon damit zurecht. Mach dir um mich keine Sorgen.« Sie öffnete die Tür und stieg aus. Deborah stieg ebenfalls aus dem Wagen. Dann steuerten sie die Haustür an. Mit ihren hohen Absätzen musste Deborah extrem aufpassen, nicht ständig in den Ritzen des brüchigen Betonbelags stecken zu bleiben. Einmal verlor sie dennoch ihren Schuh und musste sich bücken, um ihn wieder herauszuziehen.

»Tu mir einen Gefallen, und geh in die Knie, wenn du dich noch einmal bückst«, bat Joanna. »Jetzt ist mir klar, warum Randy am Wasserspender solche Stielaugen gemacht hat.«

»Du bist ja nur eifersüchtig«, witzelte Deborah.

Sie stiegen die Treppe zur Haustür hinauf.

»Bist du bereit?«, fragte Deborah und legte ihre hohle Hand über die Türklingel.

»Jetzt mach es nicht so spannend und klingele endlich!«, drängte Joanna.

Deborah drückte auf den Knopf, und es ertönte ein auch draußen gut hörbarer, mehrere Sekunden anhaltender Klingelton, dem offenbar irgendeine Melodie zugrunde lag.

»Was für ein reizendes Gebimmel«, bemerkte Deborah sarkastisch.

»Sei nicht so voreingenommen!«, mahnte Joanna.

Die Innentür ging auf, und durch die noch geschlossene, schmutzige Außentür erkannten sie eine ziemlich fettleibige Frau in einem Hausanzug. Auf dem Arm hatte sie ein Baby mit einem schwarzen Haarschopf. Als sich auch die Außentür öffnete und Joanna und Deborah einen ungehinderten Blick hatten, blieb ihnen vor Staunen und Entsetzen der Mund offen stehen. Deborah stolperte mit ihren hochhackigen Pumps ein Stück nach hinten und musste sich am Geländer festhalten, um nicht die Treppe hinunterzufallen.

Eigentlich hatte Paul Saunders Wichtigeres zu tun, als sich mit Kurt Hermann zu treffen. Er hatte sogar die Autopsie an dem Wurf der Sau verschieben müssen, die er gemeinsam mit Greg Lynch im Autopsieraum der Farm hatte durchführen wollen. Doch Kurt hatte sich nicht abwimmeln lassen. Schließlich hatte Paul widerstrebend eingewilligt, erst recht, als Kurt darauf bestanden hatte, im Pförtnerhäuschen mit ihm zu reden, also weit weg von anderen Ohren. Paul wusste, dass das nur Ärger bedeuten konnte, aber er machte sich keine Sorgen. Er vertraute voll und ganz auf Kurts Fähigkeiten und seine Diskretion. Dafür wurde der Mann schließlich gut bezahlt … und zwar sehr gut.

Während er auf das kompakte Pförtnerhäuschen zuging, musste Paul unweigerlich an seinen Besuch bei Kurt Hermann denken, der inzwischen schon gut zwei Jahre zurücklag. Damals war es um den katastrophalen Anästhesie-Zwischenfall gegangen, und Kurt hatte die Krise zuverlässig und sicher gemanagt. Die Erinnerung daran trug nicht unerheblich zu Pauls Gemütsruhe bei.

An der Tür trat er sich den Schmutz von den Schuhen, der auf seinem Weg über den feuchten Rasen haften geblieben war. Die Natur hatte sich immer noch nicht von dem kalten, schneereichen Winter erholt. Dann ging er hinein. Kurt saß in seinem spartanisch eingerichteten Büro am Schreibtisch. Paul zog sich einen Stuhl heran und setzte sich ebenfalls.

»Wir haben ein ernst zu nehmendes Sicherheitsproblem«, begann Kurt in seinem typisch gleichmütigen Tonfall. Er hatte die Ellbogen auf die Schreibtischplatte gestützt und die Hände in der Luft gefaltet. Zur Betonung seiner Worte stieß er die ausgestreckten Zeigefinger in Pauls Richtung. Darüber hinaus ließ er keinerlei Anzeichen von Gefühlsregung oder gar Panik erkennen.

»Ich höre«, entgegnete Paul.

»Heute haben zwei neue Damen bei uns angefangen«,

stellte Kurt fest. »Eine gewisse Georgina Marks und eine Prudence Heatherly. Ich nehme an, Sie haben persönlich mit beiden gesprochen, wie Sie es bei Neueinstellungen immer zu tun pflegen.«

»Selbstverständlich«, bestätigte Paul. Vor seinem inneren Auge sah er sofort Georginas kurvenreichen Körper.

»Ich habe ein paar Erkundigungen eingeholt. Die beiden sind nicht die, die sie zu sein vorgeben.«

»Wie bitte? Das müssen Sie mir erklären!«

»Sie haben falsche Namen angegeben«, fuhr Kurt fort. »Georgina Marks und Prudence Heatherly sind zwei junge Frauen aus der Gegend von Boston, aber sie sind beide kürzlich verstorben.«

Paul musste schlucken. Seine Kehle war plötzlich ganz trocken. »Wer sind die beiden dann?«, fragte er heiser und räusperte sich. »Haben Sie eine Ahnung?«

»Eine der beiden heißt mit richtigem Namen Deborah Cochrane«, erwiderte Kurt. »Das Auto, mit dem sie gekommen sind, ist auf sie angemeldet. Wie die andere wirklich heißt, weiß ich noch nicht, aber das werde ich auch noch herausfinden. Die Anschrift, die die beiden in ihren Bewerbungsunterlagen angegeben haben, ist ebenfalls falsch, aber die korrekte Anschrift von Deborah Cochrane haben wir bereits, und mein Gefühl sagt mir, dass sie dort beide wohnen.«

»Ich gratuliere!«, lobte Paul seinen Sicherheitschef. »Das haben Sie schnell herausgefunden.«

»Ihre Glückwünsche sind leider nicht angebracht«, stellte Kurt fest. »Da ist noch etwas.«

»Ich höre«, entgegnete Paul nervös. Konnte es sein, dass Kurt – durchtrieben wie er war – herausgefunden hatte, dass er die Frau, die sich Georgina nannte, zum Essen eingeladen und sich einen Korb geholt hatte?

»Randy Porter hat entdeckt, dass die Frau, die sich Prudence Heatherly nennt, es irgendwie geschafft hat, sich eine

Ihrer geheimen Dateien auf den Bildschirm zu holen und auszudrucken. Es geht um eine Datei mit der Bezeichnung *Spenderinnen.*«

»Um Himmels willen!«, rief Paul entsetzt. »Wie konnte das passieren? Dieser Computer-Typ hat mir doch hoch und heilig versichert, dass meine Dateien absolut sicher sind!«

»Computer sind nicht meine Domäne«, entgegnete Kurt. »Aber Randy meinte, dass sie Hilfe von Dr. Wingate bekommen haben muss, den die beiden vermutlich becirct und verführt haben. »

Paul war so geschockt, dass er krampfhaft die Lehnen seines Stuhls umklammerte. Dass Spencer verstimmt war, war ihm wohl klar, doch das ging eindeutig zu weit. »Inwiefern hat er ihr geholfen?«

»Er hat ihren Namen auf die Liste der Zugangsberechtigten gesetzt«, erwiderte Kurt. »Diese Information musste ich quasi aus Randy herausquetschen, aber genauso hat er sich ausgedrückt.«

»Okay«, raunzte Paul. Er spürte, wie ihm das Blut in die Wangen schoss. »Ich rede mit Spencer und gehe der Sache auf den Grund. Vielleicht brauche ich dabei allerdings auch Ihre Hilfe. In der Zwischenzeit kümmern Sie sich um die beiden Frauen, und achten Sie darauf, dass Sie genauso gründlich vorgehen wie bei dem bedauerlichen tödlichen Anästhesieunfall – ich hoffe, Sie verstehen, was ich meine. Ich möchte nicht, dass die beiden ohne weiteres das Klinikgelände verlassen. Am besten verlassen sie es gar nicht. Und nehmen Sie ihnen um Gottes willen die ausgedruckten Seiten ab und bringen Sie sie mir so schnell wie möglich zurück!« Er war immer lauter geworden, bei seinem letzten Satz schrie er geradezu.

»Leider sind die beiden schon weg«, entgegnete Kurt, ohne die Ruhe zu verlieren. Pauls Wutausbruch ließ ihn vollkommen unbeeindruckt. »Als ich erfahren habe, was ich

Ihnen gerade erzählt habe, wollte ich sie sofort zur Rede stellen und in Gewahrsam nehmen. Aber da war es bereits zu spät. Als sie die Beute in den Händen hatten, müssen sie sich umgehend aus dem Staub gemacht haben.«

»Dann sehen Sie zu, dass Sie sie finden!«, brüllte Paul und stieß dabei immer wieder mit dem Finger nach Kurt. »Und schaffen Sie sie mir vom Hals! Aber verschonen Sie mich mit den Details! Tun Sie es einfach! Allerdings so, dass keine Spur zur Wingate Clinic führt. Wir müssen diesen ärgerlichen Vorfall unbedingt auslöschen.«

»Das versteht sich von selbst«, entgegnete Kurt. »Ich habe auch schon einen Plan. Vielleicht freut es Sie zu hören, dass das Problem dieses Mal wahrscheinlich ziemlich einfach zu lösen ist. Zum einen haben wir eine Adresse. Das heißt, wir machen die beiden schnell ausfindig. Zum anderen müssen sie gewusst haben, dass sie sich durch ihr Verhalten strafbar machen, was wiederum heißt, dass sie vermutlich mit niemandem über ihr Vorhaben geredet haben. Außerdem hat sich zumindest eine der beiden mal als Spenderin bei uns zur Verfügung gestellt. Ihre Beweggründe, die Datei mitgehen zu lassen, sind also sehr wahrscheinlich eher persönlicher Natur, als dass sie gegen irgendetwas zu Felde zu ziehen beabsichtigt. Das heißt also, dass wir es zwar mit einem gravierenden Zwischenfall zu tun haben, aber wir können das Problem durch schnelles Handeln in den Griff bekommen.«

»Dann handeln Sie augenblicklich!«, schrie Paul. »Ich will, dass das Problem spätestens heute Nacht aus der Welt geschafft ist. Dieses beiden Frauen können uns verdammt viel Ärger bereiten.«

»Ich habe bereits erste Vorkehrungen getroffen und mache mich gleich auf den Weg nach Boston«, entgegnete Kurt und erhob sich. Beim Aufstehen achtete er darauf, dass Paul mitbekam, wie er seine schallgedämpfte Glock Automatik aus der mittleren Schreibtischschublade nahm. Eigentlich wollte er ein wenig Anerkennung dafür einheimsen, dass er der Situation den gebührenden Ernst beimaß. Doch sein Vorgesetzter reagierte anders, als er erwartet hatte. Anstatt so zu tun, als hätte er die Pistole nicht gesehen, fragte er, ob es noch eine weitere gebe und ob er sie sich für die Nacht ausleihen könne. Kurt kam dem Wunsch gern nach. Er hatte sowieso im Stillen gehofft, dass Paul sich eigenhändig um das Spencer-Wingate-Problem kümmern würde. Schließlich war es eine verfahrene Situation, zwei Chefs gleichzeitig zu haben, die miteinander im Clinch lagen.

Joanna zitterte immer noch von dem anfänglichen Schock. Sie konnte einfach nicht fassen, was sie da vor sich sah, und hatte das Gefühl, dass es Deborah ähnlich erging. Mrs Sard hatte sie in ihr Wohnzimmer gebeten und darauf bestanden, sie zum Kaffee einzuladen. Doch Joanna hatte ihre Tasse nicht angerührt. Das Haus war so verdreckt, dass sie sich ekelte. Auf dem Sofa klebte neben ihrem Platz irgendwelches Essen, das aussah wie mehrere Wochen alter Joghurt. Überall verstreut lag Spielzeug und schmutzige Kleidung. Der Geruch dreckiger Windeln verbreitete einen üblen Gestank, und in der Küche, in die sie beim Hineinkommen einen Blick hatten werfen können, türmte sich das schmutzige Geschirr.

Mrs Sard hatte ohne Unterlass geplappert, meistens über ihr Baby, das die ganze Zeit wie ein kleines Beuteltier an ihr hing. Es war nicht zu übersehen, wie sehr sie sich über den unerwarteten Besuch freute. Joanna hatte den Eindruck, dass sie lange nicht unter Menschen gewesen war.

»Dann ist Ihr Baby also gesund und munter?«, fragte Deborah, als Mrs Sard einmal Luft holte.

»Aber ja«, versicherte Mrs Sard. »Allerdings haben wir vor kurzem erfahren, dass unser kleiner Jason an einer mild ausgeprägten senorineuronalen Hörstörung leidet.«

Joanna hatte keine Ahnung, was eine senorineuronale

Hörstörung war, und fragte deshalb nach. Bis dahin hatte sie vor Schreck noch kein Wort gesagt.

»Das ist eine Schwerhörigkeit, die durch ein Problem mit dem Hörnerv verursacht wird«, erklärte Deborah.

Joanna nickte, obwohl sie immer noch nicht verstand, was der Junge konkret hatte. Aber sie hakte nicht weiter nach. Stattdessen starrte sie auf ihre Hände und stellte fest, dass sie zitterten. Sie legte sie schnell übereinander, was ein bisschen half, das Zittern zu unterdrücken. Doch in Wirklichkeit wollte sie nur eins: fluchtartig das Haus der Familie Sard verlassen.

»Was könnte ich Ihnen denn noch über unseren kleinen süßen Fratz erzählen?«, fragte sich Mrs Sard und nahm stolz ihr Baby von der Schulter auf die Knie.

Joanna fand den Kleinen nicht weniger niedlich als andere Babys, doch sie hätte ihn noch niedlicher gefunden, wenn er etwas sauberer gewesen wäre. Sein Haar war schmutzig, der Schlafanzug, in dem er steckte, war vorne bekleckert, und an seinen Wangen klebte getrockneter Brei.

»Ich glaube, wir haben jetzt alle Informationen, die wir brauchen«, stellte Deborah fest und erhob sich. Joanna war ihr zutiefst dankbar und stand ebenfalls sofort auf.

»Möchten Sie nicht noch ein wenig Kaffee?«, bot Mrs Sard an. In ihrer Stimme schwang Verzweiflung mit.

»Danke«, entgegnete Deborah. »Wir haben Ihre Gastfreundschaft schon überstrapaziert.«

Mrs Sard protestierte, doch Deborah blieb hartnäckig. Schließlich geleitete Mrs Sard ihre beiden Besucherinnen zur Haustür und sah ihnen nach, wie sie die Treppe hinabstiegen. Am Auto drehte Deborah sich noch einmal um. Mrs Sard winkte ihr zum Abschied mit der Hand des Babys.

»Lass uns so schnell wie möglich von hier verschwinden«, drängte Joanna, als die Türen beide geschlossen waren. Sie drehte sich bewusst nicht noch einmal zu dem Kind um.

»Ich fahre ja schon«, entgegnete Deborah. Sie startete den Motor und bog aus der Ausfahrt.

Für ein paar Minuten sagte keine von ihnen ein Wort. Sie waren beide froh, wieder weg zu sein.

»Ich bin total entsetzt«, brach Joanna schließlich das Schweigen.

»Ich auch«, gestand Deborah. »Wer wäre das nicht?«

»Wie, um Himmels willen, kann die Frau so tun, als hätte sie nicht den blassesten Schimmer?«

»Vielleicht hat sie wirklich keinen Schimmer. Und selbst wenn – sie hat sich wahrscheinlich so lange ein Kind gewünscht, dass es ihr egal ist. Unfruchtbare Paare sind in ihrer Verzweiflung bekanntlich zu vielem bereit.«

»Hast du es sofort gemerkt?«, fragte Joanna.

»Allerdings«, erwiderte Deborah. »Ich wäre beinahe rückwärts die Treppe hinuntergefallen.«

»Aufgrund welches Merkmals hat es bei dir gefunkt?«

»Eigentlich war es das gesamte Erscheinungsbild«, erwiderte Deborah. »Aber wenn ich genauer nachdenke, war es wahrscheinlich die weiße Stirnlocke des Babys. Die ist ja nun wirklich extrem auffallend, besonders bei einem sechs Monate alten Kind.«

»Hast du auf die Augen geachtet?«, fragte Joanna und schüttelte sich, als ob ihr kalt wäre.

»Ja«, entgegnete Deborah. »Sie haben mich an den Husky eines Onkels von mir erinnert. Bei den Augen des Hundes war der Farbunterschied allerdings noch krasser.«

»Ich kann es einfach nicht glauben, dass der vermutlich erste menschliche Klon ausgerechnet aus einer meiner Eizellen hergestellt werden musste!«

»Ich kann gut nachvollziehen, wie dir zumute sein muss«, entgegnete Deborah. »Man kriegt wirklich eine Gänsehaut, erst recht, wenn man sich vor Augen hält, wer es getan und wen er geklont hat. Paul Saunders gehört wohl kaum zu den

Menschen, von denen die Welt unbedingt ein zweites Exemplar braucht. Dass er sich selbst geklont hat, heißt, dass er noch viel egozentrischer, eingebildeter und eitler ist, als ich mir je hätte vorstellen können. Allerdings gehe ich jede Wette ein, dass er behauptet, das alles nur für die Wissenschaft oder die Menschheit getan zu haben – oder er denkt sich irgendeine andere lächerliche Rechtfertigung für sein ungeheuerliches Tun aus.«

»Wenigstens steckt nichts von mir in diesem Kind«, stellte Joanna fest. Fürs Erste konnte sie die Katastrophe nur auf sich persönlich beziehen.

»Das stimmt nicht ganz«, widersprach Deborah. »So ungern ich es dir sage: Aber es ist so, dass die Eizelle die mitochondriale DNA einbringt. Das Kind hat deine Mitochondrien.«

»Ich frage gar nicht erst, was Mitochondrien sind«, entgegnete Joanna. »Ich will es wirklich nicht wissen. Ich will nämlich nicht glauben, dass in diesem Kind irgendetwas von mir ist.«

»Jedenfalls wissen wir jetzt, warum die Erfolgsrate mit deinen Eizellen so niedrig war. Das ist beim Klonen durch Zellkerntransfer normal. Allerdings muss man Dr. Saunders zugestehen, dass er erfolgreicher war als die Leute, die das berühmte Schaf Dolly geklont haben. Ich glaube, sie brauchten etwa zweihundert Versuche, bis sie ein positives Ergebnis hatten. Bei deinen nicht ganz vierhundert Eizellen hat es immerhin vier Mal hingehauen.«

»Soll das ein schlechter Witz sein?«, fragte Joanna. »Ich finde das überhaupt nicht lustig.«

»Ich meine es vollkommen ernst«, erwiderte Deborah. »In der Wingate Clinic müssen sie irgendetwas besser machen. Wie könnte ihre Erfolgsquote sonst doppelt so gut ausfallen?«

»Wie kann man nur Leuten, die so etwas tun, auch noch

Komplimente machen!«, entrüstete sich Joanna. »Diese ganze Geschichte macht mich krank. Ich wünschte, wir wären nicht zu den Sards gefahren. Ich fühle mich total elend.«

»Ich würde dir nie unter die Nase reiben, dass ich dir das ja prophezeit habe«, flachste Deborah. »Niemals. Das wäre wirklich gemein.«

Obwohl sie eigentlich mit den Nerven am Ende war, musste Joanna grinsen. Es war wirklich erstaunlich. Deborah schaffte es einfach immer, sie aufzuheitern.

»Ich möchte dir etwas vorschlagen. Hoffentlich fühlst du dich stark genug.«

»Oje«, stöhnte Joanna. »Was hast du denn nun schon wieder vor?«

»Ich finde, wir sollten auch dem zweiten Kind einen Besuch abstatten. Dann wissen wir definitiv, ob wir mit unseren Befürchtungen richtig liegen.«

Sie fuhren weiter und schwiegen. Joanna ließ sich den Vorschlag durch den Kopf gehen.

»Schlimmer kann es sowieso nicht mehr kommen«, stellte Deborah schließlich fest. »Das Schockerlebnis haben wir ja schon hinter uns. Vielleicht hilft uns der Besuch bei der Entscheidung, was wir gegebenenfalls in der Sache unternehmen. Das Thema haben wir ja bisher bewusst gemieden.«

Joanna nickte. Deborah hatte Recht. Sie hatten bisher mit keinem Wort darüber gesprochen, was sie mit dem Ergebnis ihrer brisanten Nachforschungen anstellen sollten, und sie selbst hatte sogar jegliche Gedanken daran verdrängt. Wem außer den Medien, die sie zweifelsohne in die Sache hineinziehen würden, sollten sie schon von ihren ungeheuerlichen Entdeckungen erzählen? Das Problem war, dass sie sich beim Beschaffen ihrer Informationen strafbar gemacht hatten. Sie war zwar keine Juristin, aber sie wusste, dass auf kriminelle Weise beschaffte Beweise ihre Verwendbarkeit einschränkten. Außerdem war sie sich nicht einmal sicher, ob es im Bundesstaat Massachusetts überhaupt gegen das Gesetz verstieß, wenn eine Privatklinik Menschen klonte.

»Okay«, sagte Joanna plötzlich. »Sehen wir uns also auch noch das zweite Kind an. Aber wenn wir die gleiche Situation antreffen, sollten wir auf keinen Fall reingehen.« Sie nahm das zweite Blatt zur Hand und griff nach ihrem Handy.

Der Nachname des zweiten Kindes lautete Webster. Die Familie lebte einige Kilometer von Bookford entfernt auf dem Weg nach Boston. Joanna wählte die Nummer. Sie ließ das Telefon fünfmal klingeln. Als sie die Verbindung gerade beenden wollte, nahm eine Frau den Hörer ab. Sie war außer Atem.

Bis auf Mrs Websters Kurzatmigkeit verlief das Gespräch beinahe genauso wie das mit Mrs Sard. Sie erzählte, dass sie ihren kleinen Stuart gerade gebadet habe und deshalb nicht sofort ans Telefon habe gehen können. Wichtiger jedoch – sie lud Joanna und Deborah ein vorbeizukommen und erklärte Joanna ausführlich den Weg.

»Dieses Baby ist also zumindest sauber«, stellte Joanna fest, während sie ihr Handy wegsteckte.

Eine halbe Stunde später hielten sie vor einem Haus, das im krassen Gegensatz zu dem der Sards stand. Das Haus der Websters war vergleichsweise ein regelrechtes Herrenhaus – es war im Kolonialstil erbaut und verfügte über etliche massive Schornsteine, die planlos emporragten wie Unkraut in einem Garten. Blühende Magnolien und Hornsträucher zierten den Rasen.

»Was die Auswahl der Eltern für seine geklonten Babys angeht, scheint Dr. Saunders ja ziemlich willkürlich vorgegangen zu sein«, stellte Deborah fest. »Das heißt, falls wir es auch hier mit einem Klon zu tun haben.«

»Komm!«, drängte Joanna. »Bringen wir es hinter uns!«

Sie gingen mit gemischten Gefühlen über den gepflasterten Gehweg. Eigentlich waren sie beide nicht erpicht darauf, auch diesem Kind einen Besuch abzustatten, doch es musste sein. Joanna drückte auf die Klingel.

In dem Augenblick, in dem sie das Baby sahen, wussten sie, dass es sich ebenfalls um einen Klon von Paul Saunders handelte. Es sah genauso aus wie das Baby der Sards: Es hatte die gleiche weiße Stirnlocke, die gleichen verschieden gefärbten Augen und die gleiche breite Nase.

Mrs Webster war genauso freundlich wie Mrs Sard, allerdings schien sie sich nicht so extrem nach Gesellschaft zu sehnen. Sie lud Joanna und Deborah ein hereinzukommen, doch die beiden lehnten ab und baten darum, sich kurz an der Haustür zu unterhalten.

Joanna hatte sich inzwischen einigermaßen von ihrem anfänglichen Schock erholt, sodass sie sich diesmal, anders als bei Mrs Sard, an der kurzen Unterhaltung beteiligen konnte. Außerdem empfand sie es erträglicher, einem sauberen Kind gegenüberzustehen, das in einer für sein Wohlbefinden günstigen Umgebung aufwuchs. Aus reiner Neugier erkundigte sie sich, ob das Baby vielleicht schwerhörig sei. Mrs Webster bejahte dies und beschrieb die gleichen Hörprobleme, die auch bei dem Sard-Baby festgestellt worden waren.

Schließlich verabschiedeten sie sich und brachen schweigend auf, jede in ihre eigenen trüben Gedanken versunken. Erst als sie die Route 2 erreichten und schneller fahren konnten, fand Deborah ihre Stimme wieder. »Nicht dass ich ewig darauf herumhacken möchte – aber jetzt verstehst du vielleicht, warum ich so enttäuscht war, dass du uns keinen Zugang zu den Forschungsprotokollen der Klinik verschafft hast. Meine Intuition sagt mir, dass sie dort irgendetwas wirklich Schlimmes treiben und dass das Klonen, auf das wir gestoßen sind, nur die Spitze des Eisbergs ist. So arrogant, wie dieser Dr. Saunders ist, ist seine Grenze der Himmel.«

»Menschen zu klonen, ist ja wohl schlimm genug.«

»Wahrscheinlich nicht schlimm genug, um Dr. Saunders und seinem Gefolge ein für alle Male das Handwerk zu legen«, entgegnete Deborah. »Wenn die Medien erst einmal verbreiten, dass man in der Wingate Clinic geklonte Babys bestellen kann, rennen wahrscheinlich ganze Scharen unfruchtbarer Paare der Klinik die Bude ein.«

»Ich kann es leider nicht ändern«, murmelte Joanna. »Ich habe im Server-Raum mein Bestes getan.«

»Ich will dir keine Vorwürfe machen.«

»Das tust du aber!«

»Okay, vielleicht ein bisschen. Es ist eben so frustrierend.«

Sie verfielen erneut in Schweigen und lauschten dem dröhnenden Motor. In der Ferne erschien am Horizont die Skyline von Boston.

»Mir ist etwas eingefallen!«, platzte Deborah plötzlich heraus. Joanna zuckte vor Schreck zusammen. »Durch unsere Entdeckung, dass Dr. Saunders Menschen klont, haben wir uns so schockieren lassen, dass wir die Eizellen ganz aus den Augen verloren haben.«

»Wie meinst du das?«

»Überleg doch mal, wie viele Eizellen sie dir angeblich entnommen haben«, erwiderte Deborah. »Wie, zum Teufel, sollen sie Hunderte aus dir herausgeholt haben?« Sie hielt einen Augenblick inne und starrte mit entsetztem Gesichtsausdruck aus dem Fenster. »Sie werden doch wohl nicht …«

»Was?«, fragte Joanna. Unter den gegebenen Umständen fand sie Deborahs übliche Masche noch nervtötender.

»Nimm dir noch einmal den Ausdruck vor!«, erwiderte Deborah schnell. »Und sieh nach, ob es noch andere Spenderinnen gibt, denen man angeblich Hunderte von Eizellen entnommen hat.«

Leise vor sich hin murmelnd, griff Joanna nach hinten und holte sich den schweren Stapel ächzend nach vorn auf den

Schoß. Sie blätterte die Papiere der Reihenfolge nach durch, doch sie musste nicht lange suchen. »Es gibt jede Menge. Hier ist eine, die mit einer noch viel imposanteren Zahl aufwarten kann. Eine gewisse Ana Alvarez hat sogar viertausendzweihundertundfünf Eizellen gespendet!«

»Soll das ein Witz sein?«

»Nein«, versicherte Joanna. »Hier ist noch eine Frau, der mehrere tausend Eizellen entnommen wurden. Marta Arriga ist ihr Name. Und da ist schon wieder eine: Maria Artiavia.«

»Das sind alles spanisch klingende Namen.«

»Stimmt«, bestätigte Joanna. »Ich habe noch eine gefunden. Sie hat eine noch ansehnlichere Anzahl gespendet. Mercedes Avila hat es auf achttausendsiebenhunderteinundzwanzig gebracht!«

»Dann sieh jetzt nach, ob auch bei diesen Spenderinnen aus jeder einzelnen Eizelle ein Embryo wurde, der jeweils einer anderen Frau eingesetzt wurde.«

Joanna nahm sich die nächste Seite vor und fuhr mit dem Finger die Spalte herunter. »Was die Eizellen von Mercedes Avila angeht, scheint das der Fall zu sein.«

»Dann sind sie vermutlich allesamt per Zellkerntransfer zu Klonen gemacht worden«, stellte Deborah fest. »Steht hinter allen der Name von Dr. Paul Saunders?«

»Hinter den meisten«, erwiderte Joanna. »Hinter einigen steht auch der Name von Sheila Donaldson.«

»Das hätte ich mir ja denken können. Also stecken sie unter einer Decke und ziehen das gleiche Programm durch. Dann habe ich noch eine Frage: Blätter doch mal ein bisschen weiter, und sag mir, ob die Namen alle überwiegend spanisch klingen, oder ob es nur zufällig unter dem Buchstaben A so eine auffällige Anhäufung gibt.«

Joanna befolgte den Wunsch und ging ein paar Minuten schweigend die Seiten durch. »Es sind auch unter den anderen Buchstaben auffällig viele spanische Namen«, sagte sie schließlich. »Und den Unterlagen zufolge haben sie alle Tausende von Eizellen gespendet.«

»Das könnte natürlich das Rätsel um die nicaraguanischen Frauen klären«, murmelte Deborah und schauderte.

»Wie meinst du das?«

»Über die meisten Eizellen überhaupt verfügen weibliche Embryonen«, erklärte Deborah. »Irgendwo habe ich gelesen, dass sich im Eierstock weiblicher Embryonen in einem bestimmten Entwicklungsstadium bis zu sieben oder gar acht Millionen Eizellen befinden. Bei der Geburt sind es dann noch etwa eine Million und in der Pubertät nur noch drei- bis vierhunderttausend. Möglicherweise sehen so irregeleitete Seelen wie Paul Saunders und Sheila Donaldson in weiblichen Embryonen so eine Art Goldmine für Eizellen.«

»Was du da andeutest, gefällt mir überhaupt nicht«, stellte Joanna klar.

»Mir auch nicht«, entgegnete Deborah. »Aber leider sieht es ganz danach aus. Allem Anschein nach lassen sich die nicaraguanischen Frauen weibliche Embryonen einsetzen und unterziehen sich dann in der zwanzigsten Schwangerschaftswoche einer Abtreibung – und das alles bloß, um an die gewaltigen Mengen an Eizellen heranzukommen.«

Joanna starrte aus dem Seitenfenster. Sie schauderte und wurde von einer Welle des Abscheus ergriffen. Was Deborah da vermutete, war mindestens so schlimm wie ihre Erkenntnis, dass in der Wingate Clinic Menschen geklont wurden. Was für ein Verständnis von der Rolle der Frau musste hinter so einer Vorgehensweise stehen und was für eine Missachtung der Unantastbarkeit des menschlichen Lebens! Nur mit äußerster Mühe konnte sie ihre Tränen unterdrücken. Hätte sie doch bloß nie etwas mit der Wingate Clinic zu tun gehabt! Da sie sich als Spenderin zur Verfügung gestellt hatte, fühlte sie sich irgendwie mitschuldig.

»Mal angenommen, es verhält sich tatsächlich so«, fuhr

Deborah nach einer Weile fort, »dann ist es zu allem Unglück wahrscheinlich auch noch ganz legal. Dass ausgerechnet in einem Zentrum für Kinderwunschbehandlungen zum Zweck der Eizellengewinnung massenweise Abtreibungen vorgenommen werden, wäre für die Klinik zwar vermutlich ein PR-Desaster, aber solange die Frauen nicht dazu gezwungen werden, dürfte man kaum etwas dagegen unternehmen können.«

»Ist es etwa kein Zwang, wenn sie dafür bezahlt werden?«, ereiferte sich Joanna. »Diese Frauen sind bettelarm und kommen aus einem Dritte-Welt-Land, in dem jeder ums Überleben kämpfen muss.«

»He, reg dich doch nicht so auf«, versuchte Deborah sie zu beruhigen. »Lass uns doch in aller Ruhe über die Sache reden.«

»Ich rege mich aber auf!«, fauchte Joanna. »Und überhaupt – was war das da vorhin für eine Andeutung über meine Eizellen? Ich hasse es, wenn du mich so zappeln lässt.«

»Ach so, ja – tut mir Leid«, entschuldigte sich Deborah. »Die Sache mit den nicaraguanischen Frauen hat mich ganz davon abgebracht. Eigentlich gibt es nur eine Möglichkeit, wie sie dir derart viele Eizellen entnommen haben können: Sie müssen dir den ganzen Eierstock herausoperiert haben.«

Joanna riss den Kopf herum, als ob Deborah ihr mit aller Kraft eine Ohrfeige verpasst hätte. Sie musste den Kopf ein paar Mal hin und her wiegen, um ihre Gedanken zu ordnen. Dann bat sie ihre Freundin mit zitternder Stimme, ihren letzten Satz noch einmal zu wiederholen, weil sie nicht ganz sicher sei, ob sie richtig verstanden habe.

Deborah ließ für einen Augenblick die Straße aus den Augen und warf Joanna einen flüchtigen Blick zu. Ihrer Stimme nach zu urteilen war sie den Tränen nahe. »Ich habe nur laut nachgedacht«, sagte sie. »Jetzt mach dich doch nicht verrückt.«

»Wenn du mir erzählst, dass sie mir den ganzen Eierstock weggenommen haben, habe ich ja wohl das Recht, mich aufzuregen«, entgegnete Joanna bestimmt und mit ruhiger Stimme. Sie schien sich voll und ganz unter Kontrolle zu haben.

»Vielleicht hast du ja eine bessere Erklärung für die vielen Eizellen«, konterte Deborah. »Lass uns das Ganze als ein Brainstorming betrachten. Da wir so gut wie nichts wissen, kommen wir vielleicht auf diese Weise weiter.«

Joanna riss sich zusammen und dachte angestrengt über eine andere Erklärung für die vielen Eizellen nach. Doch ihr fiel beim besten Willen nichts ein. Ihre Kenntnisse über die weibliche Reproduktion beschränkten sich auf das übliche Mädchengetuschel aus dem Umkleideraum und die paar Fakten, die aus dem Biologieunterricht an der Highschool hängen geblieben waren.

»Ich habe noch nie gehört, dass nach einer Stimulation der Eierstöcke mehr als maximal zwanzig Eizellen entnommen wurden«, stellte Deborah fest. »Mehrere hundert kann man eigentlich nur bekommen, wenn man auf irgendeine Weise Eierstockgewebe kultiviert.«

»Ist das denn überhaupt möglich?«, wollte Joanna wissen.

Deborah zuckte mit den Schultern. »Ich habe nicht die geringste Ahnung. Schließlich bin ich Molekularbiologin; mit Zellkulturen kenne ich mich nicht besonders gut aus, aber ich könnte mir schon vorstellen, dass es möglich ist.«

»Mal angenommen, sie haben mir tatsächlich einen meiner Eierstöcke entfernt«, überlegte Joanna, »wie würde sich das auswirken?«

»Mal überlegen«, erwiderte Deborah und zog die Stirn in Falten, als würde sie angestrengt nachdenken. »Mit nur einem Eierstock produzierst du nur die Hälfte der normalen Östrogenmenge. Das heißt also, dass der Wert für dein in der Nebenniere gebildetes Testosteron sich im Verhältnis zum Östrogenwert verdoppelt. Also wird dir wahrscheinlich ein Bart wachsen, der Busen entwickelt sich zurück, und du bekommst demnächst eine Glatze.«

Joanna sah ihre Freundin entsetzt an.

»Das sollte ein Scherz sein!«, erklärte Deborah. »Also – bitte lachen.«

»Mir ist gerade nicht nach Lachen zumute«, gab Joanna zurück.

»Wahrscheinlich merkst du überhaupt nichts«, versuchte Deborah sie zu beruhigen. »Vielleicht sinkt die statistische Wahrscheinlichkeit, schwanger zu werden, ein wenig, weil deine Eizellen nur noch in einem Eierstock reifen können, aber auch das muss nicht unbedingt sein.«

»Trotzdem ist es ein furchtbarer Gedanke, seines Eierstocks beraubt zu werden«, entgegnete Joanna betrübt. »Es ist wie eine Vergewaltigung. Vielleicht sogar noch schlimmer.«

»Da stimme ich dir voll und ganz zu.«

»Aber warum gerade ich? Und du nicht?«

»Gute Frage«, entgegnete Deborah. »Wahrscheinlich, weil ich mich gegen eine Vollnarkose gesträubt habe. Um einen Eierstock zu entfernen, reicht eine per Ultraschall kontrollierte Punktionsnadel mit Sicherheit nicht aus. Dazu bedarf es mindestens eines Laparoskops.«

Joanna schloss für einen Moment die Augen. Wäre sie doch bloß nicht so feige gewesen und hätte bei der Eizellspende wie Deborah auf einer lokalen Betäubung bestanden.

»Mir ist gerade etwas eingefallen«, riss Deborah sie aus ihren Gedanken.

Joanna schwieg. Sie schwor sich, diesmal hart zu bleiben und auf keinen Fall nachzuhaken.

Es verstrichen beinahe zwei Minuten, in denen sie schweigend weiterfuhren. »Willst du denn gar nicht wissen, woran ich gerade gedacht habe?«, fragte Deborah schließlich.

»Nur wenn du es mir von dir aus erzählst.«

»Wenn wir beweisen können, dass sie dir einen Eierstock entfernt haben, haben wir vielleicht etwas in der Hand. Ich behaupte nicht, dass sie ihn wirklich weggenommen haben, aber wenn doch, können wir die Klinik juristisch belangen. Immerhin hätten sie ihn ohne deine Zustimmung herausoperiert, und das ist ja wohl eindeutig Körperverletzung und somit eine Straftat.«

»Aber wie sollten wir das beweisen?«, fragte Joanna wenig begeistert. »Soll ich mich vielleicht aufschneiden lassen, damit mal jemand nachsieht? Nein danke.«

»Ich glaube nicht, dass du dafür gleich unters Messer musst«, entgegnete Deborah. »Wahrscheinlich kann man es auch per Ultraschall feststellen. Ich schlage vor, du rufst Carlton an, erzählst ihm so viel oder so wenig, wie du willst, und erklärst ihm, dass du herausfinden musst, ob dir ein Eierstock fehlt.«

»Ausgerechnet du schlägst mir vor, Carlton anzurufen«, staunte Joanna.

»Du sollst ihm ja um Gottes willen keinen Heiratsantrag machen«, entgegnete Deborah. »Aber warum solltest du es dir nicht zunutze machen, dass er Arzt ist? Ärzte kennen sich untereinander, es ist wie eine Art Bruderschaft. Deshalb kann er dir bestimmt zu einer Ultraschalluntersuchung verhelfen.«

»Jetzt bin ich schon seit drei Tagen zurück aus Italien und habe ihn noch kein einziges Mal angerufen«, wandte Joanna ein. »Ich käme mir ziemlich schäbig vor, ihn nach so langer Zeit plötzlich anzurufen und ihn als Erstes um einen Gefallen zu bitten.«

»Ich bitte dich!«, stöhnte Deborah. »Da kommt mal wieder deine spießige Südstaatenerziehung durch. Wie oft muss ich dich noch daran erinnern, dass du die Männer genauso benutzen kannst, wie sie uns benutzen. Und du bist schließlich nicht auf ein kleines Abenteuer aus, sondern bloß auf eine schnöde Ultraschalluntersuchung. Stell dich bloß nicht so an!«

Joanna ging in Gedanken durch, wie das Telefonat mit Carlton wohl ausfallen würde. So einfach, wie Deborah sich das vorstellte, war es bestimmt nicht. Doch andererseits wollte sie unbedingt wissen, ob man ihr wirklich den Eierstock geraubt hatte. Je mehr sie darüber nachdachte, desto dringender wollte sie die Wahrheit wissen.

»Also gut«, willigte sie schließlich ein und griff nach ihrem Handy. »Ich rufe ihn an.«

»Braves Mädchen«, lobte Deborah sie.

15

10. Mai 2001, 18.30 Uhr

Der Louisburg Square lag etwas weiter oben in Beacon Hill. Man erreichte ihn, indem man die Mount Vernon Street hinauffuhr und dann links in eine der beiden Straßen abbog, die den Platz begrenzten. Streng genommen war es gar kein richtiger Platz, sondern eher ein lang gezogenes Rechteck, das an den Seiten von Stadthäusern aus Backstein gesäumt wurde. Die meisten der Häuser verfügten über runde Erker und hatten Sprossenfenster mit Fensterläden. Das Zentrum des Platzes bildete ein etwas vernachlässigtes Fleckchen zertrampelter Rasen, das von einem hohen, geradezu bedrohlichen gusseisernen Zaun geschützt wurde und über dem sich ein paar uralte riesige Ulmen erhoben, die die verheerenden Auswirkungen der Ulmenseuche irgendwie überstanden hatten. An den Seiten wurde das Rasenfleckchen von niedrigem, nicht besonders gepflegtem

Buschwerk begrenzt. Zudem stand an jeder Seite eine einzelne verwitterte Gartenstatue.

Obwohl er sich in Boston nicht besonders gut auskannte und das undurchschaubare Labyrinth von Einbahnstraßen einem Ortsfremden die Orientierung in Beacon Hill ziemlich schwer machte, hatte Kurt den Louisburg Square ohne größere Probleme gefunden. Viel schwieriger war es, einen Parkplatz zu finden. Sämtliche Parkplätze waren dezent als *privat* gekennzeichnet, und nirgends fehlte der Hinweis, dass widerrechtlich geparkte Wagen umgehend abgeschleppt würden. Dass sein Auto abgeschleppt wurde, war das Letzte, was Kurt wollte. Er war mit einem der schwarzen Vans der Sicherheitsabteilung gekommen, die nicht mit dem Firmenlogo der Wingate Clinic gekennzeichnet waren und über einen abschließbaren Kofferraum verfügten, den man nur von außen öffnen konnte. Dort lagen seine diversen Utensilien bereit, die er vielleicht brauchen würde. Außerdem war in dem Kofferraum ausreichend Platz für unliebsame Passagiere, die sich nicht kooperativ zeigten.

Wie er genau vorgehen wollte, wusste er noch nicht. Klar war nur, dass er die beiden Frauen auf jeden Fall zur Wingate Clinic zurückschaffen musste. Er hatte sich vorgenommen, sie erst einmal ausfindig zu machen; alles Weitere würde sich dann schon finden. Im Moment war er dabei, die Gegend auszukundschaften. Er fuhr zum dritten Mal die Straße am Louisburg Square ab. Das Haus, in dem die Gesuchten wohnten, hatte er bereits während seiner ersten Vorbeifahrt entdeckt. Es lag an der oberen Straße und war das erste Haus auf der rechten Seite. Es hatte vier Stockwerke und verfügte offenbar auch noch über eine Dachetage. Ferner gab es noch eine weitere Etage im Souterrain. Ob es darunter einen Keller gab, konnte er von außen nicht erkennen. Zu der einzigen vorderen Eingangstür führten fünf Stufen hinauf. Vermutlich gab es auch noch einen

Hintereingang, doch nach hinten versperrte eine Backsteinmauer die Sicht.

Bei seiner zweiten Vorbeifahrt hatte er darauf geachtet, wie viele Menschen sich auf dem Platz aufhielten. Da gerade Teile der Straße erneuert wurden, waren jede Menge Bauarbeiter zu sehen. Am Straßenrand standen mehrere Baufahrzeuge. Auf dem Platz selbst spielten einige Kinder im Alter von vier bis zwölf Jahren. Sie wurden von ihren Müttern und Kindermädchen beaufsichtigt, die munter miteinander schwatzten oder von den Kindern abgelenkt wurden.

Kurt hatte genug gesehen und überlegte, wo er den Van am besten abstellte. Die meisten der Bauarbeiter machten gerade Feierabend, sodass immer mehr Parkplätze frei wurden. Er entschied sich trotz des Parkverbots für die zur Mount Vernon Street hin gelegene Seite. Schließlich waren die Baufahrzeuge auch nicht abgeschleppt worden. Also drehte er noch eine Runde und parkte vor dem Zaun. Nach rechts hatte er einen ungehinderten Blick auf das fragliche Haus.

Seltsamerweise hatte er den Chevy Malibu noch nirgendwo entdeckt. Während seiner Nachforschungen, auf wen der Wagen zugelassen war, hatte er sich das Kennzeichen eingeprägt. Eine Verwechslung mit einem anderen Chevy Malibu war also ausgeschlossen. Eigentlich hatte er erwartet, den Wagen der beiden Frauen irgendwo in der Nähe des Platzes oder in einer der benachbarten Straßen zu entdecken, doch obwohl er nach allen Seiten Ausschau gehalten hatte, hatte er ihn nirgends gesehen.

Er merkte, wie sein Adrenalinspiegel stieg, doch er zwang sich, ruhig zu bleiben. Aus Erfahrung wusste er, dass es bei einer derartigen Aktion darauf ankam, bloß nicht vor Aufregung die Nerven zu verlieren. Man musste bedächtig und geplant vorgehen, sonst machte man Fehler. Gleichzeitig musste man in Angriffsstellung sein wie eine eingerollte

Schlange – stets bereit, im richtigen Moment zuzuschlagen und das Opfer zu überraschen.

Er fasste hinter sich, zog seine Glock aus dem Halfter, vergewisserte sich zum wiederholten Mal, dass das Magazin geladen war, und steckte sie zurück. Dann checkte er das Messer, das er an seiner Wade festgeschnallt hatte. In seiner rechten Hosentasche steckten diverse Paare Latexhandschuhe und in der linken eine Sturmhaube. Seine umfangreiche Kollektion an Werkzeugen zum Knacken von Schlössern, mit deren Hilfe er nach jahrelanger Praxis jedes noch so gut gesicherte Schloss aufbekam, hatte er in seiner rechten Jackentasche verstaut; in der linken befanden sich mehrere Fertigspritzen, die ein starkes Beruhigungsmittel enthielten.

Nachdem er beinahe eine halbe Stunde im Wagen ausgeharrt hatte, schien ihm der richtige Zeitpunkt gekommen, in Aktion zu treten. Mittlerweile war es auf dem Platz deutlich ruhiger geworden, aber auch nicht so ruhig, dass er als Fremder auffallen würde. Er stieg aus und schloss den Van ab. Dann peilte er ein letztes Mal die Lage und steuerte Louisburg Square Hausnummer eins an.

Mit dem Autoschlüssel in der Hand stieg er die Stufen zur Haustür hinauf. Er tat so, als ob er beim Aufschließen irgendein Problem hätte, und machte sich unauffällig mit seinem Einbruchswerkzeug an dem Schloss zu schaffen. Er brauchte länger als erwartet, doch schließlich sprang die Tür auf. Ohne sich noch einmal umzudrehen, trat er ein.

Als die Tür hinter ihm zufiel, verstummte das Geschrei der spielenden Kinder. In aller Ruhe steckte Kurt seine Werkzeuge zurück in die Jackentasche und steuerte die Treppe an. Dem Klingelschild hatte er entnommen, dass Deborah Cochrane und Joanna Meissner im dritten Stock wohnten. Vermutlich handelte es sich bei Joanna Meissner um die angebliche Prudence Heatherly, aber in Kürze würde er das genau wissen.

Mit jedem Treppenabsatz stieg sein Adrenalinspiegel. Er liebte Aktionen wie die, die ihm bevorstand. Vor seinem inneren Auge sah er Georgina Marks in ihrem widerwärtigen provokanten Aufzug. Er wollte sie lebend, und er freute sich schon darauf, sie in seinem Haus auf dem Gelände der Wingate Clinic seiner Spezialbehandlung zu unterziehen.

Im dritten Stock angelangt, streifte er sich ein Paar Handschuhe über. Dann fasste er mit der rechten Hand nach hinten und umklammerte seine Glock, ließ sie aber im Halfter stecken. Er hatte gerade die linke Hand gehoben und wollte anklopfen, als er hörte, wie unten die Haustür geöffnet wurde. Ein Anfänger wäre jetzt in Panik geraten, doch Kurt blieb seelenruhig, ging zum Treppengeländer und sah hinunter. Vielleicht waren es ja die beiden Frauen. Doch stattdessen kam ein einzelner Mann die Treppe hinaufgestapft, der offenbar gerade von der Arbeit kam. Das Einzige, was Kurt von ihm sah, war seine Hand, die das Geländer umfasste.

Während der Mann nach oben stieg, überlegte Kurt, wie er die Situation am besten meisterte. Wenn er bis in den dritten Stock hochkam, wollte er ihm entgegengehen und so tun, als ob er auf dem Weg nach draußen war, doch er musste gar nichts tun. Der Mann blieb in der zweiten Etage stehen, schloss seine Wohnungstür auf und verschwand. Im nächsten Moment war es im Treppenhaus wieder mucksmäuschenstill.

Kurt ging zurück zur Wohnungstür und klopfte. Er klopfte laut genug, damit die Bewohnerinnen, falls sie zu Hause waren, es auf jeden Fall hörten, jedoch nicht so laut, dass die anderen Hausbewohner auf ihn aufmerksam wurden. Dann wartete er. Als niemand auf sein Klopfen reagierte, horchte er, ob er drinnen irgendwelche Geräusche hörte, doch es schien definitiv niemand da zu sein. Also holte er erneut sein Einbruchswerkzeug aus der Jackentasche und ging an die Arbeit. Wie fast immer war die Wohnungstür schwieriger zu knacken als die Haustür, was vor allem daran lag, dass sie doppelt gesichert war: mit einem normalen Schloss und einem zusätzlichen Sicherheitsriegel.

Das normale Schloss war ein Kinderspiel, doch der Sicherheitsriegel erforderte einiges an Geduld und Geschicklichkeit. Schließlich sprang er auf, und im nächsten Moment war Kurt in der Wohnung. Er schloss die Tür wieder, und mit einer Geschwindigkeit, die im krassen Gegensatz zu seiner vorherigen Ruhe und seinen durchdachten Bewegungen stand, inspizierte er in Windeseile die Wohnung und vergewisserte sich, dass wirklich niemand da war. Er wollte auf keinen Fall, dass irgendjemand Zeit hatte, die Polizei zu alarmieren. Um auf Nummer sicher zu gehen, inspizierte er jedes einzelne Zimmer und jeden Schrank und sah sogar unter den Betten nach.

Als er absolut sicher war, dass er allein war, checkte er, ob es einen zweiten Ausgang gab. Zum Glück verfügte die Wohnung über eine Feuerleiter, die im Zickzack an der Rückseite des Hauses nach unten führte. Man erreichte sie durch das Fenster des hinteren Schlafzimmers. In dem Zimmer fiel ihm ein Foto von einem jungen Paar ins Auge. Obwohl die Frau auf dem Foto langes Haar hatte, erkannte Kurt sie sofort: Es war die angebliche Prudence Heatherly. Also handelte es sich bei ihr um Joanna Meissner, und wie er bereits vermutet hatte, wohnten die beiden Frauen, hinter denen er her war, tatsächlich zusammen.

Er verließ das Schlafzimmer, trat auf den Flur und nahm sich als Nächstes das Wohnzimmer vor. Auf dem Tisch lagen ein paar Papiere, die er daraufhin checkte, ob sie irgendeinen Hinweis darauf lieferten, mit welcher Absicht die beiden sich in die Wingate Clinic eingeschmuggelt hatten, doch er fand nichts. Stattdessen gab es einige Unterlagen bezüglich ihrer falschen Namen, die er sorgfältig zusammensuchte und in seiner Jackentasche verschwinden ließ.

Bei seinem weiteren Durchstöbern der Wohnung fand er auch ein Foto von Georgina. Für sich nannte er sie lieber Georgina als Deborah. Auf dem Foto hatte sie den Arm um eine ältere Dame gelegt, von der Kurt annahm, dass es ihre Mutter sein musste. Er war erstaunt, wie anders Georgina auf dem Foto aussah. Sie hatte dunkles Haar und war seriös und züchtig gekleidet. Ihre Verwandlung in einen verführerischen Vamp konnte nur das Werk des Teufels sein.

Er stellte das Foto zurück und zog die obere Kommodenschublade auf. Er langte hinein und holte einen seidenen Slip mit Spitze heraus. Obwohl er Latexhandschuhe anhatte, durch die er den Schlüpfer kaum fühlte, spürte er, wie ihn die Frauenunterwäsche erregte.

Er legte den Slip zurück in die Schublade, verließ das zweite Schlafzimmer und ging zurück durch das Wohnzimmer und in die Küche. Dort steuerte er gezielt den Kühlschrank an und öffnete ihn, doch er wurde enttäuscht. Er hatte Appetit auf ein schönes kaltes Bier, und dass es keines gab, ärgerte ihn maßlos.

Missmutig ging er zurück ins Wohnzimmer, fasste hinter sich und zog seine Glock aus dem Halfter. Er legte sie auf den Boden und ließ sich auf dem Sofa nieder. Dann sah er auf seine Uhr. Es war schon nach sieben, und er fragte sich, wie lange er wohl auf Georgina und Prudence warten musste.

»Man nennt es Waardenburg-Syndrom«, erklärte Carlton und nickte, als wollte er sich selber zustimmen. Dann lehnte er sich zufrieden zurück. Sein jugendliches Gesicht wirkte stolz. Da sie alle hungrig waren, hatte er Joanna und Deborah in die im Untergeschoss des Massachusetts General Hospitals gelegene Cafeteria geführt. Sie hatten sich an einem der mittleren Tische niedergelassen und aßen zu Abend. Carlton hatte bis zum nächsten Morgen Bereitschaftsdienst und hatte Joanna und Deborah gewarnt, dass er jeden Augenblick zu einem Notfall gerufen werden könne.

»Was, in Gottes Namen, ist denn das Waardenburg-Syndrom?«, fragte Joanna ungeduldig. Carltons Antwort ließ darauf schließen, dass er ihr gar nicht richtig zugehört hatte. Sie hatte ihm gerade beschrieben, wie schockiert Deborah und sie gewesen waren, als sie den beiden geklonten Babys gegenübergestanden hatten.

»Das Waardenburg-Syndrom ist eine Entwicklungsstörung«, erwiderte Carlton. »Sie zeichnet sich durch eine weiße Haarsträhne über der Stirnmitte, eine angeborene Innenohrschwerhörigkeit, Dystopia canthi sowie durch eine Heterochromie der Iris aus.«

Joanna sah Deborah an, die gerade die Augen verdrehte. Offenbar empfand sie genauso wie sie. Carlton schien in vollkommen anderen Sphären zu schweben.

»Bitte, Carlton!«, wies Joanna ihn zurecht. Sie bemühte sich, ganz ruhig zu bleiben. »Wir sind hier nicht auf Visite, wo ihr euch – wie du mir früher erzählt hast – ausschließlich auf Fachchinesisch unterhaltet. Und benoten wollen wir dich auch nicht. Es gibt also keinen Grund, uns mit all diesen medizinischen Details durcheinander zu bringen. Sonst sehen wir ja vor lauter Wald die Bäume nicht.«

»Ich dachte, ihr wollt wissen, worunter dieser Arzt leidet«, verteidigte sich Carlton. »Das Syndrom ist angeboren und bewirkt unter anderem, dass Gehörzellen aus der Neuralleiste abwandern und sich an anderen Stellen lokalisieren. Kein Wunder, dass die Kinder unter dem gleichen Syndrom leiden. Seine leiblichen Kinder würden ebenfalls darunter leiden.«

»Willst du damit andeuten, dass die Babys, die wir dir gerade beschrieben haben, doch keine Klone von Dr. Saunders sind?«, hakte Joanna nach.

»Nein«, erwiderte Carlton. »Sie sind wahrscheinlich

wirklich geklont. Bei der durch eine normale Befruchtung einer Eizelle entstehenden genetischen Vermischung gäbe es eine variable Penetranz der Gene, und zwar selbst der dominanten. Die Kinder würden nicht exakt identisch aussehen. Das heißt, die gleichen Merkmale wären sehr unterschiedlich ausgeprägt.«

»Redest du absichtlich so verworren, damit wir nichts verstehen?«, fragte Joanna.

»Nein. Ich will euch doch nur helfen.«

»Du meinst also nach wie vor, dass diese beiden Babys geklont sind?«, schaltete Deborah sich ein.

»Nach eurer Beschreibung auf jeden Fall«, erwiderte Carlton.

»Bist du denn gar nicht geschockt?«, wollte Joanna wissen. »Immerhin reden wir nicht über Fruchtfliegen oder Schafe, sondern über das Klonen von Menschen!«

»Um die Wahrheit zu sagen – nein«, gestand Carlton und setzte sich wieder gerade hin. »Meiner Meinung nach war es sowieso nur eine Frage der Zeit. Seit der Existenz von Dolly war doch eigentlich klar, dass irgendwann auch ein Mensch geklont werden würde. Und dass es in einem Umfeld geschehen würde, wie ihr es beschrieben habt, wundert mich auch nicht: nämlich in einem privaten Fertility Center, das nicht an eine Universität angegliedert ist. Seit der Existenz von Dolly gab es etliche Reproduktionsexperten, die öffentlich darüber geredet und angekündigt haben, Menschen zu klonen. Es gibt immer Wissenschaftler, die bereit sind, Grenzen zu überschreiten.«

»Wie kannst du darüber reden, als wäre das alles nicht weiter schlimm?«, ereiferte sich Joanna.

Bevor Carlton antworten konnte, meldete sich sein Pieper. Er warf einen Blick auf die LCD-Anzeige und stand auf. »Entschuldigt mich einen Augenblick. Ich muss kurz telefonieren.«

Joanna und Deborah sahen ihm nach, wie er sich an den leeren Tischen vorbeischlängelte und auf eines der Wandtelefone zusteuerte.

»Deine Parallele über den Wald und die Bäume war wirklich treffend«, bemerkte Deborah.

Joanna nickte. »Er gibt ja selber zu, dass er total isoliert lebt. Wenn er nichts anderes zu tun hat, als sich tagein, tagaus mit Trivialitäten wie dem Waardenburg- Syndrom zu beschäftigen, ist es doch kein Wunder, dass er keine Lust hat, über das Weltgeschehen oder ethische Probleme nachzudenken. Dass in der Wingate Clinic offenbar Menschen geklont werden, nimmt er einfach so zur Kenntnis.«

»Was wir ihm über die Nicaraguanerinnen erzählt haben, hat ihn auch nicht gerade umgehauen«, fügte Deborah hinzu. »Nicht einmal deine Geschichte hat ihn erschüttert.«

Joanna nickte. Carlton hatte sich wirklich nicht übermäßig beeindruckt gezeigt. Als sie ihn im Krankenhaus aufgesucht hatten, hatte sie sich noch bemüht, ihn nicht zu verletzten, und sich entschuldigt, dass sie sich nicht gleich nach ihrer Rückkehr aus Italien bei ihm gemeldet hatte. Carlton hatte die Entschuldigung zwar angenommen, doch Joanna hatte trotzdem ein schlechtes Gewissen gehabt, ihn gleich als Erstes um einen Gefallen zu bitten. Nachdem er jedoch derart ungerührt auf ihre schlimmen Befürchtungen reagiert hatte, machte sie sich keine Vorwürfe mehr.

Joanna und Deborah waren zu dem Schluss gekommen, dass es das Beste war, Carlton die ganze Geschichte anzuvertrauen, angefangen mit ihrer Eizellenspende. Er hatte mit gespannter Aufmerksamkeit zugehört und sie zunächst kein einziges Mal unterbrochen. Erst als sie ihm erzählt hatten, wie sie sich verkleidet und sich unter Angabe falscher Namen in der Klinik Jobs besorgt hatten, hatte er sich eingeschaltet.

»Jetzt verstehe ich allmählich!«, hatte er gestaunt und Deborah angesehen. »Hast du dir deshalb die Haare gefärbt und dich in dieses knappe, aufreizende Kleidchen gezwängt?«

»Ich hätte gar nicht gedacht, dass du mein Outfit überhaupt wahrnimmst«, hatte Deborah entgegnet und Carlton ein unterdrücktes Glucksen entlockt. Offenbar schien es ihm vollkommen undenkbar, so etwas nicht zu bemerken. Joanna hatte ihn daraufhin gefragt, was er denn von ihrer Verkleidung halte, und zu ihrem Leidwesen hatte er zurückgefragt: »Was für eine Verkleidung?«

Der einzige Teil ihrer ganzen Geschichte, der ihn wirklich in den Bann gezogen hatte, war das Rätsel um die Anzahl der Eizellen. Als sie ihm von der gigantischen Menge berichtet hatten, die angeblich sowohl Joanna als auch anderen Spenderinnen entnommen worden waren, hatte er, genauso wie Deborah, vermutet, dass man in der Wingate Clinic mit Erfolg ein Verfahren zur Kultivierung von Eierstockgewebe entwickelt hatte, mit dem es außerdem möglich war, extrem unreife Eizellen reifen zu lassen. Falls der Klinik das gelungen sei, so hatte Carlton den beiden erklärt, sei dies ein enormer Fortschritt und eine großartige wissenschaftliche Leistung.

Schließlich hatten Joanna und Deborah ihm den eigentlichen Grund ihres Kommens genannt: ihre Befürchtung, dass man Joanna einen ihrer Eierstöcke entfernt hatte, und dass sie eine Ultraschalluntersuchung machen lassen wollte. Carlton hatte versprochen, zu tun, was er konnte, und ein paar Anrufe getätigt. Seine gefühllose Reaktion hatte sie beide überrascht.

»Ich will ja nicht oberlehrerhaft klingen«, sagte Deborah, während sie Carlton beim Telefonieren beobachteten, »aber ich freue mich jetzt noch mehr als ohnehin schon, dass du nicht mehr mit ihm verlobt bist.«

»Du klingst nicht oberlehrerhaft«, versicherte Joanna.

Carlton beendete sein Gespräch, hängte ein und kam zurück. Im Gehen reckte er ihnen den aufgerichteten Daumen entgegen. »Es klappt!«, rief er, am Tisch angekommen, und fuhr, ohne sich hinzusetzen, fort: »Ich habe gerade mit einer der angehenden Radiologinnen gesprochen. Sie hat heute Nacht Bereitschaftsdienst und kann die Ultraschalluntersuchung machen.«

»Wann?«, fragte Deborah.

»Jetzt sofort!«, erwiderte Carlton. »Das Gerät läuft schon heiß.«

Joanna und Deborah erhoben sich und suchten ihre Sachen zusammen.

»Bei mir ist noch nie eine Ultraschalluntersuchung gemacht worden«, teilte Joanna mit. »Ich hoffe, ich werde nicht gequält. Ihr wisst ja, wie ich Nadeln hasse.«

»Du spürst überhaupt nichts«, versicherte ihr Carlton. »Und gepiekst wirst du schon gar nicht. Das Schlimmste ist das Gel. Es ist ein bisschen glitschig. Aber es lässt sich problemlos mit Wasser abwaschen.«

Sie zwängten sich in den Fahrstuhl und fuhren hinauf in die Radiologie. Carlton hielt ihnen die Tür auf und zeigte in die Richtung, in die sie gehen mussten. Sie bogen ein paarmal nach rechts und ein paarmal nach links von dem durch die labyrinthartige Abteilung führenden Gang ab und gelangten in den Bereich für Ultraschalluntersuchungen. Der Warteraum war leer. Eine Putzfrau wischte gerade den Boden.

»Soll ich draußen warten?«, fragte Deborah.

»Nein«, erwiderte Carlton. »Je mehr mit reinkommen, umso besser.«

Er führte sie hinter dem Rezeptionstresen auf einen Flur, von dem rechts und links zahlreiche Türen abgingen. Jede der Türen führte in eine separate, im Augenblick nicht besetzte, abgedunkelte Ultraschallzelle. Joanna und Deborah folgten Carlton fast bis zum Ende des Flurs, wo aus einer der winzigen Kammern ein Lichtstrahl nach draußen fiel.

Drinnen saß eine Frau in einem weißen Kittel. Bevor Carlton dazu kam, die drei miteinander bekannt zu machen, stand sie auf und stellte sich als Dr. Shirley Oaks vor. Sie trug eine Kurzhaarfrisur, die der von Joanna ziemlich ähnelte; sogar die Haarfarbe war nahezu identisch. Anders als Carlton zeigte sie angesichts Joannas möglicherweise fehlenden Eierstocks sofort ihr Mitgefühl und äußerte dies auch.

Joanna dankte ihr und warf Carlton einen fragenden Blick zu. Sie hatte ihn gebeten, möglichst diskret zu sein.

»Keine Angst«, rechtfertigte sich Carlton. »Ich habe ihr nicht die ganze Geschichte erzählt. Aber ich musste meiner Kollegin ja wohl zumindest sagen, wonach sie suchen soll.«

»Ich will die ganze Geschichte gar nicht wissen«, versuchte Dr. Oaks Joanna zu beruhigen und klopfte auf die Liege neben dem Ultraschallgerät, um ihr zu signalisieren, dass sie sich hinlegen solle. Sie hatte die Liege mit frischem Papier ausgelegt, das von einer Rolle am Kopfende kam. »Wir müssen uns ein bisschen beeilen«, drängte sie. »Es wartet bereits ein anderer Patient auf mich. Außerdem kann jeden Augenblick ein Notfall dazwischenkommen.«

Joanna machte Anstalten, sich hinzulegen, doch die Ärztin hielt sie zurück. »Am besten ziehen Sie erst Ihren Rock aus und knöpfen Ihre Bluse auf.«

»Selbstverständlich«, murmelte Joanna.

»Ich kann auch draußen warten«, bot Carlton an. »Dann seid ihr ungestört.«

»Meinetwegen ist das nicht nötig«, bemerkte Joanna, während sie aus ihrem Rock schlüpfte und ihn Deborah reichte. »Ich habe nichts zu verbergen, das du nicht bereits kennst.«

Sie legte sich auf die Liege, und Dr. Oaks machte ihren Unterleib frei, indem sie die Enden ihrer Bluse zur Seite schob und den Slip ein wenig herunterzog. Die drei winzigen Punktionsstellen, die von der mittels Laparoskop durchgeführten Eizellentnahme zurückgeblieben waren, waren kaum noch sichtbar.

»Sehen die Narben für eine Laparotomie normal aus?«, fragte Dr. Oaks an Carlton gewandt, während sie nach dem Ultraschallgel griff.

Carlton beugte sich über Joannas Bauch. »Ja. Sie haben die übliche Größe, und sie sind normal verheilt.«

»Könnte ein Eierstock theoretisch durch eine so kleine Öffnung entnommen werden?«, fragte Dr. Oaks.

»Aber ja«, versicherte Carlton. »Junge, gesunde Haut wie die von Joanna ist unglaublich elastisch. Das wäre überhaupt kein Problem.«

»Bringen wir es hinter uns«, drängte Joanna.

»Sie haben Recht«, entgegnete Dr. Oaks und spritzte einen dicken Klecks Gel auf Joannas nackten Bauch.

»Uh!«, schrie Joanna. »Ist das kalt!«

»Tut mir Leid«, entschuldigte sich Dr. Oaks. »Normalerweise wärmen wir das Gel vorher an – genauer gesagt kümmern sich darum die Schwestern und Assistenten.«

Sie schaltete mit einem Fußpedal das Licht aus und drückte die Ultraschallsonde auf Joannas Bauch. Der an einem Schwenkarm angebrachte Bildschirm war so positioniert, dass jeder, einschließlich Joanna, gut sehen konnte.

»Okay, los geht's!«, sagte Dr. Oaks zu sich selbst. »Das ist die Gebärmutter. Sie sieht gut und vollkommen normal aus.«

Joanna und Deborah fragten sich, wie man den verschnörkelten weißen Linien auf dem schwarzen Hintergrund irgendetwas entnehmen konnte.

»Jetzt bewegen wir uns zur Seite«, informierte Dr. Oaks. »Da sehen wir das linke Mutterband, den linken Eileiter – und da! Das ist der linke Eierstock!«

»Stimmt«, meldete sich Carlton. »Ich sehe ihn auch. Er sieht vollkommen normal aus.«

»Ja«, bestätigte Dr. Oaks. »Jetzt gehen wir zurück zur Gebärmutter. Gut – da haben wir sie. Und nun sehen wir uns die rechte Seite an.«

Joanna starrte gebannt auf den Bildschirm und hoffte, irgendetwas zu sehen, das sie erkannte. Doch sie wusste nur relativ wenig über ihre inneren Organe, und das war ihr eigentlich auch ganz recht so, jedenfalls solange alles normal funktionierte.

Dr. Oaks bewegte die Ultraschallsonde in engen Kreisen über Joannas rechten Unterbauch und drückte schließlich ziemlich heftig.

»Aua!«, klagte Joanna. »Das tut ein bisschen weh.«

»Halten Sie noch einen Augenblick durch!«, bat die Ärztin. Nach ein paar Sekunden hielt sie inne, richtete sich auf und sah Carlton an. »Wie es aussieht, fehlt der rechte Eierstock.«

»Wäre es vielleicht möglich, dass er nach hinten abgeknickt ist oder so etwas in der Richtung?«, fragte Carlton.

»Nein«, stellte Dr. Oaks fest. »Er ist definitiv nicht da. Da gibt es keinen Zweifel.«

»Kann ich jetzt aufstehen?«, fragte Joanna.

»Ja, natürlich«, erwiderte Dr. Oaks und reichte ihr ein paar Papiertücher, damit sie sich das Gel vom Bauch wischen konnte. Mit der anderen Hand half sie ihr hoch.

Joanna stand auf und knöpfte ihre Bluse zu.

»Wie hoch ist die Wahrscheinlichkeit, dass Joanna mit nur einem Eierstock geboren wurde?«, erkundigte sich Deborah.

»Gute Frage«, erwiderte Carlton und zuckte mit den Achseln. »Keine Ahnung.«

»Rufen Sie doch einen der Gynäkologen an«, schlug Dr. Oaks vor. »Die Frage müsste sich doch klären lassen.«

»Gute Idee«, entgegnete Carlton.

»Falls ich Ihnen noch irgendwie helfen kann, piepen Sie mich einfach an«, bot die Radiologin an. »Ich muss jetzt los.«

Joanna, Deborah und Carlton bedankten sich bei ihr, und

Dr. Oaks verschwand. Joanna nahm ihren Rock entgegen und schüttelte die Knitterfalten aus.

»Ich warte an der Rezeption auf euch und rufe schon mal einen der Dienst habenden Gynäkologen aus«, schlug Carlton vor und verschwand in Richtung Flur.

»Da haben sich unsere schlimmsten Befürchtungen also bestätigt«, stellte Deborah fest. Sie hielt Joannas Arm, während diese in ihren Rock schlüpfte.

Mit Deborah allein in der Kammer spürte Joanna plötzlich, wie sie von ihren Gefühlen überwältigt wurde. Sie vergoss sogar ein paar Tränen, die sie aber schnell mit der Hand wegwischte. »Keine Ahnung, warum ich flenne«, brachte sie hervor und lachte kurz auf. »Wahrscheinlich hatte ich, ohne es selber zu bemerken, eine lange, intime Beziehung zu meinem rechten Eierstock.«

Deborah grinste. »Erstaunlich, dass du selbst in dieser Situation noch Sinn für Humor hast.«

»So müde, wie ich bin, ist lachen einfacher als weinen.«

»Du kannst dir nicht vorstellen, was für eine Wut ich im Bauch habe!«, ereiferte sich Deborah. »Was für eine Frechheit von diesem Dr. Saunders und dieser Dr. Donaldson und all den anderen skrupellosen Mitarbeitern der Wingate Clinic!« Sie hob ihre Hand und nahm ihre Finger zum Aufzählen zu Hilfe. »Führ dir bitte mal vor Augen, was sie dort alles Unglaubliches machen! Erstens berauben sie ahnungslose Frauen ihrer Eierstöcke; zweitens klonen sie sich selbst, was der absolute Gipfel ist; und drittens schwängern sie mittellose nicaraguanische Frauen und brechen die Schwangerschaften ab, um aus den Föten Eizellen zu gewinnen. Und das sind nur die Ungeheuerlichkeiten, auf die wir bereits gestoßen sind. Wir müssen unbedingt etwas unternehmen!«

Joanna rückte ihren Rock und ihre Bluse zurecht und zog sich die Schuhe an. »Ich weiß, was ich jetzt tue. Ich gehe nach Hause und lege mich ins Bett. Wenn ich erst mal zehn oder elf Stunden geschlafen habe, kann ich vielleicht wieder über die Wingate Clinic nachdenken.«

»Weißt du, was wir meiner Meinung nach tun sollten?«, fragte Deborah.

Joanna nahm ihre Handtasche und verließ den Raum. Sie hatte nicht die geringste Lust auf Deborahs übliches Spielchen.

Deborah folgte ihr. »Ich sage dir, was wir tun sollten, auch wenn du es nicht hören willst. Ich finde, wir sollten noch heute Abend zur Wingate Clinic zurückfahren und nachsehen, was sich in diesem ominösen Eizellenraum befindet. Bestimmt stoßen wir da drinnen auf interessantes Belastungsmaterial. Vielleicht finden wir sogar deinen Eierstock! Und falls wir Schiffbruch erleiden, bleibt uns immer noch die Möglichkeit, noch einmal in den Server-Raum einzudringen und uns Zugang zu den Forschungsprotokollen zu verschaffen. Mitten in der Nacht musst du auch keine Angst vor Randy Porter haben.«

Joanna blieb stehen und drehte sich um. »Das ist das Verrückteste, was ich seit langem gehört habe! Gibt es irgendeinen nachvollziehbaren Grund, weshalb wir heute Nacht noch einmal in diese abgelegene Klinik fahren sollten?«

»Weil wir jetzt noch eine Chance haben!«

»Du musst doch genauso müde sein wie ich. Wie kannst du so etwas vorschlagen?«

»Wir haben immer noch unsere Zugangskarten«, erklärte Deborah. »Da wir heute aber vor Feierabend abgehauen und mit Sicherheit aufgefallen sind, sind wir unsere Jobs los. Aber wie wir wissen, mahlen die Mühlen der Bürokratie ziemlich langsam, also dürften unsere Karten vermutlich noch funktionieren. Morgen wird sich das ändern. Aber es würde mich wirklich überraschen, wenn sie schon heute Nacht gesperrt wären. Dann haben wir natürlich noch die

Karte von Spencer Wingate, aber mit der wird es sicher auch nicht mehr lange gut gehen. Mein Vorschlag ist ja nur der: Wenn wir es nicht sofort machen, können wir es wahrscheinlich ganz vergessen, denn später wird es nicht mehr gehen. Uns bleibt also nicht viel Zeit, und ich finde, wir sollten die Chance nutzen.«

»Wahrscheinlich hast du ja Recht«, räumte Joanna erschöpft ein. »Aber wir sind beide einfach viel zu müde.« Mit diesen Worten drehte sie sich um und ging weiter den Flur entlang. Deborah blieb ihr dicht auf den Fersen und redete weiter auf sie ein. Als neues Argument führte sie die moralische Verpflichtung ins Feld, die sie einfach zwinge, etwas zu unternehmen. Als sie den Wartebereich erreichten, diskutierten sie immer noch hitzig miteinander. Carlton bedeutete ihnen zu schweigen, damit er sein Telefonat beenden konnte.

»Worüber redet ihr euch denn die Köpfe heiß?«, fragte er, als er aufgelegt hatte. Joanna und Deborah sahen sich an. »Sie versucht mich gerade zu überreden, heute Abend noch einmal zur Wingate Clinic zurückzufahren«, erklärte Joanna. »Sie will dort in den so genannten Eizellenraum einbrechen. Und ich soll noch mal in den Server-Raum eindringen und uns Zugang zu den Forschungsprotokollen verschaffen.«

»Wollt ihr meine Meinung hören?«, fragte Carlton.

»Hängt ganz davon ab«, erwiderte Deborah. »Bist du dafür oder dagegen?«

»Dagegen.«

»Dann behalt deine Meinung lieber für dich.«

»Ich möchte sie aber hören«, meldete sich Joanna zu Wort.

»Ich denke, ihr solltet es lieber sein lassen«, sagte Carlton. »Ihr habt jetzt schon das Gesetz gebrochen und könnt froh sein, dass ihr einigermaßen heil davongekommen seid. Jetzt sind richtige Profis gefragt. Ihr solltet Anzeige erstatten!«

»Und bei wem, bitte schön?«, wollte Deborah wissen. »Bei der Polizei von Bookford? Und was sollte die wohl unternehmen? Ein Eigentor schießen und zugeben, dass sie vor der eigenen Tür versagt hat? Oder beim FBI? Wir haben keinerlei Beweise, dass bundesstaatliche Interessen berührt sind. Also würde das FBI sowieso keinen Durchsuchungsbefehl bekommen. Außerdem haben Dr. Saunders und Dr. Donaldson für den Fall, dass irgendjemand verdächtige Erkundigungen einholt, bestimmt einen Notplan in der Tasche. Oder sollen wir uns vielleicht an die Gesundheitsaufsicht wenden? Das können wir gleich vergessen, denn die ist noch nie irgendwo eingeschritten. Außerdem betrachten sie die Fertility Center sowieso als irgendetwas Unanständiges außerhalb ihres Zuständigkeitsbereiches.«

»Hast du von dem Gynäkologen irgendetwas erfahren?«, wandte sich Joanna an Carlton.

»Ja«, erwiderte er. »Mit nur einem Eierstock auf die Welt zu kommen, scheint extrem außergewöhnlich zu sein. Sie hat es noch nie gesehen, hat noch nie davon gehört und es noch nie irgendwo gelesen. Aber sie hält es auch nicht für völlig ausgeschlossen.«

»Sie haben dir deinen verdammten Eierstock geraubt«, bemerkte Deborah an Joanna gewandt. »Die Fakten sprechen für sich, das liegt doch auf der Hand. Eigentlich müsstest du mich händeringend zu überzeugen versuchen, umgehend noch mal zurückzufahren, und nicht umgekehrt.«

»Ich habe ganz offenbar ein bisschen mehr Verstand im Kopf als du«, entgegnete Joanna.

In diesem Moment piepte Carltons Pager. In dem menschenleeren Wartebereich war er viel lauter als unten in der überfüllten Cafeteria. Carlton griff erneut zum Telefon.

»Wir sollten uns die Chance wirklich nicht entgehen lassen«, bearbeitete Deborah ihre Freundin hartnäckig weiter.

»Okay, ich bin sofort da«, versprach Carlton und legte auf.

»Tut mir Leid, dass ich unsere kleine Runde jetzt verlassen muss, aber das war die Notaufnahme. Auf dem Storrow Drive gab es eine Massenkarambolage, und die ersten Rettungswagen sind jeden Moment da.«

Er fuhr mit den beiden Frauen nach unten. Mit Rücksicht auf die anderen Fahrstuhlbenutzer diskutierten Deborah und Joanna vorübergehend im Flüsterton weiter und setzten ihr Wortgefecht dann wieder in voller Lautstärke bis zum Krankenhausausgang fort.

»Hier muss ich euch leider verlassen«, unterbrach Carlton die Diskussion und zeigte auf die Notaufnahme. Dann sah er Joanna an und sagte: »War schön, dich mal wieder zu sehen. Das mit deinem Eierstock tut mir Leid.«

»Besten Dank, dass du die Ultraschalluntersuchung für mich arrangieren konntest«, entgegnete Joanna.

»Keine Ursache. Freut mich, wenn ich dir helfen konnte. Ich rufe dich demnächst mal an.«

»Mach das«, sagte Joanna und lächelte. Er lächelte zurück. Dann nickte er ihr etwas unsicher zu und verschwand durch die Schwingtür.

Deborah sah ihm nach und tat so, als ob sie sich den Finger in den Mund steckte, um zu erbrechen.

»Also bitte!«, wies Joanna sie zurecht. »So schlimm ist er auch nicht.«

»Wie bitte?«, konterte Deborah und wiederholte pikiert Carltons Worte: »›Das mit deinem Eierstock tut mir Leid.‹ Was für ein Spatzenhirn muss er haben und wie gefühllos muss er sein, um so etwas zu sagen! Als ob dir deine Schildkröte entlaufen wäre und du nicht etwa einen wesentlichen Teil deiner weiblichen Identität verloren hättest!«

Sie traten hinaus ins Freie und steuerten das Parkdeck an. Inzwischen war es dunkel geworden, und die Straßenlaternen waren bereits erleuchtet. Aus der Ferne ertönten die Martinshörner heranbrausender Rettungswagen.

»Ärzte sind Tag für Tag mit viel schlimmeren Schicksalen konfrontiert als mit einem entfernten Eierstock«, nahm Joanna Carlton in Schutz. »Er sieht das bestimmt mit anderen Augen als wir. Außerdem hast du selber gesagt, ich würde kaum etwas davon merken, dass mir ein Eierstock fehlt.«

»Aber du warst immerhin seine Verlobte«, widersprach Deborah. »Das ist ja wohl etwas anderes als irgendeine seiner Patientinnen. Aber weißt du was? Vergiss es einfach. Was du von Carlton hältst, ist mir völlig egal. Das ist einzig und allein dein Problem. Lass uns lieber zur eigentlichen Sache zurückkommen. Ich werde der Wingate Clinic heute Abend noch einmal einen Besuch abstatten, und wenn du nicht mitkommst, fahre ich eben alleine. Ich kann mir zwar keinen Zugang zu den Forschungsprotokollen verschaffen, aber ich kann in den Eizellenraum eindringen, und wenn es da irgendwelche belastenden Beweise gibt, werde ich sie finden.«

»Du fährst auf keinen Fall alleine hin!«, wies Joanna sie unmissverständlich zurecht.

»Ach tatsächlich?«, entgegnete Deborah hochnäsig. »Und wie gedenkst du das zu verhindern? Indem du die Luft aus den Reifen lässt oder mich in meinem Zimmer einschließt? Eine andere Möglichkeit hast du nämlich nicht.«

»Ich kann es einfach nicht fassen, dass du dich so hartnäckig auf so eine idiotische Schwachsinnsidee versteifst!«

»Aha ...«, gurrte Deborah sarkastisch. »Allmählich scheinst du zu kapieren, wie wichtig mir die Sache ist! Ich bin schwer beeindruckt! Du bist wirklich ein kluges Köpfchen!«

Die zunehmende Schärfe des Streits brachte sie beide innerlich zum Kochen. Wütend stapften sie eisig schweigend die Treppe zum Parkdeck hinauf, gingen zu ihrem Wagen, stiegen ein und fuhren los.

Sie schwiegen eisern weiter. Erst als sie bereits die Mount Vernon Street entlangfuhren und der Louisburg Square in

Sicht kam, brach Joanna das Schweigen. »Ich mache dir jetzt einen Kompromissvorschlag. Falls du überhaupt zugänglich bist für einen Kompromiss.«

»Ich höre«, entgegnete Deborah.

»Ich komme mit zur Wingate Clinic«, erklärte Joanna. »Aber unter einer Bedingung: Wir beschränken unsere Schnüffelaktion auf den Eizellenraum, oder als was auch immer er sich herausstellt.«

»Und wenn wir dort keine Beweise für die üblen Machenschaften finden?«

»Das Risiko müssen wir halt eingehen.«

»Und warum sollen wir nicht noch einmal in den Server-Raum eindringen, wenn wir schon mal da sind?«

»Weil ich ziemlich sicher bin, dass Randy Porter das gesamte System längst umgestellt und die Sicherheitsvorkehrungen verschärft hat, weshalb ein erneuter Besuch im Server-Raum mit einem enormen Risiko und einer nur äußerst geringen Aussicht auf Erfolg verbunden wäre. Nachdem ich die Dateien heruntergeladen habe, hat er mit Sicherheit herausgefunden, dass ich das Sicherheitssystem geknackt und mir Zugang zu den geschützten Dateien verschafft habe, und er wird auch nachvollzogen haben, wie ich vorgegangen bin und dass ich mich an der Konsole im Server-Raum zu schaffen gemacht habe. Also wird er dort als Erstes die Tastatur mit verschärften Sicherheitsvorkehrungen vor unbefugtem Zugriff geschützt haben. Ich bin so gut wie sicher, dass ich das System diesmal nicht so einfach knacken könnte.«

»Warum hast du mir das nicht gleich gesagt?«

»Weil ich es sowieso für eine idiotische, beknackte und schwachsinnige Idee halte, noch einmal zurückzufahren«, erwiderte Joanna. »Aber auch wenn es idiotisch ist – ich werde dich auf keinen Fall alleine hinfahren lassen. Du würdest mich schließlich auch nicht im Stich lassen, wenn ich vorhätte, auf eigene Faust in die Höhle des Löwen zurückzugehen. Also was ist nun? Bist du mit meinem Kompromissvorschlag einverstanden?«

»Alles klar«, erwiderte Deborah, während sie versuchte, den Wagen am Ende des Platzes in eine Parklücke zu bugsieren. »Ich finde deinen Vorschlag super.« Die Parklücke war so eng, dass sie laut fluchte. Auf ihrem angestammten Parkplatz stand ein schwarzer Van, und die verbleibende Lücke war so eng, dass sie Schwierigkeiten haben würden, aus dem Auto zu kommen.

»Da komme ich nie raus«, stellte Joanna mit einem Blick aus dem Seitenfenster fest. Der Wagen neben ihr stand keine zehn Zentimeter entfernt.

»Das habe ich befürchtet«, entgegnete Deborah, sah über ihre Schulter und fuhr rückwärts wieder aus der Parklücke heraus, damit Joanna aussteigen konnte. Dann fuhr sie erneut vor und parkte diesmal noch enger neben dem Auto an der Beifahrertür. So hatte sie gerade genug Platz, ihre eigene Tür zu öffnen und sich herauszuzwängen. Neben ihr stand der lästige schwarze Van.

16

10. Mai 2001, 21.48 Uhr

Kurt spürte, wie ihm erneut ein Adrenalinstoß in die Adern schoss. Unten kam ein vielversprechendes Auto die Mount Vernon Street hinaufgefahren.

Die Zeit hatte sich endlos hingezogen, und allmählich befürchtete er, dass er sich geirrt hatte und die Frauen doch nicht, wie von ihm vermutet, nach ihrem fluchtartigen Verlassen der Wingate Clinic auf direktem Wege nach Hause fuhren. Um halb zehn war er so ungeduldig geworden, dass er entgegen seiner Gewohnheit und seiner sonst ihm eigenen Gelassenheit im Zimmer auf und ab gegangen war. Wenn er wenigstens etwas hätte lesen können, wäre die zähe Warterei nicht ganz so ermüdend gewesen, aber er wagte nicht, das Licht anzumachen. Also hatte er sich schließlich ans Fenster gestellt, auf den beleuchteten Platz hinuntergesehen und sich gefragt, was es wohl zu bedeuten hatte, dass die beiden Frauen nicht nach Hause kamen, und wie lange er noch warten sollte, bevor er die Aktion abbrach und sich einen Alternativplan ausdachte.

Nur fünf Minuten, nachdem er seinen Posten am Fenster bezogen hatte, war der Chevy Malibu aufgetaucht und direkt neben seinem Van in eine Parklücke eingebogen.

Er war ziemlich sicher, dass es die Frauen waren, und als der Wagen nach dem Einparken noch einmal zurücksetzte, um den Beifahrer aussteigen zu lassen, war der letzte Zweifel beseitigt. Es war Prudence Heatherly, die züchtige der beiden Frauen. Er hatte nur einen flüchtigen Blick auf ihr Gesicht werfen können, doch im Schein der direkt unter ihm stehenden Laterne hatte er sie genau erkannt. Dann sah er auch Georgina. Sie zwängte sich aus der engen Lücke zwischen dem Chevy Malibu und seinem Van. Dabei quoll für einen kurzen Moment ihr rechter Busen aus dem Ausschnitt, und er sah, wie sie ihn lachend wieder verschwinden ließ.

»Verdammte Hure!«, zischte er angewidert. Die Frau war absolut schamlos, aber er würde ihr schon zeigen, was er von ihrer obszönen Verkommenheit hielt. Was er sich allerdings nicht eingestand, war, dass die kurze Zurschaustellung ihres blanken Busens ihn sexuell gehörig erregt hatte.

Er wollte sich gerade vom Fenster abwenden und die letzten Vorbereitungen für einen angemessenen Empfang der beiden Frauen treffen, als seine Aufmerksamkeit erneut auf die Szenerie unten auf dem Platz gelenkt wurde. Anstatt den Eingang des Hauses anzusteuern, blieben die Frauen stehen und redeten angeregt aufeinander ein. Wie es schien, gerieten sie sich regelrecht in die Haare. Selbst von seinem Standort aus und durch die Fensterscheibe hindurch konnte er einzelne Gesprächsfetzen aufschnappen. Sie stritten sich tatsächlich.

Überrascht von dieser unerwarteten Wendung der Ereignisse, drückte er die Nase gegen die Scheibe, um besser sehen zu können, was sich da unten abspielte. Georgina war schon auf dem Weg zur Haustür, doch Prudence war stehen geblieben und zeigte immer wieder auf das Auto.

Plötzlich warf Georgina verzweifelt die Hände hoch, drehte sich um und ging zurück zum Auto. Genauso mühevoll, wie sie ausgestiegen war, zwängte sie sich zurück auf den Fahrersitz. Bestürzt sah Kurt, wie sie den Wagen zurücksetzte und auch Prudence wieder einstieg. Er stöhnte innerlich auf, und als die Rückleuchten des Chevy Malibu auf der Mount Vernon Street verschwanden, fluchte er laut.

Missmutig ging er erneut im Zimmer auf und ab. Er hatte gedacht, die Aktion wäre ein Kinderspiel, doch da hatte er sich offenbar geirrt, und jetzt drohte ihm die Sache vollends zu entgleiten. Wohin, zum Teufel, fuhren die Frauen um diese Uhrzeit? Es war immerhin schon fast zehn Uhr. Ob sie vielleicht noch etwas essen gingen? Nein, das war eher unwahrscheinlich. Vermutlich hatten sie schon gegessen und waren deshalb erst so spät gekommen. Wie lange würden sie ihn diesmal warten lassen? Und würden sie allein zurückkommen? Vor allem die letzte Frage bereitete ihm Kopfzerbrechen.

Die Minuten verstrichen, doch er wusste keine Antwort auf all die Fragen. Er ging zurück ans Fenster und sah nach unten. Die einzigen Menschen weit und breit waren ein paar vereinzelte Spaziergänger, die ihre Hunde ausführten. Der Chevy Malibu war nirgends zu sehen.

Schließlich holte er sein Handy hervor. Obwohl es ihm ziemlich stank, keinen Erfolg vermelden zu können, hielt er es für das Beste, den Boss über die neue Lage in Kenntnis zu setzen. Paul Saunders meldete sich bereits beim zweiten Klingeln.

»Können Sie offen reden?«, fragte Kurt.

»Sofern man das mit einem Handy kann – ja.«

»Roger!«, entgegnete Kurt. »Ich bin in der Wohnung meiner Klienten. Sie sind vor ein paar Minuten unten vorgefahren, aber nicht hochgekommen. Stattdessen sind sie wieder weggefahren. Ziel unbekannt.«

Paul Saunders schwieg eine Weile und fragte dann: »Wie schwierig war es, in die Wohnung der Klienten einzudringen?«

»Einfach«, berichtete Kurt.

»Dann kommen Sie zurück!«, ordnete Paul an. »Um die beiden Frauen können Sie sich später kümmern. Im Augenblick ist Spencer das Hauptproblem. Ich brauche Ihre Hilfe.«

»Ich mache mich sofort auf den Weg«, entgegnete Kurt. Die Enttäuschung war ihm anzuhören. Er hätte sich viel lieber als Erstes um Georgina gekümmert.

Bevor er aufbrach, nahm er sich noch die Zeit, nach einem Ersatzschlüsselbund zu suchen. So blieb es ihm bei seiner Rückkehr erspart, sich noch einmal mit dem Schloss abzumühen.

»Ich verstehe immer noch nicht, warum du mich nicht nach oben gehen lassen wolltest«, beklagte sich Deborah. »Ich wollte mich doch nur schnell umziehen. In fünf Minuten wäre ich wieder unten gewesen.« Sie stand neben Joanna in einem der Gänge des rund um die Uhr geöffneten CVS, in dem es eher aussah wie in einem kleinen Supermarkt als wie in einer Apotheke. Medikamente machten nur einen geringen Teil des Sortiments aus. Daneben gab es von Autoprodukten bis hin zu gewerblichen Putzmitteln so ziemlich alles.

»Fünf Minuten – dass ich nicht lache!«, entgegnete Joanna spöttisch. »Unter einer halben Stunde wärst du niemals zurück gewesen. Darf ich dich daran erinnern, dass es schon nach zehn ist? Wenn wir schon unbedingt noch einmal zurückmüssen zur Wingate Clinic, dann will ich es so schnell wie möglich hinter mich bringen.«

»Ich finde es aber nicht besonders bequem, in diesen hochhackigen Pumps herumzustaksen. Und für unsere Detektivarbeit sind sie gänzlich ungeeignet.«

»Dann zieh dir deine Sneakers an«, schlug Joanna vor. »Du hast deine Joggingklamotten doch immer im Kofferraum.«

»Soll ich vielleicht mit Minikleid und Sneakers herumlaufen?«

»Wir gehen doch nicht auf eine Modenschau! Jetzt mach schon! Hast du alles, was du brauchst? Wenn ja, sollten wir jetzt endlich aufbrechen.«

»Ich denke, das müsste genügen«, entgegnete Deborah. Sie hielt zwei kleine Taschenlampen, Batterien und eine Wegwerfkamera in der Hand. »Hier, nimm mal! Fällt dir noch etwas ein, das wir gebrauchen könnten?«

»Gesunden Menschenverstand! Aber der ist leider nicht käuflich zu erwerben.«

»Sehr witzig«, konterte Deborah. »Du bist ganz schön frech heute. Komm, gehen wir!«

An der Kasse legte sie noch eine Packung Kaugummi und ein paar Schokoriegel aufs Band und bezahlte. In null Komma nichts saßen sie wieder im Auto und fuhren stadtauswärts.

Nachdem sie sich die letzte halbe Stunde mit Streiten verausgabt hatten, legten sie den Rest der Strecke überwiegend schweigend zurück. Die Straßen waren alle frei, sodass sie nicht einmal halb so lange brauchten wie sonst. Bookford war wie ausgestorben. Außer einem Pärchen vor der Pizzeria war auf der ganzen Main Street niemand zu sehen. Im Stadion der Little League hinter dem Rathaus wurde offenbar ein Spiel ausgetragen; jedenfalls war das Flutlicht eingeschaltet.

»Wenn ich ehrlich bin, wünsche ich mir, dass unsere Karten nicht mehr funktionieren«, gestand Joanna, als sie sich der Wingate Clinic näherten.

»Sei doch nicht so pessimistisch!«, wies Deborah sie zurecht.

Sie fuhren auf das Pförtnerhäuschen zu. Es sah genauso dunkel und abschreckend aus wie in der Nacht zuvor.

»Welche Karte sollen wir nehmen?«, fragte Joanna. »Eine von unseren oder die von Spencer?«

»Ich nehme meine«, erwiderte Deborah. Sie fuhr bis zum Kartenschlitz und führte ihre Karte hindurch. Das Tor öffnete sich sofort. »Siehst du – ich hatte Recht. Sie haben unsere Karten noch nicht gesperrt. Ich hätte nie gedacht, dass ich jemals etwas für Bürokratie und Ineffizienz übrig haben würde.«

Joanna freute sich nicht im Geringsten. Während sie auf das Gelände bogen und die Zufahrt zum Klinikgebäude hinauffuhren, drehte sie sich um und betrachtete verzweifelt das sich schließende Tor. Jetzt waren sie eingesperrt, und sie hatte das mulmige Gefühl, dass sie einen großen Fehler begangen hatten.

Kurt war tief in Gedanken versunken, als sein Handy klingelte. Vor Schreck riss er das Steuer zur Seite und musste blitzschnell reagieren, um nicht von der Fahrbahn abzukommen. Er raste mit beinahe einhundertdreißig Stundenkilometern auf der Route 2 in Richtung Nordwesten. Bis zur Abfahrt Bookford war es nicht mehr weit.

Als er den Wagen wieder unter Kontrolle hatte, wühlte er vergeblich in seiner Jackentasche herum. Das Telefon klingelte unaufhörlich weiter. Schließlich öffnete er ungeduldig seinen Sicherheitsgurt. Jetzt endlich kriegte er das Handy zu fassen und konnte den Anruf entgegennehmen.

»Wir haben Kontakt«, meldete eine Stimme.

Kurt erkannte sie sofort. Es war Bruno Debianco, sein Stellvertreter, der die Abendschicht der Sicherheitsmannschaft leitete. Er hatte zur gleichen Zeit wie Kurt bei den Special Forces gedient und war ebenfalls unehrenhaft entlassen worden.

»Ich höre«, entgegnete Kurt.

»Der Chevy Malibu mit den beiden Frauen hat gerade das Tor passiert.«

Diese Worte waren Musik in Kurts Ohren. Vor freudiger Erregung machte sein Herz einen Sprung, und seine anfängliche Enttäuschung, die er empfunden hatte, als Paul Saunders ihn zur Klinik zurückbeordert hatte, um sich um Spencer Wingate zu kümmern, war schlagartig verflogen. Auf dem Klinikgelände waren die beiden Frauen leichte Beute, und sein Jagdinstinkt war voll entfacht.

»Hast du verstanden?«, fragte Bruno, als Kurt nicht gleich antwortete.

»Alles klar, verstanden«, erwiderte Kurt gleichgültig. Er wollte sich seine innere Erregung auf keinen Fall anmerken lassen. »Folge ihnen, aber lass sie in Ruhe. Das Vergnügen will ich mir nicht entgehen lassen. Habe ich mich klar genug ausgedrückt?«

»Roger«, bestätigte Bruno.

»In einem Fall musst du doch einschreiten«, korrigierte Kurt seine Anweisung, nachdem er noch einmal kurz nachgedacht hatte. »Wenn sie versuchen, sich mit Spencer Wingate zu treffen, musst du sie unbedingt daran hindern. Ist das bei dir angekommen?«

»Klar und deutlich«, bestätigte Bruno.

»Wenn nichts dazwischen kommt, bin ich in zwanzig Minuten bei dir«, stellte Kurt klar.

»Roger«, wiederholte Bruno.

Kurt beendete die Verbindung. Ein Lächeln huschte über sein Gesicht. Der Abend, der so vielversprechend begonnen hatte und dann mit einem Misserfolg zu enden drohte, war doch noch gerettet. In weniger als einer Stunde waren die beiden Frauen sicher in seiner speziellen Arrestzelle hinter Schloss und Riegel, die er extra im Keller unter seiner Wohnung eingerichtet hatte. Dort waren sie ihm restlos ausgeliefert.

Er drückte die Kurzwahltaste mit der eingespeicherten Nummer von Paul Saunders und fuhr einhändig weiter. »Gute Nachrichten«, verkündete er, als Paul sich meldete. »Die beiden Frauen sind wieder auf dem Klinikgelände – und zwar aus freien Stücken.«

»Hervorragend«, lobte Paul. »Das war gute Arbeit!«

»Danke, Sir«, entgegnete Kurt. Auch wenn er nichts dazu getan hatte, nahm er das Lob gern entgegen.

»Dann kümmern Sie sich als Erstes um die Frauen!«, ordnete Paul an. »Wingate können wir uns hinterher vornehmen. Rufen Sie mich an, wenn Sie mit den beiden fertig sind.«

»Jawohl, Sir«, erwiderte Kurt. Wie ein pawlowscher Hund reagierte er reflexartig und konnte nicht anders, als zu salutieren.

»Das hatte ich mir irgendwie anders vorgestellt«, sagte Deborah.

»Ich habe mir erst gar keine Vorstellungen gemacht, was uns erwarten würde«, entgegnete Joanna.

Sie waren auf dem Parkplatz der Wingate Clinic und saßen im Auto. Der Motor lief noch, und direkt vor ihnen erstreckte sich der hintere Teil des Südflügels. Sie hatten am äußeren östlichen Rand geparkt und konnten die gesamte Rückfront des Klinikgebäudes überblicken. Im Südflügel waren alle Fenster des ersten Stockwerks hell erleuchtet.

»Im Labor brennen sämtliche Lichter«, stellte Deborah fest. »Dabei hätte ich gedacht, dass dort um diese Zeit absolute Friedhofsruhe herrscht. Ob sie etwa rund um die Uhr arbeiten?«

»Das würde doch durchaus Sinn machen«, entgegnete Joanna. »Wenn sie hier wirklich irgendwelche Dinge treiben, die nicht ganz koscher sind, sind sie bestimmt darauf bedacht, dass es möglichst niemand mitbekommt. Ich kann mir gut vorstellen, dass sie damit warten, bis die Patientenmassen verschwunden sind.«

»Da könntest du natürlich Recht haben.«

»Und was sollen wir jetzt machen?«, fragte Joanna.

Deborah wollte gerade antworten, als sie zwei Autoscheinwerfer sahen, die über die Zufahrt auf den Parkplatz zukamen.

»Oje«, stöhnte Deborah. »Wie es aussieht, kriegen wir Besuch.«

»Was sollen wir bloß tun?«, fragte Joanna panisch.

»Vor allem die Ruhe bewahren«, entgegnete Deborah. »Am besten bleiben wir erst mal im Auto und machen uns so klein wie möglich.«

Bruno sah den Wagen der beiden Frauen, bevor er erkannte, dass es der Chevy Malibu war. Er stand in einer dem Klinikeingang zugewandten Parkbucht. Eins fiel ihm sofort auf. Obwohl die Lichter ausgeschaltet waren, brannten die Bremslichter. Also musste jemand im Auto sitzen und auf die Bremse treten. Als er mit seinem schwarzen Van der Sicherheitsabteilung auf den Parkplatz einbog, streiften seine Scheinwerfer für einen kurzen Moment den Chevy Malibu, und er konnte vorne im Wagen die Silhouetten zweier geduckter Köpfe erkennen. Er fuhr weder langsamer, noch hielt er etwa an. Stattdessen überquerte er den Parkplatz und bog auf der anderen Seite in die hinabführende Straße ein, die zu den Mitarbeiterhäusern führte.

Als er für die beiden Frauen außer Sichtweite war, fuhr er an den Straßenrand, stellte den Motor ab und stieg aus. Da er wie Kurt ganz in Schwarz gekleidet war, war er im Dunkeln so gut wie unsichtbar. Er lief schnell die Straße zurück zum Parkplatz und ging am äußeren Rand Richtung Chevy Malibu. Ein paar Minuten später sah er ihn wieder vor sich, und zu seiner Erleichterung saßen die beiden Frauen immer noch auf ihren Plätzen.

»Ich bin mit den Nerven am Ende«, bemerkte Joanna. »Warum hauen wir nicht auf schnellstem Wege wieder ab? Du hast selber gesagt, dass du nicht damit gerechnet hast, dass hier Hochbetrieb herrscht. Wenn wir da jetzt reingehen, laufen wir garantiert irgendjemandem in die Arme, und was sollen wir dann wohl sagen?«

»Jetzt sei gefälligst ruhig!«, wies Deborah sie zurecht. »Du bist doch diejenige, die unbedingt noch einmal in diese Klinik wollte. Das war nur ein Van, der ohne anzuhalten an uns vorbeigefahren ist. Er hat nicht einmal abgebremst. Glaub mir – es ist alles okay.«

»Nichts ist okay«, widersprach Joanna. »Wenn wir hineingehen, können sie uns, zusätzlich zu all den anderen Vergehen, auch noch wegen Hausfriedensbruch belangen. Ich finde, wir sollten abhauen, und zwar sofort.«

»Ich verlasse das Gelände nicht, bevor ich irgendetwas Konkretes in den Händen habe«, erwiderte Deborah. »Wenn du willst, kannst du ja im Auto bleiben. Ich gehe auf jeden Fall rein. Vorher ziehe ich mir allerdings meine Sneakers an.«

Sie öffnete die Tür und trat hinaus in die klare Nacht.

Dann ging sie zum Kofferraum, nahm ihre Laufschuhe heraus und setzte sich noch einmal hinters Steuer.

»Ich habe im ersten Stock gerade jemanden an einem der Fenster gesehen«, berichtete Joanna nervös.

»Ja, und?«, entgegnete Deborah, während sie sich ihre Sneakers anzog und die Schnürbänder zuband. »Mit Minikleid und diesen Schuhen sehe ich zum Totlachen aus, aber was soll's?«

»Ich kann es wirklich nicht fassen, wieso du gar keine Angst hast«, stellte Joanna fest.

»Jetzt reicht's!«, fuhr Deborah sie an. »Kommst du nun mit oder nicht?«

»Was bleibt mir anderes übrig?«, erwiderte Joanna genervt.

»Was sollen wir deiner Meinung nach mitnehmen?«

»So wenig wie möglich«, erwiderte Joanna. »Damit wir notfalls ungehindert die Flucht ergreifen können. Vielleicht sollten wir auch noch das Auto wenden. Dann können wir im Ernstfall schneller durchstarten.«

»Keine schlechte Idee«, stimmte Deborah ihr zu.

Sie ließ den Motor noch einmal an, wendete und bog andersherum in die Parklücke. »Bist du jetzt glücklich?«

»Das wäre stark übertrieben.«

»Am besten nehmen wir nur die Taschenlampen, unsere Zugangskarten und die Wegwerfkamera mit«, schlug Deborah vor.

»Okay.«

Deborah griff hinter sich, nahm die Drogerietasche vom Rücksitz und reichte Joanna eine der Taschenlampen. Die zweite sowie die Wegwerfkamera behielt sie selbst. »Bist du bereit?«

»Ich denke, ja«, erwiderte Joanna wenig begeistert.

»Warte mal!«, rief Deborah. »Mir ist gerade etwas eingefallen.«

Joanna verdrehte die Augen. Falls Deborah selbst in dieser misslichen Lage von ihr erwartete, dass sie ihr Ratespielchen mitspielte, war sie falsch gewickelt.

»Willst du gar nicht wissen, was mir eingefallen ist?«

»Nur, wenn du mir sagen willst, dass wir besser doch auf der Stelle abhauen.«

Diesmal verdrehte Deborah die Augen. »Ich denke gar nicht daran! Erinnerst du dich noch, als wir zur Eizellenspende hier waren? Damals haben wir unsere Mäntel in einer Garderobe abgelegt. In dem Raum hingen auch Arztkittel. Ich glaube, wir sollten uns jede einen ausleihen. Dann sehen wir eher so aus, als gehörten wir hierher, erst recht ich mit meinem Minikleid.«

Schließlich stiegen sie aus und eilten auf den Eingang zu. Zu ihrer Überraschung brauchte man um diese Zeit eine Zugangskarte, um überhaupt ins Gebäude zu kommen, doch wie schon am Tor funktionierte die Karte einwandfrei. Drinnen war der riesige Rezeptionsbereich dunkel und verlassen. Sie huschten mit geduckten Köpfen in die Garderobe, zogen die Tür hinter sich zu und schalteten das Licht an.

Deborah hatte sich nicht geirrt. In dem Raum hingen jede Menge weiße Arztkittel, allerdings nur wenige in kleinen Größen. Nach ein paar Minuten hatten sie jede einen gefunden, der einigermaßen passte. Ihre Taschenlampen, die Zugangskarten und die Wegwerfkamera stopften sie in die geräumigen Taschen. So gerüstet knipsten sie das Licht wieder aus und huschten zurück in den Rezeptionsbereich.

»Geh du vor«, flüsterte Joanna.

Deborah nickte. Sie umrundeten den unbesetzten Rezeptionstresen und eilten, links vorbei an dem Patientenumkleideraum, in dem sie sich vor ihrem Eingriff vor eineinhalb Jahren ihre Flügelhemdchen angezogen hatten, über den Hauptflur. Deborahs Ziel war das Treppenhaus, und sie erreichten es, ohne irgendjemandem zu begegnen. Die einzigen Geräusche, die sie hörten, waren ihre eigenen Schritte.

Im Treppenhaus angelangt, seufzten sie beide erleichtert auf. Hier fühlten sie sich sicherer als auf dem offenen Flur, doch das sollte sich ändern, als sie die drei Absätze hinabgestiegen waren und die Feuertür geöffnet hatten, die in den dunklen, feuchten Keller führte.

»Es gibt kein Licht!«, zischte Deborah. »Zum Glück sind wir gut ausgestattet.« Sie nahm ihre Taschenlampe aus der Kitteltasche und schaltete sie an.

Joanna schaltete ihre Taschenlampe ebenfalls an. In dem Augenblick, in dem der Lichtschein den Kellergang erleuchtete, der stark an ein Mausoleum erinnerte, hielt sie vor Schreck die Luft an.

»Was ist los?«, fragte Deborah.

»Mein Gott! Sieh dir mal diese schauerlichen alten Krankenhaussachen an!«, flüsterte Joanna und schwenkte den Lichtstrahl ihrer Taschenlampe über ein Durcheinander aus ramponierten hölzernen Rollstühlen, verbogenen Bettpfannen und zerbrochenen Krankenhausmöbeln. Ein antiquiertes tragbares Röntgengerät mit einem bauchigen Kopf stach im Schein der Taschenlampe hervor wie ein Requisit aus einem alten Frankenstein-Film.

»Habe ich dir nicht erzählt, was hier unten für altes Zeug herumsteht?«, fragte Deborah.

»Nein!«, erwiderte Joanna gereizt.

»Stör dich nicht daran!« riet Deborah. »Offenbar ist, vom neuen Teil abgesehen, das gesamte Gebäude mit irgendwelchem Kram aus den alten Zeiten voll gestopft, in denen hier noch die psychiatrische Klinik und das Tb-Sanatorium untergebracht waren.«

»Ich finde es hier absolut gruselig«, jammerte Joanna. »Du hättest mich ja zumindest vorwarnen können.«

»Tut mir Leid«, entgegnete Deborah. »Aber Dr. Donaldson hat uns doch schon bei unserem Besuch vor eineinhalb Jahren erzählt, dass das Cabot ein wahres Museum ist!«

»Hab ich längst vergessen!«, erwiderte Joanna.

»Ist ja auch egal«, entgegnete Deborah. »Komm weiter! Das ist doch nur ein Haufen alter Schrott.« Sie ließen die Tür hinter sich zufallen und betraten den nach Norden führenden Kellergang, der beinahe sofort nach rechts und dann wieder nach links um die Ecke bog. An beiden Seiten gingen kleinere gewölbte Durchbrüche ab.

»Hast du eigentlich eine Ahnung, wohin wir gehen?«, fragte Joanna. Sie achtete tunlichst darauf, ihrer Freundin dicht auf den Fersen zu bleiben.

»Nur sehr vage«, gestand Deborah. »Wir haben eine andere Treppe benutzt als ich heute Morgen. Aber wir gehen zumindest in die richtige Richtung.«

»Auf was habe ich mich bloß eingelassen?«, murmelte Joanna vor sich hin. Plötzlich stieß sie einen gedämpften Schrei aus.

Deborah drehte sich um und richtete den Strahl ihrer Taschenlampe auf Joannas Gesicht. Joanna wandte ihren Blick ab und hielt sich die Hand vor die Augen, um nicht geblendet zu werden. »Leuchte mir gefälligst nicht mit dem grellen Licht in die Augen!«

»Was ist denn los?«, zischte Deborah mit zusammengebissenen Zähnen, nachdem sie sich überzeugt hatte, dass ihre Freundin unversehrt war.

»Eine Ratte!«, brachte Joanna hervor. »Ich habe eine riesige Ratte mit knallroten Augen gesehen. Dahinten hinter dem alten Tisch.«

»Mein Gott, Joanna!«, stöhnte Deborah. »Jetzt reiß dich bitte zusammen! Oder willst du, dass wir ertappt werden? Wir ziehen hier immerhin eine geheime Aktion durch!«

»Tut mir Leid. Aber dieses Verlies mit all dem gruseligen Schrott ist nun mal nichts für meine Nerven.«

»Du musst dich jetzt am Riemen reißen, komme, was wolle. Du hast mich gerade zu Tode erschreckt.« Deborah marschierte erneut los, doch nach ein paar Schritten packte Joanna sie am Arm und hielt sie fest.

»Was ist denn nun schon wieder?«, fragte Deborah.

»Ich habe hinter uns ein Geräusch gehört«, flüsterte Joanna und richtete den Strahl ihrer Taschenlampe in die Richtung, aus der sie kamen. Eigentlich hatte sie wieder mit der Ratte gerechnet, doch alles, was sie sah, war der antiquierte Krankenhausschrott, an dem sie gerade vorbeigegangen waren. Während sie konzentriert den Gang inspizierte, fiel ihr zum ersten Mal das Wirrwarr aus Rohren und Leitungen auf.

»Wenn du dich weiter so anstellst, verbringen wir die ganze Nacht hier unten!«, drohte Deborah.

»Ist ja schon gut!«, fauchte Joanna zurück.

Nachdem sie sich weitere fünf Minuten auf dem verwinkelten Gang vorgearbeitet hatten, stießen sie auf ein großes, altmodisches Küchenmixgerät, das auf einem Ständer mit Rädern stand. Es war mit einer dicken Staubschicht bedeckt. Aus der Rührschale ragte ein Sortiment an Küchenzubehör heraus. Das Kopfteil des Geräts war nach hinten gebogen, die Rührarme standen im Fünfundvierzig-Grad-Winkel vor.

»Wir sind nah dran«, flüsterte Deborah. »Die Tür, nach der ich suche, war auf der anderen Seite der Küche, und wie es aussieht, ist die Küche nicht mehr weit entfernt.«

Deborah hatte Recht. Hinter der nächsten Biegung landeten sie in der alten Küche. Joanna ließ den Strahl ihrer Taschenlampe durch den Raum schweifen. Die Wände waren von offen stehenden, schmierigen Öfen und riesigen Spülbecken aus Speckstein gesäumt. Über dem Arbeitsbereich hingen von der Decke schwarze verbogene Töpfe und Bratpfannen herab.

»Da ist sie«, stellte Deborah fest und zeigte nach vorn.

In der düsteren, schmutzigen Umgebung stach die Tür aus rostfreiem Stahl hervor wie eine glänzende Tafel. Die glatte Oberfläche reflektierte den Strahl ihrer Taschenlampe.

»Die Tür passt wirklich nicht hierher«, bemerkte Joanna.

Sie steuerten ihr Ziel an, und Deborah presste auch diesmal ihr Ohr gegen die Tür. »Die gleichen Geräusche wie heute Morgen«, stellte sie fest. Dann forderte sie Joanna auf, die Tür zu berühren.

»Sie ist warm«, stellte Joanna fest und reichte Deborah die Zugangskarte von Spencer Wingate.

»Ich wette, dass da drinnen eine Temperatur von etwa siebenunddreißig Grad herrscht«, erklärte Deborah. Sie nahm die Karte entgegen, zog sie jedoch noch nicht durch den Schlitz.

»Gehen wir nun rein oder nicht?«, fragte Joanna. Deborah starrte immer noch auf die Tür.

»Natürlich gehen wir rein«, erwiderte Deborah. »Ich bereite mich nur seelisch darauf vor, was uns gleich erwartet.« Sie holte noch einmal tief Luft und zog die Karte durch den Schlitz. Für einen Augenblick passierte gar nichts, dann hörten sie ein Geräusch, das so klang, als ob Luft entwich. Offenbar herrschte in dem Bereich hinter der Tür ein etwas höherer Luftdruck. Dann öffnete sich die dicke, schwere Tür und verschwand langsam in der Wand.

17

10. Mai 2001, 23.05 Uhr

Bruno fluchte leise vor sich. Er hatte sich gerade an einem undefinierbaren Metallgegenstand das Schienbein gestoßen. Um in dem dunklen Kellerverlies nicht vollends die Orientierung zu verlieren, tastete er sich mit beiden Händen an der Wand entlang. Er bemühte sich vergebens, nicht ständig über den Schrott zu stolpern, der auf dem Boden herumlag. Immer wenn ihm etwas in die Quere kam, zuckte er zusammen, wobei ihm die Geräusche mehr zu schaffen machten als die Schmerzen. Sobald er mit den Fingern eine Biegung ertastete, wand er sich darum herum und wagte einen Blick zurück in die Richtung, aus der er gekommen war. Plötzlich sah er in der Ferne, wie sich die zum Kulturenraum führende Stahltür langsam öffnete und hundert Mal schneller wieder schloss. Zum Glück erkannte er in dem kurzen Augenblick, in dem die Tür offen stand und einen Blick in den hell erleuchteten Raum erlaubte, die beiden jungen Frauen.

Er holte schnell seine Taschenlampe hervor, knipste sie an und steckte sie sich zwischen die Zähne. Falls die Frauen sich noch einmal umsehen oder die Tür wieder öffnen sollten, wollte er auf keinen Fall entdeckt werden. Deshalb richtete er den Strahl der Lampe nicht in den Gang, sondern in die Nische, in die er schnell geschlüpft war. Dann kramte er sein Handy aus der Jackentasche hervor, rief das Nummernverzeichnis auf und suchte die Telefonnummer des Kulturenraums. In dem Moment, in dem sie auf dem Display erschien, drückte er die Wahltaste.

Obwohl der Empfang im Keller des Wingate-Gebäudes nicht besonders gut war, hörte er es durch das Rauschen der Verbindung am anderen Ende klingeln. »Nun kommt schon!«, drängte er laut. »Nehmt endlich den Hörer ab!«

Schließlich wurde seine Bitte erhört. »Kulturenraum, Cindy Drexler am Apparat.«

»Hier ist Bruno Debianco. Können Sie mich verstehen?«

»Ziemlich schlecht«, erwiderte Cindy.

»Wissen Sie, wer ich bin?«

»Selbstverständlich«, erwiderte Cindy. »Sie sind einer unserer Sicherheitsleute.«

»Jetzt passen Sie mal gut auf!«, begann Bruno so laut, wie er zu sprechen wagte. »Es haben gerade zwei Frauen den Kulturenraum betreten. Ich habe keine Ahnung, wie sie sich die Zugangskarte beschafft haben. Können Sie die beiden sehen?«

»Noch nicht«, erwiderte Cindy nach einer kurzen Pause. »Aber ich bin auch ein ganzes Stück vom Eingang entfernt.«

»Was ich Ihnen jetzt sage, ist extrem wichtig«, fuhr Bruno fort. »Sie müssen die beiden für fünfzehn bis zwanzig Minuten beschäftigen. Lassen Sie sich irgendetwas einfallen! Erzählen Sie ihnen, was auch immer sie wissen wollen – aber lassen Sie sie nicht wieder laufen. Haben Sie mich verstanden?«

»Ich glaube, ja«, brachte Cindy hervor. »Ich darf Ihnen wirklich alles erzählen?«

»Alles, was Sie wollen«, bestätigte Bruno. »Es spielt keine Rolle. Wichtig ist nur, dass Sie sie nicht in Unruhe versetzen. Kurt Hermann ist bereits auf dem Weg. Er wird sie persönlich in Gewahrsam nehmen. Die beiden Frauen sind unberechtigt bei uns eingedrungen.«

»Ich tue, was ich kann«, versprach Cindy.

»Das ist alles«, entgegnete Bruno. »Wir erlösen Sie, sobald Kurt Hermann hier ist.«

Er beendete die Verbindung und wählte über die Schnellwahltaste die Nummer seines Vorgesetzten. Die Verbindung zu ihm war noch schlechter als die zum Kulturenraum.

»Verstehst du mich?«, fragte Bruno in das Knacken hinein.

»Einigermaßen«, erwiderte Kurt. »Was ist los?«

»Ich stehe im Keller vor dem Kulturenraum«, berichtete Bruno. »Die beiden Frauen haben sich mit irgendeiner Karte Zugang verschafft. Ich habe die technische Assistentin angerufen und sie angewiesen, die beiden eine Weile hinzuhalten. Sie sind leichte Beute für dich.«

»Haben sie dich gesehen?«

»Nein. Sie sind völlig ahnungslos.«

»Super! Ich bin am Ortseingang von Bookford. In zehn, maximal fünfzehn Minuten bin ich da. Hast du Handschellen dabei?«

»Nein«, erwiderte Bruno.

»Dann hol sie schnell!«, ordnete Kurt an. »Sie sind im Pförtnerhäuschen! Wir treffen uns am Tor, und dann schnappen wir uns die beiden!«

»Roger«, bestätigte Bruno.

Joanna und Deborah ließen die Umgebung auf sich einwirken und rührten sich mehrere Minuten lang nicht vom Fleck. In Anbetracht der ultramodernen Tür, durch die sie gerade gekommen waren, hatten sie erwartet, eine futuristische Unterwelt zu betreten. Stattdessen standen sie in einem Labyrinth von Räumen, die sich im Großen und Ganzen nicht vom Rest des Kellers unterschieden. Sie waren durch die gleichen, aus Ziegelsteinen konstruierten Bögen voneinander getrennt. Allerdings herrschte in diesen Räumen eine deutlich höhere Temperatur, und sie wurden von neuen, unter der Decke installierten Neonröhren hell erleuchtet. Außerdem war der Raum, in dem sie standen, genau wie die anderen Räume, in die sie hineinsehen konnten, nicht mit ausrangierten und schrottreifen Krankenhaus- und Küchenutensilien gefüllt, sondern mit modernem Labor-Equipment. Vor allem gab es mehrere große, randvoll mit Gewebekulturen und Petrischalen gefüllte Inkubatoren. Die meisten standen auf Rädern.

»Ich hatte etwas Spektakuläreres erwartet«, stellte Joanna fest.

»Ich auch«, gestand Deborah. »Das Labor oben macht deutlich mehr her.«

»Die Temperatur kommt mir vor wie in den Tropen. Wie warm ist es deiner Meinung nach?«

»In etwa Körpertemperatur«, erwiderte Deborah und drehte sich noch einmal zu der Stahltür um. Rechts neben der Tür war eine Laminatbox mit einem roten, vorstehenden Bedienungsfeld angebracht. Auf dem Feld stand in Großbuchstaben ÖFFNEN/SCHLIESSEN.

»Bevor wir uns umsehen, prüfe ich noch, ob wir später auch wieder rauskommen«, sagte Deborah. »Ich habe noch nie eine Tür gesehen, die so schnell zugeschnappt ist. Hoffentlich geht sie auch wieder auf.« Sie drückte auf das rote Feld.

Die schwere Isoliertür öffnete sich in dem gleichen Tempo wie zuvor. Als Deborah erneut auf das Feld drückte, schnappte sie blitzschnell und ohne das leiseste Geräusch zu. Sie glaubten ihren Augen nicht zu trauen.

Deborah wollte gerade etwas zu dem beeindruckenden Schließmechanismus sagen, als Joanna sie panisch beim Arm packte und flüsterte: »Wir sind nicht allein.«

Deborah drehte den Kopf in Joannas Blickrichtung. Unter einem der Kellerbögen stand eine lächelnde Frau mittleren Alters mit einem schmalen, braunen Gesicht und deutlich ausgeprägten Krähenfüßen und Lachfalten. Sie trug einen leichten weißen Baumwollkittel. Ihr Haar war unter einer Haube aus dem gleichen Material versteckt. Außerdem trug sie eine OP-Maske, die ihr im Moment vor der Brust baumelte.

»Willkommen im Kulturenraum!«, rief die Frau zur Begrüßung. »Ich bin Cindy Drexler. Und wer sind Sie?«

Joanna und Deborah warfen sich verwirrte, panische Blicke zu.

»Wir sind neue Kolleginnen«, brachte Deborah nach mehreren Ansätzen hervor.

»Wie schön!«, entgegnete Cindy. Sie kam mit ausgestreckter Hand auf sie zu und begrüßte sie überschwänglich. »Und wie heißen Sie?«, fragte sie Joanna, deren Hand sie zuerst schüttelte.

Joanna stammelte ein paar unverständliche Laute vor sich hin. Sie wusste plötzlich nicht, ob sie ihren richtigen Namen nennen sollte oder doch lieber den falschen. »Prudence«, platzte sie schließlich heraus, als ihr einfiel, dass sie Hausfriedensbruch begingen.

»Ich bin Georgina«, sagte Deborah ungerührt.

»Nett, Sie kennen zu lernen«, stellte Cindy fest. »Ich nehme an, Sie möchten den Kulturenraum besichtigen.« Joanna und Deborah warfen sich erneut einen schnellen Blick zu, doch diesmal wirkten ihre Gesichter eher freudig überrascht als panisch.

»Sehr gern«, entgegnete Deborah. »Diese glänzende Stahltür hat uns so fasziniert, dass wir unsere Neugier nicht bändigen konnten und hereinschauen mussten.« Sie deutete mit verlegener Miene auf den Eingang.

»Ich habe keine Erfahrung mit Besichtigungstouren«, entschuldigte sich Cindy und lachte. »Aber ich versuche mein Bestes. Fangen wir doch gleich mit diesem Raum an – früher, das heißt zu Cabot-Zeiten, war hier übrigens die Speisekammer: Hier bewahren wir die Eizellen auf, die morgen für den Zellkerntransfer vorgesehen sind. Sie werden mit dem alten Speisenaufzug, der sich direkt um die Ecke befindet, hinauf ins Labor befördert. Die Zellen befinden sich in den Inkubatoren mit den roten Schildchen. Zur Kennzeichnung der jeweiligen Kulturen verwenden wir hier unten einfach verschiedenfarbige Etiketten. Blau gekennzeichnete Inkubatoren enthalten zum Beispiel verschmolzene Zellen und werden in den Embryoraum weitergeleitet.«

»Um was für Eizellen handelt es sich eigentlich?«, fragte Deborah. »Ich meine, von welcher Spezies stammen sie?«

»Wir arbeiten natürlich mit menschlichen Eizellen«, erwiderte Cindy.

»Ausschließlich alle Eizellen sind menschliche Eizellen?«

»Ja. Die Eizellen verschiedener Tiere werden drüben auf der Farm in einem eigenen Kulturenraum gezüchtet.«

»Und woher kommen diese enormen Mengen menschlicher Eizellen?«, fragte Deborah.

»Aus dem so genannten Organraum«, erklärte Cindy.

»Würden Sie uns diesen Raum einmal zeigen?« bat Deborah.

»Selbstverständlich«, erwiderte Cindy. »Bitte folgen Sie mir!«

Cindy zeigte auf die gewölbte Öffnung, durch die sie gekommen war, und ging vor. Joanna und Deborah folgten ihr. »Was für ein Glück, dass wir auf diese Frau gestoßen sind«, flüsterte Deborah Joanna ins Ohr. »Aber irgendwie kommt mir das Ganze schon beinahe ein bisschen zu einfach vor.«

»Du hast Recht!«, flüsterte Joanna zurück. »Irgendetwas ist hier faul. Sie ist viel zu freundlich und entgegenkommend. Wenn es nach mir geht, machen wir auf der Stelle kehrt.«

»Du schon wieder!«, stöhnte Deborah. »Warum siehst du eigentlich immer nur schwarz? Lass uns diesen glücklichen Zufall doch einfach nutzen und herausfinden, was wir können. Danach hauen wir ab.«

Sie durchquerten mehrere Räume, die ähnlich groß waren wie der erste und die ebenfalls mit Inkubatoren voll gestopft waren. Dann gelangten sie in einen größeren Raum. Hinter einer Reihe weiterer Inkubatoren befanden sich mehr als fünfzig alte Holztüren, von denen jede etwa einen Drittelquadratmeter groß war und über schwere Schließklappen verfügte, wie sie bei großen Fleischkühlschränken üblich waren. Deborah zögerte. »Entschuldigen Sie bitte, Cindy«, wandte sie sich an ihre Führerin und zeigte auf die abgenutzten Türen. »Verbirgt sich dahinter das, was ich befürchte?«

Cindy blieb auf halbem Weg in den nächsten, noch größeren Raum stehen und folgte Deborahs Zeigefinger. »Meinen Sie die alten Eiskühlfächer?«

»Wir sind in der ehemaligen Leichenhalle, habe ich Recht?«, fragte Deborah.

»Ja«, bestätigte Cindy. Sie kam zurück und schob mit einiger Anstrengung einen der großen Inkubatoren zur Seite, um an die Türen heranzukommen. Dann öffnete sie eine und zog eine befleckte, hölzerne Rollbahre heraus. »Interessant, nicht wahr? Von der anderen Seite mussten sie das Eis hineinladen. Können Sie sich vorstellen, wie es hier unten gerochen haben muss, wenn ihnen mal das Eis ausgegangen ist?« Sie verzog das Gesicht und lachte unsicher.

Joanna sah Deborah an und schüttelte sich. »Wollen wir weitergehen?«

»Soll ich Ihnen auch noch den Rest der Leichenhalle zeigen?«, bot Cindy an. »Der alte Autopsiesaal verfügt sogar über eine Zuschauertribüne und ist immer noch in einwandfreiem Zustand. Im neunzehnten Jahrhundert muss er den Leuten hier draußen in der Provinz als Ersatz für das nicht vorhandene Unterhaltungsangebot gedient haben.« Sie lachte wieder, diesmal mehr unecht als unsicher. »Damals war man nach Boston einen ganzen Tag mit der Pferdekutsche unterwegs. Wenn die Angestellten des Sanatoriums dienstfrei hatten, gab es nicht viel für sie zu tun. Kommen Sie – ich zeige Ihnen den Saal.«

Sie marschierte los, doch sie schlug nicht die Richtung ein, in die sie ursprünglich gegangen waren, sondern die entgegengesetzte. Deborah war an einer Besichtigung des Autopsieraums nicht interessiert und versuchte sie auf sich aufmerksam zu machen, um ihr zu bedeuten, dass sie lieber weitergehen wollten, doch vergebens. Also folgte sie ihr schließlich. Joanna ging wohl oder übel ebenfalls hinterher, da sie nicht allein zurückbleiben wollte.

»Cindy!«, rief Deborah und beschleunigte ihren Schritt. »Wir möchten uns lieber den Organraum ansehen!«

Entweder hatte sie schlechte Ohren, oder sie ignorierte Deborah einfach – jedenfalls steuerte Cindy unbeirrt eine mit Leder verkleidete Schwingtür mit kleinen ovalen Fenstern an. Sie stieß die rechte Hälfte auf, beugte sich in den dunklen Raum und schaltete das Licht an. Im gleichen Augenblick ertönte ein dumpfes Geräusch, und es gingen große, altmodische halbkugelförmige Lichter an. Sie waren oben an der Decke angebracht und dienten als Scheinwerfer, die den antiken Autopsietisch aus Metall beleuchteten.

Joanna, die inzwischen zu den anderen aufgeschlossen hatte, warf einen Blick in den Raum und hielt die Luft an. Der Saal erinnerte sie mit der Zuschauertribüne, die in die Dunkelheit hinaufführte, noch mehr an das grausige Gemälde, das eine Anatomiestunde darstellte, als der Operationssaal oben, in dem man bei ihr den Eingriff vorgenommen hatte.

»Sehr interessant«, stellte Deborah mit sarkastischem Unterton fest, nachdem sie die Szenerie mit einem schnellen Blick erfasst hatte. »Wenn es Ihnen nichts ausmacht, würden wir jetzt aber wirklich gern den Organraum besichtigen.«

»Wollen wir nicht noch einen Blick auf die alten Autopsieinstrumente werfen?«, schlug Cindy vor. »Meine Kollegen und ich haben kürzlich noch darüber gewitzelt, ob man die Geräte nicht nach Hollywood schicken sollte, wo sie bestimmt noch einmal für einen Horrorfilm eingesetzt werden könnten.«

»Bitte zeigen Sie uns jetzt den Organraum!«, forderte Joanna die technische Assistentin auf.

»Gern«, entgegnete Cindy und schaltete das Licht aus. Dann ging sie weiter und sah nervös auf die Uhr. Während Joanna die Geste bemerkte, sah Deborah irritiert in die Richtung, aus der sie gekommen waren.

»Ist der Organraum nicht in der anderen Richtung?«, rief sie Cindy zu, die bereits ein gutes Stück vorausgeeilt war.

»Beide Wege führen dorthin!«, rief Cindy über die Schulter zurück. »Aber dieser ist kürzer!«

Während Deborah sich beeilte, zu Joanna und Cindy aufzuschließen, entdeckte sie weiter vorn zwei horizontal ausgerichtete Türen, die denen des Speisenaufzugs ähnelten, jedoch die Größe einer kleinen Garage hatten. Im Vorbeigehen fragte sie, was sich dahinter verberge.

»Das ist der alte Lastenaufzug«, erklärte Cindy und blieb stehen. »Darin wurden die Toten aus den oberen Stockwerken in den Keller befördert.«

»Was für eine schöne Vorstellung«, bemerkte Joanna. »Gehen wir lieber weiter.«

»Das alte Stück hat uns schon gute Dienste geleistet«, stellte Cindy fest und klopfte gegen die Tür. Wir haben damit den größten Teil unserer Geräte hier runtertransportiert. Soll ich Ihnen zeigen, wie er funktioniert?«

»Wir würden uns jetzt wirklich lieber den Organraum ansehen«, beharrte Joanna. »Wie ein Lastenaufzug funktioniert, ist, glaube ich, kein Geheimnis.«

»Gern«, wiederholte Cindy.

Sie durchquerten einen acht Meter langen, engen, gewölbten Durchgang, der, wie Cindy erklärte, unter den Fundamentstützen des nach italienischer Art konstruierten Turms des Gebäudes hindurchführte. Am Ende des Gangs tat sich vor ihnen der größte Raum auf, den sie bisher in dem Kellergewölbe gesehen hatten. Er war mindestens fünfunddreißig Meter lang und sechzehn Meter breit. Drinnen standen Reihe an Reihe riesige, wie Plexiglas-Aquarien aussehende Behälter von etwa zwei Metern Länge, einem Meter Tiefe und siebzig Zentimetern Breite. In jedem der Behälter befanden sich mehrere Glaskugeln von ungefähr zehn Zentimetern Durchmesser, die in einer Flüssigkeit schwammen. Aus jeder der Kugeln ragte oben ein Wirrwarr aus Schläuchen und Leitungen heraus. Auf der Oberfläche der Flüssigkeit schwamm eine durchgängige Schicht aus winzigen Glaskugeln.

Für einen Augenblick waren Joanna und Deborah sprachlos und versuchten zu erfassen, was sich da vor ihnen auftat. Auch hier waren die Wände aus unverputzten Ziegelsteinen, doch der Raum entsprach schon eher dem, was sie beim Betreten des Kulturenraums hinter der schweren Stahltür erwartet hatten. Da die sonst überall unter der Decke verlaufenden Rohre und Leitungen fehlten, war der Raum deutlich höher. Das Licht war weniger grell, dafür waren in dem Raum etliche Ultraviolettlampen angebracht.

Während Deborah von dem futuristischen Anblick völlig in den Bann gezogen war, fiel Joanna auf, dass Cindy schon wieder auf ihre Uhr sah. Irgendwie passte das nicht zu der Geduld, mit der sie sie durch die Räumlichkeiten führte und ihnen alles bereitwillig erklärte. Wenn sie es wirklich so eilig hatte, wie ihr ständiger Blick auf die Uhr implizierte – wieso nahm sie sich dann so viel Zeit für sie? Joanna fiel keine Antwort auf diese Frage ein, doch die offenkundige Nervosität ihrer Führerin begann sie allmählich zu beunruhigen.

»Was genau haben wir hier eigentlich vor uns?«, fragte Deborah schließlich.

»Dies ist der Organraum«, erklärte Cindy. »Die Behälter sind mit Wasser gefüllt, dessen Temperatur konstant bei 37 Grad gehalten wird. Die kleinen Glaskügelchen, die auf der Oberfläche schwimmen, sollen verhindern, dass das Wasser verdampft. In den großen Kugeln befinden sich die Eierstöcke.«

»Das heißt also, Sie sind imstande, mittels Perfusion komplette Eierstöcke funktionsfähig zu erhalten«, staunte Deborah.

»So in etwa«, bestätigte Cindy. »Die Flüssigkeit, in der

sie sich befinden, entspricht weitgehend der natürlichen Umgebung im Unterleib einer Frau, und zwar sowohl was die Sauerstoffzufuhr und den Gehalt an Nährstoffen angeht als auch was die endokrine Stimulation betrifft. Natürlich muss auch die Entsorgung von Abfallstoffen gewährleistet werden. Wenn wir alles richtig machen, gelingt es uns, die Ovulation der Eierstöcke aufrechtzuerhalten, sodass sie fortwährend reife Eizellen produzieren.«

»Können wir mal näher rangehen?«, fragte Deborah.

»Selbstverständlich«, erwiderte Cindy und zeigte nach vorn.

Deborah ging in einen der Gänge zwischen den aufgereihten Wasserbehältern und blieb vor einem stehen, um sich eine der Kugeln aus der Nähe anzusehen. Der in ihr schwimmende Eierstock hatte in etwa die Größe einer platten Walnuss und eine gezackte, pockennarbige Oberfläche, die an eine Mondlandschaft erinnerte. Die wichtigsten Eierstockgefäße waren mit winzigen Perfusionskanülen verbunden. An diversen anderen Stellen des kleinen Organs waren Fühler angebracht.

»Wir haben auch traditionelle Zellkulturen«, berichtete Cindy. »Wenn Sie daran interessiert sind, kann ich sie Ihnen zeigen.«

»Einige dieser Kugeln enthalten ja sogar zwei Eierstöcke«, stellte Deborah fest, ohne auf Cindys Bemerkung einzugehen.

»Das stimmt. Aber in den meisten Kugeln ist nur einer. Wollen wir jetzt in den Raum mit den anderen Kulturen gehen?«

»Was hat es zu bedeuten, wenn sich zwei Eierstöcke in einer Kugel befinden?«, fragte Joanna.

»Da müssen Sie Dr. Donaldson fragen«, erwiderte Cindy. »Ich bin nur eine kleine technische Assistentin unter vielen. Wir haben die Eierstöcke zu überwachen und zu pflegen.«

Joanna und Deborah warfen sich einen wissenden Blick zu. Sie kannten sich so gut, dass in der Regel jede von ihnen erraten konnte, was die andere gerade dachte.

»Wie ich sehe, sind die Kugeln alphanumerisch gekennzeichnet«, stellte Joanna fest. »Heißt das, dass Ihnen die Herkunft jedes einzelnen Eierstocks bekannt ist?«

Bisher hatte Cindy alle Fragen ungerührt beantwortet, doch diese schien ihr sichtlich Unbehagen zu bereiten. Sie druckste herum und versuchte erneut, vom Thema abzulenken, doch Joanna war hartnäckig.

»Wir haben eine vage Vorstellung, woher die einzelnen Eierstöcke stammen«, räumte Cindy schließlich ein.

»Was heißt vage?«, hakte Joanna nach. »Wenn ich Ihnen den Namen einer Eierstockspenderin nenne – können Sie mir dann den zugehörigen Eierstock zeigen?«

»Ich vermute, ja«, antwortete Cindy ausweichend. Sie warf erneut einen Blick auf die Uhr und verlagerte ihr Gewicht nervös von einem Bein auf das andere.

»Würden Sie mir dann bitte den Eierstock einer gewissen Joanna Meissner zeigen?«, bat Joanna.

»Joanna Meissner«, wiederholte Cindy und sah sich nach allen Seiten um, als wüsste sie plötzlich nicht mehr, wo sich was befand. »Das müsste ich im Computer nachsehen.«

»Direkt hinter ihnen steht einer«, machte Joanna sie aufmerksam.

»Oh, ja!«, entgegnete Cindy, als ob sie das überraschte. Sie drehte sich um, gab mit ihrem Passwort die Tastatur frei und gab Joannas Namen ein. Kurz darauf erschien auf dem Bildschirm die Bezeichnung »JM699«. Cindy notierte den Code auf einem Zettel und marschierte los. Joanna und Deborah folgten ihr. Zwei Reihen weiter blieb sie vor dem zweiten Behälter stehen und zeigte auf die Glaskugel. Auf ihrer Oberfläche war mit einem Permanent-Marker die alphanumerische Kombination JM699 vermerkt.

Joanna und Deborah starrten ungläubig auf das kleine Organ. Der Eierstock war deutlich pockennarbiger als der, den sie gerade etwas genauer betrachtet hatten. Joanna wollte wissen, warum.

»Es ist eines unserer älteren Exemplare«, erklärte Cindy. »Er hat bald ausgedient.«

»Würden Sie bitte den Namen einer weiteren Spenderin eingeben«, bat Deborah. »Sie heißt Kristin Overmeyer.«

»Kein Problem«, entgegnete Cindy. Offenbar hatte sie sich mit der Situation abgefunden, jedenfalls war ihre vorübergehende Unsicherheit verschwunden. Sie ging zurück an den Computer und tippte in aller Ruhe den gewünschten Namen ein. Im nächsten Augenblick erschien auf dem Bildschirm der Code K0432.

»Hier entlang«, wies sie den Weg und bedeutete ihnen, ihr zu folgen. Sie ging außen um die Reihen herum und bog in den ersten Gang ein. Joanna hielt Deborah zurück und flüsterte ihr zu: »Ich weiß, was du denkst. Da könnte was dran sein.«

Deborah nickte nur.

»Da sind wir«, stellte Cindy fest und blieb vor einem der Behälter stehen. Sie klang fast ein bisschen stolz. »Hier ist K0432«, sagte sie und zeigte auf die mittlere Glaskugel. »Ein Exemplar in doppelter Ausführung.«

»Ist ja wirklich interessant«, sagte Deborah nach einem kurzen Blick. »Die Eierstöcke sind mit einer niedrigeren Nummerierung gekennzeichnet, aber sie sehen deutlich unverbrauchter und jünger aus als der, den wir eben gesehen haben. Wie ist das zu erklären?«

Cindy betrachtete die beiden Eierstöcke etwas genauer. Deborahs Bemerkung hatte sie offenbar erneut aus der Fassung gebracht, und sie rang für einen Moment sichtlich nach den passenden Worten. »Ich habe keine Ahnung«, sagte sie schließlich. »Vielleicht hat es etwas damit zu tun, auf welche Weise die Exemplare entnommen wurden, aber ich weiß es wirklich nicht, Dr. Donaldson wird es Ihnen bestimmt erklären können.«

»Ich habe noch einen Namen«, entgegnete Deborah. »Sehen Sie doch mal nach Rebecca Corey.«

»Wollen Sie nicht lieber doch noch die Zellkulturen sehen?«, fragte Cindy. »Auf dem Gebiet haben wir eigentlich die größten Fortschritte gemacht. Dank der Zellkulturen können wir demnächst wahrscheinlich auf die Kultivierung der Eierstöcke verzichten.«

»Nur noch ein Name«, versprach Deborah. »Dann gehen wir weiter und besichtigen die Zellkulturen.«

Nach einem erneuten Blick auf die Uhr ging Cindy ein weiteres Mal an den Computer, gab den Namen ein und ließ sich den Code anzeigen. Dann führte sie Joanna und Deborah zu dem entsprechenden Behälter und zeigte auf die mit dem Code gekennzeichnete Kugel. Der Behälter war direkt neben dem mit den Eierstöcken von Kristin Overmeyer, und die Kugel enthielt ebenfalls zwei Exemplare.

Deborah und Joanna starrten auf die Kugel. Rebeccas Eierstöcke sahen wie die von Kristin viel jünger und unverbrauchter aus als der von Joanna. Bei dem Gedanken, dass sie von einer Frau stammten, die zusammen mit Kristin Overmeyer verschwunden war, nachdem sie einen Anhalter mitgenommen hatten, lief es den beiden Freundinnen kalt den Rücken herunter.

»Der Raum mit den Zellkulturen ist gleich nebenan«, erklärte Cindy. »Sollen wir jetzt rübergehen?«

Deborah und Joanna blickten gleichzeitig von der Kugel mit den Eierstöcken auf und sahen sich an. In ihren Augen spiegelte sich das blanke Entsetzen wider, und sie sahen einander an, dass ihnen die gleichen Gedanken durch den Kopf gingen. Sie hatten in der kurzen Zeit bereits mehr herausgefunden, als sie zu hoffen gewagt hatten, und was sie entdeckt hatten, war so entsetzlich und furchtbar, dass es ihre schlimmsten Erwartungen übertraf.

»Wir haben Ihre Zeit nun wirklich lange genug in Anspruch genommen«, wandte Joanna sich an Cindy und setzte ein falsches Lächeln auf.

»Genau«, pflichtete Deborah ihr bei. »Wir hätten uns längst wieder auf den Weg machen sollen. Am besten erklären Sie uns einfach, wie wir zurück zum Ausgang kommen, und schon sind Sie uns los.«

»Ich habe jede Menge Zeit«, entgegnete Cindy schnell. »Wirklich, das können Sie mir glauben. Im Gegenteil – Ihr Besuch ist für mich eine willkommene Abwechslung, und Sie sollten sich unbedingt auch noch die anderen Einrichtungen ansehen, bevor Sie wieder nach oben gehen. Kommen Sie, ich zeige Ihnen die Zellkulturen!« Bei diesen Worten griff sie nach Deborahs Arm, doch diese schüttelte sie sofort wieder ab.

»Wir wollen jetzt gehen«, stellte Deborah unmissverständlich klar.

»Dann verpassen Sie aber das Wichtigste«, wandte Cindy ein. »Ich muss darauf bestehen, Ihnen die Kulturen zu zeigen!«

»Sie haben auf gar nichts zu bestehen«, schoss Deborah zurück. »Wir verschwinden jetzt, und zwar auf der Stelle.«

»Wir finden den Weg auch allein«, fügte Joanna hinzu, drehte sich um und marschierte los in die Richtung, aus der sie gekommen waren. Laut Cindy war es zwar nicht der kürzeste Weg zum Ausgang, aber das war ihr jetzt auch egal. Zumindest würden sie an ein paar Orientierungspunkten vorbeikommen.

»Ich darf Sie auf keinen Fall allein hier herumlaufen lassen«, sagte Cindy. »Das verstößt gegen die Vorschriften.« Sie fasste nach Joannas Arm und hielt sie fest. Diesmal packte sie deutlich kräftiger zu als bei Deborah.

Joanna starrte Cindys Hand an, die ihren Arm umklammerte, und sagte mit aller Schärfe: »Wir gehen jetzt! Lassen Sie mich auf der Stelle los!«

»Ich darf Sie nicht allein hier herumlaufen lassen«, wiederholte Cindy.

»Dann bringen Sie uns doch endlich zum Ausgang!«, fuhr Deborah sie an, riss ihre Hand von Joannas Arm und stieß sie zurück. Cindy stolperte gegen einen der Behälter mit den Eierstöcken. Der leichte Zusammenprall löste umgehend einen Alarm aus. Ein schrilles Piepen erfüllte den Raum, gleichzeitig begann an der Kontrollanzeige des Behälters ein rotes Licht aufzublinken.

Als Cindy sich umdrehte, um den Alarm zu deaktivieren, nutzten Joanna und Deborah die Gelegenheit und stürmten los. Sie rannten so schnell sie konnten den schmalen Gang entlang. Als sie die Behälter hinter sich gelassen hatten, startete Deborah durch und trieb die weniger durchtrainierte Joanna zur Eile an. Cindy rief ihnen hinterher und forderte sie auf, sofort stehen zu bleiben.

»Wir hätten nie hier reingehen sollen!«, keuchte Joanna und versuchte krampfhaft, mit Deborah Schritt zu halten.

»Halt den Mund und lauf!«

Sie passierten den gewölbten Durchbruch unter dem Turm, ließen den alten Lastenaufzug hinter sich und kamen an dem inzwischen wieder dunklen Autopsiesaal vorbei. Anschließend durchquerten sie die Räume mit den Inkubatoren. Plötzlich blieb Deborah unvermittelt stehen. Um ein Haar wäre Joanna in sie hineingerannt.

»Wo geht es lang?«, fragte Deborah.

»Ich glaube, da«, erwiderte Joanna und zeigte auf einen Gang mit mehreren gewölbten Durchbrüchen, der nach Süden führte.

»Hoffentlich hast du Recht«, entgegnete Deborah. Von den Wänden hallte das Echo von Cindys Rufen wider, die ihnen folgte und unentwegt ihre Namen wiederholte. Das Echo machte es unmöglich zu bestimmen, aus welcher Richtung die Rufe kamen, und plötzlich kam Cindy hinter einem der gewölbten Durchbrüche hervorgeschossen und stieß mit voller Wucht mit ihnen zusammen. Blitzartig krallte sie sich an Joanna und Deborah fest und versuchte sie festzuhalten.

»Verdammt, was soll denn das!«, schrie Deborah sie an und riss sich mit aller Kraft von ihr los, woraufhin Cindy sich umso fester in Joanna verkrallte. Deborah sprang mit einem Satz hinter ihre Verfolgerin, umklammerte sie und befreite Joanna aus ihrem Griff. Dann machte sie eine leichte Drehung und schleuderte Cindy zu Boden. Beim Hinfallen krachte sie gegen einen der Inkubatoren, in dem diverse Petrischalen zu Bruch gingen.

Ohne sich darum zu scheren, wie es Cindy ging, packte Deborah Joannas Hand und zerrte sie in die Richtung, in die sie vor der Kollision mit ihrer Verfolgerin gewiesen hatte. Sie passierten noch einige Bögen und liefen zu ihrer großen Erleichterung tatsächlich auf die Stahltür zu. Sie legten noch einmal einen Schlussspurt ein, und Deborah drückte auf den Knopf zum Öffnen. Mit schier unerträglicher Langsamkeit verschwand die schwere Tür wie in Zeitlupe links in der Wand. Während sie ungeduldig warteten, dass sie endlich weit genug aufging, damit sie hindurchschlüpfen konnten, warfen sie noch einmal einen Blick zurück, um sich zu vergewissern, dass Cindy ihnen auch nicht gefolgt war, doch zu ihrem Entsetzen kam sie bereits den Gang entlanggerannt. Deborah drehte sich wieder um und drückte in dem verzweifelten Versuch, den Vorgang zu beschleunigen, mit aller Kraft gegen die sich öffnende Tür. Als sie gerade so weit aufgeglitten war, dass man sich hindurchzwängen konnte, schob Deborah Joanna durch die Öffnung. Sie selber drehte sich noch einmal um, um zu checken, wie nah

Cindy bereits war, und sich gegebenenfalls um sie zu kümmern.

»O nein!«, schrie Joanna und wich zurück durch den sich immer weiter öffnenden Spalt.

Deborah schoss herum und sah, was Joanna so erschreckt und sie zum Rückzug veranlasst hatte. Unbeabsichtigt entwich ihr selber ein gellender Schrei. Zwei große, schwarz gekleidete Männer durchquerten gerade die verfallene und jetzt hell erleuchtete ehemalige Küche und kamen selbstgefällig grinsend auf sie zu. In der einen Hand hielten sie Handschellen, in der anderen eine Pistole. Der Mann, der voranging, war blond, und als er sah, dass die Stahltür sich öffnete, und er die beiden Frauen erblickte, begann er loszurennen. Deborah erkannte ihn wieder. Es war der Mann, der sie in der Kantine so lüstern angegafft hatte und von dem sie annahm, dass er der Chef der Sicherheitsabteilung war.

18

10. Mai 2001, 23.24 Uhr

Beim Anblick der heranstürmenden Männer drückte Deborah instinktiv mit aller Kraft auf den Knopf zum Schließen. Die schwere Stahltür schnappte blitzschnell zu, doch im gleichen Moment wurde Deborah von hinten attackiert. Cindy war inzwischen zu ihnen vorgestoßen und nahm sie in den Schwitzkasten. Sie versuchte sie von der Tür wegzuzerren, doch Deborah hielt stand und hielt den Knopf gedrückt.

»Schaff mir dieses verrückte Weib vom Hals!«, rief Deborah Joanna zu. Cindy verlangte laut schreiend, die Tür sofort wieder zu öffnen.

Jeden Finger einzeln umbiegend, befreite Joanna Deborah aus Cindys Umklammerung und stieß sie mit voller Wucht zurück in den Gang, doch sie stolperte nur einmal, fing sich wieder und stürzte sich erneut auf Deborah.

»Halt den verdammten Knopf gedrückt!«, wies diese ihre Freundin an, während sie mit einer Hand ihre Angreiferin abzuwehren versuchte.

Joanna übernahm schnell das Knopfdrücken, sodass Deborah beide Hände frei hatte und sich um die lästige Labortechnikerin kümmern konnte. Das letzte Mal, dass sie jemandem Gewalt angetan hatte, war in der fünften Klasse gewesen, als sie einem aufdringlichen Mitschüler eine runtergehauen hatte, doch jetzt ballte sie ihre Faust, holte ohne zu zögern weit aus und verpasste Cindy mit voller Wucht einen Schlag auf die linke Wange. Nach vier Jahren regelmäßigem Training in der Lacrosse-Mannschaft der Universität war ihr Schlag seit der fünften Klasse deutlich stärker geworden. Cindys Geschrei verstummte augenblicklich, und im nächsten Moment sackte sie wie in Zeitlupe zu Boden, wobei sie erst auf die Knie sank, dann vornüberfiel und schließlich lang hingestreckt liegen blieb.

Deborah schrie vor Schmerz auf und schüttelte ihre Schlaghand, doch sie zwang sich, den Schmerz herunterzuschlucken, stürzte auf den nächstbesten Inkubator zu und rollte ihn schnell zur Tür. Joanna begriff sofort, was sie vorhatte, und half ihr, den Inkubator so vor dem Schließknopf zu positionieren, dass er von alleine gedrückt blieb. Auf diese Weise ließ sich die Tür von der anderen Seite nicht öffnen. Um den Inkubator in der richtigen Position zu halten, hielten sie ihn beide fest und steuerten ihn gegen den Knopf.

»Was hast du vor?«, fragte Joanna panisch. Sie flüsterte, und ihre Stimme klang gepresst.

»Wir haben nur zwei Möglichkeiten, hier rauszukommen«, erwiderte Deborah. »Der Speisenaufzug oder der Lastenaufzug. Was meinst du, welchen nehmen wir?«

»Den Lastenaufzug!«, antwortete Joanna. »Wir wissen genau, wo er sich befindet. Außerdem passen wir auf jeden Fall beide rein.«

Neben ihnen versuchte Cindy sich aufzurichten. Sie hievte sich in eine halb sitzende Position und sah sich um. Ihre Augen starrten ausdruckslos ins Leere, wie die eines Boxers nach einem K.-o.-Schlag.

»Also gut!«, sagte Deborah und warf Cindy noch einen letzten Blick zu. Sie versuchte gerade, auf die Füße zu kommen. »Dann nehmen wir den Lastenaufzug.«

Sie ließen gleichzeitig den Inkubator los und stürmten durch das Labyrinth der zahlreichen Räume. Leider bogen sie einmal falsch ab, verliefen sich und landeten in einer Sackgasse. Sie gingen den gleichen Weg zurück, bis sie wieder wussten, wo sie waren. Weiter hinten hörten sie einen Inkubator gegen einen anderen stoßen und danach die lauten Rufe der ins Kellerlabor stürmenden Männer.

»Wenn der Lastenaufzug nicht funktioniert, sind wir verloren«, keuchte Deborah.

Sie nahmen die letzte Biegung, rannten an der Schwingtür zum ehemaligen Autopsiesaal vorbei und liefen direkt auf den Lastenaufzug zu. Aus dem Schlitz zwischen den verschlossenen Türen hing in Brusthöhe der Stoffriemen zum Betätigen des Öffnungsmechanismus hervor. Deborah packte den Riemen, Joanna fasste ebenfalls zu. Mit vereinten Kräften zogen sie daran, und schließlich ging die Tür auf, wobei die untere nach unten und die obere nach oben glitt. Als der Spalt zwischen den Türen breit genug war, zwängten sie sich schnell hinein.

Der Aufzug war ein schwerer Korb aus Maschendraht und etwa zwei Meter breit. Das Bedienungsfeld befand sich an der rechten Seite in Brusthöhe und verfügte über sechs

Knöpfe. Der Boden war aus unbearbeiteten Holzbohlen. Über ihnen verschwanden die Tragseile in der Dunkelheit. Außer dem schwachen Lichtstrahl, der vom Flur durch die geöffneten Türen hereinfiel, war es stockfinster. Die schweren Fußstapfen der rennenden Männer kamen immer näher.

»Die Türen!«, rief Deborah und griff nach dem Stoffriemen, der an der Innenkante der oberen Tür befestigt war. Joanna kam ihr zu Hilfe, und mit vereinten Kräften schafften sie es schließlich, den Mechanismus in Gang zu setzen. Ganz langsam setzten sich die schweren Türen in Bewegung und glitten dann mit zunehmender Geschwindigkeit zu. Doch bevor sie vollständig geschlossen waren, kamen draußen die Männer herangestürmt. Eine Hand schoss durch den sich schließenden Spalt, packte nach Deborahs Arztkittel und wurde im letzten Moment mitsamt einem Stück von dem Kittel wieder zurückgezogen. Mit den geschlossenen Türen war es im Aufzug stockdunkel. Deborah merkte, dass von draußen mit aller Kraft an ihrem Kittel gezerrt wurde, doch sie hielt den Stoffriemen fest umklammert.

»Drück einen der Knöpfe!«, schrie Deborah Joanna zu, ohne den Riemen loszulassen. Sie merkte, wie von draußen versucht wurde, die Tür zu öffnen, doch da sie mit ihrem ganzen Gewicht an dem Riemen hing, hätte man sie schon hochziehen müssen, um dabei Erfolg zu haben.

Wie eine Blinde tastete Joanna nach dem Bedienungsfeld, auf das sie vor dem Zugleiten der Türen nur einen flüchtigen Blick hatte werfen können.

»Beeil dich doch!«, schrie Deborah panisch. Sie merkte, wie sie langsam hochgezogen wurde und den Boden unter den Füßen verlor.

Hektisch suchte Joanna das Maschendrahtgitter mit beiden Händen nach dem Bedienungsfeld ab. Schließlich fand sie es und drückte in der Dunkelheit auf den erstbesten Knopf.

In der Finsternis ertönte ein schrilles Quietschen, es klang, als ob eine ganze Schar Hühner geschlachtet würde. Im nächsten Moment ruckelte der Aufzug, dann fuhr er langsam nach oben.

Deborah ließ den Riemen los, den sie immer noch umklammert hielt, und schaffte es durch Hinknien und mehrmaliges Hin- und Herdrehen, ihre Arme aus dem Arztkittel zu befreien, der immer noch zwischen den geschlossenen Fahrstuhltüren klemmte. Im nächsten Augenblick verschwand der Kittel in der engen Ritze zwischen dem hinauffahrenden Fahrstuhl und dem steinernen Fahrstuhlschacht, und im gleichen Moment hallte ein ohrenbetäubendes Malmen und Reißen durch den Schacht.

»Was war das denn für ein furchtbares Geräusch?«, fragte Joanna und schnappte nach Luft.

Deborah lief ein kalter Schauer über den Rücken. Wäre sie nicht rechtzeitig aus dem Kittel gekommen, hätte wahrscheinlich ihr Körper das schreckliche Geräusch verursacht. Auch sie schnappte panisch nach Luft. »Das waren meine Taschenlampe und meine Autoschlüssel. Sie steckten in meiner Kitteltasche und sind gerade pulverisiert worden.«

»Du hast deinen Autoschlüssel verloren?«, stöhnte Joanna und richtete sich auf.

»Das ist im Moment wirklich meine letzte Sorge«, sagte Deborah. »Mein Gott, haben wir ein Glück, dass dieser Aufzug funktioniert! Um ein Haar hätten diese Kerle uns gekriegt. Das war wirklich knapp.«

Joanna knipste ihre Taschenlampe an und richtete den Lichtstrahl auf das Bedienungsfeld. Sie hatte den Knopf für die zweite Etage gedrückt.

»Was sollen wir denn jetzt tun?«, fragte Joanna nervös. »Wir fahren in den zweiten Stock. Sollen wir versuchen, den Aufzug vorher zu stoppen?«

»Schnell ist das alte Ding ja nicht gerade«, stellte Deborah fest. »Aber wahrscheinlich landen wir besser im zweiten Stock als im ersten oder gar im Erdgeschoss. Ich habe nicht die geringste Lust, diesen Männern noch einmal in die Arme zu laufen. »

»Ich auch nicht«, pflichtete Joanna ihr bei. Sie atmete inzwischen wieder einigermaßen regelmäßig, doch ihr lief ein kalter Schauer über den Rücken. »Jetzt wissen wir definitiv, dass die Leute hier vor nichts zurückschrecken – nicht einmal vor Mord. Wahrscheinlich wissen sie, dass wir über ihre finsteren Machenschaften im Bilde sind. Und dieses Miststück von Cindy wusste die ganze Zeit, dass sie bald Verstärkung kriegen würde. Sonst hätte sie uns niemals so freundlich empfangen. Ich kann es einfach nicht fassen, warum wir nicht spätestens Lunte gerochen haben, als sie uns den Rundgang angeboten hat! Was ist nur los mit uns?«

»Im Nachhinein lässt sich das leicht sagen«, stellte Deborah keuchend fest. »Schließlich sind wir davon ausgegangen, dass in dieser Klinik zwar gegen ethische Grundsätze verstoßen wird – aber doch nicht gegen eins der zehn Gebote. Dass hier offenbar gemordet wird, um an Eizellen heranzukommen, konnten wir ja nicht ahnen! Das ist doch der blanke Wahnsinn!«

»Wir müssen hier raus!«

»Unbedingt«, stimmte Deborah zu. »Allerdings stehen wir ohne unsere Autoschlüssel ziemlich dumm da. Unseren eigenen Wagen können wir also vergessen. Am besten versuchen wir vom Erdgeschoss oder vom ersten Stock aus zu telefonieren.«

»Aber genau damit werden die Männer doch rechnen«, wandte Joanna ein. »Jedenfalls wäre es für mich am nahe liegendsten. Was hältst du davon, wenn wir uns erst einmal irgendwo verstecken, damit wir uns unsere nächsten Schritte in Ruhe überlegen können?«

»Keine schlechte Idee«, erwiderte Deborah. »Vielleicht

sollten wir uns sogar bis morgen früh verstecken. Vermutlich weiß nur eine kleine Minderheit der Angestellten, was hier wirklich vor sich geht, und wenn man ihnen die Augen öffnet, sind sie sicher genauso entsetzt wie wir. Vielleicht können wir jemanden um Hilfe bitten.«

»Ich glaube eher, dass die Männer heute Nacht so lange suchen, bis sie uns gefunden haben. Wir müssen fliehen – fragt sich nur wie.«

»Allerdings! Diese Typen waren bewaffnet!«

»Deshalb bin ich ja dafür, dass wir uns irgendwo verstecken. Aber wir sollten uns gut überlegen wo.«

»Von Vorteil ist, dass das Gebäude so riesig ist und dass es mit Bergen alter Sachen voll gestopft ist«, überlegte Deborah laut. »Es gibt bestimmt Plätze, an denen wir uns für eine Weile verkriechen können. Wenn sie nicht einen ganzen Suchtrupp auf uns ansetzen, brauchen sie für eine gründliche Durchsuchung fast die ganze Nacht.«

»Genau«, stimmte Joanna zu. »Wahrscheinlich suchen sie das Gebäude erst einmal nur oberflächlich nach uns ab, aber wenn sie uns nicht finden, werden sie zurückkommen und alles auf den Kopf stellen. Spätestens dann müssen wir über alle Berge sein, sonst haben sie uns.«

Deborah schüttelte den Kopf und seufzte. »Tut mir Leid, dass ich uns in diese missliche Lage gebracht habe. Es ist alles meine Schuld.«

»Für Schuldzuweisungen ist jetzt nicht der richtige Zeitpunkt«, stellte Joanna fest. »Aber damit eins klar ist: Du hast mich nicht gezwungen mitzukommen. Ich bin aus freien Stücken hier.«

»Danke«, murmelte Deborah.

Joanna schaltete ihre Taschenlampe aus. »Vielleicht sollten wir unsere Augen lieber an die Dunkelheit gewöhnen. Schließlich können wir uns gleich auch nicht den Weg leuchten.«

»Stimmt«, brachte Deborah hervor. Sie konnte sich nur mit Mühe zusammenreißen.

Ein paar Minuten später kam der Fahrstuhl ruckelnd und quietschend zum Stehen. Plötzlich waren sie von erdrückender Stille umgeben. Sie hasteten zur Tür und zerrten sie so schnell wie möglich auf. Von draußen schlug ihnen absolute Finsternis entgegen.

»Wir haben keine andere Wahl«, stellte Joanna fest. »Wir müssen die Taschenlampe doch einschalten.« In der Stille erschien ihr das Klicken irrsinnig laut. Sie leuchtete schnell alle Seiten ab und stellte fest, dass sie sich in einem kleinen, fensterlosen Raum befanden. Es war der Fahrstuhlvorraum, aus dem eine breite Doppeltür nach draußen führte.

»Sie werden ziemlich schnell wissen, dass wir in den zweiten Stock gefahren sind«, stellte Deborah fest. »Das heißt, sie werden sehr bald hier aufkreuzen. Am besten suchen wir sofort die Treppe und laufen hinauf in die oberste Etage. Da finden wir bestimmt irgendein Versteck und können in Ruhe überlegen, wie wir weiter vorgehen.«

»Einverstanden!«

Deborah zog die Tür zum Flur auf und huschte hinaus. Joanna folgte ihr und leuchtete als Erstes mit ihrer Taschenlampe beide Richtungen des langen Gangs ab. Deborah hatte sie zwar vorgewarnt, dass die ganze Etage mit antiquierten medizinischen Geräten und Utensilien voll gestopft sei, doch der Anblick haute sie förmlich um. Dass im Wäschewagen sorgfältig zusammengefaltete Laken bereitlagen und an den Wänden gerahmte Bilder hingen, hatte sie nicht erwartet. »Hier sieht es ja aus, als ob während einer Feuerübung alle fluchtartig hinausgelaufen und dann nie wieder zurückgekommen wären.«

»Da drüben ist das Zeichen für den Notausgang«, stellte Deborah fest und zeigte in Richtung Süden. »Da muss also eine Treppe sein. Los! Wir müssen uns beeilen!«

Joanna schirmte mit der Hand den Lichtkegel ihrer Taschenlampe ab, um so wenig Aufmerksamkeit wie möglich zu erregen. Sie liefen so schnell sie konnten und achteten darauf, nicht über Rollbahren, Servierwagen und alte Rollstühle zu stolpern. Am Zugang zum Treppenhaus öffnete Deborah vorsichtig die Tür und lauschte. Es war mucksmäuschenstill.

»Komm!«, drängte sie und huschte ins Treppenhaus.

Sie stürmten ein paar Stufen hinauf und blieben dann erschrocken stehen. Ihre Schritte erzeugten auf der Metalltreppe einen unglaublichen Lärm, der in dem engen Treppenhaus als mehrfaches Echo widerhallte.

Auf dem mittleren Treppenabsatz blieben sie wie angewurzelt stehen. Irgendwo weiter unten war eine Tür aufgeflogen und gegen die Wand geknallt. Joanna war immerhin so geistesgegenwärtig, sofort ihre Taschenlampe auszuschalten.

Im nächsten Moment hörten sie ohrenbetäubendes Getrampel auf der Metalltreppe und sahen ein hin- und herflackerndes Licht, das sich seinen Weg nach oben bahnte. Offenbar lief einer der Männer mit einer Taschenlampe in der Hand voran.

Panisch vor Angst drückten sie sich am hinteren Ende des Treppenabsatzes an die nackte Backsteinwand. Das Getrappel wurde immer lauter, und das Licht kam immer näher. Dann erreichte einer der schwarz gekleideten Männer den Absatz, der zur zweiten Etage führte. Er war höchstens sechs bis sieben Meter von ihnen entfernt, und sie konnten deutlich seinen schweren Atem hören. Zum Glück sah er nicht nach oben, sondern hastete auf den Flur und stürmte weiter in Richtung Lastenaufzug.

In dem Augenblick, in dem die Treppenhaustür hinter dem Mann zufiel, wagten Joanna und Deborah sich aus ihrem Winkel hervor und nahmen den verbleibenden Absatz in Angriff. Da sie sich nicht trauten, das Licht anzuschalten, mussten sie sich den Weg im Dunkeln ertasten und mit aller Kraft gegen ihre neu aufkommende Todesangst ankämpfen. Dabei wurde ihnen das Vorankommen zusätzlich von etlichen leeren Pappkartons erschwert, die sich auf den Stufen stapelten.

Als sie es endlich geschafft hatten, huschten sie auf den Flur. Dort erst knipste Joanna die Taschenlampe wieder an, wobei sie wie zuvor den Lichtkegel abschirmte. Sie entschieden, in Richtung Norden zu laufen, und beeilten sich, so gut es ging, wobei sie ständig irgendwelchen Hindernissen ausweichen mussten. Ihre Intuition sagte ihnen, dass sie sich am besten so weit wie möglich von dem Teil des Gebäudes entfernten, der die Wingate Clinic beherbergte. Gleichzeitig achteten sie darauf, möglichst jegliches Knarren der alten Holzbohlen unter ihren Füßen zu vermeiden. Immerhin suchten die Männer direkt im Stockwerk unter ihnen nach ihnen, und sie wollten sich auf keinen Fall verraten.

Schließlich erreichten sie die Feuertür, die zum Turm führte. Wortlos durchquerten sie den Turm, verließen ihn durch die Feuertür auf der anderen Seite wieder und betraten den Nordflügel. Vom gelegentlichen Knarren einer Bodendiele abgesehen, herrschte absolute Stille. Sie waren so mit ihren jeweiligen Ängsten beschäftigt, dass sie nicht zu sprechen im Stande waren.

Im Nordflügel waren die ehemaligen Stationen genauso angeordnet wie im Südflügel, nur spiegelverkehrt, sie erstreckten sich auf den beiden Seiten eines langen zentralen Hauptgangs. Jede Station verfügte über etliche Nebenräume, durch die sie von ihrer jeweiligen Nachbarstation getrennt war. Pro Station gab es etwa zwanzig bis dreißig Betten. Auf den meisten lagen nackte Matratzen, doch einige waren auch mit mottenzerfressenen Laken bezogen.

»Hast du eine Idee, wo wir uns verstecken können?«, flüsterte Joanna nervös.

»Noch nicht«, erwiderte Deborah. »Wir könnten uns natürlich in einem der vielen Lagerräume in einem Schrank verkriechen, aber das ist natürlich nicht gerade besonders originell.«

»Viel Zeit zum Überlegen haben wir nicht.«

»Da hast du wohl leider Recht«, stimmte Deborah ihr zu und bat sie, den Strahl ihrer Lampe in den Raum zwischen den letzten beiden Stationen in der äußersten Nordwestecke des Gebäudes zu richten. Dieser Raum war im Gegensatz zu den meisten anderen kleinen Räumen zwischen den Stationen offenbar kein ehemaliger Lagerraum. Stattdessen war er mit einem eisernen Untersuchungstisch und einem Waschbecken ausgestattet und hatte offenbar als kleines Behandlungszimmer gedient. An der Wand gegenüber der Tür stand ein großer Instrumentenschrank mit einer Glasfront. Eine weitere Tür führte in einen kleinen Wäscheraum, in dem sich unter anderem ein altmodisches Sterilisiergerät befand.

Deborah steuerte zielstrebig das Sterilisiergerät an, bedeutete Joanna, ihr zu leuchten, und zog an der Tür. Zunächst ließ sie sich nicht öffnen, doch schließlich gab sie quietschend nach.

»Wie wäre es hiermit?«, fragte Deborah.

Das Gerät war etwa einen Meter breit und eineinhalb Meter tief. Joanna richtete den Strahl ihrer Lampe ins Innere. Auf einem Metallgitter standen mehrere Behälter aus rostfreiem Stahl. »Selbst wenn wir alles ausräumen, passt nur eine von uns beiden hinein«, stellte sie fest. »Und auch das nur gerade so.«

»Stimmt«, räumte Deborah ein. Sie wandte sich von dem Sterilisiergerät ab und ging zu der Verbindungstür, die zum Ende der Station führte. Joanna folgte ihr mit der Lampe, wobei sie den Strahl weiterhin so gut es ging abschirmte. Als Deborah die Tür öffnete, schaltete sie das Licht ganz aus. Durch die Fenster fiel schwaches Mondlicht herein, das immerhin ausreichte, die größeren Objekte im Raum zu erkennen.

Was Größe und Ausstattung betraf, sah der Raum genauso aus wie die anderen, doch zusätzlich verfügte er über einen großen, auf Beinen stehenden, zwei Meter langen, horizontalen Zylinder. Er war etwa brusthoch und stand an Stelle eines Betts an der Innenwand.

»Das könnte unser Versteck sein«, freute sich Deborah.

»Was denn?«

»Der Zylinder«, erwiderte Deborah und zeigte auf das große, seltsame Objekt. »Ich habe mal etwas über diese Geräte gelesen. Man nennt sie eiserne Lungen. Sie wurden bei Leuten eingesetzt, die nicht atmen konnten, zum Beispiel in den fünfziger Jahren bei Patienten mit zerebraler Kinderlähmung.«

Sie eilten so schnell wie möglich durch die dunkle Station und steuerten den altmodischen Respirator an. Von weitem hatte er grau ausgesehen, doch jetzt erkannten sie, dass er gelb war. An den Seiten befanden sich kleine runde Glasfenster. Das Ende, das in die Station zeigte, war aufklappbar und verfügte in der Mitte über einen schwarzen Kragen aus Gummi, der offenbar luftdicht den Hals des Patienten umschlossen hatte. Über dem Kragen war im Fünfundvierzig-Grad-Winkel ein kleiner Spiegel angebracht, und darunter befand sich eine Ausbuchtung für den Kopf des Patienten.

Während Deborah den Riegel an der Vordertür des Zylinders öffnete, sah Joanna sich nervös im Raum um. Die Zeit verging, und sie brauchten dringend ein geeignetes Versteck.

Deborah drückte die Tür der eisernen Lunge auf. Zum Glück quietschte sie nicht so laut wie die des Sterilisiergeräts. »Leuchte bitte hinein!«, forderte Deborah Joanna auf.

»Wir haben keine Zeit herumzutrödeln!«, klagte Joanna.

»Leuchte hinein!«, wiederholte Deborah.

In dem Augenblick, in dem Joanna dem Wunsch ihrer Freundin nachkam, hörten sie in der Ferne die Feuertür gegen die Wand knallen. Kurz darauf sahen sie auf dem Hauptflur den flackernden Lichtstrahl einer Taschenlampe.

»Oje!«, jammerte Joanna und schaltete schnell das Licht aus.

»Dieser Behälter muss es tun«, sagte Deborah. »Wir verstecken uns in der eisernen Lunge.« Sie schnappte sich einen der Stühle, die zwischen den Betten standen, und schob ihn vor den Zylinder. Dann packte sie Joanna beim Arm. »Los! Du gehst als Erste rein. Mit den Füßen voran!«

Das flackernde Licht, das vom Flur durch die offene Tür in den Raum fiel, wurde immer heller.

»Los, beeil dich!«, drängte Deborah.

Etwas widerwillig stieg Joanna auf den Stuhl. Die eiserne Lunge wirkte wenig einladend, aber sie hatte keine Wahl. Sie hielt sich am oberen Rand des Zylinders fest und stellte einen Fuß hinein. Mit Deborahs Hilfe, die sie von hinten stützte, bugsierte sie auch den zweiten Fuß in den Behälter und ließ sich dann vollständig hineingleiten.

Deborah nahm den Stuhl und stellte ihn zurück.

»Wo gehst du hin?«, zischte Joanna ihr zu, als sie aus ihrem Blickfeld verschwand.

Deborah antwortete nicht, tauchte aber sofort wieder vor dem Zylinder auf. »Ich muss ohne Stuhl da reinkommen«, antwortete sie. »Sonst können wir gleich ein Hinweisschild aufstellen.«

Sie umfasste die Verstrebung zwischen den vorderen Beinen, auf dem der Zylinder stand, und zog sich bis zum oberen Rand der eisernen Lunge hoch. Da, wo die Beine mit dem Zylinder verschweißt waren, fand sie einen kleinen Halt für ihren Fuß und schaffte es, ihren Oberkörper hochzustemmen. Dann schwang sie wie am Reck ein paar Mal vor und zurück und landete schließlich mit den Füßen im Einstieg der eisernen Lunge. Doch dann ging es nicht weiter. Sie hatte keine Ahnung, wie sie den Rest ihres Körpers in den Zylinder bugsieren sollte, ohne rücklings auf den Boden zu krachen. Selbst wenn Joanna sie von innen festhielt, hatte sie keine Chance.

»So geht es nicht«, stellte sie schließlich fest, zog ihre Beine wieder aus dem Zylinder und ließ sich zurück auf den Boden gleiten.

»Du musst dich beeilen!«, zischte Joanna ihr zu. Das Licht vom Flur wurde immer heller, und inzwischen hörte man sogar Stimmen. Es waren die beiden Männer, und sie mussten jeden Augenblick da sein.

Deborah versuchte es andersherum, hechtete mit dem Kopf zuerst durch die Zylinderöffnung und zwängte sich, so weit sie konnte, hinein. »Los, zieh mich rein!«, flehte sie verzweifelt.

Mit Joannas Hilfe schaffte sie es schließlich, allerdings schabte sie sich an der scharfen Kante des eisernen Zylinders die Oberschenkel und die Schienbeine auf. Sie klammerte sich mit aller Kraft an Joanna fest und schob sich zentimeterweise ins Innere der Röhre, in der es so eng war, dass sie dicht aneinander gepresst waren und jeweils die Füße der anderen vor dem Gesicht hatten.

»Zieh die Klappe zu, so weit es geht!«, zischte Deborah Joanna aus dem tiefen Inneren des Zylinders zu.

Joanna langte nach draußen, fasste nach dem Kragen aus Gummi und zog mit aller Kraft die Klappe zu. Zu ihrem Entsetzen quietschte sie plötzlich, weshalb sie panisch losließ und den Arm schnell wieder in den Zylinder zog. Es war gerade noch rechtzeitig, denn im gleichen Moment huschte auch schon der Strahl einer Taschenlampe durch den Raum und tanzte über die Wände. Durch die drei Glasfenster an der zur Tür weisenden Seite des Zylinders leuchtete der Strahl sogar für einen kurzen Augenblick direkt ins Innere der eisernen Lunge. Dann wurde er wieder nach unten gerichtet, wanderte durch den Raum und wurde unter jedes einzelne Bett und in jeden verborgenen Winkel gehalten.

Joanna und Deborah hielten instinktiv den Atem an. Einer der Männer ging schnellen Schrittes kreuz und quer den gesamten Raum ab und kam dabei gleich zweimal keine drei Meter an der halb offenen Klappe der eisernen Lunge vorbei. Er ging vornübergebeugt und leuchtete die Unterseiten der Betten eine nach der anderen der Länge nach ab, wobei er jeweils besonderes Augenmerk auf die Kopfpartien und auf die Seiten legte, neben denen vereinzelt willkürlich hingerückte Tische standen.

»Hast du sie gefunden?«, rief der Mann plötzlich aus vollem Halse. Deborah und Joanna zuckten erschrocken zusammen.

Aus der Ferne kam gedämpft ein gerufenes Nein zurück. Der andere Mann suchte offenbar die Station auf der anderen Seite des Flurs ab.

Im nächsten Augenblick hörten Deborah und Joanna den Mann, der eben noch direkt vor ihrem Versteck hin- und hergegangen war, im Nebenraum schnell mehrere Schranktüren öffnen und laut fluchend wieder zuschlagen. Durch das Fenster vor ihrer Nase sah Deborah den auf und ab wandernden Schein der Taschenlampe durch das benachbarte Behandlungszimmer huschen und schließlich in Richtung der nächsten Station verschwinden.

Deborah und Joanna ließen gleichzeitig die angehaltene Luft aus ihren Lungen entweichen und atmeten tief ein, wobei die Luft, die Deborah einsog, alles andere als frisch war.

»Das war ja fast so knapp wie vorhin im Lastenaufzug«, zischte Joanna.

»Offenbar hattest du Recht, und sie durchkämmen in

einem ersten Schnelldurchgang das gesamte Gebäude«, flüsterte Deborah zurück.

»Am besten rühren wir uns fürs Erste nicht vom Fleck«, schlug Joanna vor. »Für den Fall, dass er noch einmal zurückkommt. Allerdings sollten wir uns allmählich Gedanken darüber machen, wie wir von hier verschwinden.«

Die Minuten zogen sich endlos in die Länge. Vor allem Deborah konnte es kaum mehr aushalten. Eingezwängt im Fuß des Zylinders, der eigentlich nur für einen Menschen gedacht war, bekam sie zusehends Anfälle von Platzangst, und nachdenken oder Fluchtpläne schmieden konnte sie schon gar nicht. Die uralte Matratze in dem Zylinder roch entsetzlich muffig, und der Staub machte ihr genauso zu schaffen. Mehrmals musste sie ihre ganze Willenskraft aufbieten, um nicht laut loszuniesen. Schließlich begann sie auch noch zu schwitzen und wurde zusehends kurzatmiger.

Nach einer halben Stunde konnte sie nicht mehr. »Hast du noch irgendetwas gehört?« zischte sie. »Oder den Strahl einer Taschenlampe gesehen?«

»Ich habe nur von draußen etwas Licht durch die Fenster flackern sehen«, erwiderte Joanna. »Da draußen ist irgendein Licht, das vorhin noch nicht da war.«

»Und im Inneren des Gebäudes?«

»Scheint die Luft rein zu sein.«

»Ich muss hier raus«, sagte Deborah. »Mach die Klappe auf, und versuch dabei möglichst keinen Lärm zu machen.«

Joanna stieß die Klappe an, und sie schwang nahezu lautlos auf.

»Ich komme jetzt«, kündigte Deborah an. »Wenn ich dich dabei an irgendwelchen empfindlichen Stellen begrapschen sollte, entschuldige ich mich schon mal im Voraus.«

Mit einiger Mühe und mehrfachem Grunzen schaffte Deborah es schließlich, sich aus dem engen Zylinder herauszuwinden. Sie suchte schnell nach allen Seiten den

Raum ab und registrierte, dass Joanna Recht gehabt hatte: Draußen war es tatsächlich irgendwie heller geworden. Sie wischte sich einmal mit dem Handrücken durchs Gesicht und rückte sich mit den Fingern ihr nass geschwitztes, schulterlanges Haar zurecht. Sie war völlig ermattet und erschöpft, dabei war die Nacht noch jung, und das Schlimmste stand ihnen noch bevor. Vor ihrem inneren Auge sah sie den mit rasiermesserscharfen Klingen gesicherten Stacheldrahtzaun. Selbst wenn sie es irgendwie aus dem Gebäude schaffen sollten, waren sie noch lange nicht in Sicherheit. Von dem streng gesicherten Gelände der Klinik zu kommen, war alles andere als einfach.

»Wie wär's, wenn du mir den Stuhl wieder hinstellst«, riss Joanna sie aus ihren Gedanken.

»Oh ja, natürlich«, erwiderte Deborah und schob den Stuhl vor die offene Klappe der eisernen Lunge. Sie war so in ihre Sorgen vertieft, dass sie Joanna glatt für einen Moment vergessen hatte.

»Und?«, fragte Joanna, während sie sich aus dem Zylinder schob und hinabstieg. »Ist dir etwas Kluges eingefallen, wie wir hier rauskommen?«

»Nein«, gestand Deborah. »Ich war dermaßen in dieser verdammten Röhre eingezwängt, dass ich beim besten Willen keinen klaren Gedanken fassen konnte. Und was ist mit dir? Hast du eine Idee?«

»Mir ist tatsächlich etwas durch den Kopf gegangen. Das Kraftwerk könnte der geeignete Weg aus diesem Gebäude sein.«

»Wieso ausgerechnet das Kraftwerk?«, hakte Deborah nach.

»Wenn sie im Kraftwerk Wärme erzeugen, um die Klinik zu beheizen, muss die Wärme ja irgendwie hierher kommen«, erwiderte Joanna. »Also muss es einen Verbindungstunnel geben.«

»Natürlich!«, rief Deborah begeistert. »Du hast Recht!«

»Mir ist im Fahrstuhl aufgefallen, dass es sechs Knöpfe gab«, fuhr Joanna fort. »Ich habe dem zunächst keine Bedeutung beigemessen – bis mir die Idee mit dem Tunnel in den Sinn kam. Unter dem Keller muss es noch ein weiteres unterirdisches Geschoss geben, und genau das dürfte unser nächstes Ziel sein. Je mehr ich über unseren ursprünglichen Plan nachdenke, telefonisch Hilfe herbeizuholen, desto riskanter erscheint mir diese Idee.«

»Aber ich habe nirgendwo einen Zugang zu einem zweiten Kellergeschoss gesehen«, wandte Deborah ein. »Weder in dem Treppenhaus, durch das wir vorhin in den Keller hinabgestiegen sind, noch in dem Treppenhaus, das ich heute Nachmittag benutzt habe.«

»Dann lass uns checken, ob der Lastenaufzug noch weiter nach unten führt«, schlug Joanna vor.

»Den können wir auf keinen Fall noch einmal nehmen«, widersprach Deborah. »Der Aufzug macht viel zu viel Lärm.«

»Ich meine auch gar nicht, dass wir den Aufzug selbst nehmen sollen«, erklärte Joanna. »Normalerweise gibt es in jedem Fahrstuhlschacht eine Leiter. Wofür sie genau da ist, weiß ich auch nicht, wahrscheinlich zur Instandhaltung.«

»Seit wann kennst du dich denn mit so etwas aus?«, fragte Deborah. Sie war beeindruckt.

»Das habe ich Carlton zu verdanken«, erklärte Joanna. »Er ist ein großer Fan geistloser Action-Filme, und als ich noch mit ihm zusammen war, blieb mir nichts anderes übrig, als mir einen nach dem anderen mit ihm anzusehen. In den meisten dieser Filme gibt es irgendwann eine Szene in einem Fahrstuhlschacht.«

»Ich denke, es ist einen Versuch wert«, sagte Deborah. »Ob wir wohl lange genug gewartet haben?«

»Keine Ahnung«, erwiderte Joanna. »Aber da wir sowieso nicht die ganze Nacht hier bleiben können, müssen wir es ja irgendwann versuchen. Ich sehe mal auf dem Flur nach, ob die Luft rein ist.«

»Okay«, entgegnete Deborah. »Dann sehe ich mal nach, was das helle Licht da draußen zu bedeuten hat.«

Während Joanna vorsichtig in Richtung Flur ging, durchquerte Deborah den Raum und steuerte eines der großen Fenster an. Damit man sie von außen nicht sah, ging sie geduckt. Am Fenster hob sie vorsichtig den Kopf und linste über die Fensterbank. Unten auf dem Rasen standen jede Menge Autos mit eingeschalteten Scheinwerfern und strahlten das Gebäude an. Obwohl die Autos ziemlich weit weg standen, duckte Deborah sich schnell wieder, damit man sie auf keinen Fall entdeckte. Im grellen Scheinwerferlicht hatte sie einen flüchtigen Blick auf mehrere uniformierte Männer erhascht, von denen die meisten große Hunde an der Leine führten. Offenbar hatten die beiden schwarz gekleideten Männer Verstärkung angefordert.

Deborah huschte schnell zurück zu Joanna, die an der Tür zum Flur auf sie wartete, und berichtete ihr, was sie draußen gesehen hatte.

»Dass sie jetzt auch noch Hunde einsetzen, klingt gar nicht gut«, stellte Joanna fest. »Eins muss man ihnen lassen: Diese Männer verstehen ihr Handwerk.«

»Davon konnten wir uns ja bereits zur Genüge überzeugen«, entgegnete Deborah.

»Das heißt aber auch, dass uns gar nichts anderes übrig bleibt, als das Gebäude über einen unterirdischen Weg zu verlassen«, fügte Joanna hinzu. Dann informierte sie Deborah, dass die Luft auf dem Hauptflur rein war, doch plötzlich ertönte von draußen ein Testruf durch ein eingeschaltetes Megaphon und ließ sie zusammenfahren.

19

11. Mai 2001, 00.37 Uhr

Joanna Meissner und Deborah Cochrane!«, tönte es laut aus dem Megaphon und hallte von der Gebäudefront zurück. »Wir fordern Sie auf, das Versteckspiel umgehend zu beenden! Wenn Sie das Gebäude nicht freiwillig verlassen, kommen wir rein und setzen unsere Spürhunde auf Sie an! Die Polizei aus Bookford ist bereits unterwegs! Kommen Sie sofort heraus, und stellen Sie sich!«

»So viel zu unseren sorgfältig ausgewählten Decknamen«, bemerkte Deborah sarkastisch.

»Wenn sie uns wirklich an die Polizei übergeben würden, wäre ich da unten, bevor sie bis drei zählen könnten«, entgegnete Joanna.

»Sie werden uns an niemanden übergeben, so viel steht fest«, entgegnete Deborah.

»Das glaube ich auch«, pflichtete Joanna ihr bei. »Also los! Checken wir den Schacht des Lastenaufzugs – bevor ich die Nerven verliere.«

Da sie mit der Aufteilung des Gebäudes inzwischen etwas vertrauter waren, fanden sie problemlos den Weg zurück zum Treppenhaus, durch das sie gekommen waren. Sie versuchten zunächst, ohne Taschenlampe auszukommen, doch da sie beim Hinabsteigen ständig gegen irgendwelches im Weg stehende Gerümpel stießen, knipsten sie sie schließlich doch an, schirmten den Lichtstrahl aber, so gut es ging, ab. Bevor sie im zweiten Stock auf den Flur hinaustraten, knipsten sie das Licht aus. Während sie den Flur entlanghuschten, hörten sie von draußen erneut durchs Megaphon die dringliche Aufforderung zum Verlassen des Gebäudes.

Im Vorraum des Aufzugs mussten sie das Licht wieder

anmachen. Die Türen des Lastenaufzugs waren immer noch halb geöffnet, alles sah genauso aus, wie sie es verlassen hatten. Joanna leuchtete hinein, und durch den Maschendraht an der hinteren Seite sahen sie tatsächlich eine Leiter, die an der Backsteinwand befestigt war und den Fahrstuhlschacht hinabführte.

»Wie es aussieht, hattest du Recht«, stellte Deborah fest. »Aber wie sollen wir zu der Leiter kommen?«

Joanna richtete den Strahl der Taschenlampe auf das seitliche Drahtgeflecht des Fahrstuhlkorbs. An dem Gitter waren einzelne Sprossen angebracht, die zu einer Art Klapptür an der Decke des Korbs hinaufführten.

»Wir müssen nur da hochklettern«, erklärte sie.

»Ach ja?«, entgegnete Deborah sarkastisch. »Mehr nicht? Woher nimmst du plötzlich diese Chuzpe?«

»Ich versuche einfach du zu sein«, erwiderte Joanna. »Also lass es uns anpacken, bevor ich wieder ich selber werde.«

Deborah lachte einmal höhnisch auf.

Sie zwängten sich durch die halb geöffneten Türen, und Deborah hangelte sich an den Sprossen hoch. Joanna leuchtete ihr den Weg. Oben klammerte Deborah sich mit der einen Hand an der letzten Sprosse fest und stemmte mit der anderen die Klapptür auf. Sie ließ sich ohne weiteres öffnen und fiel, als sie senkrecht stand, nach hinten über.

Joanna reichte Deborah die Taschenlampe, die sie entgegennahm und oben auf dem Korb platzierte. Dann zwängte sie sich durch die Öffnung und zog sich hoch. Als sie sich vorsichtig erhob, schaukelte der Korb hin und her und zwang sie, sich an den Tragseilen festzuhalten, die mit dicker schwarzer, erdölähnlicher Schmiere eingefettet waren. Einen Augenblick später zwängte sich auch Joanna durch die Öffnung. Statt aufzustehen, krabbelte sie auf Händen und Knien über den Korb.

Die Leiter befand sich an der Rückwand des Fahrstuhlschachts. Der Abstand zum Korb betrug lediglich dreißig Zentimeter.

»Und?«, fragte Deborah. »Was meinst du?«

»Ich denke, wir sollten es versuchen«, erwiderte Joanna und leuchtete in den Schacht. Das Ende war nicht zu erkennen. Die Leiter verschwand im schwarzen Nichts.

»Du zuerst«, forderte Deborah sie auf. »Und nimm auch die Taschenlampe.«

»Ich kann doch nicht gleichzeitig die Leiter runterklettern und die Taschenlampe halten«, wandte Joanna ein.

»Ich weiß«, entgegnete Deborah. »Aber im Gegensatz zu mir hast du eine Jackentasche.«

»Also gut«, gab Joanna sich geschlagen. Sie war es gewohnt, dass Deborah in Situationen wie dieser das Kommando übernahm. Joanna knipste das Licht aus, woraufhin sie schlagartig von absoluter Finsternis umhüllt wurden. Dann verstaute sie die Taschenlampe in ihrer Jackentasche und tastete nach der Leiter. Als sie eine Sprosse zu fassen bekam, rang sie mit sich, ob sie ihren relativ sicheren Standort auf dem Fahrstuhlkorb wirklich verlassen sollte. Zudem begann der Korb schon wieder leicht zu schaukeln. Schließlich gab sie sich einen Ruck, umklammerte mit beiden Händen die Sprosse und suchte auch mit den Füßen nach Halt. Sie zwang sich, nicht daran zu denken, dass sie senkrecht über einem drei Stockwerke tiefen schwarzen Loch hing.

»Bist du okay?«, flüsterte Deborah ihr zu, als sie keinerlei Bewegung vernahm.

»Es ist die reinste Hölle«, erwiderte Joanna.

»Bist du auf der Leiter?«

»Ja. Aber ich wage nicht, mich zu rühren.«

»Das musst du aber!«, zischte Deborah. »Nun mach schon!«

Vorsichtig setzte Joanna einen Fuß auf die nächste Sprosse

und ließ dann auch den anderen folgen. Die Hand loszulassen fiel ihr viel schwerer, doch schließlich schaffte sie auch das. Als sie die nächste Sprosse umfasst hatte, ließ sie die andere Hand folgen und hangelte sich dann ganz langsam zwischen dem Korb und der Wand die Leiter hinab. Der Spalt war äußerst eng, aber je weiter sie hinabstieg, desto sicherer fühlte sie sich.

»Kannst du mir mal kurz leuchten, damit ich sehe, wo die Leiter ist«, bat Deborah von oben.

»Das ist unmöglich«, entgegnete Joanna. »So lange kann ich nicht loslassen.«

Deborah fluchte leise vor sich hin und tastete blind mit einer Hand nach der Leiter. Mit der anderen hielt sie sich an dem schmierigen Tragseil fest. Doch die Leiter war zu weit weg, und sie fasste immer wieder ins Leere. Schließlich ließ sie sich nieder und krabbelte wie Joanna auf allen vieren über den schaukelnden Korb. Als sie endlich eine Sprosse zu fassen bekam, suchte sie vorsichtig mit den Füßen Halt und folgte Joanna die Leiter hinab.

Langsam arbeiteten sich die beiden Frauen nach unten. Vor allem Joanna kam nur sehr schleppend voran. Nachdem sie sich endlich ein wenig sicherer gefühlt hatte, machte ihr eine neue Sorge zu schaffen: Die eisernen Sprossen waren total verrostet, und sie fürchtete bei jedem Tritt, dass eine von ihnen abbrach und sie in die Tiefe stürzte. Deshalb testete sie die Stabilität jeder einzelnen Sprosse, bevor sie sie mit ihrem ganzen Gewicht belastete.

Als sie den Fahrstuhlkorb über sich gelassen hatten, kam ihnen die absolute Finsternis sogar zu Hilfe, denn zum Glück sahen sie nicht, wie tief der Abgrund unter ihnen war. Dadurch reduzierte sich die Angst vor der Tiefe auf ein mentales Problem.

Deborah holte Joanna ziemlich schnell ein und musste sich bremsen, um ihr nicht auf die Hände zu treten.

Nachdem sie etwa eine Viertelstunde schweigend hinabgeklettert waren, rief Deborah Joanna im Flüsterton von oben zu: »Kannst du das Ende erkennen?« Ihre Arme begannen vom vielen Klettern zu schmerzen, und sie vermutete, dass es Joanna ähnlich ging.

»Du machst wohl Witze«, entgegnete Joanna. »Ich kann nicht mal meine Nasenspitze sehen.«

»Dann leuchte doch mal für eine Sekunde nach unten. Du kannst dich ja mit dem Arm in einer Sprosse einhängen.«

»Ich klettere lieber so lange weiter, bis ich den Boden unter den Füßen spüre«, entgegnete Joanna.

»Wollen wir eine kurze Pause machen?«, fragte Deborah.

»Nein. Lass uns lieber vorankommen.«

Als sie weitere zehn Minuten hinabgeklettert waren, spürte Joanna festen Boden unter ihrem Fuß. Er war mit Müll übersät. Sie zog den Fuß wieder hoch und rief nach oben: »Wir sind da! Bleib, wo du bist!« Dann hängte sie sich, wie Deborah vorgeschlagen hatte, mit einem Arm in einer Sprosse ein, kramte mit der freien Hand die Taschenlampe hervor und knipste sie an. Auf dem Boden lag so viel Müll herum, als ob der Schacht seit Jahren als Müllschlucker gedient hätte.

»Kannst du erkennen, ob wir im zweiten Kellergeschoss sind?«, wollte Deborah wissen.

»Nein«, erwiderte Joanna. »Komm am besten runter. Dann versuchen wir, ob wir die Türen aufkriegen.«

Bevor sie den Boden betrat, schob sie den Müll mit dem Fuß ein wenig zur Seite. Dann schirmte sie mit beiden Händen den Lichtstrahl ab und wartete auf Deborah.

»Mann, ist das kalt hier unten«, stellte diese fest, als sie von der Leiter stieg, und rieb sich die Arme. »Bei den Temperaturen muss es das zweite Kellergeschoss sein.«

Vorsichtig bahnten sie sich einen Weg durch den verstreuten Müll, der vor allem aus vergilbtem Papier, schmutzigen

Stoff-Fetzen, diversen Holzresten und jeder Menge verrosteten Blechdosen bestand. Schließlich hatten sie sich bis zur Fahrstuhltür vorgearbeitet. Joanna leuchtete ihr, und Deborah schob ihre Finger zwischen die obere und die untere Tür. Sie versuchte sie aufzudrücken, doch sie ließen sich nicht bewegen.

Joanna legte die Taschenlampe auf den Boden und half ihr, doch die Türen rührten sich nicht von der Stelle.

»Das sieht nicht gut aus«, stellte Joanna fest.

Deborah hob die Taschenlampe auf, trat einen Schritt zurück und leuchtete die Türen nach allen Seiten ab. Genau über der Stelle, an der die Türen sich in geschlossenem Zustand berührten, ragte ein Hebel aus der Wand hervor, der mit einer Feder gespannt war.

»Das ist unser Problem«, stellte Deborah fest. »Ich habe zwar nicht so viele Action-Filme gesehen wie du, aber wenn ich mich nicht irre, sorgt dieser Hebel dafür, dass die Türen sich nur öffnen, wenn der Aufzug da ist.«

»Und was heißt das?«, fragte Joanna.

»Dass eine von uns den Hebel runterdrücken muss, während die andere versucht, die Türen aufzuschieben.«

»Du bist größer als ich«, stellte Joanna fest. »Also kommst du besser an den Hebel heran. Ich kümmere mich um die Tür.« Tatsächlich ließ sie sich einen Spaltbreit öffnen, als Deborah den Hebel herunterdrückte. Dadurch ermutigt, stemmte Joanna sich mit ihrem ganzen Gewicht auf die untere Tür. Sie glitt vollständig auf, und Deborah leuchtete mit der Taschenlampe durch die Öffnung.

»Bingo!«, rief Joanna. »Es scheint tatsächlich ein zweites Kellergeschoss zu sein.« Sie blickten auf ein Gewirr unzähliger Stützgewölbe, zwischen denen sich etliche Abwasserrohre aus Ton sowie zahllose isolierte gusseiserne Heizungsrohre hindurchschlängelten. Es gab weder Türen noch abgetrennte Räume. Die Wände waren wie im Keller darüber aus unverputztem Backstein, doch die Bögen waren deutlich niedriger und die Stützpfeiler erheblich dicker.

Vom Lastenaufzug führte ein schmaler Gang mit einer gewölbten und im Vergleich zum sonstigen Keller etwas höheren Decke durch das Labyrinth aus Rohren und Leitungen. Er endete auf einem weiteren Gang, der wie die Hauptflure in den oberen Etagen der Länge nach durch das Gebäude führte. An der Decke des gewölbten Gangs verlief ein Stromkabel, und alle paar Meter hing eine nackte Glühbirne herab, doch keine von ihnen brannte.

An der Stelle, wo der Gang vom Lastenaufzug in den zentralen Gang mündete, blieben Joanna und Deborah stehen und leuchteten ihn nach beiden Seiten ab. So weit der spärliche Schein der Taschenlampe reichte, zogen sich die Stützgewölbe scheinbar bis ins Endlose hin und verschwammen dann in der Finsternis. Das Bild, das sich ihnen bot, hätte ein hervorragendes Motiv für einen Zeichenschüler abgegeben, der das Darstellen von Perspektiven übte.

»Wo gehen wir lang?«, fragte Joanna.

»Ich plädiere für links«, erwiderte Deborah. »Das ist die Richtung, die zum Turm führt – und damit in die Mitte des Gebäudes.«

»Aber das Heizkraftwerk liegt eher rechts«, gab Joanna zu bedenken. »Es befindet sich südöstlich des Klinikgebäudes.« Sie zeigte schräg nach rechts, sodass ihr Finger zur Achse des Hauptgangs einen Winkel von etwa fünfundvierzig Grad bildete.

»Ich bin ratlos«, gab Deborah zu und blickte mehrmals unentschlossen in beide Richtungen. »Wie sollen wir uns bloß entscheiden?«

»Leuchte mal auf den Boden!«, forderte Joanna sie auf und kniete sich hin. Anders als der sonstige Kellerboden, der aus den gleichen Backsteinen bestand wie die Wände und die Stützgewölbe, waren die beiden Gänge mit Tonfliesen ausgelegt.

»Der Gang wird eindeutig häufiger in die rechte Richtung genutzt«, stellte Joanna fest. »Die Fliesen sehen in dieser Richtung viel abgetretener aus, also dürfte sich der Verbindungstunnel zum Kraftwerk wohl eher dort befinden. Ich vermute übrigens, dass er nicht nur als Tunnel für die Wärmeleitung dient, sondern auch noch für andere Zwecke genutzt wurde.«

»Du hast Recht«, stellte Deborah mit einem Blick auf den Boden fest. »Aus dir kann ja noch eine richtige Detektivin werden. Hast du das auch aus den Action- Filmen, die du mit Carlton gesehen hast?«

»Nein. Dafür reicht der normale Menschenverstand.«

»Danke für das Kompliment«, entgegnete Deborah sarkastisch.

Sie gingen entschlossenen Schrittes nach rechts in Richtung Süden. Deborah hielt die Taschenlampe und leuchtete ihnen den Weg. Ihre Schritte hallten von der gewölbten Decke zurück.

»Hier sieht es aus wie in einer Katakombe«, stellte Joanna fest.

»Vielleicht sollte ich lieber nicht fragen«, entgegnete Deborah, »aber was meintest du damit, dass der Tunnel auch noch für andere Zwecke genutzt wurde?«

»Vermutlich haben sie damals auf diesem Weg auch die Leichen aus dem Autopsieraum ins Krematorium geschafft«, erwiderte Joanna.

»Ist ja nicht gerade die angenehmste Vorstellung«, stellte Deborah fest.

»Oje«, stöhnte Joanna. »Wie es aussieht, haben wir uns geirrt. Der ausgetretene Weg scheint in einer Sackgasse zu enden.«

Etwa zehn Meter vor ihnen strahlte der Schein der Taschenlampe eine nackte Ziegelsteinwand an.

»Wir sind doch richtig«, stellte Deborah erleichtert fest, als sie ein paar Schritte weiter gegangen waren. »Der Gang biegt nur nach links ab.« An der Wand sahen sie, dass der gewölbte Gang nicht nur um eines der Stützgewölbe herumführte und eine scharfe Linksbiegung machte, sondern zudem auch stark abfiel. Neben dem abfallenden Gang verlief ein dickes isoliertes Rohr.

»Wie es aussieht, hat uns dein Spürsinn den richtigen Weg gewiesen«, stellte Deborah fest. »Das dicke Rohr scheint tatsächlich zum Kraftwerk zu führen. Jetzt können wir nur hoffen, dass die Batterien nicht den Geist aufgeben.«

»Um Gottes willen!«, rief Joanna entsetzt. »So etwas darfst du nicht einmal denken!«

Aus Angst, bei einem Batterieausfall in dem finsteren Verlies verloren zu sein, legten sie einen Schritt zu, bis sie nahezu joggten. Nach ein paar hundert Metern steilen Abstiegs ließ das Gefälle spürbar nach und es wurde zusehends feuchter. Hin und wieder mussten sie durch eine Pfütze waten, von der gewölbten Decke hingen stalaktitenähnliche Gebilde herab.

»Wir marschieren schon eine Ewigkeit«, stellte Deborah nach einer Weile fest. »Als ob wir schon den halben Weg nach Boston zurückgelegt hätten. Müssten wir nicht langsam mal da sein?«

»Offenbar ist es bis zum Kraftwerk weiter, als es aussah«, erwiderte Joanna.

Sie wurden zusehends kurzatmiger, als sie schweigend weitereilten, jede für sich in sorgenvolle Gedanken vertieft, was sie wohl am Ende des Tunnels erwarten würde. Wenn sie auf eine massive verschlossene Tür stießen, käme das einer Katastrophe gleich; dann blieb ihnen nichts anderes übrig, als den gesamten beschwerlichen Weg zurückzugehen.

»Da vorne kommt irgendetwas«, stellte Deborah fest und hielt die Taschenlampe weit ausgestreckt vor sich. Im nächsten Moment stießen sie auf eine Gabelung; der Gang und das Heizrohr liefen getrennt weiter.

Sie blieben stehen und sahen sich ratlos an. Deborah leuchtete nacheinander in die beiden Tunnel. Zusammen mit dem Gang, aus dem sie kamen, bildeten sie eine Art Ypsilon, wobei die drei Gänge jeweils in einem Einhundertzwanzig-Grad-Winkel zueinander standen.

»Damit habe ich nun wirklich nicht gerechnet«, bemerkte Joanna.

Deborah leuchtete die Wand zwischen dem linken Tunnel und ihrem Standort ab und entdeckte auf Brusthöhe einen in die Backsteinwand eingearbeiteten Eckstein aus Granit. Sie wischte mit der Hand eine dicke Schmutzschicht ab und legte eine Tafel mit eingeritzten Buchstaben frei.

»Alles klar«, sagte sie mit neu erwachtem Enthusiasmus. »Eines der Geheimnisse ist gelüftet. Der linke Tunnel führt zur Farm und zu den Mitarbeiterunterkünften. Also muss der andere zum Kraftwerk führen.«

»Stimmt«, bestätigte Joanna. »Es ist ja auch nahe liegend, dass das dicke Rohr zum Kraftwerk führt.«

»Warte doch mal!«, rief Deborah und packte Joanna am Arm, die bereits in Richtung Kraftwerk losstürmte. »Wenn wir schon die Wahl haben, sollten wir vielleicht kurz mal darüber nachdenken, was für uns der bessere Weg ist. Mal angenommen, wir kommen tatsächlich sowohl am Kraftwerk als auch bei der Farm nach oben, dann …«

»Rede bloß nicht davon, dass wir hier vielleicht nicht rauskommen«, fiel Joanna ihr ins Wort.

»Ist ja gut«, versuchte Deborah sie zu beruhigen. »Fragen wir uns also, wo wir lieber rauskommen würden: im Kraftwerk – oder auf der Farm. Wenn wir erst mal aus dem Klinikgebäude heraus sind, beginnt ja erst unser eigentliches Problem, nämlich wie wir von dem Gelände herunterkommen sollen. Und das gelingt uns vielleicht besser von der Farm aus. Vermutlich gibt es dort Lastwagen, wie wir sie bei unserer ersten Herfahrt gesehen haben.«

»Ich denke, wir haben beschlossen, auf jeden Fall noch heute Nacht von hier zu verschwinden«, wandte Joanna ein.

»Das wäre auch am besten«, entgegnete Deborah. »Aber falls uns das nicht gelingt, sollten wir noch einen Alternativplan in der Hinterhand haben.«

»Wenn wir heute Nacht nicht hier herauskommen, werden sie uns auf jeden Fall kriegen.«

»Was schlägst du also vor?«

»Angesichts des unüberwindbaren Sicherheitszauns glaube ich, dass wir nur durch das Haupttor rauskommen können. Mit einem geeigneten Fahrzeug könnten wir einfach durch die Sperre hindurchbrettern – am besten mit einem Lastwagen.«

»Hm«, überlegte Deborah. »Das ist vielleicht gar keine schlechte Idee. Und wo treiben wir am besten so ein Fahrzeug mitsamt den Schlüsseln auf?«

»Vermutlich auf der Farm«, erwiderte Joanna. »Aber vielleicht liege ich auch falsch.«

»Ich tippe auch auf die Farm«, pflichtete Deborah ihr bei. »Also lass es uns da zuerst versuchen.«

Frischen Mutes schlugen sie den Tunnel in Richtung Farm ein. Sie gingen, so schnell sie konnten, und versuchten nach Möglichkeit, den Pfützen auszuweichen, die immer zahlreicher wurden, je weiter sie vorankamen. Nach knapp hundert Metern gabelte sich der Weg erneut. Ein weiterer Eckstein mit eingemeißelter Beschriftung wies nach rechts zur Farm und nach links zu den Mitarbeiterunterkünften. Joanna und Deborah hielten sich rechts.

»Der Hinweis zu den Mitarbeiterunterkünften hat mich gerade auf eine Idee gebracht«, sagte Joanna plötzlich. »Vielleicht sollten wir uns an Spencer Wingate wenden und ihn um Hilfe bitten.«

Deborah blieb unvermittelt stehen. Joanna hielt ebenfalls an. Die Taschenlampe nach unten gerichtet, sah Deborah ihre Freundin entgeistert an, doch in der Dunkelheit konnte sie nicht erkennen, ob sie es ernst meinte. »Habe ich dich richtig verstanden? Wir sollen zu Spencer Wingate gehen?«

»Ja«, erwiderte Joanna. »Wir gehen zu seinem Haus, das wir nach unserem Besuch bei ihm ja ohne Schwierigkeiten finden müssten, und weihen ihn in die skandalösen Machenschaften ein, die wir aufgedeckt haben. Außerdem erzählen wir ihm, dass die Männer vom Sicherheitsdienst hinter uns her sind und uns am liebsten verschwinden ließen, damit sie anschließend unsere Eierstöcke ihrer ansehnlichen Kollektion hinzufügen können.«

Deborah lachte kurz auf, obwohl ihr absolut nicht zum Lachen zumute war. »Interessant, dass du ausgerechnet jetzt deinen Sinn für schwarzen Humor entdeckst.«

»Das ist im Moment der einzige Weg für mich, mit der bitteren Realität fertig zu werden.«

»Hat dich der Streit zwischen Dr. Wingate und Dr. Saunders zu der Erwägung bewogen, unser Schicksal in die Hände des Klinikgründers zu legen?«

»Das vielleicht auch«, erwiderte Joanna. »Aber vor allem seine Antwort auf deine Frage nach den Nicaraguanerinnen. Wir glauben doch beide nicht, dass er wirklich weiß, was hier vorgeht. Wenn er ein normaler Mensch ist, wird er genauso geschockt sein wie wir.«

»Das ist die Frage«, wandte Deborah ein. »Auf jeden Fall würden wir ein gewaltiges Risiko eingehen.«

»Das größte Risiko sind wir eingegangen, indem wir überhaupt hierher gekommen sind«, wandte Joanna ein.

Deborah nickte und starrte in die Finsternis. Joanna hatte Recht. Ihre Aktion war weit gefährlicher, als sie erwartet hatten. Doch rechtfertigte dies, sich tatsächlich an Spencer Wingate zu wenden und sich ihm auf Gedeih und Verderb auszuliefern?

»Lass es uns als Erstes mit der Farm versuchen«, schlug sie schließlich vor. »Die Option, Spencer Wingate einzuschalten, läuft uns ja nicht weg. Fürs Erste erscheint es mir am vielversprechendsten, es mit einem großen Truck zu versuchen. Okay?«

»Einverstanden«, willigte Joanna ein. »Aber wir sollten sämtliche Optionen in Betracht ziehen.«

Zu ihrer Erleichterung mündete der Gang unter der Farm genau wie unter dem Klinikgebäude in einem weitläufigen Keller. Das Heizungsrohr verzweigte sich in alle möglichen Richtungen und verschwand schließlich durch die Decke. Ebenfalls wie unter dem Klinikgebäude mündete der Gang in einem weiteren Gang, der zu einem Lastenaufzug führte. Diesmal versuchten sie nicht, die Türen des Aufzugs zu öffnen, und suchten stattdessen nach einer Treppe. Hinter dem Fahrstuhlschacht entdeckten sie eine.

Sie stiegen die Treppe hinauf und landeten vor einer Tür.

Dort hielten sie inne. Deborah presste ihr Ohr gegen die Tür und lauschte. Außer dem gedämpften fernen Summen von Maschinen war es mucksmäuschenstill. Sie informierte Joanna, dass die Luft offenbar rein war, knipste die Taschenlampe aus und schob vorsichtig die Tür auf. Der Gestank, der ihnen entgegenschlug, kam eindeutig aus einem Stall. Es war immer noch nichts zu hören.

Durch die Stille ermutigt, schob sie die Tür so weit auf, dass sie ihren Kopf hindurchstecken konnte, und sah sich um. Von der Decke des Gebälks hingen in unregelmäßigen Abständen nackte Glühbirnen herab und spendeten gedämpftes Licht. An der Wand gegenüber befanden sich etliche Boxen. Links gab es mehrere Türen, die allesamt geschlossen waren. Mitten im Raum lagerten aufeinander gestapelte Kartons, Heuballen und Säcke mit Tierfutter.

»Und?«, flüsterte Joanna von unten. »Kannst du irgendwas sehen?«

»Der Stall ist voller Tiere«, erwiderte Deborah. »Aber Menschen sehe ich nicht. Zumindest noch nicht.«

Sie schob die Tür ganz auf und betrat den Stall. Der Boden bestand aus unbearbeiteten Holzbohlen und war mit Heu ausgelegt. Einige der Tiere spürten ihre Anwesenheit und grunzten, wodurch wiederum andere Tiere wach wurden. Joanna folgte Deborah, und sie sahen sich aufmerksam nach allen Seiten um.

»So weit, so gut«, sagte Deborah schließlich. »Falls es eine Nachtschicht gibt, scheinen im Moment alle zu schlafen.«

»Was für ein furchtbarer Gestank«, stellte Joanna fest. »Ich kann mir beim besten Willen nicht vorstellen, wie hier irgendjemand arbeiten kann.«

»Ich wette, es sind vor allem die Schweine, die so stinken«, entgegnete Deborah und blickte im nächsten Moment tatsächlich in die Augen einer fetten hellrosafarbenen Sau, die ihren Blick mit großem Interesse erwiderte.

»Dabei hat mir irgendjemand erzählt, dass Schweine sauber sind«, flüsterte Joanna.

»Sie sind sauber, wenn sie sauber gehalten werden«, erklärte Deborah. »Den Schweinen selbst macht der Dreck nichts aus, und ihre Exkremente stinken wie die Pest.«

»Guck mal da!«, wechselte Joanna abrupt das Thema und zeigte auf die Wand hinter ihnen.

Deborah sah über ihre Schulter, und ihr Gesicht hellte sich schlagartig auf. »Ein Telefon!«

Sie stürzten auf den Apparat zu. Deborah war als Erste zur Stelle und drückte sich den Hörer ans Ohr. Joanna sah ihr erwartungsvoll zu, bis Deborah die Kinnlade herunterfiel. Sie drückte mehrmals auf die Gabel und legte wieder auf. »Pech gehabt! Sie haben die Telefonleitung gekappt.«

»Das hätte man sich ja denken können«, stellte Joanna fest.

»Ja«, stimmte Deborah ihr zu.

»Komm! Lass uns einen Lastwagen suchen!«

Sie ließen die Tür zum Treppenhaus einen Spaltbreit offen, gingen um die Heuballen und die Säcke mit dem Tierfutter herum und steuerten die nächstgelegene Tür an. Deborah öffnete sie und leuchtete in den dahinter liegenden Raum.

»Wow!«, rief sie überrascht.

»Was ist denn?«, fragte Joanna neugierig und versuchte über Deborahs Schulter einen Blick in den Raum zu werfen.

»Noch ein Labor«, erwiderte Deborah. Sie war ziemlich perplex. Dass sich nur durch eine Türschwelle vom stinkenden Stall getrennt ein modernes High-Tech-Labor befand, haute sie beinahe um. Es war zwar bei weitem nicht so groß wie das Kliniklabor, in dem sie gearbeitet hatte, aber es schien mindestens genauso gut ausgestattet.

Sie ließ die Türklinke los und betrat den Raum. Joanna folgte ihr. Neugierig ließ Deborah den Schein der Taschenlampe über die einzelnen Laborgeräte wandern und staunte, was sie alles zu sehen bekam. Von einem DNA-Sequenzierer über ein Elektronenmikroskop mit Scanner bis hin zu einem Polypeptid-Synthetisierer war das Labor mit allen modernen High Tech-Geräten ausgestattet, die das Herz eines jeden Molekularbiologen höher schlagen ließen.

»Sind wir nicht hier, um nach einem Lastwagen Ausschau zu halten?«, fragte Joanna.

»Sofort«, entgegnete Deborah, ging zu einem der Inkubatoren und musterte die darin aufgestellten Petrischalen. Sie sahen genauso aus wie die, mit denen sie im Hauptlabor der Klinik gearbeitet hatte, woraus sie schloss, dass hier ebenfalls Zellkerntransfers vorgenommen wurden. Als Nächstes erfasste der Schein ihrer Taschenlampe eine große Trennwand aus Glas, die einen weiteren separaten Raum von dem Labor abtrennte.

Sie steuerte den Raum an, gefolgt von Joanna, die auf keinen Fall allein im Dunkeln zurückbleiben wollte.

»Deborah!«, wies Joanna sie zurecht. »Da findest du bestimmt keinen Lastwagen.«

»Ich weiß«, entgegnete Deborah. »Aber jedes Mal, wenn ich denke, dass ich mir ein einigermaßen stimmiges Bild davon gemacht habe, was in der Wingate Clinic vor sich geht, stoßen wir auf eine neue Entdeckung und müssen feststellen, dass alles noch viel schlimmer ist. Ich hätte nicht im Traum damit gerechnet, dass es auf der Farm noch ein weiteres Labor gibt, und erst recht nicht eines, das so supermodern ausgestattet ist.«

»Es ist an der Zeit, alles Weitere der Polizei und den zuständigen Behörden zu überlassen«, warf Joanna ein. »Was wir zusammengetragen haben, reicht auf jeden Fall für einen Durchsuchungsbefehl. Das Einzige, was wir jetzt noch zu tun haben, ist, irgendwie hier rauszukommen, und zwar so schnell wie möglich.«

Damit das Licht sich nicht spiegelte, drückte Deborah die Taschenlampe direkt gegen die gläserne Trennwand und leuchtete in den dahinter liegenden Raum. »Und hier erwartet uns die nächste Überraschung«, stellte sie fest. »Der Raum sieht aus wie ein ganz normaler Autopsieraum zum Sezieren von Menschen, nur dass der Seziertisch extrem klein ist. Was zum Teufel hat ein Autopsieraum in einem Stall zu suchen?«

»Jetzt komm endlich!«, drängte Joanna. Sie wurde zusehends ungeduldiger.

»Das muss ich mir schnell noch mal ansehen«, entgegnete Deborah. »Es dauert nur eine Sekunde. Da vorne ist sogar ein Gefrierschrank mit einem Fach zum Herausziehen – wie in einer Leichenhalle.«

Mit diesen Worten ging sie zur Tür und betrat den Autopsieraum. Joanna rollte verzweifelt mit den Augen und sah durch die Trennwand zu, wie Deborah zu dem Gefrierschrank ging und dessen Tür entriegelte. Vom schwachen Licht der Taschenlampe abgesehen, das durch die Trennwand aus dem Autopsieraum ins Labor fiel, stand Joanna im Dunkeln. Sie warf einen Blick zurück zur Labortür und überlegte kurz, ob sie vielleicht einfach auf eigene Faust einen Lastwagen suchen sollte, verwarf die Idee aber sofort wieder. Wie sollte sie schon ohne Taschenlampe etwas finden?

Leise vor sich hin fluchend, ging sie ebenfalls in den Autopsieraum, um Deborah endlich zur Besinnung zu bringen und ihr klar zu machen, dass jetzt nicht der rechte Zeitpunkt für weitere Nachforschungen war, doch als sie Deborah sah, gab sie dieses Vorhaben umgehend wieder auf. Deborah hatte das Kühlfach herausgezogen und stand wie angewurzelt davor. Joanna konnte nicht erkennen, was sich in dem Fach befand, aber dem zuckenden Schein der Taschenlampe war zu entnehmen, dass Deborah am ganzen Leib zitterte.

»Was ist denn in dem Fach?«, fragte Joanna.

»Komm her und sieh es dir an!«, erwiderte Deborah mit bebender Stimme.

»Sag es mir doch einfach«, entgegnete Joanna. »Schließlich bist du die Biologin, nicht ich.«

»Du musst es mit eigenen Augen sehen«, stellte Deborah klar. »Man kann es nicht beschreiben.«

Joanna schluckte nervös. Dann holte sie einmal tief Luft, ging zu Deborah und sah nach unten.

»Oh, mein Gott«, murmelte sie leise. Vor Abscheu drückte sie instinktiv die Oberlippe gegen die Zähne. Sie blickte auf fünf menschliche Föten hinab. Sie hatten allesamt extrem aufgeblähte Nabelschnüre, und ihre Körper waren mit einem dichten dunklen Lanugoflaum bedeckt. Ihre Gesichter waren platt und aufgedunsen, die Augen waren winzig. Die Nasen waren lediglich kleine Stummel und die Nasenlöcher vertikal angeordnet. Arme und Beine glichen kleinen Paddeln mit winzigen Fingern und Zehen. Die Köpfe waren von dichtem schwarzem Haar bedeckt, aus dem vorne jeweils eine winzige, aber unverkennbare weiße Haarsträhne hervorstach.

»Schon wieder Klone von Paul Saunders«, brachte Joanna schließlich hervor.

»Sieht ganz danach aus«, bestätigte Deborah. »Aber noch ein paar Nummern schlimmer als bei den anderen. Wie es aussieht, besteht seine so genannte Stammzellenforschung darin, seine eigenen Zellkerne in die Eizellen von Schweinen zu transferieren und seine Klone anschließend von Säuen austragen zu lassen.«

Joanna fasste nach Deborahs Arm und hielt sich daran fest. Ihre Knie waren weich, und für einen kurzen Moment drohte sie wegzusacken. Deborah hatte Recht: Die Vorgänge in der Wingate Clinic übertrafen ihre schlimmsten Befürchtungen. Spätestens diese neue Ungeheuerlichkeit bewies, dass Dr. Saunders und sein Team sich mit ihrem Treiben um Lichtjahre von jeder ethischen oder sonst wie nachvollziehbaren Begründung für ihre Forschung entfernt hatten. Der durch und durch egozentrische Geltungsdrang und die intellektuelle Besessenheit und Verantwortungslosigkeit, die einem derartigen Tun zu Grunde lagen, überstiegen Joannas Vorstellungskraft.

Deborah schob das Fach zurück in den Gefrierschrank und ließ die Tür wieder einschnappen. »Lass uns einen verdammten Lastwagen suchen!«

Die wachsende Wut über diese neuerliche Entdeckung ließ ihre vorübergehende Lähmung in neue Entschlossenheit umschlagen. Sie verließen das Labor und gingen zurück in den Stall, wo ihr erneutes Erscheinen die Tiere ein weiteres Mal in Aufruhr versetzte. Während ihr erstes Auftauchen nur die Schweine erregt hatte, deren Ställe sich in unmittelbarer Nähe des Treppenhausausgangs befanden, ging der Aufruhr diesmal durch den ganzen Stall, und sogar die Kühe machten sich bemerkbar.

Sie machten eine Tür nach der anderen auf und entdeckten schließlich einen Gang, der so aussah, als ob er zu einer Garage führte. Am Ende des Gangs erwartete sie eine Überraschung: Im schwachen Rotlicht zweier Ausgangshinweise sahen sie, dass sie sich in einem Hangar befanden. In der Mitte des Raums stand im schwachen rubinroten Schein ein Turbojet-Helikopter von Aerospatiale.

»Das wäre die perfekte Lösung für unser Problem«, stellte Deborah fest. »Wenn wir das verdammte Ding bloß bedienen könnten.« Sie stand für einen Augenblick regungslos da und starrte den Hubschrauber sehnsüchtig an.

»Los!«, drängte Joanna. »Lass uns weitersuchen! Hinter dem Hangar gibt es bestimmt eine Garage.«

Wie sich herausstellte, hatte sie Recht. Hinter der nächsten Tür landeten sie tatsächlich in einer Garage, in der zu ihrer großen Freude ein Traktor und ein Kipplastwagen standen. Sie stürmten zu dem Lastwagen.

»Lieber Gott, mach, dass die Schlüssel stecken«, betete Deborah laut, stieg auf das Trittbrett und öffnete die Tür zum Führerhaus. Sie schwang sich hinters Steuer und suchte hastig nach den Schlüsseln. Joanna leuchtete ihr. Sie tastete erst die Ablage hinter dem Steuer ab und suchte dann unter dem Lenkrad weiter, wo sie zwar das Zündschloss fand, doch der Schlüssel steckte nicht.

»So ein Mist!«, fluchte sie und schlug frustriert mit der

flachen Hand auf das Lenkrad ein. »Bestimmt kann man die Zündung kurzschließen – wenn man bloß wüsste wie.« Bei diesen Worten sah sie zu Joanna hinab.

»Vergiss es«, entgegnete Joanna. »Ich habe nicht die leiseste Ahnung, wie man so etwas macht.«

»Dann lass uns zu dem Büro neben dem Stall zurückgehen«, schlug Deborah vor. »Vielleicht sind die Schlüssel da.«

Deborah kletterte aus dem Führerhaus, und sie gingen zurück in Richtung Stall. Als sie den Hangar passierten, warfen sie im Vorbeigehen einen weiteren sehnsüchtigen Blick auf den Hubschrauber.

Beim Betreten des Stalls wurden sie noch aufgeregter von den Tieren begrüßt als beim letzten Mal.

»Offenbar denken sie, dass es etwas zu fressen gibt«, vermutete Deborah.

Sie hatten gerade die Tür zum Büro erreicht, als sie draußen das unverkennbare Geräusch eines Automotors hörten. Im nächsten Moment hielt direkt vor dem Stall ein Wagen, dessen helles Scheinwerferlicht kurz durch die Fenster der Stalltüren nach innen fiel.

»Auch das noch«, stöhnte Deborah. »Wie es aussieht, kriegen wir Gesellschaft.«

»Schnell zurück zum Treppenhaus!«, rief Joanna aufgeregt.

Sie stürmten in Richtung Treppe, doch sie schafften es nicht. Im nächsten Moment wurde bereits die Stalltür aufgeschlossen, und ein Mann platzte herein. Als Erstes knipste er sämtliche Lichter an. Joanna und Deborah waren noch sechs Meter von der Treppenhaustür entfernt. Das Einzige, was ihnen übrig blieb, war, sich hinter den Kartons, den Strohballen und den Futtersäcken zu ducken und sich so klein wie möglich zu machen. Von ihrem Versteck aus hörten sie, wie der Mann in aller Seelenruhe von Stall zu Stall ging und einen endlosen Monolog mit den Tieren führte, wobei er sie unter anderem nach dem Grund fragte, warum sie alle so erregt waren.

»Sollen wir versuchen, zum Treppenhaus zu kommen?«, flüsterte Deborah, als der Mann für einen Moment etwas weiter weg zu sein schien.

»Nur wenn du absolut sicher bist, wo er gerade ist und dass er ausreichend abgelenkt ist«, erwiderte Joanna. Deborah richtete sich vorsichtig auf, bis sie die Ställe überblicken konnte. Sie konnte den Mann nirgends sehen, doch sie hörte ihn nach wie vor mit einem der Tiere sprechen. Plötzlich erhob er sich vor einem der Ställe. Deborah duckte sich schnell wieder.

»Er ist doch nicht so weit weg, wie ich dachte«, zischte sie Joanna zu.

»Dann bleiben wir besser, wo wir sind«, entgegnete Joanna.

»Wir können uns ja mit ein bisschen losem Stroh zudecken«, schlug Deborah vor.

»Am besten verhalten wir uns einfach ruhig und bewegen uns nicht. Solange er nicht direkt herkommt, um etwas von den Vorräten zu holen, müssten wir hier sicher sein.«

»Wenn er in das Büro will, entdeckt er uns sofort«, gab Deborah zu bedenken.

»Dann müssen wir uns eben langsam um die Kartons herumbewegen«, entgegnete Joanna. »Das dürfte nicht so schwer sein, und wenn er erst mal im Büro ist, können wir schnell zum Treppenhaus rüberhuschen.«

Deborah nickte, doch sie bezweifelte, dass es wirklich so einfach war. Wie so vieles im Leben klang es in der Theorie kinderleicht und war in der Praxis dann vermutlich undurchführbar.

Plötzlich hörten sie draußen ein zweites Auto vorfahren.

Sie sahen sich entsetzt an. Ein Mann war schon schlimm genug, ein zweiter konnte eine Katastrophe bedeuten.

Der Neuankömmling betrat den Stall, knallte die Tür hinter sich zu und rief laut nach Greg Lynch, wie der andere Mann offenbar hieß.

»He, mach nicht solchen Lärm!«, rief Greg von einem der Ställe zurück. »Die Tiere sind auch so schon unruhig genug.«

»Tut mir Leid«, entschuldigte sich der Neuankömmling. »Aber wir haben höchste Alarmstufe.«

»Was ist denn passiert?«

»Wir suchen zwei junge Frauen. Sie haben sich mit falschen Namen in die Klinik eingeschlichen, sich widerrechtlich Zugang zu geheimen Computerdateien verschafft und sind in den Eizellenraum eingebrochen. Sie müssen sich irgendwo auf dem Gelände verstecken.«

»Ich habe niemanden gesehen«, antwortete Greg. »Und als ich ankam, war der Stall verschlossen.«

»Was machen Sie denn um diese Uhrzeit hier?«

»Eine von den Säuen hat bald ihren Stichtag. Über meinen Überwachungsmonitor habe ich mitbekommen, dass die Tiere plötzlich so unruhig wurden. Da wollte ich mal nachsehen, ob die Sau so weit ist, aber es dauert wohl noch ein bisschen.«

»Wenn Sie die Frauen auf Ihrem Nachhauseweg sehen sollten, lassen Sie es bitte umgehend den Sicherheitsdienst wissen. Vorhin waren sie noch im Hauptgebäude, aber das haben wir von oben bis unten durchkämmt. Sie sind zu Fuß unterwegs, und sie sind noch nicht wieder durch das Haupttor gekommen, also müssen sie sich irgendwo verstecken.«

»Na dann viel Glück!«

»Wir kriegen sie. Wir haben das komplette Sicherheitsteam auf sie angesetzt, einschließlich der Hunde. Ach so – und noch etwas: Wir haben das gesamte Telefonnetz der

Klinik stillgelegt und aktivieren es erst wieder, wenn wir sie haben. Wir wollen auf keinen Fall, dass sie nach draußen telefonieren und uns Schwierigkeiten bereiten.«

»Kein Problem«, entgegnete Greg. »Ich habe mein Handy dabei.«

Die Männer verabschiedeten sich. Dann wurde die Stalltür geöffnet und wieder zugeschlagen.

»Das wird ja immer schlimmer«, zischte Deborah. »Offenbar durchkämmen sie jetzt das gesamte Anwesen.«

»Wenn ich daran denke, dass sie mit Hunden hinter uns her sind, wird mir ganz anders«, entgegnete Joanna.

»Mir auch«, pflichtete Deborah ihr bei. »Ein Wunder, dass sie den Tunnel vergessen haben.«

»Das wissen wir doch gar nicht.«

»Stimmt«, gab Deborah zu. »Aber irgendwie habe ich das Gefühl, dass der Typ, der eben da war, den Tunnel erwähnt hätte. Vielleicht gelangt man im Klinikgebäude nur mit dem Lastenaufzug in das zweite Kellergeschoss, und sie haben es für ausgeschlossen gehalten, dass wir tatsächlich die Fahrstuhlleiter runtergeklettert sind.«

»Sollen wir es wagen, noch einmal da runter zu gehen?«

»Wenn sie mit Hunden nach uns suchen, bleibt uns wohl nicht viel anderes übrig.«

Fünfzehn Minuten später hörten sie Greg laut gähnen und einen tiefen Seufzer ausstoßen. Dann erhob er seine Stimme und sagte, als ob er eine Schar ungezogener Kinder zurechtwies: »Also gut, meine Lieben. Jetzt hört auf mit dem Unsinn, und beruhigt euch! Ich habe nämlich keine Lust, heute Nacht noch einmal hier aufzukreuzen.«

Nach seiner kurzen Standpauke begann er leise vor sich hin zu pfeifen. Zum Entsetzen der beiden Frauen wurde das Pfeifen immer lauter. Deborah riskierte einen schnellen Blick über die Kartons.

»Er geht ins Büro«, zischte sie aufgeregt.

Wie Joanna vorgeschlagen hatte, krochen sie in geduckter Haltung um den Stapel mit den Vorräten herum, immer darauf bedacht, dass der Stapel zwischen ihnen und Greg einen Sichtschutz bildete. Da sie dabei natürlich nicht sehen konnten, wo er sich gerade befand, war es, wie Deborah vermutet hatte, ein ziemlich waghalsiges Manöver. Immerhin kam der Mann mehr oder weniger direkt auf sie zu.

Als sie die Tür des Büros zufallen hörten, hob Deborah schnell den Kopf. »Alles klar«, zischte sie. »Die Luft ist rein.« Ohne auch nur eine Sekunde zu warten, eilten sie schnurstracks zur Treppenhaustür.

Deborah wartete, bis Joanna die Tür hinter ihnen zugezogen hatte, und knipste die Taschenlampe an. Schweigend stiegen sie die Stufen hinab. Unten angekommen, bedeutete Joanna Deborah, kurz stehen zu bleiben. Von der Aufregung und der Anstrengung waren sie beide ziemlich außer Atem.

»Wir müssen uns jetzt entscheiden, wo wir als Nächstes hingehen wollen«, stellte Joanna leise klar.

»Ich dachte, wir wollen zum Kraftwerk.«

»Ich plädiere dafür, zu Spencer Wingate zu gehen«, entgegnete Joanna. »Auf der Farm haben wir zwar einen Lastwagen gefunden, aber keine Schlüssel. Nichts spricht dafür, dass es sich beim Kraftwerk anders verhält. Der normale Menschenverstand spricht vielmehr dagegen, dass wir dort einen Lastwagen mitsamt den zugehörigen Schlüsseln auftreiben. Außerdem laufen wir jedes Mal, wenn wir uns über dem Erdboden blicken lassen, Gefahr, entdeckt zu werden. Ich denke, es ist an der Zeit, alles auf eine Karte zu setzen und die Option Spencer Wingate ins Spiel zu bringen.«

Deborah verlagerte nervös ihr Gewicht von einem Bein auf das andere, kaute auf der Innenseite ihrer Wange herum und dachte angestrengt über Joannas Vorschlag nach. Sie hasste es, Entscheidungen zu treffen, wenn es in Wahrheit keine richtige Alternative gab. Falls Spencer Wingate mit Dr. Saunders und dessen Team unter einer Decke steckte, waren sie verloren, das lag auf der Hand. Im Grunde steckten sie seit der Verfolgungsjagd im Eizellenraum in der Zwickmühle, und allmählich wurde ihre Situation immer auswegloser.

»Also gut!«, sagte sie schließlich. »Legen wir unser Schicksal in die Hände von Spencer Wingate – auf Gedeih und Verderb.«

»Bist du sicher?«, hakte Joanna nach. »Ich will nicht das Gefühl haben, dich überredet zu haben.«

»Ich bin mir über gar nichts sicher«, entgegnete Deborah. »Außer über eins: dass alles, was ich tue, meinem freien Willen entspringt.« Zur Bekräftigung ihrer Worte hielt sie Joanna eine Hand hin, und sie besiegelten ihren Entschluss mit einem kräftigen Handschlag. »Also – packen wir's!«, drängte Deborah und lächelte etwas gezwungen.

Sie gingen den gleichen Weg zurück durch den Tunnel mit den Heizungsrohren. Dabei wurden sie, ohne es auszusprechen, ständig von der Angst begleitet, jeden Moment ihren Verfolgern in die Arme zu laufen. Schließlich erreichten sie ohne Zwischenfall die Gabelung, von der aus der Gang zu den Mitarbeiterunterkünften führte. Das einzige Problem war, dass zu ihrem Entsetzen das Licht der Taschenlampe immer schwächer wurde.

Etwa hundert Meter nach dem Abzweig gabelte sich der Weg erneut. Leider gab es diesmal keinen Eckstein, der ihnen den Weg wies.

»So ein Mist!«, fluchte Deborah und leuchtete mit der zusehends versagenden Taschenlampe in beide Gänge. »Hast du eine Ahnung, wo es langgehen könnte?«

»Ich würde sagen, wir halten uns links. Wie wir wissen, befindet sich die Anlage mit den Unterkünften zwischen der Farm und den freistehenden Häusern, also müsste der rechte Gang zu den Mitarbeiterunterkünften führen.«

Deborah sah Joanna entgeistert an. »Du erstaunst mich stets aufs Neue. Woher kommt bloß deine plötzliche Findigkeit?«

»Von meiner traditionellen Houstoner Erziehung, über die du immer so abfällig herziehst.«

»Ach so, na dann will ich nichts gesagt haben!« entgegnete Deborah mit einem leicht verächtlichen Unterton.

Nach weiteren fünf Minuten kamen sie erneut an eine Gabelung, von der jedoch anders als bei den vorherigen nicht nur zwei, sondern in einer langen Reihe jede Menge einzelne Gänge abzweigten.

»Wahrscheinlich führt jeder Gang zu einem der freistehenden Häuser«, vermutete Deborah.

»Das wäre auch mein Tipp«, pflichtete Joanna ihr bei.

»Und hast du vielleicht eine Eingebung, die dir verrät, welchen Gang wir als Ersten probieren sollen?«

»Nein, leider nicht. Also macht es wohl Sinn, sie der Reihe nach auszuprobieren.«

Am Ende des ersten Gangs fanden sie eine schlichte getäfelte Tür. Sie öffneten sie und warfen einen Blick in den dahinter liegenden Keller. Er war einigermaßen renoviert worden und daher auf keinen Fall der von Spencer Wingate. Da sie ihn in seinen Weinkeller begleitet hatten, wussten sie genau, wie es in Wingates Keller aussah. Sie gingen zurück und probierten den nächsten Gang. Er endete vor einem einfachen, unbearbeiteten Türverschlag aus Eichenholz.

»Diese Tür sieht schon etwas vielversprechender aus«, stellte Deborah fest und schüttelte die Taschenlampe mehrmals, um das letzte verbleibende Licht aus ihr herauszuholen. Diese Prozedur hatte sie während der vergangenen Minuten ständig wiederholen müssen; die Batterien näherten sich unweigerlich ihrem Ende.

Sie reichte Joanna die Taschenlampe und versuchte die Tür aufzudrücken. Sie schabte laut über den Granitboden, weshalb sie sie etwas anhob. Auf diese Weise ließ sie sich geräuschlos öffnen. Sie nahm die Taschenlampe zurück, schüttelte sie erneut und richtete den zusehends schwächer werdenden Strahl in den Keller. Im schwachen Licht sahen sie die Tür von Wingates Weinkeller. Das Vorhängeschloss war noch nicht wieder zugedrückt worden.

»Bingo!«, rief Deborah. »Das ist er.«

Sie tasteten sich vorsichtig über den feuchten Boden bis zur Kellertreppe vor. Deborah stieg hinauf, Joanna folgte ihr. Am oberen Ende der Treppe hielten sie inne und sahen sich unschlüssig an. Ein schwacher Lichtstrahl fiel durch den Schlitz unter der Tür zur Wohnung.

»Ich glaube, wir müssen uns fürs Erste auf unsere Ohren verlassen«, flüsterte Deborah.

»Etwas anderes bleibt uns wohl kaum übrig«, entgegnete Joanna. »Wir wissen nicht einmal, ob er überhaupt wach ist. Hast du eine Ahnung, wie spät es wohl sein mag?«

»Nicht wirklich. Ich schätze, es dürfte so etwa ein Uhr sein.«

»Das Licht ist jedenfalls an«, stellte Joanna fest. »Also ist er vermutlich wach. Wir sollten versuchen, ihn nicht zu sehr zu erschrecken. Möglicherweise hat er einen Alarmknopf, den er drückt, wenn er sich erschreckt.«

»Ein guter Hinweis«, entgegnete Deborah.

Sie presste ein Ohr gegen die Tür und lauschte. Dann drückte sie vorsichtig die Klinke herunter und schob die Tür einen Spaltbreit auf. Als von der anderen Seite keine Reaktion erfolgte, drückte sie die Tür ganz auf. Vor ihnen lag Wingates Küche.

»Ich höre klassische Musik«, stellte Joanna fest.

»Ich auch«, bestätigte Deborah.

Vorsichtig schlichen sie durch die dunkle Küche. Das Licht,

das sie durch den Schlitz der Kellertür gesehen hatten, kam von dem Kronleuchter im Esszimmer. Sie traten auf den Flur und steuerten so leise sie konnten das Wohnzimmer an, aus dem die Musik kam. Vor sich sahen sie im Foyer, dass die Gruppe von Zinnsoldaten, die Wingate am Abend zuvor im Suff von dem Beistelltischchen gefegt hatte, sorgfältig wieder aufgestellt worden war.

Deborah schlich voran, Joanna war ihr direkt auf den Fersen. Sie wollten ins Wohnzimmer, das links vom Flur abging und in dem sie Wingate vermuteten. Als sie einen weiteren dunklen Flur kreuzten, der ins Arbeitszimmer führte, blickte Joanna zufällig nach rechts. An der gegenüberliegenden Wand sah sie Wingate an seinem Schreibtisch sitzen. Vor ihm brannte eine Leselampe, und er studierte irgendwelche Pläne. Zum Glück hatte er ihnen den Rücken zugewandt.

Joanna tippte Deborah auf die Schulter und zeigte, als sie sich umsah, panisch in Richtung Arbeitszimmer auf die vornübergebeugte Silhouette von Spencer Wingate.

Deborah sah Joanna an und formte mit den Lippen stumm die Frage: »Was sollen wir tun?«

Joanna zuckte mit den Schultern. Sie hatte keine Ahnung, doch nach kurzem Überlegen kam sie zu dem Schluss, dass es wohl am besten war, wenn sie ihn einfach bei seinem Namen riefen. Sie berührte erst ihren Mund und zeigte dann auf Spencer.

Deborah verstand und nickte. Dann räusperte sie sich und rief. »Dr. Wingate!« Doch ihre Stimme klang etwas zaghaft und wurde von Beethovens Neunter Symphonie übertönt, die aus dem Wohnzimmer herüberschallte.

»Dr. Wingate!«, wiederholte Joanna deutlich entschiedener und laut genug, um die Musik zu übertönen.

Spencer richtete sich auf und drehte sich blitzartig um. Für einen kurzen Moment wich die Farbe aus seinem sonnengebräunten Gesicht, und er stand so überstürzt auf, dass sein Stuhl laut krachend umfiel.

»Wir wollten Sie nicht erschrecken!«, rief Deborah schnell. »Wir wollen nur kurz mit Ihnen sprechen!«

Spencer fing sich sofort wieder und lächelte erleichtert, als er den überraschenden Besuch erkannte. Er winkte Deborah und Joanna zu und bedeutete ihnen, zu ihm zu kommen. Dann bückte er sich und richtete den umgefallenen Stuhl wieder auf.

Während Deborah und Joanna auf das Zimmer zugingen, versuchten sie genau zu ergründen, wie er auf ihre Anwesenheit reagierte. Bisher schien seine Reaktion durchaus vielversprechend. Sein anfänglicher Schreck war inzwischen in Überraschung umgeschlagen, und zu ihrer Beruhigung schien er sogar erfreut, sie zu sehen. Er strich sein silbergraues Haar zurück und zog sich sein samtenes Smokingjackett zurecht, doch als er sie im Licht sah, wechselte sein Gesichtsausdruck abrupt, und er sah sie völlig verdutzt an.

»Was ist denn mit Ihnen passiert?«, fragte er entgeistert und fuhr, ohne auf eine Antwort zu warten, fort: »Und wie sind Sie überhaupt hier reingekommen?«

Sie fingen beide gleichzeitig an zu sprechen. Während Joanna ihm erklärte, dass sie durch den Keller gekommen waren, setzte Deborah zu einer geballten Zusammenfassung des gesamten Abends an.

Spencer hob die Hände und brachte sie zum Schweigen. »So verstehe ich gar nichts. Eine nach der anderen. Aber zuerst will ich wissen: Braucht eine von Ihnen irgendetwas? Sie sehen furchtbar aus.«

Zum ersten Mal seit Beginn ihres Martyriums sahen Deborah und Joanna an sich herab. Dann musterten sie einander. Jetzt erst wurde ihnen bewusst, wie zerlumpt sie aussahen. Sie schämten sich für ihren Aufzug und sahen

Spencer verlegen an. In ihrem völlig zerfetzten Minikleid und mit den Schürfwunden an Oberschenkeln und Schienbeinen, die sie sich bei ihrem Hechtsprung in die eiserne Lunge zugezogen hatte, sah Deborah noch schlimmer aus als Joanna. Einer ihrer Ohrringe war verloren gegangen, und ihre Kette mit dem Herzanhänger hatte keinen einzigen Stein mehr. Ihre Hände trieften von dem schwarzen Schmierfett des Tragseils im Fahrstuhlschacht, und ihre Frisur war ein einziges wüstes Durcheinander.

Joanna hatte noch den Arztkittel an, der ihre übrige Kleidung vor dem Schlimmsten bewahrt hatte, doch der Kittel selbst war über und über mit Schmutzflecken übersät, die vor allem von ihrer Kriecherei auf dem Stallboden herrührten. Aus den Jackentaschen lugten vereinzelte Halme aus Stroh hervor.

Sie sahen einander erneut an und erkannten, dass sie beide das Gleiche dachten. Im nächsten Moment brachen sie in einen Lachanfall aus. Angesichts ihres äußeren Erscheinungsbildes konnten sie nicht mehr an sich halten; die plötzliche Lösung der Anspannung tat ein Übriges. Sie brauchten eine Weile, bis sie sich wieder gefangen hatten, und selbst Spencer konnte nicht anders, als zu lächeln.

»Ich wüsste ja wirklich zu gerne, worüber sie so herzhaft lachen«, sagte er schließlich.

»Das hat verschiedene Gründe«, erklärte Deborah. »Vor allem ist es wohl die Anspannung.«

»Ich denke, es ist in erster Linie die Erleichterung«, ergänzte Joanna. »Wir wussten ja nicht, ob Sie überhaupt da sind, geschweige denn, wie Sie reagieren würden, wenn wir einfach so bei Ihnen hereingeschneit kommen.«

»Ich freue mich über Ihren Besuch«, erwiderte Spencer. »Also – was kann ich Ihnen bringen?«

»Da Sie so direkt fragen«, erwiderte Deborah, »ich könnte eine Decke gebrauchen. Mir ist ziemlich kalt.«

»Und wie wäre es mit einer Tasse heißem Kaffee?«, fragte Spencer. »Ich könnte schnell welchen aufsetzen. Oder wenn Sie wollen, kann ich Ihnen auch etwas Stärkeres bringen. Außerdem kann ich auch Pullover oder Sweatshirts holen.«

»Eigentlich wollen wir so schnell wie möglich mit Ihnen reden«, entgegnete Joanna. »Es ist sozusagen ziemlich dringend.« Bei diesen Worten lachte sie erneut nervös auf.

»Diese Decke reicht vollkommen aus«, sagte Deborah, schnappte sich einen schottengemusterten Überwurf, der auf der Couch lag, die im Arbeitszimmer stand, und legte ihn sich um die Schultern.

»Also gut, nehmen Sie Platz«, forderte Spencer sie auf und zeigte auf die Couch.

Joanna und Deborah setzten sich. Spencer griff sich seinen Stuhl und nahm ihnen gegenüber Platz.

»Was gibt es denn so Dringendes?«, fragte er, beugte sich vor und ließ seinen Blick zwischen den beiden Frauen hin- und herwandern.

Joanna und Deborah sahen einander an.

»Willst du es ihm erzählen, oder soll ich?«, fragte Deborah.

»Das ist mir völlig egal«, erwiderte Joanna. »Im Grunde spielt es keine Rolle, wer von uns beiden berichtet.«

»Mir ist es auch egal«, sagte Deborah.

»Du kennst dich natürlich viel besser mit den biologischen Details aus«, gab Joanna zu bedenken.

»Das stimmt zwar, aber dafür bist du die Expertin, was die Computerdateien angeht.«

»Einen Moment mal«, mischte Spencer sich ein und hob die Hände, um sie zum Schweigen zu bringen. »Es ist doch völlig egal, wer von Ihnen mir erzählt, was Sie auf dem Herzen haben. Am besten fängt einfach eine von Ihnen an.«

Deborah zeigte auf sich und sah Joanna an, die ihr aufmunternd zunickte.

»Also gut«, begann Deborah und sah Wingate direkt in die

Augen. »Erinnern Sie sich daran, dass ich Sie gestern nach den schwangeren Nicaraguanerinnen gefragt habe?«

»Durchaus«, erwiderte er und lachte einmal befangen auf. »Was unser kleines Gelage angeht, erinnere ich mich zwar nicht mehr an allzu viel, aber daran schon.«

»Gut«, entgegnete Deborah. »Wir glauben zu wissen, warum sie alle schwanger sind. Wir denken, dass sie als lebende Eizellenproduktionsmaschinen missbraucht werden.«

Spencers Gesichtszüge verfinsterten sich. »Sie dienen als lebende Eizellenproduktionsmaschinen? Das müssen Sie mir ein bisschen genauer erklären.«

Deborah holte einmal tief Luft und setzte zu einer ausführlichen Erklärung an, wobei sie einräumte, dass es sich, was die nicaraguanischen Frauen und ihre Funktion anging, um eine bloße Vermutung handelte. Als Nächstes setzte sie ihm auseinander, dass die Wingate Clinic noch durch viel verwerflichere und ethisch bedenklichere Methoden ihren unersättlichen Bedarf an Eizellen deckte, und zwar indem sie ahnungslosen Frauen, die sich für die Spende von ein paar Eizellen zur Verfügung stellten, ohne deren Einverständnis komplette Eierstöcke entnahm. Zum Schluss berichtete sie ihm von den beiden Frauen, denen man gleich beide Eierstöcke herausoperiert hatte und die offenbar ermordet und für immer beseitigt worden waren.

Während ihres ausführlichen Monologs war Spencer der Mund offen stehen geblieben. Als sie fertig war, lehnte er sich zurück und sah sie ungläubig an. Offenbar hatte ihm das Gehörte schwer zugesetzt.

»Wie haben Sie das alles herausgefunden?«, fragte er mit krächzender Stimme. Seine Kehle war ganz trocken geworden. Bevor eine der Frauen antworten konnte, fuhr er fort: »Ich brauche unbedingt erst mal einen Drink. Soll ich Ihnen auch etwas bringen?«

Deborah und Joanna schüttelten den Kopf.

Spencer erhob sich und wankte auf etwas wackligen Beinen zu seinem Barfach, das in den Schrank eingebaut war. Er öffnete es und schenkte sich eine ordentliche Portion Scotch ein. Dann trank er einen guten Teil davon und ging zurück zu seinem Stuhl. Deborah und Joanna registrierten, dass das Glas in seiner Hand zitterte.

»Es tut uns Leid, dass wir Sie mit all dem belasten müssen«, meldete Joanna sich zum ersten Mal zu Wort. »Als Gründer einer Klinik, die unfruchtbaren Paaren zu einem Kind verhelfen will, muss es für Sie ziemlich niederschmetternd sein, zu erfahren, was hier vor sich geht.«

»Niederschmetternd ist stark untertrieben«, entgegnete Spencer. »Mit dieser Klinik habe ich mir meinen Lebenstraum verwirklicht.«

»Leider gibt es noch mehr, das Sie wissen sollten«, fuhr Deborah fort und berichtete ihm von den Paul-Saunder-Klonen, die ahnungslosen Frauen zum Austragen eingesetzt worden waren. Dann beschrieb sie plastisch und in allen Einzelheiten ihre ungeheuerliche Entdeckung, die sie auf der Farm gemacht hatten, und schilderte ihm, wie mit Hilfe von Schweineeizellen Klone von Paul Saunders gezeugt und von Säuen ausgetragen wurden. Nach diesem letzten schockierenden Detail des ungeheuerlichen Treibens in der Wingate Clinic schwieg sie.

Deborah und Joanna sahen Spencer an und warteten auf eine Reaktion. Er war offenbar fassungslos und strich sich unaufhörlich mit den Fingern durch die Haare. Eine Weile war er unfähig, ihnen in die Augen zu sehen. Schließlich kippte er in einem Zug den Rest aus seinem Whiskyglas hinunter und zuckte einmal unmerklich zusammen.

»Ich weiß es sehr zu schätzen, dass Sie zu mir gekommen sind«, sagte er.« Vielen Dank.«

»Wir sind nicht nur aus uneigennützigen Motiven hier«, stellte Joanna klar. »Wir brauchen Ihre Hilfe.«

Spencer zog die Augenbrauen hoch und sah Joanna mit großen Augen an. »Was kann ich für Sie tun?«

»Sie können uns hier herausschaffen«, erwiderte Joanna. »Die Männer Ihres Sicherheitsdienstes sind hinter uns her. Sie jagen uns, seitdem wir in den Eizellenraum eingedrungen sind, und sie sind ziemlich genau im Bilde, was wir alles herausgefunden haben.«

»Verstehe ich Sie richtig? Ich soll Sie vom Klinikgelände schaffen?«

»Genau«, bestätigte Joanna. »Wir müssen irgendwie durchs Haupttor kommen.«

»Das dürfte kein Problem sein«, entgegnete Spencer. »Wir fahren einfach mit meinem Bentley raus.«

»Vielleicht ist Ihnen nicht ganz bewusst, wie versessen sie darauf sind, uns zu kriegen«, wandte Deborah ein. »Die Lage ist äußerst ernst. Uns darf auf keinen Fall jemand sehen. Wenn sie uns in Ihrem Bentley vermuten, würde man sogar Sie anhalten und den Wagen durchsuchen.«

»Wahrscheinlich haben Sie Recht«, räumte Spencer ein. »Damit sie keinen Verdacht schöpfen, sollten Sie sich vielleicht in den Kofferraum quetschen. Natürlich ist das extrem unbequem, aber es wäre ja nur für ein paar Minuten.«

Joanna sah Deborah an. Deborah nickte. »Ich wollte schon immer mal mit einem Bentley fahren. Besser im Kofferraum als gar nicht.«

Joanna rollte mit den Augen. Wie konnte Deborah ausgerechnet jetzt zum Scherzen aufgelegt sein? »Ich habe nichts gegen den Kofferraum«, sagte sie schließlich. »Angesichts der Umstände fühle ich mich im Kofferraum vielleicht sogar sicherer.«

»Wann wollen wir es wagen?«, fragte Spencer. »Ich denke, je früher, desto besser. Ich bin zwar für späte nächtliche Ausfahrten bekannt, aber später als zwei Uhr würde ich, glaube ich, doch Verdacht erregen.«

»Wenn es nach mir geht, sollten wir so schnell wie möglich aufbrechen«, erwiderte Joanna.

»Ich bin für jetzt gleich«, fügte Deborah hinzu.

»Dann würde ich sagen – auf geht's«, verkündete Spencer und schlug sich beim Aufstehen entschlossen auf die Oberschenkel. Er führte die beiden Frauen zurück in die Küche, nahm dort die Autoschlüssel vom Tisch und geleitete sie in die Garage. Dort ging er direkt zum Kofferraum seines Bentley und schloss ihn auf.

Joanna und Deborah sahen hinein und waren überrascht, wie klein er war.

»Irgendwo muss das Verdeck ja Platz haben, wenn es geöffnet wird«, erklärte Spencer die Enge.

Deborah kratzte sich am Kopf und stellte fest: »Ich glaube, wir passen nur in Löffelposition da rein.«

Joanna nickte. »Du bist größer, also gehst du als Erste rein.«

»Danke, dass du mir den Vortritt lässt«, entgegnete Deborah, stieg mit dem Kopf zuerst in den Kofferraum und rollte sich dann auf die Seite. Joanna folgte ihr, passte ihre Lage genau der von Deborah an und drückte sich fest gegen sie. Spencer drückte vorsichtig die Klappe herunter und vergewisserte sich, dass keine Arme oder Beine im Weg waren und sie sich problemlos schließen ließ. Dann klappte er sie wieder hoch.

»Hier drin ist es auf jeden Fall bequemer als in der eisernen Lunge«, stellte Deborah fest.

»Was für eine eiserne Lunge?«, fragte Spencer.

»Das ist eine andere Geschichte«, erwiderte Deborah. »Lassen Sie uns erst mal dieses Kapitel zu Ende bringen.«

»Okay, dann fahre ich jetzt los. Sie brauchen keine Angst zu haben. Sobald wir draußen sind, halte ich an und lasse sie raus. Alles klar?«

»Schließen Sie unser vornehmes Abteil!«, forderte Deborah ihn scherzhaft auf. Sie wollte aus der schlimmen Situation das Beste machen.

Die Kofferraumklappe senkte sich, wurde mit einem dumpfen Schlag zugedrückt und rastete in einem dem Bentley gemäßen, ziemlich teuer klingenden Verschluss ein. Wieder einmal waren Deborah und Joanna von absoluter Finsternis umgeben. Als Nächstes hörten sie das Garagentor hochfahren und den Motor anspringen.

»Vielleicht hätten wir uns lieber schon früher an Dr. Wingate wenden sollen«, stellte Deborah fest. »Damit hätten wir uns möglicherweise eine Menge Ärger erspart.«

Sie spürten, wie der Wagen rückwärts aus der Garage gesetzt und gewendet wurde und dann die Zufahrt zur Straße hinunterfuhr.

»Eine ziemlich schändliche Art, diesen Ort zu verlassen«, meinte Joanna.

»Egal«, entgegnete Deborah. »Was zählt, ist, dass wir ihn verlassen.«

»Der gute Doktor Wingate tut mir ja fast ein bisschen Leid«, sagte Joanna, als sie eine Weile gefahren waren.

»Er schien ziemlich geschockt von unserem Bericht.«

In den folgenden Minuten fuhren sie schweigend weiter und versuchten fortwährend zu ergründen, wo sie wohl gerade waren. Schließlich hielt der Wagen mit laufendem Motor an.

»Wir müssen am Haupttor sein«, vermutete Deborah.

»Psst!«, zischte Joanna.

Die Kofferraumklappe war so gut isoliert, dass sie von draußen nichts hören konnten. Dann wurde der Motor wieder beschleunigt, und selbst das merkten sie im Kofferraum nicht an der zunehmenden Lautstärke, sondern nur an der stärker werdenden Vibration. Nachdem sie erneut eine Weile gefahren waren, spürten sie, dass sie über einen

Kiesweg fuhren. Einige Minuten später hielt der Wagen wieder. Diesmal wurde der Motor abgeschaltet.

»Komisch«, sagte Joanna. »Wäre er nicht besser ein bisschen weiter von dem Tor weggefahren?«

»Das dachte ich auch gerade«, gab Deborah zu. »Aber was soll's. Hauptsache, wir sind draußen und das verdammte Tor liegt hinter uns.«

Sie hörten das willkommene Geräusch des Schlüssels, der ins Kofferraumschloss gesteckt wurde, und im nächsten Moment öffnete sich die Klappe. Deborah und Joanna sahen auf, und vor Schreck blieb ihnen fast das Herz stehen. Spencer Wingate war weit und breit nicht zu sehen. Stattdessen blickten sie in die hämisch grinsenden Gesichter des Sicherheitschefs Kurt Hermann und seines Handlangers.

EPILOG

11. Mai 2001, 9.35 Uhr

Spencer Wingate sah aus seinem Bürofenster und blickte über den ausgedehnten Rasen seines Anwesens. In der Ferne sah er die Turmspitze von Bookfords Kirche, zwischen den ergrünenden Bäumen ragten ein paar vereinzelte Schornsteine heraus. Der Ausblick war herrlich und half ihm ein wenig, sein aufgewühltes Gemüt zu beruhigen. Er konnte sich nicht erinnern, wann er das letzte Mal so aufgebracht gewesen war. Zu allem Überfluss hatte er in den vergangenen vierundzwanzig Stunden kein Auge zugemacht. Außerdem hatte er sich immer noch nicht ganz von seinem zurückliegenden Alkoholexzess erholt. »Was mich am meisten beunruhigt, ist nicht, was die Frauen herausgefunden haben«, sagte er schließlich und drehte sich zu Paul Saunders und Sheila Donaldson um, die seelenruhig vor seinem Schreibtisch in zwei Armsesseln saßen. »Vielmehr treibt mich die Frage um, wie sie es herausfinden konnten. Wie Sie vielleicht nachvollziehen können, hätte es mich beinahe umgehauen, als sie plötzlich wie aus heiterem Himmel in meinem Haus aufgekreuzt sind, erst recht, wenn man bedenkt, dass Sie offenbar eine komplette kleine Armee auf sie angesetzt hatten, um sie zu finden. Wenn das kein Beweis von extremer Inkompetenz ist – was dann? Noch schlimmer aber ist: Wenn diese beiden Frauen innerhalb eines einzigen Tages alles ans Licht zerren können, was Sie hier ganz geheim und im Verborgenen treiben, dann kann es jeder andere ebenfalls ohne größere Schwierigkeiten herausfinden.«

»Beruhigen Sie sich«, redete Paul Saunders auf den Klinikgründer ein. »Wir haben alles unter Kontrolle.«

»Dass ich nicht lache«, entgegnete Spencer. »Wenn das hier unter Kontrolle sein soll, will ich nicht wissen, was passieren muss, damit Sie die Lage als außer Kontrolle bezeichnen.« Er ging zurück zu seinem Schreibtischstuhl und ließ sich niederplumpsen.

»Wir sind voll und ganz Ihrer Meinung«, stellte Paul mit ruhiger Stimme fest. »Wir müssen genau herausfinden, wie die Frauen vorgegangen sind.«

»Sie haben mir etwas von menschlichen Klonen erzählt, die von Säuen ausgetragen werden«, berichtete Spencer. »Davon haben Sie mir gestern Nacht gar nichts erzählt. Was, zum Teufel, hat es damit auf sich?«

»Das ist ein Programm, das wir gestartet haben, damit wir nicht mehr auf die nicaraguanischen Frauen angewiesen sind. Sobald wir diese Technik perfektioniert haben, wird sie neben den Zellkulturen unsere wichtigste Quelle für den Eizellennachschub sein.«

»Und wie, zum Teufel, haben diese beiden Frauen davon erfahren?«, brüllte Spencer.

»Das werden wir herausfinden«, entgegnete Paul ruhig. »Verlassen Sie sich darauf.«

»Wieso sind Sie sich da so sicher?«, fragte Spencer. »Kurt Hermann und seine Männer haben die beiden Frauen unten im Pförtnerhäuschen seit drei Uhr in die Zange genommen und mir erst vor fünf Minuten gestanden, dass sie noch nicht ausgepackt haben.«

»So ist es ja nun auch nicht«, meldete sich Sheila zu Wort. »Bis jetzt habe ich die beiden verhört und nicht Kurt. Außerdem stimmt es nicht, dass wir gar nichts erfahren haben.«

»Sie haben die beiden Frauen vernommen?«, hakte Spencer erstaunt nach.

»Aber ja«, erwiderte Sheila. »Ich habe ausdrücklich angeordnet, dass man mich sofort anpiept, wenn sie gefunden werden. Wie Dr. Saunders Ihnen bereits versichert hat, liegt es uns genauso am Herzen wie Ihnen herauszufinden, wie sie vorgegangen sind, und wir sind dabei schon ein gutes Stück vorangekommen. Zum Beispiel wissen wir inzwischen, dass sie sich mit Hilfe Ihrer Einlasskarte Zugang zum Server-Raum und zum Eizellenraum verschafft haben.«

»Ich verstehe«, entgegnete Spencer und sah seine beiden Untergebenen finster an. »Jetzt soll ich also an diesem Debakel schuld sein.«

»Es liegt uns nichts ferner, als Ihnen irgendwelche Schuld in die Schuhe zu schieben«, erwiderte Paul.

»Besonders viel haben Sie seit ihrer Gefangennahme jedenfalls nicht aus ihnen herausgeholt«, klagte Spencer.

»Sie sind extrem gewieft«, räumte Sheila ein. »Sie wissen, dass sie über äußerst wertvolle und brisante Informationen verfügen, und sie sind bestimmt nicht ohne weiteres weich zu kochen. Aber ich bin geduldig.«

»Wir arbeiten mit dem Good-guy-bad-guy-Prinzip«, erklärte Paul.

»Genau«, bestätigte Sheila. »Ich bin der *goodguy*. Und in diesem Moment ist Kurt Hermann zum ersten Mal bei ihnen. Er ist der *bad guy*. Sobald wir hier fertig sind, knöpfe ich mir die beiden wieder vor. Ich bin ziemlich sicher, dass wir bis spätestens heute Mittag aus ihnen herausgeholt haben, was wir wissen müssen.«

»Sobald wir wissen, welche Schwachpunkte in unserem Sicherheitssystem sie ausgenutzt haben, werden wir umgehend die entsprechenden Maßnahmen einleiten«, fuhr Paul fort. »Was die Sicherheit unseres Datennetzes angeht, haben wir bereits gehandelt. Ab sofort hat nur noch Randy Porter Zutritt zum Server-Raum.«

»Im Grunde hat dieser ganze unerfreuliche Zwischenfall

ja auch eine positive Seite«, gab Sheila zu bedenken. »Jetzt wissen wir wenigstens, wo in unserem Sicherheitssystem Lücken sind.«

»Genau«, pflichtete Paul ihr bei. »Und wir sollten den Zwischenfall zum Anlass nehmen, die ganze Klinik mitsamt den Forschungslabors und allem, was dazugehört, möglichst schnell irgendwohin zu verlagern, wo die amerikanischen Gesetze nicht gelten, wie wir es gestern Abend besprochen haben. Was halten Sie übrigens von meiner Idee, auf die Bahamas zu gehen? Ich habe Ihnen die Pläne ja gestern Abend mitgegeben.«

»Die Pläne sehen nicht schlecht aus«, gab Spencer widerwillig zu.

»Und was halten Sie grundsätzlich von der Idee, die Klinik und die Labors in eine weniger kontrollierte Gegend zu verlagern?«

»Grundsätzlich scheint mir der Vorschlag gut«, erwiderte Spencer. »Ich bin durchaus dafür, irgendwohin zu gehen, wo es noch weniger Kontrollen durch die Behörden gibt, auch wenn wir uns ja hier nicht gerade über übermäßige Reglementierungen beschweren können.« Er nickte einmal und fuhr fort: »Aber zurück zu den beiden Frauen. Was passiert mit ihnen, wenn sie ausgepackt haben?«

»Ich habe keine Ahnung«, erwiderte Paul.

»Was soll das heißen, Sie haben keine Ahnung?«, fuhr Spencer ihn an. Er merkte, dass er kurz davor war, wieder hochzugehen.

»Das heißt, dass ich es nicht wissen will«, antwortete Paul. »Diese Art von Problemen überlasse ich Kurt Hermann. Dafür bezahlen wir ihn schließlich.«

»Sie überlassen das Problem also Kurt Hermann«, schnaubte Spencer verächtlich. »Aber um die Entnahme der Eierstöcke kümmern Sie sich doch sicher höchstpersönlich. Ist es das, was Sie mir sagen wollen?«

»Die Entnahme der Eierstöcke war ein Fehler«, mischte sich Sheila ein. »Ein Fehler, den wir in der Vergangenheit gemacht haben und der sich nicht wiederholen wird. Keine Frage – wir hätten es nicht tun dürfen. Als Erklärung für diesen Fehltritt mag vielleicht dienen, dass wir unter einem ernsten Mangel an Eizellen gelitten haben, der unser ganzes Projekt zu gefährden drohte.«

»Ein Mangel, den wir nie wieder haben werden«, ergänzte Paul schnell. »Mit Hilfe der Nicaraguanerinnen und auf Grund unserer großen Fortschritte bei den Zellkulturen verfügen wir inzwischen über ein unerschöpfliches Reservoir an frischen Eizellen. Wahrscheinlich haben wir genug Eizellen, um den Bedarf für die Klonvorhaben des ganzen Landes zu decken.«

»Wollen Sie mir etwa erzählen, dass dieser ungeheuerliche Zwischenfall Sie nicht weiter berührt?«, fragte Spencer entgeistert.

Paul und Sheila sahen sich an.

»Natürlich nehmen wir den Zwischenfall sehr ernst«, sagte Sheila. »Aber wie wir bereits sagten: Wir können aus ihm auch etwas lernen. Außerdem ist das Problem ja nun erfolgreich gelöst – genau wie der Anästhesiezwischenfall damals. Und selbst wenn wir diese beiden lästigen Frauen nicht so schnell geschnappt hätten, hätten wir die Situation in den Griff gekriegt.«

»Hören Sie, Dr. Wingate«, ergriff Paul wieder das Wort. Er beugte sich vor, rieb sich die Hände und hielt sie ihm in einer versöhnlichen Geste mit nach oben geöffneten Handflächen hin. »Wie ich Ihnen während unserer kleinen nächtlichen Auseinandersetzung bereits sagte, besitzen wir, was unsere Forschungsergebnisse angeht, eine regelrechte virtuelle Goldmine. Was wir während unserer Klonversuche über die Züchtung von Stammzellen herausgefunden haben, macht uns zu dem unangefochtenen führenden Biotechnologieunternehmen des einundzwanzigsten Jahrhunderts. Das Klonen und die Züchtung und Verwendung von Stammzellen werden die gesamte Medizin revolutionieren, und wir werden dabei an vorderster Front mitmarschieren.«

»Aus Ihrem Mund klingt das ja wirklich nach einer rosigen Zukunft«, stellte Spencer fest.

»Genau mit diesem Adjektiv male ich mir auch selber die Zukunft aus«, sagte Paul begeistert. »Sie wird rosig. Sehr rosig sogar.«

In diesem Moment wurde die Klinke von Spencers Bürotür heruntergedrückt. Die drei sahen gleichzeitig zur Tür. Die Unterbrechung kam ihnen gerade jetzt äußerst ungelegen. In der Türöffnung erschien das Gesicht von Spencers Sekretärin.

»Was soll denn das, Gladys?«, fuhr Spencer sie an. »Ich habe Sie doch ausdrücklich gebeten, uns nicht zu stören.«

»Es ist Kurt Hermann«, erwiderte die Sekretärin kleinlaut. »Er will unbedingt mit Dr. Saunders sprechen. Und er sagt, es sei äußerst dringend und dulde keinen Aufschub.«

Paul erhob sich. Seine Gesichtszüge verfinsterten sich, und er folgte der verunsicherten Sekretärin aus Spencers Büro. Als er Kurt sah, war es schlagartig um seine äußere Gelassenheit und Unbekümmertheit geschehen, die er so bemüht zur Schau getragen hatte.

»Wir haben ein Problem«, eröffnete ihm Kurt. »Und zwar ein ziemlich großes.«

»Warum sind Sie so außer Atem?«

»Ich bin vom Pförtnerhaus den ganzen Weg gerannt.«

Paul öffnete die Tür zu seinem eigenen Büro und bedeutete dem Sicherheitschef hineinzugehen. Dann folgte er ihm, schloss die Tür hinter ihnen und fragte: »Also, was ist los?«

»Unten am Pförtnerhaus wartet ein Staatsanwalt«, platzte Kurt heraus. Seine Stimme überschlug sich beinahe.

»Jetzt beruhigen Sie sich doch!«, wies Paul ihn zurecht. »Was will er?«

»Er hat einen Durchsuchungsbefehl und stellt gerade zusammen mit ein paar Beamten vom FBI das Pförtnerhaus auf den Kopf. Außerdem verlangt er Zutritt zu sämtlichen Gebäuden und zum gesamten Gelände.«

»Wie, zum Teufel, ist er an einen Durchsuchungsbefehl gekommen?«, fragte Paul fassungslos.

»Das hab ich ihn auch gefragt«, erwiderte Kurt. »Offenbar geht er auf eine Anzeige eines gewissen Arztes mit dem Namen Carlton Williams zurück.«

»Den Namen habe ich noch nie gehört.«

»Sein Vater ist offenbar ein hohes Tier mit guten Verbindungen zum Justizministerium. Wie es scheint, wusste dieser Carlton Williams, dass die Frauen unserer Klinik gestern Nacht einen Besuch abstatten wollten. Und er hat natürlich gemerkt, dass sie nicht nach Hause gekommen sind.«

»Verdammt!«, fluchte Paul. »Wo sind die beiden jetzt?«

»Immer noch im Keller des Pförtnerhauses.«

»Hat der Staatsanwalt sie schon gefunden?«

»Keine Ahnung. Ich bin bei der ersten Gelegenheit hierher gerannt, um Sie zu informieren. Sie haben damit gedroht, ein Spezialkommando anzufordern, wenn wir uns nicht kooperativ zeigen.«

»Wenn sie nur damit gedroht haben, ist es ja gut«, stellte Paul fest, der allmählich seine Fassung zurückgewann. »Wenigstens sind sie nicht gleich mit so einem Kommando hier angerückt und haben gleich den ganzen Laden auf den Kopf gestellt. Das verschafft uns ein bisschen Zeit – mindestens eine halbe Stunde. Lassen Sie uns sofort Alarmplan ROT aktivieren. Sie laufen so schnell Sie können zu Randy Porter. Er soll sämtliche Daten auf Disketten speichern und anschließend alle Festplatten löschen. Dann gehen Sie beide in den Hangar und starten schon mal den Hubschrauber. Ich kümmere mich währenddessen darum, dass in den Büros hier oben alle verdächtigen Unterlagen vernichtet werden. Außerdem sorgen wir dafür, dass der Eizellenraum zerstört wird. Sobald das alles erledigt ist, komme ich mit Dr. Wingate und Dr. Donaldson zum Hubschrauber. Haben Sie alles verstanden?«

»Roger!«, erwiderte Kurt. Er salutierte, stürmte aus dem Büro und rannte wie ein Hundertmetersprinter in Richtung Feuertür. Paul sah ihm nach, bis er aus seinem Blickfeld verschwunden war. Dann holte er ein paarmal tief Luft, um sich zu beruhigen. Als er sich wieder einigermaßen gefasst hatte, ging er zurück in Spencers Büro. Spencer und Sheila sahen ihn erwartungsvoll an.

»Also«, begann Paul. »Wie es aussieht, werden wir mit der Verlagerung der Klinik und der Forschungslabore schneller beginnen, als wir es ursprünglich geplant hatten…«